Nina Erdmann
Lehrjahre

Übergangs- und Bewältigungsforschung

Herausgegeben von
Andreas Oehme I Barbara Stauber I Inga Truschkat I Andreas Walther

Nina Erdmann

Lehrjahre

Biographische Auseinandersetzungen
im Kontext dualer Ausbildung

Die Autorin
Nina Erdmann, Dr. phil, ist Professorin an der Fakultät für Angewandte Sozialwissenschaften an der Technischen Hochschule Köln. Ihre Lehr- und Forschungsschwerpunkte sind Handlungskonzepte und Professionalisierung in der Sozialen Arbeit sowie Biographieforschung und heterogenitätssensible Bildungsforschung.

Gefördert durch die Hans-Böckler-Stiftung

Hans **Böckler**
Stiftung

Fakten für eine faire Arbeitswelt.

Dieses Buch ist erhältlich als:
ISBN 978-3-7799-6089-8 Print
ISBN 978-3-7799-5389-0 E-Book (PDF)

1. Auflage 2019

© 2019 Beltz Juventa
in der Verlagsgruppe Beltz · Weinheim Basel
Werderstraße 10, 69469 Weinheim
Alle Rechte vorbehalten

Herstellung: Ulrike Poppel
Satz: Helmut Rohde, Euskirchen
Druck und Bindung: Beltz Grafische Betriebe, Bad Langensalza
Printed in Germany

Weitere Informationen zu unseren Autor_innen und Titeln finden Sie unter: www.beltz.de

Inhalt

Vorwort

Biographiebezogene Forschung ist nur möglich, wenn Menschen sich auf Erzählungen über ihr Leben einlassen. Viele sehr unterschiedliche Menschen waren bereit, mit mir über ihre Lebensgeschichte und ihr Erleben dualer Ausbildungen als Auszubildende und Ausbildende zu sprechen. Es ist mir aus Anonymisierungsgründen nicht möglich, ihnen an dieser Stelle einzeln und persönlich zu danken. Ohne sie wäre diese Studie in dieser Form nicht entstanden.

In den Jahren 2013 bis 2016 war ich Kollegiatin im kooperativen Promotionskolleg „Bildung als Landschaft" der Hans-Böckler-Stiftung. Die Hans-Böckler-Stiftung hat meine Studie mit einem Promotionsstipendium gefördert, das meinen Arbeitsprozess in vielerlei Hinsicht sehr unterstützt hat. Die Hochschullehrenden der beteiligten Hochschulen – Technische Hochschule Nürnberg Georg Simon Ohm, Evangelische Hochschule Nürnberg, Friedrich-Alexander Universität Erlangen-Nürnberg und Otto-Friedrich-Universität Bamberg – waren ebenso wie meine Mitkollegiatinnen und Mitkollegiaten eine anregende Unterstützung für meinen Arbeitsprozess, für die ich mich sehr herzlich bedanken möchte. Dr. Stephanie Welser und Caroline Rau haben als Koordinatorinnen des Kollegs in besonderer Weise zu einer konstruktiven Atmosphäre der Zusammenarbeit beigetragen. Meine Qualifikationsarbeit hat von diesem Kolleg, der Zusammenarbeit der Hochschulen für angewandte Wissenschaft und Universitäten sowie der Zusammenarbeit unterschiedlicher Wissenschaftsdisziplinen sehr profitiert. Ich danke der Hans-Böckler-Stiftung ausdrücklich für die materielle und ideelle Förderung des Kollegs und meiner Studie.

Prof. Dr. Annette Scheunpflug von der Universität Bamberg und Prof. Dr. Gerhard Riemann von der Technischen Hochschule Nürnberg waren als Betreuungsteam eine hochsolidarische und kritisch-konstruktive Unterstützung für meinen gesamten Arbeitsprozess. In der Forschungswerkstatt von Gerhard Riemann habe ich in der Auseinandersetzung mit anderen Werkstattteilnehmerinnen und Werkstattteilnehmern wertvolle Einsichten zu meinen Datenmaterialien gewonnen.

Prof. Dr. Nicolle Pfaff von der AG Migrations- und Ungleichheitsforschung der Fakultät für Bildungswissenschaften der Universität Duisburg-Essen hat als Vertrauensdozentin der Hans-Böckler-Stiftung über vier Jahre meine Arbeit konstruktiv-solidarisch begleitet und mich durch ihre Rückmeldungen kontinuierlich ermutigt. Prof. Dr. Claudia Streblow-Poser und Prof. Dr. Jochem Kotthaus vom Fachbereich angewandte Sozialwissenschaften der Fachhochschule Dortmund waren über zwei Jahre hinweg verständnisvolle und konstruktive Vorgesetzte, die meinen Arbeitsprozess in zahlreichen Gesprächen bereichert haben. Mein Dank gilt auch meinen Kolleginnen und Kollegen an der Fachhochschule Dortmund und ihrer Nachsicht mit mir in der letzten Phase dieser Arbeit.

In einem ständigen inhaltlichen Austausch stand ich darüber hinaus mit Dr. Marina Wagener, Julia Reimer und Prof. Dr. Johannes Kloha. Veronika Leicht bot mir über längere Zeit wiederkehrend Obdach im Nürnberger Raum, damit ich zu zahlreichen Forschungswerkstätten gehen und Kollegworkshops besuchen konnte. Antje Handelmann ist aufgrund der thematischen Nähe unserer Forschungen eine große Unterstützung in der letzten Phase der Arbeit gewesen. Dr. Judith von der Heyde war mir gerade wegen der Unterschiedlichkeit unserer Qualifikationsprojekte besonders hilfreich, und ich freue mich über die Einblicke in die Fußballfanforschung, die ich durch sie gewonnen habe. Christiane, Daniela, Mattes und Mireta bin ich sehr dankbar für das Korrekturlesen in der letzten Phase der Arbeit.

Mein nachdrücklichster Dank gilt den Menschen in meinem privaten Umfeld, meiner Familie und meinem Freundeskreis, die mich und diese Arbeit über die ganze Zeit und durch sämtliche Hoch- und Tiefphasen der letzten Jahre begleitet haben. Ich verdanke Euch, dem Zusammensein mit Euch und unserem Austausch unfassbar viel. Jule und Till haben mit ihrer wiederkehrenden Rede von dem „langweiligen Buch ohne Bilder" dafür gesorgt, dass ich die Relativität der Dinge immer wieder in den Blick bekommen habe. Ich bin froh, mein Leben mit ihnen teilen zu können.

1. Annäherungen

Lebenswege Jugendlicher und junger Erwachsener mit Minderheitserfahrungen und in schwierigen Lebenssituationen werden in vielfältiger Weise Gegenstand erziehungswissenschaftlicher Forschung. Ihre Biographien und Bildungsprozesse, ihr Erleben an formalen und non-formalen Bildungsorten (vgl. bspw. Wischmann 2010), in der Kinder- und Jugendhilfe (vgl. bspw. Rein 2016; Mantey 2017; Reimer 2017), in Schulen und an Hochschulen (vgl. bspw. Schwendowius 2015) sowie ihre Erfahrungen und Beziehungen mit pädagogischen Professionellen (vgl. bspw. Abeld 2017) stehen im Fokus der Forschung. Mit der hier vorgelegten Studie kommt ein Feld in den Blick, in dem das Erleben und die Umgangsformen junger Erwachsener mit Minderheitserfahrungen und in schwierigen Lebenssituationen bislang kaum beforscht worden ist: das quantitativ stärkste Setting beruflicher Bildung – die duale Ausbildung.

„Macht Euer Ding – und macht's richtig!" oder „Weltverbesserer wird man nicht über Nacht. Man muss es drei Jahre lernen" – mit Plakattexten wie diesen werben Verbände der beruflichen Bildung um Auszubildende für die duale Ausbildung[1]. Die Texte dieser Plakatkampagne sollen Auszubildende für die duale Ausbildung ansprechen. Dies trifft allerdings nicht auf alle Auszubildende zu. Diese Studie stellt die Biographien Auszubildender in den Mittelpunkt, die kaum von Ausbildungsbetrieben umworben werden, da sie als potenziell schwierig gelten oder Stigmatisierung durch Herkunft, körperliche Behinderung oder besondere Lebensumstände erfahren. Das Erkenntnisinteresse der Studie gilt den biographischen Prozessen junger Erwachsener mit Minderheitserfahrungen[2] und in schwierigen Lebenssituationen sowie ihren Beziehungserfahrungen in dualen Ausbildungen. Beforscht werden Auszubildende, die in anderen Kontexten als „benachteiligte Jugendliche" bezeichnet würden. Dabei ist auch von Interesse, wie diese Jugendlichen die Beziehungen zu Ausbildenden im Kontext dualer Ausbildung erleben, die nicht in gleicher Weise pädagogisch strukturiert sind wie Beziehungen in klassischen pädagogischen Kontexten oder in Hilfesettings.

---

1   In diesem Fall die Handwerkskammer Rhein-Main mit der Imagekampagne „Handwerk. Die Wirtschaftsmacht von nebenan". Zu finden unter: www.hwk-rhein-main.de/de/medien-und-politik/die-marke-das-handwerk, letzter Abruf: 01.03.2019.

2   Ich verwende den Begriff der Minderheit in dieser Studie, um Erleben und Erfahrungen junger Erwachsener in Auseinandersetzung mit Mehrheiten in Gruppen und Institutionen zu fassen. Er bezieht sich nicht auf den Begriff anerkannter Minderheiten wie z. B. die Sinti und Roma (vgl. hierzu BMI 2015).

Im Folgenden werde ich zunächst die Problemstellung (1.1) und den thematischen Kontext der Studie entfalten (1.2). Im ersten Teil des thematischen Kontextes stelle ich die duale Ausbildung dar, die die Grundlage der Studie ist. Ich gehe dazu zunächst knapp auf *Strukturen der drei Teilbereiche des Systems der beruflichen Bildung* insgesamt ein und setze die duale Ausbildung in Beziehung zu den beiden anderen Teilbereichen beruflicher Bildung, dem Sektor vollzeitschulischer Berufsausbildungen und dem Übergangsbereich. Im Anschluss daran mache ich deutlich, wie ungleiche Voraussetzungen zur Teilhabe an beruflicher Bildung für Jugendliche und junge Erwachsene schon in der Struktur des Systems der dualen Ausbildung erfahrbar werden. Darüber hinaus gehe ich darauf ein, wie sich *Zugänge und Restriktionen* für Jugendliche und junge Erwachsene im System dualer Ausbildung aufgrund unterschiedlicher Bildungswege gestalten. Um die Darstellung meines Untersuchungsfeldes abzurunden, gehe ich auf Ausbildende als besondere Bezugsgruppe Auszubildender in der dualen Ausbildung ein. Im zweiten Teil meines thematischen Kontextes nehme ich die Perspektiven zu Jugendlichen und jungen Erwachsenen mit Minderheitserfahrungen und in schwierigen Lebenssituationen in der beruflichen Bildung in den Blick. Diese Thematisierung geschieht vor allem im Kontext des Übergangsbereichs hinsichtlich der Effekte von Unterstützungsmaßnahmen zum Einstieg in das Erwerbssystem und in der Betrachtung des Übergangsprozesses selbst. Deshalb gehe ich im Anschluss auf das zentrale Konzept der *„Benachteiligung"* im Übergangsbereich ein, um für meinen Forschungsaufbau darauf Bezug nehmen zu können. Diese Forschungsperspektive wird erstmals in 1.3 erläutert, bevor ich näher auf den Aufbau der Arbeit eingehe.

1.1 Problemstellung: Benachteiligte junge Erwachsene in der beruflichen Bildung

Inzwischen liegen zahlreiche Untersuchungen zu den verschiedenen Bildungsorten im Bildungssystem, non-formalen Bildungsorten und dem Umgang mit Unterschiedlichkeiten von Jugendlichen und jungen Erwachsenen durch Schicht, Einwanderung, Geschlecht, Behinderung, sexuelle Orientierungen und prekäre Lebenssituationen, die als Ungleichheit benachteiligend wirksam werden können, vor (vgl. bspw. Krüger et al. 2010; Ahmed et al. 2013; Siebholz et al. 2013; Becker & Lauterbach 2016; Lange-Vester et al. 2016; Pfaff-Czarnecka 2017; Baader & Freytag 2017). Darüber hinaus sind insbesondere qualitative Untersuchungen veröffentlicht worden, die sich mit der Frage auseinandersetzen, wie Einzelne ihre Bildungswege an unterschiedlichen Orten des Bildungssystems unter Bedingungen von Minderheitserfahrungen und in schwierigen Lebenssituationen be- und verarbeiten (vgl. z. B. Pfahl 2011; Tepecik 2010;

Kleiner 2015). Es gilt seit Jahrzehnten als etablierter Befund in der Analyse des deutschen Bildungswesens, dass soziale Herkunft und Bildungserfolg auf hohem Niveau korrelieren (vgl. bspw. Bildungsbericht 2016, S. 14).

Das System beruflicher Bildung wird in Deutschland in drei Bereiche gegliedert (Bildungsbericht 2006, S. 80 f.). Es fächert sich demnach auf in die Teilbereiche vollzeitschulische Berufsausbildungen, duale Ausbildungen und den sogenannten Übergangsbereich (vgl. hierzu Kap. 1.2). Dabei erfährt der Übergang Jugendlicher[3] und junger Erwachsener und insbesondere derjenige Jugendlicher und junger Erwachsener mit Minderheitserfahrungen und in schwierigen Lebenssituationen eine breite Aufmerksamkeit. Vergleichsweise unbeachtet bleibt jedoch bislang, wie sich das Erleben beruflicher Bildung insbesondere in der dualen Ausbildung *jenseits* des Übergangsprozesses für Jugendliche und junge Erwachsene mit Minderheitserfahrungen und in schwierigen Lebenssituationen gestaltet[4].

Während Untersuchungen in den letzten Jahren die Erfahrungen, Lernprozesse und biographischen Prozesse Jugendlicher und junger Erwachsener im Kontext des Übergangsbereichs fokussiert haben (vgl. bspw. Panke 2005; Kreher 2006; Puhr 2009; Giese 2011; Berg 2017), liegt eine ähnliche Breite an Untersuchungen insbesondere für den Bereich dualer Ausbildung bisher nicht vor. Die Untersuchung von Benachteiligungserfahrungen, Benachteiligungsprozessen, Biographien Jugendlicher und junger Erwachsener mit Minderheitserfahrungen und in schwierigen Lebenssituationen im Kontext beruflicher Bildung bleibt weitgehend auf den Übergangsbereich und die Erforschung der Übergangsprozesse beschränkt. Die Untersuchung solcher Phänomene im Kontext dualer Ausbildung ist das Hauptinteresse der vorliegenden Studie.

Hier stellt sich jenseits einer an Sozialstrukturen interessierten Forschung für eine subjektorientierte und differenzsensible[5] Wissenschaft die Frage, wie Einzelne bildungsbenachteiligende Bedingungen be- und verarbeiten und wie

---

3   Ich verwende in dieser Studie soweit als möglich inklusive Sprache. Wo immer dies aus Gründen sprachlicher Darstellung schwierig erscheint, wird durchgängig der gender gap verwendet, um die Mehrdeutigkeit geschlechtlicher Identität jenseits einer dualistischen Unterscheidung zu kennzeichnen (vgl. Reisigl 2017).

4   In der Betrachtung fällt auf, dass sich eine Fokussierung der Forschung zu Ungleichheit durch Differenzlinien und schwierigen Lebenssituationen auf schulische Bildungsorte zeigt (vgl. Bolay & Walter 2014, S. 370). Diese Fokussierung der Forschung auf schulische Bildungsorte und jüngst non-formale Bildungsorte (vgl. bspw. Deppe 2015) sowie im System beruflicher Bildung auf den Übergangsbereich ließe sich im Rückgriff auf das Bildungsschisma (vgl. Baethge 1971, S. 82 ff, 2006, 2007; Beck & Greving 2012; Schönherr & Tiberius 2014) und Widersprüche zwischen Allgemein- und Berufsbildung (vgl. Büchter 2017) diskutieren, was in diesem Rahmen nicht weiterverfolgt wird.

5   Die differenztheoretische Position dieser Arbeit wird an einer späteren Stelle entfaltet und muss hier zunächst noch unbestimmt bleiben.

Benachteiligungen in Institutionen (re)produziert werden (vgl. hierzu exemplarisch Gomolla & Radtke 2002; Scherr et al. 2017). Eine solche Untersuchungsperspektive kann die Biographieforschung einnehmen, wenn Stegreiferzählungen der eigenen Lebensgeschichte als Wirklichkeitskonstruktionen individuellen Lebens verstanden werden, in denen gesellschaftliche und soziale Strukturen zu rekonstruieren sind (vgl. von Felden 2008, S. 11). Die Zurechnungs- und Identifizierungspraktiken von sozialer Ungleichheit und ihre Folgen werden vor allem in einer biographischen Perspektive erfahrbar. Diese zeigt die Verwobenheit und das Zusammenspiel gesellschaftlicher, institutioneller und individueller Prozesse.

1.2 Thematischer Kontext: Strukturen beruflicher Bildung und Perspektiven zu Benachteiligung

Strukturen der drei Teilbereiche im System beruflicher Bildung

Im Vergleich zu ähnlichen Erwerbsgesellschaften fällt in Deutschland das dominante Teilsystem der dualen Ausbildung in der beruflichen Bildung auf. Die duale Ausbildung als eine der drei Säulen ist gekennzeichnet durch eine kooperative Bildungsorganisation in einer spezifischen Berufsschule und einem Ausbildungsbetrieb unter Zahlung eines Ausbildungsgehalts. Duale Ausbildungen sind in Deutschland unterscheidbar in technisch-gewerbliche und kaufmännische Ausbildungsberufe. Beide Formen sind durch das Nebeneinander der Ausbildung in der Berufsschule und in der Ausbildungsorganisation gekennzeichnet. Es gibt in Deutschland ca. 330 anerkannte Ausbildungsberufe, die durch eine duale Ausbildung zu einem bundesweit anerkannten Berufsabschluss nach Berufsbildungsgesetz (BBiG) und Handwerksordnung (HWO) führen (Berufsbildungsbericht 2014, S. 4). Ausbildungen im dualen System dauern in der Regel 36 Monate, wobei Abweichungen durch Ausbildungsverkürzung und wegen nicht bestandener Prüfungen möglich sind. In den letzten zehn Jahren sind die verkürzten Ausbildungsgänge mit einer Dauer von 24 Monaten verstärkt worden, um die Integration von Jugendlichen mit schwächeren Schulzertifikaten zu verbessern (vgl. Kinder- und Jugendbericht 2013, S. 192). Zu den ca. 330 anerkannten Ausbildungsberufen kommen als zweite Säule beruflicher Bildung ca. 160 vollzeitschulische Berufsausbildungen, deren Zertifikate zum größten Teil länderspezifisch geregelt sind, darunter auch die nicht-akademischen Gesundheitsberufe, Erziehungsberufe und Sozialberufe. Vollzeitschulische Berufsausbildungen stellen mit über 30% in den letzten Jahren einen expandierenden Sektor der Berufsausbildung dar (Datenreport Berufsbildungsbericht 2014, S. 221). Während duale Ausbildungen in ihrer Zertifizierung nach BBiG und HwO geordnet und damit bundesgesetzlich geregelt

sind, unterliegen die Abschlüsse schulischer Berufsausbildung zunächst überwiegend dem Bildungsföderalismus der Länder. Eine bundesweite Gültigkeit
der Qualifikation ist damit kein Automatismus (vgl. Anslinger 2009, S. 36).

Im Jahr 2015 hat die Zahl junger Menschen im Übergangsbereich[6] erstmalig
seit 2011 wieder zugenommen und stellt mit 28,3% der Neuzugänge 2015 eine
große Gruppe von jungen Menschen dar, denen die Einmündung in das Erwerbssystem nicht ohne Unterstützung gelingt (Bildungsbericht 2016, S. 7,
S. 102). Pointiert betrachtet bieten Übergangsbereich und vollzeitschulische
Berufsausbildungen als politisch steuerbare Säulen beruflicher Bildung die
Möglichkeit, Schwankungen in der Bereitstellung von Ausbildungsplätzen im
marktgesteuerten System der dualen Ausbildung zu kompensieren. Die Zahlen,
insbesondere im Ost-West-Vergleich machen sichtbar, dass dies im Lauf der
Jahre auch immer wieder geschehen ist (Bildungsbericht 2012, S. 102)[7]. Diese
makroperspektivische Betrachtung verdeutlicht zweierlei. Zum einen, dass das
System beruflicher Bildung durch eine große Vielfalt der Berufsbildungsgänge
gekennzeichnet ist, bei denen diejenigen, die in der dualen Ausbildung abgeschlossen werden können, deutlich überwiegen. Zum anderen, dass die Zugänge zu vollzeitschulischen Berufsausbildungen und zum Übergangsbereich
nicht im gleichen Maß marktförmig gestaltet sind wie die Zugänge zur dualen
Ausbildung, die in der beruflichen Bildung dominiert. In der nachfolgenden
genaueren Betrachtung der Zugänge zur dualen Ausbildung wird sichtbar, dass
sich in der Struktur dualer Ausbildung bestimmte Ausschlussmechanismen
(Geschlecht) historisch entwickelt haben und dass diese durch neuere Ausschlussmechanismen (Bildungszertifikate) ergänzt worden sind.

Zugänge und Restriktionen im System dualer Ausbildung[8]

Die Geschlechterperspektive ist eine zentrale Perspektive für die Betrachtung
unterschiedlicher Zugangschancen zur beruflichen Bildung. Das Berufskonzept
für die duale Ausbildung entstammt historisch betrachtet einer Ausbildungs-
tradition, aus der Frauen bis ins 20. Jahrhundert hinein ausgeschlossen worden

---

6   Verschiedentlich wird in der Literatur (vgl. bspw. Ahrens 2014b, S. 7 ff.) diskutiert, dass die
     Benennung als „Übergangssektor" oder „Übergangssystem" eine Geordnetheit dieses
     Konglomerats von Maßnahmen zur Eingliederung, Wiedereingliederung oder Förderung
     des Eintritts in den ersten Arbeitsmarkt durch unterschiedlichste Akteure suggeriert. Im
     Anschluss an diese Position nutze ich in dieser Studie durchgehend den Begriff des Über-
     gangsbereichs.
7   Die konjunkturellen Schwankungen und die damit einhergehenden Steuerungsimpulse der
     Politik können hier nicht näher betrachtet werden. Beispielsweise umfasste der Übergangs-
     bereich 2005 mit 38,7 Prozent eine deutlich höhere Zahl der Neuzugänge (vgl. Kinder- und
     Jugendbericht 2013, S. 191).
8   Teile des folgenden Abschnitts sind bereits publiziert worden in Erdmann 2016b.

sind. Für sie hat sich bis heute vor allem eine Ausbildungsform auf schulischer Ebene entwickelt (vgl. Arnold 2003, S. 27). Diese geschlechtsspezifische Differenzierung ist aktuell in der Berichterstattung sichtbar. Der Frauenanteil in vollzeitschulischen Berufsausbildungen hat 2013 bei 78% gelegen (Berufsbildungsbericht 2014, S. 25). Die berufliche Tätigkeit junger Frauen unterhalb der Hochschulebene lässt sich in vielen Fällen unter der Überschrift „Pflege und Betreuung" subsumieren. Junge Frauen sind bis heute nicht nur im signifikanten Maß geringer in der dualen Ausbildung vertreten, sie beschränken sich auch auf deutlich weniger Ausbildungsberufe und dabei vor allem auf den Dienstleistungssektor (Berufsbildungsbericht 2014, S. 25).

Als weitere Perspektive für die Betrachtung unterschiedlicher Zugangschancen zur beruflichen Bildung sind Bildungszertifikate zentral. Die Zugangsvoraussetzungen für die unterschiedlichen Ausbildungsberufe sind nicht einheitlich geregelt. Schulabschlüsse stellen das zentrale Selektionskriterium dar (vgl. Kinder- und Jugendbericht 2013, S. 193). 2014 verfügten 42,8 Prozent der Auszubildenden über einen Realschulabschluss, 28,1 Prozent über einen Hauptschulabschluss und 2,9 Prozent haben eine Ausbildung ohne einen Hauptschulabschluss begonnen (Berufsbildungsbericht 2016, S. 37). Die Gruppe der Abiturient_innen hat 2014 mit 26,2 Prozent zugenommen, was auch auf die doppelten Abiturjahrgänge zurückzuführen ist (ebd.). Im Zuge der Bildungsexpansion haben sich die Zugänge zu Ausbildungsplätzen in den letzten 20 Jahren zugunsten höherer Bildungszertifikate verschoben (vgl. Solga 2005). Die Einmündungsquote in eine Ausbildung für Hauptschulabsolvent_innen hat sich von 2012 zu 2013 um knapp vier Prozentpunkte verbessert. 68% der Schulabsolvent_innen, die maximal über einen Hauptschulabschluss verfügen, gelingt die Einmündung in eine duale Ausbildung nicht (Berufsbildungsbericht 2014, S. 29 f.).

Für die Betrachtung unterschiedlicher Zugangschancen zur beruflichen Bildung wird außerdem die Marktförmigkeit entscheidend, die das System dualer Ausbildung kennzeichnet: Ausbildende Betriebe entscheiden, ob sie Ausbildungsplätze anbieten und wen sie in die Ausbildung aufnehmen (vgl. Kinder- und Jugendbericht 2013, S. 190). In der Aufschlüsselung der Ausbildungsberufe des dualen Systems nach der schulischen Vorbildung der Auszubildenden wird eine ausgeprägte Segmentierung sichtbar, die auf spezifische Niveaus der dualen Ausbildung verweist (vgl. Kinder- und Jugendbericht 2013, S. 193). Im oberen Segment der Abiturient_innenberufe finden sich vor allem Verwaltungs- und kaufmännische Berufe in Industrie und Handel sowie Ausbildungsberufe in den neuen Medien. In einem zweiten Segment finden sich vor allem Auszubildende mit Realschulabschluss, die wiederum kaufmännische und Verwaltungsberufe, vereinzelt auch technische Berufe erlernen. Das dritte Segment ist zwar weiterhin von Auszubildenden mit Realschulabschluss gekennzeichnet, jedoch sinkt ihr Anteil; in Berufen dieses Segments erreichen Absolvierende von Hauptschulen annähernd 40 Prozent (ebd.). Hier finden sich etwa je zur Hälfte kaufmännische und gewerblich-technische Berufe (vgl. Kinder- und Jugendbericht 2013, S. 193). Im letzten Segment verfügen knapp 60 Prozent aller Auszubildenden über den Hauptschulabschluss, wohingegen nur 4 Prozent aller Auszubildenden eine studienberechtigende Vorbildung nachweisen. Hier dominieren Berufe des Nahrungsmittelhandwerks, handwerkliche Berufe, sowie die Ausbildung für den Verkauf und das Friseurhandwerk. (ebd.). Diese Segmentierung lässt sich über die letzten Jahre als hochstabil bezeichnen. Der Bildungsbericht 2012 konstatiert: „Die relativ stabile Segmentation nach Vorbildungsniveaus zeigt, dass der rechtlichen Zugangsfreiheit zur dualen Ausbildung in der Realität erhebliche Barrieren für die unteren Bildungsgruppen entgegenstehen" (Bildungsbericht 2012, S. 112).

Innerhalb dieser skizzierten Segmente bilden sowohl Großunternehmen als auch mittlere und kleine Unternehmen aus und stellen dabei unterschiedliche Ressourcen für Berufsausbildung zur Verfügung. Diese Ressourcen beziehen sich einerseits auf das „recruiting" und die Auswahl der potenziellen Auszubildenden und andererseits auf den Prozess des Ausbildens. Während Großbetriebe Ressourcen in eine ausgefeilte Suche nach Auszubildenden investieren können, bleibt kleineren Betrieben ohne spezielle Personalressourcen nur der Zugriff auf eingehende Bewerbungen (Granato & Ulrich 2014, S. 214 ff.). In der Zusammenschau wird sichtbar, dass dem Anspruch des dualen Systems, Egalität in Ausbildung und Wertigkeit von Ausbildungszertifikaten zu vermitteln, empirische Belege zur differierenden Ausbildungsqualität entgegenstehen (Kinder- und Jugendbericht 2013, S. 191; Granato & Ulrich 2014, S. 224 f.). Bedeutsam für diese differierende Qualität sind die jeweiligen Ausbildenden, die für den Verlauf einer dualen Ausbildung eine entscheidende Rolle spielen können und in dieser Untersuchung wichtig für die Rekonstruktion der Erlebensprozesse in der Ausbildung werden (vgl. Kap. 1.3, 2, 3.2).

Ausbildende in der Ausbildung

Im betrieblichen Alltag der Ausbildung stellen Ausbildende in der Regel das primäre Gegenüber für die Auszubildenden dar. Gerade in gewerblich-technischen Ausbildungen wird eine Beziehung über drei, zum Teil dreieinhalb Jahre Ausbildungszeit aufgebaut, die je nach Betriebsorganisation auch über das Ende der Ausbildung hinaus bestehen bleibt. Durch die zeitliche Struktur der dualen Ausbildung verbringen Auszubildende deutlich mehr Zeit im Betrieb als in der Berufsschule. Die Struktur der Schule knüpft an frühere Erfahrungen in der Schulzeit der Auszubildenden an, wohingegen der Lernort Betrieb sich durch eine völlig neue Erlebensqualität auszeichnet. In vielen kaufmännischen Ausbildungen ist ein Wechsel der Ausbildungsstationen Teil des Ausbildungsprinzips, so dass häufig sogenannte „Ausbildungsbeauftragte" in den einzelnen Stationen die alltägliche Arbeit mit den Auszubildenden für jeweils drei Monate übernehmen. Den Ausbildenden kommt dann eine eher koordinierende Funktion im Hintergrund zu. Auch in kaufmännischen Ausbildungen bleiben sie jedoch zentrale Figuren für die Auszubildenden, wenngleich sie weniger Zeit im Alltag mit ihnen verbringen.

Das Verhältnis zwischen Ausbildenden und Auszubildenden weist eine Strukturähnlichkeit mit der typischen Lehrenden-Lernenden-Beziehung auf: Es geht um Wissensvermittlung, es ist ein hierarchisches Verhältnis und in der Regel gibt es mehr Auszubildende als Ausbildende. Neu im Vergleich zum schulischen Modell ist jedoch die Dimension des gemeinsamen Tätig-Werdens: Ausbildung findet nicht im Modus herkömmlichen Schulunterrichts statt, sondern entfaltet sich im gemeinsamen Tun, bei dem Ausbildende und Auszubildende häufig gemeinsam an einer Sache arbeiten oder diese zumindest im Nachhinein gemeinsam reflektieren. Ausbildende in der dualen Ausbildung sind keine professionellen Lehrkräfte im herkömmlichen Sinne. Sie haben in der Regel keine pädagogische Ausbildung absolviert, sondern im Lauf ihres Berufslebens eine Ausbildungsberechtigung qua Ausbildungseignungsprüfung erworben[9]. Diese formalen Rahmenbedingungen stecken die Grenzen pädagogischen Handelns ab, Ausbildende sind gerade in kleineren Organisationen häufig auch Betriebseigner_innen und erledigen die Ausbildung nebenbei. Aufgrund dieser Bedingungen spreche ich von Ausbildung als einem *semi-pädagogischen Setting*: Es gibt spezifische Gemeinsamkeiten mit originär pädagogischen Settings und dennoch ist eine duale Ausbildung durch andere Strukturen geprägt. Im Vordergrund steht das Erlernen eines Ausbildungsberufs und nicht die „Nachreifung" Jugendlicher wie im Übergangsbereich, um einen Ausbildungsberuf erlernen zu können. Größere Organisationen leisten sich eine differenzierte Ausbildungsorganisation mit Lehrwerkstätten und eigens dafür abgestelltem Personal. Diese inhaltliche Spannweite von Ausbildungsformen und Rollenverständnissen wird häufig unausgesprochen mitgedacht, wenn von „Ausbildenden" die Rede ist[10]. Die Rolle von Ausbildenden wird gerade in der Ausbildung von „benachteiligten Jugendlichen" (vgl. Gericke 2003) diskutiert und ist zum Gegenstand von Untersuchungen geworden, die sich mit Diskriminierungsprozessen in der beruflichen Bildung beschäftigt haben (vgl. z. B.

---

9 Diese Ausbildungseignungsprüfung setzt voraus, dass eine persönliche und fachliche Eignung vorliegt, dies schreibt das Berufsbildungsgesetz (BBiG) vor (§§ 28–30 BBiG). Die Ausformung dieser persönlichen und fachlichen Eignung wird im Gesetz nicht weiter spezifiziert. Die Vorbereitung für diese Prüfung kann unter anderem an den Industrie- und Handelskammern sowie den Handwerkskammern abgelegt werden (vgl. BiBB 2009).

10 Für eine erweiterte Auseinandersetzung mit Ausbildenden sowie deren Rolle in der dualen Ausbildung aus Perspektive der Berufsbildungsforschung vgl. bspw. Baumgartner 2014; Rausch 2011; Rausch 2014 et al.

Scherr et al. 2015). Diese Perspektive war leitend für die Überlegung, Interviews mit Ausbildenden als Teil dieser Untersuchung zu konzipieren und Erkenntnisse über ihre Bedeutung im Erleben dualer Ausbildung unter schwierigeren Bedingungen zu gewinnen.

„Benachteiligung" in der beruflichen Bildung

Betrachtet man, wie junge Menschen mit Minderheitserfahrungen und in schwierigen Lebenssituationen in der beruflichen Bildung in den Blick genommen werden, fällt das Konzept der „Benachteiligung" ins Auge, das im Kontext beruflicher Bildung diskursbestimmend sichtbar wird. Der Begriff der Benachteiligung in der beruflichen Bildung ist eng mit der Entwicklung der Berufspädagogik in den 1980er-Jahren verknüpft (vgl. Anslinger 2009, S. 66). Anslinger (2009, S. 65 ff.) führt im Rückgriff auf Rützel (1995) aus, dass sich an der Historie des Benachteiligungsbegriffs in der beruflichen Bildung und der „Benachteiligtenförderung" die großen Linien der gesellschaftlichen und wirtschaftlichen Entwicklungen der Bundesrepublik nachzeichnen lassen. Ausgehend von der Unterstützung für ungelernte Jungarbeiter wurde die Benachteiligtenförderung im Lauf der letzten Jahrzehnte immer wieder Gegenstand kontroverser politischer Debatten und spiegelt in ihrer heutigen Verfasstheit vor allem den Wandel zur nachindustriellen Gesellschaft wider. Der Niederschlag der Arbeitsförderung im Sinne des SGB III lässt sich als Anerkennung einer Daueraufgabe für den modernen Sozialstaat verstehen, solange Gesellschaften Teilhabe vor allem über die Zugehörigkeit zu Erwerbsarbeit definieren. Gleichzeitig merkt Bohlinger kritisch an, dass der Begriff der Benachteiligung in der beruflichen Bildung sehr heterogen verwendet wird: „Er dient gewissermaßen als Allegorie für verschiedene Formen der Benachteiligung, die von relativer Benachteiligung bis hin zu tatsächlichem Ausschluss reichen" (Bohlinger 2004, S. 232). Sie entwirft eine Konzeption von Benachteiligung, die individuelle und strukturelle Faktoren gleichermaßen betrachtet:

> „Soziale Faktoren wie die soziale Schicht, die Nationalität, die regionale Herkunft, die Religion oder das Geschlecht, individuelle Faktoren wie psychische und physische Beeinträchtigungen, Verhaltensauffälligkeiten oder Lern- und Leistungsschwierigkeiten sowie Marktbenachteiligungen, die durch die konjunkturelle Lage, strukturelle Einflussfaktoren und regionale Inhomogenitäten des Bildungssystems verursacht werden" (Bohlinger 2004, S. 232).

Bohlinger verweist darauf, dass Benachteiligungsfaktoren kumulieren oder additiv wirken können. Sie geht auf eine weitere Problematik der von ihr aufgespannten Konzeption von Benachteiligung ein, auf die auch Korte (2006) zu sprechen kommt, wenn sie Benachteiligung aus einer schulischen Perspektive diskutiert. Diese verdecke, dass Benachteiligung sowohl ein Fremd- als auch ein Selbstetikettierungsprozess ist:

> „Jugendliche, die auf dem Arbeitsmarkt unversorgt bleiben und aufgrund dessen einen allgemein bildenden Schulabschluss anstreben, werden von der Gesellschaft keineswegs als benachteiligt eingestuft. Gleichwohl kann diese Benachteiligung aus der Perspektive der Betroffenen selbst durchaus gegeben sein" (Bohlinger 2004, S. 233 f.).

Bohlinger kritisiert, dass die sozialpolitischen Handlungsansätze zum Abbau von Benachteiligung jedoch vor allem die Veränderung des Individuums in den Blick nehmen.

> „Vielmehr werden die Betroffenen als abnorme Personengruppe definiert, die in das bestehende Bildungssystem eingegliedert werden muss. Weitere Akteure wie politische Entscheidungsträger bei Steuerungsprozessen gegen Benachteiligung, gesellschaftliche Gruppen, die Benachteiligung durch ihr Verhalten auslösen oder mit verursachen, spielen in nur wenigen Ansätzen eine wichtige Rolle" (Bohlinger 2004, S. 234 f.).

Diese Position wird von Rützel (1995), Bohlinger (2004) und Anslinger (2009) geteilt. In ähnlicher Weise argumentiert Walther in seiner vergleichenden Untersuchung sozialpolitischer Deutungsmuster in verschiedenen Ländern Europas. Er konstatiert, dass sozialpolitische Strukturen in Deutschland eher auf eine Benachteiligung als individuelles Versagen denn als strukturelles Problem reagieren (vgl. Walther 2002, S. 97 ff.). Gesetzlich findet diese individuenzentrierte Perspektive auf Benachteiligung Niederschlag im SGB III in der Neufassung vom 29.03.2017 sowohl in der Formulierung der Zielsetzungen der Arbeitsförderung (§ 1) als auch in der Formulierung der Zielgruppenspezifität (§§ 51 und 52). So gilt weiterhin, was Bohlinger (2004) bereits für die alte Fassung des SGB III problematisiert hat.

> „Damit bietet die größte Stärke dieser rechtlichen Verankerung zugleich ihren größten Angriffspunkt, denn die Anerkennung der individuellen Lebenslage der Jugendlichen, ihrer Einstellungen und Bedürfnisse als zentrales Merkmal einer sozialpädagogisch orientierten Berufsausbildung impliziert zugleich, dass eben diese individuellen Merkmale und Beeinträchtigungen die Benachteiligung verursachen. Damit bleibt die Frage offen, ob die Jugendlichen per se nicht vermittelbar sind oder ob sie unter anderen gesellschaftlichen und konjunkturellen Bedingungen in eine reguläre betriebliche Ausbildung hätten einmünden können" (Bohlinger 2004, S. 237).

An dieser Position setzt Enggruber (2011) an. Sie stellt heraus, dass der Benachteiligungsbegriff in der beruflichen Bildung nur begrenzt anschlussfähig an erziehungswissenschaftliche Diskurse um die Entstehung und Prozessierung sozialer Ungleichheit sei, weil er stets auf einer individualisierenden Ebene verwendet würde (Enggruber 2011, S. 2 ff.). Vor diesem Hintergrund kritisiert sie ihre eigene Studie (Enggruber & Euler 2004), in der sie versucht hat, eine Typologie von Risikogruppen auf der Grundlage empirischer Daten zu entwickeln. Sie plädiert vor dem Hintergrund der implausiblen Anschlussfähigkeit ihrer Typologie an intersektionale Analyseperspektiven für eine Erweiterung der Perspektiven. Sie argumentiert, dass jede Form einer essentialisierenden Zuschreibung, die ihre Studie von 2004 leistet, die Macht- und Herstellungsprozesse sozialer Ungleichheit verdeckt und eine Perpetuierung befördert (vgl. Enggruber 2011, S. 6). Enggruber sieht eine mögliche Lösung in einer Stärkung intersektionaler Perspektiven in der Forschung. Diese Entwicklung hält sie für anschlussfähig, um Übergänge aus Subjektperspektive zu erforschen und gleichzeitig Macht- und Herstellungsprozesse sozialer Ungleichheit im Übergang zu untersuchen (vgl. Enggruber 2011, S. 7). In der genaueren Betrachtung der Argumentationslinien fällt auf, dass Enggruber zwar das System dualer Ausbildung mitdenkt, primär jedoch den Übergangsprozess in den Blick nimmt, wenn sie für eine Erweiterung des Benachteiligtenbegriffs argumentiert.

Als gemeinsamer blinder Fleck des Diskurses wird deutlich, dass Benachteiligung und die begriffsimmanenten Schwierigkeiten des Benachteiligungsbegriffs im Hinblick auf das Übergangsgeschehen und den Übergangsbereich diskutiert werden. Benachteiligung bzw. deren Entwicklung für das Subjekt nach dem Eintritt ins Erwerbssystem gerät auch in der frühere Argumente verbindenden Perspektive Enggrubers nicht in den Fokus des Diskurses. „Benachteiligung" in der beruflichen Bildung strukturiert sich entlang der Historie der Arbeitsförderung und fokussiert damit den Übergangsbereich. Zugespitzt formuliert lässt sich in einer ersten Annäherung an das Forschungsfeld festhalten: Die auffindbare Forschung zu „Benachteiligung" in der beruflichen Bildung bildet die Struktur der Praxis des Übergangsbereichs ab, geht jedoch nicht darüber hinaus. Sie greift die methodologische Entwicklung erziehungswissenschaftlicher Forschung zu nicht-essentialisierenden Zugängen im Kontext gesellschaftlicher Diversifizierung kaum auf und betrachtet die anderen beiden Bereiche „regulärer" beruflicher Bildung nicht. Gleichzeitig wird durch die skizzierten Linien deutlich, dass der umstrittene Begriff der „Benachteiligung" nur begrenzt trägt, um die empirische Vielfalt jenseits des Übergangsbereichs und die gesellschaftliche Verfasstheit sowie die individuellen Prozesse im Übergang in das Erwerbsleben und im Erwerbsleben zu untersuchen.

1.3 Biographie – Perspektive und Aufbau der Studie

Zur Perspektive

Auf der Grundlage der Problemstellung und des thematischen Kontextes wird es möglich, die Untersuchungsperspektive zu entfalten. Obgleich Forderungen nach der „Entwicklung einer eigenständig berufspädagogischen, wissenschaftlichen fundierten Benachteiligungstheorie" (Bohlinger 2004, S. 234) bestehen (in ähnlicher Weise Bojanowski 2005 und 2006 sowie Ahrens 2014b S. 16 ff.), lässt sich diese bis heute nur bedingt beobachten. Spies & Tredop sehen hierfür vor allem die Interdisziplinarität des Feldes verantwortlich, in dem sich so unterschiedliche theoretische Perspektiven verschiedener Disziplinen wie Sozialpädagogik, Sonderpädagogik, Schulpädagogik, Berufs- und Wirtschaftspädagogik, Soziologie und Psychologie vereinen müssten, um zu tragfähigeren Theoremen zu gelangen (vgl. Spies & Tredop 2006, S. 16). Gleichzeitig bleibt offen, ob sich eine solche „Benachteiligungstheorie" nur auf den Übergangsbereich oder auf die berufliche Bildung als Ganzes – und damit auch auf die vollzeitschulische Berufsausbildung und duale Ausbildung – beziehen könnte. Im Gegenstandsfeld dualer Ausbildung findet sich bislang keine erziehungswissenschaftliche Perspektive auf Jugendliche, die ihre Ausbildung unter Bedingungen von Bildungsbenachteiligung beginnen. So scheint das Sprechen von „benachteiligten Jugendlichen" – analog zur homogenisierenden Etikettierung des Übergangsbereichs – nicht grundsätzlich angemessen für die nachfolgende Studie. Korte (2006) verweist auf die interaktive Dimension von Benachteiligung, die in der Verwendung des Leitterminus „benachteiligte Jugendliche" anschließend an Spies & Tredop (2006) nur begrenzt sichtbar wird und deren Kritik ich bereits unter Kap. 1.2 im Anschluss an Bohlinger (2004), Anslinger (2009) und Enggruber (2011) herausgearbeitet habe. Bezugnehmend auf Korte erscheint es sinnvoll, die Prozesshaftigkeit und die Aushandlung in Interaktionen von Bildungsbenachteiligung und deren Thematisierung stärker in den Blick zu nehmen, wozu die qualitative Triangulation der Datenmaterialien in dieser Studie (vgl. hierzu Kap. 2.2 und 2.3) einen Beitrag leistet. Diese Untersuchungsperspektive soll auch sprachlich sichtbar werden, indem nur eingeschränkt von „benachteiligten jungen Erwachsenen"[11] gesprochen werden soll. Insofern werde ich im Rahmen dieser Untersuchung alternierend mit Begriffen zur Unterscheidung arbeiten, die jeweils im Kontext der kapitelspezifischen Erörterung angemessen erscheinen. Diese Entscheidung werde ich im Diskussionsteil der Studie (vgl. Kap. 7) einer Reflexion unterziehen.

---

11 Da ich ausschließlich junge Menschen nach ihrem 18. Geburtstag interviewt habe, spreche ich durchgängig von jungen Erwachsenen.

Es geht im Folgenden um die *Rekonstruktion biographischer Prozesse junger Erwachsener, die in schwierigen Lebenssituationen und oder mit Minderheitserfahrungen eine duale Ausbildung aufgenommen haben.* Dieser allgemeine Zuschnitt wird in der Samplegenerierung nicht fokussiert auf eine spezifische Gruppe im Sinne z. B. einer Migrationsgeschichte oder einer anderen Differenzlinie. Ich folge einer nicht-essentialisierenden Perspektive in der biographischen Rekonstruktion. Die Untersuchungsperspektive scheint so in doppelter Hinsicht ungewohnt: Zunächst, weil so differenzsensibel auf ein Feld geblickt wird, das bislang kaum differenzsensibel beforscht wird, und zweitens, weil sie durch die methodologische Verortung eine Perspektive einnimmt, die eher ungewohnt für Forschungsperspektiven im Gegenstandsfeld ist. Es werden biographische Prozesse junger Erwachsener in schwierigen Lebenssituationen und mit Minderheitserfahrungen im semi-pädagogisch konstituierten Setting dualer Ausbildung, Beziehungsgeschichten mit Ausbildenden und die Prozesse der Entstehung, Veränderung und Zuschreibung von Benachteiligung in einem Feld betrachtet, das nicht zum Kerngebiet einer erziehungswissenschaftlich-sozialpädagogischen Forschung gehört[12]. Im Fokus stehen biographische Prozesse des bildungsbenachteiligten Subjekts angesichts einer Auseinandersetzung mit dem Setting dualer Ausbildung und den dortigen Akteur_innen beruflicher Bildung. Die Forschungsperspektive „Biographie" erlaubt es, die Erlebensprozesse Einzelner, subjektive Sinnbildungsprozesse, die Betrachtung des Settings dualer Ausbildung in der Erzählung der Lebensgeschichten und Bildungsbenachteiligung als sozialen Prozess im Setting dualer Ausbildung in den Blick zu nehmen. Damit sind prospektiv Ergebnisse dieser Studie auf zwei Ebenen zu erwarten. Zum einen werden sich die Ergebnisse auf die biographischen Prozesse und Biographisierungsleistungen[13] im Forschungsfeld beziehen. Zum anderen verweisen diese Ergebnisse auf die Frage der Thematisierbarkeit und Erforschbarkeit von „Benachteiligung" im Feld beruflicher Bildung jenseits des

---

12 Die erste Inspiration für diese Untersuchung erfolgte aus einem genuin sozialpädagogischen Handlungsfeld. In meiner beruflichen Tätigkeit als Sozialarbeiterin in der stationären Jugendhilfe habe ich über fünf Jahre hinweg beobachtet, wie in der Einrichtung untergebrachte Jugendliche sich um Ausbildungsplätze beworben haben und in diesem Prozess gegenüber den Ausbildungsbetrieben damit umgehen mussten, dass sie „im Heim" wohnen. Innerhalb dieser Prozesse ist es nötig geworden – für die Jugendlichen und im mehr oder minder großen Maß für Ausbildungsbetriebe – sich mit den Fragen von Zuschreibungen und Normalisierungen der eigenen Lebensgeschichte vor dem Hintergrund der Aufnahme einer normalen, nicht sozialpädagogisch gestützten Ausbildung auseinanderzusetzen (vgl. hierzu auch Rein 2016 sowie Reimer 2017). Dabei ist immer wieder bedeutsam geworden, wie Ausbildungsbetriebe auf Auszubildende reagieren, die „im Heim" leben.

13 Der Begriff der „Biographisierungsleistung" muss an dieser Stelle noch unbestimmt bleiben und wird in Kap. 3.1 erläutert.

Übergangsbereichs und können damit den Diskurs um eine „Benachteiligungstheorie" anreichern.

Zum Aufbau

Um die Annäherung abzurunden gehe ich auf den Stand der Forschung zum
Erleben von Bildungsbenachteiligung im Kontext dualer Ausbildung ein und
arbeite Desiderate sowie die Fragestellung heraus (1.4). In Kapitel 2 geht es um
die methodologische und methodische Verortung dieser Studie sowie den Forschungsprozess. Ab Kapitel 3 erfolgt die Darstellung der Ergebnisse. Zunächst
führt die empirische Analyse über drei ausgewählte Fallrekonstruktionen (3.1–
3.3) aus dem Sample. Unter 3.4 stelle ich dar, wie es unter dem Eindruck der
biographischen Rekonstruktionen zur Konstrastierung und Entwicklung der
Ergebnisdarstellung in den nachfolgenden drei Kapiteln kommt, in denen spezifische empirische Phänomene im kontrastiven Vergleich mit weiteren Datenmaterialien der Untersuchung verdichtet und abstrahiert werden. Die Darstellung dieser Ergebnisebene erfolgt in den Kapiteln 4–6. In Kapitel 4 gehe ich
auf die Bedeutung der Ausbildung in der Erzählung der Lebensgeschichte ein.
In Kapitel 5 zeige ich die Ergebnisse, die sich im Hinblick auf die subjektiven
Sinnbildungsprozesse im Erleben der Ausbildung und die Zusammenarbeit mit
Akteur_innen in Ausbildungsorganisationen zeigen. In Kapitel 6 gehe ich auf
Formen von biographischer Arbeit und Formen von Biographisierungsleistungen im Kontext dualer Ausbildung ein. In Kapitel 7 greife ich zentrale Ergebnisse der Studie auf und diskutiere sie im Kontext spezifischer Theoriediskurse,
auf die die Ergebnisse verweisen. In Kapitel 8 gebe ich einen Ausblick auf Anregungspotenziale der Untersuchung.

1.4 Stand der Forschung und Fragestellung

Im Fokus dieser Studie steht die Rekonstruktion biographischer Prozesse junger Erwachsener, die unter bildungsbenachteiligenden Bedingungen eine duale
Ausbildung aufgenommen haben. Damit geraten vor allem Arbeiten in den
Blick, die das Setting dualer Ausbildung und die Rekonstruktion damit verbundener Erlebensprozesse des Subjekts aus biographischer Perspektive fokussieren.

Schaffner (2007) untersucht biographische Bewältigungsstrategien junger
Erwachsener zwischen Sozialhilfe und Arbeitsmarkt in der Schweiz. Schiek
(2010) hat biographische Selbstpräsentationen rekonstruiert, die mit prekärer
Beschäftigung und Leiharbeit einhergehen. In einer ähnlichen Perspektive untersucht Grimm (2017) unter Zuhilfenahme von Statuskonzepten die biographischen Bewältigungsprozesse in diskontinuierlichen Erwerbs- und Bildungs-

biographien. Sie entwickelt eine Typologie der Statusakrobatik auf Grundlage der herausgearbeiteten Strategien des Umgangs mit Statusinkonsistenzen. Den Studien von Schiek (2010) und Grimm (2017) ist gemeinsam, dass sie schwierige Lagen im Erwerbssystem und deren Be- und Verarbeitung in Biographien untersuchen, sich dabei jedoch nicht auf das System dualer Ausbildung beziehen. In zwei Studien aus den 1980er- beziehungsweise 1990er-Jahren sind vor allem soziale Prozesse der Arbeits- und Ausbildungslosigkeit junger Erwachsener rekonstruktiv untersucht worden. Alheit et al. haben die Biographien arbeitsloser Jugendlicher untersucht (Alheit et al. 1986). Im Fokus der Studie hat die Rekonstruktion biographischen Erlebens von gescheiterten Bildungs- und Ausbildungsgeschichten gestanden. Sie rekonstruieren mittels autobiographisch-narrativer Interviews verschiedene Verarbeitungsmuster der Arbeitslosigkeitserfahrung Jugendlicher und konnten fünf Differenzierungen unterscheiden. Arbeitslosigkeit ist dabei unter anderem als Phänomen sichtbar geworden, das durch andere, entscheidendere Erfahrungen in der Biographie überlagert werden kann. In anderen Rekonstruktionen wird Arbeitslosigkeit als Bruch und Ausgangspunkt nachfolgender negativer biographischer Entwicklungen rekapituliert. Zwei weitere Differenzierungen werden zum einen durch substituierende Angebote sichtbar, die alternativ als Ausbildungsangebot umgedeutet worden sind, zum anderen durch sogenannte „Subkarrieren", innerhalb derer die Arbeitslosigkeit subjektiv an Bedrohung verloren hat. Eine fünfte Differenzierung wird in einer politischen Auseinandersetzung in der eigentheoretischen Analyse sichtbar, in der es zu einer Auseinandersetzung mit den gesellschaftlichen Bedingungen des biographisch Erlebten gekommen ist. Helsper et al. (1991) haben sich dem Erleben gescheiterter Ausbildungs- und Bildungsbiographien Jugendlicher angenähert. Sie rekonstruieren die komplexen Marginalisierungsprozesse in Institutionen wie Schule und Jugendhilfe sowie Sphären der Familie und unter Peers, die mit gescheiterten Schul- und Ausbildungsbiographien in der Untersuchungsgruppe einhergehen. In der Untersuchung von Helsper et al. wird in der Interpretation der Daten auf die Entstandardisierung der Jugendphase und die damit einhergehende Individualisierung der Risiken abgestellt. Dieses Phänomen wird mit der Jugendarbeitslosigkeit der 1980er-Jahre in Verbindung gesetzt (Helsper et al. 1991). Diese Studien fokussieren explizit die biographischen Prozesse gescheiterter Jugendlicher, nicht jedoch die Prozesse, die sich insbesondere in der Auseinandersetzung mit dem Setting dualer Ausbildung beobachten lassen.

Klaus wendet sich in einer biographieanalytisch angelegten Arbeit explizit dem Setting der dualen Ausbildung zu. Er untersucht das Phänomen der vorzeitigen Vertragslösung in Stadt und Region Magdeburg und entwickelt ein Phasenmodell. Sein Untersuchungsinteresse gilt jedoch ausschließlich dem Phänomen der vorzeitigen Vertragslösung und nicht den damit verbundenen bildungsbiographischen Prozessen (Klaus 2014). Fokussierter wird das Phänomen der vorzeitigen Vertragslösung mit biographieanalytischen Zugängen im Rahmen eines Forschungsprojektes der Hochschule Emden-Leer im Hinblick auf die Gastronomiebranche untersucht (Bartmann et al. 2014). Nur wenige auffindbare Studien beziehen sich auf die Struktur dualer Ausbildung und nehmen eine subjekt- bzw. biographieanalytische Perspektive ein. Gericke (2014) hat in einer biographieanalytischen Studie die Berufsorientierungen von KfZ-Mechatronikern in Deutschland und England verglichen und arbeitet länderspezifische Unterschiede heraus. Sie entwickelt Muster biographischer Berufsorientierungen und Strukturen der Wahrnehmung zu den national verschiedenen Bedingungen unter den Befragten des Samples. Hervorzuheben ist die Studie von Filliettaz (2010), der die Perspektiven Ausbildender und Auszubildender in einer Untersuchung verschränkt. Wie in Kapitel 1.2 bereits sichtbar geworden ist, spielen Ausbildende für das Erleben einer Ausbildung aufgrund ihrer täglichen Präsenz in der Zeit der Ausbildung eine wichtige Rolle. Filliettaz trianguliert in einer Studie zu Ausbildungsabbrechenden in der Schweiz Ausbildendenperspektiven mit Perspektiven Jugendlicher und deren Kolleg_innen (Filliettaz 2010). In diesen Studien wird die Struktur dualer Ausbildung bzw. der vorzeitigen Vertragslösung untersucht, ohne eine Perspektive auf Bildungsbenachteiligung im Kontext der Berufsausbildung einzunehmen.

Die vorangegangenen Ausführungen über die Untersuchungsperspektiven zur Entwicklung von Bildungsbenachteiligung im Anschluss an die Schulzeit im Kontext dualer Ausbildung haben gezeigt, dass eine Reihe von Forschungen vorliegen, die sich diesem Zusammenhang nähern. Dabei fällt auf, dass es bestimmte Fokussierungen gibt, die gleichzeitig spezifische Desiderate offenbaren. Das Desiderat wird *inhaltlich* sichtbar im Hinblick auf Erlebens- und Verarbeitungsprozesse einer bildungsbenachteiligenden Ausgangslage junger Erwachsener jenseits der Übergangsgestaltung im Kontext einer dualen Ausbildung. Das Desiderat besteht *inhaltlich auch* in der Zusammenschau von Übergang und rekonstruktiver Erforschung des Ausbildungsprozesses in Verschränkung von Ausbildendenperspektiven und Auszubildendenperspektiven. Darüber hinaus zeigt sich, dass die Erlebensprozesse junger Erwachsener in dualer Ausbildung generell nicht erforscht sind. *Methodische* Zugänge, die einen vertieften Zugang zum individuellen Erleben und Verarbeiten ermöglichen, sind bislang nur im Hinblick auf vorzeitige Vertragslösungen, Orientierungen und Prozesse des Scheiterns genutzt worden (vgl. hierzu Bartmann et al. 2014; Klaus 2014; Gericke 2014; Alheit et al. 1986). Die Erforschung von Prozessen der Verarbeitung von bildungsbenachteiligenden Lebenssituationen und ihrer Re(Produktion) findet sich vor allem in der bildungstheoretisch inspirierten

Biographieforschung (vgl. v. a. Wischmann 2010 und Rose 2012)[14] und nicht im Hinblick auf das Setting dualer Ausbildung. In jüngster Zeit sind Forderungen nach mehr biographieanalytischer Forschung an der ersten Schwelle laut geworden, die

> „[...] den Prozess des Anschlussfähigmachens individueller Sinnsetzungen und Lernmuster an die Gegebenheiten zu erklären vermag – die ihrerseits aber rückgebunden sein muss an die Kenntnis der strukturellen Vor- und Mitgegebenheiten (Bolder 2014, S. 191).

Ähnlich argumentieren Ahrens und Spöttl, die biographieorientierte Forschung zu beruflichen Entscheidungen und der Entwicklung von „Beruflichkeit" an der sogenannten ersten Schwelle neben der bestehenden quantitativen Forschung für notwendig halten (vgl. Ahrens & Spöttl 2012, S. 96 ff.). Zu einer ähnlichen Einschätzung der bestehenden Desiderate kommen Granato und Ulrich im Rahmen einer Untersuchung zu sozialer Ungleichheit beim Zugang in eine Berufsausbildung:

> „Nur wenige Untersuchungen liegen bislang zu den Gelegenheitsstrukturen der Teilsysteme beruflicher Ausbildung vor, hier gilt es insbesondere an *vollzeitschulischen* und *betrieblichen* Entscheidungsverhalten anzusetzen. Ungeachtet des deutlich besseren Kenntnisstands zeigen sich auch in Hinblick auf die Ressourcen, Handlungen und Erfahrungen der Jugendlichen Forschungsdesiderate. Die *soziale Herkunft* erfährt bisher noch zu wenig Aufmerksamkeit, gerade auch im Vergleich zur Bildungsungleichheitsforschung insgesamt. Wenngleich in Anlehnung an Bourdieu *kulturelle Ressourcen*, die über die schulischen Voraussetzungen hinausgehen, sowie *soziale Ressourcen* Teil empirischer Forschung sind, existiert hier weiterer Forschungsbedarf, sowohl zu den Ressourcen an sich als auch zu ihrem Wirkungszusammenhang (Georg 2006, S. 126 ff.; Vester 2006, S. 21 f.; Nauck 2011). Relativ wenig ist bislang zur Bedeutung von *Handlungskompetenzen* bekannt und in welcher Beziehung diese zur sozialen Herkunft stehen. Ein bedeutendes Desiderat bildet schließlich das Verhältnis zwischen verschiedenen institutionellen ungleichheitsrelevanten sozialstrukturellen Merkmalen wie soziale Herkunft, schulische Vorbildung, Geschlecht und Alter" (Granato & Ulrich 2014, S. 225 f.).

Forschungen, die Aspekte bildungsbenachteiligender Bedingungen und deren Prozessierung durch Institutionen als Konstruktionsleistung in ihrem biographischen Niederschlag betrachten, finden sich nur in Studien, die Bildungsbiographien aus einer differenzsensiblen Perspektive betrachten und zum Teil un-

---

14 Vgl. zur Unterscheidung einer bildungstheoretisch versus einer sozialwissenschaftlich interessierten Biographieforschung Dausien 2016.

ter diskursanalytischer Perspektive auswerten (vgl. Pfahl 2011; Kleiner 2015). Einige subjektorientierte Arbeiten fokussieren Differenzerfahrungen und Bildungsaufstiege in das akademische Feld (vgl. El-Mafalaani 2012; Angenent 2015; Schwendowius 2015). Es finden sich keine subjektorientierten Forschungen zur Bearbeitung von bildungsungleichen Lagen und Differenzerleben in der Biographie im Kontext dualer Ausbildung. Eine Fokussierung der qualitativ-rekonstruktiven, insbesondere biographieorientierten Forschung auf die biographischen Prozesse benachteiligter Jugendlicher beim Übergang in eine duale Ausbildung und die (Re)-Produktion einer Benachteiligung unabhängig einer spezifischen bildungsbenachteiligten Gruppe im Erleben dualer Ausbildung steht aus.

Daraus ergibt sich die leitende Fragestellung dieser Studie, *welche biographischen Prozesse und Biographisierungsleistungen sich in Erzählungen junger Erwachsener rekonstruieren lassen, die unter bildungsbenachteiligenden Bedingungen eine duale Ausbildung aufgenommen haben.* Gleichzeitig wird es durch die Triangulation mit den interaktionsgeschichtlich-narrativen Interviews mit Ausbildenden möglich, die Perspektive von Ausbildungsorganisationen und den Sinnbildungsprozessen der dort mit der Ausbildung beschäftigten Ausbildenden einzubinden. Die Relevanz der Beziehungen zu den Ausbildenden ist dabei ebenso von Interesse wie es deren erzählte Relevanzen zu den biographischen Prozessen und Lernprozessen Auszubildender sind, die im Rahmen der Ausbildungsbeziehung sichtbar werden. Vor dem Hintergrund des Referierten erscheint es angemessen, Differenzerleben nicht per se als bildungsbenachteiligend zu etikettieren und Differenzerleben und deren Bedeutsamkeit nicht-essentialisierend auf spezifische Bildungszertifikate, Ethnien, Lebens- bzw. Klassenlagen, Geschlecht und Formen körperlicher oder geistiger „Abweichungen" von einem als nicht-behindert erlebten Auszubildenden festzuschreiben. Vielmehr erscheint es angemessen und entspricht einer nicht-standardisierten Forschungshaltung (vgl. hierzu exemplarisch Bohnsack 2005), sich rekonstruktiv an die Erlebensprozesse des Einzelnen anzunähern und nach *allgemeinen Mustern biographischen Be- und Verarbeitens von Bildungsbenachteiligung im Kontext dualer Ausbildung* zu suchen, ohne diese in der Anlage der Forschung konditional mit spezifischen Differenzerfahrungen wie z. B. Migrationserfahrungen zu verbinden. Wie im nachfolgenden Forschungsprozesskapitel zu sehen sein wird, erfordert diese Untersuchungsperspektive einen spezifischen Feldzugang, den ich in Kapitel 2.2 differenziert erläutere.

2. Methodologie und Forschungsprozess

Das dargelegte Erkenntnisinteresse bringt die Verortung der Studie im interpretativen Paradigma mit sich. Diese nehme ich unter 2.1 vor und gehe auf grundlagentheoretische Prämissen ein, die sich mit dieser Perspektive verbinden. Zu den grundlagentheoretischen Klärungen gehört eine Verankerung in der Biographieforschung. Ich erläutere unter 2.1 die Anlehnung meines Forschungsprozesses an Überlegungen von Fritz Schütze zu autobiographischem Erzählen und spezifischen Erweiterungen, die für meinen Forschungsprozess wichtig geworden sind. Im Anschluss daran lege ich den Verlauf der Untersuchung dar (2.2 und 2.3), in dessen Kontext die soziale Bedingtheit der Erkenntnisprozesse im Forschungsprozess konsequent Berücksichtigung findet. Ich gehe unter 2.2 auf die Felderschließung ein, die insbesondere durch den rekonstruktiven Zugang zu Minderheitserfahrungen und prekären Lebenssituationen der ehemaligen Auszubildenden besonderen Herausforderungen unterworfen gewesen ist, und stelle die eingesetzten Verfahren zur Gewinnung der Daten dar. Ich gehe im Anschluss auf das gewählte Analyseverfahren und damit verbundenen Möglichkeiten der Generalisierung der Ergebnisse ein (2.3) und erläutere im letzten Schritt (2.4) den Samplingprozess, das gewonnene Datenmaterial sowie den Prozess der Anonymisierung und Maskierung der Daten.

2.1 Verortung der Untersuchung im interpretativen Paradigma

Das interpretative Paradigma der Sozialwissenschaften ist durch die axiomatische Setzung der Vorstrukturiertheit seiner Untersuchungsgegenstände gekennzeichnet: Die soziale Welt ist nie objektiv und verstehende Forschung hat das Ziel, sich dieser Vorstrukturiertheit mit wissenschaftlichen Methoden anzunähern (vgl. bspw. Schütz 1971; erläuternd für die Biographieforschung: Marotzki 2011, S. 22 f.). Diese Studie stellt die Entdeckung biographischer Prozesse junger Erwachsener in schwierigen Lebenssituationen und mit Minderheitserfahrungen im Kontext dualer Ausbildung sowie damit verbundener Phänomene in den Mittelpunkt. Das Erkenntnisinteresse der Studie bringt die Notwendigkeit eines hypothesengenerierenden Verfahrens zur Erhellung der Fragestellung mit sich, da hypothesenprüfende Verfahren sich der Beantwortung einer entdeckenden Fragestellung per se verschließen. Im Sinne einer abduktiven Forschungslogik geht es in hypothesengenerierenden Verfahren um die Entdeckung des „Neuen", überraschende Phänomene und bislang unbekannte Prozesse (vgl. Reichertz 2013). Die Auseinandersetzung mit dem Stand der Forschung (vgl. Kap. 1.4) zeigt, dass Erkenntnisse um die (biographischen) Erfahrungen junger Erwachsener mit Minderheitserfahrungen und in schwierigen Lebenssituationen in regulären Ausbildungsgängen des Systems beruflicher Bildung bislang kaum vorhanden sind. Neben den Möglichkeiten der Erkenntnisreichweite, die eine abduktive Studie und ein qualitativ-rekonstruktives Verfahren bieten, entspricht eine solche Konzeption dem Stand der Forschung. Diese Entdeckung des Neuen, die Generierung von empirischer Theorie zur Forschungsfrage im Untersuchungsfeld dualer Ausbildung wird in der vorliegenden Studie durch die Erhebung autobiographischer Stegreiferzählungen möglich, in denen Befragte ihre Lebensgeschichte präsentieren. Damit wird „Biographie" zum zentralen theoretischen Konzept dieser Arbeit.

Bei Völter et al. (2009) wird Biographie

> „als soziales Konstrukt verstanden, das Muster der individuellen Strukturierung und Verarbeitung von Erlebnissen in sozialen Kontexten hervorbringt, aber dabei immer auf gesellschaftliche Regeln, Diskurse und soziale Bedingungen verweist, die ihrerseits u. a. mit Hilfe biographischer Einzelfallanalysen strukturell beschrieben und re-konstruiert werden können" (Völter et. al 2009, S. 7 f.).

Biographien als soziale Konstrukte bieten für Forschungen die Möglichkeit, sich dem Erleben und den Prozessen in Lebensgeschichten reflexiv anzunähern, indem die sozialen, generationalen und gesellschaftlichen Rahmenbedingungen einer autobiographischen Darstellung Teil des analytischen Prozesses werden. In dieser Studie werden biographische Prozesse und Biographisierungsleistungen unter Zuhilfenahme autobiographisch-narrativer Interviews rekonstruiert (vgl. Kap. 2.2). Autobiographische Erzählungen werden in den analytischen Traditionen der Biographieforschung unterschiedlich reflexiv behandelt (vgl. zur Auseinandersetzung bspw. Göymen-Steck 2009; Griese 2010). Dabei lassen sich eher strukturalistische Verständnisse von „Biographie", die auf ein Sichtbarwerden von Strukturen in einer lebensgeschichtlichen Erzählung setzen, von eher poststrukturalistischen Verständnissen einer biographischen Erzählung unterscheiden, in denen die Verwobenheit des Sprechenden in gesellschaftliche Diskurse und die Interaktion mit dem Zuhörenden (Forschenden) zentral gesetzt werden (vgl. Spies & Tuider 2017, S. 1 ff.). Gemeinsam ist unterschiedlichen analytischen Traditionen in der Biographieforschung jedoch der Rekurs auf erzähltheoretische Grundlagen nach Kallmeyer & Schütze (1977). In diesen kommt das grundlegende Verständnis des Verhältnisses von Narration und

Erfahrung[15] in Stegreiferzählungen zum Ausdruck, das für verschiedene rekonstruktive Forschungstraditionen und insbesondere für eine Biographieforschung, die mit autobiographischen Stegreiferzählungen arbeitet, eine zentrale Prämisse darstellt. Durch erzähltheoretische Grundlagen wird nach Schütze fundiert, dass freies Stegreiferzählen eine hohe Nähe zur konkreten Erfahrung von Ereignissen aufweist, in die Erzählende eingebunden sind (vgl. Schütze 1984)[16]. Unter diesen Voraussetzungen gerät in den Blick, wie sich Erzählungen generieren und wodurch sie gekennzeichnet sind. Darauf möchte ich zunächst eingehen, bevor ich im nächsten Schritt die von Schütze postulierten Besonderheiten biographischen Erzählens diskutiere.

Die Strukturierung von Erzählungen durch Kommunikationsschemata der Sachverhaltsdarstellung: Narration, Deskription, Argumentation

Die sprachlichen Phänomene der Darstellung in der Kommunikation werden nach Kallmeyer & Schütze (1977) durch drei Kommunikationsschemata möglich, die in überwiegend konversationsanalytischen Arbeiten identifiziert werden konnten. Kallmeyer & Schütze haben gezeigt, dass jede Erzählung zumindest in Ansätzen durch andere Kommunikationsschemata der Darstellung durchsetzt ist, die identifizierbar sind, nämlich durch das einer Deskription und das der Argumentation (vgl. Kallmeyer & Schütze 1977). Während sich nach Kallmeyer & Schütze in narrativen und zum Teil in deskriptiven Textsorten eine erlebensnahe Darstellung sozialen Geschehens niederschlägt, kommen in argumentativen Teilen einer Erzählung die Formen der Auseinandersetzung mit dem Geschehen zum Vorschein. Innerhalb der Kommunikationsschemata entstehen sogenannte Zugzwänge des Erzählens, die eine Stegreiferzählung jenseits der Unterscheidung von Kommunikationsschemata weiter differenzieren (vgl. ebd.).

---

15 Für eine dezidierte Auseinandersetzung über den Zusammenhang von Erzählung und Erfahrung in der Biographieforschung und damit verbundene Diskurspositionen vgl. Schwendowius 2015, S. 125 ff.

16 Diese sogenannte Homologiethese Schützes, die sich mit dem postulierten Zusammenhang von Erfahrung und Erzählung verbindet, ist in den vergangenen Jahrzehnten Gegenstand kritischer Auseinandersetzung (vgl. Bude 1985, Nassehi & Saake 2002) geworden. Dausien arbeitet heraus, dass diese These „als Postulat einer *Struktur*homologie (kursiv i.O., NE) behandelt werden muss, als Annahme, dass die Konstruktionslogik des „Erfahrung Machens" und die des „über Erfahrung Erzählens" dem gleichen narrativen Grundschema folgen oder, wie Schütze (1984) sagt, die gleichen „kognitiven Figuren" verwenden" (Dausien 2002, S. 226).

Zugzwänge des Erzählens: Detaillierung, Gestaltschließung, Kondensierung

Bei den Zugzwängen des Erzählens handelt es sich um sprachliche Darstellungsphänomene, die sich im Erzählen in unterschiedlichen Formen zeigen. Ein Zugzwang steht für ein sprachliches Phänomen, das das Erzählen mit sich bringt. Erzählende können versuchen, dies zu vermeiden oder zu umgehen, dies führt jedoch zu einer sprachlichen Darstellungsform, die analytisch wiederum sichtbar gemacht werden kann. *Detaillierung* ist einer der bekannten Zugzwänge des Erzählens: In der Darstellung von erlebensnahen Ereignissen kann ein Detaillierungsdruck entstehen. Erzählende müssen möglicherweise etwas preisgeben, was sie nicht preisgeben möchten. Der Versuch, diesem Zugzwang zu entgehen, zeigt sich dann häufig in einem schlagartigen Abfallen der narrativen Darstellung: Jemand spricht schematisch und knapp über ein persönliches Erlebnis. Ein Zwang zur *Gestaltschließung* ist ein zweiter Zugzwang, der im Erzählen sichtbar wird: Er rekurriert darauf, dass eine begonnene Erzählung beendet werden muss, auch wenn damit Informationen preisgegeben werden, die Erzählende eigentlich nicht preisgeben möchten. Der Versuch, dieses Phänomen im Erzählen zu kontrollieren, zeigt sich dann häufig in sprachlichen Darstellungsphänomenen des Andeutens oder des Nachholens bestimmter Erzähllinien, bevor die Erzählung mit einer sogenannten Coda geschlossen wird. Als dritter Zugzwang des Erzählens wird *Kondensierung* als sprachliches Phänomen in Erzählungen sichtbar. Dabei handelt sich um sprachliche Phänomene der Zusammenfassung und Bewertung des Erzählten. Diese erfolgen nicht zufällig, sondern anhand von Relevanzsetzungen der Erzählenden (Schütz 1971; Kallmeyer & Schütze 1977).

Besonderheiten des Erzählens der eigenen Lebensgeschichte nach Schütze

Schütze argumentiert, dass die vorgenannten Bedingungen des Erzählens auch im Sprechen über das eigene Leben zu Strukturierungsmerkmalen jeder Erzählung werden, die produziert werden kann.

„Die kognitiven Figuren des Stegreiferzählens selbsterlebter Erfahrungen bewirken im Zusammengehen mit den narrativen Zugzwängen die formale Geordnetheit des autobiographischen Stegreiferzählens. Diese Geordnetheit kommt insbesondere in folgenden Erscheinungen des Erzählvorgangs zum Ausdruck. a) Segmentierung des Erinnerungs- und Darstellungsstroms in Erzähleinheiten [...] b) Hierarchisierende Einordnung der Erzählgegenstände in dominante und rezessive Erzähllinien [...] c) Ankündigung und Ergebnissicherung der allgemeinen Erfahrungsqualität des im suprasegmentalen, segmentalen oder subsegmentalen Zusammenhang Dargestellten. [...] d) die Beurteilung der Erzählgehalte für die Gesamtgestalt der Lebensgeschichte und die Veränderung des Selbst des Biographieträgers" (Schütze 1984, S. 108 f.).

Insbesondere im Erzählen über das eigene Leben wird nach Schütze bedeutsam, wie sich die Erzählung strukturiert und durch bestimmte Erzählphänomene gegliedert erscheint. Schütze argumentiert, dass spezifische sprachliche Phänomene, von ihm als „suprasegmentale Markierer" bezeichnet, indexikal für die Form der Struktur der Erfahrungsaufschichtung in einem elementaren Sinne sind. Sie verweisen nach Schütze auf die sogenannten Prozessstrukturen des Lebensablaufs, die sich als strukturierendes Moment in autobiographischen Erzählungen zumindest partiell wiederfinden lassen (vgl. Schütze 1984). Sie bieten nach Schütze unter analytischen Gesichtspunkten die Möglichkeit, einen bestimmten biographischen Untersuchungsfokus in den Blick zu nehmen und die sozialen Bedingungsgefüge zu vergleichen, unter denen es zur Entwicklung dieser Prozessstrukturen gekommen ist. Sie geben insbesondere in den narrativen Sequenzen eines autobiographisch-narrativen Interviews Hinweise auf großflächige Strukturen, die das Erleben und die Erfahrungsaufschichtung einzelner Erzählender strukturieren. Schütze unterscheidet in seinem Prozessstrukturenkonzept Verlaufskurven des Erleidens, biographische Handlungsschemata, Wandlungsprozesse und institutionelle Ablaufmuster, die sich in autobiographisch-narrativen Interviews anhand von Darstellungsphänomenen rekonstruieren lassen und insbesondere in der Zusammenschau mit argumentativen Sequenzen eines Interviews aufschlussreich für die Interpretation biographischer Prozesse sein können (vgl. Schütze 1981). Diese Annahmen können vor dem Hintergrund biographie- und subjekttheoretischer Überlegungen (vgl. Schäfer & Völter 2009; Ruppert 2010) nicht als Unterstellung einer Abbildungsmöglichkeit der Erfahrungen des Subjekts in einer lebensgeschichtlichen Erzählung verstanden werden. Dausien (2002) hat anschließend an Schütze hierzu Überlegungen vorgelegt.

Biographieanalyse in der Tradition Schützes und Konturierung methodologischer Prämissen

Schütze hat betont, dass die Präsentation einer Erzählung kontingent ist und Erzählende ihre Darstellung dennoch nicht beliebig variieren können (vgl. Schütze 1983). Dausiens Modellierungen von Text-Kontext-Relationen bringen darüber hinaus auf den Punkt, *wie* die Freiheit der Darstellung begrenzt ist und wie diese Modellierungen für die Analyse in der Biographieforschung bedeutsam werden können. Sie hat eine Konzeptionalisierung der Entstehung von biographischen Erzählungen als „Text" vorgeschlagen und daraus Standards für den Umgang mit biographischen Texten in der Analyse formuliert, die einige Überlegungen Fritz Schützes in verdichteter Form zugänglich machen und für die Analyse konkretisieren. Sie schlägt vor, eine dreiseitige Begrenzung anzunehmen, unter der eine biographische Erzählung und daraus resultierend ein Datenmaterial entstehen kann und bezeichnet diese als Modellierungen relevanter Text-Kontext-Relationen, die für die Analyse bedeutsam werden können (vgl. Dausien 2002, S. 174 ff.). Sie schlägt erstens vor, eine *biographische Rahmung* durch den biographischen Kontext der erzählenden Person anzunehmen und dabei den konstativen Aspekt – das Was? der Erzählung – und den performativen Aspekt – das Wie? der Erzählung – zu verbinden. Während im konstativen Aspekt primär die inhaltlich-kommunikative Ebene des Erzählens zum Tragen kommt, wird das Wie mit Hilfe des analytischen Potenzials der Narrationsanalyse aufschließbar. Hier kommt die Orientierung des Subjekts an der eigenen Lebensgeschichte zum Tragen, hier wird die aktuell präsentierte Lebensgeschichte des Subjekts sichtbar (vgl. Dausien 2002, S. 177 f.). In dieser Rahmung muss nach Dausien expliziert werden, welcher methodologische Standort der Biographieforschung[17] zum Tragen kommt – für diese Studie die Narrationsanalyse in der Tradition Schützes, wie sie unter Abschnitt 2.3 entfaltet wird.

Als weiteres Konstruktionsfeld eines biographischen Textes, der in die Analyse eingebracht werden soll, schlägt sie den *Interaktionsrahmen* vor. Damit tritt der interaktive Prozess, in dem die Daten gewonnen worden sind, in den Fokus der Re-Konstruktion. Diese Perspektive wird durch die Thematisierung des Erhebungskontextes in den Fallrekonstruktionen dieser Studie (vgl. Kap. 3.1.1, 3.2.1 und 3.3.1) sichtbar. In der Betrachtung von Arbeiten, die sich mit der Gewinnung von Daten durch autobiographisch-narrative und interaktionsgeschichtlich-narrative Interviews beschäftigen, fällt auf, dass der Rekonstruktion der Erhebungssituationen in den Fallrekonstruktionen häufig besonderes Gewicht verliehen wird (vgl. Riemann 1987; 2000; Rose 2012; Kleiner 2015; Schwendowius 2015; Kloha 2018; Reimer 2018). Nach Dausien soll diese Perspektive als analytische stärker berücksichtigt und die Situiertheit eines biographischen Textes als interaktiver Prozess verstanden werden (vgl. Dausien 2002, S. 181 f.).

Als dritten bedeutsamen Rahmen, den sie als methodologischen Standard für die Biographieanalyse formuliert, sieht sie die sogenannte *soziokulturelle Rahmung.* Hier kommt „der Vorrat historisch entstandener, sozial und kulturell spezifischer Modelle, narrativer Muster, Symbolisierungen und Vor-Bilder, sozialer Regeln und Praktiken, die als Rahmen und Ressource konkreten Individuen für die Darstellung ihrer/einer Biographie zur Verfügung stehen" (vgl. Dausien 2002, S. 182), zum Tragen. Mit dieser Rahmung kommt zum Vorschein, was an anderen Stellen als die vermeintliche „Weltvergessenheit" der

---

17 Dausien weist darauf hin, dass hier die methodologische Ausrichtung der Analyse sichtbar werden muss: Möglich wäre hier auch eine Text-Kontext-Relation der biographischen Rahmung, die sich methodologisch und methodisch auf Gabriele Rosenthal und die Differenz zwischen erzähltem und gelebtem Leben bezieht (vgl. Rosenthal 1995; 2010).

Biographieforschung (vgl. von Rosenberg 2010) diskutiert worden ist: die Vorgängigkeit des Sozialen und Wissensbestände, auf die in der Präsentation von Biographie zurückgegriffen werden kann. In der analytischen Verschränkung von Wissensanalyse durch die argumentativen Teile eines Interviews und die Handlungspraxis, die in den narrativen Teilen eines Interviews rekonstruierbar wird, gelingt in den Fallrekonstruktionen (Kap. 3) eine Darstellung der Biographisierungsleistung der Erzählenden. Durch diese methodologischen Konturierungen kann die Erkenntnisreichweite biographischer Forschungen deutlicher gemacht werden.

Erkenntnisreichweiten biographischer Forschung

Die Erkenntnisreichweite einer biographischen Forschung bezieht sich unter den vorgenannten Prämissen auf die Rekonstruktion biographischer Prozesse und damit verbundener Biographisierungsleistungen, die die aktuelle soziale Einbindung des Erzählenden sichtbar machen. Die sequentielle Herangehensweise ermöglicht die *Rekonstruktion der Formen des Erlebens sozialer Prozesse*, die im Erzählen Einzelner sichtbar werden (1) und hier insbesondere als die Rekonstruktion der Verwobenheit von Lebens- und Ausbildungsgeschichte interessieren. Durch den Abgleich von Erzählgegenstand (dem Was? der Erzählung) und der Form des Erzählens (dem Wie? des Erzählens) rückt die *erfahrene soziale Wirklichkeit* in den Fokus der Analyse – also Gesellschaft, Milieus, Lebenswelten (2). Durch die analytische Aufschlüsselung der Erzählstruktur und der Textsorten in einer Erzählung lassen sich diese vorgenannten Erkenntnisse in Beziehung setzen zu den *Möglichkeiten des Erzählenden, seine sozialen Bezüge und die Bedingungen gesellschaftlicher Zusammenhänge seines Erzählens (insbesondere der Bezug auf übersubjektive Diskurse) in den Blick zu nehmen.* Hier kommen insbesondere die rekonstruierbaren Formen von Biographisierungsleistungen in den Fokus (3)[18]. Biographisierungsleistungen können als Formen der Ordnungsleistung bezeichnet werden, die das Subjekt ständig zu vollbringen hat und die in der Erzählung der eigenen Lebensgeschichte primär in argumentativen Teilen sichtbar werden (vgl. Marotzki 2006, S. 62).

„Diese Form der bedeutungsordnenden, sinnherstellenden Leistung des Subjektes wird *Biographisierung* (kursiv i.O., NE) genannt. Eine sinnstiftende Biographisierung gelingt nur dann, wenn es gelingt, Zusammenhänge herzustellen, die es erlauben,

---

18 Insbesondere in den ersten beiden genannten Erkenntnisebenen liegen meines Erachtens auch primäre Erkenntnispotenziale der Narrationsanalyse jenseits eines biographieorientierten Forschungsinteresses. Die beiden erstgenannten Erkenntnisebenen – die Rekonstruktion des Erlebens sozialer Prozesse durch das erzählende Subjekt und die Sinnbildungsprozesse – sind in dieser Studie für die Datenanalyse der interaktionsgeschichtlich-narrativen Interviews mit Ausbildenden wichtig geworden.

Informationen, Ereignisse und Erlebnisse in sie einzuordnen und Beziehungen un-
tereinander wie auch zur Gesamtheit herzustellen" (Marotzki 2006, S. 63).

Durch die Unterscheidung von Textsorten in einer lebensgeschichtlichen Erzählung wird es möglich, die Rekonstruktionsleistung des Erzählenden auf
mehreren Ebenen zu betrachten – in der Unterscheidung von narrativen, deskriptiven und argumentativen Teilen einer Erzählung in der Analyse. Schütze
hat in seinen Schriften deutlich gemacht, dass Argumentationsleistungen in
Erzählungen eine besondere Beachtung erfahren müssen, um deren Verhältnis
zum subjektiven Sinn und zur Struktur der gelebten Praxis analytisch nutzen zu
können. Für rekonstruktive Forschung sind Eigentheorien so in doppelter Hinsicht bedeutsam: Zum einen

> „als biographische und historische Sinngebungsarbeit des letzteren angesichts der
> erlebten Geschehnisse. Diese Sinngebungsarbeit klärt ab, bestätigt bzw. verändert
> systematische biographische Haltungen des Erzählers zur eigenen individuellen
> Identität und zu den kollektiven Identitäten von Wir-Gemeinschaften" (Schütze
> 1987, S. 46).

Zum anderen dienen Eigentheorien zur „Aufhellung und Erklärung bestimmter
biographischer und sozialer Zusammenhänge [und] auch als Anregung und
erster Ausgangspunkt für eigene theoretische Überlegungen zur wissenschaftlichen Erklärung des Geschehensablaufs in dessen sozialen und biographischen
Voraussetzungen und Konsequenzen" […] (ebd., S. 47).

Diese Position lässt sich in zwei Richtungen erweitert darstellen. Bartmann
& Kunze differenzieren Argumentationen als möglichen Ausdruck von Biogra-
phisierungsleistungen und als Zugang zur Rekonstruktion von biographischer
Arbeit, die nicht nur narrativ, sondern gerade auch in Argumentationen sicht-
bar wird. Biographische Arbeit meint im Anschluss an Betts et al. (2007) die
Auseinandersetzung des Einzelnen mit Entwicklungen in der Lebensgeschichte,
die neue Formen des Handelns und neue Formen der Bewertung bisheriger
Lebensereignisse und des Selbst mit sich bringen kann (vgl. Betts et al. 2007,
S. 16 ff.)[19]. Im Rahmen dieser Studie benutze ich den Begriff biographischer
Arbeit in diesem Sinne. Ich fasse damit anschließend an Bartmann & Kunze
(2008) Formen der Auseinandersetzung mit bestimmten krisenhaften Prozes-
sen und Ereignissen, die in den Interviews in narrativen und argumentativen

---

19 Betts et. al. beziehen sich in ihren Ausführungen auf die Konzeptionalisierungen biographi-
    scher Arbeit „biographical work", die Corbin und Strauss in ihrer Untersuchung zu Paaren
    vorgelegt haben, die sich angesichts chronischer Erkrankungen neu in ihrem Leben ein-
    richten müssen. Corbin und Strauss haben vier verschiedene Prozessstufen identifiziert, die
    für die Entwicklung biographischer Arbeit wichtig werden (vgl. Corbin & Strauss 2004).

Sequenzen sichtbar geworden sind. Bartmann & Kunze (2008) arbeiten im Rückgriff auf Marotzki und Alheit und anschließend an Schütze sowie Riemann (1986) erweiternd heraus, dass in argumentativen Auseinandersetzungen innerhalb lebensgeschichtlicher Erzählungen durch die Analyse ebenfalls – ähnlich wie in narrativen Teilen – Erlebensprozesse sichtbar werden können, die mit einer dezidierten eigentheoretischen Auseinandersetzung einhergehen und auf die sozialen Rahmungen des Erzählenden Bezug nehmen. Sie argumentieren, dass sich auch im Argumentationsschema Erfahrungen zeigen können, die Teil biographischer Arbeit geworden sind, indem dort eine Auseinandersetzung mit höherprädikativen Konzepten und deren Integration in die biographische Arbeit sichtbar wird (vgl. Bartmann & Kunze 2008, S. 191).

Schäfer und Völter gehen in ihrer subjekttheoretisch inspirierten Auseinandersetzung mit biographischen Präsentationen in narrativen Interviews noch einen Schritt weiter und halten fest, dass theoretische Konstrukte als übersubjektive Diskurse in Artikulationen von Argumentationsleistungen sichtbar werden können (vgl. Schäfer & Völter 2009, S. 171 f.). Vor diesem Hintergrund gerät die Wissensanalyse in den gewonnenen Daten, die ich unter 2.3 als einen Teil des analytischen Prozesses erläutere, zu einem spezifischen Teil der interpretativen Auseinandersetzung, weil für die Frage nach biographischen Prozessen und Biographisierungsleistungen junger Erwachsener in schwierigen Lebenssituationen und mit Minderheitserfahrungen im Kontext dualer Ausbildung davon auszugehen ist, dass die argumentativen Teile von Erzählungen an dieser Stelle analytisch aufschlussreich sein könnten – gerade unter den erweiterten Differenzierungen, die im Anschluss an Schütze mit Bartmann & Kunze und Schäfer & Völter vorgenommen werden.

2.2 Forschungsprozess: Wege ins Feld und Datengewinnung

Bei der Konzeptionierung des Feldzugangs in dieser Studie waren zwei Überlegungen leitend, die ich im Folgenden darlegen möchte, bevor ich genauer auf den Umgang mit Differenz(re)konstruktionen eingehe. Zunächst eine *theoretisch angereicherte*: In der Darstellung des thematischen Rahmens und des Forschungsstands (vgl. Kap. 1.2 sowie Kap. 2.1) habe ich gezeigt, dass es in der Forschungslandschaft eine beinahe ausschließliche Verortung der Begrifflichkeit „bildungsbenachteiligter Jugendlicher" im Übergangsbereich gibt, was in pointierter Form bedeutet: Biographisches und soziales Prozesserleben Jugendlicher und junger Erwachsener mit Minderheitserfahrungen und in schwierigen

Lebenssituationen in regulären dualen Ausbildungen werden in der Forschung nicht zur Kenntnis genommen[20]. Weiterhin eine Grundlegung, die ich als *experiential data* (vgl. Strauss 1987, S. 10 ff.) in das Forschungsprojekt eingebracht habe: In meiner beruflichen Tätigkeit in der stationären Jugendhilfe nach § 34 SGB VIII habe ich über Jahre hinweg beobachtet, wie Jugendliche aus unterschiedlichen Schulformen heraus ihren Weg in Berufsleben und Arbeitsmarkt starteten. Neben einer Zahl, die sich erfolglos beworben (und in einer Maßnahme des Übergangsbereichs einen Platz erhalten hat), hat es stets auch einige gegeben, die sich regulär auf einen Ausbildungsplatz beworben und eine Ausbildung begonnen haben. Die Ausbildungsgänge sind zum Teil erfolgreich und problemlos, zum Teil mit Schwierigkeiten durchlaufen, zum Teil vorzeitig beendet worden. Die Bildungsbenachteiligungen in den Lebensgeschichten dieser Jugendlichen sind in unterschiedlicher Weise hervorgetreten. Mein empirisch bedeutsames Vorwissen verdeutlicht, dass Jugendliche und junge Erwachsene sehr unterschiedlich mit prekären Lebenssituationen sowie Minderheitserfahrungen umgegangen sind und duale Ausbildung als Bildungssetting diese Umgangsformen in sehr unterschiedlicher Weise beeinflusst hat. Diese Beobachtungen sind leitend für die Entwicklung der Forschungsanlage und die Form der Konzeptionalisierung des Feldzugangs: Ziel ist es, allgemeine Muster der biographischen Bearbeitung von prekären Lebenssituationen und Minderheitserfahrungen im Kontext dualer Ausbildung zu untersuchen. Dafür ist es wichtig gewesen, nicht vorab zu definieren, was eine schwierige Lebenslage sein könnte oder welche Minderheitserfahrungen (beispielsweise Migrationsgeschichte oder körperliche/geistige Behinderung) vorliegen, sondern eine entdeckende Haltung im Zugang zum Feld einzunehmen.

Das Sprechen über Benachteiligung im Zugang zum Feld

Die zentrale Herausforderung ist es, wie ich Formen biographischer Bearbeitung prekärer Lebenssituationen und Minderheitserfahrungen im Kontext dualer Ausbildung analysieren konnte[21]. Mein Interesse ist ein rekonstruktiver Umgang mit Erfahrungen von Differenz in den Lebensgeschichten ehemaliger

---

20 Es gibt einen relativ kleinen und neueren Bereich der empirischen Diversity-Forschung in Organisationen, der sich aber im Wesentlichen auf große Organisationen und international agierende Konzerne konzentriert und eher essentialistisch-kulturalisierend auf die Anregungspotenziale durch international besetzte Teams Bezug nimmt und weniger auf Ausbildung gerichtet ist (vgl. Emmerich & Hormel 2013).

21 So war die Anlage meiner Forschung (und jeder Forschung in diesem Bereich) all jenen Schwierigkeiten unterworfen, die eine Studie kennzeichnen, die von mir als Mehrheitsgesellschaftsangehöriger betrieben wird und Minderheiten, Anders-Sein, Differenzerfahrungen in einem Setting in den Blick nimmt, zu dem ich nur als Forschende und nicht als Feldangehörige und/oder Minderheitsangehörige Zugang habe (vgl. Mecheril 1999).

Auszubildender gewesen. Es ist mir in der Kontaktaufnahme um den Zugang zu Interviewpartner_innen gegangen, die vermutlich nur über spezifische, sichtbare oder kommunizierbare Merkmale (z. B. Aussehen, das Wissen um Alleinerziehendsein) als „Andere" sichtbar gewesen oder die im Ausbildungsbetrieb möglicherweise durch Schwierigkeiten im Ausbildungsverlauf aufgefallen sind. Mit dieser rekonstruktiven Haltung im Hinblick auf „benachteiligte junge Erwachsene" bin ich auf Ausbildungsbetriebe zugegangen. Eine erste Kontaktaufnahme im Feld fand über die Ausbildenden statt. Ich habe mit Ausbildenden darüber gesprochen, dass ich mich für ihre Erfahrungen in der Ausbildung und mit Auszubildenden interessieren würde und insbesondere an Geschichten interessiert sei, die durch Besonderheiten gekennzeichnet seien, weil die Auszubildenden andere Voraussetzungen mitgebracht hätten als andere. Dabei habe ich betont, dass mir an Interviewpartner_innen gelegen sei, die die Ausbildung bereits abgeschlossen hätten[22]. Der Umgang und das Sprechen über Anders-Sein, andere Voraussetzungen und Schwierigkeiten in der Ausbildung ist in der Kontaktaufnahme häufig unter einer alltagsweltlichen Perspektive von Normalität und Abweichung nur begrenzt reflexiv verhandelt worden. Mir gegenüber sind im Feld immer wieder stereotype Begriffe und ethnische oder soziale Kategorien gebraucht worden, in die Auszubildende eingeordnet worden sind. Gleichwohl scheint es mir wichtig, den Ausbildenden, die in Betrieben mit Auszubildenden arbeiteten, nicht per se ein differenziertes Interesse an den Auszubildenden abzusprechen und die Typisierungen als Teil ihrer Reaktion auf mein Anliegen zu begreifen. Ich habe ihre Zuschreibungen als Ausgangspunkt genutzt, um Zugänge zu Interviewpartner_innen zu erhalten.

Der „vage" Zugang ins Feld über Konstruktionen 1. Grades der beteiligten Akteure

Ich habe mich dafür entschieden, die Explizierung der Standortgebundenheit rekonstruktiver Forschung für den Feldzugang zu nutzen und in gewisser Weise zu radikalisieren. Schütz macht in seinen Ausführungen zur Methodologie der Sozialwissenschaften deutlich, dass jede wissenschaftliche Interpretation der Sozialwelt sich auf das Postulat der subjektiven Interpretation beziehen muss.

---

22 Ich bin der Überlegung gefolgt, dass der Ausbildungsprozess nach dem Abschluss der Ausbildung im Interview anders bearbeitet werden würde als im laufenden Erleben desselben. Um Vergleichbarkeit zu gewährleisten, habe ich mich für dieses Vorgehen entschieden. Aus diesem Grund habe ich ausschließlich junge Erwachsene interviewt –alle haben zum Interviewzeitpunkt die Volljährigkeit erreicht.

„Zum Beispiel verstehe ich ein Werkzeug nicht, ohne den Zweck seines Entwurfs zu kennen; ein Zeichen oder ein Symbol bleiben unverständlich, falls ich nicht weiß, was die es benutzende Person damit meint; eine Institution bleibt mir unverständlich, solange ich nicht weiß, was sie für die Individuen bedeutet, die in ihr und auf sie hin ihr Verhalten orientieren. Das sogenannte Postulat der subjektiven Interpretation in den Sozialwissenschaften hat hier seinen Ursprung" (Schütz 1971, S. 12).

Er plädiert dafür, wissenschaftliche Beobachtungen so anzulegen, dass die Relevanzsetzungen der Akteure der Alltagswelt in den Blick geraten. Er spricht von Konstruktionen 1. Ordnung, wenn er die alltäglichen Relevanzsetzungen untersuchen will, mit deren Hilfe Menschen sich und andere orientieren. Dabei macht er deutlich, dass der Aufbau unseres Wissens in der Welt im Kern ein sozialer ist: Der größte Teil des Wissens wird aus seiner Perspektive nicht persönlich erfahren, sondern „sozial abgeleitet" von anderen. Gleichzeitig begreift er diese Konstruktionen in der Alltagswelt nicht unabhängig von der biographischen Bestimmtheit jedes einzelnen:

„Der verfügbare Wissensvorrat jedes Einzelnen ist zu jedem Zeitpunkt seines Lebens in Zonen verschiedenen Grades der Klarheit, Unterscheidbarkeit und Genauigkeit strukturiert. Diese Struktur geht aus dem vorherrschenden Relevanzsystem hervor und ist damit biographisch bestimmt" (Schütz 1971, S. 16).

Nimmt man diese phänomenologischen Bezüge als Konstituten rekonstruktiver Forschung ernst, lassen sich Konsequenzen für den Aufbau der Feldforschung ableiten, die im doppelten Sinne fruchtbar erscheinen.

Um einen Feldzugang zu generieren, ist es also notwendig gewesen, zum einen sehr allgemein nach besonderen ehemaligen Auszubildenden[23] zu fragen (um überhaupt ein Auffälligkeitsmerkmal zu nennen), zum anderen diese Besonderheit maximal undifferenziert zu lassen, um Zuschreibungen nicht von vorne herein einzuschränken. Mein Vorgehen in der Feldforschungsphase berücksichtigt so die Standortgebundenheit der Forschenden im gleichen sozialen Kontext und die Basisregeln der Kommunikation, die für die alltägliche Verständigung wichtig werden, und dient so einer intersubjektiven Überprüfbarkeit des Forschungsprozesses, hier insbesondere der Konzeptionalisierung der Erhebung (vgl. Przyborski & Wohlrab-Sahr 2014, S. 27 f.)[24]. Eine Orientierung erfolgt im Feldzugang zunächst ausschließlich an den Relevanzsetzungen der Akteure im Feld. Durch die Annäherung über die Perspektiven der Akteure im Feld wird es möglich, etwas über deren Relevanzsetzungen zu erfahren und

---

23 Heißt: Die die Ausbildung bereits beendet oder abgebrochen hatten.
24 Ich beziehe mich bei diesen Ausführungen zu Standards nicht-standardisierter Forschung wesentlich auf Bohnsack 2005 und Przyborski & Wohlrab-Sahr 2014, S. 22 ff.).

über ihren Umgang damit. Dies trifft in gleicher Weise auf Auszubildende wie auch auf Ausbildende zu. In den interaktionsgeschichtlich-narrativen Interviews mit den Ausbildenden wird etwas von den (beruflichen) Biographien der Ausbildenden deutlich und ergo etwas darüber, wie sie ihre Relevanzsetzungen entwickelt haben im Sinne einer biographischen Bestimmtheit nach Schütz. In den autobiographischen Interviews werden biographische Thematisierungen von prekären Lebenssituationen und der Umgang damit rekonstruierbar. All diese Phänomene werden nur mithilfe eines vagen Feldzugangs sichtbar. Eine eindeutige Beschränkung auf beispielsweise die Gruppe der Alleinerziehenden hätte nur etwas über deren biographischen Prozesse und Biographisierungsleistungen im Kontext dualer Ausbildung hervorgebracht. Für die Forschungsfrage nach den allgemeinen Mustern biographischer Bearbeitung im Zusammenspiel prekärer Lebenssituationen, Minderheitserfahrungen und dualer Ausbildung ist es jedoch wichtig gewesen, diese in einem größeren Zusammenhang empirisch zu erarbeiten. Über die rekonstruierten Relevanzsetzungen und Interaktionszusammenhänge wird sichtbar, welche Prozesse entstehen und wie diese auf biographisches Erleben zurückwirken. Damit wird der Begriff der Benachteiligung oder der „Bildungsbenachteiligung" in seinen Definitionen für diese Studie aufgelöst (vgl. hierzu Kap. 1.2) und rekonstruktiv anhand der erhobenen empirischen Daten untersucht (vgl. hierzu 3.1, 3.2, 3.3), bevor die Ergebnisse dieses Vorgehens in der Diskussion (vgl. Kap. 7) und im Ausblick (Kap. 8) erörtert werden. Ein weiterer Aspekt, der im Hinblick auf den diskutierten Forschungsstand bedeutsam scheint: Durch die vage Formulierung im Feldzugang wird es möglich, etwas sichtbar zu machen, was bislang nur begrenzt im Fokus empirischer Forschung steht. Sichtbar wird eine Gruppe von Auszubildenden, die unter erschwerten Bedingungen in die Ausbildung gestartet sind, deswegen aber nicht zwangsläufig durch vorläufige Vertragslösungen auffallen und auch nicht zwangsläufig in einer der zahlreichen Maßnahmen des Übergangsbereichs ankommen. Die Rekonstruktion von Differenzerfahrungen und Bildungsbenachteiligung folgt den Relevanzsetzungen der beteiligten Akteure, Auszubildenden wie Ausbildenden und reflektiert diese Zuschreibungen vor dem Hintergrund bestimmter organisatorischer/branchen- bzw. feldspezifischer Zugänge sowie vor dem Hintergrund der biographischen Rekonstruktionen der Forschungsteilnehmenden[25].

---

25 Damit unterliegt jegliche (Re)-Konstruktion von Differenz in dieser Studie einerseits einer Gefahr. Die Gefährdung liegt in der potenziellen Herausforderung an die Akteure, Differenzen herzustellen und sichtbar zu machen und damit in der Rekonstruktion lediglich zu verdoppeln bzw. die Herstellung von Anders-Sein zu manifestieren. Andererseits ist diese Ausgangslage jedoch besonders transparent, weil Lesende um diese Gefahr wissen und jegliche Schlussfolgerungen meinerseits mit diesem Fokus kritisch prüfen können.

Rose (2012) hält im Anschluss an Mecheril fest, dass das Sprechen über andere durch Mehrheitsgesellschaftsangehörige in der Forschung Gefahren unterliegt, die durch autobiographisch-narrative Interviews zumindest reflektiert und begrenzt werden können. Sie bieten die Möglichkeit, einerseits die Relevanzsetzungen der Akteure zur Geltung zu bringen und gleichzeitig

> „das Augenmerk auf solche Praxen zu richten [...], in denen Subjekte sich als (gesellschaftlich) handlungs- und artikulationsfähig zeigen, und gleichzeitig solche Praxen zu thematisieren, die diese Handlungs- und Artikulationsfähigkeit einschränken, also solche gesellschaftlichen Machtverhältnisse zu thematisieren und zu befragen, die dem Anspruch, das Subjekt zur Geltung zu bringen, entgegenstehen" (Rose 2012, S. 20 f.).

Zur Erläuterung dieses Anspruchs und meiner Strategien zur Umsetzung im Rahmen meines Forschungsprozesses gehe ich im Folgenden auf die Gewinnung[26] autobiographisch-narrativer Interviews ein.

Die Gewinnung autobiographisch-narrativer Interviews

Für die Gültigkeit in einer nicht-standardisierten Forschungsarbeit wie dieser ist im Zuge der Erhebung bedeutsam, ob die gewählten Methoden den zu untersuchenden Konstruktionen angemessen sind – ob eine Gegenstandsangemessenheit der gewählten Erhebungsverfahren im Verhältnis zum Untersuchungsgegenstand gegeben ist.

> „Die Adäquatheit des **wissenschaftlichen** Verstehens (lässt sich, NE) auf der Grundlage der Rekonstruktion der **Alltagsmethoden** (Herv. i. O., NE) des Verstehens bestimmen. [...] Diese Alltagsmethoden müssen zum Gegenstand empirischer Rekonstruktion gemacht werden. Ein mittlerweile schon als klassisch zu bezeichnendes Beispiel hierfür ist die Rekonstruktion der Alltagsmethode der Erzählung" (Przyborski & Wohlrab-Sahr 2014, S. 23).

Die autobiographischen Interviews dieser Studie bilden in diesem Sinne die gegenstandsangemessene Datengrundlage, um einen Zugang zur Rekonstruktion der biographischen Prozesse und zu den Biographisierungsleistungen zu erhalten, die im Mittelpunkt des Erkenntnisinteresses stehen. Die Gesprächsführung im autobiographisch-narrativen Interview[27] wird durch drei aufeinan-

---

26 Vgl. zur „Gewinnung" von Daten: Hoffmann-Riem 1980.

27 Das narrative Interview ist in einer Studie zur Erforschung von kommunalen Machtstrukturen in den siebziger Jahren entwickelt und fundiert worden (Schütze 1976). In den frühen achtziger Jahre ist das autobiographisch-narrative Interview als Methode der Datengewinnung für Biographieanalysen prominent geworden (vgl. Schütze 1983).

derfolgende Sequenzen gekennzeichnet beschrieben. Diese Stringenz wird wichtig, um die Entfaltung einer Erzählung nicht durch die Relevanzsetzungen der interviewenden Person mehr als nötig zu beeinflussen (vgl. Schütz 1971) und um die unter Kap. 2.1 beschriebenen Strukturelemente von Stegreiferzählungen nicht zu unterbinden.

Für das Forschungsinteresse in dieser Studie war entscheidend, ob und wie bestimmte schwierige Lebenssituationen und Minderheitserfahrungen im Kontext dualer Ausbildung biographisch bedeutsam geworden sind. Da ich mich nicht auf bestimmte schwierige Lebenssituationen oder Minderheitserfahrungen fokussiert habe, sondern allgemeine Muster der biographischen Bearbeitung von Benachteiligung im Kontext dualer Ausbildung zu untersuchen, ist es wichtig geworden, dies im Vorfeld der Interviews genauso deutlich zu machen. Ich habe in der Kontaktaufnahme mit jungen Erwachsenen im Vorfeld von Erhebungen erzählt, dass ich mich für Geschichten von ehemaligen Auszubildenden interessiere, und deutlich gemacht, dass mich insbesondere die Geschichten interessieren, die in irgendeiner Form durch besondere Umstände gekennzeichnet sind, die Schwierigkeiten im Vorfeld der Ausbildungsaufnahme oder im Ausbildungsverlauf nahelegen. Dabei bin ich nicht auf spezifische Benachteiligungsformen oder Minderheitserfahrungen eingegangen, die möglicherweise eine Rolle gespielt haben könnten.

Der konkrete Ablauf der autobiographisch-narrativen Interviews

Bei den konkreten Interaktionen in den Erhebungen vor dem Einstieg in die Interviews habe ich mein Forschungsinteresse weiter ausgeführt. Ich habe von meiner beruflichen Tätigkeit in der stationären Jugendhilfe und der Unterschiedlichkeit der Ausbildungsverläufe dort lebender Jugendlicher erzählt. Ich bin darauf eingegangen, wie ich von dieser beruflichen Tätigkeit als Sozialpädagogin zur Doktorarbeit gekommen und wie aus dem Erleben in der Praxis die Idee für eine Forschungsarbeit erwachsen sei. Ich habe dabei etwas vom Hintergrund meiner Forschungsarbeit erwähnt, machte deutlich, an welcher Stelle im Forschungsprozess ich mich befinde und dass möglicherweise ein Buch entsteht. Ich bin darauf eingegangen, dass Lebensgeschichten durch ganz unterschiedliche Prozesse gekennzeichnet seien und dass es das Ganze sei, was mich interessiert. Ich habe deutlich gemacht, dass ich im Folgenden keine Fragen stellen würde, sondern dass ich an der Erzählung der Geschichte des eigenen Lebens interessiert wäre, in dem die Ausbildung, das (zum Teil mehrfache) vorzeitige Ende von Ausbildung, nur ein Teil sei. Diese eingehenden Erläuterungen zu dem Hintergrund meines Wunsches nach einem Interview erzeugten im Forschungsprozess autobiographische Stegreiferzählungen, die zwischen einigen Minuten und zweieinhalb Stunden gedauert haben.

Es ist häufig kritisiert worden, dass es sich beim autobiographisch-narrativen Interview um eine höchst artifizielle Situation handelt, da es im Alltag eher nicht dazu kommt, dass jemand ohne größere verbale Reaktion des Gegenübers erzählt (vgl. Bude 1985; Deppermann 2003). Darüber hinaus wird die damit einhergehende Hierarchisierung und Asymmetrie einer Gesprächssituation kritisiert (vgl. Kleiner 2015, S. 138 f.). In den Erhebungssituationen mit den jungen Erwachsenen, die ich für diese Studie interviewt habe, habe ich die Erhebungssituationen aus diesen Gründen durch die jungen Erwachsenen strukturieren lassen, wo immer es möglich war. So habe ich zum Beispiel die Interviews mit Paula Wadstel (vgl. Kap. 3.2) spät am Abend in ihrer Wohnung geführt, da sie im Vorfeld klargemacht hat, dass sie nur zu einem Interview bereit sei, wenn dieses bei ihr zu Hause zur Schlafenszeit ihrer Tochter stattfindet.

Der eigentliche narrative Eingangsimpuls zum Einstieg in das Interview

Durch eine entsprechende Setzung soll der Erzählfluss der interviewten Person angeregt werden. Für diesen narrativen Impuls ist die Einführung in den Hintergrund des Forschungsinteresses wichtig geworden, die ich im obigen Abschnitt dargestellt habe. Im narrationsanregenden Impuls soll eine Aufforderung gegeben werden, die diese einleitenden Sätze aufgreift und auf die Entwicklung eines Lebens als Prozess Bezug nimmt. (vgl. Riemann 2000) hat dafür die Formulierung geprägt, zur Erzählung mit der Bitte aufzufordern, „wie so eines zum anderen gekommen ist in Deinem/Ihrem Leben". An dieser Formulierung habe ich mich in der Erhebung orientiert. Zum Teil war schon vor der Erhebung klar, ob wir uns duzen oder siezen würde – vielfach ergab sich das „Du" aufgrund eines ähnlichen Lebensalters auf eine selbstverständliche Weise, die es mir überflüssig gemacht hat, diese Frage noch einmal zum Gegenstand einer Aushandlung zu machen, zum Teil ist das „Sie" völlig klar gewesen. So habe ich den Eingangsimpuls in dieser Weise formuliert:

> Wir haben ja schon darüber gesprochen, dass ich mich für Lebensgeschichten von Menschen interessiere, die eine duale Ausbildung begonnen haben – egal, ob sie sie abgebrochen oder beendet haben und bei denen es Entwicklungen oder Vorkommnisse im Leben gegeben hat, die irgendwie anders waren als bei anderen Auszubildenden. Deswegen wäre es schön, wenn Du erzählen könntest, wie in Deinem Leben so eines zum anderen gekommen ist bis heute.

Im Anschluss an diesen narrativen Impuls entwickeln sich in meinem Forschungsprozess die Stegreiferzählungen mit den interviewten jungen Erwachsenen. Einige Interviewte haben nachgefragt, an welchem Zeitpunkt ihrer Lebensgeschichte sie ihre Erzählung beginnen sollten oder haben sich versichert, dass das Aufnahmegerät eingeschaltet sei. Im Fall von Nachfragen habe ich diese vage beantwortet und mich im Sprechen um eine Haltung bemüht, die klar macht, dass es kein „falsches" Erzählen der Lebensgeschichte geben kann. So ist es in fast allen Fällen zu längeren Stegreiferzählungen junger Erwachsener gekommen, in deren Verlauf meine Rezeptionssignale sich als ausreichend erwiesen haben, um den Erzählfluss bis zur freien Entfaltung einer Koda – also einer kurzen metasprachlichen Markierung, dass die Erzählung nun zu Ende sei („das wars") – in Gang zu halten.

Die zweite Sequenz – erzählimmanente Nachfragen

Nach dem Ende der Stegreiferzählung durch eine Koda, die stets eindeutig und klar erkennbar war, habe ich den jungen Erwachsenen Fragen gestellt, die sich aus dem Interviewverlauf entwickelt haben. Schütze spricht davon, dass es darum geht, diese angedeuteten „Erzählzapfen" (1983) aus der Stegreiferzählung auszuschöpfen und deren narrativen Gehalt hervorzubringen. Häufig ist es darum gegangen, Episoden der Lebensgeschichte, über die Interviewte in epochal-raffender Weise hinweg erzählt haben, genauer zu explizieren. Hier habe ich häufig an den narrativen Eingangsimpuls angeschlossen und mit einer Formulierung erneut zum Erzählen angeregt. Typisch für eine solche Situation ist zum Beispiel, dass mein Interviewpartner Oliver Lamp in seinem Interview von einem Schulwechsel in der 7. Klasse erzählt hat, aber nichts über die näheren Umstände. Ich habe also darauf Bezug genommen, dass er von diesem Schulwechsel erzählt habe, und mich interessieren würde, wie es dazu gekommen ist und wie es nach dem Schulwechsel weitergegangen sei. Diese zweite Sequenz dauert in den Erhebungen unterschiedlich lang und hat bis auf das Interview mit Paula Wadstel (vgl. Kap. 3.2) stets unmittelbar im Anschluss an die Eingangserzählung stattgefunden.

Die dritte Sequenz – erzählexmanente Nachfragen

Im dritten Teil des Interviews wird es möglich, spezifische Fragen zur Auseinandersetzung aufzuwerfen. Hier habe ich durch konkrete Fragen, die nicht ausschließlich auf die Gewinnung von Narration zielten, bestimmte Themen gestellt: Wir haben in diesem Teil über die Rolle von Ausbildenden, Kolleg_innen und die Rolle der Berufsschule gesprochen, wenn es nicht schon im Vorfeld zum Thema geworden ist. In der Interviewsituation mit Bernd Hochstein ist die Schullaufbahn ein zentrales Thema der Erzählung gewesen, so dass wir im dritten Teil des Interviews nur wenig darüber gesprochen haben, sondern zum Beispiel über die Rolle seiner Eltern für seine Entwicklung. Wichtig ist es in diesem letzten Teil des Interviews geworden, eigentheoretische Auseinandersetzungen mit einer bestimmten Frage in Gang zu setzen. Zum Teil ist es in dieser dritten Sequenz des Interviews zu argumentativen Auseinandersetzungen mit den eigenen Minderheitserfahrungen oder schwierigen Lebenssituationen gekommen.

Die Wiederherstellung von Reziprozität zum Abschluss der Erhebungssituation

Ich habe mir im Lauf des Forschungsprozesses angewöhnt, die Interviews mit den jungen Erwachsenen auf die gleiche Weise zu beenden. Ich dankte den Interviewten und stellte heraus, dass ich nun zum Ende des Interviews hin sehr viel gefragt hätte. Ich wollte wissen, ob es etwas Bedeutsames gäbe, worüber wir – aus welchen Gründen auch immer – nicht gesprochen hätten und ob meinem Gegenüber daran gelegen sei, darauf noch einzugehen. Mit dieser abschließenden Redeübergabe sind die Interviewten sehr unterschiedlich umgegangen. Zum Teil hat es zu argumentativen Formen von Stellungnahmen zu unseren letzten Themen im Gespräch geführt, zum Teil zu einem Rekapitulieren der gesamten Gesprächssituation und teilweise ist es mit einem knappen „Nein, ich denke nicht" beschieden worden.

Die Gewinnung interaktionsgeschichtlich-narrativer Interviews

Für die Interviews mit Ausbildenden ist die Überlegung entscheidend gewesen, wie sich Beziehungen und Prozesse in Organisationen mit jungen Erwachsenen rekonstruieren lassen, die als potentielle Adressat_innen professioneller Pädagog_innen gelten könn(t)en, dort aber eben nicht mit professionellen Pädagog_innen in Kontakt kommen, sondern als Auszubildende gesehen werden, die spezifisches berufliches Handeln erlernen sollen. Die Geschichte interaktionsgeschichtlich-narrativer Interviews verbindet sich vor allem mit der Untersuchung von Professionsanalysen unter einer interaktionistischen Perspektive (vgl. Reim 1995; Riemann 2000; Kloha 2018). Interaktionsgeschichtlich-narrative Interviews bieten die Möglichkeit, Interaktionen in einem Forschungsrahmen zu untersuchen, der fernab von konventionellen und nur auf die Person der Adressat_innen bezogenen Fallschilderungen die Stegreiferzählung eines Professionellen, seine Geschichte mit Adressat_innen in den Mittelpunkt stellt und darauf eine Analyse aufbaut (vgl. Riemann 2000, S. 40 f.). Im Anschluss an autobiographisch-narrative Interviews verbindet sich damit das Erkenntnisinteresse, einerseits etwas über die Beziehungsgestaltung in einem bestimmten Rahmen professioneller Arbeit zu erfahren. Andererseits kommen jedoch auch hier, ähnlich wie in autobiographisch-narrativen Interviews, Strukturen und soziale Rahmungen zum Vorschein, die über die geschilderte Beziehungsgeschichte hinaus verweisen. Mögliche Erkenntnispotenziale betreffen nicht nur das eigene professionelle Selbstverständnis, sondern auch die Rahmenbedingungen eines Arbeitsfeldes und das Verständnis gesellschaftlicher Bedingungen, die auf das eigene Arbeiten einwirken.

Entscheidend für das Untersuchungsinteresse in dieser Studie ist es, wie sich Erzählungen von Auszubildenden in spezifischen Lebenssituationen, Beziehungen und Lernprozessen vor dem Hintergrund eines betrieblichen Ausbildungskontextes in einer bestimmten Branche gestalten und wie sich die jeweiligen Ausbildenden dabei auf ihre Auszubildenden beziehen. Um die Relevanzsetzungen des Subjekts zu erforschen, erscheint es notwendig, das Feld der „Ausbildungsexperten" mit einem narrativen Zugang zu erkunden, um zu dessen Relevanzsetzungen und den damit verbundenen eigentheoretischen Auseinandersetzungen Zugang zu erhalten. In der Regel ermöglicht dieses Vorgehen nicht nur tiefe Einblicke in das Wissen des „Experten", sondern auch in die Struktur und den Aufbau des Wissens (vgl. Berger & Luckmann 1966|2013). Im Kontext dieser Betrachtungsweise erscheint es mir naheliegend, interaktionsgeschichtlich-narrative Interviews als Erhebungsmethode in einem Setting zu nutzen, das sich gerade nicht als klassisches Gebiet pädagogisch professionell Tätiger beschreiben lässt[28].

Der konkrete Ablauf der interaktionsgeschichtlich-narrativen Interviews

In der Anfangsphase der Erhebung interaktionsgeschichtlich-narrativer Interviews habe ich Ausbildende gebeten, mir Geschichten von Auszubildenden zu erzählen, die ihnen besonders im Erinnerung geblieben sind. Dabei machte ich in den ersten Monaten der Erhebung mehrfach die Erfahrung, dass meiner Bitte zwar nachgekommen worden ist, Ausbildende aber gleichzeitig versuchen, ihre eigene Geschichte mit zu erzählen[29]. In der Reflexion und Beratung über meiner Forschungsarbeit bin ich schließlich dazu übergegangen, in Anlehnung an Riemann (vgl. Riemann 2000, S. 40) meine Interviews mit einem dreigeteilten narrativen Eingangsimpuls zu strukturieren. Ich habe die Interviews zunächst mit einer sehr ähnlichen Eingangsphase wie die autobiographisch-narrativen Interviews eröffnet und dann erläutert, dass das Interview eine Dreitei-

---

28 Grundsätzlich lässt sich festhalten, dass sich rekonstruktive Zugänge in der Organisationsforschung mit Karl Weick (1995) und anderen (z. B. Czarniawska-Joerges 1997, 1998, 2008) einen Geltungsbereich geschaffen haben, da frühere Zugänge der Organisationsforschung der Erforschung der Prozesse des Organisierens und der Dynamik der Organisationen zunehmend weniger gerecht worden sind. Czarniawska-Joerges hält im Hinblick auf erzählende Zugänge in Organisationen fest, dass das Erzählen von Geschichten in Organisationen nicht weniger bedeutsam erscheint als das Erzählen von Leben, dass die Konstruktion Teil der Rekonstruktion ist und zirkulär betrachtet werden muss: „Researchers are not the only narrators of organizing; organizers themselves tell stories about what they do – to each other, to journalists and to researchers. Stories do not emerge out of thin air; a great deal of collective work of the kind that (Weick) called *sensemaking* (kursiv i. O., NE) goes into their construction" (Czarniawska-Joerges 2008, S. 33).

29 Auszug aus einem Feldprotokoll, 13.08.2013: Nun mehrfach die Erfahrung gemacht, dass Ausbilder begierig darauf sind, ihre eigene Geschichte zu erzählen: Ihrer eigenen beruflichen Sozialisation, ihrer Firmengeschichte, wie sie zum Ausbilder geworden sind… und dass dieser Erzählwunsch dem Erzählen von Interaktionen mit Azubis im Weg steht. Wie sieht ein angemessener Umgang damit aus?

lung haben würde, die ich knapp darstellte, bevor wir in die eigentliche Erhebung einstiegen.

Erster Impuls: Die eigene berufliche Geschichte

Ich bat Ausbildende zunächst, ihre eigene berufliche Geschichte zu erzählen und wie es dazu gekommen ist, dass sie Ausbildende geworden sind. An das Ende dieser Geschichte habe ich eine zweite Erzählaufforderung angeschlossen, die die aktuelle berufliche Position betrifft.

Zweiter Impuls: Die momentane berufliche Tätigkeit

Zum Teil hat sich dieser Teil des Interviews fließend aus dem ersten ergeben, zum Teil habe ich explizit danach gefragt. Hier sind dann häufig aktuelle Strukturen der Organisation in der Erzählung zum Tragen gekommen, die auf das alltägliche Arbeiten und das Arbeiten mit Auszubildenden einwirken.

Dritter Impuls: Geschichten mit Auszubildenden, die speziell sind

Im dritten Teil des Interviews haben mich explizit Geschichten mit Auszubildenden, die meinen Interviewpartner_innen besonders in Erinnerung geblieben sind, interessiert. Dabei ist es wichtig für mich gewesen, noch einmal zu betonen, dass alle Geschichten interessant sein könnten – unabhängig von ihrem Ausgang oder einer spezifischen Bewertung. Interviewpartner_innen haben hier häufig versucht, eine Kategorie von mir einzufordern: Interessiere ich mich für Erfolgsgeschichten oder Geschichten des Scheiterns? Zum Teil haben sie Stereotypen, z. B. zu Einwanderung, in den Raum gestellt oder spezifische Differenzlinien angeboten, z. B. die Linie Geschlecht, wenn es sich um ein Interview in einer Branche handelte, die primär männlich dominiert ist. Ich habe mich auch hier vage und unbestimmt geäußert. Bei beharrlichen Nachfragen habe ich hinzugefügt, dass es ja vielleicht möglich wäre, dass meine Interviewpartner_innen eine bestimmte Entwicklung erwartet hätten und sich diese dann im Ausbildungsverlauf nicht erfüllt hätte, und habe damit die Möglichkeit einer Entwicklung im Ausbildungsverlauf berücksichtigt. Zum Teil handelte es sich bei den dann folgenden Erzählungen um Geschichten von Jugendlichen, die von Auszubildenden im Hinblick auf spezifische Minderheitserfahrungen wahrgenommen worden sind. Im Anschluss an diesen letzten Teil bin ich wie in den autobiographisch-narrativen Interviews auch vorgegangen: Ich habe narrative Gehalte nachgefragt, die sich in der Erzählung angedeutet haben, und bin abschließend, wenn es bis dorthin noch gar nicht thematisiert worden war, auf Auszubildende eingegangen, die „schlechtere Karten" als andere beim Einstieg in die Ausbildung gehabt hätten. So sind zum Teil am Ende der Interviews eigentheoretische Auseinandersetzungen zur Frage entstanden, wie „schlechtere Karten" im Kontext von Ausbildung verhandelt würden. Ganz am Ende habe ich nach der Herstellung von Kontakten mit früheren Auszubildenden gefragt, wenn sich die Möglichkeit zu einer Triangulation von Datenmaterialien abgezeichnet hat (vgl. hierzu Abschnitt 2.3).

2.3 Forschungsprozess: Datenauswertung, qualitative Triangulation und Generalisierung

Die Auswertung autobiographisch-narrativer und interaktionsgeschichtlich-narrativer Interviews

Die Überlegungen zu methodisch kontrolliertem Fremdverstehen und der Wechsel der Analyseeinstellung, der für nicht-standardisierte Sozialforschung entscheidend ist, gehen im deutschsprachigen Raum auf Überlegungen der Arbeitsgruppe Bielefelder Soziologen zurück (vgl. Arbeitsgruppe Bielefelder Soziologen 1981). In der Narrationsanalyse wird der Wechsel der Analyseeinstellung durch den Vergleich von narrativen und argumentativen bzw. beschreibenden Teilen einer Erzählung möglich. Neben der Rekonstruktion biographischer Prozesse lassen sich narrative und argumentative Teile eines Interviews zueinander ins Verhältnis setzen. So entsteht analytisch eine zweite Ebene, auf der das „Wie" der Darstellung ebenfalls zum Gegenstand der Forschung gemacht werden kann. Dies ist an verschiedenen Stellen mit der Unterscheidung zwischen subjektivem Sinn und der Struktur der Praxis benannt worden, die durch rekonstruktive Verfahren ermöglicht wird (vgl. Bohnsack 2005; Przyborski & Wohlrab-Sahr 2014, S. 18 ff). Der gesamte Analyseprozess eines autobiographisch-narrativen Interviews ist verschiedentlich ausführlich beschrieben worden (vgl. Schütze 1987; 2007a; 2007b), so dass er hier nur noch in gekürzter Form und unter Bezugnahme auf die Besonderheiten dieser Untersuchung dargestellt wird[30]. Schütze stellt die analytischen Schritte zunächst auf die Grundlage einer strukturellen Beschreibung des Datenmaterials, in der die Kommunikationsschemata der Sachverhaltsdarstellung (siehe 2.1) identifiziert und in ihrer sequentiellen Darstellung inhaltlich erfasst werden. Zu diesem ersten Analyseschritt gehört die Unterscheidung narrativer, deskriptiver und argumentativer Textsorten im Datenmaterial[31]. In meinen Fallrekonstruktionen

---

30 Teile des folgenden Abschnitts zur Datenauswertung sind bereits publiziert worden (vgl. Erdmann 2016a).

31 Schütze hat jüngst zu seiner häufig interpretierten Aussage im Aufsatz „Biographieforschung und narratives Interview" (1983) detailliert ausgeführt, dass es ihm in der damaligen Formulierung, in der von der Eliminierung nicht-narrativer Passagen im Zuge der strukturellen Beschreibung die Rede war, nicht um eine Eliminierung, sondern um ein Zurückstellen der deskriptiven und argumentativen Teile des Interviews im ersten Analyse-

finden sich diese strukturellen Beschreibungen der Eingangserzählungen im vorderen Teil (siehe Kap. 3.1.1, 3.2.1 und 3.3.1), Lesende finden den Ablauf der Eingangserzählung in seiner strukturellen Gestalt und können später analytische Schlussfolgerungen anhand der Rekonstruktion der formalen Textstrukturen prüfen. Diese strukturelle Beschreibung einer Eingangserzählung wird wichtig, um durch die Rekonstruktion formaler Textstrukturen die Zuverlässigkeit des Auswertungsverfahrens zu sichern (vgl. Bohnsack 2005, S. 67). Über die Darstellung der strukturellen Beschreibung eines Interviewtextes wird es für Lesende möglich, die analytischen Schlussfolgerungen in der weiteren Rekonstruktion nachvollziehen zu können.

In der analytischen Abstraktion geht es vor allem darum, die Verbindung zwischen besonderen und allgemeinen Momenten in einer biographischen Erzählung herauszuarbeiten und im Licht der interessierenden Forschungsfrage zu reflektieren. Die analytische Abstraktion erfolgt in zwei Schritten: Der biographischen Gesamtformung und der autobiographischen Thematisierung. Im ersten Schritt der biographischen Gesamtformung geht es, basierend auf der strukturellen Beschreibung eines Textes, um die Herausarbeitung der im Text rekonstruierbaren Prozessstrukturen des Lebensablaufs. Diese herausgearbeiteten Prozessstrukturen werden im zweiten Teil der biographischen Gesamtformung in Zusammenhang mit sozialen Prozessen gesetzt, die in dem Interview relevant geworden sind und die im Kontext des Forschungsinteresses besonders interessieren[32].

In der autobiographischen Thematisierung werden diese Teile der Analyse durch eine „Wissensanalyse" ergänzt. Hier werden die argumentativen Einlagerungen in die narrativen Teile sowie die explizit argumentativen Passagen des Interviews einer genaueren Analyse unterzogen. Dabei erfolgt eine systematische Zusammenschau der Inhalte und der Form der Präsentation der argumentativen Anteile in der sequentiellen Analyse unter Berücksichtigung der herausgearbeiteten Prozessstrukturen des Lebenslaufs, die aus der Analyse der narrativen Anteile möglich geworden ist. Die Frage der Deutung einer Lebensgeschichte zum Interviewzeitpunkt wird in der Synopse durch den Bezug der beiden analytischen Ebenen der biographischen Gesamtformung und der Wissensanalyse in der autobiographischen Thematisierung möglich (vgl. Schütze 2016, S. 55 ff.) und löst so eine Forderung ein, die an eine interpretative Forschung gerichtet wird, die Selbst- und Weltverhältnisse in den Blick nehmen will.

---

schritt ging, um die Prozessstrukturen mithilfe suprasegmentaler Markierer in den Blick nehmen zu können (Schütze 2016, S. 66 ff.).

32 Ich gehe im Abschnitt zu Datentriangulation darauf ein, wie ich diesen Teil der Analyse mit der Analyse der Interviews mit Ausbildenden verschränke.

„Beim Vergleich autobiographischer Stegreiferzählungen bildet das Verhältnis von erzählenden und argumentierenden Teilen des Interviews die Achse des Vergleichs. Erst auf dieser Folie, die durch die alltäglichen Standards gegeben ist, lässt sich die thematische Entwicklung interpretieren und vergleichen" (Wohlrab-Sahr & Przyborski 2014, S. 25).

Die Reliabilität der Studie wird durch die Achse dieses Vergleichs – erzählende und argumentierende Teile von Interviews, die maximal miteinander kontrastieren – sowie den Nachweis einer Struktur gesichert, die reproduzierbar über den Einzelfall hinweg sichtbar wird (vgl. Wohlrab-Sahr & Przyborski 2014, S. 25). Der angesprochene Strukturnachweis, der in den Fallrekonstruktionen der Kapiteln 3.1, 3.2 und 3.3 herausgearbeitet wird, bietet die Möglichkeit, unterschiedliche Fälle miteinander zu vergleichen, in denen sich Strukturhomologien rekonstruieren lassen (vgl. Wohlrab-Sahr & Przyborski 2014, S. 26). Dabei arbeite ich in der Analyse der Fallrekonstruktionen die aktuellen Bezüge und die Anbindung an theoretische Konzepte sowie übersubjektive Diskurse heraus, die in den argumentativen Teilen der Stegreiferzählungen sichtbar werden. Mein analytischer Prozess in den Fallrekonstruktionen zielt weniger auf die Rekonstruktion einer (objektivierbaren) sozialen Struktur, die in der autobiographischen Erzählung sichtbar wird, sondern vielmehr auf die Ko-Konstruktion einer „Biographie" in der konkreten Erhebungssituation im Anschluss an Dausien (2002) und Bartmann & Kunze (2008), in der ein Subjekt die Erzählung seines Lebens aus seiner aktuellen Deutungsperspektive präsentiert. Damit wird der erzähltheoretisch postulierte Zusammenhang von Erfahrung und Narration nicht suspendiert, sondern relativiert und erweitert (vgl. Kap. 2.1). Dieses analytische Vorgehen, das hier in aller Kürze nachgezeichnet ist, bildet die Grundlage für die Fallrekonstruktionen.

Für die Auseinandersetzung mit dem Datenmaterial, eingehende Interpretationen und die Entwicklung der Fallrekonstruktionen ist die Forschungswerkstatt von Prof. Dr. Gerhard Riemann an der Technischen Hochschule Georg Simon Ohm wichtig geworden[33]. Diese Auseinandersetzung in der Interpretationsgruppe ist gleichzeitig bedeutsam für die Gültigkeit der Studie, da die Standortgebundenheit meiner Perspektiven auf das Datenmaterial immer wieder zum Gegenstand der Reflexion werden konnte. Ich gehe im fallrekonstruktiven Kapitel 3 einleitend darauf ein, wie sich die Entwicklung des Samples und die Auswahl der Fälle für die Fallrekonstruktionen in Auseinandersetzung mit dem Sample im Forschungsprozess gestaltet haben. Den Fallrekonstruktionen

---

33 Ich danke den Mitgliedern dieser Forschungswerkstatt herzlich für die Zusammenarbeit und den intensiven Austausch über vier Jahre; dazu gehörten neben Gerhard Riemann: Stefanie Gandt, Johannes Kloha, Veronika Leicht, Cosimo Mangione, Thomas Miller, Julia Reimer, Sevgi Söyler und Eva Weißmüller.

wird in der Narrationsanalyse ein zentraler Stellenwert für die Entwicklung eines theoretischen Modells zur Ergebnisverdichtung eingeräumt. In diesen detaillierten Rekonstruktionen eines einzelnen Falls wird es möglich, im Vergleich mit anderen detaillierten Rekonstruktionen weiterer Fälle über den Einzelfall hinausweisende Dimensionen interessierender sozialer Prozesse und Biographisierungsleistungen zu rekonstruieren. Diesen Verdichtungsprozess und die Entwicklung fallübergreifender Aspekte im Anschluss an die Fallrekonstruktionen als theoretisches Modell beschreibe ich im weiteren Verlauf dieses Abschnitts als Generalisierungsprozess sowie in Kap. 3.4 nach der Darstellung der Fallrekonstruktionen genauer.

In der Analyse der interaktionsgeschichtlich-narrativen Interviews erfolgt ebenfalls eine Segmentierung des Interviewtranskripts in Sinneinheiten und die Unterscheidung von unterschiedlichen Kommunikationsschemata der Sachverhaltsdarstellung. Die Analyse der Inhalte des Interviews wird auch hier unter Einbezug der Darstellungsmodi vollzogen. Das heißt: Auch hier interessiert die Rekonstruktion sozialer Prozesse, die sich in der analytischen Verbindung von erzählenden und argumentativen Teilen der gesamten Stegreiferzählung unter Einbezug der thematischen Fokussierungen bewerkstelligen lässt. Besonderes Augenmerk der Analyse liegt auf der Darstellung der Beziehungsgeschichten, die im Interview zum Ausdruck kommen und im Fokus des Forschungsinteresses liegen. Für die hier vorliegende Studie sind diejenigen Teile der Interviews besonders bedeutsam gewesen, in denen Ausbildende über ihre Formen der Zusammenarbeit mit Auszubildenden reflektiert haben und dabei auf Besonderheiten im Ausbildungsverlauf und ihren Umgang damit zu sprechen kamen.

Qualitative Datentriangulation: die Verschränkung der Materialien in der Interpretation

Triangulation wird in der Literatur vor allem als Triangulation im Sinne von Mixed Methods diskutiert (vgl. bspw. Flick 2011). In der vorliegenden Studie ist das Verständnis von Triangulation ein anderes und rekurriert auf die Möglichkeit, einen interessierenden sozialen Prozess aus unterschiedlichen Perspektiven mit Datenmaterialien zu „triangulieren", die auf ähnlichen methodologischen und methodischen Voraussetzungen beruhen[34].

Es gelang mir im Zuge der Datenerhebung insgesamt neun Mal, Interviews mit Auszubildenden und Ausbildenden zu erheben, die eine miteinander verbundene Geschichte hatten. Hierdurch entstand das analytische Potenzial, den interessierenden Prozess der Ausbildung eines bestimmten Auszubildenden aus zwei verschiedenen Perspektiven zu beleuchten. In der konkreten Umsetzung

---

34 Vgl. für dieses Vorgehen Riemann 2000.

dieser Verschränkung stellten sich dabei in dieser Studie zwei Herausforderungen: Zum ersten stellte sich für die Auszubildenden die Ausbildung als eine Episode dar, die sie eingebettet in ihre gesamte Geschichte erzählten. In der präsentierten Darstellung der Fallrekonstruktionen wird es bedeutsam, genau diese episodale Einbettung in die Lebensgeschichte und die *Form* dieser episodalen Einbettung herauszuarbeiten und nicht nur die Ausbildung analytisch aufzubereiten. Zum zweiten haben sich die Geschichten mit Auszubildenden in den interaktionsgeschichtlich-narrativen Interviews teilweise aus kurzen Episoden und Darstellungen im Vergleich mit Erlebnissen mit anderen Auszubildenden zusammengesetzt. Sie haben häufig eine fragmentierte Gestalt aufgewiesen – im Vergleich zu anderen Sequenzen der Interviews, in denen die Ausbildenden beispielsweise von ihrer aktuellen beruflichen Tätigkeit als Ausbildende oder von ihrem eigenen beruflichen Werdegang erzählen. Da die Hauptgestalt der Fallrekonstruktionen sich entlang der inneren Logik der Stegreiferzählung in den autobiographisch-narrativen Interviews entwickelt hat, habe ich folgenden Weg für die Triangulation der Analysen gewählt: Ich stelle die beiden Datenmaterialien in der analytischen Abstraktion zunächst gegenüber. Ich rekonstruiere das Erleben der Prozesse in der Ausbildung zunächst aus der Perspektive des Erzählenden und im Anschluss aus der Perspektive des Ausbildenden, bevor ich zu einer Synopse komme, in der ich die unterschiedlichen Perspektiven auf die Prozesse und die rekonstruierbaren sozialen Prozesse diskutiere. Anschließend stelle ich die rekonstruierte biographische Gesamtformung dar, in der ich auf das Erleben der Ausbildung durch die Auszubildenden und auf die Perspektive der Ausbildenden Bezug nehme. Diese Form der qualitativen Triangulation ermöglicht es, die Ausbildung in das Erleben des Erzählenden rekonstruktiv einzuordnen, und reißt die Ausbildung als biographisch relevantes Geschehen nicht aus der Rekonstruktion des Erlebenszusammenhangs, wie dies bei einer exponierten Darstellung dieser Episode in der Biographie außerhalb des prozessanalytischen Modus suggeriert würde.

Theoretisches Modell der Ergebnisse und Generalisierung

Die Entwicklung eines theoretischen Modells und der Generalisierung in dieser Studie erfolgt über den systematischen Vergleich dreier Fallrekonstruktionen, die im maximalen Kontrast zueinanderstehen und die Betrachtung fallübergreifender Aspekte ermöglichen. Die Ergebnisentwicklung als Verdichtung und Abstraktion von sozialen Prozessen in einer biographieanalytischen Studie wie dieser erfolgt über die Rekonstruktion von Einzelfällen. Anhand der rekonstruierten Biographien wird es möglich herauszuarbeiten, was individuelle Prozesse sind und welche rekonstruierten Prozesse in der Erzählung über den individuellen Fall hinausverweisen (vgl. Kap. 3).

So wird in der Narrationsanalyse der dezidierten Auseinandersetzung mit dem einzelnen Fall vor dem Prozess der Kontrastierung ein besonderer Stellenwert eingeräumt. Ich habe im Forschungsprozess dieser Studie an Fallrekonstruktionen gearbeitet und gleichzeitig weiter Daten erhoben, wobei meine ersten Auseinandersetzungen mit den Transkripten der ersten Interviews den Prozess weiterer Datenerhebungen beeinflusst haben. Strübing spricht davon, dass sich der gesamte Prozess einer qualitativ-rekonstruktiven Forschung als zirkulär darstellt, da Datenerhebung und Dateninterpretation ineinander übergehen (vgl. Strübing 2002, S. 333 f.). In der Entstehung einer ersten ausführlichen Fallrekonstruktion und damit einhergehenden ersten Entwicklungen theoretischer Konzepte aus den Daten hat sich in einem Reflexionsprozess in der Forschungswerkstatt die Entscheidung für die Darstellung bestimmter Fallrekonstruktionen als Eckfälle ergeben (vgl. hierzu Kap. 3). Die Fallrekonstruktionen verweisen auf bestimmte Merkmalsausprägungen im Feld sowie auf bestimmte Biographisierungsleistungen, die sich im Umgang mit dem Untersuchungsfokus rekonstruieren lassen. Ich habe sie in Auseinandersetzung mit dem Datenmaterial im gesamten Sample verdichtet. Hierzu habe ich zunächst die Kontraste zwischen den Fallrekonstruktionen aus einer fallübergreifenden Perspektive beleuchtet und gezielt nach weiteren Kontrasten im gesamten Sample gesucht. Dazu sind sämtliche erhobenen Datenmaterialien in Abhörmemos in ihrer thematischen Gestalt verschriftlicht worden. Auf dieser Grundlage habe ich entschieden, welche Interviews transkribiert worden sind. Aus den Fallrekonstruktionen sind in Auseinandersetzung mit dem Datenmaterial des gesamten Samples sukzessive fallübergreifende Aspekte herausgearbeitet worden, die die zentralen Linien des theoretischen Modells bilden, das ich in den Kap. 4, 5 und 6 darstelle und hier nur kurz benenne. Sie beziehen sich auf die Form der Einbettung der dualen Ausbildung in die Erzählung der Lebensgeschichte in den Interviews (Kap. 4), auf die Erlebensprozesse in Ausbildung (Kap. 5) und auf die Formen von Biographisierungsleistungen (Kap. 6), die als Muster in den Interviews rekonstruierbar geworden sind. Die Entwicklung dieser fallübergreifenden Aspekte stelle ich nach den Fallrekonstruktionen in Kap. 3.4 vor, da sie sich im Anschluss an diese direkt am empirischen Material begründen lässt und hier nur theoretisch-abstrakt möglich wäre.

2.4 Prozess des Samplings und Sample der Studie

Theoretical Sampling im Untersuchungsprozess

Das Sample einer Studie in der interpretativen Forschung geht auf das Konzept des „Theoretical Samplings" auf Glaser & Strauss (1967|2005) zurück. In der Entdeckung von Phänomenen und Strukturhomologien eines bestimmten

Untersuchungsfokus wird bedeutsam, ob die rekonstruierten Fälle oder Typen die Konzepte im Feld hinreichend erfassen oder ob Teile des Feldes nicht berücksichtigt werden konnten, die möglicherweise die Rekonstruktion anderer theoretischer Konzepte erlaubt hätten (vgl. Strübing 2002, S. 335 f.). Przyborski & Wohlrab-Sahr (2014) sprechen in diesem Zusammenhang von einer konzeptuellen Repräsentativität, die durch ein gesättigtes Sample erreicht werden kann (vgl. Przyborski & Wohlrab-Sahr 2014, S. 200). Die theoretische Sättigung des Samples, die für die Reichweite von Ergebnissen in einer qualitativ-rekonstruktiven Studie zentral wird, kann in dieser Studie aus verschiedenen Perspektiven diskutiert werden. Im Hinblick auf Biographisierungsleistungen zeigt die kontrastive Auseinandersetzung der Fallrekonstruktionen mit dem gesamten Sample keine neuen Erkenntnisse. Gleiches lässt sich jedoch nicht für die Erhebung in den Betrieben und die Perspektiven der Ausbildenden in den Ausbildungsbetrieben sagen – hier scheint eine theoretische Sättigung nicht erreicht. Diese Frage wird in der Diskussion (Kap. 7) und im Ausblick weiter aufgegriffen (Kap. 8) und verfolgt, um die Grenzen der Studie transparent zu machen.

In der Anfangsphase des Projektes habe ich Gespräche mit Ausbildenden, Berufsschullehrenden und anderen Personen im Feld geführt, die geholfen haben, das mir fremde Feld der dualen Ausbildung langsam vertrauter werden zu lassen. So habe ich in der Annäherung an das Feld ein längeres Interview mit der Ausbildungleitung eines größeren Betriebes geführt, in dem ich mein völliges Nicht-Wissen bezüglich der Strukturen dualer Ausbildung offenbart habe. Durch dieses erste Interview ist es mir möglich geworden, einerseits etwas über Strukturen des Feldes aus der Perspektive eines etablierten Professionellen zu erfahren, andererseits jedoch bereits ein Gespür dafür zu entwickeln, wie die Kontakte zu den Auszubildenden sich aus der Perspektive dieses Informanten gestalten und wie das Leben der Auszubildenden jenseits des Ausbildungsbetriebes zum Thema des Ausbildungsprozesses werden kann. In der Anfangsphase der Suche nach Interviewpartner_innen im Jahr 2013 habe ich bewusst auf jegliche Selektion verzichtet, sondern zunächst jeden möglichen Kontakt, der ins Sample zu passen schien, wahrgenommen. Dabei hat die Branche, Betriebsgröße, usw. der Informant_innen noch keine Rolle gespielt.

Entscheidend für die Aufnahme ins Sample ist bei den Auszubildenden die Aufnahme einer dualen Ausbildung unter Bedingungen gewesen, die auf Erfahrungen hindeuten, in denen der Zusammenhang von Normalität und Abweichung unter einer erschwerenden Perspektive schon einmal ein Thema geworden sind (vgl. hierzu Kap. 2.2). Ich habe ehemalige Auszubildende interviewt, die ihre Ausbildung bereits abgeschlossen oder mindestens einmal eine Ausbildung abgebrochen haben. Bei den Ausbildenden habe ich mich zunächst nur auf die Tatsache fokussiert, dass sie Ausbildende sind und im Vorgespräch positiv auf die vage Frage reagiert haben, ob sie schon einmal Azubis ausgebildet hätten, bei denen die Bedingungen der Ausbildung in irgendeiner Weise anders gewesen sind als andere. Entgegen meiner anfänglichen Befürchtungen ist es weniger schwer als erwartet gewesen, Interviewpartner_innen zu finden. In vielen Betrieben sind Ausbildende überrascht von meiner Anfrage und interessiert gewesen, mir von ihrer Arbeit zu erzählen.

Die Daten sind in größeren und kleineren ausbildenden Betrieben erhoben, dies habe ich zu Beginn als Ausgangsheuristik gesetzt. Im Rahmen meiner Feldforschung ist mir aufgefallen, dass insbesondere kleinere Organisationen davon geprägt sind, dass Ausbildung Teil ihres Alltags ist, ohne dass diesem Teil des Alltags eine besondere Beachtung geschenkt wird. Dies unterscheidet Ausbildung dort von Ausbildung in Großbetrieben oder gar Konzernen, in denen es eine dezidierte Struktur, Ausbildungsverantwortliche und zum Teil sogenannte Lehrwerkstätten mit Ausbildenden gibt, die ausschließlich hierfür abgestellt sind. Gerade in diesen letztgenannten Settings habe ich häufiger common sense-Konstruktionen zu „Ausbildung" und zum Teil Annahmen zu pädagogischem Handeln in den Gesprächen mit den Ausbildenden vorgefunden. Kleinere Ausbildungsbetriebe verhandeln Ausbildung – so mein Eindruck in der Phase der Datengewinnung – als Nebenbei-Geschäft: Jemand hat einen Ausbildungsschein und darf formal die Aufgabe des Ausbildens übernehmen. Inwieweit er dies tut, hängt in diesen Fällen sehr stark von der einzelnen Person und den Gegebenheiten des einzelnen Betriebs ab. Eine Suche hat zum Teil blind, zum Teil über persönlich bekannte Türöffner in Organisationen innerhalb verschiedener Bundesländern und Stadtstaaten Deutschlands (Niedersachsen, Nordrhein-Westfalen, Bayern und Hamburg) stattgefunden. Bei einer blinden Anfrage habe ich zunächst versucht, über die Ausbildungszuständigen in den Betrieben einen telefonischen Zugang zu bekommen. Bei diesen Blindversuchen habe ich mich an unterschiedlichen Kriterien bei der Auswahl orientiert: Ich wollte sowohl größere als auch kleinere Betriebe ins Sample aufnehmen. Während ich bei den Zugängen zu Großbetrieben auf persönlich bekannte Türöffner setzen konnte, habe ich diesen Vorteil bei kleineren Betrieben nur eingeschränkt nutzen können, da mein persönliches Netzwerk an dieser Stelle begrenzt ist. Hier sind die blinden Kontaktaufnahmen häufiger und nur vereinzelt über persönliche Kontakte zustande gekommen. Ist dieser erste Blindkontakt positiv verlaufen, habe ich häufig ein zweiseitiges Anschreiben mit näheren Informationen an diese erste Kontaktperson geschickt. In allen Fällen ist es so zu einer Rückmeldung gekommen, die entweder auf die Vereinbarung von Interviewterminen oder eine begründete Absage hinausgelaufen ist. Zum Teil sind Interviewpartner_innen auch über ein Schneeballverfahren gefunden worden: Interviewpartner_innen haben Kontakte zu weiteren Interviewpartner_innen vermittelt. Einige Male sind sogenannte Türöffnergespräche mit Personen geführt worden (z. B. Lehrer_innen), die einen Kontakt zu ehemaligen Schüler_innen hergestellt haben.

Ich bin in Kap. 2.2 darauf eingegangen, dass aufgrund des Erkenntnisinteresses die Konstruktionen der Akteure im Feld zu Minderheitserfahrungen und schwierigen Lebenssituationen die leitende Heuristik für die Bildung des Samples der autobiographisch-narrativen Interviews gewesen sind. Vor der tabellarischen Vorstellung des Samples wird es hier nun möglich zu erläutern, wie das Sample im Detail zustande gekommen ist und auf welche Konstrukte sich Akteure im Feld bei der Vermittlung meiner Interviewpartner_innen bezogen haben. So sind durch Ausbildende Zugänge zu ehemaligen Auszubildenden entstanden, die von sehr unterschiedlichen Perspektiven in der Vermittlung geprägt gewesen sind. Eine zentrale Linie in der Datengewinnungsphase ist von Beginn an eine Minderheitszugehörigkeit qua Migration, die als Unterscheidungsmerkmal genutzt worden sind. Eine zweite Linie des Zugangs haben ehemalige Auszubildende gebildet, denen eine zentrale Minderheitserfahrung durch körperliche oder geistige Behinderung zugeschrieben worden ist. Eine dritte Linie ist durch spezifische Geschlechterzuschreibungen zustande gekommen: Zum Teil sind mir Interviewpartner_innen vermittelt worden, die als weibliche Auszubildende in einem männlich dominierten Umfeld als Abweichung vom Normalen beschrieben worden sind (das gilt zum Beispiel für die Interviewpartner_innen Nadja Noth und Lena Worts). Eine vierte Linie bilden Zugänge zu ehemaligen Auszubildenden, die als Alleinerziehende ihre duale Ausbildung absolviert haben und von Akteur_innen im Feld als besonders belastete Auszubildende beschrieben worden sind. Eine fünfte bedeutsame Linie bilden Zugänge zu Interviewpartner_innen, welche die Ausbildungsverläufe von Auszubildenden als besonders schwierig und von der Gefahr vorzeitigen Beendung geprägt beschrieben haben. Dies ist in dem interaktionsgeschichtlich-narrativen Interview mit dem Ausbilder von Bernd Hochstein und mit dem Ausbilder von Hanno Ferdt sichtbar geworden. In beiden Fällen gibt es keine Kategorisierung wie „Migrant" oder „Behinderung" durch die Ausbilder. Beide nehmen auf Schwierigkeiten im Ausbildungsverlauf Bezug, die sie nicht kategorial in ähnlicher Weise fassen können wie andere, die sie als „Migrant" oder „hat eine Behinderung" bezeichnen. Sie beziehen sich auf familiäre Prozesse, um Schwierigkeiten zu erklären.

Strategie der Anonymisierung und Maskierung: Namen, Orte und Ausbildungsbetriebe

Alle Interviews für diese Studie sind in den Jahren 2013 bis 2015 in den Bundesländern Bayern, Nordrhein-Westfalen, Niedersachsen und in Hamburg geführt worden. Alle in dieser Studie auffindbaren Namen, Orte und Nennungen von Ausbildungsbetrieben sind Maskierungen und Anonymisierungen. Ich gehe im Folgenden auf die Anonymisierungsstrategien zu Personen, Orten und Ausbildungsbetrieben ein. Ich habe mich entschieden, den Informant_innen sowohl Vor- als auch Nachnamen zu geben und mich dabei an der Struktur ihres Realnamens orientiert[35]. Bei der Maskierung von Orten habe ich mich auf eine Nennung von Anfangsbuchstaben und als Zusatz -stadt oder -dorf beschränkt, d. h. ich schreibe in der Regel A-Stadt und expliziere die Stadtgröße bzw. den regionalen Zusammenhang an den Stellen, an denen mir dies analytisch bedeutsam erschienen ist. In der Maskierung von Ausbildungsbetrieben habe ich mir vergegenwärtigt, dass ich Interviews zum Teil in Betrieben geführt habe, in denen eine genaue Bezeichnung der dort gefertigten Produkte in Verbindung mit dem Bundesland bereits Rückschlüsse auf die Organisation zugelassen hätte. In gleicher Weise ist mir durch Internetrecherchen klar geworden, dass spezifische Ausbildungsgänge nur in spezifischen produzierenden Betrieben in spezifischen Bundesländern zu lokalisieren sind. Aus diesem Grund sind die Angaben in der Sampletabelle und an konkreten Stellen in den analytischen Ausführungen an manchen Stellen hier sehr allgemein gehalten, um forschungsethischen Standards gerecht zu werden.

Übersicht über das Sample

Insgesamt sind für diese Studie 40 Interviews geführt, 21 autobiographisch-narrative mit jungen Erwachsenen und 19 interaktionsgeschichtlich-narrative Interviews mit Ausbildenden und Lehrkräften in beruflichen Schulen. Einzelne dienen der Dimensionierung des Themenaufbaus und Generierung von Feldzugängen und sind vor der eigentlichen Datengewinnungsphase geführt worden. Das Sample besteht aus 18 interaktionsgeschichtlich-narrativen Interviews mit Ausbildenden (17) und Berufsschullehrenden (1), sowie aus 19 autobiographisch-narrativen Interviews mit jungen Erwachsenen. Innerhalb der erhobenen interaktionsgeschichtlich-narrativen Interviews habe ich analytisch denjenigen Beachtung geschenkt, in denen sich eine Beziehungsgeschichte in Verbindung mit einem der autobiographisch-narrativen Interviews rekonstruieren lässt. Die anderen Interviews sind wichtig, um die analytischen Schlussfolgerungen zu überprüfen, sind jedoch keiner genaueren Analyse unterzogen worden.

---

35 Im Sinne einer nicht-essentialisierenden Forschung habe ich in diesem Zusammenhang darüber nachgedacht, Namen in der Maskierung zu nutzen, die Einwanderungsgeschichten von Informant_innen mehr oder weniger deutlich erahnen lassen. Diese Überlegung habe ich letztendlich verworfen, da sich die Verschleierung einer Einwanderungsgeschichte qua Anonymisierung aus meiner Sicht nur begrenzt reflexiv zu der Idee eines reflexiven Umgangs mit der Erzählung und der Erzählsituation verhält, in der sich ein Teil der Erzählenden als Minderheitsangehörige qua Migration mir gegenüber als Mehrheitsangehörige positionieren musste (vgl. Mecheril 1999).

Übersicht über die autobiographisch-narrativen Interviews

Maskierter Name	Ausbildung(en), vorzeitige Beendigung von Ausbildungsverhältnissen	Beschreibung der Ausbildungsbetriebe, geografische Lage
Ralf Kunstler	Abgeschlossene Ausbildung zum KFZ-Mechaniker	Großer KFZ-Betrieb im ländlichen Raum, Nordrhein-Westfalen
Nadja Noth	Abgeschlossene Ausbildung zur KFZ-Mechanikerin	Großer KFZ-Betrieb im ländlichen Raum, Nordrhein-Westfalen
Marion Rehmer	Studienabbruch Lehramt Ausbildungsabbruch Versicherungskauffrau Abgeschlossene Ausbildung als Systemgastronomin	systemgastronomischer Betrieb, Nordrhein-Westfalen
Julia Kuhnen	Abgeschlossene Ausbildung als Energieanlagenelektronikerin	Mittelständischer Elektronikfachbetrieb, Niedersachsen
Oliver Lamp	Ausbildung begonnen zum Energieanlagenelektroniker, vorzeitiges Ende Zum Izp. in überbetrieblicher Ausbildung bei Bildungsträger	Architekturbüro, Inhaber mit Meisterbrief, ländlicher Raum, Nordrhein-Westfalen
Jens Lanste	Ausbildung begonnen zum KFZ-Service-Mechaniker, vorzeitiges Ende Zum Izp. in überbetrieblicher Ausbildung bei Bildungsträger	Altmetallhändler, ländlicher Raum, Nordrhein-Westfalen
Lena Worts	Ausbildung zur Metallbauerin	mittelständischer Metallbaubetrieb für Sonderanfertigungen, Nordrhein-Westfalen
Marleen Bloch	Vorzeitiges Ausbildungsende als Hotelfachangestellte, Ausbildung zur Systemgastronomin	Hotelbetrieb, Systemgastronomischer Betrieb, Niedersachsen
Patrick Bucht	Vorzeitiges Ausbildungsende als Koch Ausbildung zum Einzelhandelskaufmann	Lebensmitteleinzelhandel, Niedersachsen
Öczan Celebi	Ausbildung zum Energieanlagen-elektroniker	Großbetrieb, Nordrhein-Westfalen
Jan Merks	Ausbildung zum Industriekaufmann	Internationaler Großkonzern, Bayern
Hanno Ferdt	Ausbildung zum Werkzeugmacher	Internationaler Großkonzern, Bayern
Magda Schneider	Ausbildung zur Industriekauffrau	Internationaler Großkonzern, Bayern
Wolf Dimmer	Ausbildung zum Mechatroniker	Internationaler Großkonzern, Bayern

Maskierter Name	Ausbildung(en), vorzeitige Beendigung von Ausbildungsverhältnissen	Beschreibung der Ausbildungsbetriebe, geografische Lage
Nadine Lampert	Vorzeitiges Ausbildungsende als Krankengymnastin Ausbildung zur MTA (noch nicht abgeschlossen)	Niedergelassene Facharztpraxis, Hamburg
Sabine Lumes	Ausbildung zur Tierpflegerin Vorzeitiges Ausbildungsende einer privaten Ausbildung zur Tierheil-praktikerin Ausbildung zur MTA (noch nicht abgeschlossen)	Niedergelassene Facharztpraxis, Hamburg
Paula Wadstel	Ausbildung zur Kauffrau für Bürokommunikation	Mittelständischer Betrieb, Nordrhein-Westfalen
Admir Milici	Ausbildung zum Groß- und Einzelhandelskaufmann	Großbetrieb, Nordrhein-Westfalen
Bernd Hochstein	Ausbildung zum Metallbauer	Kleinbetrieb (KMU), Nordrhein-Westfalen

Übersicht interaktionsgeschichtlich-narrative Interviews

Maskierter Name	Ausbildungsfunktion	Bezüge zu den Auszubildenden
Markus Blatt	Ausbilder in einem KFZ-Betrieb	Ausbilder von Ralf Kunstler und Nadja Noth
Claudia App	Ausbildungsverantwortliche in Großbäckerei	
Gernot Nusser	Ausbilder in einem Elektronik-fachbetrieb	
Paul Riedner	Ausbilder in einem Groß- und Einzelhandelsbetrieb für Baustoffe	Ausbilder von Admir Milici
Tim Brock	Ausbilder in einem Elektronik-fachbetrieb	
Erich Pomm	Ausbilder in einem Elektronik-fachbetrieb	Ausbilder von Julia Kuhnen
Thomas Hars	Ausbilder in einer überbetrieblichen Ausbildung bei einem Bildungsträger	Ausbilder von Oliver Lamp und Jens Lanste
Olaf Brauner	Ausbilder in einem Metallbaubetrieb	Ausbilder von Bernd Hochstein
Herbert Signer	Ausbilder in einem Metallbaubetrieb	Ausbilder von Lena Worts
Klaus Muller	Ausbilder in einem metallverarbeitenden Großbetrieb	Ausbildungsverantwortlich für Jan Merks und Magda Schneider
Verena Tabler	Ausbilderin in einem metall-verarbeitenden Großbetrieb	Ausbilderin von Wolf Dimmer
Marita Schneider	Berufsschullehrerin	Berufsschullehrerin, Klassenleiterin von Paula Wadstel

Maskierter Name	Ausbildungsfunktion	Bezüge zu den Auszubildenden
Sigmund Frei	Ausbilder in einem metallverarbeitenden Großbetrieb	Ausbilder von Hanno Ferdt
Jens Nummer	Ausbilder in einem metallverarbeitenden Betrieb	
Hans Kalber	Ausbilder in einem metallverarbeitenden Betrieb	
Tomm Hütte	Ausbilder in einem metallverarbeitenden Betrieb	
Norbert Auge	Ausbilder in einem metallverarbeitenden Betrieb	
Klaus Maille	Ausbilder in einem metallverarbeitenden Betrieb	

Das Sample stellt sich aufgrund meines Forschungsaufbaus zweigeteilt dar. Das Hauptaugenmerk meiner Analyse lag auf den autobiographisch-narrativen Interviews. Die interaktionsgeschichtlich-narrativen Interviews ergänzen und erweitern die rekonstruierten Perspektiven. Beide Gruppen der zugrundeliegenden Daten werden von mir an dieser Stelle tabellarisch vorgestellt. Eine genauere Einführung in spezifische Datenmaterialien folgt (jenseits der ausführlichen Darstellung der den Fallrekonstruktionen zugrundeliegenden Materialien) an den jeweiligen Stellen der Ergebnisdarstellung in den Kapiteln 4, 5 und 6.

3. Fallrekonstruktionen

Die Auswahl der Datenmaterialien für die Fallrekonstruktionen

Auf der Grundlage meiner Ausführungen unter 3.4 zum Samplingprozess und zum Sample gehe ich an dieser Stelle darauf ein, wie in meinem Forschungsprozess die Auswahl der Fälle aus dem Sample für die in diesem Kapitel dargestellten Fallrekonstruktionen zustande gekommen ist.

In den Jahren 2013 bis 2016 habe ich Datenmaterial in Transkriptform in die Forschungswerkstatt eingebracht und die Entwicklung meines Samples auf der Grundlage bereits gewonnener Daten sowie erster analytischer Einsichten in der Rekonstruktion erarbeitet. In dieser Zeit zeichneten sich bereits erste fallübergreifende Aspekte in den Datenmaterialien ab. Die Zusammenhänge zu Auffälligkeiten von Auszubildenden der zuweisenden Akteur_innen und den Selbstbeschreibungen der Auszubildenden in den Interviews konturierten sich. Gleichzeitig offenbarten sich in den interaktionsgeschichtlich-narrativen Interviews Einsichten zum Verhältnis von Auszubildenden und Ausbildenden und spezifische Perspektiven zu Auszubildenden, die unter schwierigeren Voraussetzungen in die Ausbildung gestartet waren als andere. Vor dem Hintergrund dieser Entwicklung des Samplings habe ich in einem durch die Forschungswerkstatt unterstützten Prozess die Datenmaterialien für die Fallrekonstruktionen ausgewählt. Durch die voran gegangene Forschungsphase in den Jahren 2013 und 2014 war bereits deutlich geworden, dass die Datenmaterialien bestimmte Kontraste im Anschluss an die Zuschreibungen der Akteure im Feld und an die Unterscheidung von Ausbildungsbetrieben nach ihrer Größe aufwiesen, die für die Auswahl der Fallrekonstruktionen bedeutsam wurden.

Ich gehe zunächst abstrakt auf diese Kontraste im Sample und dann genauer darauf ein, wie vor dem Hintergrund dieser erarbeiteten Kontraste die Auswahl der Datenmaterialien für die Fallrekonstruktionen von Admir Milici (3.1), Paula Wadstel (3.2) und Bernd Hochstein (3.3) zustande gekommen ist. Die Kontraste in den Datenmaterialien zeigten sich *erstens* bezogen auf die Form der Zugangslinien durch Akteure im Feld und eine Typisierung von bestimmten Differenzmerkmalen („Migrant", „Schulschwänzer", etc). Als *zweiter* Kontrast sind die Prozesse der Übergangsgestaltung zwischen Schulabschluss und Einstieg in die duale Ausbildung sichtbar geworden. *Drittens* wurde die Thematisierung von vorzeitiger (mehrfacher) Beendigung von Ausbildung in den autobiographisch-narrativen Interviews relevant. Als *vierter* Kontrast wurde die Thematisierung von Schwierigkeiten im Ausbildungsverlauf bzw. das völlige Fehlen von Schwierigkeiten im Ausbildungsverlauf sichtbar. Als *fünfter* Kontrast zeigen sich in den autobiographisch-narrativen Interviews sehr unterschiedliche Formen eigentheoretischer Auseinandersetzung mit Minderheitserfahrungen und schwierigen Lebenssituationen. Darüber hinaus waren jenseits der im Datenmaterial entdeckten Kontraste folgende Überlegungen für die Auswahl leitend: Wichtig war es *sechstens*, Datenmaterialien zu wählen, die miteinander triangulierbar waren, also jeweils ein autobiographisch-narratives und ein interaktionsgeschichtlich-narratives Interview miteinander in Verbindung zu setzen. Für eine gewinnbringende Analyse war es wichtig, dass alle Materialien durch längere selbstläufige narrative Passagen gekennzeichnet sind, in denen sich soziale Prozesse deutlich abzeichnen. *Siebtens* sollte der eingangs gesetzte heuristische Rahmen der unterschiedlichen Größen von Ausbildungsbetrieben in der Auswertung Berücksichtigung finden. Diese im Datenmaterial entdeckten Kontraste und die Überlegungen für die Auswahl erläutere ich nun genauer an den ausgewählten Fällen.

In einigen Interviews lässt sich der Übergang in die duale Ausbildung als direkt und durch unterstützende familiäre Prozesse geprägt nachzeichnen. In diesen Interviews wird gleichzeitig ein unproblematischer Ausbildungsverlauf sichtbar. Deutlich sind in dieser Gruppe im Vergleich zu anderen Interviews im Sample drei Gemeinsamkeiten: Zum einen bestimmbare Minderheitserfahrungen, die im Zugang zur dualen Ausbildung relevant wurden („Migrant", „Frau im Männerbetrieb", „Behinderung"), zum zweiten direkte Übergänge in Ausbildung im Anschluss an den Schulabschluss und zum dritten unproblematische Ausbildungsverläufe. Für diese Gruppe von Interviews der „unproblematischen Ausbildungsverläufe" von jungen Erwachsenen mit Minderheitserfahrungen steht exemplarisch die erste Fallrekonstruktion von Admir Milici und die Rekonstruktion der Beziehungsgeschichte zu seinem Ausbilder Paul Riedner. Für seine Auswahl innerhalb dieser Gruppe spricht außerdem, dass die Datenmaterialien durch längere selbstläufige narrative Passagen gekennzeichnet waren und dass eine Triangulation möglich war, da das Interview mit Paul Riedner vorlag. Die Interviews in dieser Gruppe sind durch argumentative Auseinandersetzungen mit jeweiligen den Minderheitserfahrungen durchzogen, dies gilt insbesondere auch für das Interview mit Admir Milici, der seine Ausbildung in einer Filiale eines bundesweit agierenden Unternehmens absolviert hat.

Im Kontrast hierzu wurden in anderen Interviews Übergänge in die Ausbildung sichtbar, in denen die Aufnahme einer Ausbildung über einige Jahre unsicher gewesen ist. Gleichzeitig wurden in diesen Interviews in einigen Fällen größere Schwierigkeiten im Ausbildungsverlauf bemerkbar. In den autobiographisch-narrativen Interviews wurden schwierige Lebenssituationen zum Gegenstand, die in den Zuschreibungen der Akteure im Feld so nicht sichtbar geworden waren. Für diese Gruppe von Interviews steht die zweite Fallrekonstruktion von Paula Wadstel und ihrer Lehrerin Frau Schneider. In der Gruppe von Interviews, für die ihre Fallrekonstruktion stellvertretend steht, zeigt sich sowohl der Übergang in die Ausbildung als auch der Ausbildungsprozess von Schwierigkeiten gekennzeichnet und in Verbindung mit bestimmten schwierigen Lebenssituationen. Gleichzeitig ist durch die Interviews sichtbar geworden, dass diese biographischen Prozesse, die während der Ausbildung Aufmerksamkeit verlangen, im Ausbildungskontext weitgehend unbemerkt bleiben. Paula Wadstel ist von ihrer Lehrerin und in ihrem Ausbildungsbetrieb als alleinerziehende Auszubildende wahrgenommen worden, die Komplexität der Schwierigkeiten, in der sie ihre Ausbildung absolviert, wird dort und in der Berufsschule nicht sichtbar. Dies konnte nur durch die qualitative Triangulation mit dem autobiographisch-narrativen Interview von Paula Wadstel sichtbar gemacht werden. Die autobiographisch-narrativen Interviews in dieser Gruppe verbindet, dass die argumentativen Auseinandersetzungen von diesem Balanceakt des Bewältigens schwieriger Lebenssituationen und des Bewältigens von Ausbildung gekennzeichnet sind. Paula Wadstel hat ihre Ausbildung in einem Ausbildungsbetrieb mit annähernd 100 Mitarbeitenden absolviert.

Im Fokus einer dritten Gruppe von Interviews im Sample stehen ebenfalls langwierige Prozesse des Übergangs in Ausbildung. Ausbildungsprozesse, die in diesen Interviews erzählt worden sind, enden vermehrt vorzeitig und ungeplant. In der Rekonstruktion sind Schwierigkeiten der Auszubildenden sichtbar geworden, die sich einer eindeutigen Bestimmbarkeit durch ihre Komplexität sowohl für die Auszubildenden als auch für die Ausbildenden in den Ausbildungsbetrieben weitgehend entzogen haben. Im Kontrast zu allen anderen Interviews im Sample sind die Interviews dieser Gruppe durchgehend von der Thematisierung schwieriger Schullaufbahnen gekennzeichnet, in denen es zu Abbrüchen in der Schullaufbahn und Rückstufungen auf niedrigere Schulformen gekommen ist. Mehrere Jahre nach dem Ende der Schulzeit werden ohne formale (Aus-)Bildungsperspektive erzählt. Für diese Gruppe von Interviews steht exemplarisch die Fallrekonstruktion von Bernd Hochstein und seinem Ausbilder Herrn Brauner. Im zuerst geführten Interview mit Herrn Brauner wird dessen Ratlosigkeit ob der Schwierigkeiten in Bernd Hochsteins Ausbildungsgeschichte sichtbar, die er sich nur begrenzt erklären kann. In der Triangulation mit den autobiographisch-narrativen Interviews mit Bernd Hochstein wird eine langwierige Geschichte bis zur Ausbildungsaufnahme rekonstruierbar, die familiär stark unterstützt wird. Bernd Hochsteins Interviews sind ebenfalls durch die in dieser Gruppe auffindbaren charakteristischen Schwierigkeiten in Schule und Ausbildung gekennzeichnet. Jedoch unterscheidet sein Datenmaterial von anderen in der Gruppe die familiäre Unterstützung, die er durchgehend erfährt. Dies bildet ein Alleinstellungsmerkmal innerhalb dieser Gruppe der Interviews. Die familiäre Unterstützung wird jedoch so transparent, dass die Gemeinsamkeiten mit anderen Interviews in der Gruppe zu Ausbildung, Ausbildungsabbruch und dem argumentativen Umgang mit diesen Prozessen dennoch deutlich rekonstruierbar wurden. Bernd Hochstein hat seine

Ausbildung in einem Kleinstbetrieb mit insgesamt sieben Mitarbeitenden absolviert.

Damit repräsentieren die drei folgenden Fallrekonstruktionen bestimmte Kombinationen biographischer Prozesse, damit verbundener Biographisierungsleistungen und Prozesse in der Ausbildungszeit, die die autobiographisch-narrativen und die interaktionsgeschichtlich-narrativen Interviews im gesamten Sample prägen.

3.1 Admir Milici

Informationen zur Interviewanbahnung und Interviewsituation

Das Interview mit Admir Milici fand im Oktober 2013 in einer westdeutschen Großstadt statt. Ich hatte knapp zwei Monate zuvor ein interaktionsgeschichtlich-narratives Interview mit seinem Ausbilder, Paul Riedner geführt. Ich lernte Paul Riedner in der Zeit der Informant_innenakquise kennen und erfuhr, dass er im Rahmen seiner beruflichen Tätigkeit als Ausbilder tätig war. Der Kontakt wurde über eine private Bekanntschaft hergestellt, Paul Riedner arbeitete in der Filiale einer Baumarktkette in der Großstadt, in der das Interview stattfand. Nachdem ich von Paul Riedner erfahren hatte, dass er als Ausbilder tätig ist, erzählte ich ihm von meinem Interesse und bat ihn um einen Termin für ein Interview. Der Einstieg in das Interview gelang einfach, er erzählte mir von seiner langjährigen beruflichen Tätigkeit als Kaufmann im Groß- und Einzelhandel.

Im Verlauf des Interviews, das ich wie in anderen interaktionsgeschichtlich-narrativen Interviews mit einem dreigeteilten narrativen Impuls strukturierte (vgl. Fallrekonstruktion Bernd Hochstein), erzählte er mir zunächst seinen eigenen beruflichen Werdegang, bevor ich ihn bat, mir darüber zu erzählen, wie er die Geschichte der Arbeitsbeziehung zu verschiedenen Auszubildenden erlebt habe. Dabei kam er auf seine Geschichte mit Admir Milici zu sprechen. Die Geschichte der Zusammenarbeit mit Admir wurde von ihm nachdrücklich als eine positive Geschichte erwähnt und er erzählte, dass die Zusammenarbeit der beiden nach der Ausbildung noch lange Bestand gehabt habe.

Für das Interview mit Admir Milici, den ich nicht kannte, kam mir die Vermittlung durch Paul Riedner zugute. Paul Riedner rief ihn an und fragte ihn, ob er zu einem Interview bereit sei, eine Bekannte von ihm sei daran interessiert. Admir sagte sofort zu. Unser Weg zu einer konkreten Terminvereinbarung verlief etwas schleppend, unmittelbar vor meinem ersten Anruf bei ihm wurde in seine Wohnung eingebrochen. Aufgrund dieser akuten Ereignisse musste er unser Interview um einige Wochen verschieben. Der Kontakt zwischen Admir und mir riss in den darauffolgenden Wochen nicht ab, und er betonte immer wieder, dass ihm sehr an dem Interview gelegen sei. Wir verabredeten uns nach diesen ersten Kontakten direkt zum Interview, ein Vorgespräch schien mir nach den Kontakten am Telefon und per E-Mail, bei denen bereits einiges zur Sprache kam (Vertraulichkeit, Anonymisierung, etc...), nicht mehr notwendig. Bei diesem ersten persönlichen Kontakt schlug Admir mir sofort vor, dass wir uns duzen könnten. Ich vermutete in der Situation, dass er uns in etwa im gleichen Lebensalter einschätzte und nahm seinen Vorschlag an.

Erläuterungen zum zugrundeliegenden Datenmaterial

Aufbauend auf die Überlegungen zur Auswahl der Datenmaterialien aus den Interviews mit Admir Milici und seinem Ausbilder Paul Riedner, setzt sich das Datenmaterial zur Rekonstruktion der anschließend vorgestellten Lebens- und Ausbildungsgeschichte von Admir Milici aus zwei Interviews zusammen: dem mit ihm geführten autobiographisch-narrativen Interview und dem Interview seines Ausbilders Paul Riedner. Damit unterscheidet sich der Aufbau der Analyse in dieser Fallrekonstruktion von anderen, indem hier nicht nur das autobiographisch-narrative Datenmaterial herangezogen wird. Für die Rekonstruktion des Prozesses der Ausbildung in der Biographie Admir Milicis werden die beiden Interviews miteinander verschränkt und die dort rekonstruierbaren Prozesse aus zwei verschiedenen Perspektiven beleuchtet.

Das autobiographisch-narrative Interview mit Admir ist insgesamt 90 Minuten lang, davon nimmt die Eingangserzählung 22 Minuten ein, der Nachfrageteil ist dementsprechend 68 Minuten lang. Bedauerlich sind die lauten Hintergrundgeräusche (das Interview wurde in einem Café geführt, in dem ein eingeschaltetes Fernsehgerät im Hintergrund eine Geräuschkulisse bildete, die das Aufnahmegerät aufzeichnete), die die Transkription erschwerten und die zum Teil undeutliche Aussprache Admirs noch schwieriger abhörbar machen. Dennoch ist größtenteils Verständlichkeit gegeben. Fehlstellen sind zum Teil einer besonderen grammatikalischen Struktur geschuldet, die Admir sich angeeignet hat und die mir im Gespräch kaum auffiel. Das Interview mit Admir hat auch jenseits der Eingangserzählung eine deutlich narrative Grundstruktur. Admir benutzt zwar bereits in der Eingangserzählung häufiger erklärende Theorien und evaluiert narrative Sequenzen sehr ausführlich, kehrt aber ins Erzählschema zurück. Im Nachfrageteil vermische ich teilweise ungewollt immanente und exmanente Nachfragen. Erzählgenerierende Fragen führen immer zu langen selbstläufigen Passagen des Erzählens. Im letzten Teil des Nachfrageteils kommt Admir auf unterschiedliche Formen der Lebensführung zu sprechen und setzt sich dabei primär argumentativ mit den von ihm wahrgenommenen Vorteilen eines Lebens in Deutschland auseinander.

Das interaktionsgeschichtlich-narrative Interview mit seinem Ausbilder Paul Riedner dauerte 80 Minuten. Das Interview ist in seiner Anlage mehrfach unterteilt. Im ersten Teil erzählt Riedner seine eigene berufliche Sozialisation, dieser Teil ist narrativ und enthält nur sehr wenige beschreibende und argumentative Sequenzen. Von der Erzählung seines Werdegangs zum Ausbilder kommt er zunächst sehr allgemein beschreibend und argumentativ auf heutige Auszubildende und den Stand der Ausbildung zu sprechen. Im weiteren Verlauf des Interviews erzählt er mehrere Geschichten von Auszubildenden, um die ich ihn bitte. Diese Geschichten unterscheiden sich stark in ihrer Darstellung und in ihrem Detaillierungsgrad. Die Darstellung der Geschichte mit Admir Milici enthält narrative Teile, wird aber immer wieder gerahmt durch beschreibende Darstellungen der Ausbildungssituation an sich und durch argumentative Auseinandersetzungen mit Geschichten anderer Auszubildender, gegen die er Admir stark abgrenzt[36]. Für die Rekonstruktion im Rahmen dieses Falls wird primär die Erzählung der Interaktionsgeschichte mit Admir Milici genutzt.

3.1.1 Strukturelle Beschreibung

Der Einstieg in das Interview – Familienleben
als eingewanderte Gastarbeiterfamilie

Im Folgenden wird die Eingangserzählung des Interviews strukturell beschrieben. Dabei gehe ich auf die Präambelphase des Interviews ausführlicher ein, unterziehe einzelne Erzählsegmente einer genaueren Betrachtung und stelle abschließend die Präkoda- und Kodaphase der Eingangserzählung dar. In der Präambelphase des Interviews steigt Admir Milici mit einer detaillierten Schilderung seines Aufwachsens in seine Erzählung ein (S. 1, Z. 8 – S. 2, Z. 9).

---

36 Eine weitere Interaktionsgeschichte gerät durch meine Intervention (Nachfrage, ob er die Vorstellungsgespräche mit den Auszubildenden führt) zunächst zu einer beschreibenden Darstellung der Einstellungsmechanismen des Betriebes. Aus dieser Beschreibungssequenz wechselt der Informant in eine kurze Erzählung über die Geschichte mit dem Auszubildenden, die von mir mehrfach mit erzählgenerierenden Nachfragen unterstützt wird. Auf diese Erzählung folgen mehrere Argumentationen provozierende Nachfragen meinerseits, die sich auf seine Konzepte für den Umgang mit den Ausbildenden und Herausforderungen seiner Arbeit als Ausbilder beziehen. Paul Riedner geht auf meine Nachfragen ausführlich ein und illustriert seine Beschreibungen und argumentativen Auseinandersetzungen immer wieder mit dem Beispiel des vorigen Auszubildenden und führt noch die Geschichte einer weiblichen Auszubildenden ein. Trotz meiner erzählgenerierenden Nachfragen unterbricht er sich hier immer wieder für lange argumentative Auseinandersetzungen, bevor er zur Geschichte der jungen Frau zurückkehrt. Betrachtet man die erzählten Interaktionsgeschichten der Auszubildenden in der Zusammenschau, ist die Darstellung zur Geschichte Admir Milicis diejenige, die die höchsten Anteile narrativer Darstellung aufweist.

E: „Ja. (((lacht))) Ja (). Ja, gut, dann äh, könn' wir ma anfangen. Also, da, äh, läuft das Ding schon?

I: Das läuft schon.

E: Cool. ()Ja, also, ich bin eigentlich hier/ sss () ich bin in F-Stadt geboren. Ich bin 1981 in F-Stadt geboren, am 27.3. War halt/ in ner Familie dann dementsprechend, wo ich zwei ältere Schwestern damals hatte/ oder zu dem Zeitpunkt, wo ich geboren bin, hat ich zwei Schwestern hatte.

I: mhm

E: Äh, meine Eltern halt dann quasi halt Einwanderer aus Mazedonien.

I: mhm

E: Mein Vater hat jetzt äh bei Tartan gearbeitet halt und bei äh/ ähm Stahlwerk, so wie's halt früher immer gang und gäbe war, halt. Die waren alle halt entsprechend im Industriebereich tätich. () und ja(). Für dieses Leben hat halt (unverständlich) hat halt meine Mutter keine deutsche Sprache und ähnliches hatte. Hat's natürlich immer Probleme gehabt bei/ mit Vermietern und so weiter und so fort. Und äh () hatten halt in ner Wohnung gelebt, die relativ klein war, weil man sich immer dachte damals: wir machen das einfach nur für'n paar Jahre/ halt um ein bisschen Geld zu machen, aber gehen wir sowieso wieder zurück in die Heimat. () Das war halt Wunschdenken halt, weil wenn man jetzt so sieht, (unverständlich)weil, je länger man hier in Deutschland ist, desto besser fühlt man sich halt. Und im Endeffekt fühlt man sich dann hier heimischer als in der eigenen Heimat, weil man hier natürlich mehr Zeit verbringt. Ja, und äh: die hatten halt dann dementsprechend in 2-Zimmer-Wohnung gelebt, ohne Dusche oder irgendwas. Das heißt, wir mussten uns halt dann in so ner Wanne baden, mit heißem Wasser, dann irgendwo. Und äh/ daraufhin wurde dann noch meine dritte Schwester dann noch geboren. Daraufhin haben wir uns ne größere Wohnung gesucht, mit drei Zimmern. Hatte allerdings glaub ich nur 52 qm, oder so was. Und da () hatten wir halt dann dementsprechend beengte Verhältnisse. Wobei man sagen muss, dass wir als Kinder natürlich Spass hatten, ne. Weil ne/ Wir ham alle entsprechend zusammen geschlafen, als wir relativ klein waren/ zusammen gespielt. (.) ich wurd halt dementsprechend von meinen älteren Schwestern immer als Frau angezogen, halt dann/ oder als Dame angezogen halt dann. Weil ich lange Wimpern hatte und ähnliches, ham mich immer aufgezogen. Und (.) als Kindheit war das eigentlich relativ schön. Und ähm. So ging's halt dementsprechend weiter. Ich hab dann/ wie gesacht, seit meiner Geburt immer am Westplatz gewohnt. Das heißt, wir hatten dort auch unsere Verwandten, also ehrlich das Ding war ein Ghetto eigentlich. Weil dort hattest Du immer die Aus/ die ganzen Ausländer () und ähm es hat sich/ es hat sich einfach magisch angezogen. Es sei/ Du hast Dich irgendwie abgekoppelt von allem Deutschen und ähnliches. Sondern Du warst halt nur mit (betont) Deinen Leuten zusammen, weil Du halt dann jetzt (betont) das vermisst hast, was z. B. in der Heimat du halt so an Bekanntschaften hattest. Daraufhin natürlich jetzt/ hatten wir auch jetzt weniger Kontakt zu halt deutschen Kindern, sondern mehr so zu Familie, Onkel, Tanten, irgendso war. Das hat uns natürlich distanziert oder abgekoppelt, halt dann/ () mit anderen Leuten".

Admir wird in einer deutschen Großstadt geboren, im Frühling 1981. Es gibt bereits zwei Kinder in seiner Familie: er hat zwei ältere Schwestern. Seine Eltern sind eingewanderte Gastarbeiter aus dem heutigen Mazedonien[37]. Er erzählt, dass sein Vater in einem Stahlwerk tätig war und kommentiert dies mit einer Generalisierung: „die waren alle halt entsprechend im Industriebereich"[38]. Admir benennt damit zwei über seine Familie hinausverweisende Horizonte, in denen er seine Familie verortet. Er ist sich im Klaren darüber, dass sein Vater bzw. seine Eltern mit ihrer Geschichte Teil einer größeren Gruppe sind – die Gruppe der nach Deutschland eingewanderten Gastarbeiter im Rahmen der Anwerbeabkommen in den 1960er- und 1970er-Jahren. Außerdem deutet seine Generalisierung darauf hin, dass er sich bewusst ist, welche Arbeiten Gastarbeiter in der Regel verrichteten.

Seine Mutter spricht damals die deutsche Sprache nicht, es kommt zu Schwierigkeiten, die er andeutet: fünf Menschen in einer sehr kleinen Wohnung, Probleme mit dem Vermieter. Er erzählt von seiner Mutter als der bedeutsamen Person für das Leben zu Hause. Über seinen Vater spricht er an dieser Stelle nicht. Admir löst diese erzählten Schwierigkeiten in der Darstellung etwas von der Person seiner Mutter, wenn er davon spricht, dass seine Mutter „für dieses Leben keine deutsche Sprache oder ähnliches hatte". Seine Formulierung deutet an, dass es mehr als Sprachkompetenz gebraucht hätte, um mit dieser Situation gut umzugehen. Die Lebensumstände der fünfköpfigen Familie sind karg, die Wohnung ist klein. Seine Eltern leben zu dieser Zeit noch mit dem Gedanken, bald nach Mazedonien zurückzukehren. Admir erzählt die Rückkehrperspektive als familiäre Option („weil man sich immer dachte damals: wir machen das nur für'n paar Jahre"). Diese Formulierung deutet ebenfalls auf das Wissen um die Zugehörigkeit zu einer größeren Gruppe. Admir ist mit anderen, ähnlichen Entwicklungen bei anderen Gastarbeiterfamilien vertraut. Man lebt lange Zeit mit einer Rückkehrperspektive. Seine Kommentierung macht an dieser Stelle sein Wissen deutlich: diese Pläne haben sich im Lauf der letzten zwei Jahrzehnte verändert. Die beengten Wohnverhältnisse

---

37 Admir hebt im Nachfrageteil des Interviews hervor, dass er seine Familie der albanischen Minderheit in Mazedonien zugehörig sieht und geht in diesem Zusammenhang grundsätzlich auf die politischen Verhältnisse und die Darstellung unterschiedlicher ethnischer Gruppen im Balkan ein.

38 Um der besseren Lesbarkeit willen gebe ich bei sehr kurzen Auszügen aus den Interviewtranskripten oder bei Wiederholungen von Auszügen im Textfluss keine Seiten- und Zeilennummern an, sondern zeige durch Anführungszeichen an, dass es sich um Auszüge aus den Transkripten handelt.

ändern sich nur minimal, als seine jüngste Schwester geboren wird: die Familie zieht zwar in eine 3-Zimmer-Wohnung, ist nun aber auch eine sechsköpfige. Admir nennt die Quadratmeterzahl der Wohnung und kommentiert seine Erzählung auch hier: seine Kindheit war eine schöne, alle Kinder schlafen in einem Zimmer, er spielt viel mit seinen Schwestern. Admir baut in seiner Erzählung einen Kontrast auf: die materiell schwache Ausstattung der Familie gegen die Wärme der familiären Bindungen.

Die Familie lebt am Westplatz, der ein überregional bekannter sozialer Brennpunkt ist. Dieser Umstand wird von ihm an dieser frühen Stelle im Interview ziemlich ausführlich kommentiert. Er beschreibt die Konsequenzen für die Beziehungsbildungen unter den Anwohnenden dort, wie er sie wahrnimmt. Den Westplatz bezeichnet er als „Ghetto" und bewertet die Sehnsüchte nach der Heimat als Begründung für die ausschließlichen Vergemeinschaftungen innerhalb der Gruppe der Eingewanderten. Er geht darauf ein, dass er diesen Wunsch nach Austausch mit Menschen in der gleichen Lebenssituation dafür verantwortlich sieht, dass es keine Annäherung an die mehrheitsdeutsche Bevölkerung gibt. Sein Kommentar zeigt das Lebensgefüge am Westplatz als Entwicklung, die durch die Sehnsüchte und Handlungen der Eingewanderten entstanden ist. Er nimmt keinen Bezug auf mögliches Verhalten Mehrheitsgesellschaftsangehöriger oder auf gesamtgesellschaftliche Lagen, die diese Prozesse der Abgrenzung, die sich auch als Ausgrenzung lesen lassen, unterstützen. Er charakterisiert die Prozesse der Ghettoisierung am Westplatz als entstanden durch das gewollte Interagieren der eingewanderten Familien.

Die Zeit in Kindergarten und Grundschule

> E: „Ja, und danach ähm ging ich halt jetzt/ ich war der erste, der in den Kindergarten äh gegangen ist von meiner/ meiner Familie.() Was ich auch sehr/ sehr schön fand. Irgendwie mit Kindern spielen. Hatte natürlich am Anfang ein bisschen Probleme halt dann bei/ mich mit anderen Kindern zu verständigen, weil teilweise diese Sprache und auch () ich war ja nur das gewohnt, was ich da so zuhause kannte mit meinen Schwestern und so weiter. Aber () so hat es eigentlich entsprechend gut geklappt. () Joah. Wurde halt entsprechend mit 6 Jahren in die- in die Schule halt dann einberufen, beziehungsweise eingeschult" (S. 2, Z. 9–18).

Admir besucht als erstes Kind der Familie einen deutschen Kindergarten. Im Nachfrageteil geht er darauf ein, warum er in den Kindergarten gegangen ist und seine älteren Schwestern nicht. Er begründet das mit der Wahrnehmung seiner Eltern, dass seine Schwestern kluge Mädchen gewesen seien und dass sie sich sicher waren, dass sie keine Schwierigkeiten in der Schule bekommen würden. Er skizziert sich selbst als „leichten Vollpfosten" für der den Kindergartenbesuch von den Eltern als notwendig erachtet wurde, um in der Schule zu bestehen. In der Eingangserzählung fällt zur Kindergartenzeit auf, dass er den Vorgang an sich, den Einstieg den Kindergarten zuerst mit einem Kommentar bewertet, bevor er darauf eingeht, wie er den Einstieg erlebt. Er spricht nicht nur von den Sprachproblemen, die die Anfangszeit im Kindergarten begleiten, sondern deutet auch Routinen an, die ihm zunächst fremd sind („weil teilweise diese Sprache und auch () ich war ja nur das gewohnt, was ich da so zuhause kannte mit meinen Schwestern"). Er spricht hier an, dass es für ihn eine neue Erfahrung gewesen ist, mit anderen Kindern als seinen Schwestern in einer Gruppe regelmäßig zu spielen. Sein abschließender Kommentar zu diesem Segment zeigt an, dass er diese neue Form des Zusammenseins mit anderen Kindern im Kindergarten als positiv erfahren hat und etwaige Schwierigkeiten auf die Anfangszeit begrenzt sieht. Es lässt sich mutmaßen, ob er die normgerechte Einschulung mit sechs Jahren als Ergebnis eines gelungenen Prozesses im Kindergarten sieht – seine Formulierung von „wurde halt einberufen, beziehungsweise eingeschult" und seine Ausführungen im Nachfrageteil legen diese Schlussfolgerung zumindest nahe. Seine Selbstkorrektur von „einberufen bzw. eingeschult" verweist auf eine Orientierung an institutionellen Abläufen.

In der Grundschule wird er als sehr lebhaft und als interessiertes Schulkind wahrgenommen. Admir erzählt, dass er durch diese Lebhaftigkeit jedoch auch auffällig erscheint und viel gemaßregelt wird. Seine Darstellung in der dritten Person zum Ende dieses Auszugs deutet an, dass er sich hier auf ein Wissen bezieht, das er zumindest teilweise aus Gesprächen mit anderen – vermutlich seinen Eltern kennt (S. 2, Z. 20–26).

E: „Ich war ein sehr hyperaktives Kind, also ich war dementsprechend jetzt/ ich konnte nie richtig ruhig sitzen/ hab dann immer dementsprechend jetzt äh musste ich immer meinen Senf dazu geben halt, was halt dann die Lehrer einerseits () gut fanden, andererseits ging ihnen das so tierisch auf die Nerven, weil immer wenn was war, hat er wieder rein gerufen, rein gerufen".

Interessant erscheint hier seine Selbstbezeichnung als „hyperaktives Kind", eine alltagssprachliche Wendung für eine bestimmte psychiatrische Kategorisierung kindlichen Verhaltens, die in den 1990er-Jahren im alltäglichen Sprachgebrauch enorm an Prominenz gewonnen hat (vgl. von Stechow 2015). Da es im späteren Verlauf der Erzählung nicht weiter zum Thema wird, erscheint es naheliegend, dass er eine solche Bezeichnung seines Verhaltens von anderen im Rückblick erfahren hat, ohne dass es deshalb zu einer therapeutischen Bearbeitung seines Verhaltens gekommen sein muss. Seine Eltern sind solche Rückmeldungen aus der Schule von seinen älteren Schwestern nicht gewöhnt. Dieses Verhalten in der Grundschule bringt ihn mit den Leistungsidealen seines Vaters in Kontakt: Er erzählt, dass sein Vater immer wieder verstehen will, warum Admir in der Schule nicht einfach stillsitzen, zuhören und den Anweisungen Folge leisten kann. An dieser Stelle im Interview zeigt sich zum ersten Mal, dass Schule in der Familie Admirs mehr bedeutet als das Absolvieren eines institutionellen Ablaufmusters. Es genügt nicht, dass Admir die Schule besucht, er soll auch ein guter Schüler sein, wenn möglich ähnlich gut wie die beiden großen Schwestern. Hier wird erstmalig sichtbar, dass es eine innerfamiliäre Orientierung an Aufstieg durch Bildung gibt, mit der sich ein Handlungsschema verbindet. In diesem Zusammenhang erwähnt er kurz die beruflichen Werdegänge seiner älteren Schwestern, beide haben berufliche hohe (akademische) Positionen erreicht und ihn auf der Ebene des beruflichen Status überflügelt. Seine jüngere Schwester hat wie er eine Ausbildung gemacht. Diesen Umstand kommentiert er mit einem Witz: das habe etwas mit der Geschwisterreihung zu tun, je jünger, desto weniger gut qualifiziert.

Familiäre Vorbilder: Der Übergang nach der vierten Klasse in die weiterführende Schule

Admirs Vater möchte für seine Kinder andere berufliche Möglichkeiten als eine Tätigkeit im Stahlwerk, seine beiden älteren Töchter besuchen zum Zeitpunkt von Admirs Grundschulphase bereits die Realschule. Nach diesem Vorbild verläuft auch Admirs Schulkarriere, da die Schwestern dorthin gehen, wird er ebenfalls auf die Realschule geschickt, die er erfolgreich bis zur zehnten Klasse besucht. Diese Schullaufbahn wird von ihm in der Eingangserzählung epochalraffend dargestellt. Seine Freunde besuchen alle die Hauptschule, Admir erzählt, dass Schule schwänzen dort an der Tagesordnung war und dass das vermeintlich leichte Schulleben der anderen eine große Verlockung für ihn darstellt. Er möchte gerne zu seinen Freunden in die Hauptschule wechseln, doch seine Eltern bleiben bei ihrer Entscheidung, er muss auf der Realschule bleiben. Im Interview macht er diese Entscheidung vor allem an seinem Vater fest (S. 13, Z. 43–47).

> E: „Und äh da wollte mein Vater: ne, sagt er. () Du bleibst dementsprechend da, wo du bist, hat er gesagt. (((klopft auf den Tisch))) Du lernst halt dann, du kannst das. Aber du gehst nich dahin. Weil wenn Du da hingehst, dann-dann driftest du komplett ab, dann geht absolut gar nichts, dann".

Admir beugt sich dem Willen seines Vaters, er rebelliert nicht gegen diese Entscheidung. Die Präsentation dieses Elternwillens in der Interviewsituation zeigt an, dass es sich hierbei in seiner Schulzeit um eine bedeutsame Situation gehandelt hat: die Signifikanz dieser väterlichen Anordnung wird dadurch deutlich, dass er ihn hier wörtlich zitiert. Er zeichnet nicht nur die Entscheidung nach, sondern auch die Begründung für die Entscheidung, die ihm gegeben wird. Sein Vater fürchtet, dass er „abdriftet" und es bleibt offen, welche Befürchtungen er damit verbindet, die Formulierung macht jedoch klar, dass es dramatische Konsequenzen für den weiteren Lebensverlauf ihres Sohnes sind, die die Eltern befürchten. In dieser Sequenz wird das Handlungsschema in der Familie erneut sichtbar: Schule ist mehr als etwas, dem genügt werden muss, in der Familie verbinden sich mit bestimmten Schulformen die Vorstellung bestimmter Chancen für das spätere Berufsleben. Admir bleibt auf der Realschule und schließt diese im Alter von 16 nach zehn Schuljahren ab. In diesem Segment zeigt sich, dass eine schulische Laufbahn für die Eltern von hohem Wert ist und dass die Realschule von ihnen als ein Weg gesehen wird, später zu höheren beruflichen Positionen zu gelangen.

Der Übergang in die Ausbildung

Da beide Schwestern nach der Realschule zunächst eine Ausbildung begonnen haben, gilt für Admir der gleiche Plan. Niemand in der Familie stellt das zur Diskussion. An einer späteren Stelle erzählt er, dass eine seiner älteren Schwestern nach der Ausbildung das Abitur nachgeholt hat und Medizin studiert hat, zum Interviewzeitpunkt ist sie als Chirurgin tätig. Auch diese Entwicklung haben seine Eltern vermutlich vor Augen, als Admir die Realschule beendet und nach einem Ausbildungsplatz sucht. Die Aufnahme einer Ausbildung wird innerfamiliär als probates Mittel verhandelt, eine beruflich höhere Position zu erreichen. Mit Blick auf die Prozessstrukturen zeigt sich in den Segmenten ein innerfamiliär geteiltes Handlungsschema, das über eine Orientierung an einem institutionellen Ablaufmuster hinausgeht. Ausbildung scheint innerfamiliär ein selbstverständlicher Weg, um einen Aufstieg durch Bildung zu erreichen. Admir erzählt diese Phase im Interview nicht als Phase des Planens, Auslotens oder gar der Orientierungslosigkeit in seinem Leben: er beendet die Realschule und im Anschluss daran wird er eine Ausbildung absolvieren. Die Phase des Übergangs wird in der Eingangserzählung von ihm mit nur einem Satz erzählt (S. 2, Z. 53 – S. 3, Z. 2).

> E: „Und dann ähm nach der () 10. Klasse wollt ich eigentlich eine Ausbildung machen zu was ganz anderem. Ich wollt eigentlich Industriemechaniker werden, () Automechaniker werden. Einzelhandelskaufmann war für mich eigentlich im Endeffekt (.) keine Option".

Damit deutet sich in der Beschreibung des Übergangs an, dass es zu einer Wendung gekommen ist, die nicht beabsichtigt war, die jedoch den Ausbildungsplan nicht berührt hat. Admir bewirbt sich viele Male („40 oder 50 Bewerbungen geschrieben") erfolglos in seinen Wunschausbildungen und erfährt in diesem Prozess eine allmähliche Abkühlung seiner ursprünglichen Ideen[39]. Er beschreibt sich selbst als mittelmäßigen Schüler, der den Realschulabschluss geschafft hat. Er interessiert sich für eine Ausbildung zum Industriemechaniker oder KFZ-Mechaniker, wird auch mehrfach zu Einstellungstests eingeladen, die ihm jedoch misslingen. Dieses Versagen schreibt er sich im Interview selbst zu, er spricht davon, dass er die Einstellungstests „versemmelt" hat. Die Bewerbung bei der Baumarktkette wird ihm durch Zufall durch einen Freund möglich, erst kurz vor Beginn des Ausbildungsjahres, als er die Hoffnung auf einen Ausbildungsplatz schon schwinden sieht. Dieser macht ihn auf die Ausschreibung aufmerksam. Admir wird auch hier zum Einstellungstest geladen, den er im Interview als peinlich einfach beschreibt, er soll Additions- und Subtraktionsaufgaben mit dem Taschenrechner lösen. Er kommentiert im Interview auch sofort, dass er die Erwartungen an die künftigen Auszubildenden damals als nicht sehr hoch einschätzt und er vermutlich eingestellt wurde, weil seine Sprachkenntnisse besser gewesen seien als die eines Mitbewerbers. Eine weitere Evaluation seiner Einstellung ist eine, die auf die Logik der Organisation abzielt: Man habe zu diesem Zeitpunkt im Unternehmen billige Arbeitskräfte haben wollen, Auszubildende seien da ideal. In seiner Erzählung kommt es an dieser Stelle zu einem eigentheoretischen Einschub, er evaluiert seine Bedingungen des Aufwachsens, bevor er die Erzählung der Ausbildungszeit beginnt. Er referiert einerseits auf karge Bedingungen seines Aufwachsens, normalisiert sein Aufwachsen jedoch gleichzeitig (S. 3, Z. 24–30).

> E: „kann von mir sagen: ich hatt eigentlich/ relativ schöne Kindheit hatten. Wir hatten/ wir hatten nich viel, aber das was wir hatten entsprechend, das war wunderbar. Das is/ wir haben uns immer dementsprechend gefreut und ähm () gut, man hat es nich anders gekannt, erstmal. Weil () die Situation überall bei den anderen Familien waren ähnlich halt. Und deswegen dachtest de dir, alles klar so läuft/ ist halt so, hast du dich mit abgefunden". ()

Admir spricht hier davon, dass er eine schöne Kindheit hatte und deutet gleichzeitig an, dass er sein Aufwachsen für das übliche Aufwachsen gehalten hat. Er hat keine Kontakte zu anderen Kindern oder Familien, bei denen er etwas Anderes erlebt als das, was er zu Hause erlebt. In seinem evaluierenden Kommentar deutet sich durch die Verwendung des nachgeschobenen „erstmal" an, dass sich ein anderes Erleben im Lauf seines jungen Erwachsenenlebens entwickelt hat. Analytisch ist die Normalisierung an dieser Stelle bedeutsam, er nimmt sie

---

39 Der Verweis auf Goffmans Überlegungen zu cooling out Prozessen (vgl. Goffman 1952) ist an dieser Stelle naheliegend. Er wird zu einem späteren Zeitpunkt der Analyse differenzierter entfaltet.

im Horizont der Gruppenzugehörigkeit „Gastarbeiterfamilie" vor. Damit wiederholt sich ein Evaluationsmuster, das er bereits zu Beginn seiner Erzählung eingeführt hat, als er materiell eingeschränktes Leben und positive familiäre Bindungen festhält. Im Erzählen seiner damaligen Bewertung wird sichtbar, wie er seine Perspektive auf sein damaliges Erleben sieht. Im Übergang zur Ausbildung erlebt er sich noch als jemanden, der ausschließlich die Gruppe der Gastarbeiterfamilien als Referenzpunkt setzen kann und seine Bewertungen auf diese Referenz aufbaut. Gleichzeitig lässt sich der Einschub an dieser Stelle der Erzählung als sprachlicher Ausdruck der Zäsur deuten, die den Übergang in einen anderen Lebensabschnitt markiert.

Die Zeit der Ausbildung und Admirs Geschichte mit seinem Ausbilder Paul Riedner

Admir beginnt die Ausbildung sehr bald nach dem einfachen Einstellungstest und einem Vorstellungsgespräch. Rückblickend skizziert er seine Planung für diese Zeit, die mit der Planung seiner Familie korrespondiert, eine Ausbildung als dringende Notwendigkeit für eine qualifizierte Berufstätigkeit zu sehen. Die Analyse der vorangegangenen Segmente hat bereits sichtbar gemacht, dass das familiäre Handlungsschema dazu führt, dass der Ausbildungsplan zu keinem Zeitpunkt in Frage gestellt wird. Die Bedeutsamkeit des familiären Handlungsschemas wird an dieser Stelle erneut eindrucksvoll sichtbar: Die Ausbildung zum Einzelhandelskaufmann entspricht nicht seinen Wünschen, er wird die ungewollte Ausbildung aber beginnen, um überhaupt eine Ausbildung zu haben und etwas Geld zu verdienen. Er plant, die Ausbildung abzuschließen und bald nach dem Ausbildungsende die Arbeitsstelle zu wechseln (S. 3, Z. 31–36).

> E: „Und da ging das halt dann darum, ich wollte einfach ein bisschen/ Auto haben, ein bisschen eigenes Geld haben. Und dann habe ich mir gedacht, nach der Ausbildung ein, zwei Jahre Berufserfahrung, dann gehst du woanders hin, so ein Scheiß willst Du ja sowieso nich machen".

Admir macht in der Bemerkung vor der Schilderung der Ausbildungsaufnahme seine primären Ideen deutlich, die ihn als 16-jährigen vor dem Ausbildungsbeginn bewegt haben: Er muss sowieso eine Ausbildung beginnen, diese hier bietet ihm die Option, Geld zu verdienen, was ihm als Jugendlichem höhere finanzielle Spielräume einbringen wird, und damit ein eigenes Auto in Reichweite zu bringen, was ihm sehr wichtig ist. Die Ausbildung an sich interessiert ihn nicht. Bemerkenswert ist, dass er in diesem Segmentabschnitt seinen damaligen persönlichen Plan über einen Zeithorizont von ungefähr fünf Jahren skizziert. Drei Jahre wird er in der Ausbildung sein und dann wird er noch etwas Berufserfahrung sammeln, bevor er etwas Anderes machen will. Er formuliert damit einen Planungshorizont, der über das Ende einer Ausbildung hinausreicht, die er noch nicht begonnen hat – eine lange Zeit für einen 16-jährigen, der gerade die Realschule abgeschlossen hat, und ein Verweis auf die Reichweite des familiären Handlungsschemas.

Er beginnt im nächsten Segment den Teil seiner Erzählung zur Ausbildung mit einer Charakterisierung seines Ausbilders Paul Riedner und seinem ersten Kontakt zu ihm. Er erlebt Paul Riedner als Mann, der seine Vorstellungen von Männlichkeit anspricht und sich als jemand präsentiert, der den Beruf des Groß- und Einzelhandelskaufmann im Baumarkt selbstbewusst vertritt. Die Attribute eines traditionellen Männerbildes, mit denen er seinen Ausbilder versieht, werden in der Schilderung der ersten Begegnung zu Beginn der Ausbildung offenbar (S. 3, Z. 43–51).

> E: „Du musst es Dir vorstellen, wie in diesen blöden, schlechten Filmen, weiß du, gehst die Treppe hoch () und auf einmal kommt da ein ((betont)) riesiger Kerl, damals war der Paul dementsprechend/ so ähnlich jetzt, drahtig wie jetzt/ aber noch ein bisschen fülliger und der hatte noch (((zeigt mit Fingern Schnauzbart an))
>
> I: (((lacht laut)))
>
> E: so ne Schenkelbürste, en richtigen/ der hat nen Schnauzer da gehabt und hinten so Bundeswehr äh (unv, Pulli?) hatte er/ denk ich mir, alles klar".

So entwickelt er ein Bild von Paul Riedner als Mann, das die „unmännliche" Seite seines ungewollten Ausbildungsberufs relativiert. Zunächst setzt er sich bei diesem in ein ungünstiges Licht, als er Paul Riedner beim ersten Kontakt sofort duzt und von diesem scharf darauf hingewiesen wird, dass er sein Chef sei und Admir ihn zu siezen habe. Er erzählt, dass er in der Anfangsphase von Paul Riedner mit unangenehmen und langwierigen Aufgaben konfrontiert wird. Admir muss Produkte umzeichnen, d. h. die Preisauszeichnung mit Klebeetiketten ändern und erzählt, dass er ihn auf der Grundlage dieser als langweilig erlebten Aufgabenstellung zunächst unsympathisch findet. Diese Gefühle von Antipathie werden noch verstärkt durch bestimmte Rituale in der Anfangszeit der Ausbildung, Paul Riedner schickt Admir einmal ins Lager, um „Ersatzbläschen für die Wasserwaagen" zu besorgen, dort wird er mit Gelächter empfangen, als er seinen Auftrag nennt[40]. Ein anderes Mal in der Anfangsphase der

---

[40] Solche Rituale in Ausbildung sind in meinen Datenmaterialien immer wieder sichtbar geworden. Es ist auffällig, dass sie im Zusammenhang mit Anfangs- und Endphasen von Ausbildung erzählt werden. Darüber hinaus gibt es Thematisierungen im Zusammenhang mit Lernprozessen in der Ausbildungszeit. So erwähnt zum Beispiel Julia Kuhnen in ihrer Erzählung, dass der erste Stromschlag, den sie durch einen Fehler im Rahmen ihrer Ausbildung erfährt, im Ausbildungsbetrieb besonders gewürdigt wird. Rituale sind ein relevanter

Ausbildung schickt er Admir los, um „etwas zu eruieren", ohne das Admir weiß, was mit Eruieren gemeint ist. Admir gelingt es in dieser Situation, seinen Ausbilder mit der Unnötigkeit des Fremdwortgebrauches in dieser Situation zu konfrontieren (S. 4, Z. 25–33).

> E: „()Ich hab mir dann/ sagt er irgendwann/ er sagt zu mir: Herr Milici, gehen Sie und eruieren Sie mal das und das. Alles klar. Ich erstmal/ (((zeigt Laufbewegung mit Händen an))) ich wusste nicht, was eruieren ((betont)) heißt. () Erstmal durch den ganzen Laden durchgelaufen. Sage ich: Herr Riedner: is nix zu eruieren. Ich weiß gar nich, was das heißt. Da sagt er: jaja, äh, geh mal kontrollieren was äh/. Alles klar. Können Sie das mich halt/ normal sagen, wie ein vernünftiger Mensch"?

Admir erzählt diese Szene, in der er Paul Riedner für seinen sprachlichen Ausdruck kritisiert, direkt am Anfang seiner Schilderung der Ausbildungszeit und deutet damit an, dass er bereits zu Beginn der Ausbildung ansatzweise in der Lage ist, Paul Riedner auf einer Ebene zu begegnen, auf der er dessen Handeln kritisch hinterfragen kann. Gleichzeitig deutet sich hier an, dass er sich in der Situation als selbstbewusst erlebt. Er erzählt, dass Paul Riedner ihn in der Ausbildungszeit immer wieder herausfordert, sich intensiver mit den inhaltlichen Themen ihres Arbeitsfeldes zu beschäftigen und dass diese Aufforderung dazu führt, dass er tatsächlich beginnt, sich näher mit den Dingen und Abläufen zu beschäftigen, die seinen Ausbildungsalltag bestimmen. Er evaluiert den Prozess der allmählichen Identifikation mit der Ausbildung im Interview zunächst eher vage, kommt im späteren Verlauf jedoch zu einer anderen Einschätzung. Er geht zwar regelmäßig in die Berufsschule, aber sitzt dort eher seine Zeit ab. Die Berufsschule wird in seinem Interview nicht sichtbar als relevanter Ort der Ausbildung. Admir formuliert im Interview resümierend deutlich, dass seine Interessen in der Ausbildungszeit sich durchaus nicht nur auf die Ausbildung konzentrieren. Er geht oft und lange aus, hat erste engere Beziehungen zu jungen Frauen. Er erzählt, dass er im zweiten und dritten Lehrjahr manchmal direkt vom Ausgehen am Abend in die Ausbildungsstätte fährt. Er möchte Paul Riedner jedoch nicht ermöglichen, unzufrieden mit ihm zu sein und bringt deshalb nicht nur die geforderte Leistung, sondern zeigt Engagement. Mit die-

---

Forschungsgegenstand in den cultural studies (vgl. u.a Wulf 2005, Dücker 2007). Eine Untersuchung und Diskussion solcher Rituale findet sich für den akademischen Kontext (vgl. u. a. Bretschneider & Pasternack 1999). Eine systematische, nicht-historische Untersuchung von Ritualen im Kontext von Ausbildung und beruflicher Bildung scheint auszustehen, obgleich sich unter https://de.wikipedia.org/wiki/Wikipedia:Humorarchiv/Liste_der_ Ausbildungsinitiationsriten eine beeindruckend ausführliche Auflistung von sogenannten „Ausbildungsinitiationsriten" aufgeschlüsselt nach verschiedenen Branchen findet (letzter Abruf: 04.03.2019).

ser Schilderung konterkariert er seine anfängliche Darstellung, in der er sich als nur mäßig interessierter Auszubildender präsentiert hat. In seiner Erzählung stellt er immer wieder darauf ab, dass Paul Riedner ihn fordert und viel verlangt. Gleichwohl ist ihm bewusst, dass er auch willens ist, etwas aufzunehmen. Im folgenden Interviewauszug kommt er zu einer Bilanzierung seiner Ausbildungszeit und seiner Beziehung zu Paul Riedner (S. 5, Z. 13–35).

> E: „jetz, glaub ich hier, () jetzt hier 11 Jahre zusammengearbeitet, ja. Und äh, () dass sich im Endeffekt quasi hier durch diese () ganze Sache eine Freundschaft entwickelt bei/ hätt ich bei dem nie gedacht. Hab am Anfang gedacht: mit dem Penner, doch nich. Der macht mich doch nur fertig. () Aber ähm, wenn man teilweise deutlich sieht, () ähm, der hat mich da irgendwo hingebracht, aber irgendwo in einen Weg quasi jetzt äh hi/hineingebracht. () Ich weiß nich, vielleicht hätte ich auch so/ selbst reingefunden. Aber im Endeffekt ist es immer halt dann gut, wenn du einen-einen hast, der sagt dir mal: Junge ((betont)) <u>so und so und so</u>. Natürlich muss man aufnahmefähig sein. Ich sag mal so, ich hatte ja noch en anderen Kollegen bei mir in der Ausbildung. () Dem hat er es gesagt. Das ging hier raus () (((deutet auf Ohren))) und überall, wo Löcher waren, ging es raus. Also äh/ im Endeffekt hat er damit nich/ nich so gut aufgenommen. () Und äh ich war im Endeffekt jetzt hier (.) sehr (.) ja, doch, teilweise dankbar, halt mit bei. Natürlich hatte ich auch jetz natürlich zu Hause immer auch Schiß/ und: kommst du mit der Arbeit klar und so weiter und so fort. Bist gut halt mit bei/ und: denk dran halt, weil, du musst was Besseres werden blablabla. (.) Und äh hat man sich auch ein bisschen mehr ähm () engagiert halt dann. Und ähm daaann sind auf einmal drei Jahre Ausbildung sehr schnell vorbei auch gegangen. Dann war ich halt dementsprechend ausgelernt".

Admir nimmt auf die Zeit der Ausbildung und die Jahre danach Bezug, in denen sich zwischen ihm und Paul Riedner eine Beziehung entwickelt hat, die eher eine freundschaftliche ist, trotz eines Altersabstandes von knapp zwanzig Jahren und trotz des hierarchischen Verhältnisses, dass sie als Ausbilder und Auszubildender miteinander hatten. Er reflektiert darüber, dass Paul Riedner ihn auf einen Weg gebracht hat, lässt aber offen, ob er diesen Weg nicht auch alleine hätte finden können. In dieser Reflexion zeigt sich das Vertrauen in die eigenen Stärken, die er sieht: Dieser Weg konnte sich nur so entwickeln, weil *er* es wollte. Seine eigene Entwicklung kontrastiert er an dieser Stelle erneut mit der Entwicklung eines Kollegen, dem er ähnliche Ausgangsbedingungen wie sich selbst unterstellt und der in der Ausbildung gescheitert ist. Er sucht nach Worten, um die unterschiedlichen Haltungen zu beschreiben, die er zwischen sich und seinem gescheiterten Kollegen sieht. Seine zögerliche Formulierung „teilweise dankbar" deutet an, dass dies den Kern seiner Haltung zur Ausbildung nicht ganz trifft. Er versucht, mehrere Prozesse sprachlich zusammenzuführen, die sein Erleben der Ausbildungszeit bestimmt haben: die fordernde

Haltung Paul Riedners, seine innere Bereitschaft, die Ausbildung engagiert anzugehen und die wohlmeinende Kontrolle der Eltern über den Prozess der Ausbildung. Er kommt hier explizit auf deren Erwartungen zu sprechen und deutet an, dass die Eltern eine kontrollierende Haltung gegenüber dem Verlauf der Ausbildung einnehmen. Möglicherweise rekurriert er in dieser Sequenz auf seine jugendtypischen Praxen des Ausgehens, die er im Interview kurz vorher erwähnt und die diesbezügliche Kontrolle der Eltern.

Gleichzeitig wird hier erneut die Aufstiegsorientierung der Familie sichtbar, mit der Admir aufwächst. „blablabla" kann als sprachlicher Markierer gedeutet werden, der anzeigt, dass er hier über etwas spricht, was er viele Male gehört hat. Dieser Prozess deutet auf eine familiäre Bedeutsamkeit hin, der über die eigentliche Ausbildung hinausweist. Admir reflektiert in dieser Sequenz nicht nur die Beziehung zu Paul, die sich im Laufe der Jahre entwickelt, er nimmt dabei auch Bezug auf seine spezifischen Bedingungen des Lernens durch die Anforderungen seiner Eltern. Seine persönlichen Verhaltens- und Interaktionsstrategien, mit denen er seine Ausbildung und den Ausbildungsalltag durchlebt, bleiben in seiner Erzählung weitgehend unbenannt. Paul Riedner nimmt gerade auf diese in seiner Erzählung stark Bezug, wie der folgende Abschnitt zeigt, in dem das Datenmaterial aus seinem Interview in die Darstellung einbezogen wird[41].

Exkurs – die Ausbildungszeit Admirs aus Ausbilderperspektive

Admir wird von Paul Riedner in der Interviewsituation erstmalig erwähnt, als er anfängt, laut darüber nachzudenken, welche „guten" Auszubildenden er in seiner Zeit als Ausbilder schon betreut hat. Dem ging meine Frage nach Geschichten mit Auszubildenden voraus, die er erinnert. Paul Riedner unterscheidet in seinen Geschichten nach „guten" und „schlechten" Auszubildenden. Durch das Interview mit Paul Riedner lassen sich zur Erzählung seiner Geschichte mit Admir einige Hintergrundinformationen zur Situation der Firma zum Zeitpunkt von Admirs Ausbildungsaufnahme gewinnen. Dazu gehört eine Bestätigung der Mutmaßung Admirs, was die Auswahl der Auszubildenden zum Zeitpunkt seiner Ausbildungsaufnahme angeht. Paul Riedner erzählt im Interview, man habe möglichst viele „Mitarbeiter auf die Fläche" sichtbar für die Kundschaft bringen wollen. Allerdings beschreibt er auch, dass sich die

---

41 An dieser Stelle beziehe ich ein zweites Datenmaterial triangulierend mit ein. Ich bleibe jedoch in der Logik des Darstellungsmodus in der Eingangserzählung Admirs: Das Datenmaterial aus dem interaktionsgeschichtlich-narrativen Interview wird ergänzend zu den Sequenzen eingeführt, in denen er über seine Ausbildung spricht. Im Anschluss an die Schilderung der Ausbildungszeit nutze ich wieder ausschließlich das autobiographisch-narrative Interview mit Admir Milici für die Weiterführung der strukturellen Beschreibung.

Menge der Auszubildenden in Admirs ersten Ausbildungsjahr sehr schnell deutlich reduziert hat. Er geht darauf ein, dass es unter den Auszubildenden im ersten Ausbildungsjahr zu einigen Schwierigkeiten wie Vertrauensverlust durch Diebstahl von Betriebseigentum und die Verweigerung von Berufsschulbesuch gekommen ist. Durch diese Vorkommnisse reduziert sich die Anzahl der Auszubildenden in Admirs Jahrgang rasch. Paul Riedner stellt in einer Art Erzählpräambel seine These dar, dass der Ausbildungserfolg vom Auszubildenden abhängt und nutzt Admir als Beispiel, um seine These zu untermauern. Er erzählt, dass Admir einer von mehreren Auszubildenden war, die in der Ausbildung sehr erfolgreich geworden sind und dass dies zeigt, wie sehr ein Ausbildungsverlauf vom Auszubildenden und nicht vom Ausbildungsbetrieb abhängt. Im Anschluss an diese argumentative Ausführung erzählt er von Admir Milici, den er zunächst als Minderheitszugehörigen und damit als Fremden konstruiert. (S. 11, Z. 45–51).

> E: „Dat muss man dann vielleicht schon auch am Azubi festmachen. So. Ja, und da unter anderem war dann halt auch dieser Albaner mit dabei, ne. () Fing also an, der war pfff, 16, 17? So en schmaler Hengst, dunkle, lange Haare, lustiger Vogel, immer gut drauf. Ja, war natürlich dann äääh/ wohnt am Westplatz, also: wohnte damals am Westplatz, also mit Sicherheit nicht die besten Startbedingungen gehabt".

Paul Riedner beginnt seine Schilderung Admirs mit einer ethnischen Zuschreibung – ein Albaner. Er charakterisiert ihn optisch und benennt bestimmte Merkmale, die er positiv formuliert. Er schreibt Admir ein heiteres Wesen zu. Diese Charakterisierung mag erklären, warum es Admir bereits zu Beginn der Ausbildung möglich ist, seinen Ausbilder wegen seines Fremdwortgebrauchs „eruieren" zurechtzuweisen: er wird als Gegenüber geschätzt. Paul Riedner ergänzt diese persönliche Charakterisierung durch eine räumliche, in der er auf ein geteiltes Wissen zwischen der Interviewerin und sich Bezug nimmt. Er geht davon aus, dass die Interviewerin etwas mit dem Namen des überregional bekannten segregierten Stadtteils verbindet, in dem Admir aufgewachsen ist. Trotzdem stellt er evaluierend noch einmal heraus, was er selbst damit verbindet: nämlich schwierige Bedingungen für den Start in eine Ausbildung. Paul Riedner nimmt hier eine doppelte Befremdung vor: er konstruiert Admir Milici als Fremden, indem er die Einwanderungsgeschichte dessen Familie als kennzeichnendes Merkmal an den Anfang ihrer gemeinsamen Geschichte stellt und er ergänzt diese Befremdung durch die Nennung der Wohnumgebung, die er mit Admir Milici verbindet.

Er erzählt weiter, was aus seiner Perspektive schnell zu einem verbindenden Element zwischen ihm und seinem neuen Auszubildenden wird: das gemeinsame Interesse an Eisenwaren. Paul Riedner trifft in seinem Arbeitsalltag nicht häufig auf andere Mitarbeitende, die seine Begeisterung für kleinteilige Eisenwaren teilen und das kreative Potenzial anerkennen, das er in den damit verbundenen Möglichkeiten zur Lösung handwerklicher Probleme sieht. Er findet es großartig, wenn ihm Kunden ein handwerkliches Problem schildern und er gemeinsam mit ihnen überlegen kann, wie man Schrauben, Beschläge, Rohrhalterungen und ähnliches kombinieren könnte, um es zu lösen. Admir interessiert sich für diese Produkte, er versucht, sich das Sortiment anzueignen und fällt ihm dadurch sehr schnell positiv auf. Der Auszubildende ist interessiert und lernbereit, Paul Riedner findet ihn sehr engagiert, vielleicht auch vor dem Hintergrund der schlechten „Startbedingungen" Admirs, die er anerkennt. Paul Riedner ist ein fordernder Ausbilder und zeigt sich im Interview an verschiedenen Stellen sehr stolz darauf, dass er von seinen Auszubildenden viel verlangt. In der Erzählung seiner Geschichte mit Admir stellt er darauf ab, dass seine Orientierungen als Ausbilder bei Admir besonders gut greifen, was ihn in seinen didaktischen Prinzipien bestärkt (S. 13, Z. 15–22).

> E: „Das heißt diese Kombination eben daraus: die Dinge, die ich ihm ((betont)) bei-
> gebracht habe und die Dinge, die er sich selbst beigebracht hat/ oder hinter-
> fragt hat. Weil Wissen is ja nu mal ne Holschuld, ja? Das hat der also für sich
> total verinnerlicht.
> I: mhm
> E: So, hat natürlich dann auch dementsprechend/ also, so
> ne tolle Ausbildung hingelegt".

Paul Riedner beschreibt in vielen kleinen Sequenzen, durch welche Tätigkeiten der Arbeitsalltag in einem Baumarkt geprägt ist: die Beratung von Kunden, das Disponieren von Ware, die Überwachung der Bestände in den Regalen. Er deutet an, dass die Vielfalt der Aufgaben von vielen Mitarbeitenden nicht gesehen wird und das Admir Milici hierin eine Ausnahmeerscheinung ist (S. 13, Z. 58 – S. 14, Z. 3).

> E: „So, das war eben () bei ihm nich so. Er ist dann wirklich hin, auch wenn ich ((be-
> tont)) nicht da war. Hat er eben die Rundgänge gemacht. Hat Ware nachgeräumt
> (.) und ähm () alle Dinge, die halt im Einzelhandel wichtig sind (..)".

Er erzählt, dass Admir sehr selbstverständlich in diese Tätigkeiten hineinwächst und dabei einen Überblick über die Vorgänge entwickelt, die Paul Riedner typisch für Abteilungsleitende sieht, wie er selbst einer ist. Er grenzt Admir dabei in seinem Erleben gegen andere Mitarbeitende ab, die diesen Überblick im Lauf ihrer Tätigkeit nicht erlernt haben. Im weiteren Verlauf seiner Geschichte mit Admir nimmt er noch einmal auf dessen Charakterisierung als „lustigen Kerl" Bezug, die er bereits zu Beginn seiner Erzählung angesprochen hat. Die einführende Benennung Admirs als „Albaner" wird im Lauf der Erzählung von ihm nicht mehr weiter thematisiert. Er betont, dass Admir durch seine humorvolle Art sehr beliebt geworden ist und abteilungsübergreifend als umgänglicher und freundlicher Kollege bekannt war. Dass Admir im Anschluss an die Ausbildung für Sonderaufgaben „entdeckt" wird, wie er es nennt und die Einrichtung neuer Märkte betreut, ist für ihn nicht verwunderlich, sondern passt zu dem Bild, das er von seinem ehemaligen Auszubildenden hat. Damit lenkt er seine Erzählung auf die Zeit nach Admirs Ausbildungsabschluss, in der die beiden noch einige Jahre gemeinsam arbeiten, bevor sich ihre Wege trennen.

Exkurs-Ende: Die Veränderung der Beziehung nach der Ausbildung – Arbeitskollegen und Freunde

Admir erzählt ausführlich davon, wie er Paul Riedner im Anschluss an die Ausbildung zu einem „lockeren Typ" gemacht hat, weil ihm dies für die Zusammenarbeit wichtig geworden ist und zeigt damit etwas von der veränderten Beziehung zu seinem Ausbilder, die sich nach dem Ende der Ausbildung entwickelt hat. Admir geht in diesem Textausschnitt darauf ein, dass er Paul Riedner in der Ausbildung als förmlich erlebt hat und er sich zu seiner besonderen Aufgabe macht, seinen ehemaligen Ausbilder zu einem entspannteren Verhalten im Arbeitsalltag zu bewegen (S. 5, Z. 47–56).

> E: „Das hat dementsprechend/ das ist wirklich so, dieses Lockere hat er mit sich selbst, und mit den ganzen Kollegen hier, weil ((betont)) so () war ich nich daran gewöhnt. Sage ich: ich möchte das nicht haben. Wir können auch dementsprechend Spaß an der Arbeit ham/ hat angefangen halt bei uns, irgendwann bekomm ich Dich auch noch so weit. Und es is/ halt teilweise so, also es is/ er is halt aufgetaut also. Und () äh, () das, jo, das hatten wir auch dementsprechend auch sechs Jahre so. Der war auch schon ein richtiger Stein halt dann ziemlich, bis wir den zum auftauen gebracht ham".

Admir erzählt, dass ihm ein gelockertes Miteinander in der beruflichen Zusammenarbeit wichtig ist. Er möchte gerne in einem entspannten Umfeld arbeiten und sein ehemaliger Ausbilder Paul ist ihm dafür zu streng. Er beschreibt hier einen gewissen Ehrgeiz den er entwickelt, um Paul Riedner „aufzutauen". In dieser Schilderung deutet sich an, dass er nach der Ausbildung ein stärkeres Selbstbewusstsein entwickelt, Anforderungen an die Gestaltung sozialer Beziehungen im beruflichen Umfeld zu stellen. Beide arbeiten nach dem Ende von Admirs Ausbildung gemeinsam in einer Abteilung, allerdings ist sein ehemaliger Ausbilder immer noch sein Chef. Im weiteren Verlauf des Interviews erzählt Admir, dass die beiden sich auch privat treffen und ihre Familien kennenlernen.

Die Enttäuschung weiterer Karrierechancen, Rassismusverdacht
und die Entstehung widerständigen Handelns

Nach dem Ende der Ausbildungszeit und der genaueren Erzählung der veränderten Beziehung zu Paul Riedner kommt Admir auf andere Entwicklungen in seinem Leben nach der Ausbildung zu sprechen. Er spricht bis zur Präkodaphase der Eingangserzählung dabei ausschließlich über Prozesse, die sich in Bezug auf seine Tätigkeit in der Firma ereignet haben. Admir erfährt weiterhin Anerkennung für seine Arbeitsleistung und wird für Sonderaufgaben in der Firma ausgesucht, er richtet neue Filialen mit ein, die die Baumarktkette eröffnen will. Dennoch sucht er nach einigen Jahren aktiv das Ende der Zusammenarbeit mit Paul Riedner. Er realisiert für sich, dass er sich beruflich nicht entwickeln kann, solange er Mitarbeiter seines ehemaligen Ausbilders ist. Diese Entscheidung wird von ihm als schwierig beschrieben, da sie das Ende einer langen Zusammenarbeit bedeutet. Seine Aufstiegsorientierung wird in der Erzählung an vielen Stellen sichtbar, verdichtet sich hier jedoch in besonders (S. 6, Z. 46–50).

> E: „Und ähm daaa hab ich gemerkt, dann bei: Paul, es is geil mit Dir zu arbeiten. Aber ich möcht nich immer halt dann unter dir arbeiten. Weil ich möchte halt dementsprechend irgendwann mal auch jetzt quasi in den Posten, wo du bist beziehungsweise halt auch eben halt irgendwann auch äh höher gehen".

Admir spricht hier die Schattenseite der Zusammenarbeit mit seinem ehemaligen Ausbilder und Vorbild an: Er kann nicht neben ihm eine andere Position erreichen und hat den Gedanken, irgendwann einmal eine höhere Position zu bekleiden als Paul Riedner. Admir sieht deshalb die Notwendigkeit, die Zusammenarbeit zu beenden. Er bewirbt sich zunächst im gleichen Haus um die Stelle des stellvertretenden Marktleiters und wird abgelehnt. Dies empfindet er als herbe Abfuhr. Er zweifelt daran, dass es an seinen Fähigkeiten liegt und zieht diskriminierende Haltungen in der Firma in Betracht. Dieser Umgang mit ihm beschäftigt ihn, er glaubt um die Fähigkeiten derjenigen zu wissen, die eine Beförderung bekommen haben und schätzt sich mindestens ebenbürtig ein (S. 6, Z. 52 – S. 7, Z. 19).

> E: „Und ähm da () hab ich ja dementsprechend jetzt wieder en bisschen, () keine Ahnung, ob ich da die Rassismus-Geschichte rausholen soll, aber ich hab mich dementsprechend auch wo beworben, ich wollte auch so stellvertretender Marktleiter werden. () Und äh () wir haben halt ((betont)) <u>sehr, sehr, sehr wenige</u> ausländische Marktleiter. () Und daraufhin hatten/ wurd ich halt dementsprechend abgelehnt. () Und ich ((betont)) <u>habe</u> jetzt momentan Vorgesetzte () vor mit halt noch bei, die damals meine () Azubis waren
>
> I: mhm

E: und die mir jetzt quasi
halt vorstehen, ne. Und äh ich weiß, wie die halt arbeiten. Und ich weiß auch
noch, dass ich die damals in die Tasche gesteckt habe. Bei Wissen halt und bei
Kundenberatung, Freundlichkeit, blablabla. Das äh, wird so was halt dann/ Ist
natürlich jetzt wieder blöd, wenn man sagt, war Rassismus-Schiene, aber das is
halt dann aber so: (((klatscht ungeduldig in die Hände))) Wieso? Wieso er?
Blonde Haare hab ich nich, aber () bin auch kahl und es is hell. (((lacht kurz)))
Das is-is nix anderes. Und äh das is natürlich Sache, die dich en bisschen fuchst
halt, ne, weil: wieso? Ich kann das doch auch. () Und bei den Werten, immer so,
Personalentwicklung nennt sich das. Da wird selektiert halt, wer dann rein-
kommt und dann äh bewirbst dich, bewirbst dich und irgendwann denkste:
weisste was? (.) Komm da sowieso nicht weit".

Admir Milici ist als Mitarbeiter einer größeren Firma mit einer Personalentwicklung konfrontiert, die ihn enttäuscht, nachdem er einige Zeit in dem Glauben gelebt hat, innerhalb der Firma aufsteigen zu können. Einige Zeit nach der
Ablehnung der Beförderung erhält er die Möglichkeit in eine andere Filiale zu
wechseln und dort Abteilungsleiter zu werden, also zumindest die gleiche Position wie sein Ausbilder zu erreichen. Mit dem Wechsel in eine andere Filiale in
der Region werden die Kontakte zwischen Paul Riedner und Admir deutlich
weniger, sie treffen sich nur noch zu besonderen Gelegenheiten, wie z. B. der
firmeneigenen Weihnachtsfeier. Admir gründet gemeinsam mit anderen in
dieser neuen Filiale einen Betriebsrat und resümiert für sich, dass er die Unterstützung dieser Betriebsratsgründung auch als eine Protestreaktion auf seine
verweigerten Aufstiegsaspirationen in der Firma sieht.

Ein transnationales Moratorium: Auszeit in Mazedonien
nach der Ausbildung

In der Präkodaphase der Eingangserzählung erwähnt Admir ein Ereignis, das
schon längere Jahre zurückliegt. Er kommt auf etwas zu sprechen, was sich in
seinem Leben kurz nach dem Ausbildungsabschluss ereignet hat. Er sagt zunächst nur, dass er nach der Ausbildung im Jahr 2005 „Probleme gehabt" hat.
Er kommt auf ein Ereignis zu sprechen, das für ihn biographisch bedeutungsvoll geworden ist und sich chronologisch lange vor seiner Beförderung zum
Abteilungsleiter ereignet hat. Er spricht es jedoch erst in der Präkodaphase der
Eingangserzählung an. In einer Hintergrundkonstruktion[42] kommt er darauf zu

---

42 Bei einer Hintergrundkonstruktion handelt es sich um ein Textphänomen, das innerhalb
    einer Erzählung auftaucht, um eine Erzähllinie zu plausibilisieren oder zu ergänzen, die
    ohne diese Hintergrundkonstruktion unvollständig oder nicht verständlich erscheinen
    würde. Hintergrundkonstruktionen korrespondieren mit Zugzwängen des Erzählens, ins-
    besondere mit dem Zwang zur Gestaltschließung und verweisen unter Umständen auf eine

84

sprechen, als er sprachlich bereits zur Koda ansetzt und sagt, dass es das „nun fast gewesen sei mit dem Leben" und dass er nun hier stehe und mir ein Interview gebe, fällt ihm scheinbar plötzlich ein: (S. 8, Z. 32–45)

> E: „(4 sec.) Ach so ja, ich hab ja, 2005, 2006 hatte ich ja entsprechend äh noch en bisschen äh (..) Probleme gehabt hier in Deutschland. Äh da muss ich halt/ ich hatte halt für ein paar Monate/ musste ich halt dann hier verschwinden. () Und ähm da ham die dementsprechend mir den Arbeitsplatz/ Arbeitsplatz gesichert ham, ne. War jetzt viereinhalb Monate- Monate war ich halt dann äh weg. Und äh da () durch deren Hilfe halt/ hab ich halt quasi entsprechend meinen Job () behalten dürfen. (..) Und das ähm () war halt dann () mein damaliger Geschäftsleiter hat den jetz hier (..) Paul zu verdanken. Dass die mir dann quasi Überstunden gegeben haben, die ich gar nich hatte und dass sie mir äh jetz hier freie Tage, Urlaub und so weiter dann gegeben haben. Also da () muss ich schon sagen, der hat mir auch jetz quasi jetz hier meinen Arsch gerettet ham, die beiden".

Admir erzählt in dieser Hintergrundkonstruktion, dass er (aus zunächst nicht näher benannten Gründen, im Nachfrageteil kommt er genauer darauf zu sprechen) das Land verlassen musste. In seiner Firma, in der er nach der Ausbildung einen unbefristeten Vertrag als Einzelhandelskaufmann erhalten hat, geschieht in dieser Phase etwas Überraschendes: Obwohl er völlig überstürzt und ohne die nähere Angabe von Gründen kündigen will, wird ihm der Arbeitsplatz „gesichert". Die genaueren Umstände bleiben zunächst noch rätselhaft. Admir hält fest, dass sein damaliger Chef und Paul Riedner als sein unmittelbarer Abteilungsleiter seinen „Arsch gerettet" hätten. In dieser Formulierung schwingt eine existenzielle Bedeutung des Arbeitsplatzerhaltes mit, die er in den folgenden Sätzen in einem Kommentar relativiert. Er denkt laut darüber nach, dass er sicher auch etwas Anderes gefunden hätte, wenn seine Rückkehr zur Baumarktkette nicht möglich gewesen wäre. Er spricht noch einmal seinen Orientierungsplan zu Beginn der Ausbildung an: Er schließt rekapitulierend damit, dass er damit nun schon 16 Jahre in der Firma arbeite, in der er eigentlich nach der Ausbildung nur zwei Jahre bleiben wollte.

In dieser Hintergrundkonstruktion in der Präkodaphase kurz vor Ende der Erzählung deutet sich an, dass es sich bei diesem Prozess um eine für Admir bedeutsame biographische Entwicklung im Hinblick auf die Gründung einer Familie gehandelt hat, ohne deren Erwähnung seine Erzählung unvollständig geblieben wäre. Er geht auf diese Prozesse im Rahmen der Eingangserzählung

---

rezessive Erzähllinie, deren Bedeutsamkeit nicht offen thematisiert werden kann. Dies gilt auch für Sozialbeziehungen, deren Relevanz für bestimmte biographische Prozesse der Erzählende nicht sehen kann oder möchte (vgl. Schütze 1984, S. 85 ff.).

zunächst nicht genauer ein. Abschließend greift er die Interviewsituation noch einmal auf und relativiert seine Kompetenz als Erzähler, bevor er die Stegreiferzählung endgültig beendet (S. 8, Z. 55 – S. 9, Z. 4).

> E: „()/ genaue Details, was mir interessiert hat, mir fällt das momentan nich ein, weißt du äh, () Interviews geben ist nich so mein Ding, also. (((lacht kurz))) Hab da nicht so die () äh äh Erfahrungen.
> I: Du machst das ganz großartig.
> E: Ja. Ja,ja, also, äh (.) mmmh, das war es eigentlich".

Der Nachfrageteil ist durch mehrere Themenkomplexe geprägt, von denen ich auf einzelne genauer eingehe, da sie für den nächsten Schritt der analytischen Abstraktion bedeutsam sind. Viele Themen, die im Nachfrageteil zum Thema wurden, sind bereits in den Erzähllinien der Eingangserzählung von Admir angesprochen worden. Dies betrifft vor allem die Geschichte seiner Herkunftsfamilie und deren Wege durch Bildungsinstitutionen, sowie Admirs Weg in die Ausbildung. Im Nachfrageteil kommt es hier zum Teil zu detaillierten Ausführungen und ausführlicheren eigentheoretischen Sequenzen. Ich gehe im Folgenden auf die Teile des Nachfrageteils genauer ein, die durch die Analyse der Eingangserzählung noch nicht hinreichend plausibilisiert sind.

Die Geschichte des transnationalen Moratoriums

Im Nachfrageteil wird die Geschichte hinter dem plötzlichen Kündigungswunsch nach dem Ende der Ausbildung von Admir detailliert erzählt. Er spricht davon, dass er nach dem Ende der Ausbildung eine Beziehung mit einer jungen deutschen Frau begonnen hat, die unter problematischen Vorzeichen stand (S. 19, Z. 44–51).

> E: „Ich habe mich irgendwie verantwortlich für sie gefühlt, weil die keinen Vater hatt' und so ein Scheiß. Kam vielleicht irgend so ein Komplex von mir rüber. Komm, wir machen das schon. Und halt der Alkohol war ihr Problem und Drogen war ihr Problem, (..)Kerle waren ihr Problem halt mit bei, ne. Ich komm, ne, ich, machen wir, so. will mich erstmal nur als Freund haben nur so. Aber das Problem is, ich hab mich sehr schnell verliebt in diese (.) Person".

Seine Familie ist mit der Beziehung zu dieser jungen Frau nicht einverstanden und Admir deutet an, dass es ihn einiges gekostet hat, diese Beziehung gegen den Widerstand seiner Familie aufrechtzuerhalten. Er spricht darüber, dass seine Familie es gerne gesehen hätte, wenn er eine Freundin aus Mazedonien gehabt hätte und dass er selbst mit dem Auftreten seiner damaligen Partnerin gegenüber seinen Eltern Probleme hat, da er sie als respektlos empfindet. Dennoch hält er einige Zeit an dieser Beziehung fest. Er spricht verschiedentlich an, dass die junge Frau aus schwierigen familiären Verhältnissen gekommen sei und er sich gewünscht habe, die Dinge für sie zu ordnen. Er relativiert das Missfallen seiner Familie in einem Kommentar, in dem er auf die unangemessene Kleidung seiner damaligen Partnerin eingeht, die er seinen Eltern gegenüber als Respektverweigerung empfindet. Trotz des Missfallens seiner Familie hält er an der Beziehung fest, bis es schließlich zu einer dramatischen Zuspitzung kommt: Die junge Frau hat große Schwierigkeiten mit einem früheren Partner und gibt vor, schwanger zu sein. Admir bleibt an dieser Stelle vage, er deutet an, dass er dem früheren Partner seiner Freundin Gewalt angedroht hat und dass er eine Zeitlang geglaubt hat, der Vater des Kindes zu sein. In dieser Situation tritt sein Vater in der Erzählung auf den Plan. Admir erzählt, dass er seinem Sohn vorschlägt, sich der brenzligen Situation zu entziehen, zu kündigen und für einige Zeit das Land zu verlassen. Es fällt in der Betrachtung des gesamten Datenmaterials auf, dass die konturierte Präsentation direkter Rede durch das Eingreifen seines Vaters in der Interviewsituation an zwei Stellen geschieht. Einmal wird der Vater in direkter Rede in die Stegreiferzählung eingeführt, als es um seinen Wunsch geht, zu seinen Freunden in die Hauptschule zu wechseln. Die zweite Situation ist die Bewältigung der Krise um die junge Frau.

Admir willigt ein und ist bereit, die Konsequenz des Arbeitsplatzverlustes in Kauf zu nehmen. In diesem Entschluss spiegelt sich möglicherweise die Bedeutsamkeit der Krise wider, dies ist nichts, was er auf die leichte Schulter nimmt. In dieser Phase seines Lebens scheint Admir eher von Kontrollverlusten und Unsicherheit geprägt, diese Phase wird rekonstruierbar als biographische Fallensituation, in der sich Schwierigkeiten verdichten, die prozessstrukturell als Verlaufskurvenpotenziale gedeutet werden können. Er erwähnt, dass sein Vater ihm zusagt, ihn in Mazedonien finanziell zu unterstützen. Aber er riskiert, einen sicheren Arbeitsplatz in einem Unternehmen zu verlieren, in dem er sich einen Platz geschaffen hat und beliebt ist.

Die Reaktion seines Chefs auf seine Kündigung ist für ihn überraschend: Admir wird gesagt, dass er sich Zeit nehmen soll, seine Dinge zu regeln und in Kontakt zu bleiben. In den einzelnen detaillierenden Sätzen des Segments zeigt sich, dass in der Firma offenbar auf dem Papier Stunden verschoben wurden, um ihn als Mitarbeiter in der Firma zu halten. In seiner Erzählung klingt an, dass es eine nicht ganz offizielle Vereinbarung war, die seine damaligen Führungskräfte für ihn und mit ihm getroffen haben. Er verlässt das Land und zieht vorübergehend zu Verwandten nach Mazedonien. Er erzählt, dass er in Mazedonien bei seiner Familie Abstand gewinnt und regelmäßig Kontakt nach Deutschland hat, um zu erfahren, wie sich die Dinge um die junge Frau entwickeln und wie die Situation in der Firma steht. In mehreren Sequenzen erzählt er von kurzzeitig aufflammenden Konfliktherden in seinem Alltag dort, einer bewaffneten Auseinandersetzung und Widrigkeiten des Alltags, die er aus seinem Leben in Deutschland nicht kennt. Er evaluiert im Interview, dass ihm in den Monaten in Mazedonien bewusst wird, was er am Leben in Deutschland schätzt. Nach viereinhalb Monaten kehrt er nach Deutschland zurück, die junge Frau, mit der er die schwierige Beziehung hatte, hat F-Stadt verlassen. Er kann seinen Arbeitsplatz wieder besetzen. Wie er im Interview erzählt, verdankt er diesen Umstand dem damaligen Geschäftsleiter und Paul Riedner. Auch wenn er eine drastische Formulierung wählt, um den großen Gefallen anzuzeigen, den die beiden ihm erwiesen haben („haben meinen Arsch gerettet"), legt er trotzdem Wert darauf, die Reziprozität der Situation klarzustellen (S. 16, Z 39–49).

> E: „Weil im Endeffekt/ ich glaub auch nich, dass die das für alle gemacht hätten. Also ich sage mal so, ich hatte natürlich bei allen/ ähm Leuten/ ich war hier sehr beliebt, sag ich mal. Weil ich halt im Endeffekt, ich habe ((betont)) <u>niemanden</u> so schlecht angemacht. Wenn jemand Hilfe brauchte, habe ich ihm immer Hilfe angeboten. Ich war zu jedem nett. Ich habe niemanden diskriminiert, kann ich sagen, weil ich ((betont)) <u>hasse</u> das einfach. Ich hasse es einfach, wenn man jemand Unschuldigen quasi/ irgendwas sagt oder irgendwie blöd halt anmacht. Und so war ich natürlich auch zu meinen/ zu-zu mein Vorgesetzten halt dann, zu Paul sowieso und zu meinem damaligen Chef halt dann auch".

Es ist ihm wichtig deutlich zu machen, dass er weiß, dass ihm ein großer Dienst erwiesen wurde, dass dieser Umstand jedoch darauf zurückzuführen ist, dass er sich als engagierter und loyaler Arbeitnehmer erwiesen hat, nicht nur im Kontakt zu seinen Vorgesetzten, sondern auch auf der kollegialen Ebene.

Die Wahl seiner Partnerin und Familiengründung

Im Anschluss an die Geschichte und das Ende der Auszeit in Mazedonien im Nachfrageteil kommt Admir unmittelbar auf seine eigene Familiengründung zu sprechen. Er geht darauf ein, dass seine Familie sich gewünscht hat, dass er eine Partnerin aus Mazedonien wählt. Diese Haltung relativiert er mit einer Kontrastierung: nur „die Deutschen" bezeichnet er als „tolerant" genug, Partner zu akzeptieren, die nicht aus dem gleichen Land stammen. Alle anderen – und hier bezieht er seine Eltern mit ein – würden sich wünschen, dass die Kinder jemanden mit derselben Herkunft wählen. Er spricht davon, dass seine Ehefrau ebenso wie er Albanerin ist und es für ihn und sie innerhalb der Familie leichter ist, mit Erwartungen umzugehen, die sie wechselseitig an sich stellen. Die zeitliche Nähe und die aneinander anschließende Thematisierung zu seinem Moratorium in Mazedonien deuten darauf hin, dass er seine Frau im Zusammenhang mit der Auszeit kennengelernt hat. Er erzählt davon, dass seine Frau nicht in Deutschland aufgewachsen ist, sondern ihr Leben in Mazedonien aufgegeben hat, um mit ihm in Deutschland zu leben. Er resümiert seine Wahl einer Partnerin, die ihn mit den Erwartungen der Familie versöhnt hat (S. 21, Z. 52–54).

> E: „Also ähm, (..) ja so im Nachhinein halt mit bei/ is des eigentlich alles so gekommen, wie es kommen sollte und es kommen muss so in normalen (.) Familienverhältnissen".

Mit dieser ergebnissichernden Bemerkung kennzeichnet Admir seine Orientierung an den Erwartungen seiner Familie. Später geht er auf das Rollenverhältnis in seiner Ehe ein, das er eher als traditionell kennzeichnet, jedoch vom Wunsch seiner Partnerin geprägt wird, wieder berufstätig zu sein. Admir spricht halb scherzhaft darüber, dass er die Gespräche darüber momentan noch mit dem Verweis auf die Pflege der noch sehr kleinen Kinder abwenden kann, aber weiß, dass er sich dem Thema irgendwann stellen muss. In diesem Zusammenhang kommt er auf die Entwertung von Bildungszertifikaten durch Migration zu sprechen, von der er seine Frau betroffen sieht. Er argumentiert mit dieser Entwertung als einem weiteren Grund, den Wunsch nach beruflicher Tätigkeit seiner Frau zunächst noch aufzuschieben und sich an einem traditionelleren Rollenmodell zu orientieren: Er stellt klar, dass er nicht möchte, dass seine Frau als Reinigungskraft arbeitet. Er stellt zum Interviewzeitpunkt die noch nicht abgeschlossene Familienplanung in den Vordergrund.

Die Evaluation der Interaktion mit Paul Riedner in der Ausbildung und danach

Die Interaktion mit Paul Riedner wird im Nachfrageteil noch einmal intensiv von ihm ausgeführt, weil er auf meine Behauptung reagiert, dass Paul Riedner ihr Verhältnis anders dargestellt hat, als er dies selbst im Interview getan hat[43]. Während Paul Riedner seine engagierte Haltung thematisiert, stellt Admir in der Eingangserzählung sein Engagement in der Ausbildungszeit eher ambivalent dar. In der Reaktion auf meine Behauptung schildert er seine Wahrnehmung der Interaktion differenzierter: er geht darauf ein, dass er seine damalige engagierte Haltung in der Ausbildung vor allem als Reaktion auf die fordernde Haltung von Paul Riedner als Ausbilder sieht. Er erzählt davon, dass sein Ausbilder in seiner Strenge und Leistungsorientierung häufig Gelegenheit bot, schlecht dazustehen und dass er sich diese Blöße nicht geben wollte. Im Anschluss an sein „Abarbeiten" an meiner Gegenrede spricht er über die persönliche Beziehung, die sich zwischen Paul Riedner und ihm im Laufe der Zeit und im Anschluss an die Ausbildung entwickelt hat. Er geht auf das private Wissen

---

43 Im Nachfrageteil des Interviews spreche ich mit Admir über Paul Riedners Erzählung seiner Ausbildung und über unterschiedliche Formen der Darstellung dieser Zeit.

um die Lebensumstände Paul Riedners ein und stellt klar, dass er zwar daran interessiert wäre, erneut mit ihm zusammenzuarbeiten, aber nicht „unter" ihm. Er ist zum Interviewzeitpunkt auf der gleichen Hierarchieebene eingesetzt wie Paul Riedner und macht deutlich, dass es für ihn undenkbar ist, hinter diesen Punkt zurück zu gehen.

Die Bedeutung von Religiosität für seine Lebensführung

Admir kommt an einer späten Stelle im Interview auf die Bedeutung von Religiosität für seine Lebensführung zu sprechen (S. 30, Z. 45–57).

> E: „Und äh () ich glaub von klein auf dran. Meine Eltern dementsprechend sind halt dann so aufgewachsen und die Generationen vor uns. Ich hoff dementsprechend, dass auch meine Kinder halt dementsprechend das dann achten. Ich gebe denen nicht die Alternative halt wie die einen moderateren Eltern sagen/ Ja, () soll er wählen. Nein, äh, ich erziehe meine Kinder so wie mit bei/ Ich erziehe die nach dem Islam. Natürlich halt ein bisschen moderater vielleicht als jetzt diese Extremistenschiene, aber so wie Du Deine Kinder/ keine Ahnung, ob die jetzt dementsprechend jetzt Christen oder evangelisch oder katholisch oder auch Atheisten, gibt es ja dementsprechend halt auch oder Buddhisten, keine Ahnung. Jeder soll dementsprechend so machen, wie sie sind und ich bin froh, dass ich Moslem bin".

Admir stellt heraus, dass er aus einer religiösen Familie stammt und dass er diese Haltung an seine Kinder weiter vermittelt, ohne ihnen die Wahl zu lassen, eine andere Religion zu wählen. Er grenzt sein Verhalten als Elternteil an dieser Stelle von „moderateren" Eltern ab. Er formuliert eine religiöse Erziehung als wichtiges Moment und stellt klar, dass er andere Glaubensformen kennt und toleriert. Er evaluiert in weiteren Sequenzen ausführlich die Bedeutung seines Glaubens für seine Familie und den Respekt seiner Umgebung gegenüber religiösen Praktiken im Alltag. Respekt ist ihm ein hohes Anliegen, er erwähnt, dass Paul Riedner bei privaten Grilleinladungen immer einen Schweinefleischfreien Grill für ihn bereithielt, was für ihn eine hohe Bedeutung erhält und als Wertschätzung gedeutet wird. Er beschreibt seinen Glauben als ständige Herausforderung, ein besserer Mensch zu werden. Er evaluiert, dass Glauben, egal welcher Art, für jeden Menschen wichtig ist.

3.1.2 Analytische Abstraktion

Analyse der Prozessstrukturen

In Admirs Familie lässt sich ein Familienhandlungsschema der Arbeitsmigration rekonstruieren, das sich im Lauf der Zeit weiterentwickelt und den Aufstieg durch den Erwerb von Bildungszertifikaten durch die Kinder miteinschließt. Admirs Eltern entwickeln für ihre Kinder frühzeitig Bildungspläne, die über den eigenen Status als ungelernte Arbeitskräfte hinausreichen. Diese Entwicklung von Aufstiegsaspirationen deutet sich bereits in der Planänderung der Eltern an, nicht nach einer Zeit des Einkommenserwerbs für einige Jahre nach Mazedonien zurückzukehren. Admir deutet an, dass die Pläne seiner Eltern zu Beginn davon geprägt waren, einige Jahre Geld in Deutschland zu verdienen und dann zurück zu kommen und dass diese Planung typisch für die Generation seiner Eltern gewesen ist[44]. Die Bedeutsamkeit dieser Planung zeigt sich im Verlauf der ersten Phase von Admirs Leben – er wird zwar in Deutschland geboren, doch kurz nach seiner Geburt kehrt er mit der Mutter und den älteren Schwestern kurzzeitig zurück nach Mazedonien. In dieser Zeit ist die übergreifende Planung noch, Mazedonien zum Lebensmittelpunkt zu machen, sobald der Vater in Deutschland genug verdient hat. Die Planänderung zeichnet sich in der weiteren Erzählung ab: Der Vater sucht eine größere Wohnung und die Familie lebt ab dem Kindergartenalter Admirs endgültig gemeinsam in Deutschland. Auch mit dieser Entwicklung kann es zusammenhängen, dass Admirs ältere Schwestern den Kindergarten in Deutschland nicht besucht haben. Sie waren im Kindergartenalter zeitweise nicht in Deutschland ansässig.

In jedem Fall zeigt sich an der Frage des Kindergartenbesuchs, dass es innerfamiliär bereits im Kindergartenalter Admirs eine Hinwendung zum deutschen Schulsystem und der Auseinandersetzung mit den dort geltenden Leistungsanforderungen gibt. Die älteren Schwestern besuchen zu diesem Zeitpunkt bereits die Grundschule. Es gibt in der Familie keine Diskussion über die Schullaufbahn Admirs, er wird seinen Schwestern auf die Realschule folgen. Deutlich wird im Verlauf des Interviews, dass seine Schulleistungen gegenüber denen seiner Schwestern abfallen, dies jedoch nicht einfach hingenommen wird: Er muss sich mit den Erwartungen der Eltern auseinandersetzen, die ähnlich gute Noten wie bei seinen Schwestern erwarten. Sein kurzfristiger Wunsch, wegen seiner Freunde an die Hauptschule zu wechseln, wird von seinem Vater energisch zurückgewiesen. Verbindliche und emotional enge familiäre Bindungen sowie die Bildungsbiographien seiner älteren Schwestern unterstützen seinen Weg in der Realschule und die Bildungsaspirationen der Eltern. In der Rekonstruktion zeigt sich hier, dass Admirs Familie die Orientierung an diesen institutionellen Ablaufmustern für sich aufgreift und darüberhinausgehende Orientierungen entfaltet. Seine Eltern entwickeln für ihre Kinder deutliche Aufstiegsaspirationen, die deren schulischen und beruflichen Wege beein-

---

44 Vgl. für eine differenzierte Betrachtung von Idealtypen von Migration und insbesondere Formen der Arbeitsmigration bspw. Gogolin & Pries 2004.

flussen[45]. Admir erzählt im Nachfrageteil, dass eine seiner Schwestern Medizin studiert hat und als Ärztin im Krankenhaus arbeitet. Er macht in diesem Kontext deutlich, dass die Erwartungen der Eltern weitreichender waren als der Status, den er und seine zuletzt geborene, jüngste Schwester beruflich erreicht haben. Diese Aufstiegsaspirationen werden von den Eltern an ihre Kinder weitergegeben und übernommen. Prozessstrukturell betrachtet lässt sich von der Entwicklung eines familiär geteilten Handlungsschemas sprechen, dass die Entwicklung von beruflichen Aufstiegsplänen für die Kinder in den Mittelpunkt stellt.

Wie bedeutsam die Prozessstruktur des biographischen Handlungsschemas des Bildungsaufstiegs auch für Admir ist, zeigt sich in der Geschichte Admirs an der Aufnahme einer Ausbildung, die er eigentlich recht unattraktiv findet, der Ausbildung zum Einzelhandelskaufmann. Die Annahme der Ausbildungsstelle verhindert eine erste Ausbildungslosigkeit im Anschluss an den Realschulabschluss. Das Datenmaterial verrät nichts über die Haltungen der Eltern zu der Phase der Ausbildungsplatzsuche, die die Wege der erfolgreichen, älteren Schwestern vor Augen haben. Admirs ursprüngliche Pläne für eine anspruchsvollere Ausbildung in der Industrie werden abgekühlt, als ihm mehrere Einstellungstests misslingen. Der Ausbildungsplatzerhalt wirkt wenig planvoll und von einer Reihe glücklicher Umstände gekennzeichnet. Kurz vor Beginn des Ausbildungsjahres ist die Ausbildung bei Baumarkt Wetzen die einzige Möglichkeit, die sich bietet, und deshalb ergreift er sie. Er hat keine weitere Zusage für einen Ausbildungsplatz. Das von ihm entwickelte Handlungsschema sieht den erfolgreichen Abschluss einer Ausbildung vor, Admir stellt diesen Plan nicht in Frage. Er entwickelt zu Ausbildungsbeginn mit sechzehn den Plan, die Firma recht bald nach dem Ausbildungsende wieder zu verlassen. Er möchte eine Ausbildung machen, Geld verdienen und dann weitersehen.

Auch hier lässt sich die zentrale Prozessstruktur rekonstruieren: er plant einen Wechsel *nach* dem Ende der Ausbildung. Möglicherweise risikobehaftete Alternativen wie eine Weiterbewerbung während der Ausbildung oder einen Abbruch zieht er nicht in Betracht. Kurzfristig wird hier sichtbar, dass sich eine biographische Fallensituation angebahnt haben könnte: In dem Fall, dass Admir die Ausbildungsstelle beim Baumarkt nicht erhalten hätte. Nach der Ausbildungsaufnahme erfährt er Orientierung durch seine Eltern und Paul Riedner, der ihn seinerseits als engagiert und ausbildungsinteressiert erlebt. Prozessstrukturell zeigt sich in dieser Phase der Ausbildung keine Veränderung, die Thematisierung im Interview zeigt, dass Admir hier jugendtypisches Verhalten erprobt, das für ihn bedeutsam ist. Betrachtet man die an die Ausbildung an-

---

45 Zur Entwicklung von Aufstiegsaspirationen in Bildungsbiographien von Jugendlichen und jungen Erwachsenen im Kontext von Migration siehe bspw. King & Koller 2009.

schließenden Prozesse und ihre Bedeutsamkeit weiter, zeigt sich, dass er das familiäre Handlungsschema des Aufstiegs für sich weiterentwickelt. Er passt es seiner Situation in der Firma an und versucht innerhalb der Organisation eine Karriere zu verwirklichen, die er innerhalb seiner Möglichkeiten mit seinem Ausbildungsabschluss sieht. In der strukturellen Beschreibung wird sichtbar, dass er dieses Karrierestreben für sich übernimmt und die Erwartungen seiner Eltern an seine berufliche Entwicklung nach dem Ausbildungsabschluss nicht mehr thematisiert werden. In der Betrachtung dominanter Prozessstrukturen im Anschluss an die Ausbildung fällt im Datenmaterial auf, dass er die Phase der Familiengründung, die als eine Orientierung am institutionellen Ablaufmuster der Familiengründung verstanden werden kann, nicht explizit thematisiert, sich diese Planung aber zu eigen macht. Es wird zum Thema in der Erzählung, weil er in einer Hintergrundkonstruktion in der Präkodaphase erwähnt, dass er im Anschluss an die Ausbildung „Probleme" hatte, die ihn dazu zwangen, Deutschland kurzzeitig zu verlassen. In der Betrachtung zeigt sich in der strukturellen Beschreibung, dass Admir mit der sich zuspitzenden Krise in der Beziehung zu einer jungen Frau überfordert gewesen scheint. Er thematisiert die kritische Haltung seiner Eltern gegenüber der jungen Frau und nimmt in Kommentaren dazu Stellung, dass diese kritische Haltung zum Interviewzeitpunkt für ihn nachvollziehbar ist. Das Eingreifen seines Vaters und der Vorschlag, für einige Zeit das Land zu verlassen, wird von ihm väterlich-fürsorglich erzählt „mein Jung" und in direkter Rede präsentiert.

In der detaillierten Betrachtung in der strukturellen Beschreibung wurde sichtbar, dass seine Eltern eine Orientierung an einer qualifizierten beruflichen Tätigkeit für ihre Kinder unabdingbar halten und dabei nicht zwischen ihren Töchtern und ihrem Sohn unterscheiden. Dabei ist für die Eltern bedeutsam, dass die Kinder „etwas Besseres" werden als sie selbst beruflich in Deutschland erreichen konnten. Admir spricht an verschiedenen Stellen im Interview an, dass seine Eltern durchaus erfreut gewesen wären, hätte er, wie zumindest eine seiner Schwestern, noch das Abitur und ein Studium im Anschluss an die Realschule gewollt. Die großen Schwestern, eine von ihnen ist Fachärztin in einer Klinik geworden, werden ihm von den Eltern im Aufwachsen als leuchtendes Beispiel präsentiert. Admir ist im Aufwachsen mit diesen Erwartungen seiner Eltern konfrontiert. Unter diesen Bedingungen ist seine Aufnahme einer dualen Ausbildung die Minimalanforderung und es ist in diesem Zusammenhang zu sehen, dass er nach der Ausbildung eine weitergehende berufliche Entwicklung anstrebt. Vor diesem Hintergrund wird die Dramatik der Situation in der Krise mit der jungen Frau offenbar: Admir ist nach der Intervention seines Vaters bereit, alles aufzugeben, was bislang für sein Leben als junger Erwachsener in

Deutschland bedeutsam war. Er will den Arbeitsvertrag in einem Unternehmen kündigen, in dem er sich nach der Ausbildung einen Platz geschaffen hat. Das Moratorium in Mazedonien wird zunächst nicht zeitlich begrenzt[46]. Wichtig erscheint in der Darstellung Admirs vor allem, dass er der Fallensituation entkommt, in die er geraten ist. Er nimmt den Vorschlag seines Vaters an, das Land zu verlassen. In der Rekonstruktion wird deutlich, dass sich durch die Fallensituation ein Verlaufskurvenpotenzial aufbaut, dem Admirs Vater durch die Intervention etwas entgegensetzen will – um den Preis, dass sein Sohn die erreichte Position im Berufsleben durch die Kündigung verliert und die handlungsschematische Orientierung des Aufstiegs aus dem Blick gerät.

In der Rekonstruktion wird deutlich, dass dies nicht geschieht, da die Vorgesetzten in der Baumarktkette Wetzen Admirs Kündigung nicht ohne weiteres hinnehmen und er letztendlich seinen Arbeitsplatz wieder übernehmen kann, als er knapp fünf Monate später zurückkehrt. In einem evaluierenden Kommentar kommt er zu dem Schluss, dass diese Episode in seiner Biographie „ein bisschen was zur Reife beigetragen" hat (S. 20, Z. 38). In der Phase seiner Familiengründung, die bald auf das Moratorium in Mazedonien und die Rückkehr nach Deutschland folgt, orientiert sich Admir an traditionellen Vorstellungen seiner Familie. Die Wahl seiner Partnerin aus Mazedonien erfolgt dabei nicht zufällig, im Interview setzt er sich in einem längeren Kommentar damit auseinander, um wie vieles einfacher er es erlebt, seine Erwartungen sowie die seiner Eltern und seiner Ehefrau aneinander auszurichten, da sie einen lebensweltlichen Horizont teilen (S. 21, Z. 1–8).

E: „Ja, das ist halt dementsprechend immer so. Ich sag mal so, es gibt keine Nationalität auch/ außer/ die so tolerant ist, wie die Deutschen halt dann. Die sagen: okay, mir ist es egal, Hauptsache ist ein Mensch, die Freundin. Ansonsten ist es halt so, egal ob du jetzt albanisch, türkisch, italienisch oder keine Ahnung, natürlich möchte jede Nationalität, dass jeder mit seinem Landsmann halt dann äh verkehrt, weil halt die Tradition, die Sitten, die äh/ es sind halt alle gleich".

Er generalisiert die Orientierung, die er bei seinen Eltern und vermutlich sich selbst wahrnimmt, und stellt sie in einen Zusammenhang von „Nationalität", der sein Verhalten in der Phase der Familiengründung normalisiert und einen Kontrast zu seinem Erleben in der Beziehung mit der jungen Frau herstellt, derentwegen das Moratorium für ihn notwendig wurde. Die Orientierung am institutionellen Ablaufmuster der Familiengründung wird so in Auseinander-

---

46 Zur Nutzung von transnational entstehenden Ressourcen im Kontext von Migration und dem Konzept Transmigration bzw. transmigrants, vgl. bspw. Gogolin 2009 und Wangaruro 2011.

setzung mit der Migrationsgeschichte seiner Familie rekonstruierbar und nimmt auf die traditionellen Vorstellungen seiner Eltern Bezug, die er zum Zeitpunkt des Interviews teilt. Damit zeigt sich in der Zusammenschau der Prozessstrukturen ein zeitweises Nebeneinander der Orientierung an institutionellen Ablaufmustern und des biographischen Handlungsschemas des Bildungsaufstiegs, das in der Folge wieder an Dominanz gewinnt, als er Aufstiegspläne in der Firma stärker ins Auge fasst. Ein Wechsel des Arbeitsplatzes erscheint ihm nach der Heirat und in der Erwartung des ersten Kindes riskant. Er spricht darüber, dass er sich nicht mehr ohne weiteres vorstellen kann, die Firma zu verlassen und fasst stärker ins Auge, wie er innerhalb der Firma einen Aufstieg erreichen kann. Dabei wird er in seinen Aufstiegsplänen gebremst, als ihm eine Beförderung versagt wird. Diese Ablehnung verärgert ihn und bringt ihn dazu, rassistische Motive hinter seiner Ablehnung zu vermuten. In der Folge wird die Bedeutsamkeit des biographischen Handlungsschemas des Bildungsaufstiegs noch einmal sichtbar: er gründet gemeinsam mit anderen einen Betriebsrat und bewertet dieses Handeln als Reaktion auf die ausgebliebene Beförderung. Admir hat Erwartungen an eine Laufbahn, die ihm familiär vermittelt worden sind, nicht unterlaufen und hat einen Weg gefunden, diese internalisierte Erwartung im Ausbildungs- und Arbeitskontext umzusetzen.

Der Prozess der Ausbildung und die biographische Thematisierung von Differenzerleben[47]

Die Ausbildung im Anschluss an die Schulzeit in der Realschule ist für Admir selbstverständlich und wird nicht in Frage gestellt. Der Übergang in die Ausbildung nach dem Ende der Schulzeit wird von ihm nahtlos gedacht und als solcher vorbereitet. Eine andere Idee, wie er im Anschluss an die Schule seine Zeit verbringen könnte, steht nicht im Raum und wird von ihm nicht angesprochen. Da seine Schulleistungen weniger gut sind als die seiner Schwestern, ist ein Übertritt ins Gymnasium nicht denkbar. Die Aufnahme einer Ausbildung erscheint als Minimalanforderung eines Bildungsaufstiegs, die die Familie an ihn stellt und den er, wie die Rekonstruktion der Prozessstrukturen zeigt, akzeptiert hat. Er entwickelt Interessen im Vorfeld der Ausbildungsaufnahme, die sich nicht erfüllen lassen: es gelingt ihm nicht, einen Ausbildungsplatz in der Industrie in einem der Ausbildungsberufe zu erhalten, die ihn interessieren. Bei der Suche nach einem Ausbildungsplatz kommt es zu einem cooling-out-Prozess, in dessen Verlauf er seine Interessen an die Situation anpassen muss. In der Betrachtung dieses Prozesses im Kontext der Überlegungen, die Goffman (1952) zum Phänomen des cooling out angestellt hat, fällt zunächst das Fehlen

---

47 Für die Rekonstruktion dieser Prozesse wird erneut auch auf das vorliegende Datenmaterial mit Admirs Ausbilder Paul Riedner Bezug genommen.

eines „coolers" als Interaktionspartner auf, der den Prozess der allmählichen Akzeptanz des Scheiterns unterstützt (vgl. Goffman 1952, S. 1). Admir erfährt die Ablehnung und seine Nicht-Passung über eine Reihe von Antwortschreiben, die er im Prozess des Bewerbens in seinen Wunschberufen erhält. Die Ablehnung wird nicht von einer einzelnen Person oder Organisation erfahren, sondern die Erfahrung der Ablehnung setzt sich über Monate zusammen aus einem sich wiederholenden Prozess von Einladungen zu Einstellungstests und Bewerbungsverfahren, an deren Ende er eine ablehnende Antwort erhält. Durch diese Konstellation wird es ihm einerseits möglich die Hoffnung zu erhalten, dass es in einem der Wunschberufe noch klappen könnte und gleichzeitig erhöht diese Form der erfahrenen Ablehnung seine Auseinandersetzung mit dem Umstand, dass er sich möglicherweise für einen anderen Ausbildungsberuf entscheiden muss, wenn er nicht ausbildungslos bleiben will[48]. Er macht sich in den Monaten des Sommers nach seinem Realschulabschluss zunehmend mit dieser Idee vertraut: es könnte noch klappen, aber wahrscheinlich erscheint es ihm nicht mehr. Damit ist er zunehmend mit dem Gedanken an eine Alternative beschäftigt, als ihm durch einen Freund die Ausschreibung für Ausbildungsplätze bei der Baumarktkette Wetzen in die Hände fällt. Die Ausschreibung für Groß- und Einzelhandelskaufleute findet er uninteressant und vor allem unmännlich. Es ist jedoch undenkbar, dass er die Chance auf eine Ausbildungsstelle ausschlägt, wenn es keine Alternative gibt[49]. Im Interview macht er seinen Widerwillen gegen die Stelle deutlich, er spricht davon, dass er fand, dass dies nichts für einen Mann sei und er lieber etwas Handwerkliches machen wollte. Gleichzeitig wird jedoch seine innere Flexibilität bedingt durch den seit Monaten andauernden cooling-out Prozess zu jenem Zeitpunkt deutlich, die zeigt, dass die Notwendigkeit der Aufnahme einer Ausbildung, die von ihm nicht in Frage gestellt wird, ihn bereits mit einem Plan B, einer „ungewollten Ausbildung", vertraut gemacht hat. Dieses Umdenken wird vor allem in der Zusammenschau mit den zuvor rekonstruierten Prozessstrukturen plausibel und wird von ihm im Interview evaluiert (S. 15, Z. 10–18).

---

48 Vgl. die Ähnlichkeit der beschriebenen Phänomene mit dem Prozess des „stalling" als eine Variante des cooling out bei Goffman 1952, S. 8).

49 Goffman geht darauf ein, dass Scheitern und daran anschließende cooling out Prozesse im Jugendalter grundsätzlich anders zu bewerten sind als im Erwachsenenalter, da das Jugendalter gesellschaftlich als Phase des Ausprobierens, Entwickelns und Verwerfens von Plänen legitimiert ist und hierdurch Scheitern anders – weniger dramatisch – bewertet wird als im Erwachsenenalter (vgl. Goffman 1952, S. 10). Die Rekonstruktion der biographischen Prozesse bei Admir Milici zeigt, dass hier die Variante „Ausbildungslosigkeit" nicht als akzeptable Form des Scheiterns im Raum steht.

E: „Dieser Job/ als-als Verkäufer o-oder-oder Kaufmann, (..) geht überhaupt nicht, ne, mu/ ein Mann muss was Handwerkliches machen, sonst ist er nicht wie ein Mann und so weiter. (((lacht))) da muss ich dann ja weg. Also/ da wollte mich keiner dann haben als Mann. (..) Hab ich dann die eine Option genutzt, hab gesagt: komm, du brauchst ein bisschen Geld, guck erstmal halt. Und danach kannst du ja vielleicht noch mal ne Ausbildung machen. (.) Aber nein, es is dabei geblieben halt. Und dann äh () is so die Berufsfindung gewesen halt, ne".

Die Aufnahme der Ausbildung wird in Admirs Biographie sichtbar als Schritt, der bewältigt werden muss, ein inhaltliches Interesse an der Ausbildung kann er zunächst nicht entwickeln. Er redet sich die ungewollte Ausbildung positiv: er sieht, dass er dort Geld verdienen wird und seine finanziellen Spielräume wachsen werden. Er sagt sich, dass er im Anschluss an die Ausbildung eine weitere beginnen kann, die ihn dann wirklich interessiert. Auch hier zeigt sich erneut, dass er nicht in Frage stellt, die Ausbildung zum Groß- und Einzelhandelskaufmann abzubrechen. Es ist klar, dass er sie beginnen und beenden wird.

Die Bedeutung der Interaktionsgeschichte mit Paul Riedner für den Prozess der Ausbildung

Admirs Erleben der Ausbildung zu Beginn ist vor allem durch die Interaktionen mit seinem Ausbilder Paul Riedner gekennzeichnet, den er als präsent und fordernd erlebt. Gleichzeitig gibt ihm der Kontakt mit seinem Ausbilder die Möglichkeit, sein Bild zu überdenken, das er bezüglich seines „unmännlichen" Ausbildungsberufs mitbringt.

Im Rückgriff auf Goffman (1952) lässt sich so die Rolle Paul Riedners zu Beginn der Ausbildung als eine Figur beschreiben, die ähnlich der des „coolers" scheint: es gibt zwar keine Gespräche über den Umstand, dass Admir nicht in einer seiner Wunschausbildungen begonnen hat, aber Paul Riedner wird wichtig für die Akzeptanz des Ausbildungsberufs und den Plan B. Er ermöglicht Admir, seine Ideen von „richtiger" Männlichkeit im ungewollten, unmännlichen Ausbildungsberuf aufrechtzuerhalten. Sein Ausbilder wird zu einem wichtigen Vorbild, das „Mannsein" in diesem Beruf und berufliche Kompetenz vereint. In der Betrachtung der Prozessstrukturen vor der Aufnahme der Ausbildung und der eben skizzierten Prozesse der allmählichen Übernahme des ungewollten Ausbildungsberufs in das biographische Handlungsschema sowie des Aufbaus Paul Riedners zu einem signifikanten Anderen wird nachvollziehbar, wie die Bedingungen für die Interaktionsbeziehung zwischen Paul Riedner und Admir Milici in der Ausbildung aussehen. Auf der Seite Paul Riedners wird bedeutsam, dass er die engagierte und interessierte Haltung seines neuen Auszubildenden, vor dem Hintergrund einer Befremdung wahrnimmt, als er Admir als Jugendlichen aus einer Einwandererfamilie aus einem segregierten Wohnquartier kennzeichnet. So erlebt er Admir Milici als besonders positiv.

Admir Milici kommt für das Ausbildungsmilieu im Baumarkt entgegen, dass er keine Scheu kennt, mit Menschen in Kontakt zu kommen, und er erlernt die Regeln für den Kundenkontakt leicht. Seine Entscheidung, die ungewollte Ausbildung nun auch abzuschließen wird ihm durch das „männliche" Vorbild Paul Riedners erleichtert und führt dazu, dass er sich in seinem Ausbildungsbetrieb gut einfindet. Durch den Ausbilder wird er an dessen Wertmaßstäbe herangeführt, wie gute Arbeit in diesem Kontext zu verstehen ist. Er übernimmt dessen Standards für den Kundenkontakt und der Warenpräsentation und erhält dafür positive Rückmeldungen. In einer späteren Phase der Ausbildung wird das noch verstärkt, als Paul Riedner wegen einer langwierigen Sportverletzung abwesend ist. Admir sagt, dass er sich in dieser Zeit „die Abteilung unter den Nagel reißt" und gute Rückmeldungen bekommt.

So scheint es nachvollziehbar, die Interaktionsgeschichte mit Paul Riedner in der Ausbildung für die biographischen Prozesse Admir Milicis als bedeutsam auf verschiedenen Ebenen zu beschreiben. Sie wird wichtig für eine Auseinandersetzung mit seinen Vorstellungen von Männlichkeit in einem zunächst von ihm „unmännlich" konnotierten Beruf, für das Hineinwachsen in ein Berufsbild als Groß- und Einzelhandelskaufmann und für eine Auseinandersetzung mit Paul Riedner als Mehrheitsgesellschaftsangehörigen.

Admirs Eltern begleiten den Prozess der Ausbildung aufmerksam[50]. Dieses beinhaltet nicht nur die Aufmerksamkeit für sein Verhalten innerhalb der Ausbildung, sondern auch eine stete Erinnerung daran, dass er die Ausbildung gut beenden soll, um etwas Besseres als seine Eltern zu werden: die innerfamiliären Bildungsaspirationen werden so im Rahmen seiner Ausbildung fortlaufend bekräftigt. Eine Auseinandersetzung mit der Einwanderungsgeschichte findet vor allem über die Bildungsaspirationen und die wahrgenommenen Chancen der Eltern auf Bildungsaufstieg im Einwanderungsland statt[51]. Bereits in der argumentativen Auseinandersetzung zu Beginn des Interviews argumentiert Admir Milici das Zustandekommen des „Ghettos" ausschließlich aus den Sehnsüchten der Einwanderer begründet. Der durchgehende Fokus auf die eigene Handlungsfähigkeit und die Handlungsfähigkeit seiner Familie trägt zu einer Vermeidung kritischer Perspektiven auf sein Aufwachsen bei. Eine kritische Auseinandersetzung mit Diskriminierungspraxen durch Mehrheitsgesellschaftsangehörige findet sich erst nach der Ausbildung, als sich Admir Milici qua Bildungszertifikat der dualen Ausbildung und Berufserfahrung ermächtigt fühlt, sich innerhalb der Organisation für eine höhere Position zu bewerben.

---

50 Zur Bedeutsamkeit elterlichen Monitorings für Entwicklungen in der Adoleszenz siehe bspw. Schär & Studer 2013, S. 75 f.

51 Zu weiteren Forschungen, die Bildungsaufstieg als familiäres Projekt im Kontext von Einwanderung thematisieren vgl. bspw. King & Koller 2009 und Wischmann 2010.

Seine Thematisierung von Rassismus im Zusammenhang mit seiner abgelehnten Beförderung verweist auf ein von ihm wahrgenommenes aktives Handeln von anderen. Eine Darstellung als Opfer wird nicht sichtbar, neben Ärger und Unverständnis über die Entscheidung der Organisation entwirft er bald neue Handlungspläne. Er ist interessiert an seinem Fortkommen und gründet einen Betriebsrat. Das begreift er als oppositionelles Handeln gegenüber der Organisation, die ihm eine Beförderung versagt hat, die ihm nach seiner Ansicht durch seine erbrachte Leistung und das Bildungszertifikat der Ausbildung zusteht. In diesem Prozess wird eine Enttäuschung über das meritokratische Versprechen sichtbar, an dem er seine Laufbahn vor der versagten Beförderung ausgerichtet hat und das mit dem innerfamiliären Handlungsschema des Bildungsaufstiegs korrespondiert[52].

Autobiographische Thematisierung – Wissensanalyse

In der Eingangserzählung findet sich zu Beginn eine längere Erklärungstheorie zur Entstehung der sozialräumlichen Segregation eingewanderter Familien in seiner Kindheit[53]. Es fällt auf, dass Admir die Segregation vor allem über Sehnsucht nach dem Heimatland begründet und die deutsche Mehrheitsgesellschaft nicht anspricht[54]. Er beschreibt darin sehr differenziert die Herstellung einer Abkoppelung von der Mehrheitsgesellschaft durch migrierte Familien, ohne dabei zu reflektieren oder anzuklagen, was die Mehrheitsgesellschaft tut, um diese Abkoppelung aufrechtzuerhalten. Die Ausgrenzung nimmt er in drei Dimensionen vor: Ethnie, Raum und Gruppe. Er konstatiert, dass es durch das abgeschottete, gemeinsame Leben seiner und anderer migrierter Familien kaum möglich war, Kontakte zur Mehrheitsgesellschaft herzustellen. Seine Begründung dafür stellt auf die Sehnsüchte der Immigranten ab: man vermisst das Zuhause und das Herkunftsland und sucht deshalb Kontakt mit allem, das diese Sehnsucht stillen kann. Auf diese einleitende Auseinandersetzung nimmt er an späteren Stellen des Interviews immer wieder implizit Bezug. Er begründet die Segregationsprozesse seines Aufwachsens als „natürlich" entstehende Folge einer verhaltenswirksamen Sehnsucht nach dem, was sich in Einwanderungs-

---

52 Zur Bedeutsamkeit des meritokratischen Prinzips für die Strukturierung von Bildungswegen siehe bspw. Becker & Hadjar 2011.

53 Im Sinne eines reflexiven Forschungszugangs, der reifizierende Momente mitdenkt, muss hier die Interviewsituation mitbedacht werden, in der ich als Mehrheitsgesellschaftsangehörige ein Interview mit ihm führen wollte. Damit habe ich dazu beigetragen, dass er sich in bestimmten Form positioniert, was seine Präsentation im Interview beeinflusst hat (vgl. Mecheril & Melter 2012).

54 Erklärungstheorien zielen nach Schütze auf den sequenziellen Aufbau der Erzählung und stehen in Verbindung mit dem Ereignisablauf in der Erfahrungsaufschichtung (vgl. Schütze 1987, S. 178 ff.).

familien mit Heimat in Verbindung bringen lässt. Seine innere Distanz zum Zeitpunkt des Interviews zur Situation seines Aufwachsens wird deutlich als er in einer Globalevaluation Bezug darauf nimmt (S. 3, Z. 25–30).

> E: „Wir hatten/ wir hatten nich viel, aber das was wir hatten entsprechend, das war wunderbar. Das is/ wir haben uns immer dementsprechend gefreut und ähm () gut, man hat es nich anders gekannt, erstmal. Weil () die Situation überall bei den anderen Familien waren ähnlich halt. Und deswegen dachtest de dir, alles klar so läuft/ ist halt so, hast du dich mit abgefunden" ().

Hier werden zwei unterschiedliche Formen von Theoriebildung zum Aufwachsen in einem Minderheitenkontext sichtbar. Für seine persönlichen Bedingungen des Aufwachsens erkennt er Differenzen zum Aufwachsen anderer Kinder an, weigert sich jedoch gleichzeitig, daraus einen Opferstatus zu kreieren. In der hier gezeigten Globalevaluation wird die Distanz zu den Bedingungen des Aufwachsens durch die erfahrenen materiellen und sozialen Veränderungen während seines Erwachsenwerdens und im Berufsleben evident, während er in der Erklärungstheorie zu Segregation darauf Bezug nimmt, wie er sich erklärt, dass er in einem minderheitsgeprägten Raum aufgewachsen ist und die Distanzen zur Mehrheitsgesellschaft größer waren, als sie zwangsläufig hätten sein müssen. Seine theoretischen Auseinandersetzungen zeigen sein Bewusstsein über unterschiedliche Lebensbedingungen zwischen Mehrheits- und Minderheitsgesellschaftsangehörigen, das er im Lauf des Erwachsenwerdens entwickelt hat.

Admir besucht die wohnortnahen Schulen, die vor allem von Kindern mit Migrationshintergrund besucht werden. Im Übergang zur Ausbildung erlebt er die Suche nach einem Ausbildungsplatz als eine persönliche Auseinandersetzung mit seinen erbrachten Leistungen in der Schule, er spricht nicht von einer Ablehnung seiner Person. Dabei entwickelt Admir eine Erklärungstheorie für seine mittelmäßigen Schulleistungen auf der Realschule, die deutlich von denen seiner Schwestern abwichen. Er nimmt auf die Erwartungen seiner Eltern Bezug und resümiert, dass er wenigstens nicht sitzen geblieben sei. Er setzt sich evaluierend mit seinem damaligen Wunsch auseinander, auf die Hauptschule zu wollen und stellt fest, dass seine damaligen Freunde ausbildungslos und zum Teil straffällig geworden seien. Er reflektiert das Handeln seines Vaters aus heutiger Sicht in einer Globalevaluation und merkt an, dass seine eigene Vaterschaft die Sichtweise auf das Geschehene stark verändert hat: „Aber so was merkst Du erst, wenn Du selbst Elternteil bist". Er schätzt ein, dass er sein Potenzial nicht verwirklicht hat „ich könnte was Besseres machen" und zufrieden damit war, dass er den Arbeitsplatz bei der Baumarktkette bekommen hatte. Er erzählt von der Herkunft seiner Familie in Mazedonien und kommentiert die Unterschiede in seinem Erleben zu den Bedingungen des Alltags dort und in Deutschland. Dabei stellt er in einer Globalevaluation heraus, dass die Bildungswege eingewanderter Familien aus seiner Sicht auf den Entscheidungen der Betroffenen beruhen und Schwierigkeiten nicht der Mehrheitsgesellschaft zugerechnet werden können. Er führt diese individualisierende Perspektive auf Lebensverläufe weiter aus und kommentiert, dass sein Ausbildungsverlauf natürlich dem fordernden Ausbilder Paul Riedner zu verdanken sei, dieser aber nichts genützt hätte, wenn er nicht bereit gewesen wäre, zu lernen. Er nimmt auf die Bildungserwartungen seines Vaters Bezug und reflektiert dessen Bemühen, für seine Kinder in Deutschland bessere Bedingungen des Aufwachsens zu finden. Die Voraussetzungen in Deutschland, ein besseres Leben zu führen, benennt er noch einmal detailliert und kontrastiert sie mit seinem Erleben institutioneller Bildung in Mazedonien: Hier gibt es kostenfreie Schulbildung und „staatliche Unterstützung", womit er BaföG meint. Seine argumentative Auseinandersetzung zum Eigenverschulden eines gescheiterten Lebensweges gipfelt in emotional gefärbten Kommentaren, die zeigen, dass er die Bildungsaspirationen seines Vaters versteht und unterstützt. Er spricht darüber, dass er es für seine Verantwortung halte, diese Erwartungen an seine Kinder weiterzugeben. Er argumentiert, dass sein Sohn es in vielerlei Hinsicht noch leichter habe als er und dass es im Grunde nicht vorstellbar sei, dass dieser die gegebenen Möglichkeiten nicht nutze. In diesem Zusammenhang ist auch seine Haltung zu Religiosität zu sehen. Er begreift seine religiöse Praxis als Teil seiner Lebensgestaltung, die ihn beständig herausfordert.

In der Eingangserzählung wertet er sein eigenes Können und die Einstellung bei Baumarkt Wetzen zunächst mit einer Erklärungstheorie ab. Er kommentiert, dass damals praktisch jeder eingestellt wurde, nahezu unabhängig von den Vorbedingungen. Im Anschluss an die erste Darstellung seines Ausbildungsverlaufs und der Beziehungsentwicklung zu Paul Riedner evaluiert er die Ausbildung und grenzt sich hier theoretisch von anderen Auszubildenden ab: Admir setzt diese organisationale Perspektive auf seinen Ausbildungsverlauf in Verbindung mit einer Erklärungstheorie zum Einfluss seiner Eltern, die zeigt, dass ihm bewusst ist, wie wichtig sie für ihn geworden sind. Admir bestimmt seine Position in der Firma auf eine Nachfrage hin, wie er sich erklärt, warum ihm bei seiner transnationalen Auszeit der Arbeitsplatz freigehalten wurde. Er schätzt sich selbst als sehr loyal und solidarisch mit anderen ein, was ihn in der Firma sehr beliebt gemacht hat, auch bei seinen Vorgesetzen. Seine Erklärung bleibt an dieser Stelle auf seine Person fokussiert, er zieht andere Faktoren nicht in Betracht. Er stellt fest, dass nicht die Firma ihm den Arbeitsplatz erhalten habe, sondern Paul Riedner und dessen Vorgesetzter – denen habe er das zu verdanken.

Admir setzt sich in Kommentartheorien und evaluativen Kommentaren mit seiner Wahrnehmung der Arbeitswelt auseinander. Er wägt ab zwischen den Bedingungen des Arbeitens damals und heute, ohne dass er zu einer eindeutigen Position tendiert, welche Arbeitswelt zu bevorzugen ist. Er reflektiert, dass eine akademische Position nicht zwangsläufig entspannteres Arbeiten mit sich bringt und bezieht sich dabei auf eine seiner Schwestern, die als Ärztin arbeitet. Seine eigentheoretischen Auseinandersetzungen zeigen differenzierte Perspektiven zur gesellschaftlichen Realität, die von ihm stellenweise als widersprüchlich erlebt wird. Dies ändert jedoch nichts an einer grundsätzlichen Orientierung an Aufstieg und Laufbahnen, was sich in dem nur halb spaßhaft formulierten Wunsch verdichtet, seinen Sohn als Astronaut zu sehen. Er wägt argumentativ ab, welches Risiko für seine Familie (die Geburt seines zweiten Kindes steht zum Interviewzeitpunkt unmittelbar bevor) mit einem Arbeitsplatzwechsel einhergehen würde. Aus dieser Perspektive kommt er zunächst zu einer Globalevaluation der Arbeitswelt („es gibt keinen idealen Job mehr"), resümiert jedoch seine Lebenssituation als insgesamt positiv („du hast nen Job, du hast Perspektive, du hast Familie, du weißt, wofür Du es machst").

Im weiteren Verlauf der Erzählung folgt eine längere argumentative Auseinandersetzung mit der abgelehnten Beförderung zum stellvertretenden Marktleiter, die Admir sich nicht anders als rassistisch motiviert erklären kann. Er begründet damit den Weggang aus dem Baumarkt, in dem er immer noch mit Paul Riedner zusammengearbeitet hat. In der Präkodaphase der Eingangserzählung evaluiert er seinen beruflichen Werdegang, den Einfluss von Paul Riedner, die Dankbarkeit seiner Eltern gegenüber dem Ausbilder und seine eigene Position in der Firma, die er nicht unabhängig von der verweigerten Beförderung sehen kann. Unmittelbar vor der Koda bewertet er seine Situation im Hinblick auf seine Arbeitsmarkt-Passung an sich: er erklärt, dass er auf jeden Fall eine andere Anstellung gefunden hätte, wenn er nach der transnationalen Auszeit nicht hätte zurückkehren können. Außerdem bilanziert er seine Geschichte im Unternehmen im Hinblick darauf, dass er zunächst geplant hatte, nur zwei Jahre zu bleiben. Admir setzt sich mit den milieuspezifischen Herausforderungen seines Arbeitsalltags auseinander. Er evaluiert die Schwierigkeit, als Einzelhandelskaufmann täglich auf Freundlichkeit und Hilfsbereitschaft verpflichtet zu sein, auch wenn Kunden unfreundlich oder unsympathisch sind. Er reflektiert die Notwendigkeit des andauernden Kundenkontaktes für seinen Arbeitsplatzerhalt, aber er sieht sich davon angestrengt[55]. Erneut kommt er jedoch zu dem Schluss, dass er seinen Arbeitsplatz mag („eine Notlösung, die halt dann () quasi mein Leben bestimmt hat, erstmal, ne").

---

55 Vgl. generell zur Bedeutung von Emotionsarbeit in Dienstleistungsberufen: Hochschild 2006, sowie Erdmann 2016c zu einer differenzierteren Analyse dieser Phänomene im Ausbildungskontext.

3.1.3 Synopse: biographische Deutung im Kontext dualer Ausbildung

Im Hinblick auf die Forschungsfrage zeigt sich in dieser Fallrekonstruktion, dass die Minderheitserfahrung der Familie Milici zu einer Aufstiegsorientierung führt, in der eine meritokratische Orientierung zentral gesetzt wird. Leistung in Bildungsinstitutionen wird innerfamiliär hoch bewertet. Ein Bezug auf erschwerende Bedingungen für die Bildungsbiographien der Kinder durch den Erwerb von Deutsch als Zweitsprache und durch das Aufwachsen in einem einwanderungsgeprägten sozial schwachen Stadtteil einer deutschen Großstadt wird vom Erzähler mitgeführt, zentral wird jedoch die Aufstiegsorientierung der Familie, die individuelles Leistungsvermögen der Kinder hochhält.

In diesem Zusammenhang wird plausibel, dass Admir die Auswahl und das Finden eines Ausbildungsplatzes im Interview kaum reflektiert. Wichtig erscheint vor dem Hintergrund der familiären Orientierung, zumindest einen Ausbildungsplatz und dies unmittelbar im Anschluss an den Schulabschluss zu erlangen. Dabei wird in der Rekonstruktion deutlich, dass berufliche Bildung in der Familie nicht den gleichen Stellenwert hat wie ein akademischer Bildungsweg, den seine Schwester genommen hat. Das Erreichen seines niedrigeren Status deutet er in der Erzählung als persönlich verschuldet: Er erzählt, dass er die Aufnahmetests verschiedener Firmen im Bewerbungsverfahren um einen Ausbildungsplatz nicht bestanden hat und erklärt dies mit eigenem Leistungsversagen. Diese Zurechnung auf sein eigenes schwaches Leistungsverhalten unterstreicht seine Orientierung an einem individualisierten Leistungsethos in der Einwanderungsgesellschaft. In den argumentativen Ausführungen zu seinem Ausbildungsverhältnis wird deutlich, dass er bei aller Dankbarkeit gegenüber Paul Riedner sieht, dass er leistungsbereit war und sich ausbilden lassen wollte. Er kontrastiert dies mit einer kurzen Erläuterung zu einem anderen Auszubildenden mit einer Migrationsgeschichte in seinem Ausbildungsbetrieb. Er grenzt seine Entwicklung gegen die Entwicklung dieses Auszubildenden durch seine Leistungsbereitschaft ab und reflektiert seine Entwicklung hier im Verhältnis zu den Bildungsansprüchen seiner Eltern. Die erfolgreiche Beendigung einer dualen Ausbildung wird hier biographisch gedeutet als familiäre Minimalforderung eines Bildungsaufstiegs. Die Rekonstruktion biographischer Prozesse zeigt erschwerende Bedingungen, die in der Familie als Aufforderung zur erhöhten Leistungsbereitschaft der Kinder umgedeutet werden. Admir kokettiert im Interview damit, dass er in dieser Hinsicht mit seinem Ausbildungsabschluss für seine Eltern eher eine Enttäuschung dargestellt hat, dennoch legt er Wert auf die Darstellung der Karrierestationen, die er für sich erreicht sieht.

Das familiär geteilte Handlungsschema des Bildungsaufstiegs zeigt sich in der Erzählung als dominante Prozessstruktur. Betrachtet man in der Rekonstruktion der Erzählung die Situationen, die sich zu Fallensituationen hätten entwickeln können – die Suche nach dem Ausbildungsplatz, die Beziehung mit einer jungen Frau nach der Ausbildung, die seine Familie nicht akzeptiert, und die verweigerte Beförderung – zeigt sich durchgängig, dass Admir Milici sich an den Entwicklungsaspirationen orientiert und in seinen Theoriebildungen Haltungen zu den gefundenen Lösungen entwickelt, wie er diese Fallensituationen (die Aufnahme einer ungewollten Ausbildung, das Moratorium in Mazedonien, die Gründung eines Betriebsrats) bearbeitet. Seine eigentheoretischen Anstrengungen in der Eingangserzählung reflektieren die zentrale Prozessstruktur vor dem Hintergrund einer Einwanderungssituation seiner Familie. Grundlegend hierfür wird eine innerfamiliäre Neuorientierung in seiner Kindheit, nachdem die zunächst temporär geplante Arbeitsmigration des Vaters zu einer für die ganze Familie andauernden Lebenssituation definiert wird. Der Erzähler deutet das Aufwachsen in einer eingewanderten Familie als Bedingung für die Entfaltung familiärer Aufstiegsaspirationen, die sich durch die Bildungschancen im Einwanderungsland ergibt.

Die Bewertung seines eigenen Lern- und Bildungsprozesses in der Ausbildung als leistungsorientierter Auszubildender, die erfolgreiche Einsozialisation in ein mehrheitsgesellschaftlich geprägtes Unternehmen, die positive Beziehungsentwicklung zu Paul Riedner und seine Beförderung zum „Einrichter" sind bedeutsam für die Entwicklung seiner Auffassung, Rassismus habe seine Beförderung zum Filialleiter verhindert. Er ist von der Ablehnung seiner Bewerbung überrascht worden. Eine Einschränkung der eigenen Handlungsfähigkeit hat dies nicht zur Folge, er entwickelt die Gründung eines Betriebsrats als widerständiges Handeln in der Organisation, in der er angestellt ist. Bedeutsam scheint, dass die Auffassung einer rassistisch motivierten Entscheidung im Unternehmen einmalig im Interview auf ein Bewusstsein für strukturelle Benachteiligungen hindeutet, während er in seinen sonstigen Ausführungen auf eine individualisierende Perspektive setzt. Insofern zeigt sich hier, dass er in der Bearbeitung der abgelehnten Beförderung mit seiner bislang gepflegten meritokratischen Orientierung an eine Grenze stößt. Sie bringt ihn mit der Thematisierung von Diskriminierung in Kontakt, die in der Rekonstruktion der biographischen Prozesse und der Biographisierungsleistungen im Rückgriff auf eine Orientierung an familiären Bildungsaspirationen von ihm durchgängig abgelehnt wird.

3.2 Paula Wadstel

Informationen zur Interviewanbahnung und Interviewsituation

Das Interview mit Paula Wadstel kam über eine Lehrerin in einer Berufsschule zustande, die Paula in einer ihrer Klassen als Schülerin hatte. Sie erzählte mir, dass Paula junge Mutter und alleinerziehend sei. Unter diesen Bedingungen habe Paula ihre Ausbildung erfolgreich absolviert und ihre Klasse besucht. Sie erzählte noch, Paula habe gelegentlich von Schwierigkeiten mit Behörden in ihrer Situation als alleinerziehende Auszubildende berichtet. Sie fragte bei Paula an, ob sie einen Kontakt zu mir herstellen dürfe, Paula sagte dies sofort zu.

Ich rief Paula an, es kam zu mehreren kurzen Telefongesprächen. In einem dieser Telefonate erwähnte sie, dass sie bereits einmal ein Zeitungsinterview gegeben habe und grundsätzlich bereit sei, so etwas wieder zu tun. Ich ging in diesem Telefonat auf die Unterschiede meiner Arbeit zu einem Interview für eine Zeitung ein. Ich erzählte Paula von meinem Forschungsinteresse und den Besonderheiten eines narrativen Interviews. Der Termin fand an einem Abend unter der Woche im Dezember 2013 bei Paula in der Wohnung statt. Vereinbart war, dass ich ungefähr zu einer Zeit kommen sollte, zu der ihr Kind schlafen gehen würde. Paula empfing mich freundlich und stellte mich ihrer Tochter vor, die bereits im Schlafanzug in ihrem Bett lag. Sie bat mich, im Wohnzimmer zu warten und sagte, sie würde nun ihr Kind ins Bett bringen und danach könnten wir beginnen. Nach etwa fünfzehn Minuten kam sie zu mir ins Wohnzimmer und bot mir einen Tee an. Wir sprachen noch einmal kurz über das, worüber wir uns bereits am Telefon ausgetauscht hatten und stiegen rasch in das eigentliche Interview ein. Paula sprach zwei Stunden und zehn Minuten ohne Pause, sie unterbrach sich nur einmal kurz, um mich zu fragen, ob ich etwas dagegen hätte, wenn sie während des Redens rauchen würde. Als ihre Erzählung endete, war es deutlich nach 23 Uhr. Ich konnte mich nicht mehr konzentrieren und aufmerksam zuhören. In der Erhebungssituation selbst war es mir unangenehm, das kenntlich zu machen – ich hatte das Gefühl, ihre sehr lange und detaillierte Erzählung dadurch nicht angemessen zu würdigen. Paula kam meiner etwas stockend vorgetragenen Bitte nach einem weiteren Treffen aufgrund der späten Stunde schnell nach, sie sagte, sie müsse am nächsten Morgen früh aufstehen. Wir vereinbarten für den Nachfrageteil des Interviews einen zweiten Termin, der knapp zwei Wochen später stattfand.

Erläuterungen zum zugrundeliegenden Datenmaterial

Für die Fallrekonstruktion zu Paula Wadstel liegen drei Datenmaterialien vor. Mit Paula wurde neben dem autobiographisch-narrativen Interview das eben erwähnte Nachinterview zwei Wochen später geführt. Beide Interviews sind durch sehr lange, selbstläufige Passagen gekennzeichnet, insbesondere gilt dies natürlich für das erste, zwei Stunden dauernde Interview, in dem ich keine einzige Nachfrage stellte. Im Nachinterview kam es wieder zu längeren narrativen Phasen, nachdem ich Paula einzelne Nachfragen gestellt hatte. In den Wochen nach dem Interview versuchte Paula Wadstel auf meine Bitte hin, ihre Ausbilderin für ein Interview zu gewinnen, was diese jedoch strikt ablehnte[56]. Im Laufe der Forschungsarbeit im Jahr 2014 löste ich mich von der Idee, dass ausschließlich Ausbildende als Interviewpartner_innen interessant sein könnten, und entschied einige Monate nach den Interviews mit Paula Wadstel, ihre Berufsschullehrerin um ein Interview zu bitten, die den Kontakt hergestellt hatte. Paulas Berufsschullehrerin, die gleichzeitig ihre Klassenlehrerin gewesen war, erzählte ihre Geschichte mit Paula und ging an vielen Stellen auf den berufsschulischen Kontext von Paulas Ausbildungszeit ein. Diese Schilderung erfolgt häufig im Kommunikationsschema der Beschreibung. Stellenweise geht sie darauf ein, wie sich in ihren Augen Paulas Klasse von einer anderen Klasse unterschieden habe, in der sie zeitgleich unterrichtet hat. Diese Ausführungen erfolgen weitgehend im Kommunikationsschema der Argumentation. Insgesamt dauerte das Interview knapp zwei Stunden, wobei sich die Ausführungen der Interviewpartnerin nach etwa einer Stunde allgemeineren Fragen des Bildungssystems zuwandten, die Interaktionsgeschichte mit Paula wurde in diesem Teil nicht mehr thematisiert.

3.2.1 Strukturelle Beschreibung

Ich analysiere im Folgenden die Eingangserzählung im Modus einer strukturellen Beschreibung. Dabei gehe ich insbesondere auf die Präambelphase des Interviews ein, analysiere wichtige Erzählsegmente in ihrer sequentiellen Erscheinung und setze mich mit der Präkoda- und Kodaphase auseinander, bevor ich auf den Nachfrageteil zu sprechen komme.

Der Einstieg in das Interview – belastetes Aufwachsen
in der Herkunftsfamilie

Interview 1; S. 1, Z. 4–34

I: „Wir grade besprochen () hatten () quasi am Anfang Ihres Lebens.

E: Am Anfang (((lacht leicht)))Ja, also ich bin in X Stadt geboren. (.) Dort haben wir, glaube ich, ca. ein Jahr gewohnt, also meine Mutter, mein Vater und ((betont)) ich quasi.

I: mhm

---

56 Bei meinem kurzen Kontakt mit der Ausbilderin im Erhebungszeitraum schrieb sie mir als Antwort auf meine Email, in der ich meine Bitte um ein Gespräch äußerte, dass sie unter gar keinen Umständen bereit sei, mit mir zu sprechen. Gründe hierfür nannte sie nicht. Aufgrund des sehr ablehnenden Tons der Email entschied ich mich, keinen weiteren Versuch einer Kontaktaufnahme zu unternehmen.

E: Anderthalb Jahre später wurd mein (.) erster Bruder geboren. Dann sind wir nach U-
Stadt gezogen, nach (Stadtteil)-U-Stadt. () Ja und dort haben wir, glaub ich, ne
Weile gewohnt, also denk/ ich glaub, bis zu meinem zehnten Lebensjahr. Da bin
ich quasi aufgewachsen,

I: mhm
E: Kindergarten und Grundschule, () (((atmet tief aus)))
ja. Mein () Vater ist und war Alkoholiker, schon immer () halt und () ja das war/
also ich weiß nicht mehr viel von früher. Man verdrängt ja bekanntlich auch viel
(), ne? Und weiß meistens nur die schlimmen Dinge.(((lacht leicht))) Das ist halt
das () Blöde, immer. Ähm (.) ich weiß, dass wir dort halt eigentlich () am Anfang
unbeschwert waren, immer auf dem Hof, wir hatten da richtich ne schöne Hof-
gegend und/ war so eine Sackgassenstraße, wo wir gewohnt haben. Und das
war immer ganz nett dort, () also das, was ich noch weiß. Und ähm, ja bis man
das hinterher so wahrgenommen hat, w-w-w/ musste nachts oft mal/also da
war ich, wie alt war ich da, sechs, da musste ich nachts auf meinen Bruder aufpassen. Der war da gerade mal vier oder viereinhalb grob, weil meine Mutter mit
() in die Kneipe geschleift worden ist, musste dann mitgehen (). Durfte nicht allein zuhause bleiben, aber die Kinder, das war wohl egal (((lacht kurz))) in dem
Moment. () Des sind halt dann auch so Sachen, die ich weiß und (((räuspert
sich))) ja. () Ja und irgendwann sind wir halt in ner Nacht- und Nebelaktion abgehauen (..)".

Paula wird 1987 in einem westdeutschen Ballungsraum geboren. Nur eineinhalb Jahre nach ihr kommt ihr jüngerer Bruder zur Welt. Paula geht knapp auf
einen Umzug nach der Geburt ihres Bruders ein und erzählt, dass die Familie
an diesem neuen Ort längere Zeit gelebt hat, sie dort Kindergarten und Grundschule besucht. Sie verbindet mit dem Leben dort bis zu ihrem zehnten oder
elften Lebensjahr eine gewisse Kontinuität. Daran anschließend kommt sie auf
den Alkoholismus ihres Vaters zu sprechen. Mit der Formulierung „ist und war
Alkoholiker" macht sie klar, dass es sich hierbei nicht um ein vergangenes
Problem handelt, sondern um etwas, das das Leben ihres Vaters und der Menschen, die mit ihm verbunden sind, bis heute prägt. Sie erklärt nach dieser
Einführung des Alkoholismus, dass diese Situation ihr Leben und ihr Erinnern
an ihre Kindheit maßgeblich beeinflusst, dies lässt sich ein Stück weit als
strukturierende Rahmung für ihre nachfolgende Erzählung begreifen: sie macht
deutlich, dass sie Details aus ihrer Kindheit vergessen hat und sich an
„schlimme" Dinge erinnert, die sie aber an dieser Stelle nicht ausführt. Damit
wird die Bedeutung von Erleidensprozessen in ihrer Kindheit bereits in diesen
ersten Sätzen eingeführt. In den nachfolgenden Sätzen baut sie einen Kontrast
auf. Sie erzählt einerseits von einem idyllischen Aufwachsen in einem Hinterhof. Dieser Hinterhof wird zu einem natürlichen Spielraum für sie und die
anderen Nachbarskinder in der Umgebung. Andererseits erzählt sie von famili-

ären Alltagssituationen, die sie als belastend hervorhebt und die im Erzählen bitter klingen. Sie spricht davon, dass es wohl in Ordnung gewesen sei, die Kinder alleine zu lassen, aber nicht, die Mutter zu Hause zu lassen: sie muss als Sechsjährige abends alleine mit ihrem kleinen Bruder bleiben, damit die Mutter den Vater in die Kneipe begleiten kann. Diese kurze Detaillierung einer Szene ihres Familienlebens in der Kindheit zeigt etwas von ihrer Bewertung der Situation als erwachsene Frau. Sie kommentiert diese kurze Episode („sind dann halt auch so Sachen, die ich weiß") und deutet hiermit an, dass dies in eine Gruppe bestimmter Erinnerungen an ihre Kindheit gehört. Nach diesem knappen Kommentar leitet sie zu einer neuen Episode über: die Flucht der Mutter mit ihren beiden Kindern aus der gemeinsamen elterlichen Wohnung.

Das Fluchthandlungsschema der Mutter und Neuorientierung nach der Trennung

Paula spricht von einer „Nacht- und Nebelaktion", bevor sie auf die Flucht zu sprechen kommt. Ihre Schilderung der Flucht zeigt, dass ihre Mutter Vorkehrungen getroffen haben muss: sie hat ein Sedativum organisiert und kann mit ihren Kindern zunächst bei ihren eigenen Eltern Unterschlupf finden (Interview 1, S. 1, Z. 34–45).

> E: „Und ähm (.) ja. () Meine Mutter hat dem halt was ins Bier getan (((verlegenes, kurzes Lachen))), damit er-damit er geschlafen hat und wir auch gehen konnten, weil (((atmet tief ein))) ich habe schon viel mitgekriegt halt. Ne, dass meine Mutter halt auch viel geschlagen worden is damals (). Leider, und ähm ja, ich weiß nur eine Situation: Ich hatte einen Hasen früher uuund wollte ihn noch einmal drücken, macht man so als kleines Kind, ne dann hört man auch nicht direkt halt, ne, macht den Käfig zu und denk auch, och, muss noch mal knuddeln. Mein Vater hat den halt einfach () quasi erschlagen. (.) den Hasen (). und () den durfte ich dann noch zum Müll bringen. Das war so seine Lektion an mich, weil ich nicht gehört habe. (((tiefes Ausatmen)))".

Paula geht hier auf die Beweggründe für die Flucht ihrer Mutter mit den beiden Kindern in ihrer Erzählung ein. Sie spricht davon, dass sie als Kind häufig mitbekommen hat, dass ihre Mutter von ihrem Vater geschlagen wurde. Sie schließt an die Erzählung der erlebten Gewalterfahrungen ihrer Mutter die Schilderung einer eigenen Gewalterfahrung mit ihrem Vater an: Sie erzählt, dass ihr Vater einmal ihren Hasen direkt vor ihren Augen tötet, als sie nicht sofort seiner Aufforderung nachkommt, das Tier in den Stall zurück zu setzen. Paulas Mutter zieht mit den Kindern zu ihren Eltern, die ebenfalls im Ballungsraum in der Nähe leben. Mutter und Kinder bleiben für kurze Zeit bei den Großeltern, Paula schildert es als schwierige Zeit und geht darauf ein, dass sie weiß, dass ihr Vater die Trennung nicht einfach so akzeptiert hat. Sie spricht von Hörensagen, als sie über diese Phase spricht („Und da hat wohl mein Vater auch meiner Mutter zwischendurch aufgelauert, Reifen aufgestochen und solche Sachen") und relativiert so ihr Wissen um diese Zeit, in der noch unklar ist, wie sich das Leben als getrennte Familie etablieren wird. Prozessstrukturell lässt sich bei Paula bereits in der Kindheit von der Entwicklung einer Verlaufskurve sprechen, die durch die verschiedenen Leidenserfahrungen in ihrer Herkunftsfamilie entfaltet wird: Es ist ein komplexes Zusammenspiel der schwierigen Paarsituation, des Gewalterlebens und der Suchtverlaufskurve des Vaters, deren Verlauf die ganze Familie ergreift. Auch die Schilderung der Tötung ihres Hasen zeigt an, welchen Stellenwert gewaltsame Erfahrungen und Ängste in ihrem Erleben haben.

Bald nach der Flucht und dem Unterschlupf bei den Großeltern lernt die Mutter einen neuen Partner kennen und zieht mit den Kindern zurück in die Stadt, aus der sie kamen, allerdings in einen anderen Stadtteil. Der neue Partner der Mutter zieht mit in die neue Wohnung ein. Im gleichen Haus lebt Verwandtschaft: Paulas Onkel mit Familie (der Bruder der Mutter). Sie hat drei Cousinen in ähnlichem Alter. Ihre Mutter ist viele Stunden außer Haus, um zu arbeiten, Paula verbringt viel Zeit mit ihrem Bruder bei der Familie des Onkels. Paula fühlt sich dort nur bedingt wohl: die Familie hat andere Alltagsrituale, die sie befremdlich findet. Sie beschreibt zwei ihrer Cousinen als „geistig behindert" und geht darauf ein, dass wie sie die Konstellation der drei Schwestern erlebt, von denen eine den Status des nicht-behinderten, normal entwickelten Kindes hat und den anderen beiden als leuchtendes Beispiel vorgehalten wird. Ihr Onkel ist ebenfalls Alkoholiker und trinkt bereits mittags zum Essen „Wodka mit Sprite". Trotz der Gemeinsamkeit des Alkoholismus erlebt sie ihren Onkel anders als ihren Vater, sie nimmt ihren Onkel eher als verwirrt und abwesend wahr.

Sexuelle Gewalterfahrungen und Entfernung von der Mutter als wichtiger Bezugsperson

Paula kommt in ihrer Erzählung auf den neuen Partner der Mutter zu sprechen. Sie wird noch vor Eintritt in die Pubertät Opfer von sexueller Gewalt durch den neuen Partner ihrer Mutter (Interview 1, S. 2, Z. 39–53).

E: „Ja, dann ähm () war der-der () damalige Freund von meiner Mutter, ähm (.) der () kam mir () ein bisschen () zu nah () öfter () intim nah, leider () und es kam zum Glück nicht zur Vergewaltigung oder so was, () aber es war schon sehr () intim. Und ähm/ ich war en sehr ruhiges Kind damals/ also ich hab echt nicht viel gesagt und () weiß nich, in dem Moment, wenn dich ein Erwachsener anfasst, sage ich jetzt mal, da is man wie () erstarrt. Man weiß ja gar nicht, was ist denn jetzt los, ne? Also ich/ hab mir da gar nichts bei gedacht damals. Ich war elf so/ in dem Dreh und () weiß nich, ganz komisch war das immer. Ja, dann kam ja auch langsam die Pubertät bei mir () und () ja, ich wurde dann halt,() wie soll ich sagen: frech. ((((lacht kurz)))). Ne, also ich wurd dann halt patzich. Klar, man wird in der Pubertät halt ein bisschen schwieriger. Meine Mama dachte immer, das is ne Phase. Ich habe mit meiner Mama ja nich darüber gesprochen damals".

Sie geht in ihrer Darstellung nur sehr knapp auf die Übergriffe ein und betont, dass es „zum Glück nicht zu einer Vergewaltigung" kommt. Sie versucht ihr damaliges Erleben zu fassen und geht darauf ein, dass sie sich damals niemandem anvertrauen konnte. Durch das Erleiden dieser Übergriffe kommt es zu einer weiteren Dynamisierung der bis dahin erfahrenen Leidensprozesse in ihrem Leben. Diesen Ohnmachtserfahrungen kann sie als Kind nichts entgegensetzen. Die sexuellen Übergriffe bleiben unbemerkt, sie selbst setzt diese Übergriffe in der Erzählung reflektierend mit ihrem veränderten Verhalten in der einsetzenden Pubertät in Beziehung. Sie nimmt darauf Bezug, dass das veränderte Verhalten („patzich") von ihrer Mutter nicht als Hinweis auf andere Vorkommnisse – die sexuellen Übergriffe – gesehen wird[57].

Sie erzählt weiter, dass sie zunehmend den Raum erweitert, in dem sie ihre Freizeit verbringt. Sie besucht häufiger gemeinsam mit ihrem Bruder und ihren Cousinen ein Angebot der offenen Kinder- und Jugendarbeit: ein Jugendzentrum. Es gibt Ferienangebote, die Kinder können Hütten bauen, gemeinsam werden Mahlzeiten zubereitet. Sie wächst dabei auch langsam in eine sich entwickelnde Clique hinein, die sich öfter auf einem nahegelegenen Spielplatz trifft. Paula erzählt von den Beschäftigungen in ihrer Clique, die sie zum Interviewzeitpunkt als problematisch bewertet. Paula ist nicht die einzige in ihrem Freundeskreis, die bereits mit zwölf Jahren raucht. Paula schildert, dass sie damals starke alkoholische Getränke vermeidet, obwohl der Konsum in der Peer-group durchaus an der Tagesordnung ist.

Sie reflektiert im Interview, dass ihre Clique in dieser Zeit sehr wichtig für sie ist. Diese Zeit wird im Interview als Zeit eines labilen Gleichgewichts in der Verlaufskurvenerfahrung rekonstruierbar. Mit ihrer Mutter spricht sie wenig, sie sieht deren Glück mit dem neuen Partner und schweigt weiterhin über die sexuellen Übergriffe des Mannes. Sie erzählt Ereignisse mit der Peer-group, die verdeutlichen, dass ihr die Clique emotionalen Halt gibt. Beispielhaft sichtbar wird dies in einer Sequenz, in der Paula erzählt, wie ein Teil ihrer Clique in die Produktionsstraße einer Brotfabrik eindringt und dort frisches Brot stiehlt (Interview 1, S. 4, Z. 56 – S. 5, Z. 4).

---

57 Zur Untersuchung der Folgen von Traumatisierungen für das Aufwachsen vgl. z. B. Habetha (2012).

E: „Und ähm, ja die Jungs sachten auch: lass uns mal ein bisschen frisches Brot klauen und da sind die halt dahin, haben Brot geklaut, ganz warmes Brot noch und wir haben uns dann Kakao gekauft und haben uns dann am Baumfrauenweg hingesetzt und haben da unser Brot gegessen (((lacht kurz))). Also das haben wir öfter gemacht, leider. (((lacht))) Aber es war immer gut. Also/ war so ne Gemeinschaft hinterher, ne".

Als Paula 15 wird, nimmt die Entfernung von ihrer Familie noch weiter zu, sie geht erstmals richtig „feiern". Sie gibt gegenüber ihrer Mutter an, bei einer Freundin zu schlafen. Paula ergänzt im Interview, dass diese wiederum eine Mutter hat, die alles erlaubt und keine Fragen stellt. Die beiden Mädchen sind die ganze Nacht mit der Clique unterwegs. Paula führt aus, dass sich dies in dieser Phase ihrer Jugend zur Normalität entwickelt, Paula geht jedes Wochenende aus, gibt an, bei Freundinnen zu schlafen, ihre Mutter lässt sie.

Orientierungszusammenbruch im labilen Gleichgewicht der Verlaufskurve

Paula ist noch fünfzehn und kurz vor ihrem Schulabschluss, als sie erfährt, dass ihre Mutter von dem neuen Partner schwanger ist (Interview 1, S. 5, Z. 46–58).

E: „Und () ja irgendwann war es halt so, dann wurde meine Mutter schwanger. () Ja, von dem Freund halt, (((lacht kurz))) den sie da hatte () und ähm () ja das hat mich total schockiert irgendwie und ich dachte: Ja Scheiße, ja jetzt () dachte ich mir: Jetzt kannst du sowieso nichts mehr sagen, weil jetzt willst du auch nichts mehr versauen, weil die kriegt jetzt ein Kind mit dem, die ist glücklich und erzählst mal gar nichts so. Ja und irgendwie bin ich dann nachts/ also wir waren dann abends noch unterwegs, ich musste eigentlich immer um 21:00 Uhr zuhause sein mit 15. Andere durften viel länger draußen bleiben als ich. Das fand ich auch immer voll doof. Und da hab ich so ein Kick/ so en Tick bekommen, hab dann gesagt: wisst ihr wat Leute, ich gehe heute nicht mehr nachhause, ich hau ab, so".

In Folge dieser Nachricht erfährt Paula einen Orientierungszusammenbruch und das bis dahin labile Gleichgewicht, das sie sich mit Hilfe von Peers aufgebaut hat, gerät ins Wanken. Sie erzählt, dass sie damals geglaubt hat, nun endgültig ihrer Mutter niemals von den sexuellen Übergriffen erzählen zu können, denn sie sieht die Freude ihrer Mutter über das Baby. Sie ist im Schock und hat den Eindruck, ihrer Mutter das neue Glück nicht zerstören zu können, indem sie von den Übergriffen erzählt. In der Clique fasst sie kurz entschlossen den Plan, „abzuhauen" und zu ihrem Vater zu ziehen, der zu dieser Zeit in der gleichen Stadt lebt. Ihrer Mutter sagt sie nichts, diese erwartet sie wie immer unter der Woche um 21 Uhr zu Hause. Ihr Vater reagiert auf ihren plötzlichen Anruf positiv, er lebt ebenfalls in einer neuen Beziehung und hat ein weiteres Kind bekommen. Ihre Mutter erfährt erst verspätet und mit viel Schrecken von Paulas spontanem Auszug. Der Vater informiert die Mutter nicht, Paulas Vermutung in der Interviewsituation ist, dass er die Gelegenheit gerne genutzt habe, um seiner früheren Partnerin einen Schrecken einzujagen. Die Wohnsituation des Vaters mit neuer Partnerin und Baby ist beengt, mit Paula leben nun vier Menschen in einer kleinen Wohnung. Paula erzählt die erste Zeit dort zunächst als für sie sehr angenehme Phase: Ihr Vater versorgt sie mit Zigaretten und Kaffee. Paula kann kommen und gehen, wie sie möchte und nutzt dies. Paula erzählt, dass das Verhältnis mit der neuen Partnerin von Anfang an schwierig ist und sie die neue Partnerin sehr kritisch erlebt. Sie lebt ein gutes halbes Jahr in dieser Situation, dann teilt der Vater ihr mit, dass er mit seiner neuen Familie in einen weit entfernten Teil Deutschlands zieht und sie nicht mitkommen kann. Paula zieht zurück zu ihrer Mutter, die nun kurz vor der Entbindung steht. Die Mutter hat eine zweite Wohnung im Haus angemietet, die Paula mit ihrem Bruder teilen soll. Paula reflektiert, dass sie diese Wohnsituation als leicht verbessert erlebt, da sie mit dem Partner der Mutter nun zumindest nicht mehr in der selben Wohnung lebt. Sie erzählt, dass sie ihn in dieser Zeit viel provoziert und hofft, er möge zuschlagen, damit sie einen Grund hat, ihn vor ihrer Mutter zu kritisieren, es passiert aber nicht.

Paula kommt im Weiteren erstmalig auf ihre Schullaufbahn zu sprechen. Sie besucht eine Gesamtschule im Hauptschulzweig und ist fast 16. Sie erzählt, dass es ihr in der eigenen Wohnung mit dem Bruder leicht gelingt, öfter die Schule zu schwänzen. Im Interview denkt sie laut darüber nach, ob es die Mutter nicht mehr interessiert oder ob sie nicht mitbekommt, dass sie die Schule kaum noch besucht. Sie sagt, dass es Versuche ihrer Lehrerin gegeben hat, sie durch Gespräche zu erreichen, ihr dies aber gleichgültig war. Die Schule ist nur noch als Ort relevant, an dem sie Teile ihrer Peer-group treffen kann, um den Nachmittag zu planen. Das gesamte letzte Schuljahr ist von großen Lücken gezeichnet, sie erwirbt einen Hauptschulabschluss mit sehr schlechten Noten. In dieser Zeit bleibt die Prozessstruktur der Verlaufskurve dominant, es finden sich keine Hinweise auf eine Orientierung an institutionellen Ablaufmustern und keine Entwicklung von biographischen Handlungsschemata im Anschluss an die Schulzeit.

Die erste Zeit nach dem Schulabschluss und der endgültige Auszug bei der Mutter

Paula erzählt, dass ihre Mutter möchte, dass sie im Anschluss an den Hauptschulabschluss ein Berufsgrundschuljahr absolviert. Paula willigt ein und besucht diese Maßnahme, räumt aber ein, dass es sie nicht interessiert hat und sie eher unregelmäßig daran teilgenommen hat. Gleichzeitig wird sie von ihrer Mutter als Babysitter für das Baby angefordert. Paula beschreibt ein ambivalentes Verhältnis zu ihrem neuen Halbbruder. Sie hat erneut viele Fehlzeiten, beendet das Berufsgrundschuljahr vorzeitig mit schlechten Noten und einer Abmahnung wegen Fehlens. Am Wochenende sieht sie weiterhin ihre Freunde und geht viel aus (Interview 1, S. 8, Z. 51–55).

> E: „Raus mit meinen Freunden, hab da irgendwas gemacht. Und dann war ich immer noch halt glücklicher als zuhause. Weil zuhause musste ich wieder auf meine Brüder aufpassen und mich halt um andere Sachen kümmern und () ja das fand ich immer total blöd. Ja und dann, so als ich 17 wurde, bin ich dann komplett von zuhause abgehauen".

Paula erzählt diese Zeit als perspektivlos: Sie fühlt sich in ihrem eigenen Zuhause unwohl und wird zur Übernahme von Pflichten herangezogen, die sie nicht übernehmen möchte. Sie erzählt, mit 17 „komplett von zuhause abgehauen" zu sein und macht damit klar, dass es sich um eine Flucht handelt, mit der sie der Situation entgehen möchte, die sie unglücklich macht, ohne dass sie einen gezielten Plan hat, was stattdessen folgen könnte. Sie zieht zu Bekannten in der gleichen Stadt. Sie kennt die aufnehmende Familie noch aus Zeiten des Jugendzentrums, das die Kinder der Familie und sie gemeinsam besucht haben, man hat ihr dort Unterkunft für unbestimmte Zeit angeboten.

Die Phase prekärer Wohnarrangements und prekärer Beschäftigung

Nach dem Ende der Maßnahme des Berufsgrundschuljahres fängt sie an, als ungelernte Hilfskraft im Einzelhandel zu arbeiten, sie räumt Regale ein. Diese Zeit fällt mit ihrer Volljährigkeit zusammen, die aufnehmende Familie fragt öfter an, ob sie etwas auf Paulas Namen bestellen dürften. Paula willigt ein und nimmt das Versprechen an, dass schon alles bezahlt würde. Sie kommentiert im Interview an dieser Stelle, wie naiv dies von ihr war. Dieses Wohnarrangement trägt nicht lange, Paula erzählt, dass sie nach knapp vier Monaten weiterzieht und bei ihrem Onkel und dessen Familie unterkommt. Sie schiebt hier ein, dass die Mahnungen aus den Bestellungen der sie vormals aufnehmenden Familie bei ihrer Mutter ankommen, die diese ungeöffnet beiseitelegt.

Ihre Cousinen freuen sich über Paulas Einzug. Sie schläft gemeinsam mit ihnen in einer geräumigen Abstellkammer. Die Cousinen suchen den Kontakt zu ihr und ziehen häufig Kleidung von Paula an. Paula erzählt, dass ihr Onkel weiterhin trinkt. Sie fängt wieder mit neuen Jobs an, in den Wintermonaten verpackt sie bei einer Parfümeriekette Geschenke. Länger bleiben möchte sie nicht, die Damen dort sind ihr zu „schickimicki", sie fühlt sich mit 18 zu jung und nicht wohl in der durchgestylten Umgebung. In dieser Zeit des Jobbens zieht sie bei der Familie ihres Onkels aus, sie zieht in ihre erste eigene Wohnung. Paula spricht in diesem Interviewausschnitt erstmals indirekt an, dass sie sich ihrer Positionierung auf dem Arbeits- und Ausbildungsmarkt zur damaligen Zeit bewusst wird (Interview 1, S. 10, Z. 24–27).

E: „Dann habe ich ähm bei Textilmax angefangen auf () 400 Euro auch erstmal, weil man hat ja nichts gekriegt mit em Hauptschulabschluss. (((lacht kurz))) Und da hab ich auch nich so lange gejobbt".

Sie hat zu diesem Zeitpunkt – sie ist in ihrem 19. Lebensjahr – Bewusstheit darüber entwickelt, dass sie nicht nur keine Ausbildung hat, sondern auch nur einen Hauptschulabschluss und ihre Möglichkeiten, Geld zu verdienen, damit sehr begrenzt sind. Gleichzeitig zeigt diese kurze Kommentierung „man hat ja nichts gekriegt mit em Hauptschulabschluss" auch an, dass sie nicht auf andere, d. h. Familie oder Freunde, vertraut, die sie unterstützen. Diese Stelle markiert im Interview einen interessanten Punkt, denn hier deutet sich erstmalig an, dass sie beginnt, sich ihrer Lage für die weitere Lebensgestaltung bewusst zu werden, ohne dass es deshalb schon zu einer Planentwicklung kommt. Paula erzählt weiter, dass sie nur zwei Monate bei diesem Textildiscounter arbeitet und dann beginnt, sich neu zu orientieren. Sie kann nur Stellen für ungelernte Kräfte annehmen, eine geringfügige Beschäftigung reicht ihr nicht zum Leben. Bei dem Textildiscounter findet sie die Arbeit überdies eintönig. In dieser Orientierungsphase nimmt sie an einer Maßnahme der Agentur für Arbeit bei einem freien Träger teil. Sie lernt dort eine andere junge Frau kennen, mit der sie kurzzeitig zusammenzieht. Es bleibt in der Interviewsituation unklar, ob die Maßnahme auf nur wenige Monate angelegt ist oder ob Paula diese abbricht. Beides – Wohngemeinschaft und Maßnahme – ist nur von kurzer Dauer, erzählt sie.

Der erste feste Arbeitsvertrag und die erste eigene Wohnung:
als ungelernte Kraft bei einem Lebensmitteldiscounter

Sie begibt sich erneut auf Stellensuche und stellt fest, dass ein Lebensmitteldiscounter Arbeitskräfte ohne Ausbildung anwirbt. Dort erhält sie einen Teilzeitvertrag über 80 Stunden im Monat (Interview 1, S. 10, Z. 41–52).

E: „Hab dann mit, ich glaub, mit 80 Stunden hab ich angefangen im Monat, ja mit 80 Stunden im Monat habe ich angefangen. Also ganz klein. Hab gedacht, jetz hast du einen Job, nicht? Wenn die Probezeit rum ist und so, dann (((lässt die Hände auf die Knie fallen))) läuft das schon, dann hast du en festen Job, sage ich jetzt mal, ne. Also auch wenn der befristet war erst, aber () da kannst du bestimmt gut Geld verdienen, hab ich mir gedacht, auch wenn du keinen Abschluss hast. Also schon en Abschluss, aber keinen guten Abschluss (((lacht kurz))). Die haben da halt nicht so drauf geachtet auf den Abschluss. Dachten, och wahrscheinlich billige Arbeitskraft oder so. Die musst du nicht so gut bezahlen, weil die hat nichts gelernt, () können wir mal einstellen".

Sie reflektiert im Interview, dass die Aussicht auf die Stelle bei diesem Lebensmitteldiscounter für sie erstmalig eine halbwegs gesicherte materielle Existenz bedeutet und sie gleichzeitig sieht, dass sie als billige Arbeitskraft betrachtet wird, die „nichts gelernt" hat und ohne Familie flexibel ist. Prozessstrukturell lässt sich diese Phase erneut als labiles Gleichgewicht in der Verlaufskurvenerfahrung beschreiben. Für den Lebensmitteldiscounter ist sie eine gute Kraft und sie sieht die Chance, erstmalig längerfristig einen Job behalten zu können. Die Arbeitssituation beim Discounter in Verbindung mit der eigenen kleinen Wohnung erzählt Paula in der Anfangszeit begeistert, „da war immer Action". Sie ist erneut innerhalb des Ballungsraumes in eine andere Stadt umgezogen. Die Wohnung wird ihr von ihrer Chefin im Lebensmitteldiscounter vermittelt. Das Miteinander unter den Kolleg_innen erlebt sie sehr positiv, sie hat eine nette Arbeitsgemeinschaft. Die Wohnung erlebt Paula zum ersten Mal als ihr eigenes „Reich". Sie bezahlt ihre Miete von ihrem eigenen Gehalt und gibt in der Arbeit „echt alles". Paula fühlt sich nach kurzer Zeit zunehmend von der Vermieterin, einer älteren Frau, kontrolliert und zieht erneut um. Da sie vorher möbliert gewohnt hat, fängt sie in der neuen Wohnung ohne alles an: sie hat weder Küche noch Bett. Sie isst meistens während ihrer Arbeitszeit im Discounter, wo sie durch ihre permanente Verfügbarkeit zunehmend auch als Springerin für andere Filialen eingesetzt wird. Sie sagt, dass ihre Tage im Wesentlichen durch den Schichtrhythmus des Discounters bestimmt werden. Für diese neue Wohnung zahlt sie die Miete nur unregelmässig, es kommt zu Mahnungen. Paula gerät im Lauf der Zeit in eine Überforderung und zieht eines Tages überstürzt und ohne Ankündigung aus, ohne die ausstehenden Mieten zu zahlen (Interview 1, S. 13, Z. 30–44).

> E: „Also, ich hab das damals alles gar nicht so () eng gesehen. Weiß auch nich, dann kamen die ersten Mahnungen und/ () und dann ne Abmahnung und () keine Ahnung und dann bin ich äh einfach abgehauen () von der Wohnung. Also so was macht man ja eigentlich gar nich, aber damals. () Ich hatte auch keinen Kontakt zu meiner Mutter oder so () zu dem Zeitpunkt noch nich. Und ich wusste mir nich anders zu helfen und bin dann abgehauen, hab mir ne neue Wohnung gesucht, total blöd, wie so ein Mietnomade irgendwie, ne. Wo man heute denkt: ach Scheiße, hast du ((betont)) auch mal grob gemacht. Aber ich hatte jetzt () nichts vermüllt oder so. Konnt einfach meine Miete nicht zahlen und äh, weiß nich, war damals auch nicht im Stande () mit dem Vermieter zu sprechen. Keine Ahnung, ich bin einfach geflüchtet. Dachte: ach, wenn du gehst, dann (.) egal, dann bist de weg. Und ähm/ hab gar nicht an die Konsequenzen gedacht irgendwie, dass das auch irgendwann mal wieder auf einen zurückkommt".

Paula flüchtet aus einer Wohnsituation, die ihr über den Kopf wächst. Im Interview reflektiert sie ihre damalige Überforderung und spricht über ihr Unvermögen, ihre Situation mit ihrem Vermieter zu besprechen. Sie bringt hier ihr Alleinsein ins Spiel: Auch wenn sie volljährig ist, kann der Hinweis, dass sie keinen Kontakt zu ihrer Mutter hatte, als Andeutung einer Sehnsucht nach elterlichem Beistand gelesen werden. Sie ordnet sich der Gruppe „Mietnomaden" zu und hält fest, dass sie zumindest nichts vermüllt habe. Gleichzeitig deutet sie an, dass ihr heute klar ist, dass ein solches Handeln nicht folgenlos bleibt. Sie mietet eine neue Wohnung an. Die neue Wohnung ist ein Altbau, günstig in der Miete, Paula kann eine Küche mit übernehmen und glaubt, sich in dieser Wohnung „etwas aufbauen" zu können. Sie beschreibt, dass sie nach diesem Umzug mit ihrem Alltag fortfährt. Sie arbeitet sehr viel bei dem Lebensmitteldiscounter, wo sie mittlerweile Stunden aufgestockt hat und geht am Wochenende viel aus. Die Zeit lässt sich erneut als Phase labilen Gleichgewichts beschreiben, in der Paula bei Schwierigkeiten auf Flucht als probate Lösung setzt.

Kontaktaufnahme mit ihrer Mutter und das Kennenlernen eines neuen Partners

Paula erzählt, dass sie in dieser Zeit beim Ausgehen einen neuen Mann kennenlernt („den Vater meiner Tochter"). Ungefähr zur gleichen Zeit initiiert Paula eine Kontaktaufnahme mit ihrer Mutter, sie versucht, den Kontakt mit ihr per Brief wieder auf zu nehmen. Sie schreibt ihr, wie ihr Leben momentan aussieht, was sie in den letzten zwei Jahren gemacht hat und wo sie nun wohnt und arbeitet. Diese Initiative kann als Versuch gelesen werden, ihre Situation eines labilen Gleichgewichts weiter zu stabilisieren, indem sie den lange abgebrochenen Kontakt wieder aufnimmt. Irgendwann nach diesem Briefkontakt treffen sie sich öffentlich in einer Eisdiele. Sie erzählt ihrer Mutter alles, einschließlich der sexuellen Übergriffe durch den Partner.

Paulas Mutter zieht sofort Konsequenzen: Sie trennt sich vom Vater ihres jüngsten Kindes, obwohl dieser die Übergriffe vehement abstreitet. Paula reflektiert im Interview, dass es ihr viel bedeutet, dass ihre Mutter ihr so uneingeschränkt glaubt und zu ihr steht. Gleichzeitig hat sie ein schlechtes Gewissen und glaubt, die Familie ihres Halbbruders zerstört zu haben. Der Kontakt zum Vater ihres Halbbruders bricht in der Folgezeit nicht völlig ab, er hält weiter Kontakt zu seinem Sohn, kommt zu Familienfesten. Paula beschreibt im Interview, dass diese Ambivalenz für sie schwer auszuhalten ist und sie das Gefühl hat, von ihrer Mutter doch nicht richtig ernst genommen zu werden. In jedem Fall bedeutet es einen Unterschied, das lange Jahre trennende Wissen um die sexuelle Gewalterfahrung mit der Mutter zu teilen. Ihre Erzählung vermittelt, dass sie hierdurch trotz der erlebten Ambivalenz an Stabilität gewinnt.

Ihren neuen Freund führt sie mit Vorbehalten bei ihrer Mutter ein. Diese Vorbehalte formuliert sie im Interview unter Einführung ethnischer Differenz: Ihr Freund hat einen tunesischen Vater, und auch wenn sie erzählt, dass ihre

Mutter nicht-deutsche Freunde hat, glaubt sie, dass es schwierig werden könnte. Ihre Mutter reagiert genauso skeptisch, wie Paula erwartet hat, und bleibt dem jungen Mann gegenüber reserviert. Trotzdem kommentiert Paula im Interview diese Zeit als besonders gute in ihrem Leben: Sie hat wieder Kontakt mit ihrer Mutter, einen Freund, mit dem sie ihre Freizeit verbringt, und eine zeitfüllende Beschäftigungsperspektive, mit der sie ausreichend Geld zum Leben verdient.

Die Zeit der Schwangerschaft

Paula geht darauf ein, dass sie nach fünf Monaten Dauer der neuen Partnerschaft schwanger wird. Sie hat nicht regelmäßig verhütet und erzählt im Interview, dass sie geglaubt hat, das würde schon gut gehen. „Immer noch naiv", kommentiert sie ihr eigenes Handeln rückblickend. Paula möchte das Kind bekommen und stellt ihren Partner vor vollendete Tatsachen. Diese Entscheidung markiert im Interview eine Zäsur, es ist die erste Sequenz, in der eine Entscheidung Paulas sichtbar wird, die sich als Spur einer umgreifenderen biographischen Initiative deuten lässt. Ihre Umgebung ist von der Nachricht geschockt, sie bekommt deutlich zu spüren, dass man ihr sowohl familiär als auch im Freundeskreis keinesfalls zutraut, dass sie die Situation gut meistern können wird. An dieser Stelle kommt sie kurz auf die Schulden zu sprechen, die sie in den letzten Jahren durch unüberlegte Einkäufe und Bestellungen durch Andere auf ihren Namen angesammelt hat. Bei ihrem Arbeitgeber stößt die Nachricht ihrer Schwangerschaft nicht auf Freude. Der Filialleiter will sie zur Kündigung bringen und legt ihr das Schreiben zur Unterschrift vor. Er setzt sie gemeinsam mit anderen unter Druck, zu unterschreiben, Paula verweigert sich. Durch ihre Weigerung erfährt sie in den Folgemonaten der Schwangerschaft „Mobbing" an ihrem Arbeitsplatz, von dem sie in verschiedenen Formen erzählt: unter anderem lösen Kollegen sie nicht an der Kasse ab, wenn sie anzeigt, dass sie zur Toilette muss. Sie tritt in dieser Situation der Gewerkschaft Verdi bei und lässt sich gewerkschaftlich beraten. Auch in dieser Sequenz zeigt sich, dass sie der schwierigen Entwicklung, von der der Einstieg in die Schwangerschaft gekennzeichnet ist, etwas entgegensetzt. Sie sieht sich nicht als Opfer ihres Arbeitgebers, sondern versucht sich zu wehren. Gleichzeitig ist die Schwangerschaft gekennzeichnet von privatem Stress. Ihr Freund verbringt viel Zeit mit seiner früheren Partnerin: Paula erzählt, dass diese Frau wiederum ihr drängend nahelegt, sich zu trennen.

Schließlich kommt es zu Komplikationen im Schwangerschaftsverlauf und einem stationären Aufenthalt. Ab dem sechsten Schwangerschaftsmonat erhält Paula aufgrund des vorausgegangenen stationären Aufenthalts ein Arbeitsverbot bis zum Beginn ihres Mutterschutzes. Sie beantragt direkt drei Jahre Elternzeit und beschließt, erst einmal abzuwarten, wie sich die Dinge in dieser Zeit bei ihrem Arbeitgeber entwickeln. Sie formuliert im Interview, dass sie die Hoffnung hatte, dass sich die Verhältnisse dort in drei Jahren anders darstellen, schließlich hat sie selbst erlebt, dass das betriebliche Klima sehr schnell kühl werden kann und Kolleg_innen wechseln. Paula erzählt, dass kurz vor der Geburt Verhaltensweisen ihres Partners für sie offensichtlich werden, die sie bislang versucht hat zu ignorieren. Sie muss realisieren, dass er sie ausnutzt und hintergeht. Er verkauft Dinge, die Paula geliehen hat und auch Dinge, die ihr gehören, ohne jede Rücksprache. Sie reflektiert, dass sie aus der Feststellung dieses Verhaltens zu diesem Zeitpunkt keine Konsequenz zieht.

Kurzzeitiger Versuch gemeinsamen Familienlebens

An der Geburt der gemeinsamen Tochter nimmt ihr Freund wenig Anteil, er verschwindet schnell wieder aus dem Krankenhaus, als Melissa geboren ist. In den ersten Monaten nach der Geburt leben die drei gemeinsam in einer Wohnung. Paula erlebt sich als alleinstehend: Sie versorgt das Baby praktisch alleine, ihr Freund geht keiner geregelten beruflichen Tätigkeit nach, sie erhalten gemeinsam Hilfe zum Lebensunterhalt. Paula erzählt, dass ihr Partner beginnt, mit weichen Drogen zu handeln, und das Geld der Familie für Ankaufgeschäfte nutzt. Sie resümiert im Interview, dass diese Zeit ihren Schuldenberg weiter erhöht hat. Sie nutzt verschiedene Wege, um den Alltag irgendwie zu finanzieren, wenn ihr Freund die Transferleistungen anderweitig nutzt. Ihre Mutter möchte sie nicht um Hilfe bitten, da sie weiß, wie kritisch diese den Partner sieht. Sie beschreibt, wie sie neue Schulden anhäuft, die sie durch Kundenkarten mit Zahlungsfunktion macht. Sie öffnet die gelbe Post nicht, die mit zeitlicher Verzögerung bei ihr eingeht. Sie zieht erste Konsequenzen, als Melissa ein halbes Jahr alt ist (Interview 1, S. 20, Z. 27–32).

> E: „Ja dann war ich mittlerweile auch 21 und dachte: mhm, ()ja () was machst du denn jetzt, jetzt hast du erstmal dein Kind, toll. (((lacht kurz))) Jetzt bist du Mama, nimmst das gar nich so wahr und jetz musst du irgendwie klarkommen. Und dann hab ich irgendwann gesagt: wir müssen uns räumlich trennen () zu ihm. Sag ich: wir kommen gar nicht klar".

Paula realisiert, dass in ihrer neuen Lebenssituation etwas in Schieflage ist. Auf jeden Fall ist für sie klar, dass ihre Schwierigkeiten, in die neue Rolle als junge Mutter hineinwachsen zu können, untrennbar mit dem Verhalten ihres Partners verbunden sind. Der Interviewausschnitt zeigt neben der Auseinandersetzung mit ihrer Mutterrolle auch das Bewusstsein, dass sie Verantwortung für sich und das Kind übernehmen muss, ihren Freund bezieht sie nicht in ihre Überlegungen ein. Sie setzt keine Hoffnung in ihn als Verantwortungstragenden. Sie sucht sich mit Melissa eine neue Wohnung, trennt sich aber nicht. Ihr Freund ist in den Folgemonaten offiziell bei seiner Mutter gemeldet, verbringt aber sehr viel Zeit und vor allem die Nächte bei Paula. Paula erzählt, dass sie versucht, sich diese neue Wohnung mit Melissa schön einzurichten. Melissa wird in dieser zweiten Hälfte ihres ersten Lebensjahres besonders wichtig für Paula. Sie nimmt ihr Kind in dieser Zeit als einzigen Bezugspunkt für soziale Beziehungen, insbesondere jedoch als Ersatz für ihre Partnerschaft wahr (Interview 1, S. 20, Z. 52–58).

E: „Da war es nich mehr so schwierig, weil sie war sehr anhänglich oder kann auch sein, dass ich auch sehr anhänglich war. Ich hab mich schon sehr an sie geklammert. () Weiß nich, (.) hab sie auch oft mit zu mir ins Bett genommen. (((lacht kurz))) Also/ weil ich war halt einfach unglücklich in der Beziehung und hab mich dann halt ans Kind geklammert. Dachte: oach, jetzt hast du noch jemanden, der is () ((betont)) immer bei dir, ne".

Die räumliche Trennung lässt die Partnerschaftsprobleme für Paula noch offensichtlicher werden. Sie nimmt ihren Partner zunehmend als aggressiv und fordernd wahr. Paula erzählt, dass sie sich an bestimmte Verhaltensweisen ihres Vaters erinnert fühlt, die körperlichen Übergriffen gegenüber der Mutter und den Kindern vorausgingen. Diese Erinnerungen lassen sie zusätzlich auf Distanz gehen. Die Alltagsbewältigung mit dem Baby obliegt ihr alleine, ihr Partner verweigert sich passiv der Pflege und Erziehung von Melissa. Sie arbeitet einige Stunden in der Woche in einem nicht gemeldeten Beschäftigungsverhältnis als Reinigungskraft, in dieser Zeit soll ihr Partner Melissa betreuen. Paula erfährt von anderer Seite, dass er Melissa in dieser Zeit zu Bekannten bringt. Sein Verhalten kann sie nicht mit den Vorstellungen überein bringen, die sie von einem väterlichen Verhalten hat. (Interview 1, S. 21, Z. 41–45).

E: „der hat sie so behandelt wie ne kleine Schwester irgendwie, immer geärgert als () lieb gehabt, sag ich jetzt mal,
I: mhm
E: mehr so gezergert immer und () weiß nicht/ das hat/ der konnt/ hatte/ hat keine Bindung zu ihr aufgebaut und sie auch nich zu ihm".

Sie führt hier ein theoretisches Konzept ein („Bindung"), das sie mit gelungener Eltern-Kind-Beziehung in Verbindung bringt. Sie reflektiert im Interview, dass sie das Verhalten zwischen den beiden eher als Geschwisterverhalten erlebt. Bald nach der räumlichen Trennung erfährt Paula durch Dritte, dass ihr Partner sie mit einer anderen Frau hintergeht. Sie entscheidet sich für eine endgültige Trennung und erzählt, dass dies schwierig verläuft. Unterstützt wird sie in diesem Trennungsprozess vom neuen Partner ihrer Mutter, der ihren früheren Partner mehrfach in die Schranken weist. Schließlich erwirkt sie eine gerichtliche Verfügung gegen ihren früheren Partner.

Paula baut nach einigen Monaten kurzzeitig eine neue Beziehung zu einem anderen Mann auf. Der junge Mann teilt ihr jedoch nach einigen Monaten mit, dass es ihn mehr belaste als gedacht, mit dem Kind eines anderen konfrontiert zu sein. Paula trennt sich sofort, es ist für sie unabdingbar, dass der neue Partner Melissa akzeptiert. Diese Prämisse bringt sie im Interview mit ihrem eigenen Erleben als Trennungskind in Verbindung (Interview 1, S. 23, Z. 5–12).

> E: „dann musste ich mich halt von ihm trennen, weil () funktionierte ja auch dann nich, ne. Das Kind muss ja auch mit akzeptiert werden. Ist halt/ gehört halt zu mir, ne. Und äh mein Kind steht immer an erster Stelle. Und da muss der neue Partner jetz, sage ich mal, auch mit klarkommen, also beide miteinander. Das ist auch sehr wichtig, weil, weiß nich, könnt das nich so machen wie meine Mutter, sag ich jetz mal, () würde ich nie machen, weiß nich, könnte ich gar nich, also ja".

Paula trifft eine Entscheidung für Melissa und sich gegen den neuen Partner, obwohl sie sich in der Partnerschaft wohl fühlt. Sie fühlt sich Melissa verpflichtet und schwankt in ihrer Verbundenheit nicht. Sie setzt ihr Verhalten hier in Kontrast zu dem Verhalten ihrer Mutter nach der Trennung von ihrem Vater. Paula richtet sich nach dieser Trennung in der neuen Lebenssituation ein. Sie hat wieder regelmäßigen Kontakt mit ihrer Mutter, die sie gelegentlich in der Betreuung von Paula unterstützt, sonst hat sie wenig Hilfe. Die Mutter fordert ihrerseits gelegentlich Unterstützung in der Betreuung von Paulas Halbbruder. Der Kontakt mit ihrem Halbbruder erinnert sie jedes Mal an die sexuellen Übergriffe dessen Vaters. Schließlich hat Paulas Mutter eine weitreichende Bitte. Sie möchte ihren kleinen Sohn gerne von Paula betreuen lassen, um arbeiten gehen zu können. Der Junge hat einen „Gendefekt", wie Paula es nennt, und braucht besondere Aufmerksamkeit in der Betreuung. Durch diese beiden Bedingungen gestaltet sich die Betreuung besonders schwierig. Paula hat zwei Kinder zu betreuen, von denen eines besondere Bedürfnisse hat und mit dem sie eine ambivalente Beziehung verbindet. Es kommt sehr häufig zu eskalierenden Situationen im Alltag mit den beiden Kindern, Paula fühlt sich dem Verhalten ihres Halbbruders kaum gewachsen, möchte aber ihre Mutter nicht enttäuschen, die fest auf sie als Hilfe baut. Sie fühlt sich in dieser Phase der Elternzeit überfordert und allein gelassen (Interview 1, S. 23, Z. 44–53).

> E: „Das hat mich richtig noch tiefer reingerissen irgendwie. () So haben sich die Depressionen dann noch mehr verstärkt, die ich schon so im Geheimen, sage ich jetz mal, im Stillen hatte und () ich weiß nich, das tat mir echt nich gut, aber ich hab es gemacht wegen meiner Mutter. Also, ne, wir kamen ja sowieso nich miteinander so richtig klar, mein Bruder und ich, weil es war wie gesagt, ne, das

Kind von () dem Exfreund. Und () ganz kompliziert war das so, also es war richtig schwierig für mich. Dann irgendwie akzeptieren konnte ich ihn nich, aber er war halt mein Bruder und ich musste auf den aufpassen wegen meiner Mutter, ne".

Paula spricht von „Depressionen", wenn sie diese Situation erzählt, der sie nicht entkommen kann, ohne die neu geknüpfte Beziehung zu ihrer Mutter zu gefährden. Diese Benennung von „Depressionen" wird von ihr nicht weiter erläutert. Paula verwendet im Interview zweimal den voraussetzungsvollen Begriff der „Bindung". Einmal, um die Qualität der Beziehung zwischen dem Vater ihres Kindes und ihrer Tochter zu beschreiben, und erneut in der Präkodaphase, in der sie sagt, dass die gemeinsame Freizeitpraxis mit ihrer Mutter zum Interviewzeitpunkt „bindet". Es liegt nahe, die Verwendung dieser höherprädikativen Begriffe wie „Depression" und „Bindung" im Hinblick auf Kontakte mit professioneller Hilfe zu deuten, die sie jedoch an keiner Stelle ihrer Erzählung oder im Nachinterview erwähnt.

Das Ende der Elternzeit und das Fassen neuer Pläne

Paula übersteht die Zeit bis zu Melissas drittem Geburtstag trotz der schwierigen Betreuungssituation (Interview 1, S. 24, Z. 8–17).

> E: „Ja (.) und ähm (..) ja (((stößt Luft aus))) (.) mit drei hab ich die Kleine in den Kindergarten () gebracht, weil ich dachte, ich muss jetzt auch endlich was für mich tun.(..) Ich wollte dann auch nich mehr auf meinen Bruder aufpassen unbedingt. Da wollt ich mich auch irgendwie rausziehen. Ich dachte, ich muss jetzt mal aus meinem Leben was machen, weil ich will ja meiner Tochter auch was bieten können irgendwann. Ich hatte ja nur einen Hauptschulabschluss, keine Ausbildung, nichts. Wollte einfach nur Geld verdienen damals () und dachte ich: jetzt musste irgendwie gucken".

Paula bringt Melissa zum Ende der gesetzlichen Elternzeit mit drei Jahren in einem Kindergarten unter. Dies gibt ihr die Gelegenheit, sich aus dem Betreuungsarrangement mit ihrer Mutter zu verabschieden und sich völlig neu zu orientieren. Der Interviewausschnitt zeigt, dass sie das gesetzliche Ende der Elternzeit als Chance und Herausforderung sieht, einen neuen Plan zu entwerfen. Mit ihrer Entscheidung, das Baby zu bekommen, lassen sich in der Folge in der sequentiellen Analyse erste Ansätze biographischer Initiativen zur Änderung der Lebenssituation aufspüren, auf die ich bereits eingegangen bin – so zum Beispiel die Inanspruchnahme gewerkschaftlicher Hilfe in der Schwangerschaft und in der Beendigung der Paarbeziehung mit Melissas Vater. Diese biographische Initiative zur Änderung ihrer Lebenssituation (vgl. Schütze 1981, S. 76) entfaltet sich mit dem Ende der Elternzeit nun vollends. Sie bringt hier nochmals ihren Hauptschulabschluss ins Spiel und macht klar, dass es ihr zu diesem Zeitpunkt um mehr geht als nur darum, Geld zu verdienen. Prozess-strukturell wird hier nun die Dominanz eines biographischen Handlungsschemas sichtbar, das die Verlaufskurvenpotenziale in Paulas Geschichte zunehmend in den Hintergrund rücken lässt. Sie möchte ihrer Tochter „etwas bieten" und sieht die Notwendigkeit, eine Ausbildung zu beginnen, dringender als früher. Sie erzählt, dass sie sich zunächst mit ihrem früheren Arbeitgeber einigen muss, schnell steht ein Aufhebungsvertrag im Raum. Paula lässt sich auf diese Absprache erst nach erneuter gewerkschaftlicher Beratung ein. So erhält sie keine Bezugssperre beim Arbeitsamt. Sie entwickelt einen Plan und geht detailliert auf die Schritte ein, die sie dafür absolvieren muss. Sie plant, zunächst einen besseren Schulabschluss nachzuholen und zieht dafür in die Nähe einer Kindertagesstätte, die bis 17:00 geöffnet hat.

Das zweite Schülerinnenleben als junge Erwachsene

Sie hat Unterricht von 8:00 bis 16:00, vorher bringt sie Melissa in den Kindergarten und im Anschluss an das Unterrichtsende kann sie ihre Tochter abholen. Sie kommentiert, dass sie diesen Alltag als Alleinerziehende als befriedigend erlebt, obwohl er sehr anstrengend ist. Ihre Schulnoten entwickeln sich, Paula erfährt positive Rückmeldungen im Unterricht, sie lernt neue Leute kennen und macht am Ende des Jahres einen guten Realschulabschluss. Sie fängt an, sich auf verschiedene Ausbildungsplätze zu bewerben. In dieser Zeit hat sie erneut einen Partner, mit dem sie sich gut versteht. Nach einigen Monaten wird ihr jedoch klar, dass der junge Mann ihre Entwicklung nicht teilt. Er möchte nur jobben und ansonsten zu Hause sein. Sie hat den Eindruck, dass seine Entwicklung nicht mit ihrer vereinbar ist. Paula trennt sie sich von ihm mit dieser Begründung: sie sagt ihm, sie möchte weitergehen und er „ziehe nicht mit" (Interview 1, S. 26, Z. 33–37).

> E: „() also ich wollt halt nich stehen bleiben mit ihm. Ich wollt weiter () und dachte, alle Leute, die mich aufhalten, die muss ich aussortieren (((lacht kurz))) irgendwie, weil du musst jetz weiter gehen, sonst () gehst du nich weiter".

Paula erzählt von dieser kurzzeitigen Partnerschaft im Kontext ihres erneuten Schulbesuchs als junge Erwachsene. In diesem Ausschnitt klingt an, dass sie sich selbst in ihrer Entwicklung noch nicht sicher ist, sie glaubt, ein falscher Partner könnte sie wieder aus der Bahn werfen. Gleichzeitig kann dies auch so gelesen werden, dass sie sich auf einen Weg gemacht hat, auf dem sie sich nicht aufhalten lassen will, und nicht bereit ist, Kompromisse einzugehen. Sie bewirbt sich weiter um Ausbildungsplätze, allerdings erfolglos, „wollt mich immer noch keiner haben". Sie verbessert ihre Bewerbungsunterlagen mit Hilfe eines Mitarbeiters des Jugendzentrums, den sie als Kind besucht hat. Sie sucht das entsprechende Angebot dort auf, der Mitarbeiter dort erinnert sich an sie. Er unterstützt sie und hilft ihr bei der Erstellung von Bewerbungsvorlagen. Dennoch bleiben ihre Bewerbungen weiterhin erfolglos. Paula entwickelt eine Perspektive parallel zu ihren Bewerbungsversuchen (Interview 1, S. 25, Z. 47–54).

E: „Und ja und dann dachte ich: was machst du jetzt mit deinen/ deiner Qualifikation? Machst du mal ((betont)) <u>Abi</u>, dachte ich mir. (((lacht kurz))) Und Melissa war ja äh in der/ im Kindergarten betreut, hab ich gedacht, jetzt kannst du weitermachen, hast ja noch zwei Jahre. Kannst eigentlich Voll-Abi machen, aber dann musst du gucken mit der Schule später, wenn sie in die Schule kommt. Es sind ja nur 3 Jahre immer Kindergarten dann. Ja, hatte von den Zeiten ganz gut gepasst ja immer".

Paula beginnt einen weiteren Abschnitt in ihrer Schullaufbahn in Richtung allgemeine Hochschulreife. Ihre Bewerbungen sind bislang erfolglos geblieben, sie hat nicht einmal Einladungen zu Vorstellungsgesprächen bekommen. Die Fortsetzung des Schulbesuchs in Richtung der allgemeinen Hochschulreife wird von ihr als Selbstverständlichkeit präsentiert und nur das kurze Lachen deutet an, dass sie es möglicherweise als nicht selbstverständlich ansieht. In den folgenden Sätzen plausibilisiert sie, dass es eine Möglichkeit ist, die Zeit bis zur geplanten Erlangung eines Ausbildungsplatzes sinnvoll zu nutzen. Darüber hinaus sind die Unterrichtszeiten der Schule gut mit den Betreuungszeiten von Melissa vereinbar. Das Anforderungsniveau in der Schule erlebt sie nun als gewaltig gestiegen, sie braucht viel Zeit, um die Inhalte des Unterrichts nachzuarbeiten. Sie spricht nicht an, um welche Formen von Ausbildungsplätzen es sich bei ihren Bewerbungen handelt, sie spricht darüber, dass sie einen Ausbildungsplatz erhalten will, das „Was" der Ausbildung spielt in der Erzählung keine Rolle. Sie erhält die ersten Einladungen zu Vorstellungsgesprächen und verbucht dies als wichtigen Teilerfolg. Paula findet diese ersten Einladungen sehr mühsam. Sie hat bislang nur ein einziges Vorstellungsgespräch bei dem Lebensmitteldiscounter geführt. Sie erfährt im Prozess der Ausbildungsplatzsuche Ablehnung: Mehrfach wird ihr offen oder weniger offen mitgeteilt, dass sie eine interessante Bewerberin ist, jedoch als Auszubildende ungeeignet, weil ihr Kind sicher oft krank sei. Paula steht diesen Ablehnungen empört und gleichzeitig ohnmächtig ist gegenüber (Interview 1, S. 27, Z. 49 – S. 28, Z. 2).

E: „und am Ende () war das halt so: ja, ()w-wir würden dich ja ausbilden, ((betont)) <u>aber</u>, ne, du hast en Kind und du bist bestimmt oft krank. Dann sag ich, ich sag: Sie können sich heute ein Bein brechen und sind dann auch ausgefallen oder was weiß ich was. Ich sage: es hat nichts mit meinem Kind zu tun, sage ich. Ja, was machen Sie denn, wenn das Kind krank is? Ich sag: dann ist es halt krank. Ich sag: jeder ist mal krank. Und das hat nichts dem Kind zu tun. Das wollt ich halt immer wieder rüber bringen, weil so abstempeln lassen wollt ich mich jetzt auch nicht. Das kommt halt immer wieder: ja, Sie haben ein Kind. Ja. () Sie sind alleinerziehend? Ich sag: ja. Klar, aber es funktioniert, hab ich dann gesagt. Aber es wollte mir irgendwie keiner abnehmen".

Paulas Darstellung zeigt, dass sie die Diskriminierung als solche erkennt: sie wird ohne Ansehen ihrer Person beurteilt, nur aufgrund äußerer Merkmale, in diesem Fall ihr Kind. Insgesamt erlebt sie den Bewerbungsprozess während ihrer Schulzeit als wenig motivierend. Sie erhält viele Absagen und wenn sie eingeladen wird, erlebt sie häufig eine Situation, wie sie im eben gezeigten Interviewausschnitt sichtbar wird. Im Mai 2010 erhält sie erneut eine Absage von einem kommunalen Arbeitgeber, in der ihr gleichzeitig mitgeteilt wird, dass ihre Bewerbung an einen anderen kommunalen Betrieb weitergeleitet worden ist. Dort hat sie zwei Wochen später ein Vorstellungsgespräch für einen Ausbildungsplatz zur Kauffrau für Bürokommunikation. Sie hat dort ein freundliches Bewerbungsgespräch mit dem Chef, der Chefsekretärin und der potenziellen Ausbilderin. Im Vorstellungsgespräch wird ihr deutlich gesagt, dass man sie nur ausbilden könne, eine Übernahmegarantie nach dem Ende der Ausbildungszeit kann nicht gegeben werden. Paula erhält kurz nach dem Gespräch eine Zusage. Sie beginnt nach dem Ende des Schuljahres ihre Ausbildung, Melissa ist zum Ausbildungsbeginn im letzten Kindergartenjahr.

Paulas Ausbildungszeit[58]

Paula rahmt im Interview den Einstieg in die Zeit ihrer Ausbildung sprachlich mit einer Art Präambel, sie geht darauf ein, dass sie keine Idee davon hat, was es bedeutet, eine Ausbildung zu machen (Interview 1, S. 29, Z. 12–18).

> E: „Und ähm () ja, der Start war schon ziemlich schwer für mich eigentlich, weil das war auch wieder ganz neu für mich, ne Ausbildung, kannt ich ja gar nich, ne. () Haste halt Leute, die wir/ dir was beibringen ((betont)) richtig nach Plan und () die haben wirklich nach Rahmenplan gearbeitet und ja ich kannte so was ja gar nich. Ich wusste ja gar nich, was passiert in der Ausbildung, ne, bist jetzt drei Jahre dort".

Paula stellt rückblickend fest, dass sie den Einstieg schwierig erlebt hat, dabei wird für sie vor allem bedeutsam, dass sie keine Vorbilder hat, die ihr eine Idee davon vermitteln, was eine Ausbildung ist, was dort geschieht, wie Ausbildung im Alltag aussieht. Paula spricht im Interview an, dass sie kein Erleben von Ausbildung oder Ausgebildet-Werden vor Augen hat, als sie die Ausbildung beginnt. Das Interview zeigt, dass sie nicht mit Menschen zusammengelebt hat,

---

58 Für die Rekonstruktion der Prozesse in der Ausbildungszeit nehme ich auch auf das Datenmaterial bezug, das durch ein Interview mit Paulas Berufsschullehrerin entstanden ist.

die die Aufnahme und das Erleben beruflicher Bildung als Vorbilder für sie erfahrbar gemacht haben. Sie hat nie jemanden erlebt, während er oder sie ausgebildet worden ist, und keine Eltern, die ihr von ihren Erfahrungen in der Ausbildungszeit erzählen. Darauf verweist hier die Nennung der Ausbildungsdauer: Drei Jahre, das ist eine Beschreibung, mit der sie etwas anfangen kann. An die Inhalte laut Rahmenplan kann sie nicht anschließen, ihre Erzählung zeigt, dass ihr die Inhalte und der Ablauf der Ausbildung zunächst vollkommen fremd bleiben. Sie ist 25 Jahre alt und kennt bislang ausschließlich Schulalltag und den Arbeitsalltag als ungelernte Kraft in Anlerntätigkeiten. Das Konzept „Ausgebildet-Werden" wächst ihr erst langsam zu. In der Probezeit wird ihr Leistungsstand in der Schule so kritisch bewertet, dass die Ausbilderin über einen Abbruch der Ausbildung nachdenkt. Paula erzählt, dass sie in der Berufsschule Schwierigkeiten hat, sie erlebt die Inhalte dort sehr verschieden von den Inhalten in der Oberstufe, die sie in den letzten beiden Jahren beschäftigt haben. In der Anfangszeit schreibt sie in einem Test eine fünf in Rechnungswesen, es ist eines der Fächer, das in der Berufsschule von ihrer dortigen Klassenlehrerin Frau Schneider betreut wird. Paula zeigt im Betrieb gute Leistungen und im Laufe des ersten Ausbildungsjahres werden ihre Noten langsam besser.

Anerkennung durch die Mutter und die Bewältigung der Ausbildung in der Firma

Den Arbeitsalltag im Betrieb erlebt sie als Umgebung, in die sie langsam bewältigend hineinwächst, wofür sie Anerkennung erfährt (Interview 1, S. 29, Z. 49–58).

> E: „Und da hat man ganz viel () Kundenverkehr und () man muss viel telefonieren, man muss viel schreiben. Und/ also, da bin ich richtig drin aufgegangen. Also ich bin da richtig drin gewachsen, sag ich jetzt mal, in der Ausbildung. () Und ähm () ja meine Mutter, am Anfang, wo ich da unterschrieben hatte, da war sie richtig stolz auf mich. Hat man jetzt auch schon gemerkt, ne. Oah/ dacht ich: ja, jetzt machst du endlich mal was richtig, ne und () machst halt alles später. Aber ich dachte, besser spät als nie. Und da hab ich halt mal allen gezeigt, dass es auch funktionieren kann".

Paula beschreibt Routinen ihres Arbeitsalltags. Sie hält fest, dass ihr diese Routinen nicht nur Spaß machen, sondern dass sie das Arbeiten dort mit einem persönlichen „Wachstum" in Verbindung bringt. Sie spricht an dieser Stelle über eine Erfahrung, die für sie bedeutungsvoll gewesen ist: Ihre Mutter ist stolz auf sie, als sie die Ausbildung beginnt. Sie spricht davon, dass sie nun „etwas richtig macht" und deutet damit einen Bezug zu einem normativen Konzept von Lebensgestaltung an, in dem ihr Ausbildungsbeginn verspätet erscheint. Sie baut diese Kontrastanordnung auf, bevor sie eine weitere Unterscheidung einführt: sie hat „allen" gezeigt, dass es klappen kann. Es bleibt an dieser Stelle unklar, worauf sich dieses „allen" bezieht. In der Betrachtung des gesamten Interviews scheint es naheliegend, dass sie damit vor allem ihre Familie anspricht.

Paula erzählt ihre Geschichte der Ausbildung in Jahren weiter: Im zweiten Ausbildungsjahr muss sie eine veränderte Betreuungslösung finden, da Melissa in die Schule kommt. Die Schulbetreuung öffnet erst um 7:30 und schließt bereits um 16:00, diese Betreuungslösung ist nicht ausreichend für die Arbeitszeiten in der Ausbildung. Ihre Mutter schlägt ihr vor, Melissa morgens zu betreuen, damit Paula wie gewohnt anfangen kann. Gleichzeitig bittet Paula ihren Arbeitgeber um eine minimale Reduzierung der Wochenarbeitszeit, um Melissa um 16:00 aus der Betreuung abholen zu können[59]. Paula verlässt ab dem zweiten Ausbildungsjahr frühmorgens mit Melissa das Haus, um sie zu ihrer Mutter zu bringen, fährt von dort direkt in ihre Ausbildungsstelle und danach in die Schulbetreuung, um Melissa um 16:00 abzuholen. Sie kommentiert im Interview, dass sie das Angewiesen sein auf ihre Mutter lieber vermieden hätte, jedoch keine andere Möglichkeit sieht. Sie spricht weiter darüber, dass sie im zweiten Ausbildungsjahr ihren Führerschein macht (Interview 1, S. 31, Z. 10–17).

> E: „Dachte ich auch: besser spät als nie. Dachte: jetzt machst du auch noch den Führerschein hinterher. Hat meine Tante mir halt Geld geschenkt für, also nich komplett den Führerschein, aber () sagen wir en bisschen mehr als die Hälfte und damit ich die Möglichkeit überhaupt hatte, en Führerschein zu machen, weil konnt ich mir auch nich leisten. Und von der Familie jetz hab ich nichts wirklich dazu bekommen, so wie andere Kinder, die den Führerschein bezahlt kriegen und noch en Auto hinterher oder so. Das hab ich jetz nich".

Paula reflektiert das Erlangen des Autoführerscheins im gleichen Schema wie zuvor die Aufnahme ihrer Ausbildung: besser spät als nie. Sie baut eine Kontrastanordnung auf: Sie merkt an, dass sie den Führerschein deutlich später gemacht hat, als bei vielen anderen Jugendlichen üblich, und dass sie dabei kaum Unterstützung durch ihre Familie, vor allem nicht durch die engere Familie, erfahren hat.

---

59 Die Möglichkeit zur Ausbildung in Teilzeit gibt es in Deutschland seit einer Gesetzesnovelle im Jahr 2006 (vgl. Linten & Prüstel 2016).

Widerständiges Handeln angesichts von Schwierigkeiten in der Ausbildungszeit

Sie erzählt weiter, dass das zweite Ausbildungsjahr gleichzeitig das Jahr ist, in dem Melissa das siebte Lebensjahr vollendet, kurz darauf endet die staatliche Unterhaltsvorschusszahlung[60]. Melissas Vater hat noch nie Unterhalt gezahlt. Paula Wadstel ist ab diesem Zeitpunkt auf den Bezug ergänzender Hilfe zum Lebensunterhalt angewiesen, sie kann ihre Lebenshaltungskosten nicht alleine von ihrem Ausbildungsgehalt bestreiten[61]. Paula erhält schließlich Unterhaltsersatz für Melissa, die bewilligende Behörde verlangt jedoch einen Umzug in eine kleinere Wohnung, da Paulas Wohnung die zulässige Quadratmeterzahl für den Bezug von ergänzender Hilfe zum Lebensunterhalt überschreitet. Paula muss gegen Ende des zweiten Ausbildungsjahres einen Umzug organisieren. Sie hat Schwierigkeiten, eine neue Wohnung zu finden und erzählt, dass es nicht ohne weiteres gelingt, bei dem kommunalen Kostenträger die Kosten für notwendige Renovierungen bewilligt zu bekommen. Sie spricht darüber, was die Auseinandersetzung mit den behördlichen Anforderungen für ihren Alltag bedeutet. Zunächst wird ihr nur Geld für den Umzug bewilligt, aber keine Renovierungskosten, sie legt Einspruch ein. Dann werden Renovierungskosten bewilligt, allerdings nur für die Böden und das Bad und auch dort nur ihre Materialkosten. Sie erzählt, dass sie dies alles bewältigt, es aber als unendlich anstrengend erlebt und sich eher schikaniert fühlt. Als sie alles geschafft hat, schreibt sie eine E-Mail an Bundeskanzlerin Angela Merkel und beschwert sich (Interview 1, S. 33, Z. 40-S. 34, Z. 7).

> E: „Und ja () dann war halt Ende Januar und ich musste umziehen. Ich hatte dann zum Glück ein bisschen Hilfe auch für den Umzug, musste dann natürlich die andere Wohnung noch fertig machen und dachte: jetzt bist du sauer aufs Arbeitsamt. Jetzt schreibst du der Angela Merkel eine E-Mail (((lacht kurz))) und äh erzählst der mal, was das Arbeitsamt so treibt und die Gesetze und von wegen Förderung für Familien und Kinder und haste nich gesehen. Also das musst du jetzt mal loswerden. Hab dahin geschrieben. Hab ich tatsächlich ne Rückmeldung bekommen. Und da war der Vertreter von der Frau Merkel, der Herr Paliat aus/ Der ist Vertreter von X-Stadt, in Berlin, glaub ich und der hat aber auch einen Sitz in X-Stadt. Der kam extra zu mir auffe Arbeit, hat mich dann besucht. Ich meine, helfen konnt der mir jetzt auch nich, aber der hat sich alles angehört

---

60 Bis zum Ende des Jahres 2016 wurde in Deutschland Unterhaltsvorschuss für Kinder für maximal 72 Monate gewährt. Seit dem 1. Januar 2017 wurden die gesetzlichen Grundlagen geändert, so dass nun ein Unterhaltsvorschuss bis zum 18. Lebensjahr bezogen werden kann (vgl. BMFSFJ 2017).

61 Vgl. weiterführend zum Bezug von ergänzender Hilfe zum Lebensunterhalt trotz Erwerbstätigkeit bspw. Huster et al. 2012.

und er sagte zu mir halt, dass es ganz interessant für die Politik wäre. Ich sag
((betont)) ja. Ich sag: bringt mir jetz auch nicht viel, aber/ Ja ich finde das ja/
sagt er und er findet das ja schon interessant, mal die andere Seite zu hören,
weil die sitzen wohl auch oft mit dem Obersten vom Arbeitsamt zusammen und
vielleicht könnte man das ja mal einbringen. Ich sag: ja, machen Sie was Sie
wollen damit jetz, sag ich. Ich wollte das mal loswerden halt. Ich bin nämlich
stinksauer () so auf die ganzen Gesetze und das is unmöglich/ ich find es halt
unmöglich, dass Alleinerziehende irgendwie so viele Probleme haben, () gerade
weil, wenn/ gerade wo sie was ((betont)) tun, ne, wo sie arbeiten gehen möchten und ne Ausbildung machen und dann is keiner dafür zuständig. (((lacht
kurz))) Das fi/ fand ich so Hammer".

Paula Wadstel wendet sich schriftlich an die Bundeskanzlerin, um ihrem Un-
mut Luft zu machen. Sie bringt die Schwierigkeiten, die sie in der Ausbildungszeit begleiten, unmittelbar mit den Bedingungen in Zusammenhang, die insbesondere für alleinerziehende Menschen herrschen. Sie formuliert Protest, den
sie an die Bundeskanzlerin als Vorstehende der Bundesregierung adressiert. Sie
erzählt, dass sie daraufhin in ihrer Ausbildungsstelle Besuch erhält: der Merkels
Partei angehörige Bundestagsabgeordnete des Wahlkreises kommt in ihre Ausbildungsstelle. Paula erzählt, dass der Bundestagsabgeordnete ihr für ihr Feedback dankt, darüber hinaus jedoch nichts tut, was in irgendeiner Form für sie
hilfreich ist. In der Erzählung formuliert sie im Nachzeichnen des Gesprächs
erneut ihren Ärger und geht im Dialogmodus auf das Gesagte ein. Die Form
der Darstellung verweist auf die Bedeutsamkeit dieser Episode, in der Paula sich
als Teil einer benachteiligten Gruppe kennzeichnet, die nicht strukturell angemessen unterstützt wird. Sie begreift sich als Alleinerziehende und prangert
deren mangelnde strukturelle Unterstützung an. Ihre Aktion führt nicht zu
einer spürbaren Erleichterung ihres Alltags, verweist jedoch darauf, dass sie
Handlungsstrategien für einen reflexiven Umgang mit ihrer Situation entwickelt. Sie will sich nicht als Opfer der Verhältnisse sehen, sondern spricht offen-
siv an, dass sie Strukturen als ungerecht erlebt. Diese Haltung verweist auf biographische Arbeit, die Paula in der Auseinandersetzung mit ihrer Situation
entwickelt hat. Paula erzählt weiter, dass sie im Nachgang zu diesen politischen
Aktionen umzieht und dass sie in ein „Loch" fällt, als sie den Umzug bewältigt
hat (Interview 1, S. 34, Z. 9–16).

E: „Ja dann war ich hier endlich drin. Und dann begannen äh () ja die äh
Prüfungsvorbereitungen für meine Ausbildung. Ja, es, kam ja eigentlich eins
zum anderen immer wieder. Ich hatte eigentlich nie Ruhe. Und () weiß nich, da
musste ich ja anfangen zu lernen langsam. Und dann kam/ war ich im Loch
drin. Und ich dachte: boa, jetzt hast du auf nichts mehr Bock, aber du musst das
jetz machen, du hast ja deine Prüfung. (((lacht kurz))) Und bis man sich da
erstmal wieder so rausgegraben hat, ja es war echt schwierig für mich".

Sie schafft es, sich wieder zu motivieren, und beginnt unter großen Mühen für die Prüfung zu lernen. Sie schafft es, den Anforderungen im Arbeitsalltag weiterhin zu genügen, und beginnt zusätzlich, sich zu Hause für die Abschlussprüfungen vorzubereiten. In der hier gezeigten Sequenz wird die Stabilität der entfalteten Initiative zur Änderung der Lebenssituation sichtbar. Trotz tiefer Erschöpfung kommt es nicht zu einer Entstabilisierung ihres Alltags. Paula spricht davon, dass es sie es als schwierig erlebt, jedoch bewältigt hat. In dieser Zeit kommt es zu intensiveren Kontakten mit Melissas Lehrerin. Paula erzählt, dass Melissas Leistungen in Mathematik von der Lehrerin als unzureichend beschrieben werden, sie wirke träumerisch und abwesend. Paula geht auf ihre Kinderärztin zu und in umfangreichen Tests stellt sich heraus, dass Melissa an einer Form von Kinderepilepsie leidet, die häufig mit Teilleistungsstörungen einhergeht. Paula geht darauf ein, dass sie diese Diagnose einerseits erleichtert, weil sie die jahrelangen Schlafprobleme von Melissa erklärt. Andererseits bedeutet diese im Alltag einen deutlich erhöhten Aufwand an Terminen für differenzierende Diagnostik und Therapien, den sie in die letzte Phase ihrer Ausbildung integrieren muss. Trotz dieser Widrigkeiten gelingt Paula eine gute Abschlussprüfung. Sie freut sich, dass sie diese Hürde überwunden hat und gleichzeitig fällt ihr es schwer, dass Geleistete mit sich in Verbindung zu bringen (Interview 1, S. 36, Z. 18–30).

E: „wo ich mir dacht: wie hast du das jetzt gemacht? (((lacht kurz))) Ich weiß gar nich, wo das herkam, ganz ehrlich, also irgendwie sind die drei Jahre auch an mir richtig vorbeigezogen, irgendwie hab ich so das Gefühl, so als hätt ich nur funktioniert, so kommt mir das vor. Und ich nehm das immer noch nich so wirklich wahr, dass/ ich hab jetzt ne Ausbildung. Ich habe en Führerschein, ja. Ich denk immer: ach ja, is halt so. Also ich nehme das gar nich so wahr als wäre das jetzt super toll. Auch wenn ich jetzt weiß, ich hab allen gezeigt, dass ich mehr erreichen konnte als ich zeigen wollte, ne, also dass ich auch mit der Kleinen alles hinkriege, alleine und () ja eigentlich das ganze Leben irgendwie meister, ne, trotz den ganzen Hintergründen und den Problemen, die man so drum herum immer wieder hat, ne".

Paula erkennt, dass sie einen Veränderungsprozess durchlaufen hat und dass dieser bei ihren „Hintergründen" nicht unbedingt erwartbar war. Sie setzt sich damit auseinander, dass sie die Erwartungen ihrer Umgebung übererfüllt hat, trotzdem kann sie sich nicht „super toll" finden. Das Erreichen des Ziels Ausbildungsabschluss ist mit der Herausforderung verbunden, nun den Alltag als alleinerziehende Mutter in einem Vollzeitarbeitsverhältnis zu meistern.

Die Ausbildungszeit Paulas aus der Perspektive der Berufsschullehrerin
Frau Schneider

Frau Schneider erzählt im Interview zunächst von Paulas Klasse und geht zu Beginn ihrer Erzählung darauf ein, dass sie diese Klasse als eine ganz besondere in Erinnerung hat. Sie erinnert die Atmosphäre in der Klasse als ungewöhnlich konstruktiv und angenehm (Interview Frau Schneider, S. 1, Z. Z. 53 – S. 2, Z. 8).

> E: „Die kam halt in die Klasse mit ganz vielen anderen () und dann irgendwann im ersten Quartal schreibt man eine Klassenarbeit und () die war bei ihr schlecht. Ich glaube, also was habe ich vorhin/ fünf plus oder so. Und dann müssen die die ja dem Ausbildungsbetrieb vorzeigen (.) und dann hatte ich sofort die Ausbilderin am Telefon. So, was denn das wäre und wie ich das denn einschätzen würde und das wär ja jetzt noch die Probezeit, ob man sich nicht von ihr trennt. Das war der Tenor () dieses Gespräches. Und ich war völlig perplex und dachte: Wie jetzt? Deshalb will man sich jetzt/ also von ihr trennen? Nein, die war im Unterricht gut oder hat da vernünftig mitgearbeitet. Ich hatte jetzt nicht den Eindruck, die würde das nicht packen oder so. Sondern das war jetzt einfach eine erste Klausur".

Sie wird auf Paula gleich zu Beginn des Schuljahres aufmerksam, weil sie nach dem ersten Test in Rechnungswesen, in dem Paula eine Fünf erhält, einen Anruf von der Ausbilderin erhält. Frau Schneider erzählt den Anfang ihrer Beziehung mit Paula als normalen Einstieg in den Alltag der Berufsschule: man beginnt eine Ausbildung, man schreibt in der begleitenden Berufsschule einen ersten Test und erhält so Auskunft darüber, wo man steht und woran man zu arbeiten hat. Die Haltung der Ausbilderin, deswegen über eine Kündigung in der Probezeit nachzudenken, erscheint Frau Schneider nicht nachvollziehbar und überzogen. Sie bezieht in diesem ersten Kontakt mit dem Ausbildungsbetrieb klar Stellung für Paula als Auszubildende, die gerade dabei ist, sich in eine neue Situation einzufinden. Frau Schneider stellt im Interview heraus, dass dieser erste, durch Rigidität gekennzeichnete Kontakt mit Paulas Ausbildungsbetrieb für sie als Lehrkraft ungewöhnlich ist. Sie kommt im Weiteren darauf zu sprechen, dass die Beziehung zwischen ihr und ihrer Schülerin Paula, die sie durch den Berufsschulunterricht nur einmal in der Woche sieht, durch eine besondere Verbindung gekennzeichnet wird, als sie feststellt, dass Paula ein Kind im gleichen Alter hat (Interview Frau Schneider, S. 3, Z. 40–51).

> E: „Also ich hab halt auch relativ viel von ihrem ganzen privaten (.) Stress so mitgekriegt. Was auch so ein bisschen so daran liegt, dass wir immer in der gleichen Situation waren. Also ihre Tochter ist genauso alt wie [ältester Sohn der Erzählerin]. (..) Und dann weiß ich noch so, es war auch sehr kritisch als dann der Wechsel zur Schule anstand. Da haben wir uns immer noch mal so unterhalten, () weil das für sie ja/ () Also für mich war das ja schon problematisch, wie ma-

chen wir das mit der Betreuung? Aber für sie war das noch mal viel problematischer, weil ich kann ja hingehen in der Schule und sagen: Okay, ich kann erst zur zweiten Stunde anfangen. Aber sie kann nicht sagen: Ich fang erst zur zweiten Stunde an".

Frau Schneider spricht global-raffend über die Belastung, die Paulas Ausbildungszeit durch die Situation als Alleinerziehende begleitet. Dabei ist ihr Nachvollziehen dieser Belastung nicht abstrakt, sondern dadurch gekennzeichnet, dass sie durch eigene Elternschaft verstehen kann, wie sich die Schwierigkeiten im Alltag konkret gestalten. Frau Schneider nimmt im Interview immer wieder auf diese Gemeinsamkeit Bezug, wenn sie darüber spricht, dass sie in den drei Jahren persönliche Gespräche mit Paula führt, die sich im Schulalltag gut integrieren lassen. Insbesondere hebt sie darauf ab, dass sie von den finanziellen und organisatorischen Schwierigkeiten erfährt, die Paulas Leben mitbestimmen, unabhängig davon, wie sie die Ausbildung meistert. Sie empört sich darüber, dass Paula mitten in der Ausbildung zum Umzug gezwungen wird, weil der Unterhaltsvorschuss endet und sie für ihre Tochter Melissa ergänzende Hilfe zum Lebensunterhalt beantragen muss.

In dieser Umzugssituation kommt es zwischen den beiden zu einer besonderen Begegnung, die Frau Schneider erzählt. Paula erzählt Frau Schneider, dass sie Schwierigkeiten hat, die Renovierungsarbeiten abzuschließen, da die Behörde das Geld für die Renovierung nicht rechtzeitig überweist. Sie fürchtet, in eine Wohnung ohne Fußbodenbelag einziehen zu müssen und diesen erst nachträglich verlegen zu können. Frau Schneider entschließt sich nach diesem Gespräch zu einem für sie ungewöhnlichen Schritt. Sie entscheidet nach kurzer Bedenkzeit am gleichen Schultag, dass sie Paula 200 Euro leihen wird, damit sie Laminat kaufen kann. Sie begründet diesen ungewöhnlichen Schritt im Interview mit der Beziehung, die die beiden haben und mit ihrer Lebenssituation, in der ihr das Verleihen von 200 Euro möglich ist. Paula ist zu diesem Zeitpunkt im dritten Ausbildungsjahr. Sie kann die Begleitung von Paulas Ausbildung nicht abschließen, da sie selbst längerfristig erkrankt. Sie merkt im Interview an, dass sie weiß, dass Paula die Ausbildung gut abgeschlossen hat und ihr Ausbildungsbetrieb eine Möglichkeit gefunden hat, sie nach dem Ende der Ausbildung weiter zu beschäftigen.

Die Zeit nach dem Ende der Ausbildung

Paula wird gegen Ende der Ausbildung im Ausbildungsbetrieb mitgeteilt, dass es zu einer Personalveränderung wegen Verrentung gekommen ist. Aus diesem Grund kann sie nach der Ausbildung zunächst für zwei Jahre befristet übernommen werden, es wird ihr in Aussicht gestellt, dass sie danach einen unbefristeten Arbeitsvertrag bekommen könnte. Sie geht auf die Hintergründe der

Befristung und in der Präkodaphase noch einmal auf die Beziehung zu ihrer Mutter ein (Interview 1, S. 36, Z. 53 – S. 37, Z. 10).

E: „Ja, die Beziehung zu meiner Mutter is/ wird immer besser, sagen wir mal () so. Es () war en steiniger Weg. Man nähert sich immer mehr an. Man is/ es is noch nicht perfekt. Es ist schon Mutter-Tochter-Verhältnis, aber noch en bisschen auf Distanz. Also wir haben uns auch mal/ wir haben zwischendurch mal drüber gesprochen, weil meine Mutter hat auch/ wir haben beide viel vielleicht falsch gemacht, was heißt falsch. Man wusste nich, wie man es richtig macht, sag ich jetz mal so. Und ähm, ja, man versucht sich halt immer weiter anzunähern. Wir machen jetzt auch zusammen Sport jeden Montag, gehen jetzt immer zum Zumba, (((lacht kurz))) bindet auch en bisschen, find ich. Meine Tochter kommt dann mit. Is zwar/ is von sieben bis acht, das geht dann noch. Dann sind wir um kurz nach acht zuhause. Dann kann sie ins Bett sofort. Und so brauche ich jetz auch keinen zum Aufpassen, dann, ne. Hab ich ja, wie gesagt, eh selten, dass mal jemand auf mein Kind aufpasst, aber. Ja () also, das war jetz so (.) der Weg (((lacht kurz))) bis jetzt".

Paula kommt in der Präkodaphase auf die aktuelle Situation zu sprechen, in der sie sich befindet. Sie hat die Ausbildung beendet, sie ist alleinerziehend mit Melissa und ohne Unterstützung des Vaters. Sie hat die Aussicht auf eine unbefristete Stelle und spricht im letzten Teil des Interviews über ihr Verhältnis zu ihrer Mutter. Sie geht darauf ein, dass diese Beziehung für sie beide sehr schwierig war, und vermeidet es, Schuldzuschreibungen vorzunehmen. Sie deutet hier den Bezug auf ein normatives Konzept „richtiger" Verhältnisse zwischen Eltern und Kindern an. Eine gemeinsame Freizeitaktivität verortet sie im Kontext eines geregelten Alltags für Melissa: Es ist ihr wichtig, dass diese pünktlich ins Bett kommt. Sie spricht an, dass die gemeinsame sportliche Aktivität mit ihrer Mutter gut für die „Bindung" ist. Dies ist sprachlich auffällig, weil „Bindung" bereits an früherer Stelle in der Erzählung von ihr genutzt worden ist, um die Beziehungsqualität zwischen ihrem Kind und dessen Vater zu beschreiben. Der Begriff deutet auf eine theoretische Auseinandersetzung mit Beziehungskonzepten hin, ohne das im Lauf des Interviews genauer klar wird, wie diese zustande gekommen ist. Paula merkt im letzten Satz noch einmal an, dass sie sehr selten in der Situation ist, dass jemand anders ihr die Verantwortung für Melissa abnimmt[62].

---

62 Wie in den Anmerkungen zum Erhebungskontext bereits erwähnt, gibt es keine direkten Nachfragen, da die gesamte erste Erhebung knapp drei Stunden dauerte und es bereits spät in der Nacht war. Ein Nachinterview fand drei Wochen später statt.

Das Nachinterview

Im Nachinterview kommt es nicht zu grundlegend neuen Themen, Paula erweitert einige Erzählstränge, die sie in der Eingangserzählung in Ansätzen erzählt hat. Die Themen der Erzählung sind in der sequentiellen Darstellung beschrieben, die sich nach meinen Fragen im Interview entwickelt hat. Zu Beginn des Nachinterviews bitte ich Paula zunächst, noch einmal mehr zu ihrer Schulzeit zu erzählen, auf die sie im ersten Interview nur sehr rudimentär eingegangen war (Nachinterview, S. 1, Z. 16–23).

> E: „Also ich kann mich jetzt nur noch an die 9. und 10. Klasse erinnern. Also ab da, sagen wir mal so. Also vorher weiß ich eigentlich fast gar nichts mehr. Das ist irgendwie verdrängt. Ja und da war das halt so, dass ich keinen Bock auf Schule hatte und eigentlich auch viel Schule geschwänzt habe, bin ich ganz ehrlich, weil zuhause ja viel schiefgegangen ist. Meine Freundinnen und so, die haben ja auch geschwänzt. Wir haben uns natürlich immer getroffen. Aber ich habe halt zuhause geschlafen".

Dabei kommt sie zunächst kommentierend auf die Struktur ihrer Erinnerung zu sprechen: sie sagt, dass sie kaum Erinnerungen an ihre Schulzeit vor der neunten und zehnten Klasse hat, und spricht von Verdrängung, ohne hier näher auf die Gründe einzugehen. Sie geht darauf ein, dass sie die Schule als etwas wahrgenommen hat, in dem sie „mit dem Hintern" anwesend gewesen ist. Sie geht darauf ein, dass sie in der neunten und zehnten Klasse dem Unterricht sehr häufig unentschuldigt ferngeblieben ist. Sie begründet dies zweifach: sie spricht die Schwierigkeiten in ihrem Zuhause an („viel schiefgegangen") und geht darauf ein, dass „Schwänzen" innerhalb ihrer Peer-group an der Tagesordnung war. Sie erzählt weiter von ihrer zweiten Schulzeit als junge Erwachsene, die sie als gute Zeit bewertet, in der sie sich als Schülerin als interessierte Lernende wahrgenommen hat. Sie geht darauf ein, dass ihr die Verbesserung des Schulabschlusses durch einen Realschulabschluss leichtgefallen ist und dass sie gute Noten erreicht hat. Anders bewertet sie die Zeit, in der sie sich auf das allgemeine Abitur vorbereitet hat. In dieser Zeit hat sie sich mit den schulischen Anforderungen häufig überfordert gefühlt und sagt im Interview, dass sie sich für das Zeugnis der 12. Klasse „schämt".

Die Bewerbungs- und Ausbildungszeit

Im Anschluss an die – ähnlich wie im ersten Interview – erneute Darstellung ihrer langwierigen Bewerbungsphase um einen Ausbildungsplatz kommt sie auf das Schulerleben in der Berufsschule zu sprechen. Dabei geht sie auf den Kontakt ihrer Ausbilderin mit ihrer Klassenlehrerin Frau Schneider zu Beginn der

Ausbildung ein, in der eine Kündigung wegen erster schlechter Noten im Raum stand (Nachinterview, S. 4, Z. 28–40).

> E: „Das heißt also, ich habe jetzt nicht die Bestnoten geschrieben, war nie so eine super Schülerin. Da hatte halt meine Ausbilderin ein bisschen Bedenken am Anfang. Und die hatte dann ein nettes Gespräch mit meiner Lehrerin damals. Ja, meine Lehrerin hat dann meine Ausbilderin gefragt: „Wie ist sie denn vom Arbeitstechnischen, ne, wie arbeitet sie denn?" „Tja, sehr gut und keine Bedenken." Dann hat sie nur gesagt: „Ja, dann muss man auch davon ausgehen halt." Das darf jetzt nicht nur an der Schule liegen, dass man jetzt einen nicht weiter beschäftigen möchte. Das war halt in der Probezeit. Da haben die echt überlegt: Nehmen sie mich jetzt weiter oder nicht. Das wusste ich vorher gar nicht. Habe ich gar nicht mitgekriegt. Und ich wurde dann zum Glück doch behalten und hinterher hat es sich ja ganz anders entwickelt".

Diese kurze Sequenz im Nachinterview bleibt die einzige Stelle in beiden Interviews, in der Paula auf Frau Schneider zu sprechen kommt und in der sie darüber spricht, dass Frau Schneider für sie Partei ergreift, als es in der Anfangszeit Bedenken gegen sie als Auszubildende gibt. Für sie ist es eine Episode, die mittlerweile in der Erinnerung der Ausbildung ihren Platz gefunden hat, sie kommentiert hier, dass sie damals von den Überlegungen, sie zu kündigen, nichts wusste. Sie kommt dann über eine längere Beschreibung auf ihre Ausbildungszeit zu sprechen. Sie führt aus, dass ihre Ausbilderin die Themen im Ausbildungsrahmenplan sehr ernst genommen hat und ihr immer wieder kleinere Aufgaben gegeben hat, in denen sie bestimmte Konzepte eigenständig erarbeiten musste, z. B. eine Beschreibung anfertigen, wodurch eine GmbH gekennzeichnet ist. Sie bewertet dieses gründliche Verhalten ihrer Ausbilderin positiv, indem sie sagt, dass sie viel gelernt habe. Sie kommentiert, dass das Verhältnis zu ihrer Ausbilderin sehr distanziert gewesen ist, und stellt einen Vergleich her: Seit kurzem gibt es eine neue Auszubildende in ihrer Firma, für die sie eine Mentorinnenfunktion übernehmen soll. Sie vergleicht den Lernprozess der jungen Frau mit ihrem eigenen und sagt, dass sie darüber nachdenkt, später auch einen „Ausbilderschein"[63] zu machen, um als Ausbilderin tätig zu sein.

Nachdenken über das eigene Lernen

Im Nachdenken über ihr eigenes Lernerleben kommt sie auf den Wendepunkt zu sprechen, den die Geburt ihrer Tochter für sie bedeutet hat. Sie geht darauf ein, dass sie sich das Wichtige im Leben alleine beigebracht hat. Sie kommen-

---

63 Vgl. BiBB (2009) für eine nähere Einführung in die Ausbildereignungsverordnung und die näheren Bedingungen zum Erwerb eines „Ausbilderscheines".

tiert, dass sie vor der Geburt ihrer Tochter „vor sich hingelebt" und „nicht an später gedacht" hat und danach begonnen hat, sich planvoller und verantwortungsvoller zu verhalten. Sie bewertet, dass ihr eine Ausbildung als erstrebenswertes Moment erst mit der Geburt ihrer Tochter bewusstgeworden ist. Auf Nachfrage kommt sie auf Freizeitaktivitäten zu sprechen, die sie in ihrer Kindheit und Jugend begleitet haben. Eine Zeitlang besucht sie eine Tanzgruppe, die sie als Ballett benennt, später vollzieht sie einen radikalen Wechsel und geht ins Fußballtraining, das sie im Alter von vierzehn beendet. Sie spricht über Hoffnungen für das Leben ihres Kindes: sie wünscht sich, dass Melissa direkt von der Schule in eine Ausbildung wechselt. Sie spricht an, dass sie Sorge vor einer schwierigen Pubertätszeit hat, und hofft, dass es ihnen beiden gelingt, weiterhin miteinander zu sprechen und ein Verhältnis zu schaffen, in dem Melissa mit Sorgen und Problemen zu ihr kommt. Dieser Wunsch im Hinblick auf das Verhältnis zu ihrer Tochter kann auch als Kontrast zum Schweigen ihrer Mutter in ihrer Adoleszenz und zu ihren Schwierigkeiten gelesen werden.

3.2.2 Analytische Abstraktion

Analyse der Prozessstrukturen

Paula wird in eine Familie geboren, in der es eine Reihe von Problemen gibt. Ihre Eltern leben in einer angespannten Paarsituation, die unter anderem durch die Folgen der Suchterkrankung ihres Vaters gekennzeichnet ist. Ihre Erfahrungen sind durch die familiäre Dynamik und die damit verbundene Beschneidung von Handlungsmöglichkeiten und durch eine Aufschichtung von Schwierigkeiten gekennzeichnet: die gewaltgeprägte Beziehung der Eltern, der Alkoholismus des Vaters. Sie spricht nicht über die materielle Situation ihrer Herkunftsfamilie, aus dem Kontext des Interviews bleibt fraglich, ob sie eine berufliche Tätigkeit ihrer Eltern erlebt hat, die der Familie ein ausreichendes Einkommen ermöglicht hat. Sie erfährt Situationen der Gewalt und der Ohnmacht bereits in der Kindheit und erlebt, dass ihre Mutter einen Plan zur Änderung der Lebenssituation für sich und die Kinder entwickelt, als sie zehn Jahre alt ist. Dabei erscheint die Flucht der Mutter tatsächlich als Plan: Paula spricht darüber, dass die Mutter ihrem Vater etwas Sedierendes in sein Getränk gibt, damit er sie mit den Kindern nicht am Verlassen der gemeinsamen Wohnung hindern kann.

Paulas Mutter entwickelt ein biographisches Handlungsschema mit der Intention, sich selbst und ihren Kindern ein anderes Leben zu ermöglichen. In den Folgejahren versucht Paulas Mutter, die Situation zu festigen: sie schafft sich eine neue Wohnsituation mit ihren Kindern und geht einer beruflichen Tätigkeit nach. Damit stehen auch für Paulas Entwicklung zunächst erweiterte

Optionen im Raum. Diese werden plötzlich reduziert, als ein neuer Partner ins Leben ihrer Mutter tritt. Für Paula bringt die Änderungsinitiative ihrer Mutter damit auch neue Ohnmachtserfahrungen, denen sie nichts entgegensetzen kann. Durch das Schweigen über die erfahrene sexuelle Gewalt entsteht eine zusätzliche Leidensdimension für Paula. Die Jahre des Jugendalters werden im Interview rekonstruierbar als Zeit der zunehmenden Abkehr von der Mutter als vormals primär bedeutsamer Bezugsperson, da Paula entscheidet, die Erfahrung sexueller Gewalt nicht preiszugeben. Ihre Jugendphase ist gekennzeichnet von ihren Versuchen, eine schwierige Situation zu stabilisieren und das Erlebte in einen Alltag zu integrieren, in dem ihr derjenige, den sie als Täter erlebt, täglich begegnet. Sie entwickelt Strategien des Absentismus von der Familie und baut sich Peer-group-Zugehörigkeiten als familiale Gegenwelten auf, es entsteht ein labiles Gleichgewicht des Lebens mit der Verlaufskurve.

Die Schwangerschaft der Mutter kurz vor Paulas regulärem Schulabschluss auf der Gesamtschule bringt dieses labile Gleichgewicht ins Wanken. Paula flieht zum ersten Mal von zu Hause, es ist der Beginn einer langen Reihe von Wohnortwechseln und prekären Beschäftigungsverhältnissen, mit denen sie sich belastenden Situationen entzieht. Ihre Versuche, krisenhafte Situationen zu lösen, werden in den Daten in dieser Zeit ihres Lebens immer wieder als „Flucht" rekonstruierbar. Sie versucht, schwierige Situationen zu meistern, indem sie sich ihnen entzieht.

Dies erkennt sie im Interview partiell als Bewältigungsmuster und wird sichtbar in der Evaluation ihres „Mietnomadentums" in der Erzählung. Eine Orientierung an institutionellen Ablaufmustern, wie die Aufnahme einer Ausbildung, spielt in dieser Zeit für Paula keinerlei Rolle. Ihre Erfahrungsaufschichtung ist gekennzeichnet von der Auseinandersetzung mit ihren Erfahrungen sexualisierter Gewalt und dem Schweigen darüber. Allein rekonstruierbar als Versuch zur Stabilisierung ihrer Situation wird immer wieder Flucht aus prekären Arbeits- und Wohnverhältnissen. Eine erste Veränderung zeichnet sich mit dem Übergang von prekären Arbeitsverhältnissen in ein prekäres, jedoch längerfristiges Arbeitsverhältnis als ungelernte Kraft bei einem Lebensmitteldiscounter ab. Sie setzt sich mit ihren Positionierungsmöglichkeiten auf dem Arbeitsmarkt auseinander und kommt zu dem Schluss, dass sie mit einem schlechten Hauptschulabschluss nur marginale Chancen der Teilhabe am Arbeitsmarkt hat. Sie ist sich der Tatsache bewusst, dass ihre Flexibilität als junge Frau ohne Familie ihr einen gewissen Vorteil als ungelernte Arbeitnehmerin ermöglicht. Sie entwickelt ein biographisches Handlungsschema, das sich als kurzfristiges situatives Bearbeitungs- und Kontrollschema (vgl. Schütze 1981, S. 79) beschreiben lässt: Sie nutzt die geringe Chance, die sie auf dem Arbeitsmarkt hat.

Diese Stabilisierung ihrer Situation ermöglicht ihr die Entwicklung einer biographischen Initiative, sie sucht Kontakt zu ihrer Mutter, mit der sie jahrelang nicht gesprochen hat. Der Kontakt geschieht nicht ohne Vorbereitung, Paula schreibt ihrer Mutter zunächst einen Brief, sie treffen sich in einem Café auf neutralem Boden. Ausgestattet mit einem festen Arbeitsverhältnis und einer eigenen Wohnung möchte sie ihrer Mutter als Erwachsene neu begegnen und bricht ihr Schweigen. Sie erzählt der Mutter von der erfahrenen sexuellen Gewalt und erfährt für dieses Handeln zunächst Anerkennung, ihre Mutter trennt sich von diesem Partner. Dennoch ist diese Zeit weiterhin von einem labilen Gleichgewicht der Verlaufskurve gekennzeichnet. Die Offenbarung des jahrelang gehüteten Geheimnisses bringt Paula wieder in Kontakt mit den früheren Geschehnissen. Sie fühlt sich schuldig an der Trennung des Paars und ist gleichzeitig betroffen von der Präsenz des Ex-Partners bei Familienfesten, die sie nun wieder besucht. Paula lebt in einer Paarbeziehung mit dem späteren Vater ihres Kindes, sie erlebt die Beziehung als geprägt von Enttäuschungen und Missachtung ihrer Interessen, die sie zulässt und erträgt, ohne eine Trennung in Betracht zu ziehen. Die Schwangerschaft wird durch unregelmäßige Nutzung von Kontrazeptiva möglich. In der Folge zeigt sich die Entwicklung von zunächst kurzfristig wirksamen, planvollen Momenten einer Initiative zur Änderung der Lebenssituation, die zunehmend an Gewicht gewinnen. Zuvorderst steht die Entscheidung für das Kind, die Paula unabhängig von ihrem Partner trifft. Ihre Erzählung zeigt, dass sie sich schon in der Schwangerschaft eigentheoretisch mit den Schwierigkeiten in der Partnerschaft auseinandersetzt, aber keine Schritte ergreift, um die Partnerschaft zu beenden. Ein Moment der Durchführungsstruktur eines Handlungsschemas lässt sich in der Auseinandersetzung mit ihrem Arbeitgeber in der Schwangerschaft rekonstruieren (vgl. Schütze 1981, S. 71 f.).

In dieser Auseinandersetzung wird ein überlegtes Handeln sichtbar. Paula setzt sich hier erstmals mit Institutionen als Unterstützern auseinander. Sie wird Gewerkschaftsmitglied und wehrt sich erfolgreich gegen den Kündigungsdruck. Mit gewerkschaftlicher Beratung und Hilfe ihrer Gynäkologin erreicht sie eine dauerhafte Arbeitsunfähigkeitsbescheinigung und kehrt ihrem Arbeitgeber rechtlich abgesichert den Rücken. Paula wird zunehmend als aktiv Handelnde sichtbar, weniger als Erleidende von Geschehnissen, die sie nicht beeinflussen kann. Ihre aktive Entscheidung für das Kind und die Mutterschaft ohne jeden Rückbezug auf den Vater des Kindes zeigen dies deutlich. Die ersten Monate nach der Geburt sind von der zunehmenden Realisierung Paulas gekennzeichnet, dass die kleine Familie keine Zukunft zu dritt hat. Ihre zunehmende Schuldenlast und das Verhalten ihres Partners führen zu weiteren fokussierenden Schritten für die Zukunft mit ihrer Tochter. Sie entscheidet sich, mit dem Baby alleine in eine Wohnung zu ziehen. Für die Trennung entwickelt sie zunächst noch keine Initiative, ergreift jedoch einen Impuls aus ihrem Umfeld, um die Trennung vom Vater ihres Kindes kurz danach endgültig zu vollziehen. „Solche Impulse erfolgen in Situationen, in denen der Betroffene die

Selbsteinschätzung gewinnt, sich allmählich zu tief in eine bestehende, nicht ausreichend attraktive Lebenssituation verstrickt zu haben" (Schütze 1981, S. 76). Der dritte Geburtstag ihres Kindes markiert den Übergang, mit dem Paula eine Orientierung an institutionelle Ablaufmuster an ihre eigene Entwicklung knüpft und ihren Fokus auf die Umsetzung einer biographische Initiative zur Änderung ihrer Lebenssituation setzt. Sie befreit sich aus dem belastenden Betreuungsarrangement mit ihrem kleinen Halbbruder und entwickelt ihre Planung auf der Grundlage ihrer Erfahrungen als ungelernte Arbeitnehmerin. Sie möchte ihren Schulabschluss verbessern, um sich für einen Ausbildungsplatz bewerben zu können. Die Orientierung an institutionellen Ablaufmustern zeigt sich hier erstmals deutlich im Hinblick auf eine berufliche Entwicklung Paulas. Sie zieht in die Nähe eines Kindergartens mit längeren Öffnungszeiten und sucht sich eine Schulform, die ihr einen Schulabschluss auf höherem Niveau ermöglicht. Paula absolviert ihre Führerscheinprüfung während der Ausbildungszeit und meistert die langwierigen Auseinandersetzungen mit Behörden.

In ihrer Adressierung der amtierenden Bundeskanzlerin als Mitverantwortliche für die Situation der Alleinerziehenden zeigt sich die Anbindung ihrer eigenen Situation an gesellschaftliche Rahmenbedingungen. Paula sieht sich nun in der Lage, Schwierigkeiten in ihrem Leben nicht nur mit sich persönlich, sondern auch mit größeren Bedingungsgefügen zusammenzubringen. Dafür ist ihre aktive Bearbeitung der Mutterschaft und das damit verbundene Differenzerleben entscheidend. Es gelingt ihr hier, was unter der vorherrschenden prozessstrukturellen Dominanz einer Verlaufskurve vor der Elternschaft in Paulas Leben nicht rekonstruierbar wird: Die Verbindung ihres persönlichen Erlebens mit strukturellen Rahmenbedingungen der biographischen Entwicklung. In der Analyse der Prozessstrukturen wird sichtbar, dass die umgreifenden Prozesse des Erleidens bereits vor der Schwangerschaft von Versuchen Paulas durchbrochen werden, Handlungsentwürfe zu entwickeln, die jedoch noch nicht alleine ausreichend für eine dauerhafte Veränderung erscheinen. Sie sucht sich immer wieder Arbeitsverhältnisse und setzt sich mit ihrer Vergangenheit auseinander, indem sie wieder Kontakt zu ihrer Mutter aufnimmt und das Erleiden sexualisierter Gewalt offenbart. In diesen Handlungen werden Versuche zur Stabilisierung ihrer Lebenssituation rekonstruierbar. Die Stabilisierung ihres biographischen Entwurfs zum Interviewzeitpunkt wird an ihren Detaillierungen zu neuen Paarbeziehungserfahrungen evident. Sie ist eher bereit, sich zu trennen, als in einer Paarbeziehung Kompromisse einzugehen, die sie als Gefährdung ihrer stabilisierten Situation erleben könnte.

Paulas Erzählung zeigt, dass ihr das institutionelle Ablaufmuster der Aufnahme einer Ausbildung lange nur indirekt zugänglich ist. Sie weiß um die Erwartung einer Ausbildungsaufnahme nach dem Schulabschluss, aber dies ist zum Zeitpunkt des Schulabschlusses ein Wissen, das sie nicht mit ihrer damaligen Lebenssituation in Verbindung bringt. Zum Zeitpunkt des Schulabschlusses gibt es aufgrund der dominanten Prozessstruktur der Verlaufskurve keine biographische Planung. Nach dem Abschluss der Gesamtschule mit einem schwachen Bildungszertifikat scheint die Aufnahme einer Ausbildung nicht im Rahmen ihrer Handlungsmöglichkeiten, die Analyse der Erzählung zeigt, dass sie in die Dynamik von Erleidensprozessen verstrickt ist. In den Folgejahren arbeitet Paula in verschiedenen beruflichen Tätigkeiten, um ihr Leben zu finanzieren, ohne dass jemals in den Blick gerät, dass sie die Aufnahme einer Ausbildung plant. Sie arbeitet in unterschiedlichen Arbeitsverhältnissen als ungelernte Kraft und erlebt sich für den Arbeitsmarkt nur so lange als attraktiv, wie sie flexibel und völlig ungebunden ist. Sie erfährt ihre Positionierung als radikal verändert, als sie ihrem Arbeitgeber ihre Schwangerschaft offenbart, die sie unter besonderen Schutz stellt: Schichtarbeit und bestimmte Tätigkeiten sind für Schwangere verboten, es gibt einen Kündigungsschutz und besondere Pausenregelungen[64].

Hier erfährt sie erstmalig eine Auseinandersetzung mit schützenden Strukturen in Form gewerkschaftlicher Unterstützung, die ihr gleichzeitig vor Augen führt, wie schwach ihre Positionierung als ungelernte Arbeitnehmerin auf dem Arbeitsmarkt ist. In den Jahren der Elternzeit entwickelt sich diese Situation zunächst nicht weiter, Paula nimmt drei mögliche Jahre Elternzeit vollständig in Anspruch. Sie erzählt den biographischen Entwurf der Ausbildung unter Rückgriff auf zwei für sie bedeutsame Momente: Sie möchte ihrem Kind „etwas bieten" und sieht, dass ihr bislang einzig erworbenes Bildungszertifikat ihr dafür praktisch keine Optionen eröffnet. Sie ergreift gar nicht erst den Versuch, sich zum Ende der Elternzeit auf einen Ausbildungsplatz zu bewerben, sondern geht einen Schritt zurück. Sie plant zunächst die Verbesserung ihres Schulabschlusses, um später ihre Chancen auf einen Ausbildungsplatz zu erhöhen. Vergegenwärtigt man sich die bisherige Tragweite ihrer gefassten Handlungspläne, wird hier die Komplexität der Initiative zur Änderung der Lebenssituation (vgl. Schütze 1981, S. 76) deutlich.

Paula fasst einen langfristigen Plan, für dessen Erfüllung sie viel Aufwand betreiben muss. Dies gelingt ihr den Folgejahren, obgleich ihre Erfahrungsaufschichtung zeigt, dass sie sich in der Bewerbung um einen Ausbildungsplatz durch den Status als Alleinerziehende diskriminiert als erfährt. Der Weg in die

---

64 Vgl. Kommentar zum Gesetz zum Schutz der erwerbstätigen Mutter (Wilikonsky 2007).

Ausbildung wird in der Geschichte Paulas als langfristiger Prozess über knapp neun Jahre sichtbar. Sechs Jahre nach dem ersten Schulabschluss beginnt sie, die Aufnahme einer Ausbildung als institutionelles Ablaufmuster ins Auge zu fassen. Dabei leitet sie vor allem der Antrieb, ihre Lebenssituation als Alleinerziehende durch qualifizierte berufliche Tätigkeit materiell zu stabilisieren. Die Aufnahme einer Ausbildung erscheint unter den prozessstrukturellen Voraussetzungen als mühsam zu erreichender Punkt in der biographischen Entwicklung, die Möglichkeiten für die Aufnahme einer Ausbildung entwickeln sich erst langsam in den Jahren nach dem Schulabschluss. Die Entwicklung von beruflichen Interessen oder Bildungsideen wird in diesem Prozess nicht sichtbar, die Aufnahme einer Ausbildung und der vorausgehende Schulbesuch werden gesucht, um eine prekäre Lebenssituation materiell zu stabilisieren.

Die Bedeutung der Interaktionsgeschichte mit Frau Schneider
für den Prozess der Ausbildung

Neben dem entwickelten biographischen Entwurf wird im Erleben der Ausbildung immer wieder eine Auseinandersetzung mit Verlaufskurvenpotenzialen sichtbar. Paula muss mit Betreuungsengpässen zurechtkommen, mit schwachen Leistungen in der Berufsschule und mit Schwierigkeiten, sich in das Erleben der Ausbildung einzuarbeiten, und bemüht sich, die emotionale und schulische Situation ihrer Tochter zu stabilisieren. Dabei wird im Ausbildungsbetrieb bedeutsam, dass sie eine korrekte und engagierte Ausbilderin erlebt, die jedoch gleichzeitig von ihr als menschlich distanziert wahrgenommen wird und zu der sich keinerlei persönliche Beziehung entwickelt.

Die Ausbildung ist für sie eine völlig neue Erfahrung, die einzige formale Bildungserfahrung, die sie bislang sammeln konnte, hat sie in der Schulzeit gewonnen. Hier erlebt sie nun etwas völlig Neues in einer für sie zunächst fremden Umgebung. Für Paula wird im Erleben der Ausbildung wichtig, dass sie in der Berufsschule die Unterstützung durch ihre Klassenlehrerin Frau Schneider erfährt. Frau Schneider wird zu Beginn der Ausbildung zu einer bedeutsamen Person, als Paulas Ausbildungsbetrieb über einen Abbruch der Ausbildung aufgrund der ersten schlechten Leistungen nachdenkt. Sie geht in ihrem Interview darauf ein, dass sie mit Paula eine private Gemeinsamkeit teilt. Sie haben beide ein erstes Kind im gleichen Alter und begegnen sich auf dieser Ebene als Menschen in einer sehr ähnlichen Lebenssituation: beide Kinder sind knapp drei Jahre alt, als die beiden sich kennenlernen. Frau Schneider unterstützt Paula mit positivem Feedback und Rückmeldungen zum Ausbildungsverlauf, in denen sie Paula die Bedeutsamkeit ihrer Leistung im Vergleich zu kinderlosen Auszubildenden vor Augen führt. Paula kommt auf diese Unterstützungsleistung ausschließlich zu Beginn der Ausbildung zu sprechen, als sie erzählt, dass Frau Schneider sie verteidigt und dem Betrieb von einer Kündigung abrät. Im späteren Verlauf übernimmt sie die Darstellung ihrer Leistung in der Ausbildung in einer Weise, die Parallelen zur Darstellung von Frau Schneider im Interview zeigt, ohne Frau Schneider direkt zu erwähnen.

Sie stellt darauf ab, wie schwierig es für sie als Alleinerziehende war und dass sie das institutionelle Ablaufmuster der Ausbildung trotzdem mit passablen Noten gemeistert hat. Auf Details des Ausbildungsalltags geht sie kaum ein. Das Erleben der Ausbildung wird in ihrer Erzählung sichtbar als ein Prozess, der unter Mühen gemeistert werden muss, in dessen Verlauf sie sich weiteren Herausforderungen stellt und zum Teil stellen muss. So entschließt sie sich im zweiten Ausbildungsjahr, mit 26 Jahren ihren Autoführerschein zu erwerben. Sie rekurriert in ihrer Erzählung auf das institutionelle Ablaufmuster des Führerscheinmachens, das für viele junge Erwachsene in Deutschland untrennbar mit dem achtzehnten Geburtstag verbunden ist. Sie markiert hier ein Anders-Sein oder Anders-Erleben in der verspäteten Bewältigung eines institutionellen Ablaufmusters. Später wird sie behördlicherseits zum Umzug gezwungen, da die Wohnung zu groß und teuer für den Bezug der ergänzenden Hilfe zum Lebensunterhalt ist. Das Durchleben all dieser biographischen Fallensituationen und das „Abarbeiten" dieser wird als komplexe Erfahrung von Anders-Sein sichtbar, die ihr in ihrer Bearbeitung vor der Aufnahme der Ausbildung nur teilweise zugänglich erschienen ist.

In der Rekonstruktion der Ausbildungszeit zeichnet sich ab, dass sie eine Form des Differenzerlebens für sich schärft und im Vergleich zu anderen Auszubildenden erlebt. Sie ist alleinerziehend und erlebt sich als Teil einer gesellschaftlich besonders marginalisierten Gruppe. Unabhängig vom Ausgang ihrer Anstrengung zeigt sich Paula hier in der Lage, ihre persönliche Situation in einen größeren Zusammenhang zu stellen und diese anzuprangern. Ihr Handeln ist von dem Wissen getragen, dass sie mit ihren Mühen im Alltag und als Alleinerziehende nicht alleine ist. Ihr Schreiben an die Bundeskanzlerin zeigt ihre Fokussierung im Erleben in der Ausbildung auf ihre Situation als Alleinerziehende, die um Stabilisierung bemüht ist und dabei immer wieder unter dem Eindruck steht, strukturellen Barrieren zu begegnen, die sie schwieriger überwinden kann als andere.

Autobiographische Thematisierung – Wissensanalyse

In der Stegreiferzählung kommt es in der Präambelphase zu einer Orientierungstheorie, die Paulas Perspektive auf ihrer Lebensgeschichte rahmt und deutlich macht, wie sie zum Interviewzeitpunkt in der Lage ist, auf die Dinge zu sehen, die in ihrer Lebensgeschichte wichtig geworden sind (Interview 1, S. 1, Z. 17–21).

E: „Mein () Vater ist und war Alkoholiker, schon immer () halt und () ja das war/ also
ich weiß nicht mehr viel von früher. Man verdrängt ja bekanntlich auch viel (),
ne? Und weiß meistens nur die schlimmen Dinge. (((lacht leicht))) Das ist halt
das () Blöde, immer".

Paula spricht in dieser einleitenden Orientierungstheorie an, dass ihre Erinnerung bruchstückhaft ist und sie dies mit „schlimmen Dingen" in ihrem Aufwachsen in Verbindung bringt. Sie rahmt hier bereits ihre Lebensgeschichte als
eine stark belastete. Diese Theoriebildung und ihr Bezug auf das „Verdrängen"
ist insofern bedeutsam, weil darauf eine zweistündige, narrativ geprägte Darstellung ihrer Lebensgeschichte folgt, die im Kontrast zu ihrer Theoriebildung
steht. In der Betrachtung der gesamten Erzählung und im Nachinterview fällt
auf, dass es nur an wenigen Stellen zu ausgeprägten eigentheoretischen Ausführungen kommt. Die gesamte Eingangserzählung ist von kurzen evaluativen
Kommentaren durchzogen, mit denen sie die Ergebnisse wichtiger Erzählsegmente sichert (vgl. Riemann 1986, S. 116). Dabei ist auffällig, dass sie zu bedeutsamen lebensgeschichtlichen Abschnitten zum Teil nur sehr kurz Stellung
nimmt, dabei jedoch die Dynamik ihrer Geschichte in diesen kurzen Evaluationen prägnant erfasst. Diese Theoriebildungen werden vor allem erkennbar in
ihrer lebensgeschichtlichen Darstellung bezogen auf ihre Kindheit und Jugend:
die Flucht aus der elterlichen Wohnung mit der Mutter, die Erfahrung sexueller
Gewalt, die Entfernung von ihrer Familie im Jugendalter. Beispielhaft sichtbar
wird ihre Form der Theoriebildung zu ihrer Lebensgeschichte vor der Schwangerschaft in einem theoretischen Kommentar, in dem sie darauf eingeht, dass
für sie im Anschluss an die erfahrenen sexuellen Übergriffe ihre Peer-group für
sie in der Jugendzeit sehr bedeutsam wird (Interview 1, S. 3, Z. 33–36).

E: „Ja und ähm ja ich hab mich halt immer mehr von meiner Mutter entfernt damals, sagen wir mal so. Ich hab mich dann in meiner Clique wohl gefühlt. Das
waren halt meine/ das war ma/ war halt für mich meine Familie".

Paula zeigt hier mit einer kurzen distanzierenden Bemerkung an, wie sie ihr
damaliges Verhalten im Rückblick bewertet und in Bezug zu ihrer gesamten
Lebensgeschichte einordnet. Zu einigen Themen kommt es zu ausführlicheren
Globalevaluationen und Kommentartheorien, die in ihrer Einlagerung in ihrer
Erzählung eine besondere Stellung einnehmen. Dabei fällt auf, dass sich die
Themen mit längeren Theoriebildungen überwiegend auf lebensgeschichtliche
Ereignisse beziehen, die nach ihrem Auszug aus dem Haushalt der Mutter ge-
schehen sind.

Paula geht darauf ein, dass es ihr in den Jahren nach dem Schulabschluss
zunehmend deutlicher wird, dass sie qua Bildungszertifikat vor allem prekäre
Beschäftigungsverhältnisse erreichen kann. Sie evaluiert, dass sie die Erfahrung

macht, sich gar nicht erst um einen Ausbildungsplatz bewerben zu müssen. Sie bewertet ihre Tätigkeiten in geringfügigen Beschäftigungen in den Folgejahren kritisch als perspektivlos, macht aber gleichzeitig klar, dass sie bereits zu einem frühen Zeitpunkt von dem Wunsch geleitet war, eigenes Geld zu verdienen und sich eigenverantwortlich zu versorgen. Sie orientiert sich in ihrer Erzählung frühzeitig als eigenständig und legt Wert darauf, sich als junge Frau darzustellen, die nicht abhängig werden möchte. Diese Theoriebildungen zu ihrer schwachen Arbeitsmarktpositionierung werden noch einmal differenziert, als sie auf die Festanstellung bei ihrem ersten langfristigen Arbeitgeber, einem Lebensmitteldiscounter, eingeht: hier wird ihr deutlich, dass ihre Position nun etwas besser ist, aber dennoch prekär bleiben wird, da ihre Attraktivität als Arbeitnehmerin an ihre Flexibilität geknüpft ist. Ihre Bewertung zum Zeitpunkt der Schwangerschaft zeigt dies. Nun ist sie als Arbeitnehmerin eine Belastung. Paula geht immer wieder auf ihre häufig wechselnden Wohnorte und Umzüge ein und insbesondere darauf, dass sie zumindest einmal aus einer Wohnung geflüchtet ist, als ihr die finanzielle Belastung über den Kopf gewachsen ist. In ihrer Evaluation benutzt sie ein von der Boulevardpresse geprägtes Wort – „Mietnomaden". Sie bewertet ihr eigenes Verhalten als moralisch verwerflich und bringt es mit ihrer damaligen Überforderung in Verbindung.

Paula Wadstel entwickelt im Interview in den Segmenten, die sich um die Schwangerschaft, Geburt und Aufwachsen ihrer Tochter spannen, mehrere global evaluierende Theorien, wie die Elternschaft ihre Haltung gegenüber ihrem Leben verändert hat. Sie geht darauf ein, dass sie früher in den Tag gelebt und sich wenig Gedanken über die Zukunft gemacht hat. Sie beschreibt eine gewachsene Wahrnehmung von Verantwortung und wie das Fassen von Plänen mit der Schwangerschaft begonnen hat, für sie relevant zu werden. Die Geburt ihrer Tochter wird als biographische Sinnquelle rekonstruierbar. Sie geht kommentierend darauf ein, das sie entschieden hat, ihrem Kind etwas zu bieten und dass sie deswegen eine Reihe von Zielen fasst, um zunächst den Schulabschluss zu verbessern und im weiteren Verlauf eine Ausbildung beginnen zu können.

In der Phase ihres Lebens, in der sich die Verlaufskurvendynamiken abschwächen und eine Prozessstruktur an Dominanz gewinnt, die sich mit der Entwicklung eines umfassenden biographischen Entwurfs angemessen beschreiben lässt, verändert sich auch ihre Theoriebildung. Es lässt sich weiterhin festhalten, dass sie mit kurzen orientierenden Kommentaren zu ihrer Erzählung Stellung bezieht. Darüber hinaus zeigen sich nun jedoch längere und differenzierte Theorien, die auf die veränderte Haltung zu ihrer Lebensgeschichte Bezug nehmen und zeigen, dass sie nun in anderer Weise beginnt, zu sich und ihrer Entwicklung Stellung zu nehmen. Besonders bedeutsam wird dabei, dass sie auf allgemeine strukturelle Aspekte in ihrer Geschichte eingehen kann, in denen sie Diskriminierung erfährt. Diese Theoriebildungen unterscheiden sich von den Theoriebildungen unter der Verstrickung in Prozesse, die sich eher als Erleidensprozesse rekonstruieren lassen. Dort zeigt sich – so zum Beispiel in der Orientierungstheorie zu ihrem „Mietnomadentum" – dass sie problematisierend auf eigenes Verhalten eingeht und sich selbst beschuldigend über Schwierigkeiten spricht, mit denen sie umgegangen ist. Unter der Perspektive auf die rekonstruierbare Prozessstruktur des biographischen Entwurfs, die sich im Datenmaterial in der sequentiellen Analyse mit der Schwangerschaft rekonstruieren lässt, zeigt sich die Theoriebildung weniger selbstreferentiell und bezieht Perspektiven ein, die über ihre eigene Situation hinausreichen. Dabei bezieht sie sich insbesondere auf ihre Rolle als Alleinerziehende und lässt frühere belastende Erfahrungen der Kindheit und Jugend unthematisiert. Auf diese Erfahrungen hatte sie zu Beginn der Erzählung noch explizit Bezug genommen. In der Erzählung wird ab dem Zeitpunkt der zweiten Schulausbildung und der Ausbildungsaufnahme sichtbar, dass Paula sich zunehmend mit ihrer Rolle als Alleinerziehende im Berufsleben auseinandersetzt. In der Bewältigung der Schwierigkeiten, mit denen sie sich im Ausbildungsverlauf konfrontiert sieht und die nur begrenzt mit den Ausbildungsinhalten zu tun haben, wächst ihr Bewusstsein für strukturelle Momente der Belastung, die in der Adressierung der Bundeskanzlerin für die Sache der Alleinerziehenden münden (Interview 1, S. 34, Z. 2–7).

> E: „Ich bin nämlich stinksauer () so auf die ganzen Gesetze und das is unmöglich/ ich find es halt unmöglich, dass Alleinerziehende irgendwie so viele Probleme haben, () gerade weil, wenn/ gerade wo sie was ((betont)) tun, ne, wo sie arbeiten gehen möchten und ne Ausbildung machen und dann is keiner dafür zuständig. (((lacht kurz))) Das fi/ fand ich so Hammer".

Sie geht im Rahmen des narrativen Kontextes um den Kontakt mit der Politik ausführlich darauf ein, dass sie der Meinung ist, dass Alleinerziehende generell und im Berufsleben besonders viele Belastungsmomente zu tragen haben und dass sie deutliche strukturelle Benachteiligungen sieht, denen die Politik nichts entgegensetzt. Unter dieser Perspektive gewinnt die Orientierungstheorie in der Präambelphase, die durch die detaillierte Erzählung konterkariert wird, eine andere Bedeutung. Sie steht weniger für eine zentrale Selbsttypisierung, die zum Zeitpunkt des Interviews noch dominant ist, sondern eher für ein Wissen um die Verlaufskurvenpotenziale in der Lebensgeschichte, die in ihrer Dynamik für die aktuelle Lebenssituation weniger bedeutsam sind, als dies früher der Fall war. In der Präkodaphase kommt sie zu einer Globalevaluation noch einmal auf ihre familiäre Herkunft zu sprechen, bezieht sich hier jedoch ausschließlich auf die Beziehung zu ihrer Mutter. Ihre abschließende Bemerkung zeigt abstrahierend an, dass die prozessstrukturelle Veränderung und die Entwicklung eines biographischen Entwurfs zu einer veränderten Beziehung zwischen Mutter und

Tochter beigetragen haben. Paula bewertet diese Veränderung vorsichtig unter Rückbezug auf ihre eigene Elternschaft, der sie sich primär verpflichtet fühlt und die ihr Selbstverständnis als erwachsene alleinerziehende Frau prägt.

3.2.3 Synopse: biographische Deutung im Kontext dualer Ausbildung

Im Hinblick auf die Forschungsfrage zeigt sich in dieser Fallrekonstruktion ein Ineinandergreifen schwieriger Situationen, die für Paula Wadstel biographisch bedeutsam werden. Die Rekonstruktion biographischer Prozesse zeigt erschwerende Umstände durch ihre familiäre Situation, die von Gewalt und Suchterkrankung geprägt ist. Sie beeinflusst ihre Entwicklung in Kindheit und Jugend in vielfältiger Weise und führt zu einem Schulabschluss mit einem schwachen Bildungszertifikat. In der Rekonstruktion zeigt sich, dass es keine Planung für die Zeit nach dem ersten Schulabschluss gibt. Die Aufnahme einer Ausbildung nach dem ersten Schulabschluss wird nicht zum Thema, dies wird erstmalig nach der Geburt der Tochter in der Erzählung sichtbar. Die biographischen Prozesse vor der Geburt ihrer Tochter sind nicht von Planungen, sondern von Erleiden geprägt. Darauf geht sie im Interview bereits in der Präambelphase mit einer Erklärungstheorie ein, in der sie ihre Lebensgeschichte in einen Rahmen von komplexen familiären Problemen stellt und sich als Erleidende langwieriger Prozesse einführt.

Die Rekonstruktion biographischer Prozesse zeigt, dass im Zusammenhang mit der frühen Mutterschaft erste Ansätze zur Handlungsplanung an Bedeutung gewinnen. Die Erzählerin geht zunehmend auf die Gestaltungsmöglichkeiten ihrer Situation ein und entwickelt einen Plan, der die Verbesserung ihres schwachen Bildungszertifikats zentral setzt. Gleichzeitig entwickelt sich jedoch durch die neue Situation als alleinerziehende Mutter ein Benachteiligungsbewusstsein, das neu ist und sich auf Alleinerziehende als gesellschaftliche Gruppe bezieht. Sie setzt ihre Diskriminierungserfahrungen im Prozess der Ausbildungsplatzsuche damit in Verbindung. In der Ausbildungszeit entwickelt sie in der Erfahrung von Überlastung durch den Alltag und die Interaktion mit Behörden Strategien, die über ihre individuelle Situation hinausverweisen. Besonders bedeutsam wird dabei, dass sie auf allgemeine strukturelle Aspekte in ihrer Geschichte eingehen kann, in denen sie Diskriminierung erfährt, so zum Beispiel in der Ablehnung als potentielle Auszubildende in Praktikumsbetrieben aufgrund ihres Alleinerziehendendaseins. In diesem Prozess wird für die Erzählerin zunehmend wichtig, dass sie auf das Alleinerziehendsein Bezug nimmt und andere Aspekte der Benachteiligung in ihrer Lebensgeschichte in den Hintergrund stellt. Dieser Aspekt wird auch in der Rekonstruktion der Ausbildungszeit sichtbar: Hier geht es um sie als alleinerziehende Auszubildende und damit verbundene Schwierigkeiten durch diese Lebenssituation in der Ausbildung.

Die Biographisierungsleistungen in dieser Fallrekonstruktion sind von der Thematisierbarkeit der Erfahrung des Alleinerziehendendaseins geprägt, das der Erzählerin gleichzeitig ermöglicht, ihre Belastungen im Alltag in einen größeren Kontext zu stellen und sich als Teil einer marginalisierten Gruppe zu sehen. Im Gegensatz zu anderen Erleidenserfahrungen in ihrer Geschichte, die benachteiligend wirksam geworden sind, entsteht hier die Möglichkeit, widerständiges Handeln zu entwickeln und Strukturen in Frage zu stellen, wie ihre Aktion des Protestbriefes an Kanzlerin Merkel zeigt.

Diese Entwicklung lässt sich in der Rekonstruktion der Theoriebildungen im Interview und den narrativen Passagen nachzeichnen. Mit Blick auf den biographischen Entwurf, dessen zunehmende Entwicklung sich im Datenmaterial in der sequentiellen Analyse rekonstruieren lässt, bezieht die Theoriebildung zunehmend Perspektiven ein, die über ihre eigene Situation hinausreichen. Dabei bezieht sie sich insbesondere auf ihre Situation als Alleinerziehende. Für diese Prozesse wird die Erfahrung der Bewältigung der Ausbildung trotz schwieriger Momente wichtig, die in den Interviews sichtbar wird. In der qualitativen Triangulation wird für diese Entwicklung der Beitrag der Klassenlehrerin als Beziehungspartnerin sichtbar, die sie unterstützt. Zugespitzt lässt sich formulieren: Paula Wadstel konturiert ihre Benachteiligung in ihrer Situation als Alleinerziehende. In dieser Konturierung wird es ihr möglich, die Schwierigkeiten in ihrer Lebenssituation zum Interviewzeitpunkt einzuordnen, die sich auf die Mühen des Alltags nach dem Ausbildungsabschluss und die Probleme ihrer Tochter im Schulalltag richten.

Entscheidend für den Umgang mit Benachteiligung erscheint in dieser Fallrekonstruktion, dass eine Änderung der Lebenssituation zu einer veränderten Perspektive auf die bislang dominanten Prozesse des Erleidens führt und eine Planung möglich macht. Die erlebte Benachteiligung als Alleinerziehende kann im Gegensatz zu den familiären Erleidenserfahrungen Paulas strukturell angebunden werden und wird von der Erzählerin in einen größeren Zusammenhang gestellt, in dem sie sich als Alleinerziehende einem Teil einer Gruppe zugehörig fühlt. Diese Zugehörigkeit ermöglicht ihr die Entwicklung eines widerständigen Handlungspotenzials.

3.3 Bernd Hochstein

Informationen zur Interviewanbahnung und Interviewsituation

Das erste Interview mit Bernd Hochstein fand im April 2014 in einer westdeutschen Stadt statt. Es kam zustande, nachdem ich einige Wochen zuvor ein interaktionsgeschichtlich-narratives Interview mit seinem Ausbilder und damaligen Chef, Olaf Brauner, geführt hatte. Der Erstkontakt wurde durch eine Bekannte hergestellt, mit der ich zu Beginn der Datenerhebung Kontakt aufgenommen hatte, da ich wusste, dass sie beruflich häufiger mit Handwerksbetrieben zusammenarbeitete. Ich bat sie in der ersten Phase der Datenerhebung, mir bei der Kontaktaufnahme zu kleineren Betrieben behilflich zu sein. Sie vermittelte mir den Kontakt zur Firma Brauner. Hierbei handelt es sich um einen kleinen Metallbaubetrieb, der zum Interviewzeitpunkt insgesamt sieben Mitarbeiter_innen hatte. Er wird von Olaf Brauner als Familienbetrieb in der zweiten Generation geführt. In einem ersten Telefonat schilderte ich der Verwaltungsfachkraft der Firma Brauner, wie ich auf den Betrieb aufmerksam wurde und was mein Interesse sei. Sie versprach, mit ihrem Chef zu sprechen und mich anzurufen. Kurz darauf kontaktierte sie mich erneut und vereinbarte einen Termin für ein Interview mit ihm. Im Interview mit Olaf Brauner arbeitete ich mit einem dreigeteilten narrativen Impuls (vgl. Riemann 2000, S. 39 f.). Ich bat Herrn Brauner zunächst, seine eigene Berufsbiographie zu erzählen. Im zweiten Teil forderte ich ihn dazu auf, von seiner Arbeit als Ausbilder zu berichten, die sich in seinem Fall gleichsam selbstverständlich aus der Rolle als Meister und Firmeninhaber ergab. In einem dritten Teil bat ich ihn, mir Geschichten von Auszubildenden zu erzählen, die ihm in Erinnerung geblieben waren, weil sie sich im Verlauf der Ausbildung oder aus anderen Gründen als besonders erwiesen hatten.

In diesem dritten Teil erzählte Herr Brauner die Ausbildungsgeschichte von Bernd Hochstein. Ich fragte ihn im Anschluss an das Interview, ob er einen Kontakt herstellen könnte. Herr Brauner leitete meine Bitte an Bernd weiter, die Verwaltungskraft schickte mir per E-Mail seine Handynummer. Ich nahm zu Bernd Kontakt über eine Kurznachricht auf, beschrieb kurz mein Anliegen und fragte ihn, ob ich einmal anrufen dürfte, um mehr zu erzählen. Dieses Telefonat kam schnell und unkompliziert zustande. Bernd war sofort bereit zu einem Interview und schlug vor, dieses bei sich zu Hause an einem Freitagnachmittag durchzuführen. Er erklärte, an Freitagen stets bereits um kurz vor dreizehn Uhr zu Hause zu sein. Bereits bei diesem ersten Interview lernte ich Bernds Partnerin Hanne kennen, mit der er in einer stilvoll und designorientiert eingerichteten Altbauwohnung zusammenlebte. Hanne begrüßte mich, bereitete mir einen Milchkaffee zu und zog sich dann zurück. Ein zweites Interview mit Bernd fand im Juli 2015 nach eingehender Analyse des ersten Interviews und unter dem Eindruck des gewachsenen Samples statt, um bestimmte biographische Prozesse in der Rekonstruktion schärfer konturieren zu können. Wir trafen uns wieder in der Wohnung von Bernd und Hanne, mittlerweile hatten beide geheiratet. Hanne begrüßte mich wiederum herzlich und bot mir etwas zu trinken an, bevor sie sich ins Nebenzimmer zurückzog.

Erläuterungen zum zugrundeliegenden Datenmaterial

Auf die Überlegungen zur Auswahl der Datenmaterialien aus den Interviews mit Bernd Hochstein und seinem Ausbilder Olaf Brauner bin ich eingangs unter Kap. 4 bereits eingegangen. Das Datenmaterial für die folgende Fallrekonstruktion besteht aus den genannten drei Teilen: Es existiert ein interaktionsgeschichtlich-narratives Interview mit Bernds Ausbilder Olaf Brauner, der während der gesamten Ausbildung gleichzeitig sein Chef und Arbeitgeber war. Darüber hinaus gibt es die beiden bereits erwähnten Interviews mit Bernd, die im Abstand von fünfzehn Monaten geführt wurden. Zum Zeitpunkt des zweiten Interviews im Juli 2015 hat Bernd die Firma Brauner aufgrund einer Kündigung durch Herrn Brauner verlassen und arbeitet in einem anderen Metallbaubetrieb in der gleichen Region, darauf gehe ich später noch genauer ein.

Das erste Interview weist eine relativ kurze selbstläufige Eingangserzählung auf, in der er zunächst knapp über einige Phasen seiner Geschichte hinweggeht. Diese ergänzt er jedoch im Nachfrageteil mit langen narrativen Passagen, in denen der Erzähler auf einige bedeutsame biographische Prozesse eingeht, die er in der Eingangserzählung nur angedeutet hatte. Ähnlich zeigt sich diese Struktur im Nachinterview: Nachdem ich Bernd mein Anliegen erzählt hatte und er sich mit den Fragen konfrontiert sah, entwickelte sich ein Erzählfluss, den er im zweiten Interview reflektierte („Alles raus, ja, es kommt immer alles nach"). Bernd erwies sich in den Interviews als aufgeschlossener Erzähler seiner Geschichte, der auch detailliert auf heikle Phasen seines Lebens zu sprechen kam. Für das Verständnis des zweiten Interviews wird wichtig, dass Bernd Hochstein zum Interviewzeitpunkt seinen Arbeitsplatz in der Firma Brauner aufgrund einer Kündigung durch Herrn Brauner verloren hat. Er ist in einer neuen Festanstellung in einem anderen Metallbaubetrieb und nimmt in seiner Darstellung zu den Geschehnissen in seinem Ausbildungsbetrieb im zweiten Interview die Perspektive eines ehemaligen, gekündigten Mitarbeiters ein.

Olaf Brauner gibt die Geschichte mit Bernd wieder und geht dabei nur auf wenige Prozesse im Ausbildungsverlauf detaillierter ein, bevor ich mit Nachfragen weitere Prozesse und Phasen, zum Beispiel die Prüfungsvorbereitung, noch einmal gezielter anspreche. Seine Antworten auf meine Nachfragen sind narrativ geprägt, bevor er beginnt, sich argumentativ mit der (von mir nicht gestellten) Frage auseinanderzusetzen, warum er sich bereits mehrfach „schwierige" Auszubildende in die Firma geholt hat. Die in diesen Interviews sichtbaren Prozesse in der Ausbildung und damit einhergehenden biographischen Prozesse zeigen sich als sehr verschieden von anderen und bieten reichhaltiges analytisches Potenzial.

3.3.1 Strukturelle Beschreibung

Der Einstieg in die Erzählung: Die lakonische Schilderung seiner Kindheit und der Abstiegsprozesse in die Hauptschule

Ich gehe im Folgenden in Form einer strukturellen Beschreibung auf die Eingangserzählung ein. Ich stelle hier zunächst die Eingangsphase ausführlicher dar, bevor ich auf einzelne Erzählsegmente zu sprechen komme und auf die Präkoda- und Kodaphase des Interviews eingehe. Im Anschluss an die relativ knappe Eingangserzählung komme ich auf den Nachfrageteil des Interviews und des zweiten Interviews zu sprechen. Dabei orientiere ich mich in meiner Darstellung durchgängig an Bernds Darstellung und gehe auf die Struktur seiner Erzählung ein. Bernd greift zu Beginn seiner Stegreiferzählung meine Erzählaufforderung auf und beginnt zu erzählen (Interview 1, S. 1, Z. 23–48).

E: „Wo fang ich denn da an? () Bin in Neu-Stadt geboren. (.) äääh/ Hab mit meinen/ ja, hab noch en Bruder. Der is ähm/ der is anderthalb Jahre älter als ich. (.) Wir ham zusammen mit meinen Eltern in ner kleinen Wohnung gewohnt in ()/ auch hier in Neu-Stadt.

I: mhm

E: Ähm bis ich (…) bis ich 15 war, oder so.

I: mhm

E: Ja/ bin da auch ()/ ja, bin da ganz gut aufgewachsen/ vielen Freunden/ sie kenn ich auch schon daher/ seitdem ((nickt Richtung Partnerin in anderem Zimmer)). ((lacht)) Die hat da auch gewohnt. Und äh bin da zur Grundschule gegangen. Ganz normal. Bin in der Grundschule (..) von der dritten auffe zweiten zurückgegangen.

I: mhm

E: Bin sitzengebl/äh ja, zurückgegangen. Dann bin ich von da aus auf die Realschule gekommen. (.) Bin dann bis zur 6. Klasse gekommen. Und dann bin ich auf die Hauptschule gekommen.

I: mhm

E: Durch/ ja () Faulheit, einfach. ((lacht kurz)) Dann () ja () in der Laufb/ in der Zeit sind wir dann auch umgezogen. Ham meine Eltern sich en Haus gekauft. Mit meinen Großeltern zusammen. () Ähm, sind wir da hoch gezogen. War dann halt noch auf der Hauptschule Baumberg. Bin auf der Hauptschule Baumberg auch noch mal sitzen geblieben.

I: mhm

E: Von der (.)/ weiß ich gar nicht mehr, ich glaub von der achte/ die achte oder siebte Klasse hab ich wiederholt. Äh die Schule hab ich besucht () bis zur neunten Klasse.(.) Äh, hab da zu der Zeit auch halt auch diese Praktika gemacht. Da hab ich schon viel ausprobiert. Da hab ich einmal als äh/ Praktikum als Steinmetz gemacht. Und en Praktikum als Fernsehtechniker. Hatte eigentlich auch bei beiden die Chance gehabt, da mich noch mal blicken

zu lassen. Aber () durch meine Faulheit oder sonst irgendwas was ich im Kopf
hatte/ hab ich nich gemacht und hab dann auch blau gemacht und sonst was.
Nur Mist gebaut. Joah. Und dann hab ich die Hauptschule Baumberg nach Neun
verlassen".

Bernd gibt zu Beginn seiner Erzählung einen global-raffenden Überblick über
seine Kindheit und Jugend. Er führt seinen Geburtsort ein, der bis zum Interviewzeitpunkt sein Wohnort bleibt und nennt seine Geschwisterkonstellation.
Er geht sehr kurz auf die Wohnsituation der Familie ein. Er überspringt in
seiner Erzählung die gesamte Zeit vor der Einschulung in die Grundschule und
rahmt nur kurz seine familiäre Situation und sein häusliches Umfeld „bin da
ganz gut aufgewachsen/mit vielen Freunden" und steckt mit diesem kurzen
bewertenden Kommentar eine stabile soziale Situation ab, in der er seine Kindheit verbracht hat. Diese knappe und eindeutige Darstellung seines sozialen
Umfelds ist interessant, weil sie sich im Vorgriff auf die weitere Erzählung als
Kontrastanordnung zu seinem Erleben der Institution Schule verstehen lässt:
Das ist mein privates Leben und das bin ich in der Schule. Bernd korrigiert sich,
als er seine Situation in der Grundschule darstellt. Zunächst spricht er davon,
dass er „zurückgegangen" ist und hält dies offenbar für plausibilisierungsbedürftig, so dass er erneut ansetzt und nun zunächst von „sitzengeblieben"
spricht, was er jedoch zurücknimmt und durch ein erneutes „zurückgegangen"
ersetzt. Bernd legt Wert auf die Feststellung, dass er freiwillig in die zweite
Klasse zurückgegangen ist. In dieser Selbstkorrektur scheint möglicherweise
etwas von dem Schampotenzial auf, mit dem „sitzenbleiben" verbunden ist. Am
Ende der Erzählung wird sichtbar, dass sich für ihn damit Weitreichendes verknüpft – ich gehe darauf im weiteren Verlauf der sequentiellen Analyse ein.
　　Er fährt direkt fort, seine Lebensgeschichte als institutionellen Vorgang zu
erzählen. („Dann bin ich von da aus auf die Realschule gekommen"). Er bleibt
weiter in einem Darstellungsmodus, der von seinem Erleben sehr wenig sichtbar macht, und schiebt knapp einen evaluativen Kommentar ein („durch/ ja ()
Faulheit, einfach"), als er von seiner Rückkehr auf die Hauptschule erzählt.
Diese stark minimierte Darstellung scheint auffällig, die damit verbundenen
Vorgänge lassen etwas anderes vermuten. Bernd hat in den vergangenen Sätzen
darüber gesprochen, dass er in der Grundschule eine Klasse wiederholt hat und
in der sechsten Klasse zurück in die Hauptschule gewechselt ist. Seine knappe
Evaluation zeigt an, dass er es als kommentierungsbedürftig einschätzt, was bis
zu diesem Zeitpunkt in seiner Geschichte geschehen ist. Die Form des evaluativen Kommentars („durch/ ja () Faulheit, einfach") deutet auf ein bestimmtes
eigentheoretisches Konzept hin, das hier aufscheint. „Faulheit" rekurriert auf
persönliche Lustlosigkeit und Entscheidungsfreiheit. Eine Deutung, die sich auf
Intelligenz bezieht, wird durch den evaluativen Kommentar unwahrscheinli-

cher. Sein evaluativer Kommentar macht klar, dass diese Deutung nicht erfolgen soll.

In dieser Zeit passiert etwas Bedeutsames, das von ihm erwähnt wird: Die Familie bezieht gemeinsam mit den Großeltern ihr eigenes Haus. Er kommt im Weiteren darauf zu sprechen, dass er während seiner Zeit an der Hauptschule Baumberg erneut sitzengeblieben ist. Er versucht sich an die genauen Jahrgangsstufen zu erinnern, in denen dies geschehen ist, und kann dies im Detail nicht mehr. Er geht darauf ein, dass er verschiedene Praktika gemacht hat, und kommentiert sein Verhalten im Anschluss an diese abwertend. Er benennt explizit ein Praktikum als Steinmetz und als Fernsehtechniker, das er absolviert. In einem kurzen erklärenden Kommentar führt er aus, dass er durchaus das Interesse beider Betriebe geweckt hat. Seine Evaluation einer (nicht ausgesprochenen) Ausbildungslosigkeit im Anschluss an die Zeit auf der Hauptschule Baumberg ist an dieser Stelle bedeutsam: Er wiederholt, dass er „faul" war, was er bereits zur Begründung angeführt hatte, als es um seine Rückstufung in die Hauptschule geht. Er spricht davon, dass er anderes im Kopf hatte, und geht knapp auf unentschuldigtes Fehlen in seiner Schulzeit ein, bevor er schließt: („nur Mist gebaut").

Er sagt abschließend, dass er die Hauptschule Baumberg nach dem neunten Schuljahr verlassen hat. In diesem Kommentar zeigt sich erneut, was sich bei seiner Evaluation zur Rückstufung auf die Hauptschule bereits andeutet. Mit der Formulierung „oder sonst irgendwas, was ich im Kopf hatte" deutet er einerseits an, dass ihm selbst nicht ganz klar ist, was damals genau passiert ist. Mit Blick auf die Prozessstrukturen lässt sich die gezeigte Eingangsphase und die zurückhaltende, geraffte Darstellung zunächst als ein rasches Abhandeln institutioneller Stationen lesen, die in der Erfahrungsaufschichtung sichtbar wird. Gegen diese Deutung spricht allerdings die erlebensminimierte Darstellung und der wiederkehrende Gebrauch der Formulierung („bin ich gekommen"), das nachdrückliche Darstellen der Freiwilligkeit beim Wiederholen einer Grundschulklasse sowie die eigentheoretische Deutung von Faulheit, als es um den Schulformabstieg und das dortige Wiederholen von Jahrgangsstufen geht, die eher auf Erleidenserfahrungen im schulischen Kontext im Sinne einer Schulverlaufskurve (vgl. Nittel 1992) hindeuten. Unter dieser Perspektive erscheint Bernd wenig handlungsfähig und getrieben von institutionellen Ereignissen, die er nur begrenzt beeinflussen kann. Er beendet die Schilderung seiner Schulzeit lakonisch und ohne weitergehende eigentheoretische Auseinandersetzung.

Institutionelle Versorgung in einer verlaufskurvenhaften Entwicklung –
die ersten Jahre nach dem Ende der Zeit in der Hauptschule

In den folgenden Erzählsegmenten geht Bernd auf die Jahre nach der Hauptschule ein. Aus der Erzählung wird ersichtlich, dass er zunächst weder einen qualifizierenden Hauptschulabschluss noch einen Ausbildungsplatz hat. Es entsteht keine biographische Planung, die in eine bestimmte Richtung verweist. Diese Situation geht einher mit einem zunehmenden Gebrauch weicher Drogen und sein Hineinwachsen in jugendkulturelle Praxen – vor allem Musik machen und sprayen – die für ihn immer wichtiger werden. Die Bedeutung jugendkultureller Praxen für die andauernde verlaufskurvenhafte Entwicklung offenbart sich in der Erzählung in den nächsten Segmenten zunächst nicht, Bernd bleibt in seiner Erzählung bei der Thematisierung seiner institutionellen Anbindung in dieser Lebensphase und kommt erst sehr viel später auf die Bedeutsamkeit kreativer und zum Teil devianter Prozesse in dieser Zeit zu sprechen – ich gehe darauf in der weiteren Analyse ein. Bernd erzählt zunächst, dass er nach dem Ende der Schulzeit in der Hauptschule Baumberg an einer Maßnahme unter der Trägerschaft eines Wohlfahrtsverbandes teilnimmt. Der Wohlfahrtsverband bietet eine Maßnahme an, die es ermöglicht, den Schulabschluss nachzuholen. Bernd detailliert die Struktur dieser Maßnahme im Erzählen knapp (Interview 1, S. 2, Z. 5–8).

> E: „Des is hier so/ wie so en diakonisches Werk, oder so. Wo man sein Abschluss nachmacht. Das is äh/ das ist/ teils teils Schule und äh/ teils Praktikum. Mit der Voraussetzung, dass man danach seine Ausbildung in einer Werkstatt macht".

Bernd geht hier auf die Struktur dieser Maßnahme ein und stellt dabei heraus, dass er darum weiß, wie die Maßnahme aufgebaut ist: Ein Wohlfahrtsverband ist der Träger der Maßnahme, er kann dort seinen Schulabschluss nachholen und verpflichtet sich, im Anschluss dort eine Ausbildung („in einer Werkstatt") zu beginnen. Ich gehe deshalb so detailliert darauf ein, dass ihm diese Struktur geläufig ist, da ich gleich noch einmal darauf zu sprechen komme. Er fügt an dieser Stelle der Erzählung an, dass er zu dieser Zeit bereits einmal ein Kurzpraktikum in der Firma Brauner absolviert, wo er später auch seine Ausbildung macht Er geht darauf ein, dass er seinen Abschluss nachholen möchte und dass ihn alles andere nicht interessiert – vor allem nicht die Praktika, auch das bei Olaf Brauner nicht – die er in dieser Zeit absolviert. Der Einschub mit der Erwähnung des Praktikums dient der Plausibilisierung seiner Haltung gegenüber der Maßnahme, die sich auf das Nachholen eines Bildungszertifikats konzentriert und alle Anschlussperspektiven außer Acht lässt. Bernd wiederholt dies nachdrücklich und geht darauf ein, dass ihm der Schulabschluss gelingt. Er nimmt kurz Stellung dazu, dass ihn dies „glücklich" gemacht hat, um direkt dazu überzuleiten, dass er im Anschluss daran keinerlei Ausbildungsperspektive hat. Er erzählt, dass er zunächst Zeitungen austrägt, um ein „bisschen Geld" zu verdienen. Damit leitet er über zu der ersten Ausbildung, die er beginnt (Interview 1, S. 2, Z. 22–27).

> E: „Und dann nach dem Abschluss () ähm/ hab ich dann irgendwann gedacht: so jetz musst Du ma irgendwas machen. Fängste ma ne Ausbildung an. Dann hab ich die erste Ausbildung gemacht. (.) Das war als () Holzmechaniker. Hab ich () ein Jahr gemacht. () Hab immer blau gemacht. Abgebrochen. Wurd rausgeschmissen. So. Dann hab ich ((betont)) <u>wieder nix</u> gehabt".

Bernd erzählt den Einstieg in die Ausbildung zum Holzmechaniker als *seinen* Entschluss, eine Ausbildung zu beginnen. Bedeutsam scheint hier seine Formulierung einer „ersten" Ausbildung, die bereits andeutet, dass es nicht bei dieser einen geblieben ist. Bernd erläutert an dieser Stelle nicht, dass diese Ausbildung zum Holzmechaniker keine reguläre duale Ausbildung ist, um deren Aufnahme er sich mittels Bewerbung bemüht hat. Es kommt nicht zu einer Darstellung von Interessenentwicklung oder einer Plausibilisierung, warum er eine Ausbildung zum Holzmechaniker begonnen hat. Im weiteren Interviewverlauf wird deutlich, dass es sich hierbei um eine sozialpädagogisch begleitete Ausbildung handelt. Es ist ein Angebot für Jugendliche, die auf dem regulären Ausbildungsmarkt keine Ausbildungsplätze gefunden haben und eine Anschlussmaßnahme nach der ersten Maßnahme, die er bereits absolviert hat. In der sequentiellen Analyse zeigt sich ein Widerspruch in der narrativen Darstellung. Er hatte bereits im vorhergehenden Erzählsegment (S. 2, Z. 5–8, siehe vorige Seite) darüber gesprochen, dass die Maßnahme des Schulabschlusses und die Ausbildung miteinander verknüpft sind, kurz darauf stellt er die Entscheidung zur Ausbildungsaufnahme als autonom getroffen dar. Er erzählt diesen ersten Ausbildungsversuch ähnlich wie seine Schulzeit ohne Bezüge zu seinem damaligen Erleben, er handelt die Fakten dieser Zeit ab und hält fest, was damals geschehen ist – er wurde entlassen. Auffällig erscheint an dieser Stelle, dass er diesen Rauswurf nicht begründet. Diese Darstellung lässt sich erneut als Hinweis auf Prozesse lesen, die sich eher als Erleiden darstellen, Formen einer Planung oder eines biographischen Entwurfs werden nicht sichtbar. Mit seiner Formulierung („wieder nix") schließt er an den segmentschließenden Satz des vorhergehenden Erzählsegments an, in dem er das Erreichen seines Schulabschlusses erzählt hatte. Auch dort merkte er an, dass er nach Nachholung seines Schulabschlusses „nichts" hatte, und betont dies. Er erzählt weiter, dass er in der Zeit nach dem vorzeitigen Ende der Ausbildung zum Holzmechaniker jobbt. Er geht kurz auf die Form der Tätigkeiten ein, denen er damals nachgegangen ist: er packt und scannt Kisten bei einem Unternehmen für den Versand. Bernd führt im weiteren Verlauf der Erzählung zum ersten Mal im Interview seine Eltern und deren Erwartungen ein, bevor er auf seine weitere Entwicklung zu sprechen kommt (Interview 1, S. 2, Z. 30–36).

E: „Und meine Eltern, die warn natürlich auch immer sehr enttäuscht von mir und sauer und sagten: ja, du musst doch mal was schaffen! Da war ich schon (..) achtzehn, oder siebzehn oder achtzehn und so langsam sollte ich mal was werden. () Ja, und dann hab ich () ((betont)) noch mal ne Ausbildung angefangen. Also, es kommen jetzt mehrere Ausbildungen, die ich angefangen habe ((lacht leicht))".

Bernd kommt auf seine Eltern mit einer deutlichen Bewertung zu sprechen („natürlich auch immer sehr enttäuscht"). Diese Stelle markiert in der Eingangserzählung einen markanten Wechsel der Darstellungsform in Bernds Erzählen. Während er zu Beginn seiner Erzählung global-raffend über vieles und viele Jahre hinweggegangen ist, ohne dass sein Erleben oder seine aktive Beteiligung im Erzählvorgang lebendig wurde, ist sein Erzählen in diesen Segmenten von einer größeren Sichtbarkeit aller Beteiligten gekennzeichnet. Er benennt die Erwartungen seiner Eltern mit starken bewertenden Adjektiven und der Formulierung wörtlicher Rede. Er ordnet dieses Geschehen zeitlich in sein Lebensalter ein[65], formuliert dabei nochmals die Erwartung an ihn, nun etwas zu „werden" und schließt damit gleichzeitig diesen Teil, um in etwas Neues überzuleiten. Wiederum fällt auf, dass keine eigenständige Idee einer Planung durch Bernd sichtbar wird. Er spricht darüber, was *andere* von ihm erwarten. Er sagt, dass er erneut eine Ausbildung beginnt und ergänzt, dass nun ein Teil seiner Erzählung folgt, in dem er über mehrere Ausbildungen spricht, die er angefangen hat. Diese kurze Rahmung ist bedeutsam, sie kann im Sinne Schützes als „suprasegmentaler Markierer" (vgl. Schütze 1984, S. 102) gelesen werden. Mit dem suprasegmentalen Markierer („es kommen jetzt mehrere Ausbildungen") orientiert Bernd die Interviewerin auf die Struktur des folgenden Teils seiner Lebensgeschichte. Gleichzeitig kann diese Formulierung auch als Hinweis darauf gelesen werden, dass er um die Erklärungsbedürftigkeit mehrerer Ausbildungsabbrüche weiß. Prozessstrukturell zeigt sich eine Auseinandersetzung mit Normalformerwartungen (vgl. Cicourel 1976) an institutionellen Ablaufmustern ohne eine biographische Planung, die damit korrespondiert. Bernd erzählt, dass er eine vollzeitschulische Ausbildung in einem sozialpflegerischen Beruf beginnt.

---

65 Wenn ich hier mit in Betracht ziehe, dass Bernd im Vorfeld von mehreren wiederholten Schuljahren und der einjährigen Maßnahme zum Nachholen seines Schulabschlusses sowie der vorzeitig beendeten Ausbildung zum Holzmechaniker gesprochen hat, muss er zu diesem Zeitpunkt mindestens 18 Jahre alt gewesen sein.

Ausbildungsversuche in sozialpflegerischen Berufen

Bernd führt die Rahmenbedingungen der folgenden Ausbildungen nicht näher aus. Insbesondere geht aus der Erzählung nicht hervor, wie es zu einer Entscheidung für die Ausbildungsaufnahme in sozialpflegerischen Ausbildungen gekommen ist. Auf meine Frage hin geht er im Nachfrageteil darauf ein, dass es eine Idee seiner Eltern war. Rekonstruieren lässt sich, dass es sich bei den Ausbildungsversuchen in den nächsten zwei bis drei Jahren um schulische Ausbildungen mit dem Qualifikationsziel Sozialpfleger oder Sozialpflegehelfer mit unterschiedlichen Schwerpunkten handeln muss. Träger dieser Ausbildungen ist ein privater Schulträger, es ist die im Bereich von Pflegeausbildungen übliche Kombination aus Schulphasen und Praxisphasen (vgl. Pahl 2009). Bernd gefällt die Ausbildung und die Arbeit mit pflegebedürftigen älteren Menschen zunächst sehr gut. Er erhält positive Rückmeldungen und arbeitet in den verschiedenen Einsatzbereichen in der mobilen Pflege und im stationären Bereich (Interview 1, S. 2, Z. 39–48).

> E: „Äh, hab das auch ein oder anderthalb Jahre gemacht. Aber/ dann hab ich es von ((betont)) mir aus abgebrochen. Weil/ die ham mir alle gesacht/ ja, das kannst Du gut, mit alten Leuten und so was. Nur was ich da nich konnte, ich war dann irgendwann an diesem Punkt: Ich hab da in dem Altenheim Leute kennengelernt. Ältere Leute, die mich dann auch schon begrüßt ham, och, hallo, schön Sie zu sehen. () Und dann kam ich irgendwann auch ma in den Raum rein (..) wo dann auf einmal die Frau dann tot da lag. Und das ist mir zwei dreimal passiert. Und dann hab ich irgendwann gesagt/ das/ ich hab das mit nach Hause genommmen".

Bernd erzählt, dass er ein oder eineinhalb Jahre in der Ausbildung ist, bevor er die Ausbildung von sich aus abbricht. Es erscheint wichtig, dass er betont, dass *er* die Person ist, die die Ausbildung abgebrochen hat – er markiert damit einen Unterschied zu der Ausbildung zum Holzmechaniker, die seitens des Trägers beendet wurde. Es scheint ihm wichtig zu erwähnen, dass er positives Feedback zu seiner Tätigkeit in der Ausbildung erhalten hat. Er begründet seinen Abbruch mit den geknüpften Beziehungen im Ausbildungskontext zu seinen Patient_innen und geht darauf ein, dass er nicht gut mit Situationen des Sterbens zurechtgekommen ist. In der Betrachtung dieses Ausschnittes fällt erneut auf, dass er hier etwas von seinem Erleben der damaligen Situation sichtbar macht und nicht einfach die Fakten abhakt. Er erzählt von seinem Belastungserleben und begründet so den Abbruch der Ausbildung. Er kommt im Weiteren auf Reaktionen auf diesen von ihm entschiedenen Abbruch zu sprechen und bezieht sich hier offenbar auf die Reaktionen von Menschen in seinem Ausbildungskontext (Interview 1, S. 2, Z. 57 – S. 3, Z. 6):

E: „Die warn natürlich auch alle enttäuscht, so/ ja äh/ das wäre wohl mein Ding
gewesen, mi-mi-mit Menschen zu arbeiten () hat mir auch Spass gemacht. Weil
gleichzeitig ähm zu dieser Altenpfleger-Ausbildung gehörte auch ma noch so en
Praktikum im Kindergarten zu machen. Das hat mir auch ((betont)) <u>richtig</u> Spass
gemacht. Aber wie gesagt, dadurch dass es halt Altenpflege-Ausbildung war und
hauptsächlich halt für alte Leute/ konnt ich da nich mehr mit umgehen. Dann
war ich () ((betont)) <u>wieder arbeitslos</u>".

Bernd spricht an, dass die Leute in seinem Arbeitsumfeld enttäuscht von ihm
sind und dass ihm für die berufliche Sorgearbeit mit Menschen eine gewisse
Gabe zugeschrieben wird. Interessant ist hier, dass er diese Zuschreibung nicht
vorbehaltlos übernimmt, sondern im Konjunktiv formuliert. Er spricht weiter
davon, dass er „Spaß" in der Ausbildung hatte, und begründet seine Passung in
das Arbeitsfeld mit einer erweiterten Beschreibung der Ausbildungsinhalte: er
erzählt, dass auch Arbeit im Bereich frühkindlicher Bildung Teil der Ausbildung gewesen ist. Sein Schlusssatz zu dieser Episode lässt sich als Anschluss an
vorhergehende Segmente in der Erzählung lesen, in denen er Episoden abschließend mit („hatte nix") oder („hatte wieder nix") beendet, um die darauffolgende Perspektivlosigkeit zu kennzeichnen. Es folgt erneut eine Zeit, in der
er jobbt. Er geht kurz darauf ein, dass er erneut – wie in früheren Zeiten – Pa-
kete gepackt hat. An dieser Stelle kommentiert er seine eigene Entwicklung in
einer Globalevaluation: Er betont, dass es nicht so sei, dass er nichts gemacht
habe (S. 3, Z. 8–10).

E: „Also es is nich so, dass ich nie was gemacht habe, aber () was ich gemacht
habe, war jetzt auch nich das tollste. (.) So, was keine Zukunft hat".

Er stellt klar, dass er immer gearbeitet hat und bewertet, dass das allerdings
nicht „das Tollste" war und etwas, das „keine Zukunft" hatte. Diese Zeit nach
dem Abbruch der ersten Ausbildung in der Sozialpflege wird von ihm nicht
chronologisch gerahmt. Er geht nicht darauf ein, wie lange diese Phase des
Jobbens gedauert hat, sondern hält es an dieser Stelle seiner Erzählung für notwendig, seine eigene Entwicklung zu kommentieren. Diese Positionierung zu
seiner Entwicklung leitet unmittelbar in den nächsten Teil seiner Erzählung
und den nächsten Ausbildungsbeginn über. Er beginnt erneut eine Ausbildung
bei dem Träger der Sozialpflegeausbildung, diesmal jedoch zum Familienpfleger. Er geht darauf ein, dass diese („ja allgemein mit Menschen") befasst ist,
und begründet seinen Entschluss damit, dass ihm die Ausbildung zum Sozialpfleger an sich gut gefallen hat, wenn die Konfrontation mit dem Tod nicht
gewesen wäre. (Interview 1, S. 3, Z. 15–20).

E: „Das hab ich auch durchgezogen mit/ im Kindergarten, das Praktikum. Hat mir auch total viel Spaß gemacht. Und dann, wo es dann wieder zu dem Praktika kam, der Teil für alte Leute () hab ich dann einfach/ () da bin ich dann einfach wieder nich hingegangen. Hab ich dann einfach gesacht ((atmet tief)) ne, äh/ da hab ich kein Bock zu".

Bernd spricht davon, dass er das Praktikum „durchgezogen" hat. Im Kontext des Interviews deutet diese Formulierung darauf hin, dass es keine für ihn relevanten Zeiten unentschuldigten Fehlens gab, die er sowohl aus der Schulzeit als auch aus der Ausbildungszeit als Holzmechaniker kennt. Er benennt die Freude an der neuen Ausbildung, bevor er darauf zu sprechen kommt, dass es auch dort ein Praktikum gibt, das er im Pflegebereich bzw. in einer Einrichtung für Senioren ableisten muss. An dieser Stelle kommt es zu einem Satzabbruch. Er sucht nach den passenden Worten, bevor er sich für eine Darstellung entscheidet, die auf Lustlosigkeit Bezug nimmt: Er geht („einfach wieder nich hin"). Durch die Erzählung des ersten Ausbildungsabbruchs und seine Darstellung in den vorhergehenden Erzählsegmenten liegt nahe, noch etwas anderes zu vermuten, was ihn neben Lustlosigkeit zum Abbruch des Praktikums gebracht hat, möglicherweise eine Form von Überforderung mit den sozialen Herausforderungen der Situation. Darauf geht er jedoch hier nicht ein. Er baut kurz die persönliche Rede ein, als er abschließend auf den Abbruch zu sprechen kommt. Im anschließenden Erzählsegment führt er knapp aus, dass er sich sagt, dass er „nicht schon wieder" ohne etwas dastehen kann. Diese Formulierung deutet etwas von dahinterliegenden Prozessen an, die ihn die Häufung der vorzeitig beendeten Ausbildungen als etwas zunehmend Problematisches erleben lässt. Gleichzeitig kann diese Formulierung auch dafür stehen, dass sein Umfeld – insbesondere die Eltern und die Großeltern, die im Haus leben – zunehmend problematisierend auf das erneute vorzeitige Ende der Ausbildung reagieren. Eine Detaillierung erfolgt an dieser Stelle weder narrativ noch argumentativ. Er erzählt, zunächst ohne eine weitere Begründung in seine Erzählung einzuflechten, dass er die soeben abgebrochene Ausbildung zum Familienpfleger erneut – zum dritten Mal – beginnt (Interview 1, S. 3, Z. 22–26).

E: „Dann hab ich die Familienpflege-Ausbildung ((betont)) noch mal von vorne angefangen. (.) Habs noch mal gemacht. () und habs wieder in den Sand gesetzt. (..) s war (.) weiß ich nich. Hab zu der Zeit auch/ äh () diverse Sachen geraucht und so/ weil ich dann keine Lust mehr hatte".

Bernd wiederholt in diesem Ausschnitt zweimal, dass er die Familienpflegeausbildung wieder aufnimmt, und schließt an, dass er sie erneut abbricht. An dieser Stelle kommt es zu einer kurzen Pause in seinem Erzählfluss, bevor er zu einer Begründung für sein Verhalten ansetzt. Zunächst wird sichtbar, dass er keine Begründung hat, auf die er sich beziehen kann. Seine Auseinandersetzung mit dem Tod von Patient_innen führt er hier nicht wieder als Begründung für den Abbruch an, es wird auch nicht klar, wie lange dieser dritte Ausbildungsversuch gedauert hat. Im vorherigen Erzählsegment lässt sich rekonstruieren, dass er die eigenen Motive für den dritten Versuch der sozialpflegerischen Ausbildung nicht formulieren kann. Hier zeigt sich nun, dass er auch das dritte vorzeitige Ende der Ausbildung nur begrenzt erklären kann.

Er erwähnt an dieser Stelle in der Eingangserzählung erstmalig den Gebrauch von Drogen und geht erneut auf seine Lustlosigkeit ein, die er bereits beim Abbruch der zweiten Ausbildung in die Erzählung eingeführt hat. Weder die erneute Aufnahme der Ausbildung noch der erneute Abbruch wird von ihm in der Interviewsituation eigentheoretisch bearbeitet, die Erzählung zeigt hier, dass er keine klare Idee formuliert, wie diese Episode einzuordnen ist. Er spricht davon, dass er es „wieder in den Sand gesetzt" hat. Es bleibt unklar, wie dies zu deuten ist – ob es um eine erneute Erfahrung des Scheiterns geht oder ob er damit auf seinen Motivationsverlust Bezug nehmen möchte. Mit seiner Rekurrenz auf den Drogenkonsum verbindet sich die von ihm ausgesprochene Vermutung, dass das „Rauchen diverser Sachen" mit einem Orientierungsverlust einhergegangen ist. In der Zusammenschau der Ausbildungen im sozialpflegerischen Bereich lässt sich prozessstrukturell ein verfestigter Steuerungsverlust rekonstruieren, der sich in den narrativen Teilen der Erzählung zeigt und auf die Erfahrungsaufschichtung einer dominanten verlaufskurvenhaften Dynamik verweist. Es gelingt ihm immer weniger, tragfähige, für sich selbst und andere plausible Erklärungen zu formulieren, in denen er als Handelnder und nicht nur als Erleidender sichtbar wird. Er erwähnt weiter, dass er in dieser Zeit seines Lebens kurzzeitig mit einem Freund zusammengewohnt und gemeinsam mit ihm Drogen konsumiert hat. Mit diesem Drogengebrauch begründet er erneut seine Lustlosigkeit und fügt an, dass er darauf „rausgeschmissen" wurde. Der dritte Ausbildungsversuch, so macht er abschließend klar, wird von Seiten des Trägers beendet.

Die Phase der Entgrenzung nach den sozialpflegerischen Ausbildungsversuchen

An dieser Stelle im Interview scheint es, als finde er sich im Erzählen kurzzeitig in der eigenen Geschichte nicht mehr zurecht, er muss sich selbst orientieren (Interview 1, S. 3, Z. 31–44).

E: „Ja. () Jetzt muss ich mal überlegen. Wo sind wir jetzt? Jetzt hab ich die Familienpflege-Ausbildung zweimal gemacht. () Ja. Und danach hatt ich dann () ein Jahr lang oder anderthalb Jahre wirklich ((betont)) gar nichts. Da hab ich Zeitung ausgetragen. Da hab ich/ da bin ich auch mit meinem damaligen Mitbewohner zerstritten. Bin dann wieder zu meinen Eltern zurück. Und hab da nur rumgelungert.

I: mhm

E: Hab nur/ ich hatte unten im Keller mein Zimmer ge-
habt/ und äh hab nur im Bett gelegen und hab ausgeschlafen. Und dann war halt diese typische Situation, meine Mutter, ich soll aufstehen, mit em Staub-sauger vor der Tür/ steh endlich auf. Und hab mich nur mit meinen Eltern ge-stritten. Und mit meiner Oma und/ äh/ war nicht mehr schön. Ja".

Bernd denkt laut darüber nach, an welcher Stelle seines Lebens er jetzt gerade im Erzählfluss steht. Er wiederholt die Fakten des eben Erzählten – dass er die Familienpflege-Ausbildung zweimal gemacht habe – und pausiert kurz, bevor er darauf eingeht, dass nun eine Episode folgt, in der er längere Zeit „gar nichts" gemacht hat. Bernd zeigt mit dieser Formulierung an, dass er nun wei-ter von einer Phase erzählen wird, in der längere Zeit unklar ist, was geschieht, was die Zukunft bringen wird und wie lange diese Phase andauert. Zwei sprachliche Darstellungsmomente fallen hier besonders ins Auge: Zum einen wiederholt sich hier seine Formulierung von „gar nichts", die er in vorherigen Teilen der Erzählung bereits betont hatte, als es darum ging, dass er „nichts" hatte – nach der Schule, nach einem der Ausbildungsabbrüche. Hier nutzt er diese Formulierung, um anzudeuten, dass er gar nichts hat und getan hat („wirklich gar nichts"). Die Nachdrücklichkeit seiner Formulierung deutet darauf hin, dass er diese Zeit anders erinnert als die Zeiten zwischen anderen Ausbildungsabbrüchen. Hier fällt auch auf, dass er sie im Gegensatz zu vorheri-gen Erzählsegmenten und den darin geschilderten Phasen zeitlich fassen kann – er spricht von einem oder anderthalb Jahren, die diese Phase umfasst.

Er erwähnt hier, dass er in dieser Zeit mit seinem Mitbewohner streitet. Er zieht irgendwann zu seinen Eltern zurück, ohne dass er auf genauere Details eingeht, wie es zu diesem Wohnarrangement mit dem Freund gekommen ist und wie genau es beendet wurde, dies wird erst im Nachfrageteil offenbar. Er erzählt, dass er zurück nach Hause zieht, Zeitungen austrägt und ansonsten nichts tut. Er geht darauf ein, dass er sein Zimmer im Keller des Elternhauses hat, er spricht von ausschlafen und „rumlungern". Es kommt zu Streit mit den Eltern und den im Haus lebenden Großeltern. Bernd erzählt, dass es zu „typi-schen Situationen" kommt (so nennt er es, wenn die Mutter wütend mit dem Staubsauger vor seinem Bett steht). Die Formulierung („typische Situation") deutet an, dass er hier über etwas spricht, was er häufiger erlebt hat. Insgesamt erzählt er diese Phase, die nach seiner Einschätzung mindestens zwölf Monate gedauert hat, sehr knapp. Er kommentiert das Erzählte mit einem Halbsatz („nicht mehr schön"), nachdem er über die häufigen Streitigkeiten gesprochen hat. In dieser Phase tritt er erneut als jemand in Erscheinung, der in einer ver-laufskurvenhaften Dynamik gebunden ist, auch eine minimale Orientierung an der Erfüllung institutioneller Ablaufmuster wird zu diesem Zeitpunkt nicht mehr sichtbar. Im Anschluss daran macht er eine Bemerkung, um mich als Gegenüber in der Erzählung zu orientieren. Er sagt, dass er nun auf aktuelle Geschehnisse zu sprechen kommt und erzählt genauer von der beruflichen Tätigkeit seines Vaters. Diese Erläuterung wird wichtig für das Verstehen der folgenden Ereignisse seines Lebens.

Stellvertretende biographische Initiative durch den Vater:
Kontakt zum Ausbildungsbetrieb Brauner[66]

Bernds Vater arbeitet als Handwerker (eine genauere Berufsbezeichnung wird von Bernd nicht benannt) in einer großen Firma und kooperiert häufig auf größeren Baustellen mit anderen Betrieben. In einem dieser anderen Handwerksbetriebe, deren Mitarbeitende er in diesem Zusammenhang regelmäßig trifft, wird kurz nach Beginn des Ausbildungsjahres – es muss September oder Oktober sein – der aktuelle Auszubildende plötzlich gekündigt. Bernds Vater erfährt dies zufällig und spricht daraufhin den Inhaber dieses Betriebes an. Bernd geht darauf ein, dass sein Vater ihm von der Kündigung des aktuellen Auszubildenden berichtet und ihn erinnert, dass er vor langer Zeit – Bernd spricht von acht Jahren – im Betrieb von Olaf Brauner doch bereits einmal ein Praktikum absolviert hat. Bernd zeichnet im Interview den Dialog mit seinem Vater in wörtlicher Rede nach, in dem die beiden über dieses lange vergangene Praktikum Bernds bei Herrn Brauner sprechen.

Bernd erzählt, dass sein Vater ihm ein Praktikum von einer Woche ausgehandelt hat und ihm sehr deutlich macht, dass er das erfolgreiche Praktikum dort als mögliche Eintrittskarte für einen Ausbildungsplatz sieht – und als möglicherweise letzte Eintrittskarte für Bernd. In dieser Episode wird sichtbar, dass Herr Brauner stellvertretend für seinen 25-jährigen Sohn eine biographische Initiative entwickelt, die Bernd an dieser Stelle nicht infrage stellt oder ablehnt (vgl. hierzu detaillierter: Mangione 2018). Der nachfolgende Interviewauszug zeigt, dass er sich darum bemüht, diese stellvertretende biographische Arbeit und den Versuch einer Ausbildungsplanung durch seinen Vater durch ein passendes Verhalten im Praktikum zu würdigen. Im Nachfrageteil des Interviews wird klar, dass die Eltern bereits bei den sozialpflegerischen Ausbildungsversuchen als Initiatoren tätig geworden sind – ich gehe darauf in der analytischen Abstraktion genauer ein. Es lässt sich anhand seiner Schilderung des Praktikumsverlaufs zeigen, dass er die stellvertretende Arbeit des Vaters aufgreift und sich um einen Anschluss an die Initiative bemüht (Interview 1, S. 4, Z. 1–5).

---

66 Der Begriff der „stellvertretenden biographischen Arbeit" ist von Mangione (2018) im Rahmen seiner Arbeit zu Familien mit ‚geistig behinderten' Angehörigen geprägt worden.

E: „Hab da () eine Woche lang en Praktikum gemacht, bei/ wo ich jetzt bin, bei Brauner und Sohn. Und der hat nach einer Woche gesacht/ da hab ich mich wirklich zusammengerissen/ war ((betont)) immer da und äh () hab immer alles durchgezogen und dann hat der gesacht: okay. Wir versuchens. Wir nehmen Dich als Auszubildenden".

Bernd geht in diesem Interviewabschnitt darauf ein, dass er sich in dieser einen Woche „zusammen reißt" und jeden Tag ins Praktikum geht. Seine Formulierung deutet an, dass es für ihm zu dieser Zeit Mühe bereitet hat, jeden Tag einen vollständigen Arbeitstag mit allen damit verbundenen Anforderungen zu erfüllen und diese Woche durchzuhalten. Er betont, dass er „immer" da gewesen ist. Im Anschluss an diese Praktikumswoche willigt Herr Brauner in einen Ausbildungsvertrag mit Bernd ein. Die Formulierung („wir versuchens"), mit der Bernd Herrn Brauner hier einführt, deutet an, dass Bernd eine Ahnung davon hat, dass Herr Brauner zu diesem Zeitpunkt nicht völlig überzeugt und begeistert von seinem neuen Auszubildenden ist. Bernd beginnt im Alter von 25 Jahren eine Ausbildung zum Metallbauer im Betrieb von Olaf Brauner.

Die Zeit der Ausbildung und Bernds Geschichte mit seinem Ausbilder Olaf Brauner[67]

Er beginnt den Einstieg in die Erzählung seiner Ausbildung mit dem einleitenden Kommentar, dass diese „vom Praktischen her" sehr gut gelaufen ist. Er schränkt jedoch ein, dass es sehr schnell zu Schulproblemen in der Berufsschule kommt (Interview 1, S. 4, Z. 5–9).

E: „So. Da war ich natürlich erstmal glücklich. Häh, die Ausbildung, die lief () / vom Praktischen her/ super. Nur dann kam wieder dieses/ mit der Schule. () Da hatte ich mich ziemlich oft inne Haare mit meim Chef".

Bernd deutet an, dass die Schwierigkeiten in der Berufsschule für ihn in einem Zusammenhang mit den Schulproblemen stehen, die er bereits kennt („wieder dieses mit der Schule"). Darauf deutet die Verwendung des Wortes „wieder" an dieser Stelle hin. Er kündigt an dieser Stelle an, dass es erneut zu Schwierigkeiten kommt, die mit dem Besuch der Berufsschule zusammenhängen. Die Kommentierung zu den Schwierigkeiten des Berufsschulbesuchs lässt sich in Verbindung setzen mit den vagen und lakonischen Schilderungen zu seiner

---

67 Wie bereits in den Fallrekonstruktionen zu „Admir Milici" und „Paula Wadstel" eingeführt, nutze ich auch hier ein zweites Datenmaterial für eine qualitative Triangulation. Für die analytische Beschreibung der Prozesse in der Ausbildungszeit greife ich neben dem autobiographisch-narrativen Interview auch auf das interaktionsgeschichtlich-narrative Interview mit Bernds Ausbilder und Chef, Herrn Brauner, zurück.

Schulzeit in den verschiedenen Schulen in den vorhergehenden Erzählsegmenten. In der Gesamtbetrachtung seiner Erzählung deutet diese Formulierung auf eine Erlebenskontinuität hin: Schule war schwierig und wird es immer bleiben. Bernd geht im Folgenden auf die andauernde Konfliktlinie des Berufsschulbesuchs ein, die sich in seiner Ausbildungszeit entwickelt. Er spricht darüber, dass er einen Tag in der Woche in die Berufsschule gehen soll und diesen Schultag häufig ausfallen lässt oder nur teilweise in die Schule geht. Er verheimlicht dies zunächst Herrn Brauner, der jedoch aufgrund der Kommunikationswege zwischen Berufsschule und Ausbildungsbetrieb schnell davon erfährt. Über die Inhalte seiner Ausbildung im Ausbildungsbetrieb Brauner spricht er hier kaum, er erwähnt lediglich, dass es ihm Spaß macht und er für seine handwerkliche Tätigkeit gute Rückmeldungen erhält (Interview 1, S. 4, Z. 15–21).

> E: „Und das is/ während der Ausbildungszeit () echt sehr, sehr oft gewesen. Den einzigen Vorteil, den ich hatte: () das ich () vom handwerklichen das irgendwie wieder rausgeholt habe. Das er zwar gesehen hat, okay, der is scheiße inner Schule/ also nich Scheiße inner Schule, sondern: der geht nich zur Schule. Aber: wenn er was handwerkliches macht, dann kann er das schon".

Bernd spricht darüber, dass sein unentschuldigtes Fehlen in der Berufsschule an der Tagesordnung ist. Er beschönigt sein Verhalten an dieser Stelle nicht, kommentiert es jedoch auch nicht. Interessant ist an dieser Stelle, dass er sich korrigiert, als er begreift, dass sein Sprechen so gedeutet werden kann, als sei er ein leistungsschwacher Schüler gewesen. Er macht durch seine Verbesserung klar, worum es ihm geht und was er als das wahre Problem gesehen hat: Er geht nicht in die Schule, das ist das Problem. Seine Leistungen dort möchte er nicht als problematisch darstellen. Eine ähnliche Form der sprachlichen Selbstkorrektur hat sich bereits am Anfang des Interviews gezeigt, als er korrigierend davon spricht, dass er die 3. Klasse freiwillig wiederholt hat und eben nicht – wie zunächst formuliert – „sitzengeblieben" ist. Als Kontrast dazu baut er hier, wie bereits im einleitenden Kommentar zur Schilderung seiner Ausbildungszeit, sein handwerkliches Können auf. Er spricht davon, dass er mehrfach fast aufgrund der Fehlzeiten in der Berufsschule gekündigt wurde und sich „zusammengerissen" hat, da er erkennt, dass er etwas Handwerkliches machen will. Etwas weiteres Bedeutsames wird in dieser Evaluation sichtbar: Bernd geht darauf ein, dass er ein fähiger Handwerker ist. Er präsentiert sich als jemanden, der berufliches Können erwirbt und damit Anerkennung erfährt. Auf dieses handwerkliche Können nimmt er in der Schilderung zu seiner Ausbildungszeit wiederholt Bezug. Im Vergleich zu den vorherigen Interviewpassagen fällt auf, dass er es hier zu seiner Sache macht: Er spricht nicht darüber, wie er es bei den Pflegeausbildungen getan hat, dass ihm *andere ein Können zusprechen*. Hier ist *er* es, der feststellt, dass er handwerklich fähig ist. Diese kurze Evaluation seines Handelns beendet seine Schilderung des ersten Ausbildungsteils, bevor er auf die Zwischenprüfung zu sprechen kommt.

Die Zwischenprüfung und der letzte Teil der Ausbildung

Bernd erzählt, dass Herr Brauner äußerst skeptisch ist, ob er die Zwischenprüfung nach der Hälfte der Ausbildungszeit bestehen wird (Interview 1, S. 4, Z. 31–37).

> E: „Ja. Und dann (.) hat ich Zwischenprüfung. Da hat mein Chef mir schon die Monate vorher immer gesagt: hör mal, da is so ein Unterricht. Da kann ich Dich hinschicken zur Nachhilfe. Hab ich gesagt: nee, das brauch ich nich. Kann das so. Hat er gesagt: Bernd, das glaub ich Dir nicht. Aber okay. (.) Hab die Zwischenprüfung auch bestanden, mit ner Drei. Da war er natürlich erstmal: oh, okay. Klappt ja doch. Ja".

In Bernds Schilderung schwingt etwas Stolz mit, die Zwischenprüfung mit einer Drei und ohne Nachhilfe bewältigt zu haben. Er präsentiert im Dialogmodus ein Gespräch zwischen ihm und Herrn Brauner, bei dem die Skepsis seines Ausbilders deutlich wird, der ihm ein Hilfsangebot unterbreitet, das Bernd ablehnt. Er deutet das Erstaunen Herrn Brauners an („oh, okay"), als dieser von seinem Prüfungsergebnis erfährt. Erneut wird in diesem Interviewausschnitt nichts vom Alltag in der Ausbildung oder im Erlernen der handwerklichen Aspekte sichtbar, was nicht unmittelbar mit dem Berufsschulbesuch und den Anforderungen dort verbunden ist. Seine Schilderung der Ausbildung konzentriert sich auf die Berufsschule als Problemfokus im Lauf der Ausbildung. Er beginnt im nächsten Segment seiner Erzählung direkt mit einer Schilderung des dritten Ausbildungsjahrs: Er erzählt, dass er in dieser Zeit in seiner Ausbildungsorganisation den Spitznamen „Dienstags-Bernd" erhält, da er sich sehr häufig dienstags krankmeldet. Er geht darauf ein, dass er an den Montagen Unterricht in der Berufsschule hat, den er häufig nicht besucht und sich im Anschluss daran meistens dienstags krankmeldet. Möglicherweise hält er dies zunächst für weniger auffällig. Er kommentiert an dieser Stelle kurz, dass seine Kollegen und Herr Brauner sehr schnell skeptisch werden und seinen Krankmeldungen misstrauen. Bernd rahmt diese letzte Phase seiner Ausbildung als bedeutsam und begründet dies mit dem Ziel, nach der Ausbildung im Betrieb übernommen zu werden. Für die Entwicklung dieses Wunsches wird die Beziehung zu seiner Partnerin Hanne wichtig. Seine Partnerin Hanne stellt klar, dass sie eine gemeinsame Zukunft nur sieht, wenn Bernd die Ausbildung abschließt und übernommen wird. Prozessstrukturell betrachtet gewinnt durch die Ernsthaftigkeit der Paarbeziehung für Bernd eine Orientierung an institutionellen Ablaufmustern – im Raum steht eine Familiengründung – in dieser Phase stärker an Gewicht, ohne dass die verlaufskurvenhaften Dynamiken völlig an Bedeutung verlieren. Er spricht Herrn Brauner ungefähr ein halbes Jahr vor dem Ende der insgesamt dreieinhalbjährigen Ausbildung an, wie seine Chancen auf eine Übernahme stehen. Er erzählt, dass Herr Brauner mit ihm darüber spricht, dass er diese Frage anhand von Bernds Fehlzeiten bis zum Ausbildungsende entscheiden wird. Bernd erzählt, dass er sich daraufhin „total zusammenreißt", die Berufsschule regelmäßig besucht und keine Fehltage mehr ansammelt. Daraufhin wird er von Herrn Brauner nach dem Ausbildungsende zunächst in ein befristetes Arbeitsverhältnis für sechs Monate übernommen.

Exkurs – Olaf Brauner: die Ausbildungszeit aus Ausbilderperspektive[68]

Olaf Brauner erzählt im Interview zunächst, wie es dazu gekommen ist, dass er bereits Anfang September, als das neue Ausbildungsjahr gerade mal vier Wochen alt ist, bereits seinen Auszubildenden also Bernds Vorgänger, entlassen hat. Er geht kurz auf die Umstände des Arbeitsverhältnisses mit dem jungen Mann ein und leitet dazu über, dass Bernds Vater diese Entwicklung mitbekommen hat. Er erzählt vom Kontakt mit Bernds Vater und dessen Versuch, einen Kontakt zwischen Bernd und Olaf Brauner herzustellen (Interview Brauner, S. 10, Z. 34–42).

> E: „Und dann sprach mich der Vater an und sagte: Also mein Sohn braucht auch noch eine Ausbildungsstelle. Ich sag: Musst du mit dem mal vorbeikommen. Erzähl mir erstmal: Worum geht es denn? Wie alt ist denn dein Sohn? Ja, mein Sohn ist auch schon 25. Ich sage: 25 und braucht noch eine Ausbildungsstelle?" Ja, der hat dann zwischendurch mal ein Jahr gar nichts gemacht und da hat er mal ein Jahr irgendwie eine Ausbildung angefangen und nach drei, vier Monaten war das auch doof. Ich sag: Bring mal mit. Ich will dir zuliebe da gerne mal gucken, aber das hört sich doof an. Ja, ich weiß".

Herr Brauner kennt Bernds Vater aus gemeinsamen Arbeitszusammenhängen und er geht im Interview darauf ein, dass er eigentlich nur Bernds Vater zuliebe bereit ist, Bernd kennenzulernen. Er schildert das Gespräch zwischen den beiden im Interview als Dialog, zeichnet nach, dass er seine Skepsis gegenüber Bernd als künftigem Auszubildenden von Anfang an nicht verborgen hat. Er geht im weiteren Interviewverlauf darauf ein, dass das „praktische Arbeiten" Bernds für ihn in Ordnung gewesen ist. Er kommt schnell auf die Schwierig-

---

68 Im Folgenden rekonstruiere ich die Ausbildungszeit Bernds aus der Perspektive, die sich durch das Interview mit Herrn Brauner entwickeln lässt, bevor ich auf den weiteren Interviewverlauf mit Bernd Hochstein eingehe.

keiten zu sprechen, die sich im Zusammenhang mit Bernds unentschuldigtem Fehlen ergeben (Interview Brauner, S. 11, Z. 8–13).

> E: „Das war eigentlich alles okay. Bis der Lehrer immer anrief und sagte: Dann war er nicht da. Dann war er nicht da. Dann war er nicht da. Ich weiß nicht, in einem Jahr hat der eine Woche Urlaub gehabt und den Rest habe ich ihm für die Berufsschultage abgezogen. Ich sage: Bernd, wenn du mir keine vernünftige Erklärung gibst, wo du warst, was du gemacht hast, dann ist das für dich Urlaub".

Herr Brauner spricht im Interview darüber, dass die Situation dauerhaft schwierig ist und sich als Thema durch die Ausbildungszeit zieht. In einem weiteren Versuch, die Situation zu beruhigen, sucht er das Gespräch mit Bernds Vater, der maßgeblich am Zustandekommen des Ausbildungsverhältnisses beteiligt ist. Er versucht, den Vater für den Ausbildungsprozess seines 25jährigen Sohnes in die Pflicht zu nehmen – es bleibt unklar, ob er diesen Schritt mit oder ohne die Einwilligung des mehr als volljährigen Auszubildenden Bernd unternimmt. Dieses Gespräch bringt nicht die von Olaf Brauner erhoffte Wendung, Bernds Vater offenbart sich ihm in dieser Sache als hilflos (Interview Brauner, S. 11, Z. 13–18).

> E: „Habe den Vater hierhin zitiert, habe ihm gesagt: Pass auf, ((betont)) das schickt mir der Lehrer. Was soll ich tun? Hach, Scheiße. Ich weiß doch auch nicht, sagte er. Ein Teil davon hat er noch zuhause gewohnt. Danach ist er dann irgendwie mit einer Freundin zusammengezogen. Da hatten sie es gar nicht mehr im Blick".

Der Versuch, durch die väterliche Autorität oder Beziehung einer Entspannung der Situation näher zu kommen, scheitert für Herrn Brauner. Er realisiert im Gespräch mit Bernds Vater, dass er dort keine Hilfe erwarten kann. Er sieht die Eltern grundsätzlich als kontrollierende Instanz, stellt jedoch fest, dass diese das tägliche Agieren von Bernd nur begrenzt beeinflussen. Er erzählt, dass Bernd ihm irgendwann sagt, dass er körperliche Auseinandersetzungen in der Berufsschule fürchtet und den Besuch dort deswegen vermeidet. Herr Brauner kommentiert im Interview, dass er versucht, Bernd begreiflich zu machen, dass sein Absentismus keine Lösung für ein solches Problem darstellt, wenn es denn eines sein sollte, in seiner Erwähnung dieser Situation schwingt eine gewisse Skepsis mit. Interessant ist, dass Bernd solche Probleme zwar aus seiner Zeit in der Hauptschule Baumberg erwähnt, jedoch an keiner Stelle im Zusammenhang mit seinem Besuch in der Berufsschule. In seiner Zeit in der Hauptschule Baumberg ist die Frage, wie er sich zu den Cliquen und den dort herrschenden Regeln verhält, zentral, für die Zeit der Ausbildung werden solche Prozesse von ihm nicht angesprochen. Herr Brauner geht weiter darauf ein, dass er Bernd erneut klar macht, dass er wegen der Fehlzeiten in der Berufsschule gekündigt werden könnte. Er gibt dieses Gespräch mit Bernd erneut als Dialog wieder und geht darauf ein, dass der Schulbesuch im Anschluss an dieses Gespräch für ungefähr vier Wochen gut funktioniert[69]. Bald darauf kommt es erneut zu Versäumnissen. Herr Brauner startet einen weiteren Versuch mit einer „Schulbesuchskarte" (Interview Brauner, S. 11, Z. 49 – S. 12, Z. 5).

> E: „Wir haben versucht mit der Schulbesuchskarte, wo er dann eintragen lassen muss vom Lehrer, Datum, was weiß ich, 30.1.: Ich war da. Und der Lehrer unterschreibt das. Ganz viele Spalten untereinander. Das hat mal eine Zeit funktioniert und dann wieder nicht mehr. Ich sage: Bernd, wenn die Karte nicht voll ist, muss ich dir wieder eine Abmahnung schreiben. Du weißt doch, drei Abmahnungen, Kündigung. Ja, aber nein, bitte nicht Herr Brauner. Ich sag: Erkläre es mir, dass ich es wenigstens verstehen kann. Ich will es wenigstens verstehen. Dann guckt er mich irgendwie/ Weiß ich nicht. Seitdem er Geselle ist, ist schön. Der bemüht sich, übernimmt immer mehr Verantwortung. Ist alles schön".

Herr Brauner führt die „Schulbesuchskarte" an dieser Stelle als selbstverständlichen Begriff ein. Seine nachfolgende Erläuterung dieser Karte deutet darauf hin, dass es sich dabei um eine Art Kontrollinstrument handelt, das er entwickelt hat, um Bernds Schulbesuch präziser überprüfen zu können. Er resümiert, dass diese Karte nicht zu einer dauerhaften Veränderung geführt hat. In den Interviewsequenzen zeigen sich an dieser Stelle häufige Wiedergaben von Gesprächen, die er mit den Lehrenden aus der Berufsschule, Bernd oder Bernds Vater führt. Herrn Brauner ist es ein Anliegen, das Verhalten seines Auszubildenden nachvollziehen. Der Erklärungsversuch seines Fehlens mit dem Hinweis, dass er Angst vor körperlichen Auseinandersetzungen hat, bringt Herrn Brauner nicht weiter. Bernd geht nicht regelmäßiger in die Berufsschule. Die Schilderung einer Interaktion in einem anderen Interviewabschnitt mit Bernd zeigt etwas von der Ratlosigkeit, die die Situation begleitet, wenn Herr Brauner davon erzählt, dass er von Bernd eine Erklärung verlangt und dieser ihn „irgendwie" anschaut. Das unentschuldigte und häufige Fehlen begleitet Herrn Brauner und Bernd durch die gemeinsame Ausbildungszeit, ohne dass es zu einem Abbruch der Ausbildung kommt. Zum Ende seiner Schilderung der Geschichte mit Bernd kommt Herr Brauner darauf zu sprechen, wie er die letzte Phase der Ausbildung erlebt hat (Interview Brauner, S. 12, Z. 29–38).

---

69 Analytisch ist in den Sequenzen rekonstruierbar, dass Olaf Brauner häufig in Dialogform erzählt, was Schütze als kognitive Repräsentation besonders intensiver Erlebnisprozesse hervorgehoben hat (vgl. Schütze 1987, S. 130 f.).

E: „Nein, er kam dann an und sagte: Herr Brauner, ich mache im Januar Prüfung, ich weiß nicht, das war irgendwann im November oder Oktober. Ich sage: Ja, da sind wir auch alle sehr gespannt drauf, wie du deine Prüfung machst. Ja, wie sieht das denn aus, kann ich dann danach hier arbeiten? Ich hab gesagt: Ja, Arbeit haben wir. Wenn du deine Prüfung bestehst, dann gucken wir mal, wie das ist, wenn du dann nur noch arbeitest und nicht mehr zur Berufsschule gehst. Ich biete dir an, wir machen einen Halbjahresvertrag und danach zählen wir mal dann kurz zusammen. Und wie gesagt, ein halbes Jahr war schön. Also das ist jetzt mittlerweile ein Jahr her. Das ist okay. Wird immer besser, klar".

Im letzten Interviewabschnitt wird erneut sichtbar, dass er mit Bernds handwerklichen Fertigkeiten zufrieden ist. Er stellt darauf ab, dass er die Frage nach einer Übernahme erneut bewerten wird, wenn Bernd keine Schulbesuchspflicht mehr hat – erst durch diese veränderte Situation, so lässt sich aus dem Interviewabschnitt lesen, sieht er sich in der Lage zu entscheiden, ob er Bernd Hochstein längerfristig im Betrieb als Mitarbeiter behalten möchte. Damit wird in der Rekonstruktion sichtbar, dass er im Übergang in ein reguläres Arbeitsverhältnis seine Position als Arbeitgeber nutzt, um Bernd zu verdeutlichen, dass er auch gegen ihn als potenziellen Arbeitnehmer entscheiden könnte. Gleichzeitig betont er immer wieder, dass er Bernd Hochstein als Handwerker in seiner Firma schätzt.

Die Zeit nach der Ausbildung: Präkodaphase des Interviews mit Bernd[70]

Bernd geht detaillierter darauf ein, dass er mit der Frage nach der Übernahme im Anschluss an die Ausbildung ein verändertes Verhalten gezeigt habe. Er spricht davon, dass er regelmäßig und pünktlich erscheint und dass ihm von den Kollegen attestiert wird, dass sie dies wohlwollend zur Kenntnis nehmen. Er meldet sich nicht mehr krank („ein Jahr lang") und erreicht im Anschluss an den Halbjahresvertrag einen Jahresvertrag. Am Ende dieses Jahres sucht er erneut das Gespräch mit Herrn Brauner (Interview 1, S. 5, Z. 1–15).

E: „Ja, dann hat er mir en Vertrag dahin gelegt, wo draufsteht: unbefristet. Ja, und jetzt läufts. Das is einfach/ weiß ich nicht/ das war einfach immer diese ((betont)) Schule und das alles. Ich hab das irgendwie () das nie begriffen/ das ich auch ma/ mich auf en Arsch setzen sollte. Joah, jetzt bin ich da, wo ich bin. Ich hab jetzt seit () letztem Jaaahr () Oktober? () oder November hab ich mein unbefristeten Vertrag bekommen.

I: mhm

---

70 Für die weitere Rekonstruktion nehme ich nun wieder ausschließlich Bezug auf die vorliegenden Interviews mit Bernd Hochstein.

E: Und jetz isser zufrieden. Joah. Des war jetz so zusammengefasst. ((lacht kurz)) hab bestimmt en paar Details vergessen, aber des isses so im Groben.

I: mhm

E: Ja. Und jetzt bin ich eigentlich super zufrieden da. Ja".

Er resümiert an dieser Stelle kurz seine Ausbildung und versucht in der Präkodaphase eine Evaluation seiner Entwicklung. Er kommt noch einmal auf die Schule zu sprechen und sucht nach einer Erklärung. Dafür benutzt er eine vage Formulierung („Schule und das alles"), die sich als Rekurs auf sein Nicht-Fassen-Können der Situationen in schulischen Kontexten lesen lässt. Er formuliert eine Evaluation, die sich als knappe Formulierung einer Form von Zerknirschtheit beschreiben lässt, mit der er zum Ausdruck bringt, dass er nie begriffen hat, dass er sich auf „en Arsch" setzen sollte. Mit dieser kurzen Bewertung kommt er in der Jetzt-Zeit des Erzählens an und berichtet, dass er letztendlich seit einigen Monaten einen unbefristeten Vertrag bekommen hat und Herr Brauner nun zufrieden ist. Damit schließt er seine selbstläufige Erzählung und bewertet seinen Erzählvorgang gegenüber mir als Interviewerin kurz. Er geht auf die Zufriedenheit von Herrn Brauner ein und evaluiert, dass auch er „eigentlich super zufrieden" ist. Gleichzeitig wird in der Präkodaphase rekonstruierbar, dass er sieht, dass er den Ansprüchen von Herrn Brauner genüge leisten musste. Bernd betrachtet sich hier als jemanden, der es geschafft hat, sein Gegenüber mit seinem Handeln zufrieden zu stellen – er hat die Ansprüche von Herrn Brauner erfüllt. In seiner Formulierung von „eigentlich super zufrieden" klingt an, dass er nun dort in Ruhe arbeiten kann, ohne mit Forderungen (nach einem regelmäßigen Schulbesuch) behelligt zu werden.

Nachfrageteil des ersten Interviews

Im Nachfrageteil des ersten Interviews entstehen lange selbstläufige Passagen des Erzählens, als ich Bernd Hochstein bitte, einige nur kurz gestreifte Themen ausführlicher zu erzählen. Die Eingangserzählung ist relativ kurz ausgefallen und im Nachfrageteil werden einige biographische Entwicklungen in der Erzählung konturierter, von denen ich einzelne genauer betrachte.

Die Thematisierung des Verhältnisses zu seinen Eltern

Bernd kommt im Nachfrageteil ausführlicher auf sein Verhältnis zu seinen Eltern zu sprechen und reflektiert sein Verhältnis zu ihnen (Interview 1, S. 17, Z. 42–50).

E: „Meine Eltern sind sehr liebe, nette Menschen. Die ham echt viel mit mir durchgemacht. Äh, mussten mich irgendwie betrunken mal abholen oder so. Ich war nich immer nett, aber die ham mich nie hängen lassen. Also ich bin jetz nich so, dass ich aus nem schlechten Haushalt komme. Das is ja das komische, ich komm aus nem super Haushalt. Meine Eltern sind verheiratet. Ham sich nicht getrennt, sind noch zusammen. Äh, ich weiß auch nich. Ich bin irgendwie der rebellische kleine Junge. Gewesen. Mein Bruder immer ganz ordentlich und ich immer der Arsch. Ja. (..) joah".

Bernd versucht einen Zusammenhang zwischen seiner eigenen Entwicklung und dem Verhalten seiner Eltern herzustellen, was ihm nicht gelingt. Er resümiert ausführlicher, dass er seine Eltern durchgehend als Unterstützer seiner Sache wahrgenommen hat und dass er seine Entwicklung eher mit einem „schlechten" Elternhaus in Verbindung bringt, das er nicht hatte. Er nimmt hier auf ein theoretisches Konzept Bezug, das er nur knapp ausführt: Wenn Jugendliche aus einem „schlechten Haushalt" kommen, ist eine Entwicklung wie die seine erwartbar. Er expliziert kurz, was ein „schlechter Haushalt" sein kann: Trennung und Scheidung sind mögliche Bedingungsfaktoren eines schwierigen Aufwachsens – seine Eltern sind jedoch verheiratet. Er baut an dieser Stelle erneut einen Kontrast zwischen sich und seinem Bruder auf: Er geht darauf ein, dass sein Bruder eine geordnete Entwicklung hatte und er nicht, dabei bezeichnet er sich selbst abwertend als „Arsch". Diese Darstellung ist insofern interessant, weil aus den Interviews hervorgeht, dass er seinen Bruder sehr viel systematischer in den Verkauf weicher Drogen eingebunden sieht als sich, dieser ist jedoch scheinbar in der Lage, darüber seine Ausbildung geregelt zu vollziehen. Bernds Erzählung offenbart, dass den Eltern von diesen Verkaufsgeschäften des ältesten Sohnes sehr viel verborgen geblieben ist. Diese Auseinandersetzung mit seinem Elternhaus und den Bedingungen für sein Aufwachsen dort resultieren aus mehreren Nachfragen meinerseits, die sich noch einmal gezielt auf die Entwicklung bestimmter Freizeitpraxen sowie des Drogengebrauchs und der Haltung seiner Eltern dazu ergeben hatten. In der Folge geht er auf darauf ein, dass er bereits als Jugendlicher die Idee hatte, sehr früh Vater zu werden. Er begründet dies mit dem Vorbild seines eigenen Vaters, der sehr früh Vater wurde und dessen Lebenswirklichkeit er als attraktiv einschätzt. Er sieht, dass der Vater nun (zum Interviewzeitpunkt ist er knapp 50) zwei erwachsene Kinder hat und selbst noch ein relativer junger Mensch ist, der viele Freiheiten mit seiner Partnerin (also Bernds Mutter) genießt.

Die Thematisierung sozialer Beziehungen und deren Gestaltung

Bernd erzählt im Nachfrageteil von einer allmählichen Entwicklung des Hineinwachsens in den Betrieb und dass es für ihn wichtig geworden ist, die Mitarbeiter dort und die Sekretärin kennenzulernen. Die Frage der Gestaltung zwischenmenschlicher Beziehungen in beruflichen Kontexten und sein eigenes Verhalten in Gruppen beschäftigt ihn im Nachfrageteil intensiver. Er stellt heraus, dass nur sieben Menschen in der Firma Brauner arbeiten und dass dies für ihn ein wichtiger Punkt ist. Bernd setzt sich damit auseinander, dass er sich nicht vorstellen kann in einer richtig großen Firma, wie er es nennt, zu arbeiten (Interview 1, S. 12, Z. 55 – S. 13, Z. 4).

> E: „Weil wenn ich jetz/ ich hatte welche in meiner Klasse gehabt, die arbeiten bei Firma Safa, die ham 30 Leute in der Firma. Das würde für mich heißen: ich muss mich auf 29 verschiedene Leute einstellen. Die anders drauf sind. In der kleinen Firma/ ich kenn die Leute, ich weiß, wie jeder so drauf is/ da kann ich das noch einschätzen. Aber bei so viel Leuten/ da würd ich einen Koller kriegen. Da hätt ich gar keine Lust".

Hieraus wird deutlich, dass er die fünf anderen Angestellten sowie die Sekretärin kennt und einschätzen kann. In der Detaillierung dieser eigentheoretischen Ausführung zeigt sich, dass er das „Einstellen" auf unterschiedliche Personen und Situationen als etwas Schwieriges erlebt, das Mühe bedeutet. Der Interviewausschnitt weist auf ein bestimmtes Konzept zur Gestaltung sozialer Beziehungen in Gruppen hin: Sein Sprechen deutet an, dass er Beziehungen zu allen in der gleichen Intensität gestalten möchte. An dieser Stelle wird klar, dass 29 Menschen nicht gleichermaßen „bedient" werden können, weswegen er das Arbeiten in der Firma Brauner der Tätigkeit in einer größeren Firma vorzieht. Sein hier sichtbares Beziehungskonzept zu anderen Menschen wird an einer anderen Stelle des Nachfrageteils von ihm expliziert, wenn er davon spricht, dass es ihm wichtig ist, Anerkennung bei allen in einer Gruppe zu finden. Dabei bezieht er sich auf sein Peer-Erleben in der Schulzeit. Seine Partnerin Hanne wird als Reflexionsinstanz herangezogen, um etwas auszudrücken, was er als bestimmendes Moment seiner Gestaltung in Beziehungen zu anderen Menschen erlebt (Interview 1, S. 6, Z. 20–22).

> E: „Äh, ich-ich bin immer so en Mensch, das sacht meine Freundin auch zu mir, dass ich immer einer bin, der will () dass mich/ dass eim/ dass alle mich mögen".

Bernd sieht seine Beziehungsgestaltungen zu anderen von einer Suche nach Anerkennung gekennzeichnet. In dieser Charakterisierung bezieht er sich auf seine Partnerin als externe Autorität, die diese Charakterisierung stützt oder möglicherweise maßgeblich dazu beigetragen hat, dass er diesen Blick auf sich entwickelt hat.

Die Thematisierung von beruflicher Identifikation im Lauf der Ausbildung

Bernd entwickelt im Lauf der Ausbildung zum Metallbauer eine innere Haltung zu seinem Beruf und dem Werkstoff Metall. Er entdeckt, dass ihm die Arbeit mit diesem Material Spaß macht. Darüber scheint er selbst erstaunt (Interview 1, S. 12, Z. 13–25).

E: „Wie gesacht, am Anfang is es halt schwer, weil man die Leute nich kennt und man nich weiß, wie man sich verhalten soll. () Weil man kann die Leute da nich so einschätzen, da hab ich einfach nur getan, was ich-was ich machen sollte. Nur wenn ich jetz zur Arbeit komme, äh weiß ich, was zu tun is/ ich weiß, was ich mache. Mir macht das Spaß und ich weiß, dass es richtich is. Und ich mach ja- ich mach ja Metallbau und Fachrichtung Konstruktionsmechaniker. Wir bauen ähm Fenster, wir bauen Wintergärten. Wir bauen alles mögliche aus Stahlkonstruktionen und bauen alles mögliche aus Edelstahl. () Und/ ich hab früher immer gedacht, dass Holz mein Ding is/ aber als ich dann den Beruf kennengelernt hab, hab ich nach und nach gemerkt: oha, das is ja richtich cool, das macht mir ja richtich Spaß".

Bernd stellt eine Entwicklung dar, die sich als allmähliches Entstehen von Freude an einer beruflichen Tätigkeit beschreiben lässt. Dazu kommt er zunächst noch einmal darauf zu sprechen, dass er zu Beginn der Ausbildung mit den sozialen Anforderungen im Betrieb beschäftigt ist. Er erklärt, dass er die Menschen zunächst erst kennenlernen muss und nicht weiß, wie er sich verhalten soll. Damit wird die Bedeutsamkeit sozialer Anforderungen für die Gestaltung von Lernprozessen in seiner Geschichte noch einmal sichtbar. Er spricht weiter davon, dass er „jetzt" weiß, was er zu tun hat – er kennt die Menschen, die Abläufe und kann sich auf die inhaltliche Arbeit fokussieren. Er erlernt spezifische Fertigkeiten, erwirbt Wissen und spezialisiert sich auf ein bestimmtes Feld von Metallbau und den Umgang mit einem Werkstoff. Diese Entwicklung erlebt er als Kontrast zu seinem bisherigen Ausbildungserleben und zu seiner Vorstellung, dass „Holz sein Ding" ist. Seine Darstellung von Freude und Kompetenzerfahrung wird an dieser Stelle im Interview plastisch, die sich in vorherigen Interviewabschnitten bereits angedeutet hatte, als er davon spricht, dass er sich als geschickter Handwerker zeigt.

Das Nachinterview fünfzehn Monate später

Im Nachinterview, das ich circa fünfzehn Monate nach dem ersten Interview mit Bernd führe, erzählt er zunächst ausführlicher von dem Ende seines Arbeitsverhältnisses in der Firma Brauner und den näheren Umständen der Kündigung – das zweite Interview steht in seiner Gesamtheit also zunächst unter dem Eindruck der jüngsten Ereignisse und der Kündigung durch Herrn Brauner. Aus diesem Grund steht die Geschichte der Kündigung am Anfang der Erzählung. Im weiteren Verlauf gehe ich mit gezielten Fragen auf Prozesse ein, zu denen sich aus der bisherigen Beschäftigung mit dem vorliegenden Datenmaterial Fragen für mich ergeben haben.

Bernd erzählt im zweiten Interview (zu dessen Zeitpunkt die Kündigung bereits ein paar Monate zurückliegt), dass er aus betrieblichen Gründen gekündigt wurde, da die Aufträge zurückgingen und er der jüngste Facharbeiter ohne Kinder sei, der überdies als Letzter einen Vertrag erhalten habe. Bernd geht an dieser Stelle noch einmal auf seinen Ausbildungsabschluss und dessen Bedeutung für sein gesamtes Berufsleben ein (Nachinterview, S. 2, Z. 54 – S. 3, Z. 1).

> E: „Ich finde auch schnell etwas, ich mein, ich bin ne gelernte Kraft, nich so, wie manch anderer, die keine Ausbildung fertig gemacht haben, weswegen (((betont))) ich ja noch so spät meine Ausbildung extra gemacht habe. (((lacht)))
> I: (((lacht)))
> E: Damit ich genau das habe. Damit ich den Betrieb wechsele und so schnell wieder etwas finde".

Bernd stellt seine lange Phase des Übergangs in Ausbildung und den letztendlichen Abschluss hier in einen anderen Rahmen, als den, der sich aus dem ersten Interview rekonstruieren lässt. Seine globale Evaluation des Ausbildungsabschlusses erscheint hier als rationaler, zielgerichteter Entschluss, der seine Arbeitsmarktchancen erhöhen sollte. Eine Evaluation dieser Form findet sich im ersten Interview nicht, dort beschreibt er seine Eltern und Hanne als signifikante Andere, die maßgeblich zum letztendlichen Abschluss der Ausbildung in der Firma Brauner beitragen. In dieser Sequenz inszeniert sich Bernd als aktiver und planender Arbeitnehmer, der das Ausbildungszertifikat erworben hat, um auf dem Arbeitsmarkt im Fall von Arbeitsplatzwechseln rasch Alternativen zu finden. Er evaluiert den Beschäftigungswechsel positiv und stellt fest, dass er seine erworbenen Kompetenzen als Geselle anerkannt findet (Nachinterview, S. 4, Z. 35–43).

> E: „Das/ also das hab ich bei meinem Chef immer gespürt. Ich komm in dem neuen Betrieb an, da wirst du sofort wie ein Geselle behandelt. Hier, kannst du das und das bauen, machst du das und das, das und das, jetzt schreibe mal auf, bau so, ja, alles klar. Und im anderen Betrieb: Äh/ Kriegst du das hin? Und äh/ was hast'n da wieder gemacht? Hast du da nich etwas beachtet? Und da, da. Einfach nur nach Fehlern suchen. Obwohl Fehler eigentlich menschlich sind. Von daher, na ja. Also mit dem Chef bin ich direkt per Du, das ist super".

Er setzt die Beziehung zu seinem neuen Chef in Kontrast zur Beziehung zu Herrn Brauner. Im neuen Betrieb wird er in der Interaktion sofort als Geselle wahrgenommen und muss sich diesen Status nicht mehr erarbeiten. Bernd sieht sich der Rolle des Auszubildenden entwachsen und möchte in dieser Weise wahrgenommen werden. Dies gelingt ihm im neuen Arbeitsumfeld ohne Probleme, was zu einer deutlich problematisierenden Darstellung der Beziehung zu Olaf Brauner führt, als dies im ersten Interview rekonstruierbar wird.

Die Thematisierung des Drogengebrauchs in Verbindung mit Musik und Graffitis-Sprayen in seiner Jugendzeit

Bernd kommt zu Beginn des Interviews genauer auf den Drogengebrauch zu sprechen, der sein Aufwachsen seit seinem fünfzehnten Lebensjahr begleitet hat. Er formuliert eine Präambel, bevor er die Erzählung beginnt: Er sagt, dass er nun offen sprechen wird. Damit macht er klar, dass er deviantes Handeln in seiner Geschichte nicht verschweigen möchte. Bereits vor dem Ende seiner Schulzeit in der Hauptschule Baumberg beginnt ein Prozess, den Bernd mit seinem fünfzehnten Lebensjahr in Verbindung bringt (Nachinterview, S. 5, Z. 45–53).

> E: „wir waren halt fünf-fünf Leute und äh/ ja, haben uns dann immer in der Bude getroffen und ham immer gekifft und auch andere Drogen genommen. Also jetzt nicht hier Heroin oder sonst so ein Scheiß oder so, halt so Speed oder so was halt genommen und da gesessen und da gerappt, ne. Ja, und das war dann halt so/ mh, ja ((betont)) Alltag meines-meines Lebens, dieses immer nur darauf konzentrieren, muss ich machen, scheiß auf alles und auch nur so perverse Texte immer gehabt, auch über Drogen und all den Scheiß, nur so eine Kacke, äh/ ja. Und zu () der Musik, das war ja Hip-Hop, gehörte natürlich auch Graffiti".

In der Rekonstruktion zeigt sich, dass Bernd seit seiner Adoleszenz in miteinander verschränkte jugendkulturelle Praxen des Hip-Hop hineinwächst, die für ihn wichtig werden. Diese jugendkulturellen Praxen, die er vor allem als Rappen, Graffitis-Sprayen und den Konsum bestimmter Drogengruppen umreißt, bilden für ihn eine zusammengehörige Einheit, mit der er stark identifiziert ist. Bernd grenzt sich gegen einen Drogengebrauch ab, den er mit „harten" Drogen in Verbindung bringt, er macht im hier sichtbaren Interviewausschnitt deutlich, dass es ihm um eine bestimmte Gruppe Drogen geht, deren Konsum für ihn zur jugendkulturellen Praxis des Hip-Hop gehören. Diese theoretische Abgrenzung bestimmter Drogengruppen gegeneinander – Heroin versus Cannabis – wird im Interview als Strategie des Normalisierens sichtbar. Dabei zeigt „Speed" an, dass er auch Amphetamine gebraucht und es um mehr als einen Cannabis-Konsum geht. An einer anderen Stelle im Interview steht Kokain als weitere konsumierte Substanz im Raum. Es bleibt in der Darstellung unklar, ob für Bernd jemals ein offener Leidensdruck entsteht, sich mit den Konsumpraxen umfassender auseinanderzusetzen. Seine Darstellung legt trotz des angekündigten offenen Sprechens einen eher normalisierenden und verharmlosenden Umgang mit dem Drogengebrauch nahe. Eine Abgrenzung erfolgt in Zusammenhang mit den „perversen Texten" („auch über Drogen und all den Scheiß") zu denen er gerappt hat. In dieser abgrenzenden Formulierung wird etwas von seiner aktuellen Position sichtbar.

Das Graffiti-„Malen" entwickelt sich für ihn unter dem Einfluss seines älteren Bruders, der in der gleichen Szene unterwegs ist. Bernd beschreibt den älteren Bruder („sehr talentiert") als Sprayer und findet dessen heimliche nächtliche Aktionen „total cool". Er begleitet diese zum Teil und sprayt mitunter auch selbst. In dieser Zeit kommt es zu einer großflächigeren Sprayaktion an den Außenwänden einer Kirche. Dies wird entdeckt und strafrechtlich verfolgt, dazu nimmt er im Interview erwachsen-souverän Stellung: Er hatte Strafe verdient. Es wird sichtbar, dass die damit verbundene fünfstellige Geldstrafe durch seine Eltern beglichen wird und er diese Summe nicht zurückzahlt. Bernd bekommt in dieser Zeit aber auch Kontakt zu einer Mitarbeiterin der Stadt, die ihm anbietet, legal große Flächen zu organisieren, die er mit anderen benutzen kann. Bernd organisiert dies vor allem für den Bruder, den er als so begabt für das Sprayen beschreibt. Gemeinsam bearbeiten sie Flächen auf Spielplätzen und im Gelände mehrerer Kindertageseinrichtungen und ernten Wertschätzung für diese Arbeit. Darüber hinaus wird Musik-Machen für Bernd in vielfacher Weise bedeutsam und begleitet ihn als Hobby bis zum Zeitpunkt des Interviews. Während er zu Beginn im Alter von fünfzehn gemeinsam mit Freunden rappt und dies auf Kassetten aufnimmt, wird das Ganze im Lauf der Jahre zunehmend professioneller: Er ist in zwei Bands unterwegs, trifft sich häufig zu „Sessions" und hat mit einer der Bands Auftritte, durchaus auch vor größerem Publikum. Auch hier deutet er an, dass Drogenkonsum eine große Rolle spielt, und bringt weitere Drogengruppen ins Spiel (Nachinterview, S. 6, Z. 49–56).

> E: „Also richtig (.) dicker, fetter Auftritt und hinten im Backstage-Raum auch wieder die Nasen gezogen. Die Joints geraucht und auf die Bühne und dann ging's ab. Und da war einem alles scheißegal. Dann stand man da, hat geschwitzt, hat gesungen und gerappt. Also ja klar, ich meine, ich würde es jetzt nicht mehr machen. Ich weiß, es hat damals Spaß gemacht/ des is/ ich bin auch froh, dass ich das nicht mehr mache".

Bernd geht plastisch auf sein Erleben in dieser Zeit ein, er erzählt vom Drogengebrauch, vermutlich hier Kokain in Verbindung mit Marihuana. Er spricht davon, dass ihm durch die Drogen alles „scheißegal" gewesen sein, dies lässt sich als Hinweis auf Nervosität vor einem Auftritt deuten, die unter Drogeneinfluss auf der Bühne keine Rolle mehr spielt. Er geht evaluierend darauf ein, dass dies eine vergangene Phase seines Lebens ist, die er hinter sich gelassen hat. Diese Praxen des Musik-Machens, Sprayens und des Drogenkonsums sind zentral für ihn und sein Erleben in den Jahren nach der Hauptschule, er formuliert es an einer anderen Stelle des zweiten Interviews als Alltag in dieser Zeit

(„Alltag meines Lebens"). Diese Orientierung an jugendkulturellen Praxen ist in Verbindung mit dem rekonstruierten verlaufskurvenhaften Erleben der Prozesse in Institutionen der Schule und der Berufsvorbereitung zu sehen. In der Rekonstruktion der narrativen Passagen ist sichtbar geworden, dass er sich dort nicht als bewältigend und handlungsmächtig erleben kann, sondern vor allem als jemanden, der reagiert oder vermeidet. Dies wird insbesondere in der nächsten Passage sichtbar, in der Bernd noch einmal ausführlicher auf die Zeit in der Ausbildung zum Holzmechaniker zu sprechen kommt.

Die Thematisierung der Ausbildung zum Holzmechaniker und das kurzzeitige Zusammenleben in einer Wohngemeinschaft

Er erzählt in diesem zweiten Interview, wie dieses Nebeneinander von jugendkulturellen Praxen und Ausbildung begünstigt wird durch den Umstand, dass er sich in der Ausbildung der Holzmechaniker nicht als Außenseiter erlebt, was seinen Drogengebrauch angeht. Er besucht diese Ausbildung häufig unter Drogeneinfluss und trifft dort auf andere Jugendliche, die ähnliche Interessen haben (Nachinterview, S. 8, Z. 34–37).

> E: „Da bin ich immer breit hingegangen wa-war/ und man trifft natürlich immer Leute, die so das gleiche Alter haben und man guckt die an und denkt: Ach, mit denen kann ich zusammen ein kiffen".

In der Zeit der Ausbildung zum Holzmechaniker zieht Bernd aus, er zieht in der gleichen Stadt mit einem Bekannten zusammen, der ebenfalls häufig Drogen konsumiert. Er erzählt, dass er von seinen Eltern zur damaligen Zeit genervt ist und sich dieser Wohnsituation entziehen möchte. Eine naheliegende Überlegung in diesem Kontext, die der Finanzierung, scheint für ihn keine Rolle zu spielen. Er erwähnt nicht, wie er die Wohnung finanziert hat und wie diese Zeit finanziell für ihn war, die Frage der Finanzierung stellt sich über seine gesamte Erzählung hinweg nicht. Er räumt an einer bestimmten Stelle des zweiten Interviews ein, dass neben dem Konsum von Drogen zeitweise auch Dealen eine erhebliche Rolle spielte und dass ihn diese Tätigkeit mit finanziellen Mitteln ausgestattet hat. Diese Wohngemeinschaft wird von ihm jedenfalls nicht unter der Perspektive von finanziellen Sorgen erzählt, sondern er evaluiert sie mit einem Kommentar („da habe ich gehaust"), wenn er über diese Zeit spricht. Sein Mitbewohner und er beginnen den Tag häufig bereits konsumierend und so kommt es immer wieder dazu, dass Bernd die Ausbildung nicht besucht. Da es sich bei der Ausbildung zum Holzmechaniker um eine sozialpädagogisch begleitete Maßnahme handelt, bekommt er mehrfach Besuch von einer Fachkraft. Nach mehrmaligen Besuchen der Lehrgangsbegleitung, die sein offenkundiges Fehlen ohne Krankheit aufdeckt, wird er in der Maßnahme gekündigt. Er zieht zurück zu seinen Eltern. Im Anschluss an den Abbruch der

Ausbildung zum Holzmechaniker meldet Bernd sich arbeitslos und beantragt den Bezug von Sozialleistungen. Er erzählt, dass er einer Ein-Euro-Job-Maßnahme zugeordnet wird, in der er mitarbeiten soll. Ihm wird kurz darauf mitgeteilt, dass in der Berechnung ein Fehler geschehen ist und er dort nicht mehr arbeiten dürfe. Seine Eltern verdienen zu viel, um den Leistungsbezug ihres Sohnes zu rechtfertigen. Bernd wird mitgeteilt, dass er nur leistungsberechtigt ist, wenn er in einer eigenen Wohnung wohnt. Sein Vater sagt ihm – so Bernds Darstellung – dass er ihn rauswerfen muss, wenn das die einzige Möglichkeit ist, um Bernd weiter in der Maßnahme arbeiten zu lassen, zumindest dem Schein nach. Bernds Vater hat einen Bekannten, der eine Mietimmobilie in der gleichen Stadt besitzt. Er fingiert mit Hilfe des Eigentümers einen Mietvertrag und legt ihn der Behörde vor. Fortan ist er leistungsberechtigt, er arbeitet in der begonnenen Ein-Euro-Maßnahme weiter. Er holt seine Post aus dem Briefkasten der vermeintlich gemieteten Wohnung und lebt weiter bei seinen Eltern. Diese Phase dauert einige Zeit an, bis es schließlich zur Aufnahme der sozialpflegerischen Ausbildungsversuche kommt.

Sein Weg durch das Schulsystem als „Legastheniker"

Ganz am Ende des zweiten Interviews bitte ich Bernd, mehr dazu zu erzählen, wie es ihm in der Grundschule und mit den Ereignissen – der Rückstufung in die zweite Klasse – ergangen ist. Hier kommt es zu einer ersten längeren Thematisierung seiner Teilleistungsstörung (Nachinterview, S. 16, Z. 2–19).

E: „Äh/ () Ja, das Ding is, äh/ ich bin Legastheniker.

I: mhm

E: Und bei/ wenn man Legastheniker ist, ist es ja entweder eine Ausrede () oder es is wirklich so. Weil manche sagen: „Ja, mein Kind hat Legasthenie." Also ich hab es schon verstanden, dass ich das nich verstanden habe. Also dass ich nich so gut lese und nicht so gut rechne und mit Zahlen nicht so kann und da war ich auch immer in so einem speziellen Unterricht, der hat mich dann analysiert, und äh/ der hat mir das dann halt beigebracht so. Ich habe ja einfach nur gelesen () und ich habe einfach nur das gelesen, was da gar nich steht, sondern was ich denke, was da steht. Oder was ich will, dass es da steht, mache ich heute noch. Und da weiß ich, dass ich da meine Probleme hatte, aber ich hatte schulisch immer so Probleme. Aber menschlich hatte ich (((betont))) nie Probleme. Ich kam immer mit jedem klar und das is bis heute auch so. Also ich kann mich immer mit jedem verstehen, also es ist nie so gewesen, dass ich irgendwie Probleme in der Schule hatte wegen anderen, sondern wegen mir selber. Ja. Ja".

Bernd benennt hier erstmalig seine Teilleistungsstörung mit einem Fachterminus und versucht Strategien des Umgangs mit diesem Stigma auf einer allgemeineren Ebene einzuordnen. Er spricht über den Versuch des Ausnutzens dieses Labels und naturalisiert die Teilleistungsstörung („is wirklich so"). Er geht auf sein frühzeitiges Versagenserleben im formalen Bildungssystem ein, das sich bereits in der Grundschule manifestiert. Er spricht über Schwierigkeiten beim Lesen, Schreiben und mit Zahlen, die ihn durch seine Schulzeit begleiten. Diese Problemwahrnehmung unterscheidet er deutlich von sozialen Belangen in der Schule, hier ist es ihm wichtig, eine Grenze zu markieren. Er stellt darauf ab, dass er Schwierigkeiten in der Schule ausschließlich auf sich zurückführen muss und dass diese nicht mit anderen verbunden waren. Im letzten Teil des Interviews kommt er weiter darauf zu sprechen, wie er in seiner Schulzeit damit umgegangen ist, um diese Schwierigkeiten zu wissen. Er geht darauf ein, wo und wie seine Eltern darüber gesprochen haben, mit Lehrer_innen und anderen. Er führt aus, welche Bedeutung dies im Lauf seiner Schulzeit in den unterschiedlichen Institutionen gewonnen hat. Er spricht darüber, dass er es bis heute eher verheimlicht und auch in der Ausbildung nicht kundgetan hat, bis Olaf Brauner ihn darauf anspricht und ihm sagt, dass er bereits darum wisse. Woher Olaf Brauner davon Kenntnis hat, wird in keinem der Datenmaterialien angesprochen. Es scheint mir naheliegend, dass Bernds Vater dies offenbart hat. Bernd erzählt, dass Herr Brauner ihm einen offensiven Umgang damit nahegelegt hat, der ihm bis heute schwerfällt. Bernd kommt kurz darauf zu sprechen, dass er sich heute bei schriftlichen Arbeiten Hilfe durch seine Partnerin organisiert, um zurechtzukommen. In diesem Zusammenhang ist auch die Unterstützung durch Hannes Bruder bei der Erstellung neuer Bewerbungsunterlagen nach der Kündigung durch Herrn Brauner zu sehen, von der Bernd eingangs berichtet.

3.3.2 Analytische Abstraktion

Analyse der Prozessstrukturen

Bernd erlebt bereits in der Grundschule, dass er schulischen Anforderungen nur begrenzt genügen kann. Zum Halbjahr der dritten Klasse entscheiden die Eltern, dass er aufgrund von Leistungsdefiziten in die zweite Klasse zurückkehrt. Trotz einer Bearbeitung der Schwierigkeiten mit dem Lesen, Schreiben und Rechnen (so formuliert er es im Interview) mit Hilfe seiner Familie (hier wird im Interview von ihm vor allem die Mutter benannt, die mit ihm „übt") gelingt es nicht, diese in der Grundschulphase abschließend zu überwinden. Die Schwierigkeiten– am Ende des zweiten Interviews spricht Bernd selbst von „Legasthenie" – werden nicht zu einem dauerhaften Fokus der Familie, was die schulische Laufbahn Bernds angeht. Für diese Deutung spricht, dass Bernd erzählt, er habe in der Grundschule „nachgeholt" und schließlich die Empfehlung für die Realschule erhalten. Dies klingt nach einer Deutung von überwindbaren Schwierigkeiten in seiner Schullaufbahn, die nicht zu seiner späteren Selbstbezeichnung als „Legastheniker" passt. Damit werden prozessstrukturell Verlaufskurvenpotenziale offenbar, die ihn fortan begleiten: Es gibt Leistungsprobleme, die sowohl von der Schule als auch von den Eltern gesehen werden. Es wird nicht sichtbar, dass die Frage des Genügens schulischer Anforderungen zu der Entwicklung eines familiären Handlungsschemas führt – es wird eher zu einer stillen Hypothek, die mit der Einschätzung einer Realschulempfehlung weiter aus dem Fokus gerät. Die zweite Rückstufung wird in der siebten Klasse vollzogen. Bernd ist aufgrund der Rückstufung in der Grundschule zu diesem Zeitpunkt bereits vierzehn Jahre alt. Er argumentiert, dass es weniger Leistungsschwäche denn Faulheit war, die die Rückstufung bedingt hat. Eine aktive Gestaltung seiner Zeit in formalen Bildungsinstitutionen wird im Anschluss an das „Nachholen" in der Grundschule nicht rekonstruierbar. Bernd ist es in der Erzählung an verschiedenen Stellen daran gelegen, sich nicht als „dumm", sondern „faul" darzustellen.

In der Betrachtung der Eingangserzählung – und zunächst ohne jede Berücksichtigung des Nachfrageteils und des Nach-Interviews – lässt sich rekonstruieren, dass Bernd die formalen Bildungsinstitutionen als Orte erlebt, an denen er seinen Erfolg und die Anerkennung dort nur begrenzt mittels seiner aktiven Handlungen im Unterricht beeinflussen kann. Bereits hier zeigen sich verlaufskurvenhafte Dynamiken des Versagens in der Schule und Prozesse, die er nur begrenzt zu gestalten vermag. Positive Erfahrungen des Lernens und der Anerkennung seiner Leistungen oder der Interessenentwicklung am formalen Bildungsort Schule werden kaum sichtbar, seine Erzählung thematisiert primär Erlebensprozesse mit Peers, in denen er sich um Anerkennung bemüht. In der Rekonstruktion zeigt sich Erdulden, stellenweise Erleiden seiner Zeit in Bildungsinstitutionen (vgl. hierzu Nittel 1992). Es wird ihm nicht möglich, eine Haltung von Stolz oder Bewältigung zu seiner Schulzeit und den Leistungen dort einzunehmen. Bernd interessiert sich in seiner weiteren Schullaufbahn stärker für jugendkulturelle Praxen, die Anforderungen der Schule verlieren an Relevanz und können von ihm offenbar nicht spielerisch und anstrengungsarm bewältigt werden. Unklar bleibt auch, ob es in dieser Phase elterliche Aufmerksamkeit gibt, die diesen Prozess begleitet und im Blick behält. Dabei lässt sich rekonstruieren, dass die Gestaltung sozialer Beziehungen und die Entwicklung einer Position in Gruppen für Bernd ein bedeutsames Thema ist, das ihn beschäftigt und mit Anstrengungen verbunden ist. Er spricht an keiner Stelle an, dass er durch die Rückstufungen Freunde verloren hat, weil er die Klasse gewechselt hat. Es ist jedoch naheliegend, so etwas zu vermuten. Rekonstruierbar werden hier zum einen Prozesse des Anschlussfindens in Gruppen, die Frage von Konflikten und die Behauptung einer eigenen Position gegen andere sowie die Anerkennung durch andere. Er erzählt hierzu Episoden von gemeinschaftlicher Schulabsenz und gewaltsame Konflikte mit Gruppen, die er ethnisierend als „die Marokkaner" oder „die Türken" beschreibt. Er geht darauf ein, dass verschiedene von ihm ethnisierte Gruppen in der Hierarchie der Schule ganz oben stehen und er bemüht ist, mit allen gleichermaßen gut zurecht zu kommen. Dabei wird bedeutsam, dass er schon früh – in der Grundschule und erneut mit der Rückstufung in die Hauptschule – erfährt, dass er nicht über seine schulischen Leistungen Anerkennung erfahren kann. Was ihn im Zusammenhang mit der Zeit in der Hauptschule Baumberg beschäftigt, sind primär soziale Belange sowie die Frage, wie andere ihn wahrnehmen und wie er diesen (un)ausgesprochenen Erwartungen gerecht werden kann. Er erzählt, dass ihm dies gelingt, macht jedoch auch klar, dass es ihn etwas kostet. Die Gestaltung und die Kosten sozialer Beziehungen spielen auch bei seinen Ausbildungsabbrüchen in der Sozialpflege eine Rolle, dort erfährt er Anerkennung in den sozialen Kontakten. In Analyse des Ausbildungskontextes werden die Bedeutsamkeit der Beziehungen dort und die Hierarchien in dem kleinen Betrieb als für ihn als bedeutsamer Moment der Arbeitsgestaltung sichtbar. Er hält fest, dass er den kleinen Betrieb sehr gut findet, weil er die Menschen dort kennt und einschätzen kann. Er stellt heraus, dass er eine richtig große Firma – hier spricht er von zwanzig bis dreißig Angestellten – überfordernd fände. Insgesamt lassen sich Prozesse der Gestaltung sozialer Beziehungen als Verletzungsdisposition rekonstruieren, die sich im Laufe des Aufwachsens von Bernd entwickelt und sich gleichzeitig einer „Bearbeitung" weitgehend entzieht, da er vor der Ausbildung wenige Ankerpunkte für eine anderweitige Wertschätzung, zum Beispiel durch erworbene Kompetenzen in anderen als den Zusammenhängen mit Peers entwickelt. Diese Mühen in der Gestaltung sozialer Beziehungen gewinnen zusätzlich an Gewicht für seine Entwicklungen, wenn sie im Kontext der Freizeitpraxen betrachtet werden, die für Bernd in der Adoleszenz immer wichtiger werden. Bernd erlebt hier Formen der Vergemeinschaftung, die ihm einerseits Wertschätzung einbringen und andererseits Gefahren bergen. Momente der Wertschätzung zeigen sich gerade in der Organisation legaler Flächen des Sprayens bei der Kommune, eine Episode, auf die er im zweiten Interview zu sprechen kommt. Hier wird er als Handelnder sichtbar, der von seiner Peer-Community und der Welt der Erwachsenen gleichermaßen Wertschätzung erfährt. Sein zunehmender Drogengebrauch über die Jahre und die Zunahme devianter Handlungen zeigt jedoch auch, dass durch seine Freizeitpraxen biographische Fallensituationen an Gewicht gewinnen, deren Bedeutsamkeit er eigentheoretisch nur begrenzt erfasst. Er grenzt sich gegen diese devianten Praxen und den Drogengebrauch in der Erzählung ab, stellt jedoch nur begrenzt Bezüge zwischen diesen Praxen und biographischen Entwicklungen her.

Durch die Schwierigkeiten mit den schulischen Anforderungen, die er am Ende des zweiten Interviews mit dem Begriff „Legasthenie" etikettiert, und die Probleme in Gruppen entwickelt Bernd Verletzungsdispositionen. Diese werden durch die gleichzeitige Praxis drogengebrauchender und devianter Freizeitbeschäftigungen sichtbar als eine Verstrickung in Entwicklungen, die sich einer Steuerung und Kontrolle entziehen. Bernd verliert dank seiner Familie und deren Unterstützung nicht vollständig den Boden unter den Füßen. Als dominante Prozessstruktur lässt sich jedoch bereits in der Schulzeit und im Anschluss an die Schulzeit vor allem eine verlaufskurvenförmige Entwicklung rekonstruieren. Seine Familie ist maßgeblich dafür mitverantwortlich, dass er eher in einem labilen Gleichgewicht verbleibt. Bernd stellt seine Eltern als durchgängig Unterstützende dar, die ihm stets beiseite stehen. Er erzählt von Konflikten und Auseinandersetzungen, die ihm offenbar aber immer die Gewissheit lassen, dass er familiär sicher getragen wird. In beiden Interviews wird sichtbar, dass die Eltern auch in schwierigen Phasen unterstützend an der Seite ihres Sohnes stehen und auch zum Teil deviante Handlungen mittragen, ohne dass es zu einer – durchaus denkbaren – Dramatisierung von Bernds Verhalten kommt. Die familiäre Situation trägt auch dazu bei, dass er durch die Eltern lebenszyklische Normalformerwartungen (vgl. Cicourel 1976) im Blick behält und weiß, dass es eine „geordnete" Idee gibt, wie er seine Zeit verbringen könnte. In den acht Jahren zwischen seinem Schulabschluss und der Aufnahme seiner Ausbildung gerät die Orientierung an institutionellen Ablaufmustern nie vollständig aus dem Blick, auch wenn Bernd über längere Zeit keine aktiven Schritte unternimmt oder unternehmen kann, sich diese Orientierung zu eigen zu machen. Zu diesen Prozessen einer verlaufskurvenhaften Entwicklung und der Orientierung an institutionellen Ablaufmustern trägt bei, dass er einen nur wenig älteren Bruder hat, mit dem er die Freizeitpraxen teilt, die für ihn bedeutsam werden. Im Gegensatz zu Bernd gelingt es seinem Bruder, der als Vorbild und signifikanter Anderer wichtig wird, die (teilweise devianten) Freizeitpraxen und eine Berufsausbildung nebeneinander zu realisieren. Bernd sieht seinen Bruder als Vorbild. Hierdurch bleibt die Orientierung an institutionellen Ablaufmustern im Blick.

Seine Freizeitaktivitäten ermöglichen ihm, diese Prozesse als Lustlosigkeit zu bewerten und sich nicht näher damit auseinanderzusetzen. Erst zu einem relativ späten Zeitpunkt in seiner Entwicklung kommt es zu einer umfassenderen Destabilisierung. In der Phase nach den mehrfach begonnenen und abgebrochenen Pflegeausbildungen wird ein Krisenerleben rekonstruierbar. Ihm entgleitet das über längere Zeit bewahrte labile Gleichgewicht, das er während der Ausbildungsversuche aufrechterhalten konnte. In der Folge – allerdings erst nach einem Zeitraum von circa einem Jahr oder länger – kommt es zu einer stellvertretenden biographischen Initiative durch den Vater. Er organisiert ihm eine Ausbildungsstelle. Erneut wird Bernd nicht als jemand sichtbar, der aktiv ein Handlungsschema entwickelt, sondern eher als jemand, der sich nicht aktiv dagegen wehrt, dass ihm etwas angetragen wird. In der Ausbildung und deren Verlauf zeigen sich erneut Schwierigkeiten, die denen aus der Schulzeit sehr ähnlich sind. Bernd wird als passiver Verweigerer institutioneller Anforderungen sichtbar, die sich auf die Schule, den Schulbesuch und Rahmenbedingungen in der Ausbildung beziehen.

Er hebt in der Erzählung der Ausbildung ein Moment der Veränderung hervor, das neu ist: Er beginnt sich für die handwerkliche Seite seines Ausbildungsberufs zu interessieren und bekommt gute Rückmeldungen zu seiner Arbeit als Handwerker mit dem Werkstoff Metall. Doch auch im Ausbildungsbetrieb kommt es immer wieder zu Schwierigkeiten, was institutionelle Anforderungen angeht: Pünktlichkeit, regelmäßiges Erscheinen, der Besuch der Berufsschule und Absenz im Ausbildungsbetrieb bleiben in der Ausbildung ein permanentes Thema und zeigen in der Rekonstruktion, dass Momente des Kontroll- und Steuerungsverlustes auch im Verlauf der Ausbildung nicht aufgehoben sind. An dieser Stelle wird Olaf Brauner als Ausbilder eine wichtige Person: Obwohl er im Ausbildungsverlauf mehrfach die Möglichkeit hat, Bernd zu kündigen, entscheidet er sich dagegen. Möglicherweise ist dies vor allem der Bekanntschaft mit Bernds Vater geschuldet, entscheidend für den Ausbildungsverlauf von Bernd wird jedoch, dass Olaf Brauner zu einer Figur wird, an der er nicht vorbeikommt. Damit rückt eine Orientierung an institutionellen Ablaufmustern noch einmal von einer anderen Seite in den Blick: Nun trägt jemand in einer relativ persönlichen Beziehung in einem kleinen Betrieb – nicht Eltern oder der Bruder – die Erfüllung eines institutionellen Ablaufmusters an ihn heran. In dieser Auseinandersetzung zwischen den Erwartungen des Ausbilders an einen geregelten Ausbildungsverlauf, Bernds zunehmenden Fertigkeiten als Handwerker in einem Beruf und seiner Absenz in der Berufsschule geht die Ausbildung voran.

Eine Übernahme des institutionellen Ablaufmusters des Ausbildungsabschlusses aus eigener Initiative zeigt sich im dritten Ausbildungsjahr. Bernd verbindet in der Erzählung die Zeit seines Ausbildungsabschlusses mit seinem Wunsch einer Festigung der Beziehung zu seiner Partnerin, mit der er in eine gemeinsame Wohnung einziehen möchte. Dafür wird der Ausbildungsabschluss wichtig, den die Partnerin konditional mit einer gemeinsamen Zukunft verbindet. In der Analyse der dominanten Prozessstrukturen spricht viel für die Annahme, dass es im Aufwachsen durch die verlaufskurvenhaften Erfahrungen in der Schulzeit nicht zu einer Entwicklung von Plänen kommen kann. Bernd erlebt sich eher in einer reagierenden Haltung gegenüber dem formalen Bildungssystem. Rekonstruierbar scheint für einige Jahre einen Widerstreit zwischen verlaufskurvenartigen Erfahrungen und der Orientierung an den institutionellen Ablaufmustern, die von außen immer wieder an Bernd herangetragen werden, ohne dass er diese handlungsschematisch übernimmt. Eine Übernahme dieser Orientierungen zeichnet sich mit dem Ende der Ausbildung ab, wobei in der Rekonstruktion der Suche nach einer neuen Arbeitsstelle nach der Kündigung sichtbar wird, dass er weiterhin auf die Unterstützung signifikanter

Anderer vertraut – und möglicherweise darauf angewiesen ist –, um Anforderungen zu bewältigen.

Relevante soziale Prozesse in der Rekonstruktion: Der Prozess der Ausbildung und die Thematisierung von Differenzerfahrungen

Bernd erreicht seinen Einstieg in ein reguläres Ausbildungsverhältnis durch eine Intervention seines Vaters, der seine Kontakte nutzt, um seinem Sohn einen Zugang zu Ausbildung zu ermöglichen. Die Ausbildungsversuche und die Jahre des Jobbens werden zum Zeitpunkt der Intervention durch Bernds Vater für die Familie zunehmend zum Problem. Bernd spricht über diese Phase seines Lebens als die einzige, in der er sich eigentheoretisch zugesteht, dass er von einer Orientierungslosigkeit erfasst wird. Er spricht über die Erwartung seiner Umwelt, allen voran seiner Familie, nun endlich etwas Vorzeigbares zu beginnen und zu beenden. Diese Erwartung bringt er nicht in Beziehung mit den Schwierigkeiten, die er in den Jahren der Schullaufbahn und den acht Folgejahren hat. Er spricht nicht darüber, wie diese Prozesse der vergangenen acht Jahre einzuordnen sind und von ihm selbst eingeordnet werden. Er stellt keinerlei Bezüge her zwischen dem frühen Wiederholen einer Jahrgangsstufe und seiner schulischen Laufbahn, seinen Erfahrungen in Gruppen und seinen Umgang mit Anforderungssituationen in formalen Bildungssettings, seine Strategien im Umgang mit sozialem Stress sowie die Haltungen seiner Eltern zu seinen Entwicklungen, um nur einige mögliche Anknüpfungspunkte zu nennen.

Diese Erfahrungshorizonte bleiben von ihm weitgehend unthematisiert und verweisen darauf, dass er die unterschiedlichen Erfahrungen, die sein Aufwachsen begleitet haben, im Sinne einer verlaufskurvenartigen Entwicklung erlebt. Es wird ihm nicht möglich, sich eigentheoretisch auf diese Erlebensprozesse zu beziehen und Bezüge zwischen diesen Erlebensprozessen herzustellen. Diffuse Erfahrungen der Differenz und des Anders-Seins durch Leistungsschwäche werden von ihm durch den Rückzug in die Peer-group aufgehoben und negiert. Die Vergemeinschaftungsformen innerhalb der Peer-group ermöglichen ihm Formen von Anerkennung und Normalität, die Versagenserfahrungen in formalen Bildungssettings in den Hintergrund treten lassen. Gleichzeitig verstärken die jugendkulturellen Praxen des Drogengebrauchs bestimmte Differenzerfahrungen und erweitern diese, ohne dass deshalb die Chance erhöht wird, diese zu thematisieren und einer eigentheoretischen Auseinandersetzung zugänglich zu machen.

Ausgehend von diesen Überlegungen wird der Prozess der Ausbildung durch Herrn Brauner für Bernd als eine spezifische Form der Auseinandersetzung mit einem formalen Bildungssetting und Herrn Brauner als zentralem Interaktionsgegenüber sichtbar. Herrn Brauners Geschichte mit Bernd wird im Interview rekonstruierbar als Beziehungsgeschichte, in der sich sehr viel um die

Erfüllung des regulären Berufsschulbesuchs und die Einhaltung institutioneller Rahmenbedingungen der Ausbildung dreht. Das zentrale Moment der Beziehungsgestaltung wird als das Ringen um die Einhaltung institutioneller Rahmenbedingungen sichtbar, innerhalb dessen Herr Brauner die sich entwickelnden fachlichen Kompetenzen Bernds schätzen lernt. Dabei zeigt sich, dass Herr Brauner mit der Einstellung Bernds als Auszubildendem von Beginn an hadert, da er ahnt, dass es zu Schwierigkeiten kommen könnte. Zu den Spezifika der Ausbildungssituation Bernds muss gerechnet werden, dass Herr Brauner durch die vorangegangene Kündigung eines anderen Auszubildenden darauf bedacht ist, eine rasche Wiederholung dieses Vorgangs zu vermeiden. Gleichzeitig fühlt er sich vermutlich gebunden durch die langjährige Bekanntschaft mit Bernds Vater. Bernd lernt die handwerkliche Seite seines Berufs schätzen und findet Interesse daran. Er erlebt sich als kompetent und handlungsfähig. Bernd entwickelt eine Beruflichkeit, die er in vorherigen Ausbildungsversuchen nicht erwerben konnte: Er erlernt tätigkeitsspezifische Wissensbestände und Fertigkeiten (vgl. Bolder et al. 2012, S. 11). Dies erlebt er als etwas Neues, da diese Kompetenzen andere sind als diejenigen, die in den sozialen Ausbildungsversuchen im Vordergrund standen.

Diese Entwicklungen bestimmen die Beziehungsgeschichte zwischen Herrn Brauner und Bernd Hochstein mit. Herr Brauner möchte keinen erneuten Abbruch einer Ausbildung, er fühlt sich durch die Beziehung mit Herrn Hochstein senior gebunden und Bernd entwickelt sich zu einem geschickten Metallbauer. In diesem Kontext sind seine Bemühungen und seine Bereitschaft zu sehen, sich mit Bernd auseinanderzusetzen. Dabei ist er bereit, Wege zu gehen, die er nicht mehr gehen müsste, er könnte das Ausbildungsverhältnis beenden. Durch die besondere Ausgangskonstellation wird für Bernd innerhalb des formalen Settings Ausbildung eine andere Form von Auseinandersetzung mit Institutionen möglich, als er sie bislang in schulischen und anderen Institutionen machen konnte. Die Schwierigkeiten des regelmäßigen Besuchs der Berufsschule werden thematisiert als individuelles Problem Bernds und von Herrn Brauner bearbeitet, da er einen Abbruch der Ausbildung vermeiden möchte. Bernd spricht über seinen Kompetenzzuwachs und das Erleben desselbigen in der Ausbildung, dies führt jedoch – das hat die Rekonstruktion gezeigt – nicht zu einer veränderten Haltung, was die Gestaltung sozialer Beziehungen in Gruppen angeht. Bernd setzt dauerhaft auf kleine, überschaubare soziale Kontexte und die Hilfe signifikanter Anderer in Anforderungssituationen. Eine weitergehende Thematisierung von Erfahrungen des Versagens in formalen Bildungsinstitutionen als Erfahrungen, die bedeutsam für seine Biographie geworden sind, findet im Kontext der Ausbildung nicht statt.

Betrachtet man die Eingangserzählung, fallen dort wenige Theoriebildungen auf, die Bernd im Erzählen vollzieht. Im Nachfrageteil des ersten Interviews sowie im zweiten Interview setzt sich Bernd detaillierter argumentativ mit seiner Entwicklung auseinander, was jedoch auch der Struktur der Erhebung geschuldet sein kann. In der Rekonstruktion zeigen sich diese Argumentationsleistungen auch bei narrationsanregenden Fragen. In der Eingangserzählung findet man Theoriebildungen vor allem in kurzen Einschüben in Segmenten, mit denen er bestimmte Entwicklungen abschließend rahmt. Sie werden als Orientierungs- und Erklärungstheorien sichtbar, in denen er knapp Stellung bezieht zu Geschehnissen, von denen er gerade erzählt hat. Seine Theoriebildungen zeigen sich bezogen auf erzählte Ereignisse und zielen auf den sequentiellen Aufbau seiner Erzählung, nicht jedoch in die Zukunft, eine Planung oder einen größeren Zusammenhang seines Lebens. Theoriebildungen dieser Form durchziehen die Eingangserzählung und sind im Wesentlichen durch diese Kürze und Struktur gekennzeichnet. Bernd kommentiert zum Beispiel seine Entwicklung nach dem Ende der Zeit in der Hauptschule mit einer Erklärungstheorie, in der er darlegt, warum er sich nicht um eine Anschlussperspektive nach dem Nachholen des Schulabschlusses gekümmert hat. Dieser Umstand wird von ihm im Erzählvorgang für erklärungsbedürftig gehalten. Ähnlich zeigt sich eine Theoriebildung zu den mehrfachen Abbrüchen der sozialpflegerischen Ausbildungen. Auch hier liefert er eine kurze Erklärungstheorie seiner psychischen Belastung durch die Sterbesituationen in den Pflegeeinrichtungen. Im Erzählen über den nächsten Abbruch und die darauffolgende Phase des Arbeitens in prekären Beschäftigungsverhältnissen kommt er erneut zu einer kurzen Theoriebildung, die rechtfertigenden Charakter hat – er arbeitet sich an einem imaginären Opponenten ab, der ihm vorwirft, nichts zu tun (S. 3, Z. 8–10).

> E: „Also es is nich so, dass ich nie was gemacht habe, aber () was ich gemacht habe, war jetz auch nich das tollste. (.) So, was keine Zukunft hat".

Im nächsten längeren Kommentar bezieht er erneut Stellung – diesmal zum dritten Abbruch der sozialpflegerischen Ausbildungsversuche. Hier offenbart er erstmalig ein Verhalten, das jenseits von Lustlosigkeit etwas ins Spiel bringt, das normativ bewertet werden kann – er spricht seinen Drogengebrauch an. Er sucht nach Gründen, die seinen Abbruch erklären und zeigt etwas von seiner eigenen Ratlosigkeit (S. 3, Z. 25–26).

> E: „(..) s war (.) weiß ich nich. Hab zu der Zeit auch/ äh () diverse Sachen geraucht und so/ weil ich dann keine Lust mehr hatte".

Bernds Theoriebildung bezieht sich hier auf den dritten Abbruch der sozialpflegerischen Ausbildung und er versucht eine Erklärung zu liefern, die ihm schwerfällt. Sein Erklärungsversuch offenbart an dieser Stelle, dass er nicht sicher sagen kann, was er eigentlich erklären will. Während er im obigen Beispiel eine sichere Bewertung seiner Tätigkeiten zwischen den Ausbildungsversuchen vornehmen kann – er hat gearbeitet, aber es hatte eben keine Zukunft – gelingt ihm das bei der Erklärung hier nicht. Letztlich bleibt fraglich, ob er den Abbruch mit dem Drogengebrauch begründen will oder den Drogengebrauch mit dem Abbruch. Er versucht eine konditionale Verbindung herzustellen, doch es bleibt unklar, in welcher Weise.

Bernd kommt auf seine (letztendliche abgeschlossene) Ausbildung zu sprechen und geht in zwei kurzen Erklärungen darauf ein, dass er schnell merkt, dass die handwerkliche Seite des Ausbildungsberufs ihm liegt, es in Bezug auf Schule, hier die Berufsschule, jedoch erneut zu Schwierigkeiten kommt. Hier unternimmt er keinen Versuch einer konditionalen Verknüpfung um zu erklären, warum es zu Schwierigkeiten gekommen ist. Er hält lediglich im Sinne einer Erklärungstheorie fest, dass es Schwierigkeiten gegeben hat und dass er feststellt, dass er beruflich lieber etwas Handwerkliches als etwas Soziales machen möchte und sich deshalb in der neuen Ausbildung am richtigen Platz fühlt. Die Theoriebildungen in der Stegreiferzählung stehen in Korrespondenz mit den rekonstruierten Prozessstrukturen und zeigen etwas von seinem Getrieben sein und dem Steuerungsverlust, der über längere Zeit sein Erleben dominiert. In einzelnen kurzen Theoriebildungen wird sichtbar, dass er sich mit an ihn herangetragenen Erwartungen auseinandersetzt, zum Beispiel in der Theoriebildung, in der er darüber spricht, dass er stets in irgendeiner Form gearbeitet hat, das jedoch keine Zukunft hatte. In solchen Theoriebildungen zeigt sich die Präsenz einer prozessstrukturellen Orientierung an institutionellen Ablaufmustern neben dem Erleidenserleben. Gleichzeitig wird in der Stegreiferzählung sichtbar, dass seine argumentativen Kommentare sehr kurz sind und primär als Erklärungs- und Orientierungstheorien sichtbar werden, die auf seine narrative Darstellung abzielen. In der Erzählung kommt es nicht zu detaillierteren argumentativen Darstellungen, die auf eine tiefergehende Auseinandersetzung mit dem Leiden an seiner Situation verweisen. Dieses Phänomen wird im Zusammenhang mit narrationsanalytischen Überlegungen zum Erzählen von Erleidensprozessen verstehbar (vgl. Riemann & Schütze 1991; Schütze 2006). Im Gegensatz dazu finden sich detailreichere Schilderungen in Phasen seiner Erzählung, in denen kurzfristige Planungen sichtbar werden. Hier führt er häufiger Dialogwiedergaben mit signifikanten Anderen ins Feld, die als kognitive Repräsentation für besonders intensive Erlebensprozesse stehen (vgl. Schütze 1987, S. 130 f.). Diese werden jedoch kaum von Theoriebildungen begleitet, die in die Zukunft verweisen. Episoden der Planung und der Handlungssteuerung, die im Erzählen sichtbar werden, sind häufig mit Interaktionsschilderungen mit signifikanten Anderen verbunden – besonders sichtbar in der Intervention des Vaters zur Erlangung des Ausbildungsplatzes und in der Schilderung seiner Konflikte mit Herrn Brauner.

In der Betrachtung des Nachfrageteils und des zweiten Interviews fällt auf, dass er sich über längere Phasen mit Entwicklungen in seiner Geschichte beschäftigt und dabei Theorien entwickelt, die sich von den Theoriebildungen in der Stegreiferzählung deutlich unterscheiden. In der Zusammenschau zeigt sich die Thematisierung sozialer Beziehungen und seine Auseinandersetzung mit Schwierigkeiten bedeutsam, die er in Interaktionen mit anderen wahrnimmt. Orientiert an diesem Thema geht er unterschiedliche Bereiche seines Lebens durch, in denen seine Schwierigkeiten in Gruppen für ihn relevant geworden sind – in der Schule, in der Ausbildung, als ausgebildeter Geselle. Er nimmt dazu Stellung, dass er stets gemocht werden will. Im Nachfrageteil zu seiner Stegreiferzählung kommt er in diesem Zusammenhang auf eine Episode aus seiner Schulzeit zu sprechen, an der er illustriert, wie weitreichend sein Wunsch ist, Auseinandersetzungen mit anderen zu vermeiden (Interview 1, S. 6, Z. 20– 32).

> E: „Äh, ich-ich bin immer so en Mensch, das sacht meine Freundin auch zu mir, dass ich immer einer bin, der will () das mich/ das eim/ das alle mich mögen. Ja, und das war wohl immer das, was ich damals wohl auch wollte. Das die mich mögen und/ hach, und dann hab ich irgendwann mal irgendjemand nen Discman geliehen der ()/ den hab ich nie wieder gekricht. Und hab dann gesacht: ach, is egal, behalt doch einfach. So, einfach um so einer zu sein, so, ja, ich bin ja Dein Freund/ obwohl im Endeffekt warns trotzdem alles () ja () Ärsche zu mir. Ja, und das warn so die Gründe, warum ich dann irgendwann schulisch gar nich mehr aufgepasst habe. Ich mein, ich sag heute noch: ich so froh, dass ich fertig mit der Schule bin. Es is nix für mich. Aber/ ja, und das war dann auch einer der Gründe, dass ich sitzen geblieben bin".

Er betrachtet sich selbst als jemanden, der „gemocht werden will". Er reflektiert diese Praxis rückblickend als bereits in seiner Schulzeit bestimmend. Darauf nimmt er Bezug, als er eine Episode erzählt, die in seiner Zeit in der Hauptschule Baumberg geschehen ist. Er verleiht einen Discman, der ihm sehr wichtig ist. Um jegliche Auseinandersetzung über die Rückgabe zu vermeiden, gibt er an, ihn nicht mehr zu brauchen. Er kommt zu der Schlussfolgerung, dass ihm dieses Agieren nur begrenzt Freundschaften und tiefgehenden, unterstützenden Kontakt ermöglicht habe. Er setzt sie in Beziehung zu seiner schulischen Entwicklung. Bedeutsam scheint an dieser Stelle, dass er sein Verhalten in Gruppen ausschließlich auf seine schulische Karriere bezieht. Er stellt in keinem der beiden Interviews einen Zusammenhang mit anderen Entwicklungen in seiner Geschichte her. Insbesondere die primäre Orientierung an jugendkulturellen

Praxen werden von ihm durchgängig nicht in Zusammenhang mit seinen Interaktionsstrategien in Gruppen gesetzt. Seine eigentheoretische Auseinandersetzung jenseits der Stegreiferzählung ist gekennzeichnet von einer Haltung, die seine Entwicklung als selbstbestimmt rahmt, in der institutionelle Ablaufmuster von außen an ihn heran getragen werden. Er stellt sich als eine Person heraus, die sich diesen Ablaufmustern über Jahre widersetzt, um seinen individuellen Neigungen zu leben (Nachinterview, S. 12, Z. 31–36).

> E: „Und das ist ja klar, mir war das ja alles scheißegal. Was heißt scheißegal, ich meine, ich habe mich irgendwie da so da durchgeschlagen. Ich hatte meine Freunde, ich hatte () äh () meinen Spaß. Immer/ am Wochenende musste ich immer weg und ja, der/ die Staat oder sonst irgendetwas wollen halt, dass ich arbeite, dann muss ich arbeiten".

Insbesondere in dieser Theoriebildung hier wird sichtbar, dass Bernd dazu tendiert, Momente des Steuerungsverlustes, des Erleidens und des Getriebenseins in seiner Entwicklung auszublenden. Er setzt das Versagenserleben in schulischen Kontexten und die daraus resultierenden Entwicklungen nicht miteinander in Beziehung. Er reklamiert auch nicht, dass es einen biographischen Entwurf gegeben hat, der sich nicht erfüllt hat – zum Beispiel eine Karriere als Musiker, immerhin ein zentrales Moment kreativer Entfaltung in seiner Geschichte. Er nimmt den Weg an, den er gegangen ist und stellt sprachlich heraus, dass die Form des Weges, wie er ihn gegangen ist, auf seinen individuellen Entscheidungsprämissen beruht hat. Kurzzeitig nimmt er auf Verletzungsdispositionen Bezug, zum Beispiel, als er sich im letzten Teil des zweiten Interviews mit seinem Umgang mit dem Label der „Legasthenie" auseinandersetzt. Hier zeigt sich jedoch erneut, dass er keine Verbindungen zwischen diesen Prozessen des Scheiterns an schulischen Anforderungen und anderen Prozessen herstellt. Er insistiert, dass seine schulische Entwicklung nicht in Verbindung mit seinem Umgang mit anderen steht, sondern stellt an einigen Stellen heraus, dass er keine Probleme mit Peers hatte. Diese Argumentation steht im Kontrast zu anderen Argumentationen im empirischen Material, in denen er sich ethnisierend auf schwierige Kontakte und Vergemeinschaftungen mit anderen bezieht, die seine schulische Karriere beeinflusst haben. Rekonstruieren lässt sich auch, dass er den Umgang mit der Teilleistungsstörung unterschiedlich rahmt. Es ist ihm wichtig, sich selbst durch den gesamten Interviewverlauf hindurch immer wieder eher als „faul" darzustellen, um eine Stigmatisierung als leistungsschwacher Schüler zu vermeiden. Gleichzeitig wird in der expliziten Thematisierung der Legasthenie zum Schluss des zweiten Interviews jedoch deren Bedeutsamkeit für sein gesamtes schulisches Erleben und im Alltag bis heute sichtbar.

3.3.3 Synopse: biographische Deutung im Kontext dualer Ausbildung

Im Hinblick auf die Forschungsfrage zeigt sich, dass die biographischen Prozesse Bernds von dem Aufwachsen in einer familiären Situation gekennzeichnet sind, die er als stabil darstellt. Im Kontrast zur Fallrekonstruktion Paula Wadstel wird hier eine unterstützende familiäre Situation sichtbar, die durchgehend bleibt. Bernds Aufwachsen ist durch diese familiäre Unterstützung geprägt. Diese Rahmung in der Eingangserzählung wird wichtig für die Fallrekonstruktion, in der sich in der Darstellung der Grundschulzeit Schwierigkeiten in der Schullaufbahn zeigen, die auf eine Teilleistungsstörung hindeuten. Diese setzen sich im weiteren Verlauf seiner Schullaufbahn, dem Abstiegsprozess von der Realschule in die Hauptschule nach der sechsten Klasse und in zwei weiteren Wiederholungen von Jahrgangsstufen fort. Die Schwierigkeiten in der Schullaufbahn durch diese Teilleistungsstörung bleiben in der Erzählung implizit. Interessant ist, dass er an verschiedenen Stellen, unter anderem in der Eingangsphase des ersten Interviews, das solide Elternhaus als Referenzpunkt setzt. An diesen Stellen wird kurzzeitig sichtbar, dass er sich Fragen zu seiner eigenen Entwicklung stellt, die er sich nicht beantworten kann. Sichtbar wird eine Theoriebildung Bernds, die ein schwieriges Elternhaus mit einer schwierigen Entwicklung konditionell verbindet. Durch seinen durchgängig positiven Bezug auf seine Eltern gelingt es ihm nicht, Fragen zu seiner Schullaufbahn zu entwickeln, die mit kritischen Fragen an seine Eltern verbunden sein könnten. In der eigentheoretischen Auseinandersetzung problematisiert er sein eigenes Verhalten in Peer-Kontexten, das jedoch vereinzelt bleibt und von ihm nicht im Zusammenhang mit anderen Entwicklungen gesehen wird. Die Verletzungsdisposition, die durch die Teilleistungsstörung entsteht und als Benachteiligung begriffen werden kann, wird von ihm mit den weiteren Entwicklungen nicht in Zusammenhang gebracht.

In der Zusammenschau der Prozessstrukturen und der damit verbundenen Theoriebildung wird rekonstruierbar, dass Bernd Erfahrungen des Versagens am formalen Bildungsort Schule nur begrenzt mit seinen Schwierigkeiten in Peer-Kontexten in Verbindung bringt – diese theoretischen Kommentare werden in den Interviews als widersprüchlich sichtbar. Er stellt seine Entwicklung und insbesondere seine Orientierung an Freizeitpraxen an verschiedenen Stellen im Interview als eindeutig gewollte dar, diese Darstellung ist jedoch nur begrenzt mit der rekonstruierbaren Prozessstruktur der Schulverlaufskurve[71] in Verbindung zu bringen. Sichtbar wird bei ihm die stellvertretende biographische Arbeit[72], die seine Eltern zur Unterstützung seiner Schulverlaufskurve

---

71 Vgl. hierzu ausführlich: Nittel 1992.
72 Vgl. hierzu ausführlich: Mangione 2018.

leisten. Diese erscheint entscheidend für das Verständnis der Fallrekonstruktion: Ein Zugang zu bestimmten Versagensprozessen wird Bernd nur begrenzt möglich, die Auseinandersetzung mit seiner Teilleistungsstörung und der Schulverlaufskurve wird durch die stellvertretende biographische Arbeit der Eltern limitiert. Sie bringen mehrfach neue Ausbildungsmöglichkeiten ins Spiel, als Bernd in ihren Augen in den acht Jahren nach dem Schulabschluss keine ausreichende Initiative zeigt. Bernds Auseinandersetzung mit den Versagensprozessen wird durch die Unterstützung der Eltern erschwert. Gleichzeitig ermöglicht ihm diese Unterstützung letztlich den Zugang zu einer Ausbildung, in der er beruflich Fuß fasst. In der Ausbildung und in der Auseinandersetzung mit Olaf Brauner als Ausbilder wiederholen sich bestimmte Muster der Absenz in der Berufsschule, die jedoch durch handwerkliches Können im Ausbildungsbetrieb konterkariert werden. Dieser biographische Prozess der Entwicklung handwerklichen Könnens sowie der beruflichen Interessensentwicklung ist für Bernd neu und bedeutsam für die Fallrekonstruktion. Eine ausgesprochene Entwicklung von Beruflichkeit zeigt sich hier unter den Bedingungen familiärer Unterstützung nach einer langen Phase des Suchens und der vorzeitigen Beendigung von Ausbildungen in unterschiedlichen Feldern. Seine Lebensgeschichte bleibt eine Verortung im persönlichen, in der er signifikante Andere ausschließlich als unterstützende wahrnimmt und problematische Entwicklungen seiner jahrelangen Orientierung an „Spaß" zurechnet. Strukturelle Momente der potenziellen Bearbeitung von Verletzungsdispositionen – z. B. der Umgang des formalen Schulsystems mit Teilleistungsstörungen, der Abstieg in die Hauptschule, damit einhergehende Folgen für das Selbstbild und die Inanspruchnahme von Hilfen für Teilleistungsstörung durch seine Eltern – geraten so nicht ins Blickfeld seiner Entwicklung, werden nicht Teil seiner eigentheoretischen Auseinandersetzung und damit nicht zum Gegenstand biographischer Arbeit. Die Bewältigung dieser Versagensprozesse an formalen Bildungsorten wird durch die stellvertretende biographische Arbeit der Eltern möglich. Diese Konstellation der stellvertretenden biographischen Arbeit durch Eltern zeigt sich in anderen Interviews nicht, die sich in ihrer Struktur der begrenzten Auseinandersetzung mit bildungsbenachteiligenden Momenten ähneln. Auffällig ist, dass in anderen Interviews, die der Struktur Bernd Hochsteins Erzählung gleichen, bis zum Interviewzeitpunkt auch keine Ausbildungsabschlüsse rekonstruierbar werden. Die Biographisierungsleistung nimmt so nur begrenzt auf die rekonstruierbaren Prozesse des Versagens in formalen Bildungsinstitutionen durch Teilleistungsstörung und seine damit verbundenen Strategien der Absenz Bezug, sondern vor allem auf eine hedonistische Orientierung, in der sich eine berufliche Karriere erst nach einer längeren „Spaß"-Phase entwickelt hat.

3.4 Überlegungen zum kontrastiven Vergleich und dem Generalisierungsprozess

Zur Nachvollziehbarkeit meiner weiteren Darstellung gehe ich im Anschluss an die Fallrekonstruktionen auf meine Überlegungen zur Entwicklung der folgenden Kapitel ein, in denen ich in einem kontrastiven Vergleich fallübergreifende Aspekte zur Generalisierung der Ergebnisse verdichte. Meine Überlegungen dazu beruhen auf Auseinandersetzungen mit Generalisierungsprozessen in qualitativ-rekonstruktiven Forschungsarbeiten, mit Überlegungen Schützes zu Generalisierungsprozessen in narrationsanalytischen Studien und mit dem Kontrastierungsprozess, der sich in der Auseinandersetzung mit der Fragestellung meiner Arbeit entwickelt hat[73].

Im Anschluss an Schwendowius (2015) grenze ich mich von einer Typenbildung als häufig gewählte Strategie der Generalisierung in qualitativ-rekonstruktiven Forschungsarbeiten ab (vgl. Schwendowius 2015, S. 411 ff.). Schütze beschreibt die Struktur von Generalisierungsstrategien als theoretische Modelle im Anschluss an Fallrekonstruktionen in unterschiedlichen Varianten. Ausgehend vom Erkenntnisinteresse der Studie, das auf die Rekonstruktion von Prozessen und Biographisierungsleistungen abzielt, orientiere ich mich im Folgenden an dieser Modellbildung zur Darstellung spezifischer sozialer und biographischer Prozessmuster. Die von Schütze vorgestellten Varianten theoretischer Modelle stellen nach biographischen Einzelfallrekonstruktionen zum einen den Vergleich spezifischer prozessstruktureller Konstellationen und zum anderen die Entwicklung einer Historie mit einem spezifischen sozialen Prozess in den Mittelpunkt (vgl. Schütze 2007, S. 48). Im Mittelpunkt dieser Studie steht die Bedeutsamkeit des sozialen Prozesses „Ausbildung" in Biographien, die von Minderheitserfahrungen und schwierigen Lebenssituationen gekennzeichnet sind. Vor dem Hintergrund der Fragestellung dieser Arbeit erscheint die Orientierung an der zweiten Variante einer Entwicklung eines theoretischen Modells von Prozessmustern als Generalisierungsstrategie angemessen. Die rekonstruierten biographischen Prozesse und Biographisierungsleistungen in den Eckfällen von Admir Milici, Paula Wadstel und Bernd Hochstein kontrastieren in unterschiedlichen Dimensionen. Sie haben in Anlehnung an eine datenbasierte Theoriebildung (vgl. Strauss & Glaser 2005) zur Entwicklung unterschiedlicher Kontrastdimensionen geführt, die im Vergleich unter Heranziehung weiterer Fälle aus dem Sample als theoretische Konzepte auf abstrakte Weise entfaltet werden. Diese Kontrastdimensionen werden als Prozesse rekonstruierbar, die in lebensgeschichtlichen Erzählungen um die Zeit des Erlebens

---

73 Der Prozess der Darstellungsentwicklung der Ergebnisse ist durch die Arbeit in der Forschungswerkstatt unterstützt worden.

einer dualen Ausbildung in Minderheitserfahrung und in schwierigen Lebenssituationen sichtbar werden. Leitend für die Entwicklung der Darstellung in den nachfolgenden Kapiteln waren die Prinzipien der Sequenzialität und der Prozessualität lebensgeschichtlichen Erlebens und Erzählens. In der Entwicklung der Darstellung habe ich mich an der sequenziellen Abfolge der Ereignisse in der Lebensgeschichte orientiert und mir vergegenwärtigt, dass die Prozesse der Erzählung durch die Zeit vor, während und nach der Ausbildung geprägt sind. Diese Sequenzialität war die bestimmende Logik für den Aufbau der Kapitel, in denen ich die Prozesshaftigkeit biographischen Erzählens und Erlebens im Blick halten wollte. Der kontrastive Vergleich wird in drei Kapiteln entfaltet, die unterschiedliche Prozessmuster im biographischen Erleben der dualen Ausbildung in den Blick nehmen. Die Form der Darstellung der Ergebnisse bezieht sich auf die Bedeutung der Ausbildung in der Lebensgeschichte (Kap. 4), hier sind in den Fallrekonstruktionen drei sehr unterschiedliche Formen der Bedeutung von Ausbildung in der Lebensgeschichte sichtbar geworden. Weiterhin ist als Kontrastdimension die Erzählung von Prozessen in der Ausbildung und die Auseinandersetzung mit Ausbildenden (Kap. 5) offenbar geworden – in den Fallrekonstruktionen von Paula Wadstel, Admir Milici und Bernd Hochstein zeigt sich die Zeit der Ausbildung sowie die Begegnung mit Ausbildenden in sehr unterschiedlichen Formen, die ich in Kapitel sechs im Rückgriff auf das gesamte Sample entfalte. Zuletzt werden in den drei Fallrekonstruktionen drei unterschiedliche Formen von biographischer Arbeit und Biographisierungsleistungen in der Auseinandersetzung mit schwierigen Lebenssituationen und Minderheitserfahrungen evident. Auf diese in den Daten unterscheidbaren Muster gehe ich zuletzt ein (Kap. 6). In der Entwicklung dieser Ergebnisdarstellung führe ich in der Darstellung weitere Fälle aus dem Sample ein, die für die Entfaltung der Kontraste wichtig geworden sind. Die Einführung dieser Fälle erfolgt jeweils an den Stellen der Kapitel, an denen ich auf das entsprechende Datenmaterial Bezug nehme[74].

---

74 Für die nachfolgenden Ausführungen in den Kap. 4, 5 und 6 nehme ich auf das Sample, jedoch auch immer wieder auf die Fallrekonstruktionen aus den Kap. 3.1, 3.2 und 3.3 Bezug. Ich gehe dann genauer auf Prozesse und Bedingungsgefüge ein, die in den Ausführungen in Kap. 3 in dieser Form nicht sichtbar geworden sind.

4. Minderheitserfahrungen und schwierige Lebenssituationen als Kontext dualer Ausbildung

In Kapitel 4 gehe ich auf die unterschiedlichen Bedeutungen der Ausbildung in den lebensgeschichtlichen Erzählungen ein, die in der Analyse rekonstruierbar geworden sind. Dort zeigen sich zwei Kontrastdimensionen, die sich auf Ausbildung in der Biographie und Entwicklung von beruflicher Identifikation durch Ausbildung in der Biographie beziehen. Ich stelle zum einen den Weg in die Ausbildung und die lebensgeschichtliche Bedeutung einer Aufnahme einer regulären dualen Ausbildung sowie den damit verbundenen Übergangsprozess in die Ausbildung vor (4.1). Zum zweiten sind durch die Fallrekonstruktionen und die Verdichtung im Sample Spuren beruflicher Interessensentwicklung sowie beruflicher Identifikation in unterschiedlichen Varianten sichtbar geworden, die ich unter 4.2 darstelle.

4.1 In Ausbildung: Biographische Konstellationen

4.1.1 Ausbildung als Selbstverständlichkeit nach dem Schulabschluss

In einigen Interviews haben junge Erwachsene mit großer Selbstverständlichkeit darüber gesprochen, dass sie im Anschluss an ihren Schulabschluss eine duale Ausbildung aufgenommen haben. In der genaueren Betrachtung ist sichtbar geworden, dass sich diese lebensgeschichtliche Selbstverständlichkeit in verschiedenen Varianten zeigt. Diese Interviews eint, dass Ausbildung als Teil eines Plans in den Erzählungen zu keinem Zeitpunkt in Frage gestellt wird. Als Kontrastdimensionen sind zwei Aspekte sichtbar geworden. Erstens, dass sich mit dieser Selbstverständlichkeit bestimmte Interessen für eine bestimmte Ausbildung verbinden und zweitens, dass es vor allem darum geht, eine reguläre Ausbildung zu absolvieren, bei der der Inhalt zweitrangig scheint. Während beispielsweise in den Erzählungen von Nadja Noth und Lena Worts die Aufnahme der Ausbildung als nicht hinterfragte Selbstverständlichkeit im Lebensablauf mit der Erzählung von *beruflichen Interessen* für ein bestimmtes Ausbildungsfeld als biographischer Entwurf einhergeht, findet sich im Kontrast dazu in den Erzählungen von Hanno Ferdt und Patrick Bucht die Fokussierung auf eine Ausbildung, die gerade *möglich und notwendig* erscheint, ohne dass inhaltliche berufliche Interessen von den beiden angesprochen werden. In diesen Erzählungen steht vor allem im Vordergrund, dass eine Ausbildung obligatorisch ist. Auf diese beiden Formen möchte ich im Folgenden eingehen.

Ausbildung als Selbstverständlichkeit und die Entwicklung beruflicher Interessen im Vorfeld der Ausbildungsaufnahme

Die Ausbildungsaufnahme im Anschluss an die Schulzeit steht in den Erzählungen von Nadja Noth und Lena Worts zu keinem Zeitpunkt in Frage. Nadja Noth erzählt von spezifischen beruflichen Interessen, die sich im Vorfeld von Ausbildungsaufnahmen bereits gebildet haben und durch ihre Familie unterstützt werden. Beide haben schon seit ihrer Kindheit den Wunsch, einen technisch orientierten Ausbildungsberuf auszuüben. In der Betrachtung fällt auf, dass sie beide Auszubildende in männlich dominierten Ausbildungsbetrieben waren, ihre Geschlechtszugehörigkeit begründete ihre besondere Rolle im Betrieb. Diese Sonderrolle ist zu Beginn ihrer Ausbildung eine neue Erfahrung für beide, sie sind bislang nicht als Minderheit oder in einer speziellen Position wahrgenommen worden. Nadja ist mir als Interviewpartnerin vermittelt worden, da sie bis zum Interviewzeitpunkt die einzige weibliche Auszubildende in einer großen, seit Jahrzehnten ausbildenden KFZ-Werkstatt war und damit als Frau unter ausschließlich männlichen Auszubildenden aufgefallen ist. Nadja erzählt, dass sie in einer ländlichen Umgebung in einer autochthonen Familie mit einer Schwester aufwächst. Sie spricht epochal-raffend über ihre Zeit in Kindergarten, Grundschule und Realschule. Zu ihrem späteren Ausbildungsbetrieb hat sie seit ihrer Kindheit gute Kontakte: Sie ist seit der Kindergartenzeit mit dem Sohn des Juniorchefs befreundet, erzählt sie. Durch diese Verbindung begründet sie ihre Nähe zu dem späteren Ausbildungsbetrieb, die zunächst in ein schulisches Praktikum und später in einen Ausbildungsplatz mündet. Sie geht in ihrer Erzählung detaillierter auf die Entwicklung ihrer beruflichen Interessen seit ihrer frühen Kindheit ein (Interview Nadja Noth, S. 2, Z. 18–23).

> E: „Und ich war immer/ Meine Mama sagt immer, die Prinzessin mit einem Hammer. Also ich hatte/ Ja, es gibt wirklich Kinderfotos von mir. Also ich musste immer Rüschenkleidchen, Hütchen auf, aber einen Hammer in der Hand. Große Handschuhe vom Papa. Habe geholfen Pflastern, Tapezieren, alles. Und ich glaube, mir hat schon immer dieses Handwerkliche gelegen. Wollte ich immer schon machen".

Nadja Noth erzählt die Entwicklung ihrer beruflichen Interessen als stringente Linie seit ihrer Kindheit. Sie geht darauf ein, dass sie in ihrer Kindheit einen Weg findet, „typisch" mädchenhaftes mit jungenhaftem zu verbinden – Rüschenkleid und Hammer. Sie führt die Existenz von Fotos als Beweis für die Wahrhaftigkeit ihrer langjährigen Orientierung an einem männlich geprägten Berufsbild an und macht gleichzeitig klar, dass sie deshalb trotzdem als Frau gesehen werden möchte. Sie naturalisiert ihre Interessen und verdeutlicht, dass sie diese dauerhaft als zu ihrer Person gehörig begreift („mir hat schon immer dieses Handwerkliche gelegen"). Diese Orientierung setzen sowohl Nadja Noth als auch Lena Worts in der Phase der Ausbildungsplatzsuche zum Ende der Schulzeit in der Bewerbung um einen technisch ausgerichteten Ausbildungsplatz um. Beide erlernen den Ausbildungsberuf in männlich dominierten Ausbildungsbetrieben, in denen sie jeweils die ersten weiblichen Auszubildenden in der Ausbildungsgeschichte des Betriebes sind. Durch diese Situation lässt sich in beiden Erzählungen ein in der Ausbildung neu entstehendes Differenzerleben in der Lebensgeschichte rekonstruieren: Sie erleben die Thematisierung von weiblich sein, eine Dramatisierung von Geschlecht (vgl. Goffman 2001; Suthues 2012, S. 105 f.) in einem männlich dominierten Ausbildungskontext, worauf ich unter Kap. 5.2 noch genauer eingehe.

Ausbildung als Selbstverständlichkeit ohne die Entwicklung beruflicher Interessen im Vorfeld der Ausbildung

Zu den Erzählungen von Nadja Noth und Lena Worts im Kontrast steht die Thematisierung von der Selbstverständlichkeit einer Ausbildungsaufnahme im Anschluss an die Schulzeit, ohne dass die Entwicklung beruflicher Interessen im Vorfeld sichtbar wird. In solchen Erzählungen zeigt sich, dass nach der unter Mühen vollzogenen und unter Schwierigkeiten beendeten Ausbildung eine Beschäftigung als ungelernte Arbeitskraft in einem anderen beruflichen Feld anschließt. Die Aufnahme einer Ausbildung als Notwendigkeit im Lebensablauf ohne die Entwicklung inhaltlicher Interessen für die Ausbildung zeigt sich im Sample als Weg in Tätigkeiten als ungelernte Arbeitskraft im Anschluss an die abgeschlossene Ausbildung. Erkennbar ist bei den beiden Erzählern eine Orientierung am Einkommenserwerb und einer Tätigkeit unabhängig von einer beruflichen Qualifikation. Die Ausbildung wird in der Erzählung eher als Episode biographischer Irrelevanz markiert, die aufgrund familiärer und gesellschaftlicher Erwartungen absolviert werden musste und an die nun etwas anschließen soll, womit sich neue Hoffnungen verbinden. Die Interviews von Patrick Bucht und Hanno Ferdt eint die gemeinsame Linie einer familiären Krise durch die Trennung der Eltern in den Jahren vor dem Schulabschluss. In beiden Interviews wird sichtbar, dass sie in der Zeit des Übergangs in die Ausbildung mit der Bewältigung dieser Situation beschäftigt sind, jedoch in unterschiedlichen Varianten: Während die Ausbildungsaufnahme bei Patrick Bucht ein Teil der Bewältigung der familiären Krise ist, weil er zur Unterstützung des Vaters eine Ausbildung im elterlichen Betrieb beginnt, wird bei Hanno Ferdt sichtbar, dass er sich der Ausbildungsmöglichkeit in einem Industriebetrieb nicht widersetzt, die seine Mutter favorisiert. Unter diesen Bedingungen wird konturiert sichtbar, dass die Erzähler dem formalen Ablaufmuster „Ausbildung" genügen wollen, dies jedoch vor allem der Orientierung an der Familie geschuldet ist.

In den lebensgeschichtlichen Erzählungen von Hanno Ferdt und Patrick Bucht zeigt sich: Beide stellen sich den elterlichen Plänen zu einer bestimmten Ausbildung nicht entgegen und ergreifen auch keine Maßnahmen, um den Prozess der Ausbildungsaufnahme zu verzögern. Patrick Bucht ist mir als Interviewpartner vermittelt worden, weil er einmal eine Ausbildung abgebrochen hat. Zum Interviewzeitpunkt hat er eine Ausbildung zum Einzelhandelskaufmann seit mehr als einem Jahr abgeschlossen und arbeitet als ungelernte Kraft in der Teilefertigung eines großindustriellen Betriebs. Er erzählt seine Lebensgeschichte als einziges Kind einer Gastwirtsfamilie in einer touristisch attraktiven Region und geht darauf ein, dass er von Kindheit an im elterlichen Betrieb mithilft und die Arbeit dort unterstützt. Seine Eltern trennen sich, als er in der Pubertät ist. Daraufhin schlägt ihm sein Vater vor, die Ausbildung zum Koch zu beginnen, als die Wahl des Ausbildungsplatzes ansteht. Patrick Bucht erzählt in seinem Interview, dass nach dem Ende der Schulzeit für ihn außer Frage steht, dass er eine Ausbildung zum Koch beginnen wird, um den Familienbetrieb zu unterstützen, denn dort wird ein Koch gebraucht, als er seine Schulzeit beendet. Er geht nicht darauf ein, ob er diese Ausbildung absolvieren möchte, ob es der explizite Wunsch des Vaters ist oder ob er möglicherweise Interessen an einer anderen Ausbildung entwickelt. Er spricht im Interview nicht darüber, ob er berufliche Interessen im Laufe seiner Schulzeit entwickelt hat. Im Vordergrund seiner Ausbildungsentscheidung steht im Interview die Unterstützung des Vaters, der den elterlichen Betrieb nach der Trennung der Eltern alleine weiterführt. Patrick beginnt die Ausbildung, entwickelt jedoch innerhalb weniger Monate so starke Lebensmittelallergien, dass er die Ausbildung abbrechen muss. Damit verändert sich seine Form der Unterstützung im elterlichen Betrieb: Er kann fortan nur noch im Service helfen, wofür der Vater leicht externe Hilfskräfte bekommt. Er beginnt kurz nach dem Abbruch über die Vermittlung eines Freundes eine Ausbildung zum Einzelhandelskaufmann in einem Supermarkt in der Nähe und schließt diese Ausbildung in der Regelzeit ab. Er geht im Interview darauf ein, dass er durch den Ausbildungsabbruch anders im elterlichen Betrieb eingebunden ist, der Vater ihn aus der Verpflichtung „entlässt" und er sich frei fühlt, seine Freizeit anders zu verbringen als ausschließlich im Dienst des Familienbetriebs. Gleichzeitig stellt er klar, dass er im Lebensmitteleinzelhandel keine Zukunft für sich sieht, er aber den Ausbildungsabschluss nicht in Frage stellt. Direkt nach dem Ausbildungsabschluss wechselt er in eine Tätigkeit als ungelernte Arbeitskraft im Drei-Schicht-Modell in einem Industriebetrieb, in der er zum Interviewzeitpunkt noch tätig ist. Er spricht im Interview mit Begeisterung von dieser Tätigkeit in der Industrie, die ihn mit Stolz und Anerkennung erfüllt, er ist Schichtführer einer Gruppe von Mitarbeitenden. Diese Tätigkeit wird in der Erzählung als Erfüllung beruflicher Wünsche von ihm positiv evaluiert, sie geht mit einer Erfahrung der Bewältigung und des hohen Einkommens einher, eine Frage der langfristigen Perspektive der Beschäftigung gerät als Gegenhorizont nicht in den Blick. Die Ausbildung wird als beendete Episode im Lebensablauf beschrieben, die ohne weitere Relevanz bleibt.

Ähnlich wird die Bedeutsamkeit der Ausbildung als bloße Erfüllung eines institutionellen Ablaufmusters in der Erzählung von Hanno Ferdt sichtbar. Hanno ist mir als Interviewpartner von seinem Ausbildungsleiter vermittelt worden, da es in seiner Ausbildungszeit zu größeren Problemen kam und der Abbruch durch den Ausbildungsbetrieb mehrfach im Raum stand, er galt im Betrieb als „schwieriger Auszubildender", der vom Ausbildungsbetrieb aufgrund von Verhaltensproblemen nach der Ausbildung nicht übernommen wurde – so zumindest die Perspektive des Ausbildungsleiters. Hanno führt in seiner Erzählung gleich zu Beginn eine Perspektive ein, mit der er bestimmte Entwicklungen in seiner Lebensgeschichte begründet. Er erzählt, dass vermutlich infolge einer Infektion bei seiner Geburt im Krankenhaus eine ADS-Diagnose gestellt wird, als er noch den Kindergarten besucht. Er erhält ab dem Ende der Kindergartenzeit ein psychopharmakologisches Präparat, das seine motorische Unruhe ausgleichen soll[75]. Er nimmt es die gesamte Schulzeit hindurch ein. Hanno erzählt seine Kindheit im ländlichen Raum in Süddeutschland als die Geschichte einer Familie von „Zugezogenen", die von der dörflichen Gemeinschaft kritisch beäugt wird. Er hat zwei ältere Brüder und einen jüngeren Bruder. Hanno absolviert die Realschule mit mittelmäßigen Noten und schreibt im Anschluss zwei Bewerbungen. Diese Bewerbungen für sehr verschiedene Bereiche erzählt er ohne jeden Interessenszusammenhang. Er bewirbt sich für eine technische Ausbildung und eine Ausbildung als kommunaler Sachbearbeiter. Er geht darauf ein, dass die Ausschreibungen in der örtlichen Zeitung standen, mehr wird dazu im Interview nicht sichtbar. Er erzählt, dass seine Eltern in dieser Zeit bereits tief in ihre Krise als Paar verstrickt sind. Er besucht das Vorstellungsgespräch bei einem der beiden potentiellen Betriebe gemeinsam mit seiner Mutter, die von dem großen und organisierten Ausbildungswesen dort angetan ist. Er wird in diesem großen Konzern zur Ausbildung als Werkzeugmacher angenommen. Zu Beginn der Ausbildung trennen sich die Eltern, Hanno erzählt, dass er in dieser Phase die Medikamente absetzt. Er beschreibt die folgende Zeit als schwierig: Er fehlt unentschuldigt in der Ausbildung, gerät in körperliche Auseinandersetzungen, beschädigt Autos und

---

75 Präparate dieser Form auf der Basis des Wirkstoffs Methylphenidat sind in den letzten zwanzig Jahren im deutschsprachigen Raum vor allem unter dem Markennamen „Ritalin" bekannt geworden.

anderes fremdes Eigentum. Er erzählt, dass er sechs Wochen in der Ausbildung fehlt, da er in Folge körperlicher Auseinandersetzungen mit Peers mit einem komplizierten Kieferbruch im Krankenhaus liegt. Hanno äußert im Interview die Vermutung, dass der Ausbildungsleiter ihm nicht kündigt, da er seine Schwierigkeiten mit der Trennung der Eltern in Zusammenhang bringt. Hanno bekommt die Auflage, das Medikament zur Kontrolle seiner motorischen Unruhe weiter einzunehmen. Die Ausbildung verläuft schleppend und schwierig, Hanno beginnt, regelmäßig Cannabis zu konsumieren und resümiert im Interview, dass ihm der Konsum helfe, ruhiger zu werden. Der Abschluss der Ausbildung gelingt nur unter Mühen nach einem schwierigen Verlauf, der auch zum Ende hin nicht stabilisiert werden kann. Ähnlich wie bei Patrick Bucht kommt es nicht zu einer Identifikation mit dem Ausbildungsberuf, sondern zu einer Fokussierung auf den Abschluss einer Ausbildung. Das Ausbildungsverhältnis endet mit dem Abschluss, der Betrieb möchte Hanno Ferdt nicht in ein anschließendes Arbeitsverhältnis übernehmen und entlässt ihn mit dem Facharbeiterbrief als abschließendes Zertifikat. Diese Entwicklung wird als biographische Fallensituation sichtbar, in der neue Pläne unsicher erscheinen. Dies wird in der Erzählung von Hanno Ferdt exemplarisch deutlich, als er auf seine berufliche Perspektive im Anschluss an die Ausbildung zu sprechen kommt (Interview Hanno Ferdt, S. 1, Z. 3–20).

> E: „Ja ähm/ ich sag es ma so/ ich hab kein Anspruch, ich will erstmal Geld verdienen. Ich will ausziehen/ () und das is mir erstma wichtich. Ich will erstma auf eigenem Fuße stehen und mich ma en bißchen weiterentwickeln. Weil daheim wohnen/ ich mein/ ich hab meine eigene Wohnung mit meinen zwei Brüdern zusammen () läuft eigentlich. Ich mein, das is auch was anderes, als mit der Mutter halt direkt in einem/ in einer Wohnung zu wohnen. () Ja. Und äh/ der neue Freund von meiner Mutter/ Ehemann mittlerweile/ der arbeitet bei Firma XX in M-Stadt, die machen CNC-Maschinen. Und die verkaufen die nach China, Argentinien, also weltweit. Und da hab ich gesagt/ woah, das wär was. So als Monteur rumzureisen und Maschinen aufzubauen. Das würd mir jetz/ wo ich jetzt auch wirklich sag/ das würd mir auch Spaß machen. Ich mein, da biste gefordert/ ich könnt mich weiterbilden auf nem Gebiet/ ich könnt mich da hocharbeiten. Ich würd mich in dieser Firma quasi sehen. Hab mich jetzt beworben und seit vier Wochen warte ich auf ne Antwort. Was jetz auch ziemlich blöd is/ ja, innerhalb von zwei Wochen ham sie mir per email geschrieben".

Hanno Ferdt setzt sich in dieser Sequenz mit der Frage auseinander, wohin es für ihn nun nach dem erfolgreichen Abschluss der Ausbildung gehen soll, nachdem die Ausbildungsorganisation ihm keine weitere Beschäftigung angeboten hat. Er hat die Ausbildung abgeschlossen und entwickelt Hoffnungen für anspruchsvolle Tätigkeiten als ungelernte Arbeitskraft. Er setzt auf eine Tätigkeit, in der sein vorheriger Ausbildungsabschluss nur begrenzt relevant ist und seine Flexibilität als örtlich ungebundener Arbeitnehmer zentral wird. Eine erste Bewerbung in diese Richtung scheint zum Interviewzeitpunkt jedoch nicht erfolgreich.

Betrachtet man diese beiden Phänomene einer Ausbildungsaufnahme unter beruflicher Interessenentwicklung und Ausbildungsaufnahme aufgrund von familiären Erwartungen gemeinsam, erscheinen sie als Pole eines Kontinuums: An einem Ende steht eine Orientierung, die zu einer Auseinandersetzung mit einem Berufswunsch führt und einen biographischen Entwurf bildet. Dieser wird auch gegen Widrigkeiten durchgesetzt und die Dramatisierung von Geschlecht im Ausbildungsmilieu in Kauf genommen, wie dies in den Erzählungen von Nadja Noth und Lena Worts sichtbar wird. Am anderen Ende des Kontinuums steht eine Orientierung an der formalen Notwendigkeit der Bewältigung des institutionellen Ablaufmusters „Ausbildung", wie es in den Erzählungen von Hanno Ferdt und Patrick Bucht rekonstruierbar ist. Der Abschluss der Ausbildung erfolgt nur um des formalen Aktes willen. Die Ausbildung führt in der Folge trotz erfolgreichem Ausbildungsabschluss zu einer Neuorientierung in einem ungelernten Beschäftigungsverhältnis, in dem die absolvierte Ausbildung keine Bedeutung mehr besitzt.

4.1.2 Krisen und Erleidensprozesse

Ausbildungen in der Erfahrung von Krisen sind im Sample in unterschiedlichen Varianten sichtbar geworden. In der Fallrekonstruktion zu Bernd Hochstein lässt sich nachvollziehen, wie der Ausbildungsabschluss trotz größerer Schwierigkeiten aufgrund einer spezifischen Konstellation im Ausbildungsbetrieb und durch die Unterstützung signifikanter Anderer gelingt (vgl. hierzu Kap. 4.3). In der näheren Betrachtung des gesamten Samples zeigt sich, dass die Aufnahme der Ausbildung in einer krisenhaften Lebensphase eher zu Potenzierung von Schwierigkeiten beitragen kann, so wie dies in den Erzählungen von Jens Lanste, Oliver Lamp und Marion Rehmer rekonstruierbar wird. Dabei zeichnet sich ab, dass es im verlaufskurvenhaften Erleben in einer Ausbildung zu unterschiedlichen Entwicklungen kommen kann, die sich in zwei Varianten mit Abbrüchen von Ausbildung verbinden, auf die ich im Folgenden eingehe.

Der Abbruch von Ausbildung als fortgesetztes Erleidenserleben

In zwei Interviews im Sample sind Erzähler darauf eingegangen, dass sie bislang keine Ausbildung abgeschlossen, sondern Ausbildungen begonnen und vorzeitig beendet haben. Damit wird es in diesen Interviews möglich, das Phänomen des Abbruchs spezifischer in seiner biographischen Einbettung zu beleuchten. Hier lässt sich zeigen, wie junge Erwachsene in einer Krise eine Ausbildung aufnehmen und damit die Hoffnung auf eine Stabilisierung ihrer Krisensituation verbinden, die scheitert. Zum Interviewzeitpunkt befinden sich die Erzähler in einer überbetrieblichen Ausbildung bei einem Bildungsträger. Den Lebensgeschichten von Oliver Lamp und Jens Lanste ist gemeinsam, dass beide die Erfahrung des Aufwachsens in der stationären Jugendhilfe teilen. In beiden Erzählungen lässt sich rekonstruieren, dass sie in den Jahren in der stationären Jugendhilfe keine unterstützenden sozialen Beziehungen aufbauen können und gleichzeitig die Beziehungen zu den Herkunftsfamilien fragiler werden. Die Aufnahme einer Ausbildung erfolgt unter prekären Bedingungen und Erfahrungen von Schwierigkeiten, die sich in den Interviews als nicht eigentheoretisch bearbeitbar zeigen. Die Ausbildungsverhältnisse werden zu ungewöhnlichen Zeitpunkten begonnen – nämlich nachträglich und mitten im Ausbildungsjahr. Die Ausbildungsbetriebe werden in diesen Fällen als Kleinstbetriebe sichtbar, die nur begrenzt in der Lage sind, solide Ausbildungsbedingungen anzubieten. Oliver Lamp steht in der Ausbildungszeit unter dem Eindruck, ausgebeutet zu werden. Diese Perspektive wird für ihn wichtig, um den Abbruch der Ausbildung zu begründen. Die Ausbildungszeit wird nicht als stabilisierendes Moment, sondern als fortgesetzte Erfahrung der Nicht-Bewältigung von Anforderungen sichtbar, die mit vorherigen Erfahrungen in Institutionen – Schulen und Maßnahmen des Übergangsbereichs – korrespondiert. Es kommt in der Folge zu Abbrüchen der Ausbildung, die in den Erzählungen plausibilisierungsbedürftig werden und die Erzähler in einen Rechtfertigungsdruck bringen.

In der Erzählung von Jens Lanste wird die Schwierigkeit exemplarisch deutlich, den Abbruch der Ausbildung zu plausibilisieren. Jens ist mir als Interviewpartner vermittelt worden, da er eine duale Ausbildung zum KFZ-Servicemechaniker bei einem Altmetallverwerter vor einigen Jahren begonnen, jedoch wieder abgebrochen hat und seitdem keinen weiteren Versuch einer neuen Ausbildung unternommen hat. Zum Interviewzeitpunkt ist er 24 Jahre alt. In der Darstellung seiner Lebensgeschichte ist auffällig, dass Jens sich immer wieder unterbricht, um evaluierend darauf einzugehen, wie schwierig er es empfindet, seine Lebensgeschichte zu erzählen. Er erzählt, dass er mit seiner Mutter im Alter von drei Jahren nach Süddeutschland gezogen sei. Er erzählt von häufigen Umzügen in Baden-Württemberg („elf Mal die Schule gewechselt") während seiner Kindheit und Jugend. Er geht kurz darauf ein, dass er seinen Vater nie kennenlernt habe und nichts über ihn wisse. Seine Mutter bekommt mit einem anderen Partner zwei Kinder, bevor sie wieder Richtung Norden nach Westdeutschland in die Gegend zurückkehrt, aus der sie mit Jens gekommen war. Es kommt auch dort zu weiteren Umzügen. Jens geht darauf ein, dass er sich viel um seine Mutter kümmern musste („weil sie krank war"). Mit dreizehn Jahren zieht Jens in eine Wohngruppe der stationären Jugendhilfe. Er wechselt in den folgenden Jahren zwischen einem Leben dort und kurzzeitigem Leben bei seiner Mutter. Mit siebzehn wechselt er ins betreute Wohnen im Rahmen einer Verselbständigungsgruppe. Bald darauf wird die Betreuung im Rahmen der Kinder- und Jugendhilfe für junge Volljährige eingestellt. Er ist auf sich allein gestellt und gerät in Orientierungslosigkeit („Party gemacht"). Es kommt zu mehreren Versuchen, an Maßnahmen des Übergangsbereichs teilzunehmen, die scheitern. Schließlich beginnt er über private Vermittlung eines Bekannten eine Ausbildung bei einem Altmetallverwerter zum KFZ-Service-Mechaniker. Diese Ausbildung macht er ungefähr sechs Monate, genau kann er es in seiner Erzählung nicht mehr sagen. Da er die Berufsschule kaum besucht und bereits deswegen abgemahnt worden ist, wird er gekündigt. Er jobbt weiter und sucht das Gespräch mit seiner Beraterin in der Agentur für Arbeit, die ihm schließlich die überbetriebliche Ausbildung bei einem Bildungsträger vorschlägt. Er erwähnt in diesem Zusammenhang, dass sie seine Motivation und sein Durchhaltevermögen in Frage stellt. Zum Interviewzeitpunkt befindet er sich im ersten Ausbildungsjahr dieser überbetrieblichen Ausbildung. Im Interview kommt er auf die Phase des Ausbildungsabbruchs zu sprechen. Die Darstellung zeigt etwas von seinen Schwierigkeiten, die das ganze Interview durchziehen, sein Erleben der damaligen Zeit zu fassen und Beweggründe für sein Handeln zu rekapitulieren, was auf eine Erleidenserfahrung verweist, in der Jens sich nicht als planvoller Gestalter von Prozessen erlebt (Interview Jens Lanste, S. 17, Z. 27–37).

> E: „Genau, am 10.05.2012 habe ich die abgebrochen. Ja, mit meinem besten Kumpel da waren wir halt bei mir in der Wohnung alles. Nachdem ich mich von meiner Freundin getrennt hatte oder sie sich von mir dann. Es war warm und wir waren am Kanal. Und wir hatten vorher schon eine Abmahnung bekommen, weil ich nie zur Schule bin oder halt unregelmäßig, dann früher abgehauen da in der Berufsschule. Ja, dann bin ich am Dienstag nicht und er sagte halt: Wenn das noch mal passiert, dann ist Kündigung. Dann hatte ich am nächsten Tag die Kündigung. Aber es war mir schon bewusst, also mir war das schon klar. Aber ich weiß auch nicht. War alles zu viel damals".

Jens Lanste gelingt es in den Jahren nach dem Ausscheiden aus einer Maßnahme der stationären Jugendhilfe nicht, einen tragenden biographischen Entwurf für sich zu entwickeln. Unter diesen Bedingungen nimmt er eine Ausbildung auf, über deren Abbruch er hier spricht. Gleichzeitig verweist die genaue Nennung des Datums und der Umstände auf die biographische Bedeutsamkeit der Situation. Er begründet das Scheitern seines Ausbildungsverhältnisses mit seinem eigenen Verhalten, ohne die Dynamik des erlebten Abbruchs im Erzählen fassen zu können. In der Formulierung („alles zuviel damals") deutet sich die Überforderung mit einer Situation an, die er nicht genau sprachlich fassen kann. Die rekonstruierten Phänomene sind hier geeint in der Struktur, dass der Ausbildungsversuch zu einem Zeitpunkt erfolgt, in dem die Erzählenden sich nicht als Gestaltende in ihrer Biographie erleben können. Die Ausbildung erscheint hier als kurzfristiger Versuch, Jahre nach dem Ende der Vollzeitbeschulung eine reguläre berufliche Tätigkeit zu erreichen und nicht länger in Maßnahmen des Übergangsbereichs zu bleiben. Die Ausbildungsaufnahme erfolgt aus einer längeren Zeit des Jobbens und des Hartz IV-Bezugs nach dem Auszug aus der stationären Jugendhilfe. Diese Hoffnung erfüllt sich nicht, die Anforderungen der Ausbildung und die Aufnahme der Ausbildung in einem kleinen Betrieb, der keine Unterstützung jenseits der formalen Bildungsstruktur für die Auszubildenden bereitstellen kann oder will, erschwert die Ausbildungssituation weiter. Der Abbruch der Ausbildung behindert weitere Versuche einer geregelten Ausbildungsaufnahme und befördert den Verbleib im Hartz IV-Bezug, da die Lücken im Lebenslauf und die weitere Vermeidung bzw. das Scheitern am institutionellen Ablaufmuster Ausbildung einen erneuten Ausbildungsversuch immer unwahrscheinlicher machen. Der Ausbildungsversuch gerät zu einem weiteren Moment des Scheiterns im biographischen Erleben. Jahre danach wird die Aufnahme einer überbetrieblichen Ausbildung in beiden Biographien als strukturelles Hilfsangebot sichtbar, das an die Erzähler herangetragen wird, sie begeben sich selbst nicht mehr auf die Suche nach einem Ausbildungsplatz. Diese Möglichkeit wird fünf und mehr Jahre nach dem Ende der regulären Schulzeit in beiden Erzählungen nicht mehr thematisiert. In beiden Fällen kommt es einige Zeit nach dem Abbruch der Ausbildung zu Angeboten der Beratenden in der Agentur für Arbeit. Gleichzeitig erscheint in der Interviewsituation der Weg in eine qualifizierte berufliche Tätigkeit noch weit: Beide Erzähler sind zum Zeitpunkt der Ausbildungsaufnahme bereits Anfang zwanzig und stehen erst am Beginn der überbetrieblichen Ausbildung. In den Erzählungen wird in theoretischen Kommentaren sichtbar, dass sie von einer schwächeren Positionierung auf dem Arbeitsmarkt durch eine überbetriebliche Maßnahme im Vergleich zu regulären Ausbildungsabschlüssen ausgehen. In den Stegreiferzählungen zeigt sich, dass sich mit dieser Maßnahme die Hoffnung auf eine qualifizierte berufliche Tätigkeit im Anschluss an die Ausbildung verbindet, die jedoch fragil und wenig gewiss erscheint.

Diese Prozesse werden rekonstruierbar in den Biographien von Jens Lanste und Oliver Lamp, in denen sich im Kontrast zur Biographie Bernd Hochsteins keine signifikanten Anderen finden, die in der Zeit der Ausbildung und der Ausbildungsabbrüche unterstützend wirken. In der Analyse zeigt sich, dass Bernd Hochsteins Schwierigkeiten immer wieder durch ein familiäres Umfeld und unterstützende Freunde aufgefangen werden. Diese Prozesse werden begünstigt durch einen Ausbilder in einem Ausbildungsbetrieb, der eine erneute Kündigung eines Auszubildenden vermeiden will und Bernds Absenzen in der Berufsschule deshalb über das Übliche hinaus duldet.

Ausbildungsabbruch als Wendepunkt in einem verlaufskurvenhaften Erleben

Eine besondere biographische Konstellation ist im krisenhaften Erleben von Ausbildung und Ausbildungsabbruch sichtbar geworden, in denen sich mit dem Ausbildungsabbruch eine Initiative zur Änderung der Lebenssituation verbindet. Das krisenhafte Erleben in der Ausbildungssituation führt zu einem Abbruch, in dessen Prozess gleichzeitig neue biographische Sinnquellen offenbar werden. Diese neuen Sinnquellen führen zu einem veränderten Zugang zu beruflichen Tätigkeiten und zu einer Neuorientierung in einer neuen, völlig anders gelagerten Ausbildung. In der sequentiellen Analyse zeigt sich, dass die Erfahrungen des Erleidens in der Ausbildung wichtig für die Entwicklung einer biographischen Initiative werden, die in eine Stabilisierung der Situation führt.

Diese Prozesse sind in der Erzählung von Marion Rehmer rekonstruierbar geworden. Marion Rehmer ist mir als Interviewpartnerin vermittelt worden, da sie als Alleinerziehende die Ausbildung erfolgreich absolviert hat. In der Erhebungssituation war Marion in der Erzählung ihrer Lebensgeschichte sehr darauf bedacht, sich auf ihre berufliche Entwicklung zu beschränken, sie setzte den Startpunkt ihrer Erzählung nach einer längeren Ratifizierung meines Erzählstimulus auf die Zeit nach dem Abitur und begann ihre Erzählung mit der Entwicklung ihrer Lebensgeschichte nach dem Abitur. Im Lauf des Interviews kam es zu längeren narrativen Passagen, die auf das Erleben belastender familiärer Prozesse vor dem Abitur hindeuteten, wobei Marion sich darum bemühte, möglichst wenig davon zu erzählen. Einige Wochen später bat ich sie um ein zweites Interview und ging darauf ein, dass ihre Lebensgeschichte vor dem Abitur ebenfalls bedeutsam für mich sei. Marion kam meiner Bitte bei diesem zweiten Interview nach und ging ausführlich auf ihre Kindheit und Jugend ein. Zentrale Erzähllinie des zweiten Interviews wird das Erleben ihrer Kindheit und die stark zerrüttete Ehe ihrer Eltern, die sich nicht scheiden lassen wollen. Sie erzählt in diesem zweiten Interview ausführlich, dass sie mit fünfzehn beginnt, Symptome psychischer Überlastung zu entwickeln, die sich in einer Essstörung und selbstverletzendem Verhalten zeigen. Marion erzählt ihre Geschichte als erfolgreiche Abiturientin, die mit der Aufnahme eines Studiums mit psychischen Problemen zu kämpfen hat und das Studium im ersten Semester abbrechen muss. Sie erzählt von Symptomen wie Panikattacken und Angstzuständen, ohne dass sie auf Diagnosen oder ähnliche Klassifizierungen eingeht. Marion beginnt gleichzeitig mit dem Studienbeginn, in einem Café zu kellnern, es wird sichtbar, dass sie diese Tätigkeit zwar zeitweilig unterbricht, sie jedoch in den nächsten Jahren immer wieder aufnimmt. Marion nimmt nach Studienabbruch eine Ausbildung zur Versicherungskauffrau auf. Im Interview begründet sie dies mit ihrem Anspruch, aufgrund ihres Abiturs einen möglichst hochwertigen Ausbildungsberuf zu erlernen. Sie plant die Aufnahme einer Ausbildung als

Bankkauffrau, da dies nicht klappt, erscheint ihr die Aufnahme einer Ausbildung zur Versicherungskauffrau als akzeptable Alternative. Der folgende Ausschnitt aus dem Interview zeigt, dass sie in der Ausbildung erneut mit den Symptomen kämpft, die sie bereits als Studentin erlebt hat (Nachinterview Marion Rehmer, S. 8, Z. 53 – S. 9, Z. 8).

> E: „Ja, und dann Ausbildung angefangen und dann hatt ich genau das gleiche Problem. Da konnt ich abends schon nich pennen, weil ich wusste, ich muss da morgens wieder hin. Genau dat Gleiche und das kam von heute auf morgen. Ich hab keine Ahnung woher. Weil in der Schule war ich ja auch jeden Tach. Da musste ich auch jeden Tag hin, auch jeden Tag pünktlich. Also es war nich so, datt ich da irgendwie weniger () Freiheit hatte oder mehr Zwänge oder sonst irgendwas. () Ging einfach irgendwie nich. Ja, und dann hab ich det ja auch wieder hingeschmissen. (..) So und/ () dann war ich ja schwanger und hab den Kurzen gekriegt".

Marion Rehmer erzählt, wie ihre Erfahrung von Angst- und Panikattacken im Ausbildungsalltag neu aufbrechen und nach dem ersten Abbruch eines Studiums nun für sie erneut zum Problem werden. Sie geht darauf ein, dass sie sich diese Symptome nicht erklären kann und kommt global-raffend auf den zweiten Abbruch zu sprechen. Dabei wird die Schwangerschaft zu einem Ereignis, das ihr neue Möglichkeiten schafft. Die psychischen Schwierigkeiten und damit verbundene Arbeitsunfähigkeiten als Grund für häufige Krankmeldungen in der Ausbildungsstätte gibt sie nicht preis. Sie begründet den Ausbildungsabbruch ausschließlich mit der Schwangerschaft. Sie verbindet mit diesem erneuten Abbruch nun eine Entwicklung, in der sie neue Optionen sieht: Sie kann sich nun als Mutter überlegen, wie es weitergehen soll. In der Rekonstruktion zeigt sich, dass ihr Erleidenserleben aufgebrochen wird durch die Tätigkeit als Kellnerin, die sie nebenbei fortsetzt und an der sie Freude hat. Unter diesen Bedingungen entwickelt sie einen biographischen Entwurf, eine Ausbildung in der Gastronomie zu beginnen. Sie beginnt schließlich eine Ausbildung zur Systemgastronomin, die sie auch abschließt. Zum Interviewzeitpunkt hat sie die Ausbildung beendet und arbeitet in einer Sachbearbeiterinnenposition in ihrem Ausbildungsbetrieb. Sie denkt darüber nach, ein Fernstudium zu beginnen. Ihre psychische Situation erlebt sie weiterhin als instabil. Sie ist zum Interviewzeitpunkt stolz darauf, ohne Medikamente leben zu können, erklärt jedoch gleichzeitig, das könne sich schnell ändern. In der generalisierten Betrachtung von Ausbildungen unter Bedingungen von Krisenerleben und in Phasen von Kontroll- und Steuerungsverlusten in der Lebensgeschichte fällt auf, dass diese Prozesse nur wenig Stabilisierung durch Ausbildungssettings erfahren haben. Biographische Prozesse in der Ausbildungszeit, die durch solche Verlaufskurvendynamiken geprägt sind, wie sie in der Biographie von Marion Rehmer, Jens

Lanste und Oliver Lamp sichtbar werden, erfahren wenig bis keine Strukturierung durch den Prozess der Ausbildung und führen in einen Abbruch. Im Kontrast dazu zeigt sich in der Fallrekonstruktion Bernd Hochstein, dass es nicht zu einem weiteren Ausbildungsabbruch kommt. Dort werden andere Bedingungsgefüge sichtbar: Seine Herkunftsfamilie sowie die Partnerin wirken stabilisierend, der Ausbildungsbetrieb hält konsequent an Bernd fest und Bernd erlebt, dass er den handwerklichen Anforderungen gewachsen ist. An der lebensgeschichtlichen Erzählung Marions zeigt sich, dass der Abschluss einer Ausbildung, die sie nach dem zweiten Abbruch beginnt, untrennbar mit der Entwicklung eines biographischen Entwurfs im Vorfeld der Ausbildungsaufnahme verbunden ist. Ich gehe im nächsten Abschnitt auf die Betrachtung der Muster ein, die sich mit biographischen Entwürfen im Kontext von Ausbildungsaufnahmen verbinden.

4.1.3 Ausbildung als Bildungsperspektive angesichts von Krisen- und Stigmaerfahrungen

Duale Ausbildung als Teil eines Plans, um Minderheitserfahrungen und schwierige Lebenssituationen zu bearbeiten, ist im Sample in unterschiedlicher Weise rekonstruierbar geworden. Dabei finden sich im Wesentlichen drei Unterscheidungen, auf die ich eingehen möchte. Zum einen zeigen sich in einigen Interviews solche Erfahrungen als offenes Thema der Auseinandersetzung in der Familie im Aufwachsen. Die Auseinandersetzung wird in der Familie als gemeinsames Thema sichtbar, das eine orientierende Wirkung entfaltet und die Entstehung von Handlungsschemata und biographischen Entwürfen in Richtung der Aufnahme einer dualen Ausbildung begünstigt. Dies zeichnet sich im Sample vor allem in biographischen Rekonstruktionen ab, in denen spezifische Erfahrungen der Marginalisierung für die Informant_innen unhintergehbar sind, wie zum Beispiel durch das Aufwachsen mit körperlichen Behinderungen. Zum zweiten zeigen sich in Erzählungen handlungsschematische Orientierungen, in denen Ausbildung als Teil eines Plans zur Bearbeitung einer Krise im Sinne einer biographischen Veränderungsinitiative sichtbar wird. Zum dritten wird duale Ausbildung als Teil eines umfassenderen biographischen Entwurfs rekonstruierbar, in dem der Ausbildungsabschluss ausschließlich für die Erlangung einer Studienberechtigung wichtig wird.

Die Ausbildung als Teil eines familiär geteilten Handlungsschemas

In den biographischen Erzählungen junger Menschen, in denen sich ein familiär geteiltes Handlungsschema zur Aufnahme einer dualen Ausbildung rekonstruieren lässt, zeigen sich bereits zu einem frühen Zeitpunkt Strategien der

Normalisierung und der Orientierung an institutionellen Stationen angesichts erlebter Minderheitszugehörigkeit. Die Bemühungen der Eltern sind in diesen Familien davon gekennzeichnet, dass sie ihren Kindern Normalität und Orientierung an einem mehrheitsgesellschaftlich geprägten Leben ermöglichen wollen. Dafür wird es wichtig, die Kinder in Regelinstitutionen unterzubringen, um den Stigmatisierungsprozess aufzuhalten bzw. zu verlangsamen (vgl. Goffman 1952, S. 56 ff.). Die Eltern unterstützen die Unterbringung in Kindergarten und Schule und tragen zu einem Alltag bei, der typische Entwicklungsschritte möglich macht. Jan Merks ist mir als Interviewpartner durch einen Ausbildungsbetrieb vermittelt worden, da er als Auszubildender mit einer körperlichen Behinderung seine Ausbildung absolviert hat. Jan Merks wird ohne Unterschenkel und Füße geboren, er hat bei der Geburt eine Kiefer-Gaumen-Spalte und ihm fehlen zwei Finger. Diese körperlichen Merkmale führt er direkt zu Beginn seiner Erzählung ein, bevor er darauf eingeht, wie sich seine Kindheit zwischen vielen Operationen und Prothesenanpassungen entwickelt hat. Er hat sich dafür eine Tabelle angefertigt, mit deren Hilfe er während seiner Erzählung darauf Bezug nimmt, wann er welche Operationen durchlaufen hat. In seiner Erzählung werden an vielen Stellen die Bemühungen seiner Eltern sichtbar, soviel Normalität wie möglich im Alltag aufrechtzuerhalten. Sie weigern sich, Jan in einen Förderkindergarten zu schicken und verhandeln mit dem örtlichen Kindergarten, den Jan dann auch besucht. So erzählt Jan Merks in seinem Interview, dass ihm im Grundschulalter das Pflegegeld gestrichen wird, da seine Eltern bei einem Besuch der Gutachter der Behörde stolz erzählen, dass er nicht nur die Regelschule besucht, sondern auch Fahrrad und Inlineskates fährt. Das Besuchen von Regelschulen begünstigt die Festigung eines biographischen Entwurfs, der auch die Aufnahme einer Ausbildung möglich erscheinen lässt.

Wolf Dimmer ist mir als Interviewpartner vermittelt worden, da er innerhalb seines Ausbildungsbetriebs als besonderer Auszubildender gilt. Worin die Besonderheit besteht, bleibt im Vorfeld des Interviews für mich unklar. Ich führe zunächst ein Interview mit seiner Ausbilderin. Sie geht darauf ein, dass Wolf sich schlecht selbst organisieren könne und Hilfestellungen braucht, die sie ihm im Rahmen der Ausbildung geschaffen hat. Wolf überrascht mich in der Erhebungssituation einige Wochen später durch seine Vorbereitung auf das Interview. Er hat ein Tablet mitgebracht und geht anfänglich darauf ein, dass er davon ausgeht, dass er „den Fokus verlieren" wird und deswegen Notizen auf dem Tablet nutzen möchte, um sich in seiner Erzählung zu orientieren. Er führt zu Beginn seiner Erzählung eine zentrale Erklärungstheorie ein, die wichtig für die Darstellung seiner Lebensgeschichte wird. Er erzählt, dass er durch eine vorzeitige Plazentaablösung bei der Geburt einen Sauerstoffverlust erlitten habe und dass hierdurch seine Entwicklung beeinträchtigt worden sei. Wolf kommt aus einer wohlhabenden Akademikerfamilie, seine beiden älteren Geschwister studieren, er ist der jüngste in der Familie. In seiner Erzählung wird deutlich,

dass seine Lebensgeschichte von Anfang an von den Normalisierungsbemühungen seiner Eltern geprägt ist: Er besucht Regelschulen, wenn zum Teil auch
mit erheblicher Mühe; ihm gelingt mit Hilfe seiner Eltern und seiner Lehramt
studierenden Schwester der Realschulabschluss. Er geht darauf ein, dass er in
der Schulzeit massive Ausgrenzungserfahrungen macht. Im Rahmen der Berufsorientierung in der neunten Klasse der Realschule kommt es zu einem für
ihn bedeutsamen Erlebnis. Ein Test der Agentur für Arbeit erbringt das Ergebnis, dass er in einer Werkstatt für geistig behinderte Menschen arbeiten sollte.
Dieses Ergebnis erschüttert ihn für einige Zeit nachhaltig und bringt das Nor-
malitätsbild ins Wanken, das seine Familie über viele Jahre aufgebaut hat. Wolf
schreibt sich selbst sehr viel mehr Kompetenzen zu, als ihm der Test der
Agentur für Arbeit bescheinigt. Durch die Hilfe seiner Familie gelingt es
schließlich, dieses Selbstbild zu erhalten und in eine reguläre Ausbildung einzu-
steigen.

Wolf Dimmer geht in seiner Erzählung nicht detaillierter auf die Tatsache
ein, dass sein Vater im gleichen Betrieb arbeitet und möglicherweise etwas
damit zu tun haben könnte, dass er als Auszubildender akzeptiert wird. Es ist
Jan und Wolf an einer Schilderung gelegen, die die Normalität unterstreicht,
die im Prozess des Übergangs zum Ausdruck kommt: mit dem Schulabschluss
beginnt die Suche nach einem Ausbildungsplatz. In diesen Erzählungen zeigt
sich ein entwickeltes Handlungsschema in Form eines biographischen Entwurfs, der eine normale Berufsausbildung und eine normale Berufsausbildung
im direkten Anschluss an eine Regelbeschulung zentral setzt. In der Erzählung
von Madga Schneider, die mit einer Hörbehinderung aufwächst – auf ihre Lebensgeschichte gehe ich zu einem späteren Zeitpunkt ein – zeigt sich, dass ihre
Eltern in der Schulzeit bereit sind, das Schulgeld für eine private Wirtschaftsschule zu bezahlen, um Magda die Beschulung in einer Förderschule zu erspa-
ren. In der Aufnahme in einer regulären Ausbildung liegt eine Anerkennung
von Normalität, die das Stigma der körperlichen bzw. der geistigen Behinderung mindert. Dabei erscheint nicht zufällig, dass die Aufnahme einer Ausbildung unmittelbar nach dem Ende der Schulzeit erfolgt. Die Orientierung an
einer regulären Berufsausbildung, die sich in diesen Erzählungen rekonstruieren lässt, lässt keine weitere Verzögerung zu und setzt auch berufliche Interessen nicht zentral. Die Entwicklung beruflicher Interessen wird in beiden Interviews nicht zum Gegenstand des Gesprächs (vgl. hierzu Kap. 4.2). Wichtig
erscheint für Jan und Wolf, dem institutionellen Ablaufmuster einer beruflichen Ausbildung und damit einer zentralen Notwendigkeit in einem „normalen" Prozess des Heranwachsens durch die Entwicklung eines biographischen
Entwurfs Genüge zu tun.

Die Entwicklung eines innerfamiliär geteilten biographischen Entwurfs vor
der Aufnahme einer Ausbildung lässt sich auch in den Erzählungen rekonstruieren, in denen Erzählende auf die Migrationsgeschichte ihrer Familie ein-

gehen und die Entwicklung von Handlungsschemata sich mit einer Aufstiegs-
und Bildungsaspiration in der Familie in Verbindung bringen lassen. In der
Fallrekonstruktion zu Admir Milici (vgl. Kap. 3.1) zeigt sich, dass seine Eltern
die Schulbildung ihrer Kinder zentral setzen. Eine duale Ausbildung ist in diesen Lebensgeschichten als familiäre Minimalforderung beruflicher Bildung
rekonstruierbar geworden. Im Sample befinden sich ausschließlich Migrationsgeschichten von jungen Erwachsenen, die Kinder der Gastarbeiter_innengene-
rationen aus den 60er und 70er-Jahren sowie spätaussiedelnder Familien aus
Russland und Kasachstan sind und deren Eltern keine zertifizierten Berufsausbildungen absolviert haben. In den Interviews zeigt sich, dass die jungen Erwachsenen die Bildungs- und Aufstiegsorientierung ihrer Eltern übernehmen
und diese jenseits zeitweiliger adoleszenter Opposition nicht in Frage gestellt
wird (vgl. Zölch et al. 2009). Der Schulbesuch und die Leistungen in der Schule
genießen in den Familien eine hohe Priorität. Dabei lässt sich zeigen, dass die
Karrieremöglichkeiten von Kindern unterschiedlich bestimmt und eingeschätzt
werden. In der Fallrekonstruktion zu Admir Milici wird sichtbar, dass die älteren Schwestern eine erfolgreichere Karriere gemacht haben als er und die
jüngste Schwester. Er thematisiert dies halb scherzhaft, in dieser Thematisierung dokumentiert sich jedoch, dass die Aspirationen seiner Eltern weitreichender waren als das von ihm erreichte Ausbildungszertifikat. Die Aufnahme
einer dualen Ausbildung wird damit rekonstruierbar als Teil einer Idee zu qualifizierter Erwerbstätigkeit und als Minimum eines Bildungsaufstiegs im Einwanderungsland.

In einigen biographischen Erzählungen zeigt sich, dass mit dem Abschluss
der Ausbildung andere institutionelle Ablaufmuster stärker in den Vordergrund treten, mit denen sich zum Teil Emanzipationsprozesse vom bisherigen
familiär geteilten Handlungsschema verbinden. In den lebensgeschichtlichen
Erzählungen wird so sichtbar, dass der erfolgreiche Ausbildungsabschluss zum
Ausgangspunkt für weitere lebensgeschichtliche Projekte des jungen Erwachse-
nenalters gerät: Im Anschluss an den Abschluss von Ausbildung wird eine Familiengründung zentral. Dabei ist im Sample auffällig geworden, dass sich dies
in dieser Konturierung nur in Erzählungen männlicher junger Erwachsener
findet (vgl. hierzu ausführlich Kap. 3.1 in der Fallrekonstruktion Admir Milici).
In ähnlicher Weise stellt sich der Prozess in der Biographie Ralf Kunstlers dar.
Ralf ist mir als Interviewpartner vermittelt worden, da er in seinem Ausbildungsbetrieb in einer ländlich geprägten westdeutschen Gegend als „Ausländer" die Ausbildung absolviert hat. Ralf kommt als Kind sogenannter Spätaussiedler aus Kasachstan im Alter von dreizehn Jahren nach Deutschland. Er
verlässt mit sechzehn Jahren die Schule mit einem Hauptschulabschluss und
beginnt direkt danach eine Ausbildung zum KFZ-Mechaniker, die er in der
Regelzeit als einer der Besten seines Jahrgangs abschließt. Auch in seiner Erzählung lässt sich rekonstruieren, dass nach dem Abschluss der Ausbildung

eine traditionelle Orientierung an Ablaufmustern in den Vordergrund tritt. Er heiratet und erwirbt gemeinsam mit seiner Frau Eigentum, er wird Vater und nimmt eine berufliche Nebentätigkeit auf, um die Finanzierung des Hauses zu realisieren. In diesen eher traditional anmutenden biographischen Prozessen im Anschluss an Ausbildung wird sichtbar, dass der erfolgreiche Ausbildungsabschluss von männlichen Informanten als bewältigte Anforderung im Lebensablauf dargestellt wird, an die sich das Ablaufmuster der Familiengründung in nicht hinterfragter Weise anschließt. Solche Normalformerwartungen sind im Sample in Erzählungen männlicher Informanten sichtbar geworden sind. In Erzählungen weiblicher Informantinnen mit Minderheitserfahrungen und in schwierigen Lebenssituationen im Sample lässt sich eine solche Entwicklung im Anschluss an den Ausbildungsabschluss nicht rekonstruieren.

Im Anschluss an die Ausbildung sind in den Erzählungen zum Teil Weiterentwicklungen sichtbar geworden, die auf die Einnahme veränderter Positionen in der Ausbildungsorganisation verweisen. Dabei sind zwei Varianten aufgefallen. Zum einen die gezielte Suche nach einer Weiterentwicklung, die auf eine Orientierung an einem Ablaufschema der Karriere verweist und zum anderen die Übernahme von Plänen anderer für die eigene Entwicklung, die zunächst überfordernd und unerwartet erfahren wird. Auf diese zweite Variante gehe ich zuerst ein. Ralf Kunstler erzählt, dass er einige Jahre nach dem Abschluss der Ausbildung das Angebot erhält, in eine sachbearbeitende Position zu wechseln, für die er die Arbeit in der KFZ-Werkstatt hinter sich lässt. Diese Veränderung hin zu einer Tätigkeit im Büro wird von ihm mit dem erneuten Erleben von Prozessen in Verbindung gebracht, wie er sie zu Beginn der Ausbildungsaufnahme erzählt – er erfährt sich als unsicher und überfordert, bis er schließlich in die neue Tätigkeit hineinwächst und zunehmend an Sicherheit gewinnt. Zum Interviewzeitpunkt erlebt er sich in der neuen Position angekommen und etabliert. In der Erzählung von Admir Milici lässt sich hingegen rekonstruieren, dass er nach dem Ausbildungsabschluss gezielt nach Möglichkeiten der Weiterentwicklung in der Firma sucht (vgl. hierzu Kap. 3.1). In beiden Fällen wird sichtbar, dass das Ablaufschema der Karriere im Nachgang eines Ausbildungsabschlusses Relevanz entfaltet, dabei jedoch nur begrenzt zu einer höheren Positionierung im Beruf führen kann. Hier wiederholt sich ein Phänomen, das ich bereits an früherer Stelle rekonstruieren konnte: Entwicklungen in dieser Form zeigen sich in Erzählungen männlicher Informanten. Auch Marion Rehmer berichtet von einer innerbetrieblichen Weiterentwicklung im Anschluss an die Ausbildung. Diese Weiterentwicklung wird jedoch zusätzlich von ihrer Mühe geprägt, ihren Alltag als psychisch belastete junge Mutter in einem Arbeitsverhältnis und als Alleinerziehende zu stabilisieren.

In anderen Interviews des Samples wird sichtbar, dass in den Jahren nach dem Abschluss der Ausbildung das Ablaufmuster der Familiengründung oder eine Karriereorientierung keine Dominanz gewinnt. Im Rahmen der Ausbildung entwickeln sich neue Formen der Interaktionen und stigmatisierende Erfahrungen treten gegenüber den Anforderungen des Ausbildungsalltags eher zurück. Jan Merks erzählt im Interview etwas beschämt eine Situation, in der er eine andere Abteilung einige Tage hintereinander regelmäßig per Email zum Verschicken von fertigen Teilen für einen Kunden auffordert und nach einigen Tagen die genervte Rückmeldung erhält, dass dies sowieso täglich geschehe. In dieser Szene wird er als Novize sichtbar, der eine etwas naive Email verschickt hat und dafür von Etablierten belächelt wird. Eine andere Typisierung wird nicht sichtbar: Sein dominantes Erleben, als Mensch mit körperlicher Behinderung wahrgenommen zu werden, tritt in den Hintergrund. Damit wird sein Erleben in der Interaktion als das eines Auszubildenden rekonstruierbar, der Fehler macht, wie sie eben von Auszubildenden erwartbar sind. Als stigmatisierter Auszubildender tritt Jan Merks hier nicht in Erscheinung. Dies wird auch in anderen Segmenten des mit ihm geführten Interviews erkennbar. Die Zeit nach der Ausbildung lässt sich rekonstruieren als Zeit, in der die Erzählenden im Arbeitsfeld an Zutrauen gewinnen, ihre Kompetenzen weiter ausbauen und Anerkennung als kompetente Mitarbeitende erfahren. Die Thematisierung von Stigmata rückt in der Zeit nach der Ausbildung endgültig in den Hintergrund. Die Erfahrung im Arbeitsfeld ist nicht länger geprägt von einer Kontrasterfahrung des Stigmatisiert-Werdens, sondern von einer Erfahrung des sich Etablierens in der beruflichen Tätigkeit. Die biographischen Entwicklungen nach dem Ende der Ausbildung sind von einer Phase der Stabilisierung gekennzeichnet, die nicht nur die Möglichkeiten persönlicher Entfaltung und der Emanzipation von der Familie betreffen. Besonders sichtbar werden diese Prozesse in den biographischen Erzählungen von Jan Merks und Magda Schneider. Nach der Bewältigung der Ausbildung in einem von Normalität gekennzeichneten Milieu der Ausbildung zeigt sich die Auseinandersetzung mit der körperlichen Behinderung nach wie vor, zum Beispiel in der Gestaltung von Sozialbeziehungen im Freizeitbereich und mit Peers. Im beruflichen Alltag erleben die Erzählenden jedoch, dass ihre sichtbare Auffälligkeit wesentlich weniger ins Gewicht fällt. Jan Merks erzählt in seinem Interview amüsiert eine Anekdote. An einem heißen Sommertag ist die Klimaanlage im Büro ausgefallen. Eine Kollegin macht sich ein kaltes Fußbad unter dem Schreibtisch und bietet ihm dasselbe an, da sie es selbst als enorm hilfreich empfindet. Jan erzählt, dass er ablehnt, die Kollegin insistiert, bis er sie schließlich daran erinnern muss, dass er von dem Unterschenkel abwärts Prothesen trägt.

Ausbildung als Bearbeitung einer Krise im Sinne einer biographischen Veränderungsinitiative

In einigen Fällen zeigt sich die duale Ausbildung als Plan zur Bearbeitung einer Krise. Die Aufnahme der Ausbildung wird in diesen Erzählungen sichtbar als eine biographische Initiative zur Änderung der Lebenssituation (vgl. Schütze 1981, S. 76 f.). Im Vergleich der Fälle zeigt sich, dass es eine Reihe von Situationen prekärer Beschäftigung im Vorfeld und des „Jobbens" gibt, die eine Entwicklung der Initiative fördern. Eine endgültige Transformation und den Anstoß für die Initiative in Richtung einer Ausbildungsaufnahme bilden in diesen Biographien krisenhafte Ereignisse. Der Aufnahme der Ausbildung geht eine Reihe von Schritten voraus, die die Aufnahme der Ausbildung überhaupt möglich machen. Diese Prozesse lassen sich in der Fallrekonstruktion Paula Wadstel (vgl. 3.2) im Vorfeld ihrer Ausbildungsaufnahme nachvollziehen, zeigen sich in vergleichbarer Weise jedoch auch in anderen Biographien. Marion Rehmer erlebt aufgrund ihrer psychischen Erkrankung nach mehrfachen Studien- und Ausbildungsversuchen ein „cooling out" (vgl. Goffman 1952) ihrer ursprünglichen Erwartungen, die in ihrer eigentheoretischen Auseinandersetzung gleichzeitig auch als die Erwartungen ihrer Familie sichtbar werden. Sie nimmt in der Aufnahme einer Ausbildung als Systemgastronomin Bezug auf ihren langjährigen Nebenjob als Bedienung in einem Café und ihr Erleben, dass sie dort nicht mit Panikattacken zu kämpfen hat (Nachinterview Marion Rehmer, S. 9, Z. 8–17).

E: „Und dann hab ich angefangen, einfach nur auf 400 €-Basis zu arbeiten. Und hab ich wieder dat selbe erlebt (((lacht kurz))). So, aber da war ja halt eben der Unterschied, da hatt ich eben ((betont)) nich diesen Zwang. Ich hatt nich diesen Zwang: Du musst da hin. Sondern gut, das war en 400 € Job. Wenn du nich gehst, ja, so, bricht ja jetz keine Welt von zusammen, unbedingt. Is ja jetz nix lebensentscheidendes, so. War eh ne Aushilfstätigkeit, das war so, wenn ich gesagt hab: Nee, ich kann die Woche jetz nich, dann konnt ich halt die Woche nich, fertig. Das hat auch kein interessiert. Das konnt ich mir halt so einteilen, mehr oder weniger".

Aus dieser Erfahrung begründet sie ihren Wunsch für eine Ausbildung in der Gastronomie und entwickelt einen biographischen Entwurf, der ihre Erfahrungen des Scheiterns in Studium und vorheriger Ausbildung sowie die Erfahrung des Jobbens im Café aufnimmt. Schwierigkeiten, die ihr bei der Planung der Aufnahme der neuen Ausbildung von anderen Beteiligten vorgelegt werden, räumt sie systematisch aus: Sie sucht einen Kindergarten mit passenden Öffnungszeiten und fordert eine Verkürzung der Wochenarbeitszeit in der Ausbildung ein, um als alleinerziehende Mutter zurecht zu kommen. Sie stabilisiert die biographische Initiative zur Veränderung und hält auch an ihr fest, als es in der Ausbildung zu erneuten psychischen Schwierigkeiten kommt. In ähnlicher Weise zeigen sich die Prozesse in anderen biographischen Erzählungen, in denen die Ausbildung als zentraler Punkt einer biographischen Änderungsinitiative erscheint. In diesen Biographien verläuft die Zeit der Ausbildung nicht ohne Schwierigkeiten, diese ändern jedoch nicht die Durchführungsstruktur der biographischen Initiative. Der Ausbildungsabschluss gewinnt in den Augen von Paula Wadstel, Julia Kuhnen und Marion Rehmer eine besondere Bedeutung in ihrer Geschichte, da sie damit eine Phase der Unordnung und des Leidens in ihrem Leben überwunden haben. Gleichzeitig wird in den Erzählungen von Paula Wadstel und Marion Rehmer sichtbar, dass bestimmte belastende Momente im Alltag bestehen bleiben und es weiterhin Mühe kostet, mit diesen Anforderungen zurecht zu kommen.

Unter den biographischen Phänomenen, die nach dem Ende der Ausbildung sichtbar geworden sind, zeigt sich als eine Variante die Notwendigkeit, sich als Person trotz fortwährender Schwierigkeiten zu stabilisieren. Paula Wadstel und Marion Rehmer stehen exemplarisch für diese Biographien in denen sich zeigen lässt, dass es mit dem Ausbildungsabschluss gelungen ist, einen biographischen Entwurf zu verwirklichen. Bestehende Belastungen bleiben jedoch bedeutsam für die weitere Lebensgestaltung und verlangen Aufmerksamkeit, die den Erzählenden nicht für andere bedeutsame Lebenspläne zur Verfügung steht, z. B. für das Ablaufmuster der Karriere oder der Familienplanung. Dies ist insbesondere sichtbar geworden in den Biographien, in denen die Erfahrung von erschwerenden Umständen durch den Ausbildungsabschluss nur begrenzt an Bedeutung verloren hat und sich diese erschwerenden Erfahrungen als *zeitlich – und sozial stabil* beschreiben lassen. Das in den Erzählungen bedeutsame Ziel des Ausbildungsabschlusses wurde erreicht. Der Blick in die Zukunft nach der Ausbildung erscheint den Erzählenden mühsam. Die Anstrengung, die Alleinerziehendensituation zu meistern, die gesundheitliche und soziale Entwicklung eines Kindes – diese Herausforderungen zeigen sich nach dem erfolgreichen Abschluss der Ausbildung weiterhin und schmälern das Gefühl, etwas Großes geschafft zu haben. Diese „Mühen der Ebenen" werden exemplarisch im zweiten Interview mit Marion Rehmer sichtbar (Nachinterview Marion Rehmer, S. 13, Z. 24–33).

> E: „Eigentlich so diese Frage: Wofür tu ich das eigentlich? Ich mach einen Job, den ich hasse. Habe dafür wesentlich weniger Zeit für meinen Sohn. Ähm, hab von morgens bis abends ((betont)) nur Terminstress – für was, was ich hasse. So/ zumal ich auch so blöd bin und mit 30 Wochenstunden weniger Geld in der Tasche habe, als mit 20, weil ich einfach null Zuschüsse kriech. Nichts. So, wo ich mir denk: Ich hasse den Job. Ich habe keine Zeit für nichts. Ich bin zuhause ständig genervt. Äh, für was () einfach? Und des frustriert halt einfach. Ja. () Und dann sitzt man da, kommt da morgens hin und denkt sich: Für was? Wat mach ich hier eigentlich"?

Marion Rehmer geht in der Bilanzierung ihres zweiten Interviews auf ihr Erleben des Alltags nach dem Ausbildungsabschluss ein. Sie ist weiterhin alleinerziehend und erlebt ihren Arbeitsalltag als wenig befriedigend. Auch wenn sie zum Interviewzeitpunkt davon spricht, dass sie sich psychisch stabil fühlt und derzeit keine Psychopharmaka einnimmt, deutet sie an, dass sich das jederzeit ändern könnte. Ihre eigentheoretische Auseinandersetzung im Interview ist davon gekennzeichnet, dass sie ihre Lebenssituation auch nach dem Ausbildungsabschluss als dauerhaft anstrengend betrachtet. Der Ausbildungsabschluss wird in ihrer, aber ebenso in der Erzählung von Paula Wadstel und Wolf Dimmer sichtbar als bedeutsamer Moment einer „normal"biographischen Entwicklung, der erreicht ist und nun die Notwendigkeit vor Augen führt, sich selbst im Erleben dauerhafter Belastungen zu stabilisieren.

Ausbildung als Teil eines umfassenderen biographischen Entwurfs – duale Ausbildung als Durchgangsstation zum Studium

Im Sample ist der Abschluss einer dualen Ausbildung als Durchgangsstation sichtbar geworden, die einen weitgreifenden Plan der Studienaufnahme ermöglichen soll. Die duale Ausbildung wird genutzt, um eine Studienberechtigung zu erwerben und das familiär geteilte Handlungsschema des Bildungsaufstiegs zu verwirklichen. Die duale Ausbildung wird hier als Mittel zum Zweck sichtbar, als Kompetenzerweiterung und als Werkzeug für die Verwirklichung eines zuvor gefassten Plans zu studieren. Dabei zeigt sich in der Erzählung nie als Ziel, nach dem Abschluss der Ausbildung im Ausbildungsberuf zu arbeiten. Der Verlauf der Ausbildung ist von Beginn an von einer Zukunftsgerichtetheit gekennzeichnet, der das weitergefasste Ziel und den damit verbundenen akademischen Aufstieg in den Blick nimmt. Diese biographischen Entwicklungen zeigen in pointierter Form, dass die Aufnahme einer Ausbildung unter bestimmten biographischen Umständen zu einer Neu- oder Weiterorientierung führen kann, die völlig vom Feld und Milieu der Ausbildung wegführt. Die Ausbildung wird hier ausschließlich sichtbar als biographische Station, die abgehandelt werden muss – als Form eines institutionellen Ablaufmusters und als Werkzeug, um das eigentliche Ziel einer Studienberechtigung zu erreichen. Diese biographische Konstellation wird in der Erzählung von Özcan Celebi sichtbar. Özcan erzählt nichts über die ersten Jahre seines Lebens, sondern geht auf die Institutionen ein, die er besucht hat. Seine Eltern sind im Rahmen der Anwerbeabkommen aus der Türkei nach Deutschland gekommen, Özcan und seine Schwester sind in Deutschland geboren und aufgewachsen. Er erzählt, dass er mit Begeisterung Fußball spielt, seit er acht ist. Er geht darauf ein, dass seine Eltern in seinem elften Lebensjahr sehr bewusst in eine Gegend ziehen, in der vor allem deutsche Familien leben. Dieses Handeln evaluiert er im Interview als Teil der Aufstiegsorientierung in seiner Familie. Im Übertritt in die Sekundarstufe I („Hauptschule ging gar nicht für uns") wechselt er in die Realschule und bereitet sich darauf vor, im Anschluss an seinen Realschulabschluss das Fachabitur zu erwerben. Zunächst gelingt ihm der Übertritt nicht, da seine Zeugnisnoten zum Abschluss der Realschule nicht ausreichend für den Besuch der Fachoberschule sind. Deshalb entscheidet er sich für eine duale Ausbildung mit der Möglichkeit, eine fachgebundene Hochschulzugangsberechtigung zu erwerben. In der Ausbildung wird er bald zum Jugend-Ausbildungsvertreter gewählt und wächst in gewerkschaftliche Strukturen hinein. In dieser Rolle fühlt er sich wohl und begreift sie als Möglichkeit, sich weiterzuentwickeln („ich wollte lernen, vor anderen zu sprechen"). Nach der Ausbildung beginnt er zunächst ein Studium der Elektrotechnik. Er stellt fest, dass dieses Fach seinen Interessen und Neigungen nicht gerecht wird und beginnt nach einem Abbruch im Grundstudium ein Studium des Wirtschaftsingenieurwesens, in dem er sich zum Interviewzeitpunkt noch befindet. Das Ende der Ausbildung wird hier nicht als Erfolg sichtbar, sondern als Notwendigkeit, um das eigentliche Ziel zu erreichen. In dieser Variante wird eine besondere Form des längerfristigen biographischen Entwurfs rekonstruierbar, der auf ein Karriereschema verweist, wie Schütze es für professionell organisierte Karrieren von klassischen Professionen beschreibt, in denen eine langfristige Planung notwendig wird (vgl. Schütze 1981). Insgesamt lässt sich festhalten, dass sich sehr unterschiedliche biographische Handlungsschemata im Kontext einer dualen Ausbildung im Sample entdecken lassen. Dabei scheint bedeutsam, dass in der Auseinandersetzung die Frage wichtig wird, wie diese Erfahrungen in der eigenen Lebensgeschichte gedeutet werden und mit welchen Planungen (z. B. einer dualen Ausbildung) darauf reagiert wird.

4.1.4 Moratorien

Die Unterscheidung illegitimer und legitimer Moratorien in Erzählungen

In vielen Erzählungen im Sample lassen sich Momente jugendkultureller und ästhetischer Praxen rekonstruieren, die mit Moratorien im Anschluss an die Schulzeit einhergehen. Dabei lassen sich unterschiedliche Formen in den Erzählungen rekonstruieren. Diese Praxen und Moratorien werden relevant in Biographien im Sample, in denen Jugendliche ihre Adoleszenz als krisenhaft erfahren, z. B. weil sie sich in der Schule als dauerhaft versagend erleben oder unter besonderen familiären Belastungen leiden. Dies konnte ich in Fallrekonstruktionen insbesondere in den Lebensgeschichten von Paula Wadstel und Bernd Hochstein herausarbeiten (vgl. Kap. 3.2 und 3.3) Diese Prozesse und Moratorien werden in den biographischen Erzählungen in der theoretischen Evaluation zum Teil moralisch bewertet und scheinen im Rückblick legitimationsbedürftig – in der Interviewsituation und vor mir als Interviewerin. Dabei fällt auf, dass Moratorien als Ausgangspunkt sehr unterschiedlicher biographischer Entwicklungen sichtbar geworden sind.

In den biographischen Erzählungen von Bernd Hochstein wird sichtbar, dass er in der längeren Phase des Übergangs weitgehend bei seinen Eltern zu Hause lebt. Insgesamt acht Jahre vergehen zwischen seinem ersten Schulabschluss und dem Einmünden in eine Ausbildung, die er schließlich beendet. Dabei wird diese Zeit in seiner Erzählung nur bedingt als prekäre Phase sichtbar, da er sich permanent der Unterstützung seiner Familie sicher weiß. Moratorien prekären Charakters sind durch Prozesse der Ausbildungslosigkeit nach dem Ende der Vollzeitbeschulung gekennzeichnet und gehen mit einer Abkehr von Eltern oder anderen wichtigen Bezugspersonen einher. Dies lässt sich in den Biographien von Jens Lanste, Oliver Lamp, Paula Wadstel und Julia Kuhnen rekonstruieren. Als Phänomen in der Erzählung dieser Phasen lässt sich aus den Interviews rekonstruieren, dass die Orientierung an der Erzielung kurzfristigen Einkommens über die Orientierung an der Aufnahme einer Ausbildung gestellt wird. In der sequentiellen Analyse zeigt sich, dass diese biographische Variante auch für den Versuch steht, eine Positionierung zu vermeiden, die durch Bewerbungen um einen Ausbildungsplatz als schwache Positionierung sichtbar würde. Dies lässt sich beispielsweise in der Erzählung von Oliver Lamp zeigen, der in den narrativen Passagen seines Interviews über mehrfache Schulformabstiege vom Gymnasium hin zur Hauptschule spricht und zum Interviewzeitpunkt als mehrfacher Schulwechsler und -abbrecher kaum Chancen auf einen regulären Ausbildungsplatz sieht. In anderen argumentativen Sequenzen des Interviews kommt er jedoch auf die Erzielung kurzfristigen Einkommens als sein primäres Ziel zu sprechen. So begründet er, dass er gar keinen Ausbildungsplatz sucht. Dabei zeigt sich in der sequentiellen Analyse, dass die Informant_innen eine längere Phase ihres Lebens, die zwischen mehreren Monaten und mehreren Jahren dauern kann, mit Formulierungen wie „Party machen, da hab ich nur Party gemacht" sprachlich ausdrücken. Ähnlich lassen sich auch die Schilderungen der Prozesse in den anderen Erzählungen deuten: In vagen Andeutungen wird Drogenkonsum und Ausgehen angesprochen. Die Thematisierung dieser „Party"-Phasen wird nicht sichtbar als Schilderung einer sorglosen Zeit im Jugendalter, sondern als eine Phase, in der eine institutionelle Anbindung unbestimmt ist und Unsicherheit herrscht. Dies zeigt sich nur begrenzt in der eigentheoretischen Verarbeitung, sondern wird vor allem in der Zusammenschau mit den narrativen Passagen offenbar. Gleichzeitig sind Moratorien in der Darstellung zum Interviewzeitpunkt als legitime Zeiträume des Geschützt-Werdens vor anderen Erwartungen sichtbar geworden, wie sich dies bei Paula Wadstel und Marion Rehmer zeigen lässt. In beiden Fällen wurde es durch die Elternzeit möglich, ein biographisches Handlungsschema zur beruflichen Entwicklung zu entwerfen, das den Übergang in Berufsausbildung nach der Schule in eine andere Richtung gelenkt hat. In der Zusammenschau der vorliegenden empirischen Daten wird deutlich, dass der Übergangsprozess durch die Geburt eines Kindes und die anschließende Elternzeit zu einer besonderen Form des Moratoriums wird, in der die Frage, wie es beruflich weitergeht, neu bearbeitet wird. Beide Frauen sehen sich durch die Mutterschaft in einen biographischen Prozess der Auseinandersetzung mit der Verantwortung für ein weiteres Leben gezwungen und entwickeln ein Handlungsschema für eine berufliche Entwicklung. Moratorien durch Mutterschutz und Elternzeit sind im Sample als legitime Moratorien sichtbar geworden, die eine biographische Initiative zur Veränderung der Lebenssituation befördert haben.

Ausbildung als überraschendes Moment nach illegitimen Moratorium

In der Interpretation sind von mir als illegitim bezeichnete Moratorien als Zeiträume sichtbar geworden, in denen Erzählende Phasen des Rückzugs und der ausgesetzten Erwartungserfüllung in den Augen anderer überdehnt haben oder in ihrer Darstellung darauf eingegangen sind, dass ihnen diese Phase fragwürdig erscheint. An der Erzählung von Julia Kuhnen lässt sich exemplarisch zeigen, dass in diesen Phasen etwas geschehen kann, was für spätere Entwicklungen in der Lebensgeschichte möglicherweise relevant wird, ohne dass es deshalb von der Erzählerin als eine solche Entwicklung theoretisch gedeutet wird.

Julia Kuhnen wird mir als Interviewpartnerin durch einen Betrieb vermittelt, weil sie als einzige weibliche Elektroinstallateurin in einer ansonsten männlich dominierten Firma arbeitet. Julia Kuhnen ist in der Interviewsituation zunächst sehr zurückhaltend in ihrer Erzählung. Sie erzählt ihre Lebensgeschichte als Geschichte eines plötzlichen sozialen Abstiegs („von der Villa in die Drei-Zimmer-Wohnung"). Sie geht eingangs darauf ein, dass ihr Vater bei ihrer Geburt schon im fortgeschrittenen Alter ist und eine Familie aus früherer Zeit hat. In ihrer Grundschulzeit kommt es nicht nur zu einem plötzlichen finanziellen Verlust (der Vater ist selbständig und arbeitet gemeinsam mit der Mutter), sondern auch zu einem plötzlichen Tod ihrer Tante, die gemeinsam mit Julia und ihren Eltern gelebt hat. Julia kann die Umstände des Tods nicht genau erzählen, sie geht kommentierend darauf ein, dass der Tod der Schwester ihrer Mutter in der Familie ein Tabuthema ist. Julia begründet im Interview in ihren eigentheoretischen Ausführungen mit diesen belastenden familiären Prozessen, dass sie zum Ende der Grundschulzeit ein schulverweigerndes Verhalten entwickelt. Sie erzählt, dass sie die Schule immer weniger regelmäßig besucht und sich dies nach dem Übertritt in die Sekundarstufe I kaum ändert. Sie geht darauf ein, dass sie in den Folgejahren kaum den Unterricht besucht und schließlich mit vierzehn oder fünfzehn Jahren in eine von ihr so bezeichnete „Werkstattklasse" wechselt. Diese letzten eineinhalb Jahre bilden die kontinuierlichste Phase ihres Schulbesuchs nach der dritten Klasse der Grundschule. Die Maßnahme schließt sie im Alter von sechzehn Jahren ab, es bleibt in ihrer Erzählung offen, welche institutionelle Anbindung sie im Anschluss daran hat. Einen qualifizierenden Schulabschluss erwirbt sie nicht. In der folgenden Interviewsequenz wird exemplarisch sichtbar, wie sie über die Phase im Anschluss an die Werkstattklasse spricht (Interview Julia Kuhnen, S. 4, Z. 20–28).

> E: „Und dann kam erstmal, ja so mit 16, als die Schule dann zu Ende war, kam erstmal die „Alles klar, jetzt muss ich mal was machen"-Phase. So, dann Party und ein bisschen ausgelebt. Das ging so anderthalb Jahre und dann hatte ich aber auch keine Lust mehr darauf. Und dann habe ich gesagt: „Schluss! Das reicht jetzt!" Das war echt so ein Gedankenblitz, wo ich dann gesagt habe von heute auf morgen: „Jetzt würde ich eigentlich ganz gerne mal einen Abschluss machen".

Julia geht darauf ein, dass es eine Phase im Anschluss an die Werkstattklasse gibt, dieser Phase gibt sie im Interview einen speziellen Namen, sie nennt sie die „alles klar, jetzt muss ich mal was machen"-Phase. Durch diese Namensgebung lässt sich deuten, dass sie in dieser Phase eine Funktion sieht, die sie im nächsten Satz etwas detailliert, weiter aber nicht mehr darauf eingeht. Sie rahmt diese Phase zeitlich und begründet eine Veränderung mit Unlust: Nun möchte sie dieses Leben nicht mehr. In den folgenden Sätzen des Interviewausschnitts wird die Entscheidung für einen Abschluss als überraschendes Moment sichtbar, das Julia Kuhnen nur begrenzt mit ihren vorherigen Erlebens- und Erleidensprozessen in Verbindung bringt. In der sequentiellen Analyse zeigt sich, dass sie in der Folge zunächst einen qualifizierenden Schulabschluss erwirbt und direkt im Anschluss eine Ausbildung zur Elektroinstallateurin beginnt. Sie verbindet mit der Aufnahme der Ausbildung außerdem eine Emanzipationsinitiative, die sie von ihrer Familie und den belastenden Prozessen in der Familie entfernt: Sie zieht in ein anderes Bundesland. Im Interview geht sie in einem theoretischen Kommentar darauf ein, dass sie dies für wichtig hält, um den notwendigen Abstand zu ihrer Familie zu bekommen. Es lässt sich diskutieren, ob sich hier Andeutungen von Spuren eines Wandlungsprozesses sind, die notwendig werden, um eine spätere Entwicklung in Gang zu setzen. Wandlungsprozesse als Veränderungen, die sich für die Biographieträger_innen überraschend vollziehen, werden in der sequentiellen Analyse durch eine Latenzperiode rekonstruierbar, in denen Veränderungen, die einer biographischen Initiative vorausgehen, von den Biographieträger_innen nur begrenzt erkannt und eigentheoretisch erfasst werden (vgl. Schütze 1981).

4.1.5 Übergänge in duale Ausbildung: rekonstruierbare Prozessformen

Durch die Rekonstruktion der Prozessstrukturen in lebensgeschichtlichen Erzählungen wird etwas über das Übergangsgeschehen sichtbar, das sich mit bestimmten Konstellationen verbindet. Das Vorausgegangene hat gezeigt, dass in der Erfahrung von Krisen und Erleidensprozessen in biographischen Rekonstruktionen das Übergangsgeschehen als komplexer und längere Jahre andauernder Prozess sichtbar werden kann. Solche Übergangsgeschehnisse lassen sich aus meiner Analyse als *fragile und prekäre Übergangsprozesse* bezeichnen, auf die ich im Folgenden eingehen möchte. Insbesondere unter der Aufnahme einer Ausbildung als Selbstverständlichkeit und als biographischer Entwurf werden *stringente Übergangsprozesse* sichtbar, die ich als dritte Variante beschreibe.

Fragile Übergänge

Fragile Übergänge lassen sich durch ein grundsätzliches Zusammenspiel der Prozessstruktur einer Orientierung an institutionellen Ablaufmustern mit verlaufskurvenhaften Entwicklungen beschreiben. Dieser Modus des Übergangs lässt sich in den biographischen Rekonstruktionen von Bernd Hochstein, Marion Rehmer, Hanno Ferdt, Patrick Bucht, Julia Kuhnen und Marleen Bloch zeigen. In diesen Lebensgeschichten wird bedeutsam, dass es im Aufwachsen zu Erfahrungen von Erleidensprozessen kommt, die diffus erlebt werden und sich einer Thematisierung im Interview im Sinne einer klar konturierten Erfahrung entziehen. Die Erzählenden sprechen von bestimmten Entwicklungen in ihrer Lebensgeschichte in einer global-raffenden und zum Teil verharmlosenden Form, die auf dahinterstehende tiefgreifende Erfahrungen des Erleidens verweisen, die im Interview nicht zur Sprache kommen. Dies zeigt sich exemplarisch in der Biographie von Bernd Hochstein, lässt sich als Phänomen jedoch auch in den biographischen Rekonstruktionen von Julia Kuhnen und Marleen Bloch nachweisen. Die Erleidenserfahrungen, die sich hier zeigen lassen, entziehen sich einer eindeutigen Bestimm- und Besprechbarkeit. Sie werden thematisiert als Erleben von Unlust und dem Erleben schwieriger familiärer Verhältnisse, das nur begrenzt sprachlich gefasst wird, diffusen Selbstbezichtigungen, Faulheit, dem vagen Sprechen über delinquente Phasen und Partyzeiten in der eigenen Geschichte. Momente des Erleidens werden zum Teil in der Darstellung verharmlost, z. B. wenn Hanno Ferdt darüber spricht, dass er von seinem Vater regelmäßig körperliche Gewalt erfahren hat („die aber noch okay war") oder wenn Patrick Bucht seine Kindheit abschließend evaluiert und festhält, dass er eine gute Kindheit hatte, da er stets etwas zu essen und zu trinken hatte. Die Übergänge in dieser Gruppe lassen sich zum Teil als direkte Übergänge in Ausbildung rekonstruieren, in denen es dann jedoch zu größeren Schwierigkeiten im Ausbildungsverlauf und zum Teil zu Abbrüchen kommt. Einige andere Fälle in dieser Gruppe lassen sich als deutlich verzögerte Übergänge in Ausbildung rekonstruieren, in denen es zu mehrfachen Ausbildungsabbrüchen kommt. Geeint sind alle Biographien in dieser Gruppe durch eine familiäre Unterstützung, die auch in schwierigen Phasen existiert, diese Jugendlichen sind nicht auf sich alleine gestellt. Fragile Übergänge sind durch eine grundsätzliche Unterstützung durch Familie oder Peers gekennzeichnet, es kann zu Abbrüchen und Phasen des vermeintlichen Stillstandes kommen, die Biographieträger_innen sind jedoch von stützenden Personen in ihrer Umgebung getragen, wenn gleich diese Stütze auch ambivalent erlebt werden kann. Dieser Übergangsmodus kann in Biographien gezeigt werden, in denen es zu einem oder mehreren vorzeitigen Beendigungen von Ausbildungsverhältnissen gekommen ist.

Prekäre Übergänge

In einer Reihe von biographischen Erzählungen zeigen sich kaum sprachliche Auseinandersetzungen mit dem Übergang in eine Ausbildung zum Ende der Schulzeit. Diese Übergangsprozesse bezeichne ich als prekäre Übergänge. Das Datenmaterial verdeutlicht in diesen Fällen, dass die sozio-emotionale sowie materielle Not der Erzählenden groß ist und das Erleben im Übergangsprozess von Erleiden und Getriebensein geprägt ist. Durch narrative Teile der autobiographischen Erzählung werden komplexe Erfahrungen von Erleidensprozessen rekonstruierbar. Die Erzählungen verweisen auf Erfahrungsaufschichtungen, die die Informant_innen nur begrenzt erzählen können und häufig mit Selbstbezichtigungen und Schuldzuweisungen verbunden sind. Es ist auffällig, dass die Erfahrungen des Scheiterns, die in diesen Erzählungen sichtbar werden, individualisiert werden und ausschließlich auf die Person der Erzählenden zurückverweisen. Exemplarisch lässt sich dieser Modus eines prekären Übergangs in der biographischen Rekonstruktion Paula Wadstels nachvollziehen (vgl. Kap. 3.2). Die Informant_innen erleben sich in diesen Lebensgeschichten nicht als Handelnde und Planende, sondern als Erleidende der Prozesse, die im Anschluss an die Schulzeit folgen, so auch in den Biographien von Jens Lanste und Oliver Lamp. In diesen biographischen Erzählungen lassen sich keine biographischen Begleitenden entdecken, die Betroffenen erleben sich als getrieben und reagieren nur noch. Strukturelle Hilfen in Form von Maßnahmen, wie z. B. dem Berufsgrundschuljahr bei Paula Wadstel, entfalten keine Wirkung. In diesen Biographien gibt es keine Auseinandersetzung mit der Prozessstruktur des institutionellen Ablaufmusters zum Zeitpunkt des Schulabschlusses, Erfahrungen des Versagens stehen im Vordergrund. Handlungsoptionen werden zu diesem Zeitpunkt von den jungen Menschen nicht entwickelt, Hilfestellungen in Form struktureller Hilfen greifen häufig nicht. Begonnene duale Ausbildungen werden rasch wieder abgebrochen oder bereits unter prekären Bedingungen aufgenommen. Diese beschriebenen Prozesse haben teilweise auch Gültigkeit für biographische Verläufe, in denen ein fragiler Übergangsmodus sichtbar wird. Das unterscheidende Moment liegt in der Unterstützung durch Eltern oder weiteren signifikanten Andere: Biographische Begleiter, die bei jungen Menschen, die ich diesem Übergangsmodus zurechne, nicht oder kaum vorhanden sind. Dieses fehlende Netzwerk ist Teil des Verlaufskurvenpotenzials, das sich im Lauf ihrer Geschichte entwickelt hat. Wo innerhalb dieser Daten Versuche zur Stabilisierung in der Prekarität sichtbar werden, handelt es sich um kurzfristige Versuche, Kontrollhandlungsschemata zu initiieren, die verlaufskurvenhafte Entwicklungen auffangen sollen, so zum Beispiel sichtbar in der Geschichte Paula Wadstels und ihren Versuchen, Schulden durch unangekündigte Wohnungswechsel zu entfliehen. Die biographische Wende kommt in der Geschichte durch die frühe Mutterschaft zustande, in den anderen Erzählungen dieser Gruppe lässt sich eine solche biographische Wende nur bedingt zeigen. Auffällig ist, dass sich in den rekonstruierten Biographien, die sich diesem Übergangsmodus zuordnen lassen, zum Teil Erfahrungen mit Hilfen der Erziehung in einem stationären Setting gibt, die als Geschichten des Scheiterns und Erfahrungen von Einsamkeit erzählt werden. Ähnlich wie im Modus fragiler Übergänge werden die Prozesse des Erleidens hier nur fragmentarisch erzählt, unterscheidbar werden die beiden Gruppen durch die eigentheoretischen Bearbeitungen dieser Erleidensprozesse, die in der Gruppe prekärer Übergänge in der argumentativen Auseinandersetzung mit persönlichen Schuldzuweisungen einhergehen.

Stringente Übergänge

Darüber hinaus ist sichtbar geworden, dass in einer Reihe von Erzählungen familiäre Handlungsschemata zur Aufnahme einer dualen Ausbildung direkt im Anschluss an den Schulabschluss sichtbar werden. Diese Übergangsprozesse bezeichne ich als stringente Übergänge. In den Erzählungen, die ich diesem Modus zuordnen kann, wird eine biographische Auseinandersetzung mit spezifischen Erfahrungen wie zum Beispiel einer körperlichen Behinderung oder einem spezifischen beruflichen Plan sichtbar. Dies gilt insbesondere für die Erzählungen von Admir Milici, Jan Merks, Ralf Kunstler, Nadja Noth, Lena Worts, Özcan Celebi, Jan Merks, Magda Schneider und Wolf Dimmer. Die mit diesem Übergangsprozess verbundenen biographischen Rekonstruktionen sind gekennzeichnet durch argumentative Auseinandersetzungen mit klar konturierten Erfahrungen des Anders-Seins, die als strukturierendes Moment für die eigene Lebensgeschichte erzählt werden. Dies zeigt sich in der Erzählung Admir Milicis in seinen Thematisierungen der Bedeutsamkeit der Einwanderung nach

Deutschland für seine Lebensgeschichte und die Erfahrungen von Rassismus, die er gemacht hat (vgl. Kap. 3.1). In diesen Biographien wird der Übergang vom Schulsystem in eine duale Ausbildung ohne eine Zwischenphase bewältigt. Häufig zeigt sich in den Datenmaterialien eine auf die duale Ausbildung bezogene Planung, die in der biographischen Auseinandersetzung mit erschwerenden Ausgangsbedingungen entwickelt wird. In allen diesen Biographien, die sich dem Modus der stringenten Übergänge zuordnen lassen, erfahren die jungen Menschen andauernde Unterstützung durch ihr privates Umfeld, insbesondere durch die Eltern. Wenngleich die Wahl der Ausbildung in den biographischen Erzählungen zum Teil sehr zufällig erscheint, erscheint es keineswegs zufällig, dass eine duale Ausbildung angestrebt wird. Alle Erzählenden, die sich diesem Übergangsmodus zuordnen lassen, erzählen die duale Ausbildung als Teil ihres biographischen Handlungsschemas. Dieses Handlungsschema wird in Auseinandersetzung mit Erfahrungen des Anders-Seins und Anders-Gemacht-Werdens in der Lebensgeschichte entwickelt, die den Erzählenden eigentheoretisch zugänglich und gleichzeitig bearbeitbar erscheint. Sichtbar wird dies in den Datenmaterialien vor dem Hintergrund andauernder wohlwollenden Begleitung durch Eltern in der Zeit des Übergangs und darüber hinaus.

4.2 Ausbildung als Prozess beruflicher Interessenentwicklung

Ich bin unter Kap. 4.1 bereits in Ansätzen auf die biographischen Varianten eingegangen, die sich unter einer prozessstrukturellen Betrachtung zur Entwicklung beruflicher Interessen zeigen. In diesem Teilkapitel möchte ich diese Prozesse beruflicher Interessenentwicklung und ihren Zusammenhang mit bestimmten lebensgeschichtlichen Erfahrungen noch einmal genauer betrachten. Dazu unterscheide ich *Prozesse der Entwicklung oder Nicht-Entwicklung beruflicher Interessen vor der Ausbildungsaufnahme* und *Prozesse beruflicher Identifikation im Ausbildungsverlauf*, die in der Erfahrung schwieriger Lebenssituationen und Minderheitserfahrungen sichtbar geworden sind.

4.2.1 Vor dem Ausbildungsbeginn

Betrachtet man Ausbildungswahl-Prozesse im Sample im Ganzen, fällt eine explizite Thematisierung von beruflichen Interessen vor dem Ausbildungsbeginn vor allem bei Nadja Noth, Lena Worts und Admir Milici auf. Hier wird die dominante Prozessstruktur einer Orientierung an institutionellen Ablaufmustern offenbar, die die Entwicklung ausbildungsspezifischer Interessen fördert.

Im Kontrast dazu zeigt sich in der Entwicklung von biographischen Initiativen im Erleben von Minderheitszugehörigkeit oder schwierigen Lebenssituationen vor allem der Wunsch, eine reguläre Ausbildung zu absolvieren, um einen zertifizierten Abschluss zu erlangen – und deutlich weniger das Ziel, mit der Ausbildung auch noch ein persönliches Interesse zu verfolgen. Dies wird im Interview mit Jan Merks exemplarisch deutlich: Er entwickelt im Interview seine damalige Argumentation für die Suche nach einem Ausbildungsplatz – er möchte keine handwerkliche Ausbildung machen, da er befürchtet, hier durch mögliche physische Anforderungen mit seinen Unterschenkel- und Fußprothesen an Grenzen zu stoßen. Deshalb sucht er nach einer Ausbildungsmöglichkeit im kaufmännischen Bereich. Er möchte in einer großen Firma seine Ausbildung absolvieren, da er sich vorstellt, in einer größeren Firma langfristig eine Perspektive als Mitarbeiter mit körperlicher Behinderung zu haben. Eine inhaltliche Auseinandersetzung mit beruflichen Interessen wird nicht sichtbar. In der Betrachtung der Fallrekonstruktionen fällt auf, dass es in der Erzählung von Admir Milici eine konkrete Auseinandersetzung mit Berufswünschen vor der Aufnahme der Ausbildung gibt, die er als cooling-out-Prozess im Sinne Goffmans erlebt (vgl. Kap. 3.1). Anders als in der Biographie von Özcan Celebi kommt es hier nicht zur Entwicklung von Strategien, um das gewollte Ziel der Wunschausbildung dennoch zu erreichen. In der biographischen Rekonstruktion von Marion Rehmer zeigt sich ein cooling-out-Prozess, in dessen Verlauf Ausbildung an Stelle eines eigentlich angestrebten Studiums tritt. Diese Entwicklung ist ihrem Überforderungserleben durch die sozialen Anforderungen eines Studiums und der ersten Ausbildung geschuldet.

Insgesamt lässt sich eine Entwicklung von beruflichen Interessen im Sample nur für die rekonstruierten Biographien nachzeichnen, in denen es Informant_innen möglich war, sich bereits in der Schulzeit mit der Aufnahme einer Ausbildung ohne große Einschränkungen durch spezifische Minderheitserfahrungen oder schwierige Lebenssituationen auseinanderzusetzen. Hier zeigt sich in den Erzählungen, dass die Planung eines biographischen Entwurfs in Auseinandersetzung mit der Frage erfolgt, in welchem Bereich die Interessen liegen. Dies wird im Interview mit Lena Worts exemplarisch deutlich. Sie hat zum Interviewzeitpunkt eine Ausbildung zur Metallbauerin abgeschlossen und ist nach einem Wechsel auf der Suche nach einem neuen Arbeitsplatz. Lena Worts ist mir von ihrem früheren Arbeitgeber als Interviewpartnerin vermittelt worden, da sie als Frau in einem männerdominierten Feld tätig war. Sie hat dort gekündigt, weil ihr die Tätigkeiten dort zu wenig kreativ waren und sie ausschließlich mit der Herstellung von schwer tragenden Metallstreben und ähnlichem beschäftigt war, was sie körperlich belastete. Lena Worts wächst ähnlich wie Nadja Noth in einer autochthonen familiären Situation auf, sie hat einen jüngeren Bruder und eine ältere Schwester. Beide Elternteile gehen sehr unterschiedlichen Berufen nach, Lenas Vater arbeitet bei einem Theater hinter den

Kulissen. Lena besucht das Gymnasium bis zur zwölften Klasse, schließt mit dem Fachabitur ab und entscheidet sich dann für die Suche nach einem Ausbildungsplatz. Sie kommt zu Beginn ihrer Erzählung auf ihre homosexuelle Orientierung zu sprechen und geht darauf ein, dass sie ihre handwerklichen und kreativen Interessen damit in Verbindung bringt. Dabei zeigt der folgende Interviewausschnitt exemplarisch, dass sie die Suche nach einem passenden Ausbildungsplatz theoretisch mit ihrer Lebensplanung in Verbindung bringt (Interview Lena Worts, S. 2, Z. 18–25).

> E: „Man sollte arbeiten gehen, um sich seine Träume zu erfüllen. Arbeiten, um zu leben. Das war mir auch immer ganz wichtig. Und irgendwann hat mein Papa mich dann mitgenommen zur Arbeit. Der arbeitet in X (Ort) beim Theater, als Dekorateur. Der macht dann alles mit Stoffen und die Polsterung. Und dann bin ich in die Schlosserei gegangen einfach und dachte so: „Nicht schlecht. Ist zwar eine reine Männerdomäne, aber irgendwie macht dir das richtig Laune. Sowieso immer schon handwerklich begabt gewesen".

Die Interviewsequenz verdeutlicht eine Bindung von beruflichen Entwicklungen an persönliche Entfaltungsprozesse, die nicht in Frage gestellt wird. Die Thematisierung ihres Geschlechts, die mit der Aufnahme der Wunschausbildung in einem männlich dominierten Ausbildungsbetrieb erfolgt, wird von der Informantin in Kauf genommen und im Verlauf der Ausbildung normalisiert (vgl. hierzu Kap. 5.2). In der Betrachtung des Samples zeigt sich hier ein übergreifendes Phänomen. Lena Worts und Nadja Noth zeigen durch ihre Sonderstellung als Auszubildende qua Geschlechtszugehörigkeit, die keine anderen biographisch relevanten Minderheitserfahrungen oder die Erfahrung schwieriger Lebenssituationen mitbringen, diese Prozesse in konturierter Form an. Im Kontrast dazu zeigt sich in anderen Biographien, dass die Orientierung an der Erfüllung des Ablaufmusters Ausbildung im Lebensablauf im Erleben von Minderheitserfahrungen und schwierigen Lebenssituationen zentraler gesetzt wird als die Entwicklung individueller berufsfeldspezifischer Interessen und damit der Einstieg in eine bestimmte Ausbildung. Für dieses Sample lassen sich berufsfeldspezifische Interessen und die Aufnahme einer Ausbildung im Einklang mit diesen Interessen nur in den Biographien rekonstruieren, in denen sich Ausbildung als Selbstverständlichkeit im Lebensablauf im Vorfeld der Ausbildungsaufnahme finden lässt, wie dies bei Lena Worts und Nadja Noth der Fall geworden ist.

4.2.2 Prozesse beruflicher (Nicht-)Identifikation

In der kontrastierenden Betrachtung der drei Fallrekonstruktionen zeigen sich unterschiedliche Prozesse, in denen eine Auseinandersetzung mit den Inhalten der beruflichen Tätigkeit sichtbar wird. Diese wird zu einem Teil der lebensgeschichtlichen Auseinandersetzung mit der Bedeutung des Ausgebildet-Worden-Seins in einem bestimmten Beruf. Die Prozesse, die ich mit Blick auf das gesamte Sample als *Prozesse inhaltlicher, pragmatischer und struktureller beruflicher Identifikation* beschreibe, werden im Folgenden entfaltet.

Prozesse inhaltlicher beruflicher Identifikation

Betrachtet man Prozesse beruflicher Identifikation im kontrastiven Vergleich der Fallrekonstruktionen, fällt auf, dass es nur in den beiden Interviews von Bernd Hochstein zu mehreren längeren argumentativen Auseinandersetzungen mit seiner Tätigkeit als Metallbauer kommt. Bernd Hochstein erlebt in seiner Phase der Ausbildungsabbrüche sehr verschiedene berufliche Tätigkeiten. Während er zunächst eine Ausbildung zum Holzmechaniker macht, verbringt er danach mehrere Jahre in sozialen Ausbildungsberufen, bevor er schließlich die Ausbildung zum Metallbauer beginnt. Dabei erfährt er sich in der handwerklichen Arbeit mit Metall als kompetent. Der folgende Interviewausschnitt verdeutlicht die theoretische Auseinandersetzung mit den inhaltlichen Facetten seiner Tätigkeit (Interview Bernd Hochstein, S. 12, Z. 17–31).

> E: „Nur wenn ich jetz zur Arbeit komme, äh weiß ich, was zu tun is/ ich weiß, was ich mache. Mir macht das Spaß und ich weiß, dass es richtich is. Und ich mach ja- ich mach ja Metallbau und Fachrichtung Konstruktionsmechaniker. Wir bauen ähm Fenster, wir bauen Wintergärten. Wir bauen alles mögliche aus Stahlkonstruktionen und bauen alles mögliche aus Edelstahl. () Und/ ich hab früher immer gedacht, dass Holz mein Ding is/ aber als ich dann den Beruf kennengelernt hab, hab ich nach und nach gemerkt: oha, das is ja richtich cool, das macht mir ja richtich Spaß. Und äh/ ich kann natürlich/ äh wenn man mit Metall arbeitet/ das kann man auch so privat anwenden () ich kann mir auch Sachen selber bauen/ hab ich auch schon gemacht, so in der Firma, privat. Ich sach ma so: ich bin total glücklich, dass ich diesen Job gefunden habe. Weil das/ () ohne Scheiß/ (.) genau das is, was ich immer gebraucht hab und immer wollte".

In Bernds evaluativer Auseinandersetzung wird der allmähliche Prozess des Hineinwachsens sichtbar, der mit einer Erfolgserfahrung verbunden ist. Dafür wird wichtig, dass er vor der Ausbildungsaufnahme keinerlei Haltung zur inhaltlichen Seite dieses Berufs entwickelt hatte – sein Vater organisiert die Ausbildung und Bernd muss die Chance ergreifen, die ihm hergestellt worden ist.

Er setzt sich eigentheoretisch damit auseinander, dass er zunächst nicht geglaubt hat, mit Metallbau etwas anfangen zu können, dass es jedoch im Lauf der Ausbildung zu einer allmählichen Identifikation mit dem Werkstoff und den damit verbundenen Bearbeitungstechniken gekommen ist. Er lernt Schweißen in den unterschiedlichen Formen, gewinnt Zugang zu den Konstruktionstechniken und integriert diese Kompetenzen zu einem veränderten Bild von sich und seinem beruflichen Können. Eine inhaltliche Auseinandersetzung, wie sie sich zur eigenen Überraschung in der Geschichte Bernd Hochsteins finden lässt, ist auch in anderen Datenmaterialien sichtbar geworden. Sein Prozess der beruflichen Identifikation entwickelt sich langsam und schleichend in einem schwierigen Ausbildungsverlauf, in dem die Tätigkeit im Betrieb den Bereich markiert, innerhalb dessen sich Bernd als begabt herausstellt – im Gegensatz zum schulischen Teil der Ausbildung, der für ihn wie gewohnt schwierig verläuft. Andere Formen inhaltlicher Identifikation, die sich im Ausbildungsverlauf weiterentwickelt, finden sich vor allem in den Erzählungen von Nadja Noth und Lena Worts, deren gezielte Interessenentwicklung jedoch lange Zeit vor dem Ausbildungsbeginn einsetzt und sich im Prozess des Ausgebildet-Werdens langsam erweitert.

Prozesse pragmatischer beruflicher Identifikation

Davon verschieden zeigen sich die Prozesse einer pragmatischen beruflichen Identifikation, wie sie in der Fallrekonstruktion Admir Milici sichtbar geworden sind. Auch hier gibt es eine Form des Hineinwachsens in den Prozess der Identifikation, dieser ist jedoch nicht mit Stolz und dem Erlernen bestimmter Fertigkeiten und Techniken verbunden, wie dies bei Bernd Hochstein der Fall ist. Diese pragmatischen Prozesse der Entwicklung von Beruflichkeit in der dualen Ausbildung zeigen sich vor allem in den Erzählungen, in denen es im Vorfeld der Ausbildungsaufnahme keine oder nur geringe Chancen gab, sich mit Fragen zu Berufswünschen auseinanderzusetzen, weil biographische Entwicklungen eine solche Auseinandersetzung verhinderten oder erschwerten. Diese Auseinandersetzung zeichnet sich im Vergleich der Interviews mit Admir Milici und seinem Ausbilder Paul Riedner ab. Während Paul Riedner seine persönliche Begeisterung für Metallwaren betont („ich bin ein Eisenwarenmann"), wird die nur graduelle Identifikation Admirs mit der beruflichen Tätigkeit nachvollziehbar. Sie entsteht weniger aus einer Begeisterung über die Tätigkeit und für das Produkt, wie dies bei Paul Riedner der Fall ist, sondern ist das Ergebnis einer Sozialisation in einem Dienstleistungsberuf, in dem er sich beruflich arrangiert hat (Interview Admir Milici, S. 15, Z. 31 – S. 16, Z. 1).

E: „Und jetzt stehe ich halt da/

I: mhm

E: jeden Tag mit meiner Weste (((lacht))) und
verkaufe Schrauben, Dübel und ähm Türen und () ja und manchmal b/ auch
Seelsorger halt. Dann kommen halt die Leute und erzählen dir erstmal einiges
vom Pferd. Halt, als Kaufmann, komm, willst du was kaufen, oder nich, ich hab
da noch andere Kunden. „Ja, meine Frau/ mein Mann ist gestorben und der hat
alles gemacht." „Ja, aber ich/ gute Frau tut mir auch leid, wie kann ich Ihnen
helfen?" „Ja, aber er war halt..." Und dann stehst du halt dann halt. Musst Du
immer freundlich gucken. Die tun mir auch leid, aber irgendwann () musst du ja
deine Arbeit machen.

I: mhm

E: Aber es is halt so ne Sache. Das Einzige, was ich an
so einem Job, was so/ ich ziemlich schlecht finde, () du hast immer/ jeden Tag
mit Menschen zu tun. Und das is manchmal, wenn du mit Menschen zu tun
hast, das is () sehr-sehr-sehr anstrengend, weil teilweise du hast natürlich
manchmal solche Fälle halt mit bei, die dir auch ein bisschen leidtun halt. Und
da denkst Du dir dann auch, oah, die Arme, und so weiter. Da hast du halt dann
Sachen, (..) die nich geklappt haben, weil jetz/ der Kunde hat irgendwas be-
stellt, zu lange Lieferzeit. Dann kommen die zu dir und schreien dich an, wie so
en Punchingball, die schreien dich richtig an. Denkst du Dir, du musst immer
freundlich bleiben, ja. Und deswegen, dann denkst du dir immer, es is einfacher,
wenn du irgendwie so en () handwerklichen Job hast, wo du stupide in der Halle
sitzt, irgendwo draufhämmerst oder irgendwas, aber du hast nicht mit Menschen zu tun. Weil Menschen halt dann sind alle verschiedene Charaktere".

Admir Milici baut eine Kontrastanordnung auf: Eine Tätigkeit im Handwerk
gegen das Arbeiten in einem Dienstleistungsberuf. Er geht darauf ein, dass eine
handwerkliche Tätigkeit (die er vor seinem cooling-out-Prozess vor der Ausbildungsaufnahme auch angestrebt hatte) durch den Umgang mit Werkstoffen
gekennzeichnet ist. Er spricht die Herausforderungen einer Arbeit im Dienstleistungssektor an und kommt auf die Notwendigkeit eines emotionalen Managements zu sprechen, die seine Tätigkeit im Verkauf im Baumarkt mit sich
bringt (vgl. hierzu auch Kap. 5.1). Admir Milici verdeutlicht die Routinen, die
mit den immer gleichen Anforderungen im Verkaufsalltag einhergehen und die
Mühe, die dies mit sich bringt. Er weiß um sein Können in seinem Beruf, vor
dem Hintergrund des nicht erreichten Aufstiegs wird jedoch eine Resignation
deutlich, die eine pragmatische Identifikation als das maximale erscheinen lässt,
was ihm möglich ist. In anderen Erzählungen wie der Özcan Celebis zeigt sich
der pragmatische Zugang einer angestrebten beruflichen Weiterentwicklung
geschuldet. Bei ihm ist die Identifikation mit der beruflichen Tätigkeit begrenzt,
weil er sie als Mittel zum Zweck versteht. Er nimmt unmittelbar im Anschluss
an die vollendete Ausbildung ein Studium auf.

Prozesse struktureller beruflicher Identifikation

In der Rekonstruktion der Ausbildungsgeschichte von Paula Wadstel zeigt sich, dass sie mit der Struktur des Arbeitsprozesses sehr gut zurechtkommt. (Interview 1 Paula Wadstel, S. 29, Z. 42–53).

> E: „Also ich könnt jetzt auch nie in der Buchhaltung arbeiten, wäre wohl nichts für mich. Also Verwaltungsarbeiten, also ich bin () da richtig aufgegangen im Ch/ Sekretariat, im Chefsekretariat. Musste auch zwischendurch wechseln zum Empfang unten. Haben halt ein ganzes () Haus zur Verwaltung, wo ganz viele Firmen ansässig sind.
>
> I: mhm
>
> E: Und da hat man ganz viel () Kundenverkehr und () man muss viel telefonieren, man muss viel schreiben. Und/ also, da bin ich richtig drin aufgegangen. Also ich bin da richtig drin gewachsen, sag ich jetz mal, in der Ausbildung".

Sie thematisiert, dass sie den raschen Wechsel der Tätigkeiten mag, der mit der stark organisierenden Sekretariatstätigkeit einhergeht, die ihren Arbeitsalltag prägt. Sie spricht davon, dass sie in dieser Tätigkeit „aufgeht", es kommt jedoch nicht genaueren Detaillierungen, worin ihre Tätigkeit besteht. Es finden sich im Interview vor allem Thematisierungen der Ausbildungsstruktur und das Bewusstsein über die kompetente Bewältigung der Struktur. Diese Thematisierung von Strukturen in den Arbeitsprozessen in der Ausbildung ist nicht nur in Erzählungen sichtbar geworden, in denen einer oder mehrere Ausbildungsabbrüche oder Übergänge wie im Fall von Paula Wadstel rekonstruierbar geworden sind. Es zeigt sich gerade auch in Erzählungen, in denen der Übergang zur Ausbildung mit hoher Stringenz und planvoll bewältigt worden ist. Hier wird die Struktur der Ausbildung und der sozialen Prozesse in der Ausbildung wichtig für die Bewältigung bestimmter schwieriger Lebenssituationen. In der eigentheoretischen Auseinandersetzung von Jan Merks zeigt sich eindrucksvoll, wie seine Entscheidung für einen Ausbildungsplatz keinesfalls von einem inhaltlichen Interesse geleitet wird, sondern in Auseinandersetzung mit seinen körperlichen Einschränkungen geschieht. In der sequentiellen Analyse zeigt sich, dass er insgesamt nur begrenzt auf seine berufliche Tätigkeit zu sprechen kommt, sondern vor allem auf die Strukturen der Arbeitsprozesse, die seinen Alltag in der Ausbildung und danach prägen. Er spricht solche Strukturen vor allem auch dann an, wenn er im Interview Erfahrungen von Normalität erzählt (vgl. Kap. 3.1.3).

Als eine weitere Variante zeigt sich im Sample die Veränderung von einer eher ausbleibenden Identifikation hin zu einer inhaltlichen beruflichen Identifikation in der Ausbildungszeit in der biographischen Rekonstruktion von Patrick Bucht. Eine Idee der Identifikation mit einer beruflichen Tätigkeit findet erst drei Jahre nach dem Ende der Ausbildung im Einzelhandel statt, die er vor allem um des Abschlusses willen vollzogen hat. Er erinnert sich nach der abgeschlossenen Ausbildung im Einzelhandel plötzlich seiner technischen Interessen in der Schulzeit und fängt an, sich nach einer Tätigkeit in der Industrie umzusehen. Dabei wird für ihn zweitrangig, dass es sich dabei nur um eine Anlerntätigkeit handelt. Entscheidend für den neuen beruflichen Weg wird sein Interesse an der Fertigung komplexer technischer Einzelteile. Eine solche Interessenentwicklung wird in der sequentiellen Analyse in der Erzählung der Phase des Ausbildungsabbruchs in der Gastronomie und der danach abgeschlossenen Ausbildung im Einzelhandel bei ihm nicht sichtbar. Eine inhaltliche berufliche Identifikation wird in den Daten eher als Privileg einer spezifischen biographischen Situation sichtbar. Die Entwicklung einer umfassenderen Entwicklung von beruflicher Identifikation ist im Sample nur in Erzählungen rekonstruierbar geworden, die gleichzeitig auf Freiräume beziehungsweise ein familiäres Milieu für eine solche Entwicklung schließen lassen – insbesondere in der Fallrekonstruktion Bernd Hochsteins wird dies prägnant sichtbar. Gleichzeitig zeigen sich auch die Prozesse pragmatischer und struktureller Identifikation als sinnstiftend für die Akteure und stehen so für unterschiedliche Formen der Beschäftigung mit beruflichen Tätigkeiten in unterschiedlichen biographischen Auseinandersetzungen.

4.3 Zusammenfassung: duale Ausbildung als Normalitätsbestätigung

Die Ausführungen des vorliegenden Kapitels haben die Bedeutung dualer Ausbildung in der Erzählung der Lebensgeschichte unter Betrachtung unterschiedlicher Bedingungen und Prozessdynamiken im Lebensablauf in den Blick genommen. Dabei haben sich zwei Kontrastdimensionen gezeigt, die ich dargestellt habe. Zum *einen* lassen sich in den Erzählungen unterschiedliche prozessstrukturelle Konstellationen zeigen, unter deren biographischer Erfahrung dem Erreichen und Absolvieren einer dualen Ausbildung ein unterschiedlicher Stellenwert zugemessen wird. Dieser Stellenwert bewegt sich zwischen einem mühsam erreichten Ziel, das zum Teil als Bildungsaufstieg, wie es in der Fallrekonstruktion Paula Wadstel sichtbar wird, über eine dezidierte Normalisierungsfunktion entgegen bisherigem Stigmatisierungserleben, wie es besonders in den Erzählungen von Jan Merks und Magda Schneider sichtbar wird, hin zu einer Minimalerreichung eines familiären Bildungsaufstiegs, wie es in der Erzählung Admir Milicis rekonstruierbar wird, zeigt. Ich konnte darstellen, dass sich mit unterschiedlichen Formen des krisenhaften oder planvoll erlebten Zugangs zu dualer Ausbildung aufgrund erschwerender biographischer Umstände unterschiedliche Prozesse der Übergangsgestaltung zeigen. Dafür wird entscheidend, wie in biographischer Arbeit erfahrene Benachteiligung zum Gegenstand der Auseinandersetzung wird.

Zum *anderen* zeigen sich in der Verbindung mit diesen Prozessen unterschiedlichen Formen einer Entwicklung von Interessen an dem Ausbildungsberuf und damit verbundene Prozesse beruflicher Identifikation. Dabei konnte ich rekonstruieren, dass die Entwicklung von Ausbildungsinteressen und Prozesse beruflicher Identifikation mit dem Stellenwert der Ausbildung in der biographischen Erzählung verbunden sind. Gerade vor dem Hintergrund einer fortwährenden Notwendigkeit, bestimmte Schwierigkeiten in der Alltagsbewältigung zu handhaben, wie in den Erzählungen von Paula Wadstel und Marion Rehmer deutlich wird, haben sich Prozesse einer beruflichen Identifikation nur sehr begrenzt dargestellt. Dabei wird in den Erzählungen immer wieder bedeutsam, dass es sich bei dualer Ausbildung um ein *Normalität vermittelndes Setting in Biographisierungsprozessen* handelt, das Erfahrungen bisheriger, primär pädagogisch geprägter Settings sowie Erfahrungen des Anders-Seins, des Stigmatisiert-Werdens und des Versagens in Institutionen entgegen stehen kann. Dies zeigt sich allerdings nur, wenn es zu einem Ausbildungsabschluss gekommen ist. Die Ergebnisse der Rekonstruktion von Prozessen durch Ausbildung und im Anschluss an Ausbildung lassen sich innerhalb des Samples als Polarität beschreiben. Durch die Analyse der Prozessstrukturen in den biographischen Erzählungen wird eine Polarität sichtbar, die sich zwischen einem Zuwachs und einer Verminderung von Handlungsoptionen aufspannen lässt. Es wird in den biographischen Rekonstruktionen sichtbar, dass bestimmte Formen erlebter Bildungsbenachteiligung durch den Abschluss einer dualen Ausbildung in den Hintergrund geraten und ihre bestimmende Präsenz für die eigentheoretische Auseinandersetzung verlieren. Es kann für die Akteur_innen zu einem Zuwachs an Handlungsoptionen bei gleichzeitiger Subjektivierung von Benachteiligung kommen, die als eigene Leistungsbereitschaft trotz erschwerender Bedingungen gedeutet wird. Der Erwerb von beruflicher Kompetenz tritt in den Vordergrund und wird für die biographische Arbeit relevant, während sich spezifische Stigmatisierungserfahrungen subjektiviert zeigen (vgl. hierzu Kap. 7). Andere Formen erlebter Benachteiligung durch belastete Lebenssituationen bestehen nach dem Abschluss einer Ausbildung anhaltend fort und zeigen sich in ihrer Bedeutsamkeit für die Erzählenden unvermindert. Die entgegengesetzte Form dieser Polarität zeigt sich in den Erzählungen, in denen Ausbildung in Erwerbslosigkeit führt beziehungsweise ein Ausbildungsabschluss noch nicht vorhanden ist: Hier werden bildungsbenachteiligende Ausgangsbedingungen durch die vorzeitige Beendigung einer Ausbildung verstärkt deutlich, da dies erneut eine Erfahrung des Scheiterns in der ohnehin bereits als brüchig erlebten Bildungsbiographie bedeutet. Im Sample dieser Studie zeigen sich die differenziertesten Prozesse einer beruflichen Interessenentwicklung im

Vorfeld einer Ausbildungsaufnahme und in der Ausbildung als Zusammenhang mit dem Grad der Bildungsbenachteiligung. Je höher die subjektiv wahrgenommene soziale Belastung junger Erwachsener, desto weniger zeigen sich in den Datenmaterialien Prozesse beruflicher Interessenentwicklung und beruflicher Identifikation. Die Entfaltung von Beruflichkeit kann im Kontext dieser Ergebnisse als Privileg einer dualen Ausbildung und ihrem zertifiziertem Abschluss gesehen werden, wenn es jungen Erwachsenen gelingt, einen biographisch bearbeitbaren Umgang mit erschwerenden Erfahrungen zu entwickeln.

5. Ausgebildet werden und ausbilden

Die Prozesse in der Ausbildung werden in drei Kontrastdimensionen (Ausbildungsorte, Beziehungsordnungen in Ausbildung und Orientierungsmuster des Ausbildens) in der Datentriangulation mit den interaktionsgeschichtlich-narrativen Interviews unterscheidbar. Ausbildungsorte werden als fremde Orte des Lernens und des Anerkannt-Werdens rekonstruierbar, an denen spezifische Herausforderungen als neue Lernerfahrungen im Kontrast zu Schulerfahrungen sichtbar werden – darauf gehe ich unter 5.1 ein. Beziehungen zu anderen sind für das sehr unterschiedliche Erleben von Ausbildungsprozessen zentral. Im Rückgriff auf die Fallrekonstruktionen und in Erweiterung durch das Sample werden die rekonstruierten Beziehungsordnungen in 5.2 entfaltet. Hier stehen insbesondere die Formen der Beziehungsgestalten zwischen Auszubildenden und Ausbildenden im Fokus, darüber hinaus jedoch auch die Beziehungen, die sich mit signifikanten Anderen innerhalb und außerhalb der Ausbildung als bedeutsam gezeigt haben. Durch die Datentriangulation werden in den Fallrekonstruktionen Orientierungsmuster von Ausbildenden sichtbar (5.3). Diese Orientierungsmuster werden unter Rückgriff auf weitere Erzählungen von Ausbildenden verdichtet. Ich gehe hier auf unterschiedliche Orientierungsmuster des Ausbildens und Formen der Thematisierung von Minderheitserfahrungen und schwierige Lebenssituationen Auszubildender in Ausbildungsbetrieben ein. Weiterhin gehe ich darauf ein, wie im Rahmen unterschiedlicher Orientierungsmuster Ausbildende über Versagensprozesse von Auszubildenden sprechen, bevor ich zu einer Synopse (5.4) komme.

5.1 Orte der Ausbildung

5.1.1 Lern- und Anerkennungserfahrungen an unterschiedlichen Ausbildungsorten

Ausbildungsorte sind in den Erzählungen junger Erwachsener als Orte neuer Erfahrung sichtbar geworden, die sich zunächst als fremd und in Kontrast zu bisherigen Erfahrungen gezeigt haben[76]. Der folgende Interviewausschnitt aus dem Interview mit Paula Wadstel zeigt zunächst ihren Versuch, dem Erleben

---

76 Teile dieses Abschnitts sind bereits veröffentlicht worden in Erdmann 2016c.

des Fremden zum Beginn der Ausbildung einen Ausdruck zu verleihen (Interview Paula Wadstel, S. 29, Z. 12–18).

> E: „Und ähm () ja, der Start war schon ziemlich schwer für mich eigentlich, weil das war auch wieder ganz neu für mich, ne Ausbildung, kannt ich ja gar nich, ne. () Haste halt Leute, die wir/ dir was beibringen ((betont)) <u>richtig</u> nach Plan und () die haben wirklich nach Rahmenplan gearbeitet und ja ich kannte so was ja gar nich. Ich wusste ja gar nich, was passiert in der Ausbildung, ne, bist jetz drei Jahre dort".

Paula geht darauf ein, dass ihr zu Beginn der Ausbildung eigentlich nur die zeitliche Struktur ihrer Ausbildung klar ist: Sie wird drei Jahre dauern. Sie erfährt zu Beginn ihrer Ausbildung von einem Rahmenplan, ohne dass ihr sofort klar ist, was dieser Rahmenplan für sie als Auszubildende bedeutet. Durch ihre wechselhafte Schullaufbahn und das engagierte Schülerinnendasein der Jahre vor dem Ausbildungsbeginn hat sie zwar zwei sehr verschiedene Schulerfahrungen – hier jedoch beginnt etwas, was ihr zunächst fremd ist. Für die Geschichte von Paula Wadstel ist darüber hinaus bedeutsam, dass sie in ihrer persönlichen Umgebung kaum Kontakte zu Menschen hat, die eine Ausbildung absolviert haben und ihr deshalb der Alltag einer Ausbildung auch aus Erzählungen von Freunden oder Familienmitgliedern nicht bekannt ist. In den Interviews wird sichtbar, dass der Alltag in der Ausbildung durch einen spezifischen Wechsel von Arbeiten im Ausbildungsbetrieb und Tagen in der Berufsschule gekennzeichnet ist. In den Erzählungen lässt sich der Zusammenhang zwischen Berufsschule und Ausbildungsbetrieb als Erweiterung des Ausbildungsortes rekonstruieren. Für Auszubildende entfaltet die Berufsschule unterschiedliche Bedeutungen – an beiden Orten können unterstützende und hemmende Momente entstehen, die den Verlauf und das Erleben der Ausbildung beeinflussen. Vereinzelt zeigen sich im Datenmaterial Prozesse, in denen die Ausbildungsbetriebe ihre Auszubildenden gegen Kritik von Lehrkräften in der Berufsschule unterstützen müssen. Umgekehrt zeigt sich jedoch auch die Variante, wie sie exemplarisch in der Fallrekonstruktion Paula Wadstel sichtbar geworden ist: Hier wird Paulas Lehrerin in der Berufsschule zu einer wichtigen Person, um sie darin zu unterstützen, die Ausbildung zu bewältigen. Die Fallrekonstruktionen Paula Wadstel und Bernd Hochstein bilden ein Kontinuum dessen, was innerhalb des Samples sichtbar geworden ist. Während bei Paula Wadstel die Berufsschule als ein sehr wichtiger Ort in der Ausbildung sichtbar wird, an dem sie Zuspruch und Ermutigung erfährt, zeigt sich bei Bernd der obligatorische Besuch der Berufsschule als gefährdendes Moment. Seine Ausbildung ist über weite Strecken immer wieder gefährdet, da er die Berufsschule als eine Fortsetzung eines Ortes erlebt, den er nach Möglichkeit zu vermeiden sucht. Insgesamt fällt auf, dass Berufsschule – wenn sie denn thematisiert wird – eher als problematischer Ort belegt wird und Krisen in der Ausbildung mit einer Absenz vom Berufsschulalltag verbunden sind. Abgesehen von Paulas Interview wird im Sample nicht sichtbar, dass in den Augen der interviewten jungen Erwachsenen in schwierigen Lebenssituationen und mit Minderheitserfahrungen in der Berufsschule relevante Prozesse stattfinden, die der Ausbildung eine entscheidende Richtung geben.

Die Berufsschule wird in den Erzählungen des Samples als erweiterte Erfahrung einer schwierigen Schulkarriere sichtbar. Sie knüpft an ein eher problembehaftetes Schulerleben an, während der Ausbildungsbetrieb ein neues Erfahrungsfeld bietet. In der Erzählung von Ralf Kunstler zeigt sich, wie er beide Orte – Ausbildungsbetrieb und Berufsschule im ersten Ausbildungsjahr als Herausforderung des Neuen erlebt, obwohl er im Interview evaluiert, dass er nach der Migration aus Kasachstan seine Schulzeit in Deutschland und insbesondere die mathematischen Fächer als etwas Positives erfahren hat (Interview Ralf Kunstler, S. 3, Z. 46 – S. 4, Z. 11).

> E: „Der erste Lehrjahr, der war/ der war schwer, also (unv.) sch/ schwer für mich. (.) Weil man dann äh in den/ in der Berufsschule kam ich auch nich sofort so ganz mit. Hat ich auch Schwierigkeiten mit gehabt (). Das hat erst ab zweitem Lehrjahr angefangen.
>
> I: mhm
>
> E: Zweitem Lehrjahr, ich weiß nich, ob da () Wissen kam, oder/(.) das hat schon ein Jahr später/ ((betont)) <u>da hab ich richtig</u> durchgestartet.
>
> I: mhm
>
> E: Es klappte auch in der Firma, also/ da hat/ hat mich mittlerweile schon jeder respektiert, also man hat auch Respekt gewonnen. Das man nicht einfach irgendwelche Sti/ irgendein Stift da war. Man konnte was und die Leute hams gesehen, das Du auch mal äh handwerklich begabt bist. Und dann äh ham se das äh (.) (unverständlich) was heißt so/ wie heißt das/ schätzen kennengelernt, so ungefähr, ne/ (atmet tief aus)
>
> I: mhm, ja, ja
>
> E: 's zweite Ausbildungsjahr (.)(unv.) so nach eineinhalb Jahren durft ich sogar schon selbständig an den Autos schrauben".

Ralf evaluiert zunächst sein erstes Ausbildungsjahr als Ganzes, bevor er beginnt, diese Bewertung als „schwer" genauer zu erläutern. Er geht darauf ein, dass „auch" die Berufsschule eine Herausforderung ist. Er erlebt das Bekannte – die Schule – als etwas Schwieriges neben dem Neuen – der Ausbildung – das er als schwierig erwartet hat. Seine Schilderung des zweiten Ausbildungsjahres ist eine andere, er kann sich nur begrenzt erklären, was geschehen ist, seine Schilderung macht deutlich, dass er sich im zweiten Ausbildungsjahr gänzlich anders erlebt hat. Er weist darauf hin, dass es „auch" im Ausbildungsbetrieb klappt und deutet mit dieser Formulierung an, dass er sich nun an beiden Orten als bewältigend erfährt. Er spricht über den Status, den er gewonnen hat, von Respekt und von seiner handwerklichen Begabung, die anerkannt wird.

Unterschiedliche Herausforderungen in unterschiedlichen Ausbildungsfeldern

Im ersten Abschnitt dieses Kapitels bin ich darauf eingegangen, wie junge Erwachsene über das Erleben von Ausbildung die Verbindung von Ausbildung und Berufsschule als etwas Fremdes und Neues in ihrer Lebensgeschichte gesprochen haben. Daran anschließend zeige ich in diesem Abschnitt, wie Erfahrungen in der Ausbildung durch unterschiedliche Organisationsformen sowie Felder unterscheidbar geworden sind und welche biographischen Prozesse sich damit verbinden können. In der Betrachtung der Fallrekonstruktionen im Vergleich fällt auf, dass es sich beim Ausbildungsbetrieb von Bernd Hochstein um einen kleinen Handwerksbetrieb handelt, der in der Metallbranche angesiedelt ist. In diesem Betrieb gibt es weniger als zehn Mitarbeitende. Bei der Firma, in der Admir Milici seine Ausbildung absolviert, handelt es sich um eine bundesweit agierende Baumarktkette mit weit über 1000 Mitarbeitenden. Der Ausbildungsbetrieb Paula Wadstels koordiniert die Vernetzung und Förderung anderer Unternehmen, es gibt dort keine Produktionsarbeit und keinen konkreten Kundenkontakt im Verkauf, wie dies im Ausbildungsbetrieb von Admir Milici der Fall ist. In dieser ersten groben Unterscheidung zeigt sich bereits: Das Erleben der Ausbildung wird maßgeblich geordnet vom organisationalen Rahmen, der Branche, der der Ausbildungsbetrieb zugehörig ist und der Form der zu erlernenden Tätigkeit.

In den Erzählungen in den produzierenden Ausbildungsbetrieben zeigt sich, dass diese vom Verhältnis zur Produktion und den Produkten strukturiert sind. Bernd Hochstein muss bestimmte Formen der Metallbearbeitung erlernen und wird daran gemessen, wie er diese Techniken erlernt. Umgekehrt lernt auch er, seine Kollegen und Vorgesetzten daran zu messen, wie geschickt sie im Umgang mit der Metallbearbeitung sind. Für seine Anerkennung in der Ausbildung wird es wichtig, dass er schnell und geschickt lernt, in welcher Weise er Metall zu bearbeiten hat, um Garagentore, Balkongeländer, Wintergärten-Rahmungen und ähnliche Produkte in Zusammenarbeit mit anderen herzustellen. Er thematisiert im Interview an verschiedenen Stellen, dass für sein Erleben in der Ausbildung wichtig geworden ist, dass es sich dabei um einen kleinen Betrieb handelt – seine Vorstellung von einem „großen" Betrieb ist begrenzt, er spricht von 30 Mitarbeitenden, wenn er einen großen Betrieb benennen will. Die Orientierung an Produkten und Techniken ist auch in anderen Ausbildungsformen sichtbar geworden, in denen die Produktion von Dingen relevant wird. In diesen Erzählungen ist ein deutlicher, verobjektivierbarer Maßstab im Erwerb von Fertigkeiten und Techniken zu erkennen, an dem sich Auszubildende in technischen Berufen messen lassen müssen. Die Bedeutung dieser Tätigkeiten führt dazu, dass problematische Vorkommnisse – wie Bernds häufiges Fehlen im Berufsschulalltag – stets vor dem Hintergrund seiner handwerklichen Kompetenzen bewertet werden, die er entwickelt. In ähnlicher Weise zeigen sich diese Prozesse in den Ausbildungsformen, in denen Auszubildende als Zulieferer technischer und handwerklicher Dienstleistungen gesehen werden können, z. B. in KFZ-Werkstätten oder im Bereich der Elektrotechnik. Hier produzieren die Ausbildungsbetriebe nicht direkt etwas, müssen sich und ihre Auszubildenden jedoch an der Reparaturleistung oder an der Bereitstellungsleistung messen lassen, die z. B. bei der Elektroinstallation notwendig wird. Ähnlich wird dies im Interview mit Ralf Kunstler sichtbar. Der Gegenstand seiner Ausbildung ermöglicht ihm eine Konzentration auf etwas, worin er sich geschickt erlebt, nämlich die handwerkliche Tätigkeit. Dies wird ihm von seinem Ausbilder und den Kollegen gespiegelt. Dass er sich zum Zeitpunkt der Ausbildungsaufnahme noch im Zweitspracherwerb befindet und in seiner Erzählung auf sprachliche Schwierigkeiten zu Beginn der Ausbildung eingeht, fällt für die Entwicklung seiner Kompetenzen als Mechaniker weniger ins Gewicht, als dies in einer Ausbildungsorganisation der Fall gewesen wäre, in der sprachliche Kompetenzen im Vordergrund des Ausbildungsgeschehens stehen. Die Beziehungen in der KFZ-Werkstatt unter den Mechanikern erscheinen im Interview typisiert, ihn erwarten dort keine täglichen Überraschungen. In der KFZ-Werkstatt geht es darum, das Reparieren von Autos zu erlernen, die erworbenen Fertigkeiten werden an konkreten Ergebnissen an einem konkreten Gegenstand, dem Auto, sichtbar. Die Orientierung am Produkt steht im Vordergrund, weniger die Gestaltung sozialer Beziehungen wie in anderen Ausbildungsfeldern oder die Kontakte zu Kund_innen, diese finden eher am Rand statt. Mit der Orientierung an einer Reparatur oder der Herstellung wird der Ausbildungsort als ein spezifisches Feld sichtbar, in dem bestimmte berufliche Kompetenzen und die Frage, wie rasch und umfassend diese erworben werden, im Vordergrund stehen. Diese beruflichen Kompetenzen in den je spezifischen Ausbildungsberufen werden in den Datenmaterialien als von mir so bezeichnete *feldgebundene Normen* des Ausbildungsbetriebs sichtbar. Die Frage ihrer Bewältigung wird sowohl für die Auszubildenden als auch für die Ausbildenden wichtig.

Andere Prägungen sind im Kontrast dazu eher in den Erzählungen sichtbar geworden, in denen die Ausbildung in Betrieben stattgefunden hat, in denen es keine Produktion gibt oder in denen die Ausbildung im kaufmännischen Bereich eines produzierenden Betriebs absolviert wurde. Hier tritt in den Erzählungen etwas in den Vordergrund, was in den Erzählungen von Auszubildenden im produzierenden Gewerbe kaum thematisiert wird: Die Handhabung sozialer Beziehungen im Betrieb und der Kontakt mit Kund_innen. Diese ist eine tägliche Aufgabe, die sich für die Auszubildenden dort stellt. Mit dieser anderen Strukturierung werden zugleich unterschiedliche Optionen für Handlungsprozesse im Alltag der Ausbildung möglich. Admir erfährt eine Schematisierung von sozialen Beziehungen wie in einer Werkstatt nicht, er muss lernen, sich jederzeit neu auf Anfragen und Kontakte von Menschen einzustellen, die ihm fremd sind. Er erfährt Ausbildung an einem Ort, der offen ist und von der Fertigkeit der Mitarbeitenden geprägt wird, mit Kunden umzugehen und ihre Produkte zu verkaufen. Seiner Persönlichkeit kommt dies entgegen: Er sieht sich im Interview als „lockeren Typen", der gerne in Kontakt mit anderen ist. Sein Ausbilder Paul Riedner zeigt ihm Wege, wie er sich an diesem Ort der Ausbildung als Auszubildender verhalten kann. Vorbild zu sein, gehört zu seinen Orientierungen als Ausbilder, und er tut sein Mögliches, um Admir eine Vorbildfunktion zu bieten. Paul Riedner kommt auf diese Vorbildfunktion in seinem Interview explizit zu sprechen (Interview Paul Riedner, S. 16, Z. 33–37).

> E: „Oder dann hab ich/ das sag ich allen Azubis immer am Anfang: kommen Sie mit mir mit. Bleiben Sie bei mir. Einfach neben mir stehen bleiben und hören Sie sich an, was ich sage. Gucken Sie sich an, wo ich hingehe. Gucken Sie, welche Problemlösungen ich anbiete. Hören Sie sich das an. Kann man sich ja viel abgucken".

Paul Riedner begreift das Lernen durch Nachahmung in der Umgebung des Baumarktes als adäquates Mittel des Lernens für die Auszubildenden. Diese Haltung verweist auf die Bedeutsamkeit der sozialen Herausforderung dieser Ausbildungsumgebung, in der Lernen durch Nachahmung zu einem wichtigen Teil der Ausbildung wird. Paul Riedner sieht sich als etablierten Ausbilder, der Novizen durch deren Beobachtung etwas beibringen kann. Admirs Entwicklung im Lauf der Ausbildung zeigt, dass er persönliche Akzente setzt, mit denen er Erfolg hat, wenn er darüber spricht, dass ihm Spaß an der Arbeit wichtig sei. Dennoch zeigt sich in den Interviews, dass dieses Arbeiten „auf der Fläche", wie er und sein Ausbilder dies in ihren Interviews beschreiben, die Herausforderung des andauernden sozialen und emotionalen Managements birgt, um die Interaktionen mit Kund_innen zu bewältigen. Diese Herausforderung hat Hochschild als besonderes Merkmal von Dienstleistungsberufen herausgearbeitet, weil damit mehr und anderes verbunden ist als Zeit, Denkleistung oder körperliche Anstrengung, nämlich Gefühle oder die Handhabung von Gefühlen und insbesondere die Leistung, gleichbleibend freundlich zu sein (vgl. Hochschild 2006). Sie ist ein wesentlicher Teil der Fertigkeiten, die Auszubildende wie Admir Milici im Verkauf oder in anderen kundengeprägten Ausbildungsberufen erlernen müssen und sie unterscheidet sich deutlich vom Erwerb technischer Fertigkeiten. Diese Anforderungen behalten ihren Charakter als Herausforderungen in der Ausbildung und darüber hinaus. Die Leistung der Auszubildenden wird hier weniger relevant als Fertigkeit im Umgang mit bestimmten Techniken oder Werkstoffen, sondern vor allem *als soziale Leistung im Verhalten*, die im Ausbildungsfeld wichtig werden: Kund_innen, Kolleg_innen und andere Dienstleistungsbetriebe, mit denen eine Zusammenarbeit erfolgen muss. In der Betrachtung der Ausbildungsprozesse in den Erzählungen von Admir Milici und Paula Wadstel fällt auf, dass beide keine Fertigkeiten oder Techniken beschreiben, die für ihren Ausbildungsverlauf wichtig geworden sind. In beiden Fallrekonstruktionen lässt sich zeigen, dass es um die Bewältigung der Verkaufs- bzw. der Sekretariatssituation geht, die zentral für den Alltag in der Ausbildung wird. Dazu gehören eine Reihe von Handhabungen wie eine bestimmte Software oder einer Telefonanlage, dies wird jedoch in diesen und anderen Interviews nur begrenzt als bedeutsam sichtbar. Sichtbar werden in den Erzählungen von Auszubildenden in Dienstleistungsberufen vor allem die sozialen Herausforderungen der Ausbildung, während es im Unterschied dazu in den Erzählungen technischer Auszubildender vor allem um den Erwerb technischer Kompetenzen geht, die im Mittelpunkt stehen. In der Zusammenschau zeigen sich diese Momente in den Erzählungen und insbesondere in den Fallrekonstruktionen als im jeweiligen Ausbildungsfeld gebundene Normen – als *feldgebundene Normativität*. In den Erzählungen der Auszubildenden und der Ausbildenden wird sichtbar, dass an der Bewältigung oder Nicht-Bewältigung dieser feldgebundenen Normativität der Erfolg der Ausbildung gemessen wird.

Prüfungen

Als eine weitere wesentliche Erfahrung an Orten der Ausbildung sind in den Erzählungen Prüfungen sichtbar geworden. Sie spielen in der Zeit der Ausbildung eine wesentliche Rolle. Die Zwischenprüfung steht gerade in krisenhaften Ausbildungsverläufen als Meilenstein für die Frage, ob und wie eine Ausbildung fortgeführt werden kann. Dies zeigt sich exemplarisch in der Fallrekonstruktion zu Bernd Hochstein. Sein Ausbilder geht lange davon aus, dass er die Zwischenprüfung nicht bestehen wird. Es gibt Angebote zur Vorbereitung auf die Prüfung, die Bernd Hochstein ablehnt. Sein Bestehen der Zwischenprüfung wird im Rückblick von ihm als Nachweis seines technischen und handwerklichen Könnens betont und trägt dazu bei, dass er die Schwierigkeiten im Ausbildungsverlauf relativiert. Im Kontrast hierzu hat sich in anderen Interviews im Sample gezeigt, dass die Zeit vor Prüfungen zu einem intensiveren Kontakt zwischen Ausbildenden und Auszubildenden führen kann, um bestimmte Inhalte schnell und intensiv aufzuarbeiten. Claudia App arbeitet als Ausbilderin in einem großen Backbetrieb und erzählt in ihrem Interview die Geschichte eines erfolgreichen Auszubildenden, dem zentrale Kenntnisse seines Handwerks kurz vor der Prüfung noch fehlen (Interview Claudia App, S. 20, Z. 46–57).

> E: „und äh, dann hat der die Prüfung vorgezogen. Also hat dann die ähm die Winterprüfung gemacht und äh, (((lacht))) da weiß ich noch. Der hat zwischen Weihnachten und Neujahr hat der-der-der-der Abteil/ der Backstubenleiter ihn noch gefracht, was is denn Sauerteich, und da wusste der das nich. (((lacht)))
> I: (((lacht)))
> E: Und da rief der-da rief der Herr Klapper mich an und sachte: boah, Frau App, hier, der () macht in drei Wochen die Prüfung und der weiß nich, was en Sauerteich is, ähm (((lacht))) (.) und dann ham wir den auch ähm, da durchgekriecht, durch die Prüfung und der hat dann nen super Job gemacht. Das wir ihm/ wir ham ihm die Meisterprüfung bezahlt".

Claudia App geht in dieser Sequenz darauf ein, dass es möglich ist, zentrale Kenntnisse noch kurzfristig nachzuholen und schildert das Engagement des Betriebs, um die Prüfungsphase gemeinsam mit dem Auszubildenden zu bewältigen. In den Erzählungen werden die Phasen zur Prüfungszeit wichtig, da sie den Übergang von einer Novizenzeit in eine Zeit der Zugehörigkeit zu den ausgebildeten Praktiker_innen am Ausbildungsort markieren. Auszubildende werden durch erfolgreiche Prüfungen als Fachleute innerhalb eines bestimmten Feldes sichtbar, denen selbständig Arbeiten übertragen werden, womit sich häufig spezifische Formen von Tätigkeit verbinden: Das selbständige Fertigen eines Werkstücks, die vollständige Reparatur eines Autos, die später nur noch durch einen erfahreneren Mitarbeitenden „abgenommen" wird. Mit diesen Prozessen der Zertifizierung der Fertigkeiten werden die Reziprozitätserfahrungen festgeschrieben, die Auszubildende im Lauf ihrer Ausbildung machen und die für das Erleben dualer Ausbildung zentral sind: Es ist die Erfahrung des selbständigen Könnens und Gebraucht-Werdens in einer „echten" Situation, in der die Ausbildung nicht nur dem Auszubildenden zuliebe erfolgt. In diesen Prozessen erleben sich Auszubildende als angehende kompetente Praktiker_innen.

5.1.2 Die Bedeutung von Ausbildungsstrukturen in schwierigen Ausbildungssituationen

In der Erzählung von Marion Rehmer wird sichtbar, wie der Ort der Ausbildung und die Struktur der Ausbildung zu einer Stabilisierung einer krisenhaft erlebten Situation beitragen können. Hier zeigt sich insbesondere die Struktur der Ausbildungsorganisation als hilfreich für die Fortführung der Ausbildung. Marion absolviert ihre Ausbildung in einem gastronomischen Großbetrieb und

für die Ausbildung ist es konstitutiv, dass sie alle drei Monate die Ausbildungsstation im Betrieb wechselt. Dabei gehören nicht nur Küchenstationen zu ihrem
Gebiet, sondern ebenso die Personalbuchhaltung und die Logistik. Das organisationale Umfeld ist also nicht von einer festen Gruppe geprägt, mit der Marion
Rehmer zusammenarbeitet, sondern ihre Bezugspersonen wechseln alle drei
Monate, ebenso wie die Ausbildungsinhalte. Diese Struktur des Ausbildungsortes bringt auch mit sich, dass Marion keinen engen Kontakt zu ihrem offi-
ziellen Ausbilder hat, sondern nur Kontakt mit den jeweiligen Ausbildungsbe-
auftragten in den unterschiedlichen Ausbildungsstationen. Ihren Ausbilder
sieht sie eher selten und es ist Teil der Struktur, dass sie eine lose Beziehung
zueinander haben. Die Peers in Ausbildung und Berufsschule gewinnen für
Marion Rehmer in dieser Struktur eine besondere Bedeutung. Sie erzählt von
Beziehungen, die sich über die wechselnden Stationen hinweg bilden und für
deren Struktur es kennzeichnend ist, dass sie eben nicht täglich zusammenar-
beiten. Die Ausbildung ist von stetig wechselnden Interaktionsmustern und
wechselnden Kontakten mit immer neuen Menschen geprägt. Marions Rehmers Erleben ist von den Symptomen psychischer Überbelastung geprägt, die
sie seit ihrem fünfzehnten Lebensjahr begleiten: Sie leidet unter Angst- und
Panikattacken und hat große Schwierigkeiten mit der Gestaltung sozialer Kontakte. Sie geht im Interview darauf ein, dass sie die Ausbildung nach dem Abbruch des ersten Studiums und der vorherigen Ausbildung als anders erlebt,
weil sie die Struktur als hilfreich wahrnimmt. Diese stellt sich gänzlich anders
dar als ihre vorherige Ausbildungserfahrung (Interview Marion Rehmer, S. 5,
Z. 50 – S. 6, Z. 5).

> E: „Der Vorteil, den ich da hatte, dass ich da, nicht wie in () kleineren Betrieben
> wirklich dann/ sach ich ma, drei Jahre an einem Platz sitz, oder/ sondern dass
> da immer Abteilungen durchlaufen. Des war, war ((betont)) <u>nie</u> irgendwo länger
> als drei Monate.
> I: ja
> E: und das war so en bisschen was, wo ich gedacht hab: okay,
> aber ich wusste immer, nach zwei, drei Monaten spätestens, bin ich wieder weg.
> E: Ja, okay.
> I: Und ähm, das hat mir so en bisschen (.) geholfen, praktisch, ne, das ich
> wusste: nich jetzt so, dass so ne endlos, nich absehbare Zeit praktisch, wo ich
> da verbringe/die ich da verbringen muss, sondern, es waren immer kurze Ab-
> schnitte, ja".

Marion erlebt ihren dritten Versuch einer beruflichen Ausbildung immer noch
als schwierig und es steht für sie immer wieder ein Abbruch im Raum. Es gibt
jedoch einen wesentlichen Unterschied, über den sie hier spricht: Sie wechselt
nach relativ kurzer Zeit wieder die Ausbildungsstation und fängt in einer anderen Abteilung an. Diese häufigen Wechsel evaluiert sie als stabilisierend, sie

bewertet die Anforderung eines häufigen Wechsels als geringere Anstrengung als die Vorstellung, drei Jahre lang stets am gleichen Platz zu arbeiten. Sie muss dort keine tägliche Beziehungsarbeit leisten, die auf Dauer gestellt ist und die sie im Interview als für sich belastend bilanziert.

5.2 Beziehungsordnungen in Ausbildung

Im Folgenden stelle ich unterschiedliche Beziehungsordnungen vor, die in der Auseinandersetzung mit den Datenmaterialien aufgefallen sind. Ich stelle erstens unterschiedliche Beziehungsordnungen dar, die zwischen Ausbildenden und Auszubildenden sichtbar geworden sind. Zum zweiten gehe ich auf besondere Formen von Beziehungsordnungen ein, die für Ausbildungsprozesse prägend geworden sind: spezifische Geschlechterverhältnisse im Ausbildungsbetrieb, andere Auszubildende als Freunde oder Konkurrent_innen und die Rolle von Gewerkschaften für die Ausbildung. Zum dritten zeige ich die Bedeutsamkeit von signifikanten Anderen außerhalb des Ausbildungsbetriebs für den Ausbildungsprozess, insbesondere die Rolle von Familienangehörigen und Partner_innen.

5.2.1 Ausbildende und Auszubildende

Ich unterscheide *autoritäre* Beziehungen, *distanzierte Bündnisse, solidarisch-nahe* und *kritisch-distanzierte* Beziehungen in der empirischen Rekonstruktion. Dabei arbeite ich in der Detaillierung heraus, dass sich diese in einem Spannungsverhältnis zwischen Asymmetrie und Reziprozität bewegen und dass dieses Spannungsverhältnis konstitutiv für Beziehungen zwischen Ausbildenden und Auszubildenden in der dualen Ausbildung ist.

Autoritäre Beziehungen

In den Fallrekonstruktionen zeigen sich bei der Betrachtung der Beziehungsgestalten der Ausbildungsbeziehungen von Admir Milici und Bernd Hochstein zwei ähnliche Formen. Die Beziehungen zu den Ausbildenden in beiden Datentriangulationen lassen sich durch klare Über- und Unterordnungsverhältnisse beschreiben: In den Erzählungen der Ausbildenden wird deutlich, dass sie sich als Lehrende und Vorgesetzte begreifen, sie bringen den Auszubildenden etwas bei. Die Auszubildenden werden von den Ausbildenden an ihrem Können in der Ausbildung gemessen – die Betonung einer sozialen Differenzlinie (Paul Riedner geht anfänglich auf die Migrationsgeschichte und den sozial schwachen Stadtteil ein, aus dem Admir stammt und Bernds Ausbilder auf die schulischen Probleme Bernds) wird ins Verhältnis zu ihrem inhaltlichen Können sowie der Bewältigung der praktischen Anforderungen im Ausbildungsalltag gesetzt. Während in der Erzählung Paul Riedners offenbar wird, dass Admir Milici seine Vorstellungen des Lernens in der Ausbildung übernimmt, wird bei Bernd Hochstein sichtbar, dass sich in der Beziehung mit Olaf Brauner eine durchgehende Konfliktlinie in der Ausbildung etabliert, die mit dem Berufsschulbesuch verbunden ist. Kennzeichnend ist für die Beziehungsordnung, dass die Ausbildenden das hierarchische Verhältnis als legitim begreifen und ihre Einschätzung der Auszubildenden von deren inhaltlicher Bewältigung der Aufgaben in der Ausbildung geprägt ist. In den Interviews von Admir Milici und Bernd Hochstein ist rekonstruierbar geworden, dass die Wertschätzung des Ausbildenden für ihre inhaltliche Arbeit für sie erkennbar ist: Beide kommen darauf zu sprechen, dass sie ihre berufliche Tätigkeit gut machen und ihre Ausbilder ihnen das rückmelden. Der Novizenstatus der beiden wird als klar abgrenzbar von einem Status als kompetente Praktiker der Ausbildenden sichtbar, die Aussicht auf diesen Status, der am Ende der Ausbildung steht, scheint aber in den Deutungen zur Ausbildungsleistung der Auszubildenden bereits auf. Für diese Rekonstruktion dieser Beziehungsgestalt ist kennzeichnend, dass die Auszubildenden auf das Verhältnis zu ihren Ausbildern im Anschluss an die Ausbildung zu sprechen kommen. Während Bernd sich argumentativ damit auseinandersetzt, dass er den Status als Auszubildender nur allmählich nach dem Ausbildungsabschluss verliert, erzählt Admir von der Formulierung eigener Standards für die kollegiale Zusammenarbeit in Anschluss an die Ausbildung. Er geht darauf ein, dass er sich mit der Strenge und dem autoritären Verhalten seines Ausbilders kritisch auseinandersetzt und darauf dringt, entspannter miteinander umzugehen. Er formuliert im Interview stolz, dass ihm eine Veränderung des Verhältnisses gelungen ist. Diese Prozesse scheinen mitverantwortlich für das eher freundschaftliche Verhältnis, das beide in ihren Erzählungen resümieren.

Distanzierte Bündnisse

Diese Beziehungsgestalten zeichnen sich durch die Unterstützung der Auszubildenden in krisenhaften Situationen in der Ausbildung bei gleichzeitiger Distanz im Ausbildungsalltag aus. Für diese Interviews ist bedeutsam, dass in den autobiographisch-narrativen Interviews die Ausbildenden kaum thematisiert werden, um Prozesse in der Ausbildung zu erzählen. Sie werden in die Erzählung eingeführt, um die Unterstützung in bestimmten krisenhaften Momenten zu erhellen. Dabei zeigen sich die Ausbildenden wenig bedeutsam durch eine enge Beziehung, die durch tägliche unterstützende Interaktion aufrechterhalten wird. Sie werden in den Interviews als Bündnispartner in schwierigen Situationen eingeführt, in denen sie dazu beitragen, eine krisenhafte Situation in der

Ausbildung zu entschärfen oder in eine bestimmte Richtung zu lenken. In der Geschichte von Marion Rehmer wird der Ausbilder als ein distanzierter Bündnispartner sichtbar, der in einem entscheidenden Moment eine Ausnahme vom üblichen Ausbildungsablauf gewährt. Dies wendet eine größere Krise in der Ausbildung ab. Marion Rehmer kommt in ihrem Ausbildungsverlauf an einen Punkt, wo sie an einer neuen Einsatzstation innerhalb der Ausbildung wieder mit plötzlichen Angst- und Panikschüben kämpft. Sie nimmt Kontakt mit ihrer Neurologin auf und realisiert, dass sie unter diesen Bedingungen nicht weiter in der Ausbildung bleiben kann. Ihr Ausbilder bietet ihr eine Unterstützung an, die sie zunächst ablehnen möchte, auf die sie später jedoch zurückgreift (Interview Marion Rehmer, S. 10, Z. 52 – S. 11, Z. 21).

> E: „So, entweder ich komm da jetzt raus (.) oder ich bin weg hier. (.) Ganz. () hab dann mit meinem Ausbilder gesprochen, und ähm, (.) ja sacht er, oh ne, und ich soll das versuchen und wir können ja nich/ wir ham ja mehrere Auszubildende/ und wenn wir Sie da jetzt rausnehmen und sie müssen da nicht hin/ und dann wollen die anderen auch nich, und dann heißt's ja, warum wird die Frau Rehmer hier bevorzugt und/ sowas halt. Und dat geht nich und äh, sacht er, versuchen Sie es bitte noch und er ging dann in Urlaub und sachte aber: sie können mich dann ab/wenn alle Stricke reißen, rufen Sie mich im Urlaub an. Natürlich macht dat kein Mensch, dat is ja kein Familienunternehmen da, ne. Das is ja schon etwas größer dimensioniert. Da hat ja man ja auch nich ((betont)) so den persönlichen Bezug zu den Vorgesetzten.
> I: mhm
> E: Und ähm, ja, bin dann noch zwei Tage da hingegangen und saß dann wieder bei meiner Neurologin und hab gesagt: mhm, is nich mehr. Ja, und dann hat sie mich erstmal ne Woche krankgeschrieben. Und dann hab ich den tatsächlich im Urlaub angerufen.
> I: mhm
> E: Was ich mir nie hätte vorstellen können das zu tun, aber(.). Ja, und dann hat der mich da aber auch rausgenommen. Hat er gesacht, okay, Frau Rehmer: reden Sie nich drüber und (.) gehen Sie ab Montag da und da hin".

Marion Rehmer greift ein Unterstützungsangebot ihres Ausbilders auf, das sie innerhalb ihres Organisationserlebens nicht selbstverständlich findet: Sie ruft ihren Ausbilder in seinem Urlaub an und bespricht mit ihm erneut ihren Wunsch des sofortigen Einsatzstationswechsels. Marion Rehmer formuliert bilanzierend, dass sie sehr froh um die Unterstützung ihres Ausbilders in den kritischen Phasen ihres Ausbildungsverlaufs ist. In anderen Interviews hat sich dies weniger deutlich gezeigt. Hanno Ferdt erlebt die Unterstützung seines Ausbildungsverlaufs durch seine Ausbilder eher als Versuch, seiner Mutter in einer krisenhaften Zeit behilflich zu sein, in dem ihm nicht gekündigt wird. Er setzt sich evaluativ damit auseinander, dass er sehr deutlich versteht, dass man ihm nach einigen Krisen, unentschuldigtem Fehlen und einer längeren Krankschreibung aufgrund von körperlichen Auseinandersetzungen mit strafrechtlichen Konsequenzen in der Ausbildung nur deshalb nicht kündigt, um seine Mutter in einer schwierigen Lebenssituation nach der krisenhaften Trennung und dem Auszug seines Vaters zu unterstützen. Eine Unterstützung seiner Situation kann er in diesem Handeln nur begrenzt sehen.

Solidarische Beziehungen

Solidarische Verhältnisse zwischen Auszubildenden und Ausbildenden lassen sich in den Erzählungen in zwei Varianten rekonstruieren, sie sind in den Datentriangulationen in den Interviews zwischen dem Ausbilder Markus Blatt und Ralf Kunstler, Julia Kuhnen und ihrem Ausbilder, bei Paula Wadstel und ihrer Lehrerin sowie zwischen Wolf Dimmer und seiner Ausbilderin sichtbar geworden. Zum einen werden sie offenbar in Konstellationen, in denen Ausbildende eine persönliche Nähe zur Situation eines Auszubildenden entdecken – aufgrund von ähnlichen Erlebnissen in der Lebensgeschichte oder aufgrund einer besonderen Wertschätzung für die Lebenssituation des Auszubildenden. Ausbildende werden in diesen Interviews als Unterstützende sichtbar. Sie fördern die Auszubildenden durch ausgewählte, an Elternschaft anschließende Gesten, die von Fürsorge und Hilfe geprägt sind. Julia Kuhnen erzählt, dass ihr Ausbilder ihr seine frühere Einbauküche und ein Sofa schenkt, als er erfährt, dass sie in ihrer neuen Wohnung zum Ausbildungsbeginn weder eine Küche noch ein Sofa besitzt. Sie geht in ihrer Erzählung darauf ein, dass sie diese Geste besonders schätzt, da sie für die Ausbildung fernab ihrer Familie in einem anderen Bundesland keine Netzwerke hat, auf die sie für die Bewältigung ihres Alltags als erstmalig allein lebender junger Mensch zurückgreifen kann. In einer anderen Variante sind solidarische Beziehungsordnungen in Konstellationen sichtbar geworden, in denen die Ausbildung eines Auszubildenden als spezifisches Projekt gesehen wird. Die Ausbilderin von Wolf Dimmer geht in ihrem Interview darauf ein, dass ihr von ihren Vorgesetzten im Vorfeld deutlich gesagt wird, dass die Ausbildung Wolfs sehr viel mehr Arbeit bedeute als die Arbeit mit anderen Auszubildenden und dass sie sich dagegen entscheiden könne. Sie begreift die Ausbildung Wolfs als Herausforderung, die sie annehmen möchte. Wolf evaluiert in seinem Interview die Beziehung zu seiner Ausbilderin auf wertschätzende und positive Weise.

Kritisch-distanzierte Beziehungen

Im Kontrast hierzu steht die Beziehungsordnung zwischen Auszubildenden und Ausbildenden, die in der Fallrekonstruktion zu Paula Wadstel sichtbar wird. Paula erlebt ihre Ausbilderin von Beginn an ihr gegenüber kritisch. Im

Arbeitsalltag haben die beiden sehr wenig miteinander zu tun. Sie treffen sich 14-täglich zu Anleitungsgesprächen, in denen die Ausbilderin mit Paula den Ausbildungsrahmenplan durchgeht. Abgesehen davon ist ihr Verhältnis sehr distanziert. Paula erzählt von einem Moment der Enttäuschung gleich zu Beginn ihrer Ausbildung, als ihre Ausbilderin über eine Kündigung in der Probezeit nachdenkt, weil Paula in der Berufsschule eine schlechte Note im ersten Test erhält. Hier tritt die Klassenlehrerin in der Berufsschule in Erscheinung und unterstützt Paula nachdrücklich, indem sie sich gegen eine Kündigung ausspricht. Sie verdeutlicht der Ausbilderin die Abwegigkeit dieses Gedankengangs, indem sie explizit nach den Leistungen Paulas im Alltag der Ausbildung fragt und erfährt, dass die Ausbilderin mit den Leistungen im Betrieb zufrieden ist. Durch diese Episode etabliert sich ein Beziehungsschema, das schwierig bleibt und vor allem durch die positive Leistung, die Paula erbringt, gestützt werden kann. Als biographische Begleiterin in der Ausbildung wird ihre Berufsschullehrerin sichtbar, die ihr in schwierigen Zeiten den Rücken stärkt und ihr gleichzeitig sichtbar macht, wie viel sie leistet. Der Beistand wird hier weniger sichtbar als eine permanente und andauernde Form der Unterstützung als enge Beziehung, sondern eher als punktuelle Begleitung, die sich in wenigen kurzen Kontakten in der Woche zeigt.

Die Beziehungsgestalten zwischen Ausbildenden und Auszubildenden zeigen sich in den Interviews durch ein asymmetrisches Novizen-Praktiker-Verhältnis gekennzeichnet. In diesen asymmetrischen Verhältnissen werden unterschiedliche Varianten persönlicher Nuancen sichtbar, die ich dargestellt habe. Sichtbar geworden ist, dass die Asymmetrie der Beziehung von beiden Beteiligten – Auszubildenden wie Ausbildenden – bestätigt wird. Gleichzeitig haben die Rekonstruktionen gezeigt, dass sich durch den Ausbildungskontext reziproke Momente in der Beziehung offenbaren: In den Beziehungsgestalten wird sichtbar, dass der Auszubildende jeweils an seiner Bewältigung der inhaltlichen Aspekte der Ausbildung gemessen wird – jenseits anderer Schematisierungen oder Differenzzuschreibungen. In der Wertschätzung der inhaltlichen Arbeit wird die Aussicht auf die künftigen Praktiker_innen sichtbar, die die Auszubildenden einmal werden. Durch Erfahrung der Wertschätzung der inhaltlichen Arbeit erfährt die Asymmetrie der Ausbildungssituation, die einem Lehrenden-Lernenden-Verhältnis vergleichbar ist, eine andere Facette, die so nur in einem Ausbildungskontext möglich ist. Die Lernenden werden nicht nur als Lernende, sondern auch als künftige vollwertige Mitarbeitende gesehen. Damit zeigt sich das Setting dualer Ausbildung konstitutiv für die Erfahrung von Reziprozität in einem Kontext des Lernens.

5.2.2 Die Entstehung besonderer Beziehungsordnungen in der Ausbildung

Geschlechterordnungen

Geschlechterordnungen werden in den Interviews thematisiert, in denen Frauen in männerdominierten Betrieben ihre Ausbildung absolviert haben. Hier entsteht durch das Kontrasterleben eine andauernde Auseinandersetzung im Interview mit dem Umstand, dass sie als Frauen eher als Ausnahme im Ausbildungsbetrieb wahrgenommen werden. In den Erzählungen von Nadja Noth und Lena Worts werden Formen von Normalisierungsstrategien sichtbar, die beide entwickeln, die die Dominanz der Prozessstruktur des institutionellen Ablaufmusters im Ausbildungsverlauf verdeutlichen. Die Rekonstruktion zeigt, dass sowohl Nadja Noth als auch Lena Worts versuchen, einer Dramatisierung von Geschlecht (vgl. Goffman 2001; Suthues 2012) durch entdramatisierende Handlungen im Ausbildungsverlauf entgegenzuwirken. Beide erleben sich als handlungsmächtig und entwickeln Strategien des Umgangs mit Situationen, in denen Geschlecht von Kollegen und Kunden thematisiert wird. Lena Worts erzählt in ihrer Eingangserzählung im Interview, dass sie sich in der Ausbildung als sehr gute Auszubildende erweist und dass dies von den Kollegen und ihren Ausbildern immer wieder mit ihrem Geschlecht als Überraschung in Verbindung gebracht wird: Obwohl sie eine Frau ist, ist sie eine sehr gute Auszubildende. Sie erzählt in verschiedenen Sequenzen, wie sie versucht, damit einen normalisierenden Umgang zu entwickeln. In der nachfolgenden Interviewsequenz erzählt Lena von einer krisenhaften Situation in der Prüfung, in der sie als einzige Frau teilnimmt. Teil der Prüfung ist die Fertigung eines bestimmten Bauteils, das ihr in einer Prüfungspause entwendet wird (Interview Lena Worts, S. 3, Z. 6–19).

> E: „Ja, bei der Zwischenprüfung war es so, da waren zwei dabei, die nicht aus meiner Klasse waren. Ich glaube, die kamen aus X (Ort). Und ich weiß es bis heute nicht, einer von denen hat mir ein Teil geklaut in der Prüfung, was schon fertig war. Ich dachte so: Das kann nicht sein. Bin natürlich nicht ausgerastet, ich habe gedacht: Cool bleiben. Mit meinem Lehrer gesprochen. „Das Teil ist weg. Ich weiß nicht, wo es hin ist. Nach der Pause war es weg." Wurde alles gesucht. Der Lehrer hat dann einen Aufstand gemacht: „Jungs, rückt das Teil wieder raus!" Ist aber nicht aufgetaucht. Ich durfte dann Gott sei Dank, weil einer nicht angetreten ist, das nochmal machen und war dennoch in der Zeit als Erste fertig und habe da die beste Prüfung hingelegt. Die Prüfer dachten, die gucken nicht richtig. Das war ein ganz tolles Gefühl. Einfach mal irgendwo drin mal richtig gut zu sein. Und das hat mich dann bestärkt auch weiter zu machen".

In einer Prüfungssituation wird ihr ein gebautes Teil entwendet, sie versucht, wie sie rückblickend erzählt, gelassen zu bleiben. Sie klärt die Situation mit der Lehrkraft und bemüht sich um eine Lösung. Lena gerät innerhalb der Prüfung in eine schwierige Situation, sie bekommt zwar die Gelegenheit, von vorne zu beginnen, hat nun aber nur noch einen Teil der Zeit zur Verfügung. Die Schilderung dieser Episode zeigt, dass sie aus der Schlüsselsituation in der Prüfung und ihrer Strategie der Normalisierung viel Ermutigung und Anerkennung zieht, die sie darin bestärkt, mit der Ausbildung fortzufahren. In den Daten finden sich weitere Formen von Anerkennungserfahrungen, die für den Ausbildungsverlauf unter besonderen Umständen wichtig werden. Sichtbar wird dies, wenn beispielsweise Nadja Noth davon erzählt, wie sie im zweiten Ausbildungsjahr erstmalig einen Keilriemen alleine wechselt und dafür gelobt wird, weil dies zu diesem Zeitpunkt in der Ausbildung als besondere Leistung durch die Ausbilder gewürdigt wird – unabhängig von ihrem Geschlecht. In den Interviews wird sichtbar, dass die weiblichen Auszubildenden ihre Situation als „besondere" nicht hintergehbare Begleiterscheinung ihrer Ausbildungswahl wahrnehmen und sich in der eigentheoretischen Auseinandersetzung einer Viktimisierung oder einer Denormalisierung widersetzen, dies wird in der nachfolgenden Interviewsequenz mit Nadja Noth exemplarisch deutlich (Interview Nadja Noth, S. 2, Z. 42–51).

> E: „Klar, manche haben das gesagt: „Autoschlosser/ und dreckige Finger." Aber wenn man sich das so in den Kopf gesetzt hat, auch in dem Alter, dann sagt man: „Ja, da gibt es Seife für, da wäscht man sich die Finger." Am Anfang war es auch schwierig. Die Kunden, die dann doch mal mit in die Werkstatt kamen. Die haben dann schon mal so geguckt. Gerade so/ sage ich mal, Männer mittleren Alters, die gucken dann schon mal: „Hm, ne Frau, die soll jetzt mein Auto reparieren?" Gerade dadurch, dass wir hier auf dem Land sind, is es, glaub ich, noch mal was anderes wie in der Stadt. Denke ich jetzt einfach. (..) dass die, ja, schon mal komisch geguckt haben".

Eine Entdramatisierung wird in den Teilen der Erzählung sichtbar, in denen Nadja wörtliche Rede nutzt, um bestimmten Vorurteilen gegenüber ihr als weiblicher Auszubildenden in einer männlichen dominierten Umgebung zu begegnen. In der eigentheoretischen Verarbeitung der Erzählerin zeigt sich eine Reflexion über die Bedingungen von Ausbildung auf dem Land. Sie bringt hier einen Stadt-Land-Gegensatz ins Spiel und verbindet damit Vorstellungen von Fortschrittlichkeit gegen Rückschrittlichkeit und von Offenheit gegen Borniertheit. Mit dieser Reflexion entfernt sie die Auseinandersetzung von sich als Person und setzt sie in Beziehung zu Vorstellungen von Lebensabläufen, die mehr oder weniger traditionell gestaltet sein können. Im Vergleich wird sichtbar, dass beide Erzählerinnen auf Strategien der Normalisierung setzen und

Anerkennung durch Leistung und Bewältigung der Ausbildungsanforderungen erfahren. Das Interesse an dem technischen Ausbildungsberuf steht im Vordergrund der Reflexion über die Ausbildung. Im Vergleich mit dem gesamten Sample fällt auf, dass eine Normalisierung von Geschlecht auch mit der zunehmenden Erfahrung weiblicher Auszubildender verbunden sein kann. In Julia Kuhnens großem Ausbildungsbetrieb mit knapp 100 Mitarbeitenden ist sie nicht die erste junge Frau, die eine Ausbildung zur Energieanlagenelektronikerin macht. Eine Thematisierung qua Geschlecht findet sich in ihrem Interview kaum, sie spricht über die Herausforderungen der Ausbildung unabhängig von der Geschlechterordnung im Betrieb. Für sie tritt die Thematisierung von Geschlecht in den Hintergrund, wenngleich die Geschlechterordnung eine männlich dominierte ist.

Bündnisbildungen in der Ausbildungszeit:
zwischen Freundschaft und Gewerkschaft

Gerade in größeren Ausbildungsbetrieben werden andere Auszubildende zu wichtigen Begleitenden in der Ausbildung. In Marion Rehmers Erzählung wird rekonstruierbar, dass sie die Freundschaft mit konkurrenzähnlichen Zügen, die sie mit zwei anderen Auszubildenden verbindet als zusätzlichen Ansporn begreift, die Ausbildung in schwierigen Zeiten fortzusetzen. Als Variante einer Bündnisbildung auf der Peerebene werden die Verhältnisse im Interview mit Marleen Bloch sichtbar, die nach einem Ausbildungsabbruch eine Ausbildung in der Filiale einer Fastfoodkette beginnt: Sie erzählt, dass sie mit ihren Ausbildungskolleg_innen und der Filialleitung ausgeht und dass der Schichtplan eine Aushandlungssache nach den Freizeitbedürfnissen aller ist. Jugendkulturellen Praxen des Ausgehens und die formale Struktur der Ausbildung gehen in ihrer Erzählung ineinander über. Marleen Bloch nimmt beides in Verbindung wahr, das Ausgehen und die Ausbildung. Sie erzählt im Interview, dass es für sie keinen Unterschied macht, ob sie zum Arbeiten oder zum Vergnügen in der Filiale ist, dieser Ort wird für sie in der Ausbildungszeit zu einer erweiterten Arena der Freizeit, in der die Arbeitszeiten flexibel verlängert oder verkürzt werden. Begünstigt wird dieses Erleben durch die Lage der Filiale in einem peripheren Gebiet Deutschlands, an dem diese für die dort lebenden Jugendlichen einen hohen Freizeitwert hat und zu einem beliebten Treffpunkt wird. Beziehungen zu anderen „ausgelernten" Mitarbeitenden und andere Kolleg_innen außerhalb des Novizenstadiums sind in den Interviews in größeren Ausbildungsbetrieben immer wieder vereinzelt thematisiert worden. Für den Verlauf der Ausbildung werden sie bedeutsam, wenn die Zusammenarbeit in einen größeren Kontext eingebettet ist, wie sich dies beispielsweise im gewerkschaftlichen Engagement bei Özcan Celebi zeigt. Er wächst durch seine gewerkschaftliche Sozialisation in eine Struktur hinein, der er schon während der Ausbildung mit Betriebsräten und anderen gewerkschaftlich Engagierten in einem Großbetrieb in Kontakt steht. Damit steht die Ausbildung in Verbindung mit einer größeren institutionellen Anbindung, die ihn vom Ausbildungsbetrieb ein Stück weit unabhängig macht: In Özcans eigentheoretischer Auseinandersetzung wird klar, dass er sich als Gewerkschaftsmitglied begreift und fortan in gewerkschaftliche Strukturen eingebunden ist, egal, wohin er nach der Ausbildung geht. Dies fördert seine Entwicklung über die Ausbildung hinaus, in der für ihn von Beginn an klar ist, dass es nur eine Zwischenstation ist, da er einer erweiterten biographischen Planung folgt und durch die Ausbildung eine Hochschulzugangsberechtigung anstrebt.

5.2.3 Bedeutsame Begleitungen außerhalb des Ausbildungsbetriebs

Es lassen sich unterschiedliche Formen entdecken, in denen signifikante Andere für den Ausbildungsverlauf bedeutsam geworden sind. In der Betrachtung der Fallrekonstruktionen werden deutliche Kontraste sichtbar: Paula Wadstel bestreitet ihre Ausbildung in weiten Teilen alleine und ohne elterliche Begleitung. Es gibt die Unterstützung durch ihre Mutter, die jedoch von ihr aufgrund der Schwierigkeiten in Kindheit und Jugend als ambivalente Form der Unterstützung reflektiert wird. Solche Formen ambivalent erlebter signifikanter Anderer lassen sich in anderen Erzählungen rekonstruieren, in denen schwierige Entwicklungen den Kontakt zu Eltern über Jahre behindert haben oder durch zeitweiliges Leben in der Jugendhilfe zu einem Abbruch geführt haben. In den Erzählungen von Jens Lanste und Oliver Lamp wird deutlich, dass sie zeitweise gar keinen Kontakt mehr zu ihren Herkunftsfamilien haben und sich zum Teil argumentativ damit auseinandersetzen, diesen auch nicht mehr aufnehmen zu wollen. Ihre Erfahrungen vorzeitig und in einer Krise abgebrochener Ausbildungen machen sie ohne Unterstützung biographischer Begleitung. Im Kontrast hierzu zeigt sich in den Fallrekonstruktionen zu Bernd Hochstein und Admir Milici die Einbindung in ein familiäres System der Unterstützung, das beiden durchgängig zur Verfügung steht und alltagsentlastende Strukturen bietet. Beide müssen sich in der Ausbildung nicht selbst versorgen, sondern können auf die häusliche Struktur der Familie zurückgreifen. Paula hingegen führt in der Ausbildung schon seit Jahren den eigenen Haushalt und muss die vollständige Versorgungsarbeit für sich und ihr Kind alleine meistern, von der andere in der Phase der Ausbildung noch befreit sind (vgl. Jurczyk 2005). Damit zeigen sich die Eltern in doppelter Hinsicht bedeutsam für das Erleben der Ausbildung. Sie leisten eine sehr konkrete Handlungsentlastung im Alltag und bieten einen Rahmen, innerhalb dessen eine erste berufliche Tätigkeit erprobt werden kann. Dabei zeigt sich in Varianten, dass Eltern den Verlauf der Ausbildung solidarisch, jedoch auch führend überwachen – diese Unterstützung bezeichne ich als Form des Monitoring (vgl. 3.1). Dieses Monitoring ist insbesondere in Erzählungen sichtbar geworden, in denen sich familiär geteilte Handlungsschemata als Prozessstruktur rekonstruieren lassen, also vor allem in den Erzählungen von Admir Milici, Ralf Kunstler, Magda Schneider, Jan Merks und Wolf Dimmer. Im Kontrast hierzu zeigt sich die Unterstützung durch die Eltern Bernd Hochsteins vor allem in der Bereitstellung der familiären Infrastruktur. Im Interview mit Bernds Ausbilder Olaf Brauner zeigt sich, dass eine Unterstützung der Eltern bei Schwierigkeiten mit der Berufsschule nicht gelingt, als er versucht, sie einzubinden. Das elterliche Engagement wird hier als Loyalität sichtbar. Damit zeigt es sich ebenfalls als emotionale Unterstützung, indem sie Bernd Hochstein die elterliche Loyalität nicht versagen. Diese Form emotionaler Unterstützung erscheint nur begrenzt unterstützend für die Situation der Schul- und Berufsschulabsenz, die in Bernds Geschichte zentral geworden ist. Neben den Eltern zeigt sich, dass Lebenspartner_innen zu wichtigen Sinnquellen für die Zeit der Ausbildung und die Bewältigung dort erlebter Schwierigkeiten werden können. Darauf bin ich bereits in der Fallrekonstruktion zu Bernd Hochstein und der Rolle seiner Partnerin eingegangen. In ähnlicher Weise wird die Bedeutsamkeit einer Planung mit der Partnerin auch in der Erzählung von Jens Lanste sichtbar. Er setzt sich eigentheoretisch mit seiner neu entdeckten Motivation für die überbetriebliche Ausbildung bei einem Bildungsträger vor dem Hintergrund der Partnerschaft und seiner übernommenen Vaterrolle für das Kind seiner Partnerin auseinander.

5.3 Perspektiven Ausbildender

In diesem Abschnitt gehe ich auf die unterschiedlichen Orientierungsmuster des Ausbildens ein, die in den Interviews mit den Ausbildenden sichtbar geworden sind. Dabei haben sich zum ersten unterschiedliche Orientierungsmuster in unterschiedlich großen Ausbildungsbetrieben gezeigt. Zum zweiten sind unterschiedliche Formen des Umgangs mit Anders-sein von Auszubildenden durch Ausbildende und Thematisierungen des Scheiterns sichtbar geworden.

5.3.1 Orientierungsmuster des Ausbildens

In der Untersuchung ist auffällig geworden, dass die Bedingungen für Ausbildung stark variieren, je nachdem, ob in Handwerk oder Industrie und in größeren oder kleineren Dienstleistungsorganisationen ausgebildet wird. Davon hängt häufig ab, wie Ausbildung von Ausbildenden verstanden und gelebt werden kann. Nachdem in Abschnitt 6.2 thematisiert worden ist, wie sich Beziehungsverhältnisse in den autobiographisch-narrativen Interviews und in der Datentriangulation mit den interaktionsgeschichtlich-narrativen Interviews rekonstruieren lassen, geht es hier um die Orientierungsmuster von Ausbildung, die aus den interaktionsgeschichtlich-narrativen Interviews rekonstruierbar geworden sind. Ich habe zum Einstieg mit allen Ausbildenden in der Datenerhebung über mein Forschungsinteresse und das damit verbundene Interesse an ihrer Arbeit gesprochen. In vielen Interviews kam es neben den interaktionsgeschichtlichen Erzählungen zu längeren argumentativen Auseinandersetzungen darüber, was es bedeutet, auszubilden. In den Interviews haben die Ausbildenden angesprochen, dass Prozesse des Verstehens von Entwicklungen Auszubildender von den Beziehungen abhängig sind, die sich im Kontakt zwischen Auszubildenden und Ausbildenden und dem gemeinsamen Erleben der Ausbildung entwickeln. Ausbildende, die als alleinige Aufgabe die Betreuung von Auszubildenden zugewiesen bekommen haben, konnte ich öfter in größeren Betrieben interviewen. In den Interviews mit diesen Ausbildenden ist häufig sichtbar geworden, dass sie sich bei Schwierigkeiten im Ausbildungsverlauf für die lebensgeschichtlichen Hintergründe interessierten. Claudia App, die als Ausbildungsleiterin für viele Auszubildende in einer großen Bäckerei verantwortlich ist, erzählt eine Episode aus einer Beziehungsgeschichte mit einer Auszubildenden, in der durch einen Konflikt ein biographisches Sprechen möglich wird (Interview Claudia App, S. 6, Z. 47 – S. 7, Z. 14).

E: „Anna ähm, () Filialleitung, Bezirksleitung total zufrieden mit ihr, tolles/ tolle Arbeit leistet sie halt ab. Bis die Schule irgendwann anrief. Oder en Fax schickte. Die war seit vier Wochen, fünf Wochen nich in der Schule. Ob die denn krank wäre,

I: mhm

E: fragte die Lehrerin. Und dann ham wir des natürlich verglichen im Lohnbüro, weil auswendig weiß ichs auch immer nich, wann wer krank war und so, ne. Und dann ham wers verglichen und es war dann halt schnell klar, dass sie ähm ()geschwänzt hat. So. Dann bin ich da hin zu ihr. Normalerweise kriegen die da auch ne Abmahnung dafür, sofort, ne. Gut. Dann bin ich hin, zu ihr, ich sach: weißt Du, warum ich hier bin? Mhm, mhm. Ja. Ich war ähm nich inner Schule. So. Warum gehst Du nich zur Schule? (…) und dann hat se's mir halt erzählt (((atmet tief aus))) sie schluckte dann einmal so runter und äh, erzählte mir die Geschichte dann. Also ähm/ (.) sie sagte halt, sie kann ()sich nich aufraffen an diesen Tagen. Aber ((lebhaft, lachend)) in der Filiale unauffällig, ne, pünktlich zum Dienst, freundlich und lieb! Aber sie sagte, an diesen Schultagen drückt es mich so runter, dass ich nich () ((betont)) kann. Und zwar war die ((betont)) Mutter ausgezogen. Die Mutter hat sie quasi verlassen.

I: mhm

E: Die Mutter is
mit ihrm Freund nach Süddeutschland gezogen, hat dieses Mädchen in der
Wohnung alleine gelassen, hat die Wohnung dann auch schon ma gekündigt".

Auffällig wird im Vergleich der Interviews, dass sich solche Prozesse des Ver-
stehen-Wollens und Könnens eher unter Bedingungen in Organisationen gezeigt haben, in denen Ausbildende allein verantwortlich für Ausbildung sind
und diese nicht nur als einen Teil ihres Arbeitsalltags sehen müssen. Olaf Brauner sieht sich als Betriebseigner in der besonderen Ausbildungssituation mit
Bernd Hochstein gefordert, sich um den Ausbildungsverlauf Bernds zu kümmern, obwohl Ausbildung für ihn nicht die alleinige tägliche Aufgabe ist. Dies
ist als eine Variante sichtbar geworden, in der Ausbildung einen hohen Stellenwert für einen Ausbilder gewinnt, ohne dass es seine alleinige Arbeitsaufgabe
darstellt. Im Kontrast dazu stehen die Interviews mit Ausbildenden, die Ausbildung nebenbei mit erledigen müssen. Um dieses Phänomen genauer zu erläutern, zeige ich einen Ausschnitt aus einem Interview mit Gernot Nusser, der als
Ausbilder in einem kleineren Betrieb arbeitet und die Ausbildertätigkeit mit
seiner regulären Arbeit als Facharbeiter im Elektroinstallationsbetrieb vereinba-
ren muss. Er spricht im folgenden Interviewausschnitt über einen Auszubildenden und dessen Umgang mit Hilfeangeboten (Interview Gernot Nusser,
S. 2, Z. 25–34).

E: „Also er hat/ Er war wirklich/ Man soll nicht sagen, er war zu dumm dafür. Er
wollte es definitiv nicht lernen. Man hat sich Mühe gegeben. Man hat ihn eingeladen, samstags ins Büro zu kommen, ein bisschen was/ entweder ein bisschen Schriftkram zu machen, also auf die schriftliche Prüfung vorzubereiten
oder die fachtechnische Prüfung vorzubereiten. Man hat ja alles. Man hat irgendwo eine Schalttafel, da kann man Sicherungen einbauen, anschließen,
Schutzschaltung probieren, aber wollte er nicht. Und die schulischen Leistungen
waren dementsprechend und Fehlzeiten, ist auch klar, wenn es dann nicht
läuft".

Gernot Nusser spricht über einen Auszubildenden, der die angebotenen Hilfen
nicht annimmt und schließlich aus der Ausbildung ausscheidet. Er expliziert,
dass er die Schwierigkeiten des Auszubildenden nicht kognitiv begründet sehen
möchte („man soll nicht sagen, er war zu dumm dafür"), sondern rahmt es
deutlich als soziales Geschehen und Entscheidung des Auszubildenden. Auf die
Beweggründe dieser „Entscheidung" des Auszubildenden geht er im Interview
nicht ein. Es wird im weiteren Verlauf auch nicht sichtbar, dass er sich Fragen
zu diesem Prozess stellt. In den Interviews in Ausbildungsbetrieben, in denen
Ausbildende als Facharbeitende tätig sind wird sichtbar, dass sich Ausbildung
in verschiedenen Varianten als Prozess zeigt, der neben dem laufenden Betrieb
bewältigt werden muss. Angebote der Unterstützung für Auszubildende werden

sichtbar, so wie Gernot Nusser hier von den Möglichkeiten der Prüfungsvorbereitung spricht, die er im Betrieb und außerhalb seiner Arbeitszeit anbietet. Damit wird hier ein bestimmtes Verhältnis von Ausbildung und Auszubildenden als Lernenden sichtbar, das im Kontrast steht zu Ausbildungsverhältnissen in Betrieben, in denen Ausbildende für die Aufgabe der Ausbildung vollständig freigestellt sind von anderen Aufgaben. Die Ausbildung als Lerngelegenheit zeigt sich als Angebot, das von den Auszubildenden angenommen werden kann oder nicht. Die Auszubildenden werden als eigenverantwortliche Personen betrachtet, denen Angebote für ihre Entwicklung gemacht werden. Im Kontrast zu vielen Interviews mit Ausbildenden, die Ausbildung als alleinige Arbeitsaufgabe zugewiesen bekommen haben, wird hier eine Haltung Ausbildender sichtbar, die Auszubildende weniger als zu entwickelnde Persönlichkeit betrachtet, sondern eher als Personen, die entscheiden, wie sie mit Angeboten der Unterstützung im Ausbildungskontext umgehen. Dies zeigt sich ähnlich in einer Interaktionsgeschichte, die der Ausbilder Tim Brock von einem Auszubildenden erzählt, der die Ausbildung vorzeitig beendet hat. In seiner Schilderung wird seine Perspektive der Selbstverantwortung der Auszubildenden deutlich, nach der die Auszubildenden die Qualität ihrer Ausbildung maßgeblich durch ihr Engagement mitbestimmen (Interview Tim Brock, S. 6, Z. 12–18).

> E: „Ich sage: „Sicher. Wenn freitags, samstags könnt ihr alle kommen. Wir können in der Werkstatt üben, machen – kein Thema. Sind genügend hier,(Namen von Mitarbeitenden). Wenn ihr Fragen habt, ihr müsst nur fragen. Von uns aus kommen wir nicht, wir können das. Und ihr lernt", das sage ich denen auch so oft „ihr lernt nicht für mich, ihr lernt für euch. Ich habe alles. Ich brauche das nicht mehr".

Im Interview mit Tim Brock wird dieses Orientierungsmuster der Selbstverantwortung der Auszubildenden für das Ausbildungsgeschehen expliziert. Es findet sich vor allem in Interviews mit Ausbildenden, die Ausbildung als Nebenbei-Tätigkeit betreiben. In Betrieben, in denen Ausbildende für die Aufgabe der Ausbildung freigestellt sind, ist Ausbildung als wichtige Aufgabe in der Ausbildungsorganisation sichtbar geworden, das Sprechen von Ausbildenden über Auszubildende wird geprägt von einem Orientierungsmuster, das die Ausbildung als Entwicklungszeitraum für die Auszubildenden sichtbar macht. Ausbildende sind in ihrem Sprechen über Ausbildung geprägt von pädagogischen Orientierungen und Prozessen des Verstehen Wollens von Schwierigkeiten. Die alltägliche Arbeit solcher Ausbildenden ist von der ausschließlichen Organisation von Ausbildung und der Durchführungsstruktur von Ausbildung geprägt, wie sich bei Claudia App und Thomas Hars zeigt[77] (Interview Thomas Hars, S. 16, Z. 1–11).

> E: „Und wenn man dann länger mit dem zusammen ist, man interessiert sich ja auch für private Geschichten, dann hat er mir von seiner Familie erzählt und wie er da groß geworden ist. Dass sein Vater also, mehr oder weniger, ist aufgefallen (?), mit dem er sich gar nicht unterhalten konnte, der Opa in der gleichen Schiene da. Und der da zuhause ziemlich häufig Stress hatte, mit den beiden. Aufgrund dessen er auch unwahrscheinlich viel gekifft hat. Ich sage mal, auch in Mitte der Ausbildung so einen Hänger hatte, wo er mir dann unter Tränen gesagt hat, das er momentan überhaupt nicht klar kommt, weil er eben so viel am Kiffen ist. Aber das hat er dann ganz gut in den Griff gekriegt. Das heißt, der ist dann nachher davon weg".

Thomas Hars geht darauf ein, dass ihm ein Wissen um die persönlichen Hintergründe hilft, um problematische Prozesse in der Ausbildung zu verstehen und zu begleiten. Dabei geht er im Interview verschiedentlich auf Erfolgsgeschichten und Entwicklungen ein, die sich aus der intensiveren Begleitung von Auszubildenden ergeben haben. Die Orientierungsmuster von Ausbildenden in Betrieben ohne hauptamtliche Ausbildende zeigen sich im Sample eher geprägt durch eine Leistungsorientierung und eine individualisierende Zuschreibung von Problemen. Eine genauere Auseinandersetzung mit Schwierigkeiten im Ausbildungskontext mit Auszubildenden in Betrieben ohne hauptamtliche Ausbildende ist vereinzelt sichtbar geworden und in der Interaktionsgeschichte von Bernd Hochstein und Olaf Brauner genauerer Untersuchung unterzogen worden. Gerade auch dort wird sichtbar, dass Olaf Brauner daran interessiert ist, die Abläufe in seinem Betrieb durch die Schwierigkeiten in der Ausbildung von Bernd Hochstein möglichst wenig beeinträchtigen zu lassen. Auch bei ihm lässt sich ein Orientierungsmuster der Selbstverantwortung von Auszubildenden zeigen, das letztlich durch Bernds Verhalten an seine Grenzen geführt wird (vgl. hierzu 4.3). Im Interviewteil nach dem Ausbildungsabschluss wird in seiner Reflexion deutlich, dass er bei seinem ehemaligen Auszubildenden nun die Form von Selbstverantwortung im Arbeitsalltag sieht, die er in der Ausbildung vermisst hat.

---

77 Meines Wissens nach gibt es bislang kaum Untersuchungen, die diese Heterogenität betrieblicher Ausbildungswirklichkeiten systematisch in den Blick nehmen. Rausch untersucht Erlebensprozesse betrieblicher Ausbildung, jedoch ohne diesen spezifischen Fokus (vgl. Rausch 2011).

5.3.2 Typisierungen des „Anders-Seins" durch Ausbildende

In der Betrachtung der Fallrekonstruktionen fällt auf, dass es zu unterschiedlichen Formen von Thematisierungen von Bildungsbenachteiligung durch Ausbildende kommt, die sich in anderen Interviews in weiteren unterschiedlichen Varianten zeigen.

Die Sensibilisierung durch ähnliche Lebensumstände

Im interaktionsgeschichtlich-narrativen Interview mit der Berufsschullehrerin von Paula Wadstel zeigt sich, dass Frau Schneider kaum etwas von den komplexen Schwierigkeiten weiß, die Paulas Lebensgeschichte bis zur Aufnahme der Ausbildung durchzogen haben. Paula erzählt ihr davon im Lauf der Ausbildung auch nichts Genaueres. Was zwischen den beiden zum Thema wird, ist eine Gemeinsamkeit, die sie beide durch die Zeit der Ausbildung begleitet. Beide haben ein Kind im gleichen Alter, für beide ist es das erste und bislang einzige Kind. Frau Schneider wird in der Berufsschule zu einer wichtigen Person, weil sie die Leistung honoriert, die Paula im Vergleich zu anderen Auszubildenden erbringt, indem sie Elternschaft als Alleinerziehende und Ausbildung in Verbindung miteinander meistert. Sie ist sich der vielen kleinen Stolpersteine im Alltag bewusst, die Paula bewältigen muss (vgl. Kap. 3.2). Solche Formen von Differenzsensibilität durch geteilte Erfahrungen sind in den Interviews mit Ausbildenden an Stellen sichtbar geworden, an denen Ausbildende auf gemeinsame Erfahrungen Bezug genommen haben, die sie mit Auszubildenden teilen. Ähnlich stellt sich dies in der Interviewsituation mit Erich Pomm dar, der als Ausbilder von Julia Kuhnen um deren schwierige Erfahrungen im Aufwachsen weiß, in denen er sein eigenes Leben teilweise wiedererkennt. Auf diese geteilten Erfahrungen geht er in diesem Interviewausschnitt ein (Interview Erich Pomm, S. 1, Z. 50 – S. 2, Z. 1).

> E: „Das war so im Groben mein Werdegang. Das wäre allein schon Thema/ (...) (unv.) detailliert hier, ja. Deshalb habe ich viel Verständnis, was Julia betraf. Ganz sympathisch. Ich habe da viel Verständnis für gehabt, weil sie hat eigentlich einen ähnlichen Werdegang. Sie war dann auch/ Zuhause, das passte nicht so, ist dann hier hochgekommen. Aus eigener Kraft hier alles hingekriegt".

So nimmt Erich Pomm als Ausbilder von Julia Kuhnen auf seine persönliche Geschichte Bezug, als er darüber spricht, dass Julia Kuhnen ihre Ausbildung alleine in einem Bundesland absolviert, in das sie ausschließlich wegen der Ausbildungsaufnahme gezogen ist. Er weiß nur in Andeutungen, warum sie ihre Ausbildung erst einige Jahre nach dem regulären Ende der Schulzeit in seinem Betrieb beginnt, von ihrer mehrjährigen Schulabsenz ist ihm nichts Genaueres bekannt. Doch er weiß um die schwierige familiäre Situation und dass sie einiges geleistet hat, um diese Dinge hinter sich zu lassen, was eine besondere Sensibilität für Julias Ausbildungsgeschichte mit sich bringt.

Die Betonung individueller Leistungsbereitschaft Auszubildender mit Minderheitserfahrungen

In der Betrachtung der Interviews, in denen Geschichten von Auszubildenden mit Migrationsgeschichten thematisiert werden, zeigt sich an unterschiedlichen Stellen, dass Ausbildende die Erfahrung der Einwanderung ihrer Auszubildenden zu Beginn der Geschichte einführen, um dann eine besonders erfolgreiche Geschichte von Auszubildenden anzuschließen. Im Interview mit Markus Blatt zeigt sich, dass er versucht, sich einen Zugang zu den Umständen des Lebens von Ralf Kunstler vor der Migration zu verschaffen (Interview Markus Blatt, S. 5, Z. 21–27).

> E: „ich sach wie war das denn bei euch da in Sibirien dahinten, das war ja ziemlich kalt. Da hat er mir von seinem Vater was erzählt, der war unterm Lkw, der muss Lkw-Fahrer gewesen sein. Bei Minustemperaturen. Die ham da schon was mitgemacht, weisste so. Man hat sich halt ma so, kurz so ausgetauscht, so unterhalten so, das man ma überhaupt en Hintergrund krichte, wo kommen die her und so was, von der Wolga, da hinten".

Markus Blatt erkennt an, dass sein Auszubildender Ralf Kunster „was mitgemacht" hat, dies wird für das weitere Ausgebildet-Werden jedoch nicht mehr relevant. Dort wird relevant gemacht, dass Ralf sich als geschickter Mechaniker in der KFZ-Werkstatt erweist und den Anforderungen der Ausbildung genügen kann. Exemplarisch sichtbar wird dies auch im Interview von Paul Riedner in seinem Sprechen über die Ausbildungsgeschichte von Admir Milici (Interview Paul Riedner, S. 11, Z. 42–52).

> E: „Man muss es also schon irgendwo an den Auszubildenden dran festmachen. () ne, weil, ich kann ja nich sagen, mit vier gleichen, die gleichen Voraussetzungen haben, dass dann zwei quasi scheitern und zwei Erfolg haben. Dat muss man dann vielleicht schon auch am Azubi festmachen. So. Ja, und da unter anderem war dann halt auch dieser Albaner mit dabei, ne. () Fing also an, der war pfff, 16, 17? So en schmaler Hengst, dunkle, lange Haare, lustiger Vogel, immer gut drauf. Ja, war natürlich dann äääh/ wohnt am Westplatz, also: wohnte damals am Westplatz, also mit Sicherheit nicht die besten Startbedingungen gehabt. Ja, und der äh kam dann halt zu mir in die Ausbildung".

Im Interviewausschnitt mit Paul Rieder zeigt sich ein ähnlicher Vorgang wie im Interview mit Markus Blatt: Er erkennt an, dass Admir Milici unter anderen Bedingungen in die Ausbildung gestartet ist als andere und weist darauf hin, dass diese problematisch wirken könnten. In beiden Interviewausschnitten wird sichtbar, dass die Typisierung der Auszubildenden als Auszubildende mit Migrationsgeschichte erfolgt. Diese Typisierung wird im weiteren rekonstruierbaren Verlauf der Ausbildung durch individuelle Leistungsbereitschaft der Auszubildenden – die von den Ausbildenden honoriert wird – zunehmend unsichtbar. Entscheidend wird, dass die Auszubildenden den inhaltlichen Anforderungen des Ausbildungsbetriebes genügen und sich bewähren. Ich bezeichne diese Prozesse der Bewährung an den inhaltlichen Anforderungen der Ausbildungsstelle als die Bewährung an einer feldgebundenen Normativität, hinter die andere Zuschreibungen zurücktreten, die zu Beginn der Ausbildung noch dominanter erschienen sind.

Erzählungen des Scheiterns

In den Interviews zeigen sich unterschiedliche Formen der Thematisierung von individuellem Versagen bei Auszubildenden durch die Ausbildenden. Ausbildende kommen auf Versagen in Ausbildung zu sprechen. Dabei eint alle Interviews das Phänomen, dass das Sprechen über diese Prozesse als *Prozesse von Normalität und Abweichung bei den Auszubildenden* sichtbar wird. Eine lebensgeschichtliche Kontextualisierung von „Abweichung" findet sich deutlich häufiger in den Interviews mit Ausbildenden, die in ihren Betrieben ausschließlich als Ausbildende tätig sind. Im Interview mit Tim Brock zeigt sich am folgenden Ausschnitt exemplarisch, wie er Versagen von Auszubildenden erzählt und dabei die Fehler auf das Handeln der Auszubildenden und deren Nicht-Passung für das Berufsfeld zurückführt (Interview Tim Brock, S. 3, Z. 23–50).

> E: „Ja, einer z. B., da haben wir bei der Staatsanwaltschaft hier in X (Ort) gearbeitet. Da bekam ich dann einen Anruf, ich müsste mal schnell runterkommen. Die Toilettenanlagen wären verstopft. Da hatte einer Schnellgipsbeton in die Toiletten geschüttet, weil er das entsorgen wollte. Da habe ich dann auch nur gefragt, ob er/ Und das war oben in der 5. Etage. Das heißt, wir konnten von oben bis unten einmal die ganzen Leitungen reinigen lassen. Da habe ich auch gedacht: Was hat er sich dabei gedacht? Da hat der gesagt: „Ja ist doch normal, ist doch flüssig." Ich sage: „Aber/" Und dann war alles verstopft.
>
> I: Okay, ja. So kann man natürlich auch in Erinnerung bleiben.
>
> E: Ja. Es gibt einige. Wir haben vorne auch noch ein Beispiel. Das habe ich immer so als abschreckendes Beispiel, wenn einer/ Da hat einer eine Lampenfassung angeschlossen. Und der stand zwei Monate vor der Prüfung. Und der hat eine Lampenfassung angeschlossen und hat dann da, wo die Glühlampe reinkommt, hat der das Kabel reingeführt. Also, da habe ich auch gefragt, wo er denn eigentlich jetzt 3 ½ Jahre gelernt hätte. Das sind so Sachen, die behält man sich. Und wenn man den mal irgendwo mal sieht, dann denke ich: Ah, der war das.

I: Aber der hat keinen größeren Schaden davongetragen.

E: Nein. Also die haben beide dann/ Der eine mit dem Gips, zu dem habe ich dann gesagt, er sollte besser Busfahrer werden, weil, es hätte keinen Zweck mit ihm. Und der andere, der hat dann auch seine Prüfung gemacht und ist dann auch in einen Pflegeberuf gegangen. Also der hat sich auch/ Der merkte dann auch, dass das nicht sein Beruf war".

Tim Brock kommt in seinem Interview auf ehemalige Auszubildende zu sprechen, bei denen es zu einem Abbruch in der Ausbildung gekommen ist. Er thematisiert dabei individuelles Versagen der Auszubildenden und illustriert diese Prozesse des Versagens mit Situationen in den Ausbildungsverläufen. In diesem Interviewausschnitt wird in keiner Weise thematisiert, wie Auszubildende in Arbeitsabläufe eingebunden werden, welche Formen von Anleitung üblich und möglich sind und wie bestimmte Fehlersituationen zustande gekommen sein könnten. Die Episoden werden ausschließlich als individuelle Fehler der Auszubildenden erzählt, die folgenreich für den Betrieb waren und im ersten Beispiel mit einem hohen Kosten- und Verwaltungsaufwand verbunden waren. Dabei lässt er die Randumstände der Situationen unthematisiert: Fragen der Begleitung durch Ausbildende in diesen Situationen und eine Begleitung der Lernprozesse, die dazu führen können, dass bestimmte Wissensbestände am Ende von drei Jahren Ausbildung noch nicht vorhanden sind. Er kommt in diesem Zusammenhang allein auf Prozesse des Scheiterns der Auszubildenden zu sprechen und geht nicht darauf ein, wie die Bedingungen der Ausbildung beschaffen waren.

5.4 Zusammenfassung: Ausbildung als Erfahrung zwischen Reziprozität und Asymmetrie

In der Betrachtung der Ergebnisse zu Ausbildungsorten und dem Erleben neuer Herausforderungen des Lernens im Unterschied zu einem Schulerleben wird Ausbildung als spezifischer Regelzusammenhang sichtbar, in dem die berufliche Tätigkeit an erster Stelle steht. Das Ausbildungsfeld gibt durch das Ausbildungsbild den Erwerb bestimmter Kompetenzen vor, vor deren Hintergrund die Perspektiven auf die Ausbildung und Auszubildende sichtbar werden. Ausbildung wird in den Interviews rekonstruierbar als eine Erfahrung, die ich als feldgebundene Normativität bezeichne. Vor deren Hintergrund wird Anders-Sein im Ausbildungskontext normalisiert oder denormalisiert. Die Verhandlung aller sozialer Differenzen von Auszubildenden, egal ob Leistungsschwäche, Minderheitszugehörigkeit oder eine schwierige Lebenssituation geschieht vor einem spezifischen Tätigkeitszusammenhang der Branchenspezifität, der pädagogische Kommunikationen oder Herangehensweisen auf hintere Plätze verweist. In der Rekonstruktion zeigen sich Unterschiede in den Beziehungsgestalten zwischen größeren und kleineren Betrieben. In größeren Betrieben zeigen sich Perspektiven auf Ausbildung eher als pädagogisches Orientierungsmuster der Entwicklungszeit des Auszubildenden, während Ausbildende in kleineren Betrieben eher auf Ausbildung als vom Auszubildenden selbstverantwortetes Geschehen rekurrieren. Die Daten zeigen, dass Beziehungsgestalten zwischen Auszubildenden und Ausbildenden in sehr unterschiedlichen Varianten distanzierter Beziehung sichtbar werden, die durch ein asymmetrisches Lehrenden-Lernenden Verhältnis konstituiert werden. Dieses grundsätzlich asymmetrische Erleben lässt sich in der Datentriangulation rekonstruieren. Die Beziehungen lassen sich in unterschiedlicher Weise als anfordernd und kritisch konzeptualisieren, auffällig ist jedoch, dass sie in den autobiographisch-narrativen Interviews als unterstützende distanzierte Beziehungen in Krisensituationen sichtbar werden. Die Orientierung der Ausbildenden am Fortschritt der Ausbildung und den Inhalten der Ausbildung tritt auch in Krisensituationen nicht in den Hintergrund. In dieser Orientierung werden Erfahrungen der Reziprozität rekonstruierbar: Auszubildende erfahren sich als Bestandteil einer Organisation und Mitarbeitende – die jungen Erwachsenen erfahren kein Angebot einer pädagogischen professionellen Hilfe, sondern ein Angebot der Ausbildung, innerhalb dessen die Auszubildenden einen Teil der Unternehmung bilden und als wertvoll betrachtet werden. Diese Erfahrung von Reziprozität lässt sich in Interviews mit Auszubildenden rekonstruieren. Sie erfahren sich als Lernende, die gleichzeitig jedoch ihre Arbeitsleistung anbieten und im Kontext ihrer Arbeitsleistung im Ausbildungsfeld bewertet werden. Vor dem Hintergrund dieser Überlegungen komme ich zu dem Schluss, diese Erfahrung als Reziprozitätserfahrung in feldgebundener Normativität zu bezeichnen, die in dualer Ausbildung möglich ist. An diese Überlegungen schließen die Konzeptionalisierungen zur Thematisierung von Bildungsbenachteiligung an, die in der Analyse in den interaktionsgeschichtlich-narrativen Interviews sichtbar werden. Lebensumstände der Auszubildenden, der Rückgriff auf Typisierungen aufgrund von „erwartbaren" Schwierigkeiten mit Auszubildenden sind in den Interviews normalisiert und der individuellen Leistungsbereitschaft einzelner Auszubildender zugeschrieben worden. Dabei zeigt sich, dass eine Normalisierung bzw. eine (De)-normalisierung der Auszubildenden vor der Frage verhandelt wird, ob es Auszubildenden gelingt, die Anforderungen in der Ausbildung, die von mir als *feldgebundene Normen* bezeichnet worden sind, zu bewältigen. Eine Denormalisierung wird als Zuschreibung individuellen Versagens der Auszubildenden sichtbar – eine Normalisierung als Anerkennung einer individuellen Überwindung schwieriger lebensgeschichtlicher Umstände bei den Auszubildenden. Eine Sensibilität der Ausbildenden für spezifische schwierige Konstellationen in Lebensgeschichten – im Sinne einer gesellschaftskritischen oder emanzipatorischen Haltung ist in den Interviews mit Ausbildenden nur begrenzt sichtbar geworden, der Fokus liegt auf der Frage der individuellen Bewältigung der Ausbildung, hinter der Formen des Anders-Seins, der Benachteiligung, der Diskriminierung oder der Stigmatisierung zurücktreten.

6. Biographische Arbeit, Biographisierung und Benachteiligung im Kontext dualer Ausbildung

„Biographie" beschreibt nach Marotzki „eine aktive Leistung des Subjekts, durch die Vergangenheit angesichts von Gegenwart und Zukunft reorganisiert wird" (Marotzki 1999, S. 327). Unter dieser Perspektive werden Biographisierungsleistungen als „Dimensionen der Sinngebung und der Konstruktionsleistung, die von jeder Person zu erbringen sind" (Bartmann & Kunze 2008, S. 177) in den Daten sichtbar. Ich vergleiche die unterschiedlichen Formen, die in den biographischen Rekonstruktionen in den Fallrekonstruktionen und weiteren Erzählungen sichtbar geworden sind und behandele zunächst Formen biographischer Arbeit im Kontext dualer Ausbildung im Sample (6.1). Anschließend verdichte ich die Ergebnisse hinsichtlich der Muster von Biographisierungsleistungen der Auseinandersetzung (6.2), der Balancierung & Konturierung (6.3) und der Negation (6.4) von Minderheitserfahrung und schwierigen Lebenssituationen im Kontext dualer Ausbildung, bevor ich abschließend zu einer Synopse (6.5) komme.

6.1 Spuren biographischer Arbeit durch Ausbildungsprozesse

In den Erzählungen sind Prozesse der Emanzipation und des Zuwachses von Handlungsmächtigkeit in zwei verschiedenen Varianten sichtbar geworden. Sie beziehen sich zum einen auf Emanzipationsprozesse in familiären Kontexten und sind zum anderen offenbar geworden als veränderter Umgang mit organisationalen Strukturen. Innerhalb der Ausbildungszeit und in der Zeit danach wird diese Auseinandersetzung als eine neue Form der Institutionenerfahrung bemerkbar, in der Erzählende sich nicht um eine Passung an Institutionen um jeden Preis bemühen, sondern von Erfahrungen erzählen, in denen widerständiges Handeln im Umgang mit Benachteiligung sichtbar wird. Gleichzeitig wird in den Erzählungen deutlich, dass durch duale Ausbildung Anerkennungsprozesse für junge Erwachsene mit Minderheitserfahrungen und in schwierigen Lebenssituationen erfahrbar werden können, die sich für die Erzählenden als bislang nicht gekannt darstellen.

6.1.1 Familiäre Emanzipationsprozesse

In einigen Erzählungen junger Erwachsener zeigt sich, dass im Zusammenhang mit dem Abschluss der Ausbildung Prozesse der Emanzipation von der Herkunftsfamilie thematisiert werden. In den Biographien von Magda Schneider, Jan Merks und Wolf Dimmer war das Leben mit körperlichen und geistigen Einschränkungen ein bestimmendes Moment in der Zeit des Aufwachsens in der Familie, die Familien begreifen die Bewältigung des Stigmas als gemeinsame Aufgabe. In einzelnen Interviews mit jungen Erwachsenen lässt sich nachzeichnen, dass die Ausbildungszeit wichtig wird, um sich von der Familie stärker als bislang zu lösen. In den Interviews zeigt sich, dass in der Ausbildungszeit neue und bedeutsame Bindungen im Milieu der Ausbildung entstehen können. Ein Zuwachs an beruflicher Kompetenz führt zu Formen der Anerkennung, die im bisherigen Lebensverlauf nicht erfahren wurden. Die Familie gerät damit als eindeutiges zugewandtes Interaktionsgegenüber in eine neue Situation. Die bisherige Fokussierung auf Familie lässt nach und es kommt in der Ausbildungszeit zu Formen der Entwicklung, die eine Lockerung der bisherigen engen familiären Bindung mit sich bringen. In den Interviews zeigt sich nicht, dass es deshalb zu einem konflikthaften Bruch kommt. Es entwickelt sich eine allmähliche Loslösung der jungen Erwachsenen aus der Familie. In besonders eindrucksvoller Weise zeigt sich dies neben der Biographie Paula Wadstels in den Erzählungen von Julia Kuhnen und Marion Rehmer, also in den biographischen Rekonstruktionen junger Frauen, die in ihren Erzählungen hohe familiäre Belastungen angesprochen haben. Die Emanzipationsleistung zeigt sich hier nicht in der Abgrenzung zu einer wohlwollenden Familie, die Schutz und Unterstützung bieten will, wie dies bei beispielsweise bei Admir Milici, Wolf Dimmer und Jan Merks rekonstruierbar wird. Die emanzipatorische Leistung wird sichtbar als eine Arbeit, in der es für die jungen Frauen darum geht, sich von einer familiären Herkunft zu emanzipieren, in der sie Leid und wenig Unterstützung erfahren haben. Sie entwickeln in der Ausbildungszeit einen veränderten biographischen Entwurf, der die Herkunftsfamilie integriert, jedoch gleichzeitig Distanz gebietet. Der Kontext der dualen Ausbildung wird für diesen Emanzipationsprozess bedeutsam, weil er ein anderes – berufliches – Feld der Bewährung anbietet. In der Erzählung von Julia Kuhnen, die ihre Heimat für die Ausbildung in einem anderen Bundesland verlassen hat, wird diese Auseinandersetzung mit der Abgrenzung von ihrer Familie an der von ihr selbst aufgeworfenen Frage sichtbar, ob sie nach dem Abschluss der Ausbildung zurückkommt und sich in ihrer Heimatregion um eine Anstellung bewirbt. Dabei gelangt sie zu einer veränderten Bewertung ihrer Leidensgeschichte in der Kindheit und Jugend (S. 7, Z. 34–39).

E: „Ich wollte, klar, wegen meinen Eltern, wegen meinen Freunden zurück, wusste aber auch, dass die Vergangenheit eigentlich in X (Ort) nicht gut ist, was ich so erlebt habe. Aber ich dachte mir auch, ich bin mittlerweile soweit. War dreieinhalb Jahre von jetzt auf gleich auf komplett eigenen Beinen. Das dürfte einen eigentlich nicht mehr runterziehen".

Julia Kuhnen spricht darüber, dass sie nach dem Ausbildungsabschluss darüber nachdenkt, ob sie zurückkehrt in ihre Heimat und sich dort eine Anstellung sucht. Sie wägt ab, ob die Ereignisse ihrer Kindheit und Jugend sie noch einmal in ähnlicher Weise belasten könnten. Ihren Umzug in ein anderes Bundesland für die Ausbildung und ihr selbstständiges Leben dort begreift sie als ihre Leistung und deutet die Bewältigung dieser Situation als stärkendes Moment für ihre Zukunft. Vor diesem Hintergrund setzt sie sich mit einer Rückkehr in frühere Lebenszusammenhänge auseinander. Die Ausbildungzeit wird als Kontext wichtig, um den Umgang mit bestimmten Erleidenserfahrungen in der Lebensgeschichte neu zu bewerten. In Julias Geschichte wird wichtig, dass sie in der Berufsschule und im Betrieb plötzlich als wissbegierige und lernbereite Auszubildende wahrgenommen wird, eine Erfahrung, die sie in ihrer langen Schulabsenz nicht machen konnte. In der Rekonstruktion in den Interviews zeigt sich, dass die Erzählerinnen in den Interaktionen mit Mitarbeitenden, Ausbildenden und anderen Auszubildenden im Ausbildungsbetrieb Möglichkeiten erfahren, sich anders zu erleben und dass dieses Erleben einen begonnenen biographischen Veränderungsprozess unterstützt.

6.1.2 Die Entwicklung widerständigen Handelns

In der fallrekonstruktiven Betrachtung zeigen sich Momente emanzipatorischen und widerständigen Handelns, die als Reaktion auf Unrechtserfahrungen, erlebte Diskriminierung und Benachteiligung sichtbar werden. Diese werden zum Teil durch gewerkschaftliche Arbeit unterstützt oder machen sich gewerkschaftliche Strukturen zunutze. Die Erzählenden erfahren einen Zuwachs an Handlungsmächtigkeit (vgl. Bethmann 2012) in der Auseinandersetzung mit Strukturen in Betrieben und Behörden. Dabei wird bedeutsam, dass diese kritische Auseinandersetzung nicht gefördert wird, sondern initiativ von den Informant_innen ausgeht. Die Erzählenden emanzipieren sich in der Ausbildungzeit und danach von den bisher erlernten Strategien im Umgang mit Behörden und Betrieben, die sich in den Interviews in der Zeit vor der Ausbildung eher als Strategien der Anpassung rekonstruieren lassen. Der Arbeits- und Ausbildungskontext bietet hier emanzipatorisches Potenzial, das in den Organisationen nur bedingt intendiert ist. Diese Prozesse werden unter anderem rekonstruierbar in den Erzählungen von Paula Wadstel, Admir Milici, Magda

Schneider und Özcan Celebi. In der Fallrekonstruktion Paula Wadstel hat sich gezeigt, dass sich in der Auseinandersetzung mit den eigenen Lebensbedingungen und Erfahrungen mit Behörden ein kritisches Bewusstsein entwickelt hat (vgl. Kap. 3.2). Bedeutsam scheint hier die Form der Beschwerde Paulas an die Bundeskanzlerin Angela Merkel, in der sie nicht einfach ihre persönliche Situation anprangert, sondern allgemeiner von der Förderung für Familien, insbesondere Alleinerziehende und Kinder spricht, die sie als ungerecht und benachteiligend erfährt. Admir Milici erzählt davon, dass er sich gegen die betrieblichen Machtverhältnisse auflehnt, als er sich firmenintern um eine Beförderung bewirbt und die Stelle nicht erhält. Er kann sich diese Ablehnung in der eigentheoretischen Auseinandersetzung nicht durch seine Leistung, sondern nur durch rassistische Motive erklären. In der sequentiellen Analyse wird sichtbar, dass diese Erfahrung seine meritokratische Orientierung ins Wanken bringt. Er unterstützt in der Folgezeit die Gründung eines Betriebsrates in der Firma, den es bis dato nicht gegeben hat (Admir Milici, S. 7, Z. 36–43).

> E: „Und äh, () ja, im Nachhinein bin ich jetz quasi jetz hier in M-Stadt halt dann Abteilungsleiter, ähm, wir haben jetz auch da en Betriebsrat aufgemacht im RegalX halt dann jetz, äh, wo ich auch Mitinitiator war.
> I: mhm
> E: Was RegalX gar nicht gut findet, aber wenn die mich damals nicht fördern wollten. Jetzt haben die den Salat halt dann, (((lacht kurz)))".

Admir geht darauf ein, dass er eine Führungsposition erreicht hat, jedoch nicht die, um die er sich beworben hatte. In der Gründung des Betriebsrates sieht er ein widerständiges Moment: Er ist sich sehr wohl bewusst, dass die Gründung des Betriebsrates in der Firmenhierarchie nicht begrüßt wird. Er nimmt fortan aktiv Einfluss auf die Arbeitsbedingungen der Beschäftigten und begreift sein Engagement im Betriebsrat als in der nicht erreichten Beförderung begründet. In einer Erzählung wird eine andere Facette gewerkschaftlichen Engagements sichtbar, in der die Nutzung gewerkschaftlicher Strukturen für die persönliche Weiterentwicklung und den Berufsweg wichtig wird. In der Erzählung von Özcan Celebi zeigt sich, dass er die gewerkschaftlichen Strukturen nicht für die Regulierung erfahrenen Unrechts oder die Vertretung von Interessen in einer spezifischen Situation nutzt. Die gewerkschaftliche Vertretung in der Ausbildung zeigt sich hier als zusätzliche Sozialisationsinstanz in der Ausbildungsorganisation, die seinen Zuwachs an Handlungsmacht und emanzipatorisches Potenzial unterstützt. Özcan Celebi spricht in seinem Interview darüber, dass er die Übernahme einer Rolle als Jugendausbildungsvertreter als Gelegenheit begreift, sich selbst darin zu üben, vor Menschen zu sprechen. Eine persönliche Erfahrung von Unrecht wie im Fall von Paula geht damit nicht zwangsläufig einher. Hier zeigen sich die Übernahme von Verantwortung für die Gruppe der Auszubildenden und der gleichzeitige Aufbau von Handlungsmacht. Die gewerkschaftliche Sozialisation wird wichtig für die persönliche Weiterentwicklung und fördert gleichzeitig ein politisches Bewusstwerden für den Umgang mit Diversität in Organisationen unter Berücksichtigung der eigenen Lebenssituation. Diese Entwicklung eines politischen Bewusstseins wird auch im Interview mit Magda rekonstruierbar. Ich gehe zunächst auf ihre biographische Erzählung ein, bevor ich die Prozesse genauer erläutere, in denen sich ihr Engagement für Menschen mit Hörbehinderung zeigt.

Magda Schneider ist zum Interviewzeitpunkt 26 Jahre alt. Ihre Familie lebt im ländlichen Raum in Süddeutschland, über die berufliche Tätigkeit ihrer Eltern erzählt sie im Interview nichts. Magda ist das erstgeborene Kind, sie erzählt im Interview, dass ihre Eltern ihr rückblickend von ihrer anfänglichen völligen Überforderung berichten, als sie knapp zwei Jahre nach der Geburt erkennen, dass Magda nicht auf Geräusche und Rufen reagiert. Ihre fast vollständige Taubheit wird kurz darauf medizinisch festgestellt. Sie erhält eine erste Anpassung von Hörgeräten im Kindergartenalter und besucht zunächst einen Förderkindergarten. Ihren Eltern ist eine Orientierung an den Regelinstitutionen sehr wichtig. Sie setzen durch, dass Magda den Förderkindergarten im Wechsel mit einer Regeleinrichtung besucht. Magda wird in eine Schule für gehörlose Kinder eingeschult; erneut versuchen die Eltern, eine Regeleinrichtung durchzusetzen und nehmen Magda nach der 5. Klasse von dieser Schule. Sie wiederholt das Schuljahr in einer Hauptschule und wechselt dann in eine private Wirtschaftsschule. In ihrer Freizeit wird ein Verein für Familien mit hörgeschädigten Kindern wichtig, dort findet ihre Familie Anschluss und trifft Menschen in ähnlichen Lebenssituationen. Dort findet Magda Freunde, mit denen sie regelmäßig etwas unternimmt, sie bezeichnet diese Gruppe als ihre „zweite Familie". In der neuen Umgebung der privaten Wirtschaftsschule fühlt sie sich sehr unwohl, sie erzählt im Interview, dass sie dort damals „gemobbt" worden sei[78]. Magda Schneider absolviert im Anschluss an ihre Schulzeit eine Ausbildung in einem großen Unternehmen, sie unternimmt gezielt Schritte mit ihren Eltern, um diesen Ausbildungsplatz zu erhalten. Sie evaluiert ihren Arbeitsalltag dort im Interview nach dem Ausbildungsabschluss positiv. Sie kommt jedoch darauf zu sprechen, dass sie spezifische Maßnahmen plant, um den Arbeitsalltag für sich einfacher zu gestalten. Sie erzählt, dass es ihr nach wie vor Schwierigkeiten bereitet, in einer Gruppe – im Großraumbüro – zu unterscheiden, ob Gespräche ihr gelten oder ob einfach in ihrer Nähe Menschen miteinander sprechen. Ihre Kolleg_innen erlebt sie dabei nur begrenzt sensibel. Sie geht im Interview darauf ein, dass sie aus diesem Grund eine Fortbildung

---

78   Die biographische Skizze ist bereits publiziert in Erdmann 2018.

für hörende Kolleg_innen initiert hat, um sie im Umgang mit Menschen ohne Gehör zu schulen. In diesem Handeln wird eine Form selbstbestimmter Auseinandersetzung mit ihrer Hörbehinderung sichtbar, die sich ähnlich wie die Phänomene in den biographischen Erzählungen von Admir Milici, Öczan Celebi und Paula Wadstel als Form widerständigen Handelns fassen lässt.

6.1.3 Erfahrungen des Anerkannt-Werdens

In einigen Erzählungen wird sichtbar, dass sich mit der Ausbildung und dem Ausbildungsabschluss Erfahrungen des Anerkannt-Werdens verbinden, die so bislang im biographischen Erleben nicht möglich waren. In der Rekonstruktion zeigen sich diese Prozesse gekennzeichnet durch Erlebnisse in der Ausbildung und durch den Ausbildungsabschluss selbst. Diese beiden Facetten werden in den Erzählungen als miteinander verflochten sichtbar: Erzählende entwickeln durch den erfolgreichen Ausbildungsabschluss ein verändertes Bild von sich selbst, erfahren Bestätigung dafür, „es" geschafft zu haben und einen veränderten Umgang mit stigmatisierenden, diskriminierenden oder belastenden Erfahrungen vor dem Hintergrund der Ausbildung und des Ausbildungsabschlusses. Wolf Dimmer geht in seiner Erzählung darauf ein, dass es für ihn wichtig wird zu begreifen, dass er durch seinen Ausbildungsabschluss in der Metallindustrie und seine berufliche Tätigkeit dort ein deutlich höheres Gehalt erhält als frühere Klassenkolleg_innen, mit denen er die Realschule besucht hat und mit denen er schwierige Erfahrungen verbindet: Er fühlte sich von ihnen ausgegrenzt und verachtet. Er erzählt, dass ihm dieses Bewusstwerden einer deutlich höheren monetären Entlohnung für seine berufliche Tätigkeit im Vergleich zu diesen Klassenkolleg_innen viel bedeutet.

Gleichzeitig zeigen sich die Prozesse des Hineinwachsens in einen Ausbildungsberuf bedeutsam für Erfahrungen der Anerkennung der jungen Erwachsenen (hierauf bin ich in Kapitel sechs ausführlicher eingegangen). Sie erlernen einen Beruf in einem Setting, das ich im thematischen Kontext als semi-pädagogisch bezeichnet habe (vgl. Kap. 1.2). Dort habe ich skizziert, dass die Ausbildung durch pädagogische Prämissen strukturiert ist, jedoch die pädagogische Formung nicht im Vordergrund steht, wie dies häufig in den Maßnahmen des Übergangsbereichs der Fall ist. Dort wird eine pädagogische Formung oft wichtig, da die Maßnahmen darauf abzielen, Jugendliche und junge Erwachsene in eine Lage zu versetzen, die ihnen die Aufnahme einer Ausbildung ermöglicht – das Setting zielt also darauf ab, die Person zu verändern – damit verbindet sich häufig die Rede von der „Ausbildungsreife" Jugendlicher und junger Erwachsener (vgl. hierzu bspw. Ahrens 2014a). Die von mir so bezeichnete semi-pädagogische Formung der dualen Ausbildung wird hingegen wichtig für das Hineinwachsen in ein bestimmtes Berufsbild im Rahmen eines Ausbildungsberufes. In den Erzählungen der Ausbilder in Kap. 5 konnte ich zeigen, dass der semi-pädagogische Kontext bedeutsam werden kann, im Vordergrund des Ausbildens jedoch die Orientierung am Hineinwachsen in einen bestimmten Ausbildungsberuf steht. Dort hat sich auch gezeigt, dass Auszubildende in den Erzählungen der Ausbildenden damit in Verbindung gebracht werden, wie gut oder schlecht es ihnen gelingt, in einen Ausbildungsberuf hineinzuwachsen. Bestimmte Erfahrungen des Anders-Seins Auszubildender sind dabei in den Erzählungen häufig in den Hintergrund getreten. Dies zeigt sich gleichermaßen in den Erzählungen der ehemaligen Auszubildenden wie auch der Ausbildenden: Wichtig wird, ob sie die Anforderungen in der Ausbildung bewältigen. Als Personen mit bestimmten Stigmata oder schwierigen Umständen in der Lebensgeschichte treten sie erst in zweiter Linie in Erscheinung. Dies wird vor allem in den Erzählungen deutlich, in denen es vor der Berufsausbildung lange Jahre pädagogischer Interventionsgeschichte gab, in denen Lernerfahrungen vor allem in pädagogisch überformten Kontexten sichtbar geworden sind, die die Notwendigkeit einer Veränderung der Person als mehr oder weniger offen mittransportiert haben. Die Anerkennungserfahrung im Ausbildungskontext ist hiermit verbunden: Es geht nicht darum, eine andere Person zu werden, es geht darum, als diese Person diese Ausbildung zu absolvieren und dabei den Anforderungen zu genügen, die der Beruf erfordert. Diese Erfahrung lässt sich zentral in der Fallrekonstruktion Bernd Hochstein nachzeichnen: Er erfährt Anerkennung für sein handwerkliches Können, was der Misserfolgs- und Versagenserfahrung in formellen Schulkontexten entgegensteht. Die Anerkennung wird sichtbar in der Bewältigung der Ausbildung unabhängig von der Person, die nicht im Mittelpunkt der Betrachtung durch die Ausbildenden steht. Gleichzeitig hat sich gezeigt, dass genau diese Fokussierung bedeutsam für persönliche Prozesse und die Anregung biographischer Arbeit werden kann. In der Erzählung von Marion Rehmer wird erkennbar, dass sich eine zentrale Anerkennungserfahrung in der Ausbildung mit einer Krise und einer Intervention ihres Ausbilders verbindet, in der er sich mit ihrem Wunsch nach Verkürzung der Ausbildung identifiziert. Marion Rehmer erzählt, dass sie nicht mit einer Erlaubnis für eine Ausbildungsverkürzung rechnet, die sie aufgrund ihrer Belastung als Alleinerziehende, ihrer psychischen Überlastung und aufgrund der häufigen Klinikaufenthalten ihres Kindes (ihr Sohn leidet unter chronischer Bronchitis und Asthma im Kleinkindalter) gerne hätte. Marion Rehmer schildert diese Interaktionssequenz in ihrem Interview (Interview Marion Rehmer, S. 12, Z. 48 – S. 13, Z. 6).

E: „und äh, das fand ich schon/ da hab ich eigentlich selber gar nich mit gerechnet. Des war eigentlich nur so en Versuch, und hab gedacht, wenn ich erstmal nach nem Jahr frag, vielleicht lässt er sich auf en halbes ein. So ungefähr. Und äh, dann sacht der aber auch direkt, und äh ja, ich werd das auf jeden Fall/also, ich war auch die Erste, die das gemacht hat. (..) Vorher war das auch/ bis dato war das nie möglich, die Ausbildung zu verkürzen, da. Und dann sacht er aber, ja, aber ich kann das nachvollziehen und als ich meine Ausbildung gemacht hab, er hatte Koch gelernt, ähm, ich wollte auch so gerne verkürzen und mein Ausbilder hat mir das verboten und ich weiß, wie enttäuscht ich da war und wie demotivierend das war. Und deswegen würde ich ihnen gerne/ das gerne halt ermöglichen.

I: mhm

E: Und das war eigentlich was, wo ich gedacht hab: wow. (..) hab ich gar nicht mit gerechnet".

Ihr Ausbilder überrascht sie mit einer Begründung, die ihre besondere Situation als Alleinerziehende und mit einem chronisch kranken Kind gar nicht einschließt. Er geht darauf ein, dass er selbst gerne seine Ausbildung damals verkürzt hätte. Er begründet seine Entscheidung aufgrund des positiven Ausbildungsverhaltens Marions und identifiziert sich mit ihrer Situation als Auszubildende, ohne in seiner Begründung auf ihre private Situation einzugehen. Diese Erfahrung trägt dazu bei, dass sie ihren Wunsch nach einer Ausbildungsverkürzung in veränderter Weise betrachtet: Durch die Reaktion ihres Ausbilders sieht sie ihn fortan weniger ihrem Wunsch nach Entlastung geschuldet, sondern eher ihrem Können in der Ausbildung. Sie erlebt ihren Ausbilder so, dass er ihre Ausbildungsleistung hervorhebt und nicht möchte, dass sie die Motivation für die Ausbildung verliert. Diese wertschätzende Deutung ihrer Situation ist für sie eine Überraschung, mit der sich eine zentrale Anerkennungserfahrung verbindet. In der Fallrekonstruktion zu Paula Wadstel wird ein Phänomen sichtbar, dass sich in einigen anderen Erzählungen ebenso gezeigt hat: Die wertschätzende Wirkung des Ausbildungsabschlusses verbindet sich mit einer Neubewertung der bisherigen Lebensgeschichte. In dieser Erfahrung des Anerkannt-Werdens sind häufig signifikante Andere sichtbar geworden, die den Ausbildungsabschluss gewürdigt haben und damit eine neue Bewertung erlebter Geschehnisse ermöglichen. Paula geht insbesondere darauf ein, wie stolz ihre Mutter auf ihren Ausbildungsabschluss ist und dass sie damit eine Wertschätzung durch ihre Mutter erfährt, die sie so bislang nicht gekannt hat.

6.2 Biographisierung durch Auseinandersetzung mit Benachteiligungs- und Stigmatisierungserfahrungen

Im Folgenden stelle ich drei Formen von Biographisierungsleistungen im Umgang mit Erfahrungen des Anders-Seins vor, die in den Erzählungen rekonstruierbar geworden sind. In Biographien, für die die Fallrekonstruktion zu Admir Milici stellvertretend steht, habe ich eine Struktur rekonstruiert, die ich abstrahierend als Biographisierungsleistung der Auseinandersetzung bezeichne. Die autobiographische Thematisierung ist in diesen Erzählungen als eine Auseinandersetzung der Erfahrung des Anders-Seins im Hinblick auf die „fraglos Zugehörigen" (Mecheril & Hoffarth 2009, S. 11) sichtbar geworden. Die eigentheoretische Auseinandersetzung ist in diesen Erzählungen von Beginn im Kontext des Erlebens von Anders-Sein als andere verortet. Dabei wird in den theoretischen Bezügen in diesen Erzählungen immer wieder die eigene Entwicklung in Beziehung zu diesem Erleben von Anders-Sein gesetzt. Innerhalb der autobiographischen Thematisierung zeigt sich als ein Element das In-Beziehung-Setzen der eigenen Geschichte in größere politische Zusammenhänge. So spricht beispielsweise Jan Merks darüber, dass er sich im Vorfeld der Ausbildungsaufnahme überlegt, dass er gerne bei einem Großunternehmen seine Ausbildung machen möchte. Er begründet diesen Wunsch mit einer Anbindung an den Inklusionsdiskurs. Er argumentiert, dass er davon ausgegangen ist, dass ein Großunternehmen eine Unternehmenspolitik zu Inklusion habe und er damit als Mensch mit einer körperlichen Behinderung dort langfristig zu einer Perspektive kommen kann.

Diese Diskursanbindungen der individuellen Situation an größere gesellschaftliche und institutionelle Zusammenhänge werden in den biographischen Rekonstruktionen dieser Biographisierungsform in Verbindung mit meritokratischen Orientierungen sichtbar. Durch eine prozessstrukturelle Analyse werden Handlungsschemata sichtbar, die eigentheoretisch mit einer Orientierung an Erfolg durch Leistung korrespondieren. Damit zeigt sich eine Biographisierungsleistung, die die eigene Lebenssituation in einen größeren strukturellen Kontext rückbindet, hierdurch Handlungsmächtigkeit gewinnt und dabei gleichzeitig auf individuelle Leistung setzt, um Erfahrungen des Anders-Seins und Anders-Gemacht-Werdens etwas entgegenzusetzen. In der Fallrekonstruktion zu Admir Milici wird ein solcher Prozess mit der Betriebsratsgründung sichtbar. Er begründet dieses Handeln durch die Ablehnung seiner Beförderung, die er sich rassistisch motiviert erklärt. In dieser Biographisierungsleistung gibt es eine konkrete und benennbare Auseinandersetzung mit den bildungsbenachteiligenden Bedingungen in der Lebensgeschichte. In diesen Lebensgeschichten ist die eigentheoretische Bearbeitung von einem offenen Umgang mit bestimmten Erfahrungen von Differenz mit ihren Möglichkeiten und Schwierigkeiten geprägt, die sich für die einzelnen daraus ergeben haben. Die evaluativen und bilanzierenden Theorien in den Interviews zeugen von der Auseinandersetzung der einzelnen in der Lebensgeschichte und gerade auch in der Zeit der dualen Ausbildung.

Die Zeit der dualen Ausbildung wird in diesen Erzählungen wichtig für die Bearbeitung von Erfahrungen des Anders-Seins. Im Kontext dualer Ausbildung zeigt sich in den Erzählungen, dass Interaktionen mit anderen als Kontinuum zwischen Stigmatisierung und Positionierungsnotwendigkeit erfahren werden.

Damit sind in den Interviews Erfahrungen angesprochen worden, in denen das Anders-Sein von den mehrheitlich Anderen zum Thema gemacht wurde[79]. Die biographische Erfahrung der Informant_innen, bei denen ich diese Biographisierungsleistung zeigen kann, ist von der Unumgänglichkeit ihres Anders-Seins geprägt. Jan Merks kann nicht vergessen, verbergen oder ausblenden, dass er körperlich behindert ist, seine Kindheit und Jugend ist von der Auseinandersetzung damit gezeichnet. In seiner Erzählung der dualen Ausbildung wird sichtbar, wie er und Kolleg_innen in der Ausbildungszeit ihre Erwartungen aneinander formulieren. Das hat sich in ähnlicher Form auch in anderen Interviews gezeigt. Es gibt ein benenn- und besprechbares Anders-Sein in der Biographie, das im Rahmen dualer Ausbildung relevant wird, aber bearbeitet werden kann. Alle Interviews, in denen diese Biographisierungsform rekonstruiert werden kann, sind durch familiäre Unterstützungsformen gekennzeichnet, in denen die biographische Arbeit der Informant_innen innerfamiliär mitgetragen wird, jedoch nicht als stellvertretende biographische Arbeit im Anschluss an Mangione (vgl. Mangione 2018) sichtbar geworden ist. Gemeinsam ist diesen biographischen Rekonstruktionen, dass stigmatisierende, erschwerende oder diskriminierende Erfahrungen im Lebensablauf aufgenommen und im Hinblick auf eine Ausbildungsaufnahme bearbeitet werden. Diese Bearbeitung zeigt sich sowohl in den narrativ rekonstruierbaren Handlungspraxen als auch in den argumentativen Auseinandersetzungen mit der eigenen Lebensgeschichte.

6.3 Biographisierung durch Balancierung und Konturierung lebensgeschichtlicher Erfahrungen

In Gegenüberstellung zur ersten Biographisierungsleistung findet sich in einer Reihe von Erzählungen eine biographische Bearbeitung von Benachteiligungsformen, die durch unterschiedliche Aspekte geprägt ist. In der Rekonstruktion der Prozessstrukturen zeigt sich hier ein biographisches Muster, das ich als Versuch einer Balancierung und der Bearbeitung einzelner Aspekte einer komplexeren Erleidenserfahrung schildere. Ich möchte im Folgenden ausführen, wie ich unter dem Eindruck der Interviews dazu gekommen bin, dieses Muster als Biographisierungsform der Balancierung und Konturierung zu beschreiben.

---

79 Im Hinblick auf meine Ergebnisse möchte ich schärfen, dass sich im Sample gezeigt hat, dass Migration biographisch als eine Differenz erfahren werden kann, die die beschriebenen Phänomene mit sich bringt, dies aber nicht mit der Erfahrung der Migration verbunden ist, sondern mit der Frage des Umgangs mit Differenzerfahrungen. Im Kontext rassismuskritischer Forschungen sind diese Prozesse im Hinblick auf Migration differenzierter beleuchtet worden (vgl. z. B. Rose 2012).

In den biographischen Rekonstruktionen junger Frauen in männerdominierten Betrieben lässt sich zeigen, dass sie die Notwendigkeit einer biographischen Bearbeitung nur begrenzt für nötig halten und sich kein dauerhaftes Erleiden als erschwerender Zustand aus der Ausbildungssituation heraus bildet. In den Erzählungen von Nadja Noth und Lena Worts wird sichtbar, dass sie sich darum bemühen, in einer männerdominierten Ausbildungsumgebung ihre Ausbildung gut zu meistern, ohne dabei als besondere Auszubildende, als „Frau" angesprochen zu werden. Ihre Verarbeitung der Ausbildungssituation ist davon geprägt, dass sie sich selbst nicht als anders definieren wollen und gleichzeitig mutmaßen, dass andere sie jedoch als „anders" behandeln könnten. Gleichzeitig fallen sie im Sample auf, da eine Bildungsbenachteiligung in ihren Erzählungen nur als Dramatisierung von Geschlecht (vgl. Goffman 2001; Suthues 2012) in einem männlich dominierten Kontext sichtbar wird. Der Umgang zeigt sich hier in der Erzählung in der permanenten Verhandlung der Frage, ob etwas anders ist oder ob nur vermutet wird, dass etwas anders ist. Das biographische Muster der Verarbeitung im Hinblick auf die duale Ausbildung zeigt sich in den Erzählungen als punktuelle Balancierung eines Anders-Seins und Anders-Gemacht-Werdens. Beide Erzählerinnen bearbeiten die Situation für sich erfolgreich und schließen die Ausbildung zügig und mit sehr guten Ergebnissen ab (vgl. hierzu auch Kap. 5).

Eine weitere Form der Balancierung als Muster biographischer Bearbeitung zeigt sich auch in den Erzählungen junger Erwachsener, in denen sich eine thematische Fokussierung auf bestimmte Aspekte bildungsbenachteiligenden Erlebens in Form einer Somatisierung offenbart. In diesen Erzählungen zeigt sich eine eigentheoretische Auseinandersetzung mit Schwierigkeiten im Ausbildungsverlauf, die durch Krankheitssymptome erklärt werden. Als primäre Linie des Scheiterns in der Ausbildung wird die Erkrankung bzw. der Umgang mit der Erkrankung sichtbar. In den Erklärungstheorien werden diese Erkrankungen nicht in Verbindung mit anderen leidensgeprägten Aspekten der eigenen Geschichte gebracht, die narrativ insbesondere als familiäre Problemlagen sichtbar werden. In den Erzählungen lässt sich eine vielschichtige, erschwerende Situation durch familiäre Krisen und Krankheitsgeschichten zeigen, die die Erzähler in ihrer eigentheoretischen Auseinandersetzung allein auf eine Krankheitsgeschichte eingrenzen, um sich Schwierigkeiten im Ausbildungsverlauf und ihr Scheitern erklären. Die biographische Bearbeitung zeigt sich hier ebenfalls als Konturierung einer bestimmten Erleidenserfahrung, einer Erkrankung. Im Vergleich zu anderen biographischen Rekonstruktionen fällt in den Erzählungen von Patrick Bucht und Hanno Ferdt auf, dass die Zuspitzung vielfältiger Schwierigkeiten auf den Aspekt der Erkrankung zunächst ein stabilisierendes Potenzial für den weiteren Prozess in der Ausbildung entwickelt. Die Erzählenden formulieren globale Evaluationen, die nur begrenzt mit den narrativen Teilen des Interviews in Deckung zu bringen sind. So scheinen Hannos eigentheoretische Überlegungen zu seiner Zukunftsplanung nach dem Ende der Ausbildung eine Aneinanderreihung von Optionen, die allesamt gleich realistisch oder unrealistisch bleiben. Er verbleibt in einer hypothetischen Planung, die im Interview vage erscheint und nicht mit einer Handlungsplanung in Verbindung steht. Diese Form steht im Kontrast zu der Konturierung von schwierigen Lebenssituationen und der Bearbeitung, wie sie sich exemplarisch an der Fallrekonstruktion Paula Wadstel und bei Marion Rehmer nachvollziehen lässt. In der Analyse lässt sich zeigen, wie sich das Erleben einer komplexen Verlaufskurvenerfahrung verändert und einer offensiven Thematisierung eines Alleinerziehenendendaseins weicht, was als bearbeitbare und besprechbare Bildungsbenachteiligung im Kontext dualer Ausbildung formuliert wird. In der Sequenzanalyse zeigt sich, dass es den Informant_innen zunächst nicht möglich ist, sich auf die Erfahrungen des Aufwachsens, die von Erleiden und Getrieben-Sein geprägt sind, systematisch und handelnd zu beziehen. In späteren Auseinandersetzungen zeigt sich biographische Arbeit und die Bearbeitung in einer Form der Balancierung, indem aus der Vielzahl schwieriger Erfahrungen im Lebensablauf eine zentral gesetzt wird. Diese zentrale Setzung zeigt sich in der biographischen Erzählung in der argumentativen Auseinandersetzung.

In Paulas Geschichte wird deutlich, dass sie sich im Lauf der Zeit immer klarer über unterschiedliche belastende Erfahrungen wird. Problematische Erfahrungen gewinnen in der Erzählung ihrer Lebensgeschichte Kontur: Sie nutzt die Mutterschaft für die Entwicklung biographischer Arbeit und spricht in einer veränderten Weise über ihre Art, durchs Leben zu gehen. Fortan nimmt sie sich selbst als junge Mutter in die Pflicht, die für ihr Kind sorgen muss und tritt mit dieser Erwartung an Akteure in Schule und Ausbildung heran. Diese Erwartungen zeigen sich in ihrer Erzählung als interaktionswirksam: Ihre Erwartungen werden (insbesondere im Kontext der Ausbildung und der Berufsschule) von anderen, wie zum Beispiel ihrer Lehrkraft Frau Schneider, geteilt, wodurch die bisherigen Schwierigkeiten etwas von ihrer Dynamik verlieren und Paula Wadstel substantiell an Handlungsmacht gewinnt. Hier erweist sich die Mutterschaft als biographischer Wendepunkt, der eine Konturierung einer erfahrenen Differenzlinie ermöglicht und biographisch veränderte Optionen mit sich bringt, ohne dass die Diffusität von Benachteiligungslagen in der Biographie deswegen vollständig überwunden würde. Die duale Ausbildung wird in Paula Wadstels Erzählung sichtbar als mühsam erreichte Bildungsinstitution, die prekäre Lebensbedingungen mildert und zur Erreichung eines Normallebensentwurfs beitragen soll.

Gleichzeitig wird sichtbar, dass sie ihr Erleben als alleinerziehende Mutter von ihrer individuellen Situation löst. Diese Strategie hat weitreichende Konsequenzen für ihr Einfordern von Rechten in der Ausbildung und ihren Umgang mit Behörden. Wichtig wird hier, dass sie im Kontext dualer Ausbildung auf signifikante Andere trifft, die eine spezifische Differenzsensibilität mit ihr teilen und eine Diskursanbindung unterstützen. Hier zeigt sich, dass ihre Anbindung an Diskursformationen als handlungserweiternd sichtbar wird und biographische Arbeit unterstützt (vgl. Dausien 2016, S. 38). Hier setzen biographische Strategien zur Veränderung an. In ähnlicher Weise zeigen sich Prozesse in der biographischen Erzählung von Jens Lanste, der die Erfahrung sozialer Elternschaft zum Anlass nimmt, schwierige, wenig thematisierbare Erfahrungen seiner Kindheit und Jugend hintenan zu stellen und sich auf die neue Aufgabe mit der Entwicklung eines biographischen Handlungsschemas zu beziehen, das eigentheoretisch sichtbar wird. In diesem Prozessmuster des Umgangs zeigen sich schwierige Lebenssituation als komplexe Erleidenserfahrungen und entziehen sich einer eindeutigen Bestimmbarkeit erschwerender Umstände für die Erzählenden. In diesem Prozessmuster sind die biographischen Auseinandersetzungen von Erleiden *und* der Entwicklung von Planungen gekennzeichnet. Einzelne fassbare Erfahrungen erschwerender Umstände werden in den Vordergrund gerückt. Die biographischen Bearbeitungen im Prozessmuster zeigen sich von den Versuchen geprägt, spezifische Erfahrungen zu nutzen, um im Erleben komplexer Schwierigkeiten Planungen zu entwickeln.

6.4 Biographisierung durch Negation angesichts von Erleidenserfahrungen

In einigen Erzählungen im Sample fällt auf, dass es neben den narrativen Passagen nur begrenzt Versuche gibt, sich in argumentativer Form der Darstellung die eigene Geschichte zu erklären oder zu verstehen, wie Dinge im Leben geschehen sind. Dies ist besonders auffällig geworden in Erzählungen, in denen sich schwierige Lebenssituationen mit langfristigen Erfahrungen des Erleidens verbunden haben. Diese Formen von Theoriebildungen zur eigenen Geschichte beziehen sich tendenziell in diesen Erzählungen im Sample nur begrenzt auf Erleidenserfahrungen. In der Rekonstruktion von biographischen Prozessen, die sich als erleidensgeprägt beschreiben lassen, ist deutlich geworden, dass es nur begrenzt Spuren eigentheoretischer Bezüge in den Interviews gibt, die auf eine offene Thematisierung von Erleidensprozessen hinweisen, die benachteiligend wirksam geworden sind. In den Erzählungen zeigt sich, dass es in den wichtigen Beziehungen und mit den signifikanten Anderen kaum eine relevante Auseinandersetzung und ein gemeinsames Bewusstsein über Erleidensmomente und schwierig zu bearbeitende Erfahrungen im Lebensablauf gibt, die als Bildungsbenachteiligung und Differenzerfahrungen sichtbar werden. Die Erzählenden beziehen sich in ihrer Darstellung und in Erklärungsversuchen auf sich selbst und bezichtigen sich des Versagens, oder sie nehmen einen abstrakten Bezug auf einen Rahmen, wie er in der nachfolgenden Erklärungstheorie

Bernd Hochsteins exemplarisch sichtbar wird. Auffällig ist, dass in diesen Formen der Biographisierung keine Anbindungen an gesellschaftliche Diskurse sichtbar werden, auf die die Erzählenden sich positiv beziehen können oder wollen. Diese Nicht-Thematisierung des eigenen Erlebens von Benachteiligt-Werden und Benachteiligt-Sein wird in der narrativen Rekonstruktion sichtbar als Teil eines Ausbildungsverlaufs, der unter diesen Bedingungen – dies wird in der Fallrekonstruktion Bernd Hochstein sichtbar – nur sehr schwierig zu Ende gebracht wird. In der folgenden Erklärungstheorie zeigt sich exemplarisch, in welcher Weise sich der Erzähler auf schwierige Prozesse in seiner Geschichte bezieht (Nachinterview Bernd Hochstein, S. 12, Z. 31–36).

E: „Und das ist ja klar, mir war das ja alles scheißegal. Was heißt scheißegal, ich meine, ich habe mich irgendwie da so da durchgeschlagen. Ich hatte meine Freunde, ich hatte () äh () meinen Spaß. Immer/ am Wochenende musste ich immer weg und ja, der/ die Staat oder sonst irgendetwas wollen halt, dass ich arbeite, dann muss ich arbeiten".

In der Erzählung Bernds und anderen ähnlichen Erzählungen im Sample fällt auf, mit welchen Formen eigentheoretischer Thematisierung Erleidensprozesse und deren Bearbeitung durch biographische Arbeit einhergehen. In Sample ist es den Erzählenden in diesen Konstellationen nur sehr begrenzt möglich geworden, biographische Arbeit zu leisten und sich mit Versagensprozessen auseinanderzusetzen und diese als Benachteiligung zu begreifen, die auf spezifische strukturelle Umstände verweisen: Formen eines politischen Bewusstseins, das zu Praxen widerständigen Handelns führen kann, sind in dieser Biographisierungsform nicht sichtbar geworden. So gelingt in diesen rekonstruierten Biographien den Informanten nur in Ansätzen, Planungen zu entwickeln, die mit einer Reflexion der eigenen Situation einhergehen. Insbesondere in der Rekonstruktion der Interviews mit Bernd Hochstein zeigt sich, dass intentionale Planungen (die sich in seiner Erzählung auf berufliche Planungen beziehen) über lange Zeit durch andere an ihn herangetragen werden – dies habe ich in der Fallrekonstruktion (vgl. Kap. 3.3) im Anschluss an Mangione (2018) als stellvertretende biographische Arbeit bezeichnet, die sichtbar wird. In den biographischen Rekonstruktionen, in denen Negation als Biographisierungsleistung sichtbar wird, fällt das Verhältnis von wenig thematisierbaren Erleidensprozessen und argumentativen Ausführungen in Form von Selbstbezichtigungen im Sprechen über Versagen in formalen Bildungsinstitutionen auf. Erschwerende Umstände durch schwierige Bildungskarrieren in Schulen, Abstufungsprozesse in unterschiedlichen Schulformen und damit einhergehende familiäre Krisen werden individualisiert betrachtet. Das Versagenserleben zeigt sich in diesen Biographien individualisiert und kann nicht mit strukturellen Aspekten in Verbindung gebracht werden, die Erzähler bleiben in ihren Erleidensprozessen verhaftet bzw. relativieren diese, wie es sich an der Fallrekonstruktion Bernd Hochstein (vgl. Kap. 3.3) exemplarisch zeigen ließ. Hier zeigt sich eine Biographisierungsleistung, die pointiert als *Negation eines Benachteiligungserlebens* bezeichnet werden kann.

6.5 Zusammenfassung

In der Zusammenschau der Biographisierungsleistungen erscheint duale Ausbildung als Normalität vermittelnde Institution einer Berufsausbildung neben der akademischen Ausbildung. Dabei haben sich in den Rekonstruktionen und Datentriangulationen *Biographisierungsleistungen der Auseinandersetzung* mit Minderheitserfahrungen und schwierigen Lebenssituationen als zugänglich in Interaktionen mit anderen in der Ausbildung gezeigt. Damit haben sich Chancen und Risiken für die Erzählenden eröffnet, auf eine Situation der Benachteiligung im Ausbildungskontext und im Vorfeld der Ausbildung Bezug zu nehmen. Gleichzeitig wird in diesen biographischen Rekonstruktionen eine meritokratische Orientierung sichtbar, die einen individuellen Leistungsgedanken und die Überwindung erschwerender Umstände durch eigene Kraft zentral setzt. Diese Orientierung zeigt sich in den Daten ganz ähnlich zu den Orientierungsmustern in den Zuschreibungen von Anders-Sein vieler Ausbildender. In ihren Erzählungen sind die Anerkennung der Auszubildenden durch deren Leistungsbereitschaft sichtbar geworden. In ähnlicher Weise ist dies bei Biographisierungsleistungen sichtbar geworden, die sich als *Balancierung und Konturierung* spezifischer Benachteiligungslagen rekonstruieren lassen. Biographische Arbeit und eine Anbindung erfahrener Bildungsbenachteiligung an dominante Diskursformationen zeigt sich in den biographischen Rekonstruktionen zu Versagensprozessen deutlich schwieriger zugänglich, was ich pointiert als Biographisierungsleistung der *„Negation"* bezeichnet habe. Die Erzählungen im Sample, in denen sich Versagensprozesse in formalen Bildungssettings rekonstruieren lassen, fallen durch eine sehr reduzierte eigentheoretische Verarbeitung der Erzählenden auf. Die evaluierenden Kommentare und die Stellungnahmen zur eigenen Lebensgeschichte fallen sehr knapp aus oder fehlen im Kontrast zu vergleichbaren Interviews völlig. Es werden hier überlagernde erschwerende Umstände in Biographien sichtbar, die sich einer Steuerung entziehen und als Erleidensprozesse erfahrbar werden. Die Rekonstruktion von Elementen der Handlungspraxis in dieser und anderen Erzählungen zeigt, dass es in den Prozessen des Versagens den Erzählenden nur begrenzt möglich geworden ist, benachteiligende Erfahrungen in den Blick zu nehmen. In diesen Erzählungen, die durch Schulversagen oder komplexe familiäre Problemlagen geprägt waren, ist eine Orientierung an einer dualen Ausbildung nur begrenzt in den Horizont der Möglichkeiten gekommen. Im gesamten Sample zeigt sich, dass sich überlagernde Erfahrungen schwieriger Lebenssituationen, die vor allem als Erleiden sichtbar geworden sind, zu einer völligen Ausbildungslosigkeit nach dem vorzeitigen Ausscheiden aus einer aufgenommenen Ausbildung führen können. Hier lässt sich die Frage stellen, auf welche gesellschaftlich dominanten Diskurse diese Erfahrungen verweisen, die mit Schulverweigerung, Schulversagen und Aufwachsen in öffentlicher Verantwortung durch Hilfen zur Erziehung[80] als biographische Prozesse einhergegangen sind. Es bleibt offen, in wieweit es überhaupt möglich ist, an diese Diskurse durch eine biographische Bearbeitung anzuschließen. Im Sample sind kaum Thematisierungen der Rückbindung individuellen Erlebens des Versagens an Diskurse sichtbar geworden, wie sich das für andere biographische Prozesse und insbesondere für die beiden anderen rekonstruierten Formen von Biographisierungsleistung zeigen lässt. In diesen haben sich Erzählende in ihrer biographischen Arbeit auf die problematisierbare Situation von Alleinerziehenden, Inklusion als gesellschaftliche Aufgabe oder die Diskriminierung von Menschen mit Migrationsgeschichte bezogen. Eine Bezugnahme auf Benachteiligung als interaktives Geschehen, das mit bestimmten gesellschaftlichen und institutionellen Strukturen einhergeht und als solches biographisch erfahrbar wird, zeigt sich in dieser dritten rekonstruierten Form von Biographisierungsleistungen nicht.

---

80 Vgl. für erste Annäherungen an diese Thematik bspw. Doll 2013; Rein 2016 und Reimer 2017.

7. Benachteiligung in der beruflichen Bildung – Aspekte einer theoretischen Erweiterung

In diesem Kapitel erfolgt die Kontextualisierung und Diskussion der Ergebnisse im Hinblick auf relevante Theorien und Forschungen im Forschungsfeld. Dabei verstehe ich im Sinne einer rekonstruktiven Forschungshaltung meine empirischen Ergebnisse im Anschluss an Kalthoff, der davon spricht, dass empiriebasierte Theoriebildung rekonstruktiver Forschung Phänomene erschließt, von denen Theorien im Forschungsbereich entweder eine festgefügte Vorstellung haben oder bislang keine Notiz nehmen (vgl. Kalthoff 2008, S. 21). Ich erinnere zunächst an das Ziel der Arbeit und stelle unter 7.1 zentrale Ergebnisse noch einmal gebündelt vor. Unter 7.2 diskutiere ich die Ergebnisse im Rückgriff auf bestehende Studien zu Übergängen Jugendlicher mit Minderheitserfahrungen und in schwierigen Lebenssituationen in die duale Ausbildung sowie den biographischen Umgang mit Benachteiligung. Unter 7.3 gehe ich auf die Befunde zu Normalisierungsbemühungen in Biographien ein und setze sie in Beziehung zu vergleichbaren Studien. Unter 7.4 betrachte ich die Ergebnisse zu Beziehungsgestalten und biographischen Formen des Umgangs angesichts von Diskursen zu Beziehungsgestaltungen in pädagogischen Settings und diskutiere unter 7.5, welche Erweiterungen die Ergebnisse für die Diskurse um Differenzerleben und Benachteiligung in der beruflichen Bildung bieten.

Ziel der Arbeit

Ich habe in Kapitel 1 gezeigt, dass die Diskurse in der beruflichen Bildung Bildungsbenachteiligung und deren Biographisierung nur im Kontext des Übergangsbereichs berühren und die anderen beiden Sektoren beruflicher Bildung – duale Ausbildung und vollzeitschulische Berufsausbildung – in Diskursen um Bildungsbenachteiligung unfokussiert bleiben. In diesem Zusammenhang habe ich auch erarbeitet, dass der Begriff der Benachteiligung in der beruflichen Bildung nur begrenzt trägt und auch innerhalb des Übergangsbereichs umstritten ist. Innerhalb dieses thematischen Kontextes war die Zielsetzung der Studie die Rekonstruktion biographischer Prozesse junger Erwachsener, die unter Bedingungen von Benachteiligung eine duale Ausbildung aufgenommen haben. Damit habe ich einerseits empirisch untersucht, wie Benachteiligung im Sektor dualer Berufsausbildung rekonstruierbar wird, und andererseits durch eine rekonstruktive Forschungsanlage die Frage der Konzeptionierung von „Benachteiligung" als theoretisches Konstrukt in der beruflichen Bildung erweitert. Ein besonderes Merkmal der Anlage der Untersuchung ist der nicht-essentialistische Zugang zur Gruppe der Untersuchten gewesen: Es ist keine spezifische Gruppe junger Erwachsener hervorgehoben worden. Die Untersuchung richtet ihren Fokus auf rekonstruierbare allgemeine Prozesse in Biographien, die sich im Setting dualer Ausbildung unter Bedingungen von Minderheitserfahrungen und schwierigen Lebenssituationen zeigen. Dabei ist im Sinne einer abduktiven Forschungslogik wichtig, Formen der Benachteiligung und ihre mögliche biographische Bedeutsamkeit rekonstruktiv zu erschließen und nicht vorab als bedeutsam zu markieren. Ziel ist es gewesen, biographische Formen der Bearbeitung von Benachteiligung angesichts einer Ausbildungsaufnahme und deren Verschränkung mit dem Erleben dualer Ausbildung zu rekonstruieren. Als Zugang zum Feld sind hierfür die Konstruktionen im Feld in Betrieben relevant. Die Zuschreibungen von Benachteiligung unter Auszubildenden und „speziellen" Ausbildungsverläufen im Feld sind konstitutiv für das Sample. Dabei werden durch die Gatekeeper vielfach typisierende Zuschreibungen genutzt (vgl. Kap. 2.2), die in der Rekonstruktion und Triangulation der Daten mit den Relevanzsetzungen der Interviewten zusammengeführt worden sind. Als Erhebungsform ist die Methode des autobiographisch-narrativen Interviews und die Methode des interaktionsgeschichtlich-narrativen Interviews gewählt worden. Durch die Auswertung mit der Narrationsanalyse in der Tradition Schützes und die Formen der Erweiterung (vgl. 2.1 und 2.3) wird es möglich, Prozesse biographischen Erlebens aus prozessstruktureller Perspektive, Biographisierungsleistungen und Erlebensprozesse im Kontext dualer Ausbildung zu rekonstruieren. In der Triangulation durch die Interviews mit den Ausbildenden konnten diese Ergebnisse im Hinblick auf das Erleben dualer Ausbildung konturiert werden.

7.1 Zentrale Ergebnisse

Die Ergebnisse meiner Studie zeigen sich als Rekonstruktion biographischen Erlebens im Übergang in die Ausbildung und in der Ausbildung sowie als Biographisierungsleistungen in Auseinandersetzung mit dem Setting dualer Ausbildung.

Biographische Prozesse im Übergang und berufliche Interessenentwicklung

Meine Befunde zeigen, dass die Prozesse der Entscheidungsfindung für die Aufnahme einer spezifischen dualen Ausbildung im Übergang und im Erleben einer dualen Ausbildung durch bestimmte lebensgeschichtliche Konstellationen geprägt sind, die jungen Erwachsenen unterschiedliche Möglichkeiten für die Ausbildung eröffnen. In der Terminologie Schützes (vgl. Schütze 1981) sind hier die rekonstruierten Prozessstrukturen analytisch relevant geworden, die sich im biographischen Erzählen gezeigt haben. Die Befunde zeigen aus einer sequenzanalytischen Perspektive zunächst, dass Prozesse der Ausbildungswahl im Vorfeld einer Ausbildungsaufnahme im Sample nur in den biographischen Erzählungen sichtbar geworden sind, in denen biographische Chancen für die Auseinandersetzung mit der Interessensentwicklung überhaupt gegeben waren. Angesichts übergreifender Erleidenserfahrungen und komplexer schwieriger Lebenssituationen sind solche Prozesse in den Daten nicht rekonstruierbar geworden. Die Auseinandersetzung mit Berufswahlprozessen zeigt sich im Sample als Privileg biographischer Situationen, in denen Minderheitserfahrungen und schwierige Lebenssituationen diese nicht von vorneherein begrenzt haben. In den biographischen Erzählungen hat sich gezeigt, dass die Aufnahme einer „normalen" Ausbildung in den Vordergrund gestellt wird. In Verbindung mit diesen Prozessen einer beruflichen Interessenentwicklung im Vorfeld einer Ausbildungsaufnahme konnte ich zeigen, dass sich spezifische Muster des Übergangs biographisch rekonstruieren lassen, die ich als *stringente, fragile und prekäre Übergangsprozesse* bezeichnet habe. Eine Entwicklung beruflicher Interessen zeichnet sich in meinen Daten vor allem im Muster stringenter Übergänge ab. In diesen biographischen Rekonstruktionen zeigt sich, dass es eine dezidierte Auseinandersetzung mit der Aufnahme einer dualen Ausbildung generell und als Spezifikum mit einer bestimmten dualen Ausbildung aufgrund besonderer Interessen gibt. Solche Prozesse lassen sich in den Daten angesichts fragiler und prekärer Übergänge, die durch die Frage der Überwindbarkeit und Unterstützung schwieriger Lebenssituationen geprägt sind, durchgängig nicht zeigen. Die Frage des Umgangs mit schwierigen Lebenserfahrungen formt nicht nur die Möglichkeiten der Interessenentwicklung und des Übergangsprozesses in die duale Ausbildung. Meine Befunde zeigen darüber hinaus, dass die Prozesse einer Identifikation mit einem spezifischen Ausbildungsberuf in der Ausbildungszeit von zeitgleich stattfindenden anderen biographischen Prozessen geprägt werden. Davon abhängig hat sich gezeigt, ob es zu Abbrüchen von Ausbildung kommt und wie sich Identifikationsprozesse in der Ausbildung gestalten. Dies lässt sich als Kontinuum beschreiben: Meine Befunde zeigen einerseits, dass die normalisierende Funktion des Ausbildungsabschlusses in den biographischen Erzählungen Relevanz erhält und andererseits, dass es biographisch bedeutsam wird, eine spezielle Ausbildung absolviert zu haben. Dies geht für die ehemaligen Auszubildenden mit bestimmten Fachidentifikationen einher.

Duale Ausbildung: Feldgebundene Normativität zwischen Asymmetrie und Reziprozität

Das zweite zentrale Ergebnis wird als feldgebundene Normativität sichtbar, in der zentrale berufliche Kompetenzen in feldspezifisch verschiedenen Ausbildungsorganisationen vermittelt werden. Im Hinblick auf das Setting dualer Ausbildung zeigen die Ergebnisse die Verhandlung von Benachteiligung und Schwierigkeiten in Ausbildungsprozessen im Kontext von *spezifischen Tätigkeiten* in der Ausbildung und dem *anvisierten Berufsbild* sowie *in unterschiedlichen Formen der Beziehungsgestaltung mit Ausbildenden zwischen Asymmetrie und Reziprozität* an einem semi-pädagogischen Ort, der sich je nach Betrieb unterscheidet. Die Rekonstruktion verdeutlicht, dass die Perspektive auf die Bearbeitung von Lebenssituationen der Auszubildenden von diesem Bedingungsgefüge im Ausbildungsfeld abhängig ist. Insgesamt zeigt sich die Thematisierung von Benachteiligung in der Interaktionsgeschichte zwischen Auszubildenden und Ausbildenden am semi-pädagogischen Ort dualer Ausbildung geprägt von der Frage, inwieweit diese Thematisierung das Erlernen der beruflichen Praxis behindert oder befördert. Diese Frage tritt hinter die Frage zurück, ob der Auszubildende notwendige Kompetenzen für die berufliche Praxis erlernen kann. Hierdurch wird eine *feldgebundene Normativität* rekonstruierbar, die durch die Anforderungen der jeweiligen Ausbildungsorganisation konstituiert wird. Eine Auseinandersetzung mit Auszubildenden findet vor dem Hintergrund der Anforderungen des jeweiligen Ausbildungsfeldes statt.

Dies bildet den Rahmen für die Verhandlung von Benachteiligung unter Auszubildenden: Anders als im Übergangsbereich steht nicht die *Entwicklung einer Person* im Vordergrund, damit diese irgendwann einen Beruf erlernen kann, sondern das *Erlernen spezifischer Tätigkeiten durch eine Person*, die ausgewählt worden ist, weil Entscheidende in einer Organisation sie als dazu fähig einschätzten, diese berufliche Tätigkeit zu erlernen. Damit steht eine Thematisierung der Person und ihrer Biographie zunächst nicht in den Vordergrund. Die Thematisierung von Auszubildenden geschieht vor diesem Hintergrund nicht als „Ungleiche", sondern wird vor dem Hintergrund der feldgebundenen Normativität der Ausbildungsorganisation und den damit verbundenen Anforderungen an Auszubildende vorgenommen.

Im Hinblick auf die *Beziehungsgestalten* lässt sich festhalten, dass die Beziehungen zwischen Ausbildenden und Auszubildenden im Sample durchweg durch eine asymmetrische Beziehungsgestalt gekennzeichnet sind und von der Form der zu erlernenden Tätigkeiten geprägt werden. Schwierigkeiten in der Ausbildung werden im Rückgriff auf diese zu erlernenden Tätigkeiten verhandelt. In dieser Verhandlung zeigt sich, dass innerhalb der asymmetrisch konstituierten Lehrenden-Lernenden-Beziehung reziproke Momente sichtbar werden: Auszubildende sind gleichzeitig potenziell vollwertige Mitarbeitende, die bereits in der Ausbildung Aspekte dieser späteren Tätigkeiten tragen. Dabei zeigt sich in der Analyse, dass die Ausbildenden punktuell zu wichtigen Figuren der Unterstützung im Ausbildungsprozess werden können, ohne dass die Beziehungsordnungen (vgl. 5.2) deshalb durch eine besondere Nähe rekonstruierbar werden. Die Beziehungsformen zwischen Asymmetrie und Reziprozität habe ich als spezifisches Merkmal dualer Ausbildung charakterisiert, dass sich grundlegend von pädagogischen Kontexten unterscheidet. Damit verbinden sich spezifische Anerkennungsprozesse, die als Anerkennung in der Bewältigung eines „normalen" Ausbildungsabschlusses trotz erlebter Bildungsbenachteiligung sichtbar wird.

Damit zeigt sich die Chance einer Entstigmatisierung und Entproblematisierung von Differenzerfahrungen in Biographien durch das Hineinwachsen in eine berufliche Praxis. *Duale Ausbildung wird so sichtbar als Setting der Berufsausbildung, das Differenzerfahrungen und Benachteiligung subjektiviert – unabhängig von der Form der Biographisierung.* Die Lebensgeschichte des Auszubildenden wird unter der Frage relevant, ob die Ausbildung zu bewältigen ist und nur in Ausnahmefällen jenseits davon. Duale Ausbildung wird damit nicht sichtbar als Setting, das die Thematisierbarkeit von Differenzerfahrungen befördert. Sie wird biographisch erfahren als eine subjektivierende Instanz beruflicher Bildung, die zu strukturellen Bedingungen von Differenzerfahrungen keine Bezüge herstellt und die biographische Leistung einer individuellen Bewältigung anerkennt. Gleichzeitig zeigt sich jedoch auch die Möglichkeit einer Verfestigung und Nicht-Bearbeitung von Differenzerfahrungen, die letztlich zu einem Abbruch der Ausbildung führt, wenn feldgebundenen Normen nicht genügt werden kann – was jedoch abhängig von der Form des Betriebs, der Branche und der Betriebsgröße ist und nicht per se beschrieben werden kann.

Biographisierungsleistungen im Erleben von Benachteiligung und dualer Ausbildung

Ich habe im Sample drei Biographisierungsleistungen rekonstruiert. Diese Biographisierungen korrespondieren mit der *Form* der erfahrenen Benachteiligung sowie mit den *Möglichkeiten, in denen autobiographische Thematisierung an spezifische gesellschaftliche Diskurse anschließen können, sowie mit bestimmten Formen biographischer bzw. stellvertretender biographischer Arbeit.* Die Erfahrungen am Ort dualer Ausbildung können diese Prozesse sowohl unterstützen als auch hemmen.

Diese drei Biographisierungsleistungen lassen sich in ihrer *ersten Variante* beschreiben als eine *Form der Auseinandersetzung.*[81] In dieser Form findet eine

---

81 Unter einer poststrukturalistischen Perspektive ließen sich die empirischen Befunde in einer anderen Variante von Subjektivierung fassen. Diese Perspektive einzunehmen würde

offensive, innerfamiliär unterstützte Auseinandersetzung mit Benachteiligung statt, in der duale Ausbildung als erklärtes Ziel oder als Minimalziel beruflicher Bildung sichtbar wird. Differenzerleben wird hier für die Erzählenden als klar konturierte Form benachteiligender Ungleichheit sichtbar, auf die biographisch planend reagiert wird. Diese Biographisierung findet im Setting dualer Ausbildung unter Ausbildenden Bestätigung und schließt an Diskurse an, die die individuelle Überwindung von Schwierigkeiten in Biographien stark machen. Diese diskursive Anbindung zeigt sich in den biographischen Erzählungen und in den Ausbildendeninterviews gleichermaßen. Die Analyse der Prozesse in der Ausbildungszeit zeigt, dass in diesen Biographien die Aufnahme von Ausbildung stringent im Anschluss an die Schulzeit erfolgt und die Ausbildung selbst ohne Schwierigkeiten vollzogen wird.

Zweitens zeigt sich eine Form, die ich als *Balancierung & Konturierung* beschrieben habe. Diese wird durch verschiedene Erleidenserfahrungen in den Biographien bestimmt. In der sequentiellen Analyse zeigt sich, dass einzelne Erfahrungen für die Informant_innen deutlicher hervortreten, die biographisch bearbeitet werden können, was ich als *Prozess der Konturierung* bezeichnet habe. Gleichzeitig lässt sich rekonstruieren, dass andere, spezifische Benachteiligungserfahrungen biographisch dauerhaft bearbeitet und stabilisiert werden müssen. Diese Prozesse werden in der autobiographischen Thematisierung reflektiert. Die Erfahrungen von Anders-Sein in diesen Biographien lassen sich als andauernder Prozess der *Balancierung* beschreiben, innerhalb dessen es möglich wird, bestimmte Erfahrungen zu konturieren und einer handlungsschematischen biographischen Bearbeitung zugänglich zu machen. Diese Konturierung bestimmter Erfahrungen und deren Bearbeitung erfährt im Setting dualer Ausbildung durch Ausbildende und Lehrende in Berufsschulen ebenfalls Anerkennung. Dabei ist auffällig, dass die konturierten Erfahrungen ebenfalls anschlussfähig an spezifische gesellschaftliche Diskurse sind und mit bestimmten Formen biographischer Arbeit korrespondieren, die ich als emanzipatorische Prozesse und Formen widerständigen Handelns rekonstruiert habe. Die Anerkennung dieser biographischen Arbeit wird durch Ausbildende teilweise sichtbar als Thematisierung einer Überwindung individueller Schwierigkeiten und teilweise differenzsensibel thematisiert im Rückgriff auf strukturelle Barrieren im Kontext dualer Ausbildung und in der Berufswelt. Die Analyse zeigt, dass der Übergang in die Ausbildung hier als *fragil* oder *prekär* rekonstruiert

---

mit einem anderen Blick auf das Subjekt in der Erzählung seiner Lebensgeschichte sowie anderen Erkenntnisreichweiten der Studie einhergehen. Ein solcher Untersuchungsaufbau würde einer Theoriebildung aus den Daten teilweise entgegenstehen, wie ich sie im Sinne einer rekonstruktiven Herangehensweise für eine biographieorientierte Studie unter Kap. 3.1 begründet habe.

werden kann, die Zeit der Ausbildung teilweise Schwierigkeiten unterworfen ist und die Gefahr eines Abbruchs der Ausbildung zeitweise im Raum steht.

Drittens wird eine Form sichtbar, die ich zugespitzt als *Negation von Benachteiligung* bezeichnet habe. Hier werden in der biographischen Gesamtformung komplexe Erleidensprozesse innerhalb und außerhalb formaler Bildungsinstitutionen sichtbar, die teilweise durch stellvertretende biographische Arbeit und kreative Prozesse aufgefangen werden. In der autobiographischen Thematisierung zeigen sich diese Erleidensprozesse für die Erzählenden nur begrenzt, eine Anbindung der Erleidenserfahrung an Zugehörigkeitskonstruktionen von Minderheiten, wie sich dies in Biographisierungsleistungen der *Auseinandersetzung* und der *Konturierung & Balancierung* zeigt, lässt sich hier nicht rekonstruieren. Sie werden rekonstruierbar als ambivalente Auseinandersetzungen zwischen Negation jeden Erleidens und Versagens in formalen Bildungsinstitutionen als persönliche Schuldzuschreibung, die nur begrenzt lebensgeschichtlich kontextualisiert wird. Die narrativen Teile der Stegreiferzählungen zeigen, dass es kaum zur Entwicklung von handlungsschematischen Orientierungen kommt und dass das institutionelle Ablaufmuster Ausbildung im Anschluss an die Schule kaum angesprochen wird. Formen biographischer Arbeit zeigen sich als kurzfristige Versuche, Handlungsschemata zu initiieren, sowie durch die Fokussierung jugendkultureller Praxen. Innerhalb des Settings dualer Ausbildung werden diese Auseinandersetzungen mit Versagen sichtbar als individuelle Zuschreibungen. Die sichtbar gewordenen Thematisierungen verbleiben als Versagen bzw. als Leistungsdefizit auf dieser Ebene und finden nur begrenzt Erweiterung oder Differenzierung durch Ausbildende. Das Übergangsgeschehen lässt sich in dieser Biographisierungsform als prekär oder fragil bezeichnen (siehe Kap. 4.1.5). Die Zeit der dualen Ausbildung wird in dieser Form durch (Mehrfach)abbrüche von dualer Ausbildung sichtbar. In der Bewältigung dualer Ausbildung wird stellvertretende biographische Arbeit (vgl. hierzu Kap. 3.3 und Kap. 5.1) sowie die Unterstützung signifikanter Anderer wichtig. *Damit zeigen meine Ergebnisse in der Verdichtung, dass das Feld dualer Ausbildung in seiner Konstitution als semi-pädagogisches Feld strukturell nicht in der Lage ist, auf alle rekonstruierten Biographisierungsleistungen reflexiv zu antworten. Eine Passung von Ausbildungsverhältnissen zeigt sich in den Daten konsequenterweise also dann, wenn die Biographisierungsleistung mit der feldgebundenen Normativität im Ausbildungsverhältnis korrespondiert.*

7.2 Übergänge in Ausbildung und berufliche Interessenentwicklung

Meine Ergebnisse zeigen in der bestehenden Forschungslandschaft eine Erweiterung der Forschungen zum Übergangsgeschehen, indem ich durch die rekonstruierten Biographisierungsleistungen *Formen des Umgangs mit Bildungsbenachteiligung* dargelegt habe, die nicht-essentialisierend auf spezifische Differenzlinien Bezug nehmen. Aus diesem Grund sehe ich Anknüpfungspunkte vor allem bezogen auf Forschungen zum Übergang in eine Ausbildung unter bildungsungleichen Bedingungen wie sie von Eulenberger (2013), Lichtwardt (2016) und Richter (2016) vorgelegt worden sind. Meine Ergebnisse zeigen drei Muster des Übergangs, die ich als *stringente, fragile* und *prekäre Übergänge* in die Ausbildung bezeichnet habe.

Zentral für die Diskursanreicherung um die Erforschung von Übergängen ist der nicht-essentialisierende Zugang zu Erfahrungen der Benachteiligung – eine Konzentration auf die *Form der biographischen Erfahrbarkeit* und die damit verbundenen Prozesse für das Übergangsgeschehen. Insofern zeigt die Diskussion der Ergebnisse zum Übergangsgeschehen drei Prozessmuster, die sich nicht auf bestimmte Differenzlinien, sondern auf *bestimmte Formen des Umgangs* mit Benachteiligungserfahrungen – wie z. B. einer Einwanderungsgeschichte – beziehen. Den Arbeiten von Eulenberger (2013), Lichtwardt (2016) und Richter (2016) ist gemeinsam, dass sie Bearbeitungsprozesse identifizierter spezifischer Gruppen im Übergangsgeschehen beforschen und sich dabei auf die Differenzlinie Migration und Geschlecht fokussieren. So nimmt Eulenberger die Gruppe jugendlicher Spätaussiedler in den Blick, während Richter eine vergleichende Untersuchung von türkeistämmigen Jugendlichen, aus der ehemaligen Sowjetunion stammenden und deutschen Hauptschüler_innen vornimmt. Die Ergebnisse meiner Studie zeigen, dass die Frage der Festschreibung von „Ungleichheitsrelationen" (vgl. Lichtwardt 2016, S. 196) in einer qualitativ-rekonstruktiven Studie suspendiert werden muss, um die Relevanzsetzungen der Befragten in der Biographie – und die damit einhergehenden Formen der Biographisierung zu untersuchen. Meine Befunde zu Übergangsprozessen zeigen, dass die rekonstruierten Prozessmuster des Übergangs nicht mit spezifischen Differenzerfahrungen korrespondieren, sondern mit biographischen Bearbeitungschancen bzw. Nicht-Chancen von Differenzerfahrungen. In den Arbeiten von Eulenberger und Richter wird offenbar, dass sie zu ethnisierenden Erkenntnissen (vgl. Richter 2016, S. 267 ff.) kommen, die nur teilweise kritisch diskutiert werden (vgl. Eulenberger 2013, S. 235 f.). Lichtwardt untersucht Hauptschülerinnen mit Migrationsgeschichte und deren Übergänge in eine Ausbildung und setzt sich kritisch mit der Setzung von Ungleichheitsrelationen in ihrer Studie auseinander (vgl. Lichtwardt 2016, S. 196 f.). Die Arbeiten von

Richter (2016), Lichtwardt (2016) und Eulenberger (2013) sind durch die Verortung in einem quantitativen Untersuchungsparadigma gekennzeichnet, was eine andere Verbindlichkeit in der Festschreibung von hypothesenbildenden Untersuchungsmerkmalen mit sich bringt. Dennoch stellt sich die Frage, inwieweit es sinnvoll ist, Ergebnisse ethnienbezogen zu interpretieren und damit zu naturalisieren. Eine ethnienbezogene Deutung von Ergebnissen leistet einer Reifizierung Vorschub, die nicht im Sinne einer reflexiven Forschung zum Übergangsgeschehen sein kann. Es erscheint vor dem Hintergrund dieser und anderer heterogenitätssensibler Arbeiten zu Bildungsprozessen Jugendlicher befremdlich, wenn Richter schreibt: „Die Gruppe der Migranten/innen darf [...] nicht als homogene Gruppe betrachtet werden, da ansonsten Unterschiede zwischen den verschiedenen ethnischen Gruppen verdeckt bleiben würden" (Richter 2016, S. 267). Während eine Diskussion der Motive von globalen Wanderungsbewegungen und die Unterschiedlichkeit der Perspektiven zum Übergangsgeschehen in die Erwerbsarbeit zwischen einer ersten und einer zweiten Generation von Eingewanderten auf die sozialen und gesellschaftlichen Bedingungen Bezug nehmen würde, in denen sich Berufsorientierungen und Übergangsprozesse in Biographien Jugendlicher entwickeln – wie diese Studie und insbesondere die Fallrekonstruktion zu Admir Milici gezeigt hat – scheint eine Fokussierung auf Ethnien zu vernachlässigen, wie diese Bedingungen jenseits einer zugeschriebenen „Ethnizität" zustande kommen. Migration als Movens für biographische Prozesse und für die Gestaltung des Übergangsgeschehens wird unter einer solchen Untersuchungsperspektive weniger berücksichtigt und kann durch rekonstruktive Forschung sichtbar gemacht werden. Diese Herangehensweise an die Untersuchung des Übergangsgeschehens und die Rekonstruktion von Übergangsprozessen in Biographien unter bildungsbenachteiligenden Umständen korrespondieren mit den Ergebnissen von Lichtwardt, die ihre Ergebnisse von einer Ethnisierung und einer Festschreibung auf das Differenzmerkmal Migration löst, wenn sie schreibt:

„Eine der wichtigsten Erkenntnisse dieser Untersuchung ist die Erfassung und Präsentation der Übergänge von der Schule in Ausbildung und Beruf als Resultat des Zusammenwirkens vorhandener Optionen und Einschränkungen des Ausbildungs- und Arbeitsmarktes, die für junge Migrantinnen mit Hauptschulbildung die Anforderung zur Bewältigung im Sinne einer Ausbalancierung an sie gestellter Handlungsanforderungen und ihrer beruflichen Interessen und Orientierungen beinhalten. Hier wird deutlich, dass der Übergang Schule – Beruf trotz paralleler Ausgangsbedingungen von den jungen Migrantinnen nicht in derselben Weise bewältigt werden muss. Vielmehr existieren unterschiedliche Arten der Bewältigung, was nicht zuletzt auf eine zentrale Bedeutung des sozialen Kontextes schließen lässt" (Lichtwardt 2016, S. 194).

Zwar konnten Zölch et al. (2009) sowie weitere Forschungen Bildungsaufstieg als Migrationsprojekt nachweisen, jedoch ohne diesen Befund konditional mit „Ethnien" in Verbindung zu bringen. Im Anschluss an Stauber et al. (2007), die für eine subjektorientierte Erforschung des Übergangs plädieren, scheinen die vorliegenden Arbeiten sowie die Ergebnisse dieser Studie zur Übergangsgestaltung unter bildungsbenachteiligenden Bedingungen eine *Ausweitung der differenzsensiblen Forschung zum Übergangsgeschehen* in einer nicht-essentialisierenden Weise nahezulegen, wozu diese Forschung im Hinblick auf die Teilergebnisse zur Übergangsgestaltung und die *Herausarbeitung von Formen des Umgangs in der Übergangsgestaltung* einen ersten Beitrag leistet.

Die Ergebnisse meiner Studie fügen dem Stand der Forschung in der beruflichen Bildung etwas Neues hinzu, da es bislang keine empirischen Untersuchungen gibt, die das Feld dualer Ausbildung im Zusammenhang mit Bildungsbenachteiligung in den Blick nehmen. Der Befund der feldgebundenen Normativität und die Biographisierungsleistungen, die im Feld rekonstruierbar geworden sind, stehen so für sich und zeigen zunächst einmal eine Erweiterung des Diskurses um berufliche Bildung und Benachteiligung bezogen auf die Sektoren beruflicher Bildung jenseits des Übergangsbereichs. Die persönliche Veränderung des Auszubildenden wird in Debatten um duale Ausbildung kein Thema, sondern die Frage, ob es Auszubildenden gelingt, einen spezifischen Ausbildungsberuf zu erlernen. Damit sind die Diskursprämissen völlig andere als für den Übergangsbereich, der durch seine nachqualifizierende, auf den ersten Ausbildungsmarkt vorbereitende Funktion von völlig anderen (nämlich am Subjekt und seiner Veränderung ansetzenden) Ideen geprägt ist.

Darüber hinaus schließen meine Ergebnisse an Untersuchungen an, die die Frage beruflicher Interessenentwicklung unter erschwerenden Bedingungen in den Blick genommen haben. Ich konnte in meiner Studie zeigen, dass Erfahrungen des Versagens in schulischen Kontexten und Erleidenserfahrungen einer Auseinandersetzung mit beruflichen Interessen im Wege stehen. Damit hat sich in meinen Daten gezeigt, dass sich die Frage „*was will ich werden?*" für Jugendliche und junge Erwachsene angesichts von Minderheitserfahrungen und schwierigen Lebenssituationen am Ende ihrer Schulzeit zum Teil gar nicht gestellt und in den begünstigteren Fällen eher als die Frage „*was kann ich werden?*" relevant wird. Berufliche Interessensentwicklung ist aus dieser Perspektive in meiner Untersuchung als Bildungsprivileg zu betrachten. Damit bestätigen meine Befunde die Untersuchung von Scherr (2012), die zeigen konnte, dass Ausbildungs- und Berufswahl für Jugendliche und junge Erwachsene in schwierigen Lebenssituationen nur begrenzt als Wahl sichtbar wird (vgl. Scherr 2012, S. 63 ff.). Darüber hinaus zeigen meine Befunde jedoch auch, dass nach der erfolgreichen Aufnahme einer Ausbildung die Frage der Identifikation mit einem Ausbildungsberuf von den biographischen Bedingungen abhängig bleibt, unter denen junge Erwachsene ihre Ausbildung absolvieren können. Gericke

(2014) konnte in einer biographieanalytischen Studie zeigen, wie sich berufliche Orientierungen in einer spezifischen Branche im Ländervergleich entwickeln. Die Frage, wie sich berufliche Orientierungs- und Identifikationsprozesse angesichts biographischer Erfahrungen von Minderheitszugehörigkeit und schwierigen Lebenssituationen in der dualen Ausbildung entwickeln, ist in dieser spezifischen Form bislang nicht untersucht worden. Gleiches zeigt sich für vorzeitige Beendigungen von Ausbildungen: Meine Befunde zeigen, dass Abbrüche von Ausbildungen mit schwierigen Lebenssituationen in Zusammenhang stehen können. Die vorliegenden qualitativen Untersuchungen zu Ausbildungsabbrüchen betrachten dieses Phänomen bislang nicht. Es finden sich keine Untersuchungen jenseits der erwähnten Studien zu Ausbildungsabbruch von Klaus (2014) und Bartmann et al. (2014). Sowohl im Hinblick auf berufliche Interessenentwicklung als auch in Bezug auf Ausbildungsabbrüche fällt auf, dass die Forschung sich bislang kaum dem Erleben bildungsbenachteiligter Jugendlicher und junger Erwachsener in regulären Settings zuwendet, sondern die Perspektive qualitativer Untersuchungen zu bildungsbenachteiligten Jugendlichen sich auf den Übergangsbereich bezieht. Damit geben meine Ergebnisse zu beruflichen Interessensentwicklungen und Erlebensprozessen erste Einblicke in ein Forschungsfeld, das bisher kaum im Hinblick auf Erfahrungen und den Umgang mit Bildungsbenachteiligungen beforscht worden ist. Fragen von Bildungsgerechtigkeit, wie sie für schulische Zusammenhänge im Anschluss an quantitative Untersuchungen diskutiert werden (vgl. Dietrich et al. 2013), geraten so kaum in den Fokus der Auseinandersetzung.

7.3 Normalisierungsbemühungen angesichts von Benachteiligung

Des Weiteren sehe ich Anschlüsse meiner Ergebnisse an Untersuchungen zu Normalisierungsbemühungen in Biographien, auf die ich im Folgenden eingehen werde (vgl. Schiek 2010; Meusel 2016; Grimm 2017). Dieser Anschluss ergibt sich vor allem aufgrund des zentralen Befundes der feldgebundenen Normativität dualer Ausbildung. Nach Dederich (2010) begreife ich Vorstellungen gesellschaftlicher Normalität als Ergebnis von Handeln durch Individuen, „die sich durch Beobachtung und Vergleich an Mehrheiten orientieren" (vgl. Dederich 2010, S. 178). Meine Ergebnisse zeigen, dass die Bewältigung einer „normalen" Ausbildung und einer darauffolgenden Option „normaler" Beschäftigung als qualifizierte Fachkraft in Erzählungen – gerade vor dem Hintergrund biographisch bedeutsamer Differenzerfahrungen – herausgestellt wird. Das Setting dualer Ausbildung als semi-pädagogisches Setting ist nur in der Lage, auf spezifische Biographisierungsleistungen anerkennend zu reagieren und auf andere nicht. Die Ergebnisse der Studien von Meusel (2016), Grimm (2017) und Schiek (2010) schließen an die Anerkennungs- und Normalisierungsfunktion dualer Ausbildung an, die ich rekonstruiert habe. Im Unterschied zur hier vorgestellten Studie werden zum Beispiel in der Untersuchung Meusels, die ebenfalls Menschen in besonderen Lebenssituationen in den Blick nimmt, nur begrenzt die autobiographischen Thematisierungen rekonstruiert, so dass unklar bleibt, inwieweit das Engagement mit spezifischen Lebenssituationen reflexiv verbunden wird.

Meine Ergebnisse schließen an diese Ergebnisse an, zeigen jedoch, dass „Normalbiographie" vor dem Hintergrund von Statusaspekten in der autobiographischen Thematisierung verschieden verhandelt wird. Die Befunde zeigen, dass die Frage der Normalisierungsleistung abhängig vom Setting dualer Ausbildung ist und jede Form von Biographisierung sich nicht unabhängig von den Normalitätskonstruktionen und den Anerkennungsmechanismen im Feld diskutieren lässt. Insofern erweitern meine Befunde die bestehende Forschung zu Normalisierungsbemühungen in Biographien, da sie *die Gebundenheit dieser Normalitätskonstruktionen an ein Setting* – in diesem Fall das Untersuchungsfeld dualer Ausbildung – beschreiben. Meusel (2016) arbeitet verschiedene Typen der „Engagementherausbildung" biographisch heraus. Sie hält fest, dass Engagement in den Rekonstruktionen ihres Samples als spezifische Bewältigungsform sichtbar wird, die sie folgendermaßen unterscheidet (vgl. Meusel 2016, S. 208 ff.): Sie rekonstruiert Engagement als Bewältigung spezifischer Lebenserfahrungen, Engagement zur sozialen Integration und Engagement zur „flankierenden Stabilisierung des Lebens" (Meusel 2016, S. 212). Im Hinblick auf ihre Anlage der Untersuchung und das Konstrukt „schwierige Lebenssituationen" wird sichtbar, dass sie sich hier auf ein sozialräumliches Gefüge in der ehemaligen DDR bezieht und dass der Großteil der Befragten in ihrem Sample keiner regulären Erwerbstätigkeit im Sinne einer Vollzeitbeschäftigung nachgeht. Dabei folgt die Konstitution ihres Samples einer Gruppe an einem bestimmten Ort unter spezifischen historischen Bedingungen, die sie theoretisch mit dem Lebenslagenansatz fasst, um soziale Benachteiligung festzuhalten (vgl. Meusel 2016, S. 46 ff.). Ihre Studie zeigt, dass freiwilliges Engagement in den biographischen Erzählungen in unterschiedlich dominanter Weise wichtig wird, um die eigenen Lebensumstände zu stabilisieren und eine nur teilweise anerkennende oder eine nicht vorhandene Erwerbsarbeit zu ersetzen (vgl. Meusel 2016, S. 208 ff.). Zugespitzt zeigt sich dieses Phänomen aus meiner Sicht beim Typ „sozialer Integration", bei dem Meusel herausarbeitet, dass die Interviewten eine monetäre Bestätigung für ihre freiwillige Arbeit herausstellen. In der Studie von Schiek (2010) werden durch biographische Interviews drei Typen der Reflexion im Umgang mit zeitweiser oder dauerhafter Erwerbslosigkeit rekonstruierbar. Schiek unterscheidet einen hadernden Typen, der an der Orientierung eines Vollzeitarbeitsverhältnisses festhält, von einem Konversionstyp, der durch eine Orientierung an einem vorzeitigen Renteneintritt gekennzeichnet ist, sowie von einem Typ, der sich angesichts unklarer Beschäftigung biographisch neu orientiert und durch Konversion ins akademische Milieu gekennzeichnet ist (vgl. Schiek 2010, S. 85 ff.). Grimm (2017) hat anhand einer heuristischen Herangehensweise durch Statuskonzepte verdeutlicht, wie Interviewte mit Statusinkonsistenzen in der biographischen Erzählung umgehen, und bildet vier Typen, anhand derer sie eine „Praxis der Statusakrobatik" entwickelt. Während die Typen eins und drei Statusinkonsistenz als Bedrohung und Bürde erleben, wird dies in den Typen zwei und vier eher als Herausforderung und als normale Passage erlebt (vgl. Grimm 2017, S. 143 ff.). In der Zusammenschau wird in allen drei Arbeiten sichtbar, dass biographische Prozesse als Auseinandersetzung mit einem Normallebenslauf oder einer Normalbiographie (vgl. Kohli 1988) analysiert werden, die nach wie vor typisch für das deutsche Erwerbsarbeitsregime (vgl. Walther 2000, S. 247 ff.) sind, wie Walther es in seiner Studie im europäischen Ländervergleich herausgearbeitet hat. Das heißt, maßgeblich ist nach wie vor die Orientierung an einer Ausbildungsphase nach dem Schulabschluss und eine anschließende Vollzeiterwerbsphase, bevor es zu einem Eintritt in das Rentenalter kommt (vgl. Walther 2000). Aus den biographischen Erzählungen wird in den Studien von Grimm (2017), Schiek (2010), Meusel (2016) und in meiner Studie diese Auseinandersetzung rekonstruierbar. Als empirischer Befund wird die Orientierung an einer „Normalbiographie", die in der sozialwissenschaftlichen Diskussion als theoretisches Konstrukt zum Teil verabschiedet wird, (vgl. hierzu Schiek 2010, S. 130 ff.) nach wie vor deutlich. Meine Befunde zeigen darüber hinaus durch familiäre Normalitätskonstruktionen eine andere Nuance. Hier wird die Anerkennung durch den Abschluss von dualer Ausbildung vor dem Hintergrund akademischer Sozialisation jüngerer oder älterer Geschwister in einer anderen Weise verhandelt, die nicht nur eine Auseinandersetzung von Normalitätserfahrungen durch die Ausbildung sichtbar macht. Deutlich wird in den biographischen Rekonstruktionen, dass sich Anerkennungsunterscheidungen zwischen beruflicher Bildung und akademischer Bildung finden, die innerfamiliär thematisiert und wirksam für das Normalitätserleben der Informant_innen werden.

7.4 Subjektivierung und Reziprozitätserleben in dualer Ausbildung

Subjektivierung von Benachteiligung durch feldgebundene Normativität

Ich habe die Normalisierung von Benachteiligung in dualer Ausbildung als Befund herausgearbeitet, der durch die feldgebundene Normativität einer spezifischen Organisationsumgebung sichtbar wird. Dabei zeigt sich, dass eine

Normalisierung bzw. eine (De)normalisierung vor dem Hintergrund verhandelt wird, ob es Auszubildenden gelingt, die Anforderungen in der Ausbildung zu bewältigen. Diesen Befund diskutiere ich im Folgenden im Rückgriff auf arbeitssoziologische Arbeiten. Untersuchungen der letzten fünfzehn Jahre zeigen, dass Erwerbsarbeit in zunehmenden Maß von Subjektivierung gekennzeichnet ist. Die Subjektivierung von Erwerbsarbeit, die sich als empirischer Befund auch in der Studie von Pongratz und Voß (2003) nachzeichnen lässt, soll im Folgenden im Hinblick auf die Ergebnisse dieser Studie und das Setting dualer Ausbildung diskutiert werden. Hardering (2011) führt aus, dass die Subjektivierung von Erwerbsarbeit als durch zwei Achsen gekennzeichnet gedacht werden muss. Eine Achse bezieht sich auf seit dem Ende des Taylorismus gewachsenen Ansprüche von Organisationen, auf subjektive Potenziale von Arbeitnehmenden stärker zuzugreifen. Damit einher gehen (als eine zweite Achse) die veränderten Ansprüche von Arbeitnehmenden, in Erwerbstätigkeit mehr zu sehen als die Sicherung von existenziellen Bedingungen. Hardering zeichnet im Rückgriff auf Baethge (1991) nach, dass dieser Mechanismus durch verschiedene gesellschaftliche Entwicklungen begünstigt wird, die miteinander verbunden gedacht werden müssen. Durch den Wandel von einer Produktions- zu einer Dienstleistungsorientierung im Erwerbsleben finden sich Tendenzen zu einem reflexiveren Umgang mit Erwerbstätigkeit, die mit einer Ausdehnung vorberuflicher Sozialisation, der Zurücknahme rigider Arbeitsteiligkeit sowie der zunehmenden Erwerbsbeteiligung durch Frauen einhergehen (vgl. Hardering 2011, S. 66).

Meine Untersuchung hat als gegenläufigen Befund zu den konstatierten, nicht nur existentieller Sicherung verpflichteten Ansprüchen an Erwerbsarbeit gezeigt, dass *Berufswahl* im Sample unter erschwerenden Bedingungen überwiegend *nicht als Wahl* rekonstruierbar geworden ist (vgl. hierzu auch Kap. 7.2; Heinz & Krüger 1985). Wie sich exemplarisch an den Fallrekonstruktionen nachzeichnen lässt, ist ein Ansprüche abbildender, reflexiver Umgang mit Berufswahl und eine Auseinandersetzung mit Neigungen unter Bedingungen von Benachteiligung nur begrenzt nachzeichenbar. Damit ist zunächst fraglich, ob die Erfüllung einer beruflichen Tätigkeit als Moment individueller Lebensgestaltung, nicht all denjenigen vorbehalten bleibt, die unter Bedingungen relativer Bildungsprivilegierung im System beruflicher Bildung ankommen. Die Thematisierung von Differenzerfahrungen im Kontext dualer Ausbildung zeigt sich in den Befunden der Untersuchung insofern im Sinne einer ersten Achse subjektiviert, als dass die Verantwortung für deren Bewältigung dem Subjekt bei gleichzeitiger Verfügbarkeit der Arbeitskraft respektive der Ausbildungskraft zugeschrieben wird. Der Zugriff auf die Auszubildenden erfolgt unter Anerkennung der erschwerenden Bedingungen und individualisiert die Überwindung dieser Schwierigkeiten im Sinne einer Anpassungsleistung des Subjekts. Subjektivierung nach Pongratz & Voß (2003) und Hardering (2011) wird im Kontext dualer Ausbildung sichtbar in der Biographisierungsleistung, die ich unter 6.2 als *Auseinandersetzung mit Benachteiligung* beschrieben habe und sich als ein offensiver und bearbeitender Umgang mit spezifischen Differenz-erfahrungen verdeutlichen lässt. Sichtbar wird dies jedoch auch in dem Muster der Biographisierungsleistung der *Negation*. Dieser Befund schließt an Palow-skis Befunde zur Untersuchung von Versagensdiskursen (2016), Niemanns Untersuchung zum Umgang Jugendlicher mit schulischen Abstiegsprozessen in die Hauptschule (2014) sowie die Überlegungen von Lehmkuhl et al. (2013) zu Mechanismen der Ausgrenzungserfahrungen Jugendlicher und junger Erwachsener als selbstverschuldete Mechanismen an.

Dieser Mechanismus begünstigt jedoch gleichzeitig eine De-Thematisierung von schwierigen Lebenssituationen und Minderheitserfahrungen in der dualen Ausbildung durch den Befund der feldgebundenen Normativität. Die Thematisierung solcher Erfahrungen wird in den Interviews mit den Ausbildenden vor dem Hintergrund der im Feld der Ausbildung vorherrschenden Normen wichtig und zeigt, dass solche Erfahrungen in den Hintergrund treten können, wenn Auszubildende die feldgebundenen Normen der Ausbildung bewältigen. Diese De-Thematisierung als differenzierender Befund zu einem Subjektivierungsme-chanismus ermöglicht im Unterschied zu pädagogisch geprägten schulischen Kontexten ein bislang nicht gekanntes Erleben von Normalität durch die Be-wältigung der Anforderungen in der Ausbildung. Dabei zeigt sich die Betriebs-größe nur begrenzt als Faktor, der diese Thematisierungsmechanismen beein-flusst: In den Interviews lassen sich diese Befunde sowohl in großen wie auch in kleineren Ausbildungsbetrieben festhalten. Damit schließt dieser Befund an die Ergebnisse von Scherr et al. (2015) an. Scherr et al. haben in ihrer Studie zu Diskriminierungspraktiken ebenfalls festgestellt, dass es keine eindeutigen Un-terscheidungen zwischen Personalverantwortlichen in größeren und kleineren Betrieben und deren Thematisierungspraktiken von Differenz gibt (vgl. hierzu Scherr et al. 2015, S. 101 ff.).

Ein anders gerahmter Anschluss an Subjektivierungsprozesse wird durch die Befunde zu biographischer Arbeit sichtbar, die ich als widerständiges Han-deln bezeichnet habe. Über die Auseinandersetzung mit einer spezifischen Zugehörigkeit und damit einhergehenden Subjektivierungsprozesse (z. B. als hörbehinderter Mensch, als Alleinerziehende) kann Handlungsmächtigkeit entstehen. Dabei habe ich herausgearbeitet, dass es Teil der biographischen Arbeit der Informant_innen geworden ist, sich dezidiert mit der eigenen Zuge-hörigkeit zu einer marginalisierten Gruppe zu beschäftigen. In dieser Ausei-nandersetzung haben sich die in Kap. 6 rekonstruierten Phänomene als Zu-wachs von Handlungsmächtigkeit gezeigt. Dieser Befund korrespondiert mit Überlegungen zur Entstehung von Handlungsmächtigkeit angesichts von Zu-gehörigkeitskonstruktionen unterprivilegierter Jugendlicher, wie Groß empi-risch belegt hat (vgl. Groß 2010) und wie dies für theoretische Auseinandersetzungen mit der Entstehung von Handlungsmächtigkeit diskutiert wird (vgl. Bethmann 2012). Damit beschreiben meine Befunde, wie Biographisierungsleistungen und biographische Arbeit ineinandergreifen und zu einem Zuwachs von Handlungsmächtigkeit angesichts der Zuschreibung von Zugehörigkeiten zu spezifischen marginalisierten Gruppen führen können. Befunde der Handlungsmächtigkeit angesichts massiver Zuschreibungsprozesse zeichnet auch Zillig (2016) in ihrer biographieanalytischen Studie zu komplex traumatisierten Müttern und ihren Erfahrungen zwischen Psychiatrie und Jugendhilfe nach.

Reziprozitätserleben in dualer Ausbildung

Als zentralen Befund habe ich das Erleben von Reziprozität im grundsätzlich *asymmetrisch gestalteten Kontext* der Ausbildung rekonstruiert. Hier wurde die *Bedeutsamkeit der Beziehungsgestalten* zwischen Ausbildenden und Auszubildenden rekonstruierbar und dies gerade auch in krisenhaften Verläufen der Ausbildung. Wichtig ist dabei, dass die Beziehungen gleichzeitig eher als lose Verbindungen ohne die Thematisierung einer besonderen Beziehungsnähe oder -dichte in den Interviews rekonstruierbar geworden sind. Diskurse um die professionelle Gestaltung von Beziehungen finden sich zum einen für den Lehrenden-Lernendenkontext (vgl. bspw. Krautz & Schieren 2013) und für die Beziehungsgestaltung in der Sozialen Arbeit (vgl. Heiner 2004; Gahleitner 2017).

In der Betrachtung der Beziehungsgestalten im Sample dieser Untersuchung ist die Ausbildenden-Auszubildenden-Beziehung vielfach als eine distanzierte Beziehung rekonstruiert worden. In verschiedenen Interviews gehen Auszubildende auf hilfreiche und unterstützende Momente in der Bewältigung von Krisen ein, bei denen Ausbildende als unterstützende Figuren sichtbar werden. Dabei scheint die grundsätzlich distanzierte Beziehung kein Hindernis zu sein. Meine Befunde zu Beziehungen im Ausbildungskontext zeigen sich als asymmetrische Beziehungen. Das verbindet sie mit anderen professionell überformten Beziehungsgestalten in Hilfe- und Bildungskontexten, für die ebenfalls ein asymmetrisches Verhältnis konstitutiv ist. Gleichzeitig scheint der zentrale Unterschied einer Beziehungsgestaltung in einem Ausbildungssetting im gemeinschaftlichen Handeln zu liegen, was ein reziprokes Moment in die Beziehungsgestaltung einbringt. Ausbildung findet nicht nur für die Auszubildenden statt, sondern vor dem Hintergrund von Organisationsinteressen. Es handelt sich nicht um ein ausschließlich pädagogisches Moment der Bildung, sondern um die Erfüllung eines reziproken Zusammenhangs, der mit Produktion, Bereitstellung oder Dienstleistung in Verbindung gebracht werden kann. In den Daten wird rekonstruierbar, dass dieser Umstand die Beziehungsgestalten in einen Modus bringt, innerhalb dessen „Hilfe" für die Auszubildenden eine andere Perspektive bekommt. Auszubildende werden in den rekonstruierten krisenhaften Situationen in der Ausbildung nicht als Hilfeempfänger sichtbar, sondern als Beziehungsgegenüber, die unterstützt werden, weil dies in einem größeren Zusammenhang (dem der Organisation) sinnvoll erscheint. Damit tritt in der Beziehung zwischen Auszubildenden und Ausbildenden die asymmetrische Logik zurück, die für andere professionelle Beziehungsgestaltungen diskutiert wird. Die unter diesen Bedingungsgefügen sichtbar gewordenen Beziehungsgestalten setze ich im Folgenden in Beziehung zu anderen Modi der Beziehung in professionellen Hilfekontexten und Lehr-Lern-Kontexten und diskutiere mögliche Folgen. Abeld (2017) weist in einer rekonstruktiven Studie unterschiedliche Modi der Beziehungsgestaltung aus der Klient_innenperspektive nach, in denen, wie – zumindest für das Untersuchungsfeld von Betreuungsbeziehungen – die helfende Beziehung aus Klient_innensicht wahrgenommen wird. Ihre primäre Untersuchungsdimension ist dabei die Aushandlung von Nähe und Distanz. In den Arbeiten von Gahleitner (2017) und Heiner (2004) wird die Gestaltung einer professionellen Beziehung als entscheidendes Moment einer Hilfebeziehung gesehen. Abeld hält fest, dass innerhalb der Diskurse Sozialer Arbeit die Frage der Beziehungsgestaltung als Paradox verhandelt wird (vgl. Abeld 2017, S. 16). Vor dem Hintergrund der Ergebnisse dieser Studie lässt sich zeigen, dass reziproke Elemente in asymmetrischen Beziehungen zu weitreichenden Anerkennungserfahrungen beitragen können. Luhmann hat herausgearbeitet, dass Asymmetrie als Merkmal professioneller Hilfe gelten muss (vgl. Luhmann 2005). Dennoch stellt sich die Frage, ob es Momente der Reziprozität innerhalb professioneller Hilfe geben kann und welche Effekte damit erzielbar wären. Renkl hat hierzu Überlegungen für Lehr-Lern-Kontexte vorgelegt (vgl. Renkl 1997). Die vorliegenden Ergebnisse zu krisenhaften Ausbildungsverläufen haben punktuelle Unterstützungen in einem Kontext mit reziproken Beziehungselementen als wirksame Hilfestellung herausgestellt, so wie insgesamt Ausbildende als unterstützende Beziehungspartner_innen trotz relativer Beziehungsdistanz herausgearbeitet werden konnten. Diese Befunde sprechen dafür, das Moment der Reziprozität in professionellen Beziehungsgestaltungen der Hilfe stärker als bisher im Diskurs zu berücksichtigen sind und werfen die Frage auf, unter welchen Bedingungen Reziprozitätserfahrungen entstehen können. Diese Reziprozitätserfahrungen ermöglichen in ihrer empirischen Rekonstruktion einen Anschluss an anerkennungstheoretische Überlegungen, wie Honneth (2012) sie vorgelegt hat. Anerkennungstheoretische Überlegungen sind bislang noch nicht an Diskurse um das Setting dualer Ausbildung angeschlossen worden. Aus diesem Grund gehe ich ausführlicher auf Honnethsche Figurationen zu Anerkennung ein und schließe diese an meine Befunde an.

Böhnisch & Schröer stellen im Anschluss an Honneth (Böhnisch & Schröer 2013, S. 54) heraus, dass Anerkennungsprozesse von Reziprozität gekennzeichnet sein müssen, damit sie in der biographischen Verarbeitung als gelingend wahrgenommen werden können. In dieser Studie nehmen sich die Auszubildenden als Teil eines Ganzen (der Ausbildungsorganisation) und in ihrer Arbeitskraft wahr und reflektieren es auch in dieser Weise. Das heißt, die Perspektive ist nicht die eines asymmetrischen Verhältnisses. Trotz der asymmetrischen Beziehung, die ich für die Ausbildungszeit herausarbeiten konnte, werden sie als Mitarbeitende im Sinne von Mitwirkenden gesehen, die ihren Teil beitragen. Damit wird eine Form von Anerkennung sichtbar, die sich nur in einem semi-pädagogischen Setting beruflicher Bildung zeigen kann und Settings, wie sie der Übergangsbereich für Jugendliche anbietet, per se verschlossen ist (vgl. hierzu Bojanowski 2014, S. 173). Honneth beschreibt, dass es für ein biographisches Erleben intersubjektiver Anerkennung drei Beziehungsmuster braucht, die jeweils als reziproke Erfahrungen für den Einzelnen möglich sein müssen (vgl. Honneth 2012, S. 151). Er hebt hervor, dass es sich bei den Anerkennungsformen jeweils um Beziehungsmuster zwischen dem Individuum und anderen sowie dem Individuum und der Gesellschaft handelt, in denen Anerkennung als Ergebnis einer spezifischen Beziehungsform möglich wird (vgl. Honneth 2012, S. 152 f.). Im Folgenden möchte ich diese Formen der Beziehungsmuster, die sich in meinen Ergebnissen zeigen, diskutieren und darauf eingehen, was sie für die Anerkennungserfahrungen einzelner Jugendlicher bedeuten. Honneth konzipiert im Rückgriff auf Hegel und Mead „Liebe" als das erste Beziehungsmuster, in dem Anerkennung möglich wird. Er bezieht sich hier auf das Vorhandensein von wechselseitigen Beziehungen zu Primärpersonen, denen affektive und wechselseitige Verbindungen möglich sind (vgl. ebd., S. 153 ff.). Ein zweites Beziehungsmuster, aus dem zentrale Anerkennungserfahrungen resultieren, verknüpft Honneth mit normativen Setzungen, die den generalisierten Anderen ebenso als Tragenden von Rechten anerkennen, wie dieser mich anerkennt: Nur aus den Erfahrungen, dass Regeln für andere gelten, leite ich ab, dass ich dieselben Regeln geltend machen kann beziehungsweise denselben Regeln unterworfen bin (vgl. ebd., S. 173 ff.). Honneth arbeitet heraus, dass Subjekte darüber hinaus noch auf eine soziale Form der Wertschätzung angewiesen sind, die es „ihnen erlaubt, sich auf ihre konkreten Eigenschaften und Fähigkeiten positiv zu beziehen" (Honneth 2012, S. 196). In diesem dritten Beziehungsmuster (vgl. ebd., S. 196 ff.) wird der Mensch als Individuum bedeutsam: „[...]insofern ist diese Form der wechselseitigen Anerkennung auch an die Voraussetzung eines sozialen Lebenszusammenhanges gebunden, dessen Mitglieder durch die Orientierung an gemeinsamen Zielvorstellungen eine Wertgemeinschaft bilden" (Honneth 2012, S. 198). Meine Befunde zeigen Anerkennungsprozesse, die im Sinne Honneths insbesondere für die letzten beiden Beziehungsmuster im Kontext dualer Ausbildung rekonstruierbar werden. Damit zeigt sich in der Ausbildungssituation ein komplexes Anerkennungsgefüge, das die Beziehungsmuster sichtbar macht, die Honneth diskutiert. In einer erweiterten Perspektive lässt sich der Befund einer Anerkennungserfahrung durch das Setting in den Biographien zeigen, in denen die Ausübung einer als „normal" beschriebenen Ausbildung als Gegenhorizont zu einer geförderten Ausbildung als Potenzialität im Raum steht. Hier zeigt sich in zugespitzter Weise, dass die normale berufliche Tätigkeit im Anschluss an den erfolgreichen Ausbildungsabschluss als in besonderer Weise anerkennend im Sinne einer wahrgenommenen Wertschätzung als vollwertiges, berufstätiges Mitglied der Mehrheitsgesellschaft rekonstruierbar wird.

7.5 Von der Benachteiligtenforschung zur Benachteiligungsforschung

Im thematischen Kontext ist sichtbar geworden, dass eine Konzeption von Benachteiligung in der beruflichen Bildung in mehrfacher Hinsicht schwierig geworden ist (vgl. Kap. 1.1 bis 1.3). *Zum einen*, weil der Begriff sich ausschließlich auf einen Teilbereich beruflicher Bildung bezieht, der vor allem eine nachqualifizierende und bereitstellende Funktion für die beiden anderen Teilbereiche beruflicher Bildung hat. Zum *zweiten* ist der Begriff nicht in der Lage, die Prozesse des Erlebens ungleicher Bildungsbedingungen von Individuen in den beiden anderen Bereichen zu fassen, weil er semantisch und historisch mit der „Benachteiligtenförderung" im Übergangsbereich verbunden wird. *Zum dritten*, weil er eine Gruppe homogenisiert, die heterogener kaum sein könnte. *Zum vierten* habe ich herausgestellt, dass der Begriff individualisiert und die institutionellen Bedingungen verschleiert, unter denen benachteiligende Prozesse möglich werden. Anschlussfähig erscheinen unter einer solchen Perspektive bestimmte Formen der Theoriefigur der Differenz, die in den letzten Jahren in der Sozialen Arbeit und den Erziehungswissenschaften verstärkt diskutiert worden ist (vgl. bspw. Kleve et al. 2003; Lamp 2007; Kessl & Plößer 2010; Mecheril & Melter 2012; Tervooren et al. 2014; Müller & Mende 2017). Hierzu sind Detaillierungen notwendig, da die Theoriefigur der Differenz in sehr unterschiedlichen Theorietraditionen prominent geworden ist (vgl. Ricken & Reh 2014, S. 26 ff; Müller & Mende 2017, S. 11 ff.) und als theoriearchitektonisches Element (vgl. Luhmann 1987 und 1999) ebenso genutzt wird wie zur Beschreibung von Ungleichheiten, die durch Differenzen entstanden sind als auch zur Markierung des sozialen Prozesses, der aus einer Differenz eine Ungleichheit macht (vgl. Müller & Mende 2017, S. 12 f.). Während die Luhmannsche Theoriearchitektur jedoch den Einheitsbegriff zugunsten des dichotom verwendeten Differenzbegriffs aufgibt, scheint mir in den beiden zuletzt genannten Formen der Verwendung etwas von einem (gesellschaftlichen und sozialen) Einheitsbzw. Mehrheitsgedanken sichtbar zu werden. Die so verstandene Theoriefigur der Differenz als nicht-dichotom gedachte ermöglicht es, „etwas als etwas Bestimmtes in Differenz zu anderem vor einem bestimmten Hintergrund – einem Verständnis des Allgemeinen – zum Erscheinen" zu bringen (Ricken & Reh 2014, S. 32). Ricken und Reh führen aus, dass erziehungswissenschaftlichen Forschungsparadigmen eine Verwendung des Differenzbegriffs immanent ist, jedoch unterschiedlich reflexiv behandelt wird. Sie unterscheiden zunächst einen Zugang zu Differenz über die Herstellung von Norm und Abweichung, die sich vor allem in quantitativen Forschungsarbeiten nachzeichnen lässt. Dazu im Kontrast sehen sie Verfahren der Diskursanalyse und qualitativ-rekonstruktive Verfahren, die durch ihre Zugänge Differenz als Akt der Hervorbringung im Sozialen in unterschiedlicher Weise sichtbar machen können (vgl. Ricken & Reh 2014, S. 29 ff.)[82].

Meine Ergebnisse zeigen, dass der Begriff der Benachteiligung im Zugang zur Untersuchungsperspektive trägt, gleichzeitig jedoch nicht in eine differenzierte Betrachtung der Empirie führt und hier eine Erweiterung vonnöten ist. Eine mögliche Erweiterung liegt in der Verwendung des Differenzbegriffs, um Unterschiedlichkeiten im Zugang zur dualen Ausbildung zu markieren. Der Untersuchungsgang verdeutlicht, dass es durch den Differenzbegriff in der rekonstruktiven Forschung möglich wird, sich reflexiv und nicht festschreibend auf „Anders-Gemacht-Werden" und „Anders-Sein" zu beziehen, ohne diese Verhältnisse im Sinne einer „Benachteiligung" zu manifestieren. Eine systematische Nutzung dieser Theoriefigur für die Erforschung von Bildungsbenachteiligung in der beruflichen Bildung steht aus meiner Perspektive bislang aus. So verstandene Perspektiven auf die Erfahrungen von Ungleichheit werden bislang nicht[83] im Forschungskontext beruflicher Bildung genutzt, um Erkenntnisse zu gewinnen und zu schärfen. Dabei kann diese Untersuchung zeigen, dass der Begriff gerade für die Frage einer Untersuchung schwieriger Lebenssituationen in Auseinandersetzung mit beruflichen Institutionen Potenzial bietet. Aus diesem Grund schlage ich vor, eine Nutzung differenztheoretischer Begriffe stärker in die Diskussion um Bildungsungleichheit in der beruflichen Bildung einzuführen. Die Nutzung des Differenzbegriffs anstelle eines Benachteiligtenbegriffs für die anderen Teilbereiche beruflicher Bildung ermöglicht einen Zugriff auf Prozesse, die bislang einer Forschungsaufmerksamkeit verborgen bleiben, die sich ausschließlich auf den Übergangsbereich konzentriert und stärkt das kritische Potenzial einer *Benachteiligungsforschung*, weil sie einer entindividualisierenden Perspektive Vorschub leisten würde. Die differenztheoretische Fassung ermöglicht es auch, Intersektionalität als Analyseparadigma stärker in eine erziehungswissenschaftliche Ungleichheitsforschung in der beruflichen Bildung

---

82 Ein Teil dieses Absatzes wird publiziert in Erdmann 2019.
83 Soweit ich sehe nur im Kontext subjektorientierter Forschungen, die sich auf den Bereich akademischer Bildung beziehen.

zu integrieren (siehe für ein Plädoyer zu dieser Notwendigkeit in den Erziehungswissenschaften Budde 2013 und, insbesondere für die Benachteiligtenforschung, Enggruber 2011). Die Ergebnisse meiner Untersuchung zeigen, dass es eine Erweiterung darstellen kann, stärker als bislang Prozesse des Erlebens und der Verfestigung bzw. Verringerung von Bildungsungleichheit in der beruflichen Bildung insgesamt zu thematisieren, um die Rolle von Institutionen herauszustellen. Korte führt aus, dass „Benachteiligung" als Prozess gedacht werden muss:

> „Wie etymologisch schon deutlich wurde, handelt es sich bei Benachteiligung um einen Prozess. Aus der Perspektive des Einzelnen erfahren wir ‚Be-nach-teilung', bei der die/der Einzelne von anderen oder durch etwas, durch ein Subjekt benachteiligt wird. Wenn das so ist, gibt es auch Akteure, Menschen, welche ‚be-nach-teiligen', das heißt andere von Teilhabe ausschließen, unabhängig von Faktoren und Konstellationen. Benachteiligung ist also ein Phänomen, das sozial in Interaktions- und Kommunikationsprozessen unterschiedlichster Art hergestellt wird. Zum Beispiel: Man ist nicht benachteiligt, weil man krank ist oder kein Deutsch sprechen kann, sondern weil die Krankheit und das Nicht-Deutsch können von bestimmten Teilhaben ausschließen. Die Teilhaberegeln werden aber vorher implizit oder explizit formuliert (und zwar in einem Diskurs über Inklusion und Exklusion, Leistung, Bildung, Status und Macht), beispielsweise für den Unterricht in der BRD: Wenn für die Teilhabe an einem Fach, wie Mathematik, Deutsch notwendig ist, um den Ausführungen, Erklärungen und Modellen zu folgen, um Tests zu schreiben, dann ist klar, dass Sprache hier das Ausschlusskriterium ist, mit dem aktiv benachteiligt wird. Mit anderen Worten: Kann das Bildungssystem nicht sicherstellen, dass jedes Kind am Ende des ersten Schuljahres die sprachlichen und elementaren Voraussetzungen für den weiteren Aufenthalt im allgemeinbildenden Schulsystem hat, erzeugt es als Bildungssystem selbst Benachteiligung" (Korte 2006, S. 32 f.).

Meine Befunde und der Forschungsprozess zeigen, dass es möglich ist, Strategien des Umgangs mit Bildungsbenachteiligung jenseits einer essentialisierenden Festschreibung auf spezifische Differenzmerkmale zu erforschen. Eine differenzsensible Beobachtung von Prozessen der Bildungsbenachteiligung im Sinne der erarbeiteten Biographisierungsleistungen als *Auseinandersetzung, Balancierung & Konturierung* sowie einer *Negation* als Strategien des Subjekts würde aus meiner Sicht unterstützen, die *Prozesse der Entstehung von Benachteiligung* stärker zu berücksichtigen. Eine reflexive statt einer essentialisierenden Nutzung des Begriffs *Benachteiligung* würde auf die Formen des Umgangs des Subjekts Bezug nehmen – für eine solche Perspektive liefert meine Studie erste Ansatzpunkte. Im Anschluss an den reflexiven Umgang mit Geschlecht, der sich in der Wissenschaft in den *„gender studies"* findet, und Bezug nehmend auf *„disability studies"* die den reflexiven Umgang mit körperlichen und geistigen Einschränkungen und die soziale Hervorbringung von Behinderung in den wissenschaftlichen Diskurs gebracht haben, schlage ich vor, von *Benachteiligungsforschung* anstelle von *Benachteiligtenforschung* zu sprechen. Der Begriff der Benachteiligtenforschung bleibt in seinem historischen Gewachsen-Sein dem Übergangsbereich verbunden. *Benachteiligungsforschung* könnte sich als Begriff nutzbar machen lassen, um einen reflexiveren Umgang mit der Beurteilung, Bearbeitung und subjektiven Strategien des Umgangs mit Bildungsbenachteiligung in Institutionen der Praxis sowie in der Forschung zu befördern und diesen von der Festschreibung auf einzelne Differenzmerkmale bzw. deren Naturalisierung zu lösen. Eine Bezeichnung wie *Benachteiligungsforschung* könnte es ermöglichen, die Konstruktivität von „Benachteiligung" durch gesellschaftliche Rahmenbedingungen stärker mitzudenken. Darüber hinaus könnte die Rede von *Benachteiligungsforschung* einen Beitrag dazu leisten, Bildungsbenachteiligung im Übergangsprozess in Teilbereiche beruflicher Bildung und im Übergangsbereich nicht isoliert, sondern als inhärente Struktur der Ungleichheit zu betrachten, die alle Teilbereiche beruflicher Bildung durchzieht. Diese einschließende Betrachtung von Bildungsbenachteiligung als Phänomen in allen Teilbereichen beruflicher Bildung würde aus meiner Perspektive auch der weiteren Stärkung eines inklusiven Paradigmas näherkommen. Darüber hinaus stellt es einen Schritt in die Richtung einer von unterschiedlichen Autor_innen geforderten „Benachteiligungstheorie" dar (vgl. Kap. 1.3), von einer *Benachteiligungsforschung* zu sprechen Diese Studie hat mit Hilfe der Biographieforschung einen Beitrag zu einer solchen Perspektive geleistet.

Meine Befunde zu den Konstrukten Ausbildender zu Auszubildenden durch die Datentriangulation leisten einen Beitrag, die Frage der Konstruktion von Lernenden und Auszubildenden jenseits des Übergangsbereichs zu betrachten. Während pädagogisch geprägte Forschungszusammenhänge die Frage der Konstruktion von Lernenden und oder Adressat_innen in den letzten Jahren verstärkt in den Fokus genommen haben (vgl. Thieme 2013; Bitzan & Bolay 2017), lässt sich eine solche Fokussierung für den Bereich der beruflichen Bildung bislang nicht bzw. nur für den Übergangsbereich finden (vgl. hierzu bspw. in Ansätzen Berg 2017). Bitzan & Bolay führen aus, dass die Genese von Adressat_innen Sozialer Arbeit in einer komplexen Gemengelage gesellschaftlicher und institutioneller Deutungsmuster stattfindet (vgl. Bitzan & Bolay 2017). Thieme zeigt in ihrer Studie, wie Kategorisierungspraxen Professioneller in der Kinder- und Jugendhilfe aussehen (vgl. Thieme 2013). Meine Ergebnisse zu den Zuschreibungen Ausbildender zu Auszubildenden mit Differenzerfahrungen liefern erste Ansatzpunkte, diese Fragen intensiver in die berufliche Bildung zu tragen und hier insbesondere die dort als Lehrende tätigen Praktiker_innen und Lehrenden in beruflichen Schulen in ihren Kategorisierungsprozessen näher zu untersuchen. Meine Ergebnisse zeigen, dass sich die Ergebnisse Thiemes und generell die Überlegungen für den pädagogischen Kontext nicht ohne weiteres zu bestätigen scheinen. Vor dem Hintergrund meiner Ergebnisse, die auf eine Zurückstellung vorgängiger sozialer Kategorisierungen Ausbildender zugunsten des Kompetenzaufbaus in der dualen Ausbildung verwiesen haben, scheinen solche Überlegungen in beide Richtungen ertragreich. So könnte der Diskurs um benachteiligte Jugendliche einerseits von einer begrifflichen Erweiterung profitieren, die mit dem Differenzbegriff einhergeht. Andererseits könnten stärkere Bezugnahmen auf die sozialpädagogisch geprägten Diskurse um Adressat_innenkonstruktionen zu einer Erweiterung der Begrifflichkeiten, der Perspektiven auf Jugendliche und junge Erwachsene in der beruflichen Bildung und die dort tätigen Ausbildenden als entscheidende Größe für Ausbildung sowie nicht zuletzt zu einer erweiterten, subjektorientierteren Perspektive auf die marktwirtschaftliche Organisation beruflicher Bildung und somit zu einer empirisch fundierten Benachteiligungstheorie beitragen.

8. Ausblick

Anregungspotenziale für die Praxis

Die Ergebnisse der Untersuchung regen an, biographische Arbeit des Subjekts als (bewältigende und widerständige) Perspektive in Institutionen zu stärken. Hierzu möchte ich im Folgenden Biographieorientierung als Anregung für die Gestaltung unterschiedlicher Kontexte in der Schule, in der Berufsbildung und in der Sozialen Arbeit erörtern, bevor ich auf Anregungen für weitere Forschungen zu sprechen komme.

Möglich wäre, in der Gestaltung der Sekundarstufe 1 in anderer Weise als bislang berufsorientierende Maßnahmen deutlicher an den Möglichkeiten der Stärkung biographischer Arbeit zu orientieren. Damit bieten sich neue Anhaltspunkte für die Entwicklung biographieorientierter Formate in der Schulpädagogik, für die ich durch die Ergebnisse dieser Studie zwei Schwerpunkte sehe. Zum einen stehen Jugendlichen und jungen Erwachsenen im System beruflicher Bildung deutlich weniger Möglichkeiten für bestimmte Formen von Erfahrung und die Initiierung von Bildungsprozessen in Form von Moratorien offen als Jugendlichen und jungen Erwachsenen auf dem Weg in akademische Bildungszusammenhänge (vgl. hierzu Erdmann 2016b). Selbstgewählte Moratorien innerhalb von Maßnahmen beruflicher Bildung werden – wie nicht zuletzt die Ergebnisse in Kap. 5 gezeigt haben – hoch sanktioniert bzw. gelten als legitimierungsbedürftig[84]. Jugendliche und junge Erwachsene die im gleichen Lebensalter bereits in Teilbereichen beruflicher Bildung gebunden sind, werden auf deutlich kleinere Freiräume beschränkt. Moratorien im Jugend- und jungen Erwachsenenalter (vgl. Hurrelmann et al. 2014) werden wichtig für die Entwicklung und stehen in der beruflichen Bildung, insbesondere auf den Wegen bildungsbenachteiligter Jugendlicher kaum zur Verfügung. Meine Ergebnisse bieten die Anregung darüber nachzudenken, wie sich Moratorien zur Förderung von Bildungsprozessen in der Sekundarstufe I und darüberhinausgehend auch in eine (vor)berufliche Ausbildung einbetten lassen, um auch weniger privilegierten Jugendlichen Chancen auf eine Erweiterung ihrer biographischen Perspektiven durch Moratorien zu ermöglichen. Zum anderen bieten meine Ergebnisse die Anregung, biographieorientierte Formate bereits in der Schule stärker genderreflexiv anzulegen. Faulstich-Wieland hat herausgearbeitet, dass Jugendliche der Schule nur begrenzt Einflüsse auf die Berufswahlprozesse zu-

---

84 Unter einer solchen Perspektive böten sich weitergehende Überlegungen zu Fragen der Bildungsgerechtigkeit an (vgl. Stojanov 2011).

schreiben. Gleichzeitig kann eine Erweiterung der geschlechtstypischen Berufswahlen durch bisher dominierende Formate der Berufsorientierung in Schulen nicht festgestellt werden (vgl. Faulstich-Wieland 2014). Biographieorientierte Formate in der Sekundarstufe I könnten neue Ansatzpunkte bieten, die Frage der Berufswahl stärker unter Berücksichtigung geschlechtsspezifischer Aspekte zu berücksichtigen.

Eine weitere Anregung sehe ich in der Stärkung biographieorientierter Formate in berufsbildenden Schulen. Als ein Befund dieser Studie ist, dass das Lernen und stattfindende Prozesse in berufsbildenden Schulen in den Erzählungen kaum thematisiert worden ist. Die Anerkennungserfahrungen verbinden sich in dieser Studie mit dem Aufbau beruflicher Kompetenz und mit der individuellen Überwindung einer erschwerenden Ausgangslage. Hier stellt sich die Frage, inwieweit es sinnvoll sein könnte, den Ausbildungsphasen in berufsbildenden Schulen ein stärkeres Gewicht zu verleihen und insbesondere für die Anregung reflexiver Auseinandersetzung mit Bildungsbenachteiligung stärker zu nutzen. Die Befunde dieser Studie in ihrer anerkennungstheoretischen Reflexion zeigen, dass das betriebliche Setting keine Pädagogisierung erfahren sollte (vgl. hierzu auch Münk 2014). In Berufsschulen könnte im Prozess der Ausbildung die Förderung biographischer Arbeit angeboten werden. In diesem Rahmen bieten sich Möglichkeiten zur Reflexion der Ausbildungssituation und möglicher Alternativen an. Wyßuwa konnte in einer ethnomethodologischen Konversationsanalyse für Lehr-Lern-Kontexte in der Erwachsenenbildung beschreiben, dass die Frage der Thematisierung von Biographie abhängig von der Adressierung der Lernenden durch die Lehrenden ist und sich Möglichkeiten einer reflexiven Thematisierung ergeben können (vgl. Wyßuwa 2017, S. 276). Darüber hinaus scheint es für eine Anregung biographischer Arbeit sinnvoll, die Schulsozialarbeit an Berufsschulen stärker zu berücksichtigen, als das bislang getan wird. Hier stellt sich die Frage, inwieweit Forschungen bislang erbracht haben, was möglich ist und welche Anregungen biographischer Arbeit sich hier noch abzeichnen können. Schulsozialarbeit wird bislang (vgl. bspw. Kloha 2018) vor allem im Kontext allgemeinbildender Schulen in der Sekundarstufe I diskutiert. Hier stellt sich die Frage, inwieweit Schulsozialarbeit zur Anregung biographischer Arbeit nicht insgesamt an berufsbildenden Schulen auch jenseits des Übergangsbereichs ausgeweitet werden sollte.

Diese Studie bezieht sich nicht originär auf sozialpädagogisches Handeln. Sie gibt jedoch Anregungspotenzial für unterschiedliche Arbeitsfelder Sozialer Arbeit. Die Ergebnisse zeigen, dass biographische Auseinandersetzungen ein wesentliches Element zur Entwicklung von Plänen und eine Auseinandersetzung mit erfahrenen gesellschaftlichen und familiären Bedingungen des Aufwachsens darstellen, um kreative Potentiale und Formen der Selbstermächtigung zu entfalten. Eine Anregung biographischer Arbeit ist unter dieser Perspektive für Soziale Arbeit ein wesentlicher Bezugspunkt. Zu denken wäre hier sowohl an eine Empowerment-Perspektive (vgl. Herriger 2006), Thierschs Überlegungen zur lebensweltorientierten Sozialen Arbeit (vgl. Thiersch 2014), Formen bildungsorientierter Sozialer Arbeit (vgl. u. a Sünker 2012) als auch an eine Perspektive rekonstruktiver Sozialer Arbeit (vgl. Völter & Reichmann 2017). Dabei zeigen die Rekonstruktionen unterschiedlicher Differenzerfahrungen, dass es die *Form des Umgangs* ist, die für die Entstehung von Handlungspotentialen entscheidend ist. Im Sinne einer Lebensweltorientierung (vgl. Thiersch et al. 2012; Thiersch 2014) zeigen die Ergebnisse dieser Studie, dass es wichtig wird, die mögliche Relevanz spezifischer biographischer Erfahrungen mit Adressat_innen rekonstruktiv zu erarbeiten. Anregungen biographischer Arbeit bieten für Jugendliche das Potenzial, Erfahrungen der Missachtung, Benachteiligung, Diskriminierung und Formen der Verletzung zu bearbeiten. Soziale Arbeit ist als Profession nicht auf das Bildungssystem beschränkt und erhält ihre Legitimation gerade aus der Begleitung von Adressat_innen zwischen und in unterschiedlichen Systemen. Insofern kann eine Begleitung biographischer Arbeit in unterschiedlichen Kontexten – und die Verarbeitung unterschiedlicher Adressierungen von Bildungsungleichheit zwischen Schul- und Berufsbildungssystem gerade auch eine Aufgabe Sozialer Arbeit sein. Jugendberufshilfe ist als Feld der Sozialen Arbeit etabliert. Die Ergebnisse dieser Studie deuten darauf hin, dass es sinnvoll sein könnte, diese Arbeit stärker von einer Orientierung auf einen Berufsfindungsprozess hin zu einer Orientierung an biographischer Arbeit zu gestalten. Soziale Arbeit könnte einen Beitrag leisten, die Anregungen biographischer Arbeit und damit einhergehendes Ermächtigungshandelns stärker in den Fokus im Sinne einer Vorbereitung auf ein Leben gestalten, das durch Unsicherheiten und Verwerfungen gekennzeichnet sein wird, anstatt die Orientierung an einem Normalitätsregime zu unterstützen, das immer fragwürdiger erscheint (vgl. Hardering 2011). Die derzeit vorherrschende Berufsorientierung ist an der Gestaltung einer Berufswahl orientiert und misst der Wahl der Ausbildung dabei hohe Bedeutung zu. Sollte es nicht eher darum gehen, im Kontext einer unterstützenden biographischen Arbeit eine reguläre Ausbildung als Ausgangspunkt für einen weiteren beruflichen Weg zu betrachten. Die rekonstruierten biographischen Prozesse in dieser Studie verweisen insbesondere unter Erleidenserfahrungen auf die eingeschränkten Möglichkeiten, biographische Arbeit zu leisten. Soziale Arbeit als Profession kann hier im Sinne der Lebensweltorientierung einen Beitrag zur Erhöhung der Spielräume des Individuums leisten und dazu beitragen, biographische Arbeit zu entwickeln. Diese Perspektive ist verschiedentlich bereits betrachtet worden (vgl. Hanses 2004; Miethe 2011). Insbesondere für die Arbeit mit älteren Jugendlichen und jungen Erwachsenen scheint diese Perspektive zielführend bezogen auf das hier vorgestellte Untersuchungsfeld beruflicher Bildung. Hier bietet die Studie die Anregung, biographieorientierte Arbeit im Hinblick auf das Erwerbssystem in Arbeitsfeldern der Sozialen Arbeit zu stärken – auch im Sinne eines Erlernens des Umgangs mit biographischen Unsicherheiten und Brüchen.

Anregungen für weitere Forschungen

Vor dem Hintergrund der Studie scheinen Untersuchungen ertragreich, die insbesondere die Differenzlinie „class" bzw. deren Überschneidung mit anderen Differenzerfahrungen hervorstellen. Sinnvoll erscheint im Anschluss an die Untersuchung allgemeiner Muster des Umgangs mit Bildungsbenachteiligung, wie ich sie in der vorliegenden Studie geleistet habe, nun eine spezifischere Untersuchung von Differenzerfahrungen bzw. deren intersektionale Überschneidung im Kontext dualer Ausbildung[85]. Des Weiteren könnte es im Hinblick auf die Differenzlinie „class" ertragreich sein, biographische Prozesse Jugendlicher zu rekonstruieren, die als erste in ihrer Familie eine zertifizierte Ausbildung abgeschlossen haben. Solche „Aufstiegsprozesse" sind bislang nur für Aufstiege ins akademische Milieu untersucht worden. Dabei stellt sich die Frage, ob sich ähnliche Prozesse wie in Biographien von Bildungsaufsteigenden ins akademische Milieu auch bei Aufstiegen in die berufliche Bildung finden lassen – bzw. inwieweit solche Prozesse überhaupt als Aufstieg wahrgenommen werden und welche Anerkennungsprozesse sich damit verbinden. Darüber hinaus zeigen die Ergebnisse der Studie, dass Untersuchungen zum Ausbildendenhandeln ein Desiderat darstellt, das weitere Untersuchungen im Rückgriff auf deren zentrale Rolle in der Ausbildung lohnend erscheinen lässt. Bisherige Untersuchungen, insbesondere die Arbeit von Rausch (2011) haben hier einen Anfangspunkt gesetzt, an den vor allem mit ethnographischen Studien angeschlossen werden könnte, um Performanzen zu untersuchen. Hier scheint es sinnvoll, die Gesten und Anerkennungspraxen, die in den Interviews rekonstruiert werden konnten, in ihrer Bedeutung für Auszubildende stärker herauszuarbeiten. Ähnliches gilt für die Beziehungsgestalten in der Ausbildung und das damit verbundene Professionsverständnis von Ausbildenden. Die Ergebnisse der vorliegenden Untersuchung zeigen, dass die Beziehungsgestalten einerseits in einem klassisch pädagogischen asymmetrischen Verhältnis verstanden werden können. Andererseits wird durch das Setting dualer Ausbildung ein reziprokes Verhältnis unterstützt, dass sich nur in der feldgebundenen Normativität dualer Ausbildung finden kann. Innerhalb solcher Verhältnisse können schwierige Situationen im Ausbildungsverlauf anders verhandelt wer-

---

85 Anschlüsse sehe ich hier an die neu aufgelegten Forschungen im Rahmen einer Nachwuchsforschergruppe der Hans-Böckler-Stiftung, die Mitte 2017 ihre Arbeit aufgenommen hat und insbesondere die Bildungs- und Ausbildungswege junger Geflüchteter im System beruflicher Bildung unter der Leitung von Prof. Dr. Riegel und Prof. Dr. Fritzsche untersucht.

den als in pädagogischen Kontexten. Die Studie regt an, diesem Verhältnis intensiver nachzugehen und eine vergleichende Untersuchung zwischen Beziehungserfahrungen in klassischen pädagogischen Kontexten und berufsbildenden Kontexten zu konzipieren. Vor diesem Hintergrund verweisen die Ergebnisse der Untersuchung in bestimmten Ausbildungsmilieus auf Grenzen und bieten nur erste Hinweise. Gleiches gilt für die Untersuchung in spezifischen Betriebsgrößen. Die Untersuchung hat gezeigt, dass das Ausbildendenhandeln von pädagogischen Orientierungen geprägt ist, wenn Ausbildende ausschließlich für die Aufgabe der Ausbildung zuständig sind. Im Rahmen dieser Studie konnten diese Orientierungen keinem systematischen Vergleich unterzogen werden. Im Anschluss an die Untersuchungsperspektive von Kepura (2019, i.V.) wäre es ertragreich, die handlungsleitenden Orientierungen von Ausbildenden in einer eigens darauf fokussierten Untersuchung aufzuzeigen. Dies konnte diese Studie nur in Ansätzen leisten.

Weiterhin zeigen die Ergebnisse der Studie, dass eine Ausweitung der differenzsensiblen Forschung zum Übergangsgeschehen sinnvoll erscheint, wie sie von Stauber et al. (2007) bereits diskutiert worden ist. Die biographieanalytische Studie zur Rekonstruktion des Übergangsgeschehens in die duale Ausbildung und vorzeitigem Ausbildungsende von Handelmann (2019, i.V.) leistet dazu einen wertvollen Beitrag. Bislang fehlt es an Studien, die aus qualitativ-rekonstruktiven Forschungsperspektiven Erkenntnisse liefern, wie sich Übergänge unter Bedingungen von spezifischen Bildungsbenachteiligungen gestalten. Es liegen bislang keine Erkenntnisse aus qualitativ-rekonstruktiver Perspektive dazu vor, wie sich vorzeitige Ausbildungsabbrüche und Erfahrungen von Bildungsbenachteiligung zueinander verhalten und biographisch erfahren werden. Die vorliegenden rekonstruktiven Studien zu Ausbildungsabbruch (vgl. Kap. 1.5) berücksichtigen diesen Zusammenhang. Zu beiden letztgenannten Perspektiven kann diese Studie erste Einsichten liefern, die nun in weiteren Studien genauer fokussiert werden könnten. Gleiches gilt für die Verknüpfung von dualer Ausbildung und Berufsschulen: Auch hier schließen sich zahlreiche Forschungsperspektiven an. Diese betreffen einerseits die Verknüpfung beider Bildungsorte im Erleben der Auszubildenden und andererseits Phänomene wie die Schulabsenz, die bislang primär in der Sekundarstufe I beforscht wird (vgl. Stamm et al. 2009). Auch hier wäre eine Verknüpfung mit Perspektiven auf marginalisierte Auszubildende hilfreich, die bislang noch nicht in die Aufmerksamkeit der empirischen Forschung gelangt ist.

Darüber hinaus gibt es bislang keine Untersuchungen, die biographische Prozesse und die Entwicklung von Bildungsbenachteiligungen in Biographien in vollzeitschulischen Ausbildungen untersuchen. Im Anschluss an die hier vorliegende Untersuchung scheint dies eine lohnende Perspektive zu sein, die bislang ein Desiderat darstellt. Eine Untersuchung könnte zeigen, inwieweit die hier erzielten Befunde zu biographischen Bearbeitungsprozessen durch das

Setting dualer Ausbildung mitgeprägt werden bzw. welche Differenzen sich zum Setting vollzeitschulischer Ausbildung zeigen. Hier wären sicherlich auch geschlechtsspezifische Forschungsperspektiven anschlussfähig, da der vollzeitschulische Ausbildungssektor vor allem von weiblichen Auszubildenden gewählt wird (vgl. Kap. 1.2). An diese Überlegung schließt auch eine Erweiterung der Untersuchungsperspektive Scherrs an: Die Untersuchung diskriminierender Praktiken in der beruflichen Bildung bezieht sich in seiner Studie ebenfalls ausschließlich auf das Setting dualer Ausbildung. In dieser Untersuchung deuten sich diskriminierende Praktiken in Ausbildungsbetrieben jenseits der Differenzlinie Migration an und legen nahe, Unterscheidungspraxen in Betrieben unter einer allgemeineren Perspektive vorzunehmen (vgl. Scherr 2015). Gleichzeitig liegt auch hier ein Übertrag der Forschungsperspektive auf das Teilsystem vollzeitschulischer Berufsausbildungen als zweitem Teilbereich „regulärer" beruflicher Bildung auf der Hand. Insbesondere scheint dies ertragreich vor dem Hintergrund der Forschungen von Thieme (vgl. Thieme 2013). Schließlich werden in vollzeitschulischen Berufsausbildungen auch Erzieher_innen als sozialpädagogische Fachkräfte ausgebildet. Insofern scheinen biographische Erfahrungen des Umgangs mit Bildungsbenachteiligung und deren Entwicklung im Ausbildungskontext nicht unerheblich für die künftige berufliche pädagogische Praxis. Diese Untersuchungsperspektive bietet somit ein Potenzial für die Professionalisierungsforschung in den Erziehungswissenschaften.

Ich habe einleitend in Kap. 1.3 erwähnt, dass der Ausgangspunkt der Idee zu dieser Untersuchung meine beruflichen Erfahrungen in der sozialpädagogischen Arbeit in der stationären Jugendhilfe und die Übergangsprozesse dort lebender Jugendlicher und junger Erwachsener in reguläre duale Ausbildungen gewesen sind. Ihr Umgang mit den Marginalisierungserfahrungen als Jugendliche, die „im Heim" leben, haben Fragen aufgeworfen, die sich in dieser Studie zum Teil beantwortet haben. Gleichzeitig sind neue Fragen hinzugekommen, die durch eine biographieorientierte Studie erst sichtbar geworden sind. Bildung als Privileg zu betrachten und Prozesse der Marginalisierung zu untersuchen, ist keine neue Perspektive in der erziehungswissenschaftlichen Forschung. Diese Studie hat gezeigt, dass eine Erweiterung dieser Perspektive auf die Teilbereiche beruflicher Bildung jenseits des Übergangsbereichs relevante Erkenntnisse hervorbringen kann. Ich verstehe diese Studie als einen Schritt in eine erweiterte Perspektive zur Betrachtung von Bildungsbenachteiligung im Kontext beruflicher Bildung.

Literaturverzeichnis

Abeld, R. (2017). *Professionelle Beziehungen in der Sozialen Arbeit*. Wiesbaden: Springer VS.

Ahmed, S., Stauber, B., Pohl, A. & von Schwanenflügel, L. (Hrsg.). (2013). *Bildung und Bewältigung im Zeichen von sozialer Ungleichheit. Theoretische und empirische Beiträge zur qualitativen Bildungs- und Übergangsforschung*. Weinheim: Beltz Juventa.

Ahrens, D. (Hrsg.). (2014a). *Zwischen Reformeifer und Ernüchterung*. Wiesbaden: Springer VS.

Ahrens, D. (2014b). Zwischen Reformeifer und Ernüchterung: Übergänge in beruflichen Lebensläufen. In D. Ahrens (Hrsg.), *Zwischen Reformeifer und Ernüchterung*. Wiesbaden: Springer VS. S. 7–34.

Ahrens, D. & Spöttl, P. (2012). Beruflichkeit als biographischer Prozess. Neue Herausforderungen für die Berufspädagogik am Beispiel des Übergangssystems. In A. Bolder, R. Dobischat, G. Kutscha, & G. Reutter (Hrsg.), *Beruflichkeit zwischen institutionellem Wandel und biographischem Projekt*. Wiesbaden: Springer VS. S. 87–103.

Alheit, P. (2010). Identität oder „Biographizität"? Beiträge der neueren sozial- und erziehungswissenschaftlichen Biographieforschung zu einem Konzept der Identitätsentwicklung. In B. Griese (Hrsg.), *Subjekt – Identität – Person?* Wiesbaden: Springer VS. S. 219–249.

Alheit, P., Biesinger, C. & Glass, C. (1986). *Beschädigtes Leben: soziale Biographien arbeitsloser Jugendlicher: ein soziologischer Versuch über die „Entdeckung" neuer Fragestellungen*. Frankfurt am Main: Campus.

Angenent, H. (2015). *Berufliche Orientierungen aus biographischer Retrospektive: ErwachsenenbildnerInnen auf dem Weg von der Disposition zur Position*. Opladen: Barbara Budrich.

Anslinger, E. (2009). *Junge Mütter im dualen System der Berufsbildung: Potenziale und Hindernisse*. Bielefeld: W. Bertelsmann.

Arbeitsgruppe Bielefelder Soziologen (Hrsg.). (1981). *Alltagswissen, Interaktion und gesellschaftliche Wirklichkeit: 1: Symbolischer Interaktionismus und Ethnomethodologie; 2: Ethnotheorie und Ethnographie des Sprechens*. Opladen: Westdeutscher Verlag.

Arnold, R. (2003). Die Männlichkeit des Berufs – Aspekte einer konstruktivistischen Betrachtung. In R. Arnold (Hrsg.), *Berufsbildung ohne Beruf*. Baltmannsweiler: Schneider Hohengehren. S. 23–36.

Autorengruppe Bildungsberichterstattung. (2012). *Bildung in Deutschland 2012*. Abgerufen von https://www.bildungsbericht.de/de/bildungsberichte-seit-2006/bildungsbericht-2012. Letzter Abruf: 01.03.2019.

Autorengruppe Bildungsberichterstattung. (2014). *Bildung in Deutschland 2014*. Abgerufen von https://www.bildungsbericht.de/de/bildungsberichte-seit-2006/bildungsbericht-2014/bildung-in-deutschland-2014. Letzter Abruf: 01.03.2019.

Autorengruppe Bildungsberichterstattung. (2016). *Bildung in Deutschland 2016*. Abgerufen von https://www.bildungsbericht.de/de/bildungsberichte-seit-2006/bildungsbericht-2016/pdf-bildungsbericht-2016/bildungsbericht-2016. Letzter Abruf: 01.03.2019.

Baader, M. & Freytag, T. (Hrsg.). (2017). *Bildung und Ungleichheit in Deutschland*. Wiesbaden: Springer VS.

Baethge, M. (1971). *Ausbildung und Herrschaft: Unternehmerinteressen in der Bildungspolitik*. Frankfurt am Main: Europäische Verlagsanstalt.

Baethge, M. (1991). Arbeit, Vergesellschaftung, Identität. Zur zunehmenden normativen Subjektivierung der Arbeit. *Soziale Welt* 42 (1), S. 6–19.

Baethge, M. (2006). Das deutsche Bildungs-Schisma: Welche Probleme ein vorindustrielles Bildungssystem in einer nachindustriellen Gesellschaft hat. *SOFI-Mitteilungen* 34, S. 13–27.

Baethge, M. (2007). Berufsbildung: Teil des Bildungssystems – nicht nur des Arbeitsmarktes. In J. U. Prager (Hrsg.), *Duales Ausbildungssystem – quo vadis? Berufliche Bildung auf neuen Wegen*. Gütersloh: Bertelsmann-Stiftung. S. 23–39.

Bartmann, S., Handelmann, A., Hübner, A. & Janßen, E. (2014). *Wenn die Berufsfindung und -ausbildung Brüche aufweist. Ein Forschungsbericht* (Schriftenreihe der Hochschule Emden/Leer No. Band 13). Emden-Leer: Hochschule.

Bartmann, S. & Kunze, K. (2008). Biographisierungsleistungen in Form von Argumentationen als Zugang zur (Re-)Konstruktion von Erfahrung. In H. von Felden (Hrsg.), *Perspektiven erziehungswissenschaftlicher Biographieforschung*. Wiesbaden: Springer VS. S. 177–192.

Baumgartner, A. (2014). *Professionelles Handeln von Ausbildungspersonen in Fehlersituationen: Eine empirische Untersuchung im Hotel- und Gastgewerbe*. Wiesbaden: Springer VS.

Becker, R. & Hadjar, A. (2011). Meritokratie – Zur gesellschaftlichen Legitimation ungleicher Bildungs-, Erwerbs-und Einkommenschancen in modernen Gesellschaften. In R. Becker (Hrsg.), *Lehrbuch der Bildungssoziologie*. Wiesbaden: Springer VS. S. 37–62.

Becker, R. & Lauterbach, W. (2016). *Bildung als Privileg: Erklärungen und Befunde zu den Ursachen der Bildungsungleichheit*. Wiesbaden: Springer VS.

Beck, I. & Greving, H. (Hrsg.). (2012). *Lebenslage und Lebensbewältigung*. Stuttgart: Kohlhammer.

Berg, A. (2017). *Lernbiographien Jugendlicher am Übergang Schule – Beruf: theoretische und empirische Analysen zum biographischen Lernen von Praxisklassenschülern*. Weinheim: Beltz Juventa.

Berger, P. & Luckmann, T. (2013). *Die gesellschaftliche Konstruktion der Wirklichkeit: eine Theorie der Wissenssoziologie* (25. Auflage). Frankfurt am Main: S. Fischer.

Bethmann, S. (Hrsg.). (2012). *Agency. Qualitative Rekonstruktionen und gesellschaftstheoretische Bezüge von Handlungsmächtigkeit*. Weinheim: Beltz Juventa.

Betts, S., Griffiths, A., Schütze, F. & P. Straus (2007). Biographical Counselling: an Introduction. In Betts, S., Griffiths, A., Schütze, F. & P. Straus, *INVITE – Biographical Counselling in Rehabilitative Vocational Training – Further Education Curriculum*. Magdeburg: Universität Magdeburg.

BiBB. (2009). *Ausbilder-Eignungsverordnung*. Abgerufen von https://www.bibb.de/dokumente/pdf/HA135.pdf. Letzter Abruf: 01.03.2019.

BiBB. (2014). *Datenreport Berufsbildungsbericht 2014*. Abgerufen von https://www.bibb.de/datenreport/de/datenreport2014.php. Letzter Abruf: 01.03.2019.

Bitzan, M. & Bolay, E. (2017). *Soziale Arbeit – die Adressatinnen und Adressaten*. Opladen: Barbara Budrich.

BMBF. (2006). *Berufsbildungsbericht 2006*. Abgerufen von https://www. http://www.dipbt.bundestag.de/dip21/btd/16/013/1601370.pdf. Letzter Abruf: 01.03.2019.

BMBF. (2014). *Berufsbildungsbericht 2014. Der Ausbildungsmarkt verändert sich*. Abgerufen von https://www.ab.tu-berlin.de/fileadmin/ref22/Downloads/Ausbilder_innen/Berufsbildungsbericht_2014_BMBF.pdf. Letzter Abruf: 01.03.2019.

BMBF. (2016). *Berufsbildungsbericht 2016*. Abgerufen von www.bmbf.de/pub/Berufsbildungsbericht_2016.pdf. Letzter Abruf: 01.03.2019.

BMFSFJ. (2013). *14. Kinder- und Jugendbericht*. Abgerufen von https://www.bmfsfj.de/blob/93146/6358c96a697b0c3527195677c61976cd/14-kinder-und-jugendbericht-data.pdf. Letzter Abruf: 01.03.2019.

BMFSFJ. (2017). *Verbesserungen beim Unterhaltsvorschuss kommen rückwirkend zum 1. Juli 2017*. https://www.bmfsfj.de/bmfsfj/aktuelles/presse/pressemitteilungen/verbesserungen-beim-unterhaltsvorschuss-kommen-rueckwirkend-zum-1--juli-2017/117226. Letzter Abruf: 01.03.2019.

BMI. (2015). *Nationale Minderheiten. Minderheiten- und Regionalsprachen in Deutschland*. https://www.bmi.bund.de/SharedDocs/downloads/DE/publikationen/themen/heimat-integration/nationale-minderheiten/minderheiten-und-regionalsprachen-dritte-auflage.html. Letzter Abruf: 01.03.2019.

Böhnisch, L. & Schröer, W. (2013). *Soziale Arbeit – eine problemorientierte Einführung*. Bad Heilbrunn: Klinkhardt.

Bohlinger, S. (2004). Der Benachteiligtenbegriff in der beruflichen Bildung. *Zeitschrift für Berufs-und Wirtschaftspädagogik* 100 (2), S. 230–241.

Bohnsack, R. (1989). *Generation, Milieu und Geschlecht: Ergebnisse aus Gruppendiskussionen mit Jugendlichen*. Opladen: Leske + Budrich.

Bohnsack, R. (2005). Standards nicht-standardisierter Forschung. *Zeitschrift für Erziehungswissenschaft, Beiheft* 4 (8), S. 63–81.

Bojanowski, A. (2005). *Diesseits vom Abseits: Studien zur Benachteiligtenförderung*. Bielefeld: Bertelsmann.

Bojanowski, A. (2006). Auf der Suche nach tragenden Theoremen – zur Programmatik einer „beruflichen Förderpädagogik". In A. Spies & D. Tredop (Hrsg.), *„Risikobiografien"*. Wiesbaden: Springer VS. S. 297–314.

Bojanowski, A. (2014). Das Übergangsgeschehen – ein neues „Dispositiv der Macht"? Bericht über eine Verblüffung. In D. Ahrens (Hrsg.), *Zwischen Reformeifer und Ernüchterung*. Wiesbaden: Springer VS. S. 161–180.

Bojanowski, A., Eckardt, P. & G. Ratschinski (2006). Benachteiligtenforschung. In F. Rauner (Hrsg.), *Handbuch Berufsbildungsforschung*. Bielefeld: Bertelsmann.

Bolay, D. & Walther, A. (2014). Möglichkeiten außerschulischer Hilfen in der Bearbeitung von Bildungsbenachteiligung: Potenziale und Grenzen ausgewählter Handlungsfelder der Jugendsozialarbeit. *Zeitschrift für Erziehungswissenschaft* 17 (2), S. 369–392.

Bolder, A. (2014). Strukturen – Diskurse – Entscheidungen. Unterschätzte Handlungsmächte in der Umwelt berufsbiographischer Entscheidungen. In D. Ahrens (Hrsg.), *Zwischen Reformeifer und Ernüchterung*. Wiesbaden: Springer VS. S. 181–198.

Bolder, A., Kutscha, G., Dobischat, R. & G. Reutter (2012). Beruflichkeit – Ein Kampf der Einzelnen gegen die Institutionen? In A. Bolder, R. Dobischat, G. Kutscha, & G. Reutter (Hrsg.), *Beruflichkeit zwischen institutionellem Wandel und biographischem Projekt*. Wiesbaden: Springer VS. S. 7–23.

Bretschneider, F. & Pasternack, P. (1999). Rituale der Akademiker. In *Hochschule Ost. Leipziger Beiträge zu Hochschule und Wissenschaft* 8 (3–4), S. 9–46.

Budde, J. (2013). Intersektionalität als Herausforderung für eine erziehungswissenschaftliche soziale Ungleichheitsforschung. In S. Siebholz, E. Schneider, A. Schippling, S. Busse, & S. Sandring (Hrsg.), *Prozesse sozialer Ungleichheit*. Wiesbaden: Springer VS. S. 245–257.

Bude, H. (1985). Der Sozialforscher als Narrationsanimateur: kritische Anmerkungen zu einer erzähltheoretischen Fundierung der interpretativen Sozialforschung. *Kölner Zeitschrift für Soziologie und Sozialpsychologie* 37 (2), S. 327–336.

Büchter, K. (2017). Allgemeinbildung und Berufsbildung – übergreifende Widersprüche historisch betrachtet. In P. Schlögl, M. Stock, D. Moser, K. Schmid, & F. Gramlinger (Hrsg.), *Berufsbildung, eine Renaissance? Motor für Innovation, Beschäftigung, Teilhabe, Aufstieg, Wohlstand,...* Bielefeld: wbv. S. 21–43.

Capelle, J. (Hrsg.). (2014). *Zukunftschancen Ausbildungsbeteiligung und -förderung von Jugendlichen mit Migrationshintergrund*. Wiesbaden: Springer VS.

Cicourel, A. V. (1995). *The Social Organization of Juvenile Justice*. Piscataway: Transaction Publishers.

Corbin, J. & Strauss, A. (2004). *Weiterleben lernen: Verlauf und Bewältigung chronischer Krankheit* (2. Auflage). Bern: Huber.

Czarniawska-Joerges, B. (1997). *Narrating the organization: dramas of institutional identity*. Chicago: University of Chicago Press.

Czarniawska-Joerges, B. (1998). *A narrative approach in organization studies*. Thousand Oaks: Sage Publications.

Czarniawska-Joerges, B. (2008). *A theory of organizing*. Cheltenham: Edward Elgar.

Dausien, B. (2002). *Sozialisation – Geschlecht – Biographie*. Habilitationsschrift, Universität Bielefeld: Universitätsbibliothek.

Dausien, B. (2016). Rekonstruktion und Reflexion: Überlegungen zum Verhältnis von bildungstheoretisch und sozialwissenschaftlich orientierter Biographieforschung. In R. Kreitz, I. Miethe & A. Tervooren (Hrsg.), *Theorien in der qualitativen Bildungsforschung – qualitative Bildungsforschung als Theoriegenerierung*. Opladen: Barbara Budrich. S. 19–46.

Dederich, M. (2010). Behinderung, Norm, Differenz – Die Perspektive der Disability Studies. In F. Kessl & M. Plößer (Hrsg.), *Differenzierung, Normalisierung, Andersheit*. Wiesbaden: Springer VS. S. 170–184.

Deppermann, A. (2003). *Argumentieren in Gesprächen: gesprächsanalytische Studien*. Tübingen: Stauffenburg.

Dietrich, F., Heinrich, M. & N. Thieme (2013). Bildungsgerechtigkeit jenseits von Chancengleichheit. In F. Dietrich, M. Heinrich, & N. Thieme (Hrsg.), *Bildungsgerechtigkeit jenseits von Chancengleichheit*. Wiesbaden: Springer VS. S. 11–32.

Doll, A. (2013). Was bedeutet es, Care Leaver zu sein? Ein Resümee über die Zeit in der Jugendhilfe und danach. *Sozial Extra 37* (9), S. 50–52.

Dücker, B. (2007). *Rituale*. Stuttgart: J.B. Metzler.

El-Mafaalani, A. (2012). *BildungsaufsteigerInnen aus benachteiligten Milieus: Habitustransformation und soziale Mobilität bei Einheimischen und Türkeistämmigen*. Wiesbaden: Springer VS.

Emmerich, M. & Hormel, U. (2013). Differenz organisieren: Diversity zwischen Humanressource und Antidiskriminierung. In Emmerich, M. & Hormel, U. *Heterogenität – Diversity – Intersektionalität*. Wiesbaden: Springer VS. S. 183–209.

Emmerich, M. & Scherr, A. (2013). Subjekt, Subjektivität und Subjektivierung. In A. Scherr (Hrsg.), *Soziologische Basics*. Wiesbaden: Springer VS. S. 243–251.

Enggruber, R. (2011). Versuch einer Typologie von „Risikogruppen" im Übergangssystem – und damit verbundene Risiken. *bwp@ Spezial* (5), S. 1–15. Abgerufen von: http://www.bwpat.de/ht2011/ws15/enggruber_ws15-ht2011.pdf. Letzter Abruf: 01.03.2019.

Enggruber, R. & Euler, D. (2004). Zielgruppen benachteiligter Jugendlicher. In R. Enggruber (Hrsg.), *Pfade für Jugendliche in Ausbildung und Betrieb. Gutachten zur Darstellung der Hintergründe der unzureichenden Ausbildungs- und Beschäftigungschancen von benachteiligten Jugendlichen in Baden-Württemberg sowie deren Verbesserungsmöglichkeiten im Auftrag des Wirtschaftsministeriums Baden-Württemberg*. O. A. S. 15–60.

Erdmann, N. (2016a). Zum Übergang sozial benachteiligter junger Frauen in reguläre duale Ausbildungen – Eine Rekonstruktion bildungsbiografischer Prozesse anhand narrativer Interviews. *bwp@ Spezial* (12), S. 1–20. Abgerufen von http://www.bwpat.de/spezial12/erdmann_bwpat_spezial12.pdf. Letzter Abruf: 01.03.2019.

Erdmann, N. (2016b). Ausbildung. In S. Bundschuh, E. Ghandour, & E. Herzog (Hrsg.), *Bildungsförderung und Diskriminierung – marginalisierte Jugendliche zwischen Schule und Beruf*. Weinheim: Beltz Juventa. S. 64–70.

Erdmann, N. (2016c). Erfolgreiche Wege „bildungsbenachteiligter" Jugendlicher in duale Ausbildungen – Rekonstruktionen zu Erfolgsbedingungen aus biographieanalytischer Perspektive. In B. Dausien, D. Rothe, & D. Schwendowius (Hrsg.), *Bildungswege: Biographien zwischen Teilhabe und Ausgrenzung*. Frankfurt am Main: Campus. S. 333–361.

Erdmann, N. (2019). Alltagsbildung, Differenzerleben und berufliche Bildung. In A. Scheunpflug, S. Welser, & C. Rau (Hrsg.), *Bildung als Landschaft. Zur Empirie und Theorie des Verhältnisses von formellen und informellen Lern- und Bildungsprozessen in unterschiedlichen Kontexten*. Wiesbaden: Springer VS. i. E.

Eulenberger, J. (2013). *Migrationsbezogene Disparitäten an der ersten Schwelle: Junge Aussiedler im Übergang von der Hauptschule in die berufliche Bildung*. Wiesbaden: Springer VS.

Faulstich-Wieland, H. (2014). Schulische Berufsorientierung und Geschlecht. Stand der Forschung. *FZG – Freiburger Zeitschrift für GeschlechterStudien 20* (1), S. 33–46.

Felden, H. von. (2008). Einleitung. Traditionslinien, Konzepte und Stand der theoretischen und methodischen Diskussion in der erziehungswissenschaftlichen Biographieforschung. In H. von Felden (Hrsg.), *Perspektiven erziehungswissenschaftlicher Biographieforschung.* Wiesbaden: Springer VS. S. 7–26.

Filliettaz, L. (2010). Dropping out of apprenticeship programs: Evidence from the Swiss vocational education system and methodological perspectives for research. *International Journal of Training Research 8*(2), S. 141–153.

Flick, U. (2011). *Triangulation: Eine Einführung* (3. Auflage). Wiesbaden: Springer VS.

Gahleitner, S. (2017). *Soziale Arbeit als Beziehungsprofession. Bindung, Beziehung und Einbettung professionell ermöglichen.* Weinheim: Beltz Juventa.

Gaupp, N. (2013). *Wege in Ausbildung und Ausbildungslosigkeit: Bedingungen gelingender und misslingender Übergänge in Ausbildung von Jugendlichen mit Hauptschulbildung.* Düsseldorf: Hans-Böckler-Stiftung.

Gericke, E. (2014). *Biografische Berufsorientierungen von Kfz-Mechatronikern in Deutschland und England: eine qualitative Vergleichsstudie.* Opladen: Budrich UniPress.

Gericke, T. (2003). *Duale Ausbildung für Benachteiligte: eine Untersuchung zur Kooperation von Jugendsozialarbeit und Betrieben.* München: Deutsches Jugendinstitut.

Giese, J. (2011). *„Besser als zu Hause rumsitzen": zur Wahrnehmung und Bewältigung interner Ausgrenzung im Übergangssystem zwischen Schule und Beruf.* Bad Heilbrunn: Klinkhardt.

Glaser, B. & Strauss, A. (2005). *Grounded theory* (2. Auflage). Bern: Huber.

Goffman, E. (1952). On cooling the mark out: Some aspects of adaptation to failure. *Psychiatry 15*(4), S. 451–463.

Goffman, E. (2001). *Interaktion und Geschlecht.* Campus Verlag.

Gogolin, I. (2009). Über die Entfaltung von Ressourcen in der Ortslosigkeit. Jugendliche in transnationalen sozialen Räumen. In V. King & H.-C. Koller (Hrsg.), *Adoleszenz – Migration – Bildung.* Wiesbaden: Springer VS. S. 225–237.

Gogolin, I. & Pries, L. (2004). Stichwort: Transmigration und Bildung. *Zeitschrift für Erziehungswissenschaft 7* (1), S. 5–19.

Gomolla, M. & Radtke, F.-O. (2002). *Institutionelle Diskriminierung.* Opladen: Leske & Budrich.

Göymen-Steck, T. (2009). Erzähl-Strukturen: Rekonstruktion von Alltagswelten oder Beobachtung der Kontingenzreduktion? In P. Alheit & H. von Felden (Hrsg.), *Lebenslanges Lernen und erziehungswissenschaftliche Biographieforschung.* Wiesbaden: Springer VS. S. 127–154.

Granato, M. & Ulrich, J. (2014). Soziale Ungleichheit beim Zugang in eine Berufsausbildung: Welche Bedeutung haben die Institutionen? *Zeitschrift für Erziehungswissenschaft 17* (2), S. 205–232.

Griese, B. (Hrsg.). (2010). *Subjekt – Identität – Person?: Reflexionen zur Biographieforschung.* Wiesbaden: Springer VS.

Grimm, N. (2016). *Statusakrobatik: Biografische Verarbeitungsmuster von Statusinkonsistenzen im Erwerbsverlauf.* Berlin: UVK.

Groß, M. (2010). „Wir sind die Unterschicht" – Jugendkulturelle Differenzartikulationen aus intersektionaler Perspektive. In F. Kessl & M. Plößer (Hrsg.), *Differenzierung, Normalisierung, Andersheit.* Wiesbaden: Springer VS. S. 34–48.

Habetha, S. (Hrsg.). (2012). *Deutsche Traumafolgekostenstudie: kein Kind mehr – kein(e) Trauma(kosten) mehr?* Kiel: Schmidt & Klaunig.

Handelmann, A. (2019). *Jugend und Ausbildung. Zur biografischen Relevanz von dualer Berufsausbildung.* Universität Vechta, i.V.

Hanses, A. (Hrsg.). (2004). *Biographie und soziale Arbeit: institutionelle und biographische Konstruktionen von Wirklichkeit.* Hohengehren: Schneider.

Hardering, F. (2011). *Unsicherheiten in Arbeit und Biographie: zur Ökonomisierung der Lebensführung.* Wiesbaden: Springer VS.

Heiner, M. (2004). *Professionalität in der sozialen Arbeit.* Stuttgart: Kohlhammer.

Heinz, W. & Krüger, H. (1985). „Hauptsache eine Lehrstelle": Jugendliche vor den Hürden des Arbeitsmarkts. Weinheim: Beltz Juventa.

Helsper, W., Müller, H., Nölke, E. & A. Combe (1991). Jugendliche Aussenseiter: zur Rekonstruktion gescheiterter Bildungs- und Ausbildungsverläufe. Opladen: Westdeutscher Verlag.

Herriger, N. (2006). Empowerment in der sozialen Arbeit: eine Einführung. Stuttgart: Kohlhammer.

Hochschild, A. R. (2006). Das gekaufte Herz: zur Kommerzialisierung der Gefühle. Frankfurt am Main: Campus.

Hoffmann-Riem, C. (1980). Die Sozialforschung einer interpretativen Soziologie: der Datengewinn. Kölner Zeitschrift für Soziologie und Sozialpsychologie 32 (2), S. 339–372.

Honneth, A. (2012). Kampf um Anerkennung: zur moralischen Grammatik sozialer Konflikte (Nachdr.). Frankfurt am Main: Suhrkamp.

Hurrelmann, P., Harring, J. & P. Rohlfs (2014). Veränderte Bedingungen des Aufwachsens – Jugendliche zwischen Moratorien, Belastungen und Bewältigungsstrategien. In C. Rohlfs, M. Harring, & C. Palentien (Hrsg.), Kompetenz-Bildung. Wiesbaden: Springer VS. S. 61–81.

Huster, E.-U., Boeckh, J. & H. Mogge-Grotjahn (Hrsg.). (2012). Handbuch Armut und soziale Ausgrenzung (2. Auflage). Wiesbaden: Springer VS.

Jurczyk, K. (2005). Work-Life-Balance und geschlechtergerechte Arbeitsteilung. Alte Fragen neu gestellt. In H. Seifert (Hrsg.), Flexible Zeiten in der Arbeitswelt. Frankfurt am Main: Campus. S. 102–123.

Kallmeyer, W. & Schütze, F. (1977). Zur Konstitution von Kommunikationsschemata der Sachverhaltsdarstellung. In D. Wegner (Hrsg.), Gesprächsanalysen: Bonn, 14. – 16. Oktober 1976. Hamburg: Buske. S. 159–273.

Kalthoff, H. (2008). Theoretische Empirie. Frankfurt am Main: Suhrkamp.

Kepura, J. (2019). Handlungsleitende Orientierungen von Polizeibeamtinnen und Polizeibeamten in der Prävention von Kinder- und Jugenddelinquenz im Kontext kommunaler Bildungslandschaften. Otto-Friedrich-Universität Bamberg. i. V.

Kessl, F. & Plößer, M. (Hrsg.). (2010). Differenzierung, Normalisierung, Andersheit. Wiesbaden: Springer VS.

King, V. & Koller, H.-C. (Hrsg.). (2009). Adoleszenz-Migration-Bildung. Bildungsprozesse Jugendlicher und junger Erwachsener mit Migrationshintergrund (2. Auflage). Wiesbaden: Springer VS.

Klaus, S. (2014). Ausbildungsabbruch und Biographie: Über Prozesse, Mechanismen und Wechselwirkungen in Lebensverläufen von Personen mit vorzeitiger Vertragslösung in der Berufsausbildung. Frankfurt am Main: Peter Lang Edition.

Kleiner, B. (2015). subjekt bildung heteronormativität: Rekonstruktion schulischer Differenzerfahrungen lesbischer, schwuler, bisexueller und Trans* Jugendlicher. Opladen: Barbara Budrich.

Kleve, H. (Hrsg.). (2003). Differenz und soziale Arbeit: Sensibilität im Umgang mit dem Unterschiedlichen. Berlin: Schibri.

Kloha, J. (2018). Die fallorientierte Praxis in der Schulsozialarbeit. Rekonstruktionen zentraler Prozesse und Problemstellungen. Wiesbaden: Springer VS. i.E.

Kohli, M. (1988). Normalbiographie und Individualität: Zur institutionellen Dynamik des gegenwärtigen Lebenslaufregimes. In H.-G. Brose & B. Hildenbrand (Hrsg.), Vom Ende des Individuums zur Individualität ohne Ende. Wiesbaden: Springer VS. S. 33–53.

Korte, P. (2006). Der Benachteiligtendiskurs aus allgemeinpädagogischer Perspektive. In A. Spies & D. Tredop (Hrsg.), „Risikobiografien". Wiesbaden: Springer VS. S. 25–39.

Krautz, J. & Schieren, J. (Hrsg.). (2013). Persönlichkeit und Beziehung als Grundlage der Pädagogik. Weinheim: Beltz Juventa.

Kreher, T. (2006). „Heutzutage muss man kämpfen": Bewältigungsformen junger Männer angesichts entgrenzter Übergänge in Arbeit. Weinheim: Beltz Juventa.

Krüger, H.-H., Budde, J., Rabe-Kleberg, U. & Kramer, R.-T. (Hrsg.). (2010). Bildungsungleichheit revisited – Bildung und soziale Ungleichheit. Wiesbaden: Springer VS.

Lamp, F. (2007). *Soziale Arbeit zwischen Umverteilung und Anerkennung: der Umgang mit Differenz in der sozialpädagogischen Theorie und Praxis*. Bielefeld: Transcript.

Lange-Vester, A. & Sander, T. (Hrsg.). (2016). *Soziale Ungleichheiten, Milieus und Habitus im Hochschulstudium*. Weinheim: Beltz Juventa.

Lehmkuhl, K., Schmidt, G. & C. Schöler (2013). „Ihr seid nicht dumm, ihr seid nur faul" – Über die wunderliche Leistung, Ausgrenzung als selbstverschuldet erleben zu lassen. In M. Maier & T. Vogel (Hrsg.), *Übergänge in eine neue Arbeitswelt?* Wiesbaden: Springer VS. S. 115–130.

Lichtwardt, N. (2016). *Übergänge von der Schule in Ausbildung und Beruf*. Wiesbaden: Springer VS.

Linten, M. & Prüstel, S. (2016). *Berufsausbildung in Teilzeit*. Abgerufen von https://www.bibb.de/dokumente/pdf/a1bud_auswahlbibliographie-berufsausbildung-in-teilzeit.pdf Letzter Abruf: 01.03.2019.

Luhmann, N. (1987). *Soziale Systeme: Grundriß einer allgemeinen Theorie*. Frankfurt am Main: Suhrkamp.

Luhmann, N. (1999). *Theorie der Gesellschaft. [...] Teilbd. 2: Die Gesellschaft der Gesellschaft [...]* (2. Auflage). Frankfurt am Main: Suhrkamp.

Luhmann, N. (2005). Formen des Helfens im Wandel gesellschaftlicher Bedingungen. In *Soziologische Aufklärung 2*. Wiesbaden: Springer VS. S. 167–186.

Mangione, C. (2018). *Familien mit ‚geistig behinderten' Angehörigen: Stellvertretende biographische Arbeit, Handlungsparadoxien und -dilemmata*. Opladen: Barbara Budrich.

Mantey, D. (2017). *Sexualerziehung in Wohngruppen der stationären Erziehungshilfe aus Sicht der Jugendlichen*. Weinheim: Beltz Juventa.

Marotzki, W. (1999). Erziehungswissenschaftliche Biographieforschung. Methodologie – Tradition – Programmatik. *Zeitschrift für Erziehungswissenschaft 2* (3), S. 325–341.

Marotzki, W. (2006). Bildungstheorie und Allgemeine Biographieforschung. In H.-H. Krüger & W. Marotzki (Hrsg.), *Handbuch erziehungswissenschaftliche Biographieforschung*. Wiesbaden: Springer VS. S. 59–70.

Marotzki, W. (2010). Biographieforschung. In R. Bohnsack, W. Marotzki, & M. Meuser (Hrsg.), *Hauptbegriffe Qualitativer Sozialforschung*. Opladen: Barbara Budrich. S. 22–24

Mecheril, P. (1999). Wer spricht über wen? In W.-D. Bukow & M. Ottersbach (Hrsg.), *Fundamentalismusverdacht. Plädoyer für eine Neuorientierung der Forschung im Umgang mit allochthonen Jugendlichen*. Opladen: Leske & Budrich. S. 231–266.

Mecheril, P. & Hoffarth, B. (2009). Adoleszenz und Migration. Zur Bedeutung von Zugehörigkeitsordnungen. In V. King & H.-C. Koller (Hrsg.), *Adoleszenz – Migration – Bildung*. Wiesbaden: Springer VS. S. 239–258.

Mecheril, P. & Melter, C. (2012). Gegebene und hergestellte Unterschiede – Rekonstruktion und Konstruktion von Differenz durch (qualitative) Forschung. In E. Schimpf & J. Stehr (Hrsg.), *Kritisches Forschen in der Sozialen Arbeit*. Wiesbaden: Springer VS. S. 263–274.

Meusel, S. (2016). *Freiwilliges Engagement und soziale Benachteiligung: Eine biografieanalytische Studie mit Akteuren in schwierigen Lebenslagen*. Bielefeld: transcript.

Miethe, I. (2011). *Biografiearbeit: Lehr- und Handbuch für Studium und Praxis*. Weinheim: Juventa.

Müller, S. & Mende, J. (Hrsg.). (2016). *Differenz und Identität: Konstellationen der Kritik*. Weinheim: Beltz Juventa.

Münk, D. (2014). Zielkonflikte beruflicher Qualifizierung zwischen Bildungs-, Wirtschafts- und Sozialpolitik. In D. Ahrens (Hrsg.), *Zwischen Reformeifer und Ernüchterung*. Wiesbaden: Springer VS. S. 145–160.

Münk, D. & Schmidt, C. (2012). Diskontinuierliche Bildungs- und Erwerbsbiographien als Herausforderung für die duale Berufsausbildung. In A. Bolder, R. Dobischat, G. Kutscha, & G. Reutter (Hrsg.), *Beruflichkeit zwischen institutionellem Wandel und biographischem Projekt*. Wiesbaden: Springer VS. S. 73–86.

Nassehi, A. & Saake, I. (2002). Kontingenz: Methodisch verhindert oder beobachtet? Ein Beitrag zur Methodologie der qualitativen Sozialforschung. *Zeitschrift für Soziologie 31* (1), S. 66–86.

Niemann, M. (2014). *Der „Abstieg" in die Hauptschule: Vom Hauptschülerwerden zum Hauptschülersein – ein qualitativer Längsschnitt.* Wiesbaden: Springer VS.

Nittel, D. (1992). *Gymnasiale Schullaufbahn und Identitätsentwicklung: eine biographieanalytische Studie.* Weinheim: Deutscher Studienverlag.

Palowski, M. (2016). *Der Diskurs des Versagens. Nichtversetzung und Klassenwiederholung in Wissenschaft und Medien.* Wiesbaden: Springer VS.

Panke, M. (2005). *Arbeiten lernen: Erfahrungen junger Arbeiter im Prozess der Qualifizierung.* Wiesbaden: Springer VS.

Pfaff-Czarnecka, J. (Hrsg.). (2017). *Das soziale Leben der Universität: studentischer Alltag zwischen Selbstfindung und Fremdbestimmung.* Bielefeld: transcript.

Pfahl, L. (2011). *Techniken der Behinderung: der deutsche Lernbehinderungsdiskurs, die Sonderschule und ihre Auswirkungen auf Bildungsbiografien.* Bielefeld: Transcript.

Pongratz, H. J. & Voss, G. (2003). *Arbeitskraftunternehmer: Erwerbsorientierungen in entgrenzten Arbeitsformen.* Berlin: Edition Sigma.

Przyborski, A. & Wohlrab-Sahr, M. (2014). *Qualitative Sozialforschung: ein Arbeitsbuch* (4. Auflage). München: Oldenbourg.

Puhr, K. (2009). *Inklusion und Exklusion im Kontext prekärer Ausbildungs- und Arbeitsmarktchancen: Biografische Portraits.* Wiesbaden: VS Springer

Rahn, P. (2005). *Übergang zur Erwerbstätigkeit: Bewältigungsstrategien Jugendlicher in benachteiligten Lebenslagen.* Wiesbaden: Springer VS.

Rausch, A. (2011). *Erleben und Lernen am Arbeitsplatz in der betrieblichen Ausbildung.* Wiesbaden: Springer VS.

Rausch, A., Seifried, J., & Harteis, C. (2014). Ausbleibende Effekte pädagogischer Professionalisierung des betrieblichen Ausbildungspersonals: Ergebnisse einer Längsschnittstudie. *Zeitschrift für Erziehungswissenschaft 17* (1), S. 127–147.

Reichertz, J. (2013). *Die Abduktion in der qualitativen Sozialforschung: Über die Entdeckung des Neuen* (2. Auflage 2013). Wiesbaden: Springer VS.

Reimer, D. (2017). *Normalitätskonstruktionen in Biografien ehemaliger Pflegekinder.* Weinheim: Beltz Juventa.

Reimer, J. (2018). *Biographie, Geschlecht und Ethnizität. Bildungsbiographien weiblicher Sinti und Roma in Deutschland.* Otto-Friedrich-Universität Bamberg.

Reim, T. (1995). *Die Weiterbildung zum Sozialtherapeutenberuf: Bedeutsamkeit und Folgen für Biographie, professionelle Identität und Berufspraxis: eine empirische Untersuchung von Professionalisierungstendenzen auf der Basis narrativ-autobiographischer Interviews.* Dissertation, Universität Kassel.

Rein, A. (2016). Die Bedeutung von Normalitätskonstruktionen in den Biographien von Jugendlichen mit Migrations- und Heimerfahrungen. In B. Dausien, D. Rothe, & D. Schwendowius (Hrsg.), *Bildungswege: Biographien zwischen Teilhabe und Ausgrenzung.* Frankfurt am Main: Campus. S. 311–331.

Reisigl, M. (2017). Sprachwissenschaftliche Diskriminierungsforschung. In A. Scherr, A. El-Mafaalani, & G. Yüksel (Hrsg.), *Handbuch Diskriminierung.* Wiesbaden: Springer VS. S. 81–100.

Renkl, A. (1997). *Lernen durch Lehren.* Wiesbaden: Deutscher Universitätsverlag.

Richter, M. (2016). *Berufsorientierung von HauptschülerInnen – Zur Bedeutung von Eltern, Peers und ethnischer Herkunft.* Wiesbaden: Springer VS.

Ricken, N. & Reh, S. (2014). Relative und radikale Differenz – Herausforderung für die ethnografische Forschung in pädagogischen Feldern. In A. Tervooren, N. Engel, M. Göhlich, I. Miethe, & S. Reh (Hrsg.), *Ethnographie und Differenz in pädagogischen Feldern: internationale Entwicklungen erziehungswissenschaftlicher Forschung.* Bielefeld: Transcript. S. 25–45.

Riemann, G. (1986). Einige Anmerkungen dazu, wie und unter welchen Bedingungen das Argumentationsschema in biographisch-narrativen Interviews dominant werden kann. In H.-G. Soeffner (Hrsg.), *Sozialstruktur und soziale Typik*. Frankfurt am Main: Campus. S. 112–157.

Riemann, G. (1987). *Das Fremdwerden der eigenen Biographie*. Paderborn: Fink.

Riemann, G. (2000). *Die Arbeit in der sozialpädagogischen Familienberatung: Interaktionsprozesse in einem Handlungsfeld der sozialen Arbeit*. Weinheim: Juventa.

Riemann, G. & Schütze, F. (1991). „Trajectory" as a basic theoretical concept for analyzing suffering and disorderly social processes. In R. Maines (Hrsg.) *Social organization and social process: essays in honor of Anselm Strauss*. New York: de Gruyter. S. 333–357

Rose, N. (2012). *Migration als Bildungsherausforderung: Subjektivierung und Diskriminierung im Spiegel von Migrationsbiographien*. Bielefeld: Transcript.

Rosenberg, F. von. (2010). Bildung und das Problem der Weltvergessenheit. Überlegungen zu einer empirisch fundierten Bildungstheorie im Anschluss an Pierre Bourdieu. *Vierteljahrsschrift für wissenschaftliche Pädagogik, 86*(4), S. 571–586.

Rosenthal, G. (1995). *Erlebte und erzählte Lebensgeschichte: Gestalt und Struktur biographischer Selbstbeschreibungen*. Frankfurt am Main: Campus

Rosenthal, G. (2010). Die erlebte und erzählte Lebensgeschichte. Zur Wechselwirkung zwischen Erleben, Erinnern und Erzählen. In B. Griese (Hrsg.), *Subjekt – Identität – Person?* Wiesbaden: Springer VS. S. 197–218.

Rosenthal, G., Köttig, M., Witte, N. & Blezinger, A. (2006). *Biographisch-narrative Gespräche mit Jugendlichen: Chancen für das Selbst- und Fremdverstehen*. Opladen: Budrich.

Ruppert, M. (2010). Die inneren Grenzen der Biographieforschung. In B. Griese (Hrsg.), *Subjekt – Identität – Person?* Wiesbaden: Springer VS. S. 93–101.

Rützel, J. (1995). Randgruppen in der beruflichen Bildung. In R. Arnold & A. Lipsmeier (Hrsg.), *Handbuch der Berufsbildung*. Wiesbaden: Springer VS. S. 109–120.

Schäfer, T. & Völter, B. (2009). Subjekt-Positionen. Michel Foucault und die Biographieforschung. In B. Völter, B. Dausien, H. Lutz, & G. Rosenthal (Hrsg.), *Biographieforschung im Diskurs*. Wiesbaden: Springer VS. S. 161–188.

Schaffner, D. (2007). *Junge Erwachsene zwischen Sozialhilfe und Arbeitsmarkt*. Bern: hep.

Schär, M. & Studer, A. (2013). Familie: Gelungene Balance zwischen Nähe und Distanz. In C. Steinebach & K. Gharabaghi (Hrsg.), *Resilienzförderung im Jugendalter*. Berlin: Springer Medizin. S. 69–81.

Scherr, A. (2012). Hauptsache irgendeine Arbeit? In J. Mansel & K. Speck (Hrsg.), *Jugend und Arbeit: empirische Bestandsaufnahme und Analysen*. Weinheim: Beltz Juventa. S. 63–76.

Scherr, A., El-Mafaalani, A. & G. Yüksel (Hrsg.). (2017). *Handbuch Diskriminierung*. Wiesbaden: Springer VS.

Scherr, A., Janz, C. & S. Müller (2015). *Diskriminierung in der beruflichen Bildung: Wie migrantische Jugendliche bei der Lehrstellenvergabe benachteiligt werden*. Wiesbaden: Springer VS.

Schiek, D. (2010). *Aktivisten der Normalbiographie*. Wiesbaden: Springer VS.

Schittenhelm, K. (2005). *Soziale Lagen im Übergang: junge Migrantinnen und Einheimische zwischen Schule und Berufsausbildung*. Wiesbaden: Springer VS.

Schönherr, K. W. & Tiberius, V. (2014). *Lebenslanges Lernen: Wissen und Können als Wohlstandsfaktoren*. Wiesbaden: Springer VS.

Schütz, A. (1971). Zur Methodologie der Sozialwissenschaften. In *Gesammelte Aufsätze I. Das Problem der sozialen Wirklichkeit*. Den Haag: Martinius Nijhoff. S. 3–110.

Schütze, F. (1976). Zur Hervorlockung und Analyse von Erzählungen thematisch relevanter Geschichten im Rahmen soziologischer Feldforschung: dargestellt an einem Projekt zur Erforschung von kommunalen Machtstrukturen. In A. Weymann (Hrsg.) *Kommunikative Sozialforschung. Alltagswissen und Alltagshandeln – Gemeindemachtforschung – Polizei – Politische Erwachsenenbildung*. München: Fink. S. 159–260.

Schütze, F. (1981). Prozeßstrukturen des Lebenslaufs. In J. Matthes, Pfeifenberger, A. & M. Stosberg (Hrsg.). *Biographie in handlungswissenschaftlicher Perspektive: Kolloquium am Sozialwiss. Forschungszentrum d. Univ. Erlangen-Nürnberg.* Nürnberg: Verlag der Nürnberger Forschungsvereinigung e.V. S. 67–156.

Schütze, F. (1983). Biographieforschung und narratives Interview. *Neue Praxis 13 (3)*, S. 283–293.

Schütze, F. (1984). Kognitive Strukturen des autobiographischen Stegreiferzählens. In M. Kohli & R. Günther (Hrsg.), *Biographie und soziale Wirklichkeit: neue Beiträge und Forschungsperspektiven.* Stuttgart: Metzler. S. 78–117.

Schütze, F. (1987). Das narrative Interview in Interaktionsfeldstudien I. Studienbrief Fernuniversität Hagen.

Schütze, F. (2006). Verlaufskurven des Erleidens als Forschungsgegenstand der interpretativen Soziologie. In H.-H. Krüger & W. Marotzki (Hrsg.), *Handbuch erziehungswissenschaftliche Biographieforschung.* Wiesbaden: Springer VS. S. 205–237.

Schütze, F. (2007a). *Biography Analysis on the Empirical Base of Autobiographical Narratives: How to Analyse Autobiographical Narrative Interviews – Part I.* Abgerufen von http://www.uni-magdeburg.de/zsm/projekt/biographical/Home.htm. Letzter Abruf: 01.03.2019.

Schütze, F. (2007b). *Biography Analysis on the Empirical Base of Autobiographical Narratives: How to Analyse Autobiographical Narrative Interviews – Part II.* Abgerufen von http://www.uni-magdeburg.de/zsm/projekt/biographical/Home.htm. Letzter Abruf: 01.03.2019.

Schütze, F. (2016). Biographieforschung und narratives Interview. In W. Fiedler & H.-H. Krüger (Hrsg.) *Sozialwissenschaftliche Prozessanalyse: Grundlagen der qualitativen Sozialforschung.* Opladen: Barbara Budrich.

Schwendowius, D. (2015). *Bildung und Zugehörigkeit in der Migrationsgesellschaft: Biographien von Studierenden des Lehramts und der Pädagogik.* Bielefeld: Transcript.

Siebholz, S., Schneider, E., Schippling, A., Busse, S., & S. Sandring (Hrsg.). (2013). *Prozesse Sozialer Ungleichheit: Bildung im Diskurs.* Wiesbaden: Springer VS.

Solga, H. (2005). *Ohne Abschluss in die Bildungsgesellschaft: die Erwerbschancen gering qualifizierter Personen aus soziologischer und ökonomischer Perspektive.* Opladen: Barbara Budrich.

Spies, A. & Tredop, D. (2006). *Risikobiografien.* Wiesbaden: Springer VS.

Spies, T. & Tuider, E. (2017). Biographie und Diskurs – eine Einleitung. In T. Spies & E. Tuider (Hrsg.), *Biographie und Diskurs.* Wiesbaden: Springer VS. S. 1–20.

Stamm, M., Ruckdäschel, C., Templer, F., & M. Niederhauser (2009). *Schulabsentismus: Ein Phänomen, seine Bedingungen und Folgen.* Wiesbaden: Springer VS.

Stauber, B. & Walther, A. (2007). Subjektorientierte Übergangsforschung: methodologische Perspektiven. In B. Stauber, A. Walther & A. Pohl (Hrsg.), *Subjektorientierte Übergangsforschung: Rekonstruktion und Unterstützung biografischer Übergänge junger Erwachsener.* Weinheim: Juventa.

Stauber, B., Walther, A. & A. Pohl (Hrsg.). (2007). *Subjektorientierte Übergangsforschung: Rekonstruktion und Unterstützung biografischer Übergänge junger Erwachsener.* Weinheim: Juventa.

Stechow, E. von. (2015). *Von Störern, Zerstreuten und ADHS-Kindern: Eine Analyse historischer Sichtweisen und Diskurse auf die Bedeutung von Ruhe und Aufmerksamkeit im Unterricht vom 16. bis zum 21. Jahrhundert.* Bad Heilbrunn: Julius Klinkhardt.

Stojanov, K. (2011). *Bildungsgerechtigkeit: Rekonstruktionen eines umkämpften Begriffs.* Wiesbaden: Springer VS.

Strauss, A. L. (1987). *Qualitative Analysis for Social Scientists.* Cambridge University Press.

Strübing, J. (2002). Just do it? Zum Konzept der Herstellung und Sicherung von Qualität in grounded theory-basierten Forschungsarbeiten. *Kölner Zeitschrift für Soziologie und Sozialpsychologie 54 (2)*, S. 318–342.

Sünker, H. (2012). Soziale Arbeit und Bildung. In W. Thole (Hrsg.), *Grundriss Soziale Arbeit.* Wiesbaden: Springer VS. S. 249–266.

Suthues, B. (2012). Mädchen bei den Pfadfindern. Zugehörigkeit, Gemeinsamkeit und Geschlecht. In E. Conze & M. Witte (Hrsg.), *Pfadfinden*. Wiesbaden: Springer VS. S. 101–120.

Tepecik, E. (2010). *Bildungserfolge mit Migrationshintergrund. Biographien bildungserfolgreicher MigrantInnen türkischer Herkunft*. Wiesbaden: Springer VS.

Tervooren, A., Engel, N., Göhlich, M., Miethe, I. & S. Reh (Hrsg.). (2014). *Ethnographie und Differenz in pädagogischen Feldern: internationale Entwicklungen erziehungswissenschaftlicher Forschung*. Bielefeld: Transcript.

Thieme, N. (2013). *Kategorisierung in der Kinder- und Jugendhilfe*. Weinheim: Beltz Juventa.

Thiersch, H. (2014). *Lebensweltorientierte Soziale Arbeit* (9. Auflage). Weinheim: Beltz Juventa.

Thiersch, H., Grunwald, K. & S. Köngeter (2012). Lebensweltorientierte Soziale Arbeit. In W. Thole (Hrsg.), *Grundriss Soziale Arbeit*. Wiesbaden: VS Verlag. S. 175–196.

Ulrich, J. (2011). Übergangsverläufe von Jugendlichen aus Risikogruppen. Aktuelle Ergebnisse aus der BA/BIBB-Bewerberbefragung 2010. *bwp@ Spezial, 5*. Abgerufen von http://www.jugendsozialarbeit.de/media/raw/ulrich_Uebergangsverlaeufe_von_Jugendlichen_aus_Risikogruppen.pdf. Letzter Abruf: 01.03.2019. S. 1–20.

Völter, B., Dausien, B., Lutz, H. & G. Rosenthal (Hrsg.). (2009). *Biographieforschung im Diskurs* (2. Auflage). Wiesbaden: Springer VS.

Völter, B. & Reichmann, U. (Hrsg.). (2017). *Rekonstruktiv denken und handeln: Rekonstruktive Soziale Arbeit als professionelle Praxis*. Opladen: Barbara Budrich.

Walther, A. (2000). *Spielräume im Übergang in die Arbeit: junge Erwachsene im Wandel der Arbeitsgesellschaft in Deutschland, Italien und Großbritannien*. Weinheim: Juventa.

Walther, A. (2002). ‚Benachteiligte Jugendliche': Widersprüche eines sozialpolitischen Deutungsmusters. Anmerkungen aus einer europäisch-vergleichenden Perspektive. *Soziale Welt 53*(1), S. 87–105.

Wangaruro, J. (2011). *I have two homes. An investigation into the transnational identity of kenyan migrants in the United Kingdom(UK) and how this relates to their wellbeing*. Middlesex University. Abgerufen von http://eprints.mdx.ac.uk/7328/1/wangaruro-Phd-2011.pdf. Letzter Abruf: 01.03.2019.

Weick, K. E. (1995). *Der Prozeß des Organisierens*. Frankfurt am Main: Suhrkamp.

Willikonsky, B. (2007). *MuSchG: Kommentar zum Mutterschutzgesetz* (2. Auflage). Neuwied: Luchterhand.

Wischmann, A. (2010). *Adoleszenz – Bildung – Anerkennung: Adoleszente Bildungsprozesse im Kontext sozialer Benachteiligung*. Wiesbaden: Springer VS.

Wulf, C. (2005). *Zur Genese des Sozialen: Mimesis, Performativität, Ritual*. Bielefeld: Transcript Verlag.

Wyßuwa, F. (2017). Biografien als kommunikative Konstrukte in Lehr-Lern-Interaktionen: Zur Bedeutung personenspezifischer und professionsspezifischer Adressierung in pädagogischen Weiterbildungen. In O. Dörner, C. Iller, H. Pätzold, J. Franz, & B. Schmidt-Hertha (Hrsg.), *Biografie – Lebenslauf – Generation: Perspektiven der Erwachsenenbildung*. Opladen: Barbara Budrich. S. 265–279.

Zillig, U. (2016). *Komplex traumatisierte Mütter: biografische Verläufe im Spannungsfeld von Traumatherapie, Psychiatrie und Jugendhilfe*. Opladen: Barbara Budrich.

Zölch, J., King, V., Koller, H.-C., Carnicer, J. & E. Subow (2009). Bildungsaufstieg als Migrationsprojekt. In V. King & H.-C. Koller (Hrsg.), *Adoleszenz – Migration – Bildung*. Wiesbaden: Springer VS. S. 67–84.

Klaus Hurrelmann | Gudrun Quenzel
Lebensphase Jugend
Eine Einführung in die sozial-
wissenschaftliche Jugendforschung
13. Auflage 2016, 290 Seiten, broschiert
ISBN: 978-3-7799-2619-1
Auch als E-BOOK erhältlich

Dieses Buch ist eine Einführung in die sozialwissenschaftliche Jugendforschung. Es nimmt eine Analyse der Phase »Jugend« im menschlichen Lebenslauf vor. Für diese Analyse werden insbesondere soziologische und psychologische Theorien herangezogen. Außerdem spielen erziehungswissenschaftliche und gesundheitswissenschaftliche Aspekte eine große Rolle. Die verschiedenen Positionen werden zu einem umfassenden, interdisziplinär orientierten sozialisationstheoretischen Ansatz zusammengezogen.

www.beltz.de
Beltz Juventa · Werderstraße 10 · 69469 Weinheim

Ingrid Miethe
Biografiearbeit
Lehr- und Handbuch
für Studium und Praxis
2017, 176 Seiten, broschiert
ISBN: 978-3-7799-3701-2
Auch als E-BOOK erhältlich

Das Buch bietet in einfacher und verständlicher Weise erstmalig einen Gesamtüberblick über das Feld der Biografiearbeit.

Zur Illustration werden Beispiele aus der Praxis der Biografiearbeit und der Biografieforschung aufgenommen, die den Nachvollzug erleichtern sollen. In einem weiteren Teil werden die wichtigsten Einsatzfelder der Biografiearbeit dargestellt sowie der Umgang mit Traumata als Querschnittsthema von Biografiearbeit ausgeführt.

www.beltz.de
Beltz Juventa · Werderstraße 10 · 69469 Weinheim